O LIVRO DAS COISAS ESTRANHAS

Michel Faber

O LIVRO DAS COISAS ESTRANHAS

Tradução
Simone Campos

Rocco

Título original
THE BOOK OF STRANGE NEW THINGS

Publicado na Grã-Bretanha em 2014 por
Canongate Books Ltd, 14 High Street, Edinburgh, EH1 1TE

EDITORA ROCCO LTDA.
Av. Presidente Wilson, 231 – 8º andar
20030-021 – Rio de Janeiro – RJ
Tel.: (21) 3525-2000 – Fax: (21) 3525-2001
rocco@rocco.com.br
www.rocco.com.br

Printed in Brazil/Impresso no Brasil

preparação de originais
MAIRA PARULA

CIP-Brasil. Catalogação na Publicação
Sindicato Nacional dos Editores de Livros, RJ

F115L
Faber, Michel
O livro das coisas estranhas / Michel Faber ; tradução de Simone Campos. – 1. ed. – Rio de Janeiro: Rocco, 2016.

Tradução de: The book of strange new things
ISBN 978-85-325-3039-4

1. Romance escocês. 2. Ficção escocesa. I. Campos, Simone. II. Título.

16-34349 CDD–828.99113
CDU–821.111(411)-3

O texto deste livro obedece às normas do
Acordo Ortográfico da Língua Portuguesa.

Para Eva, sempre.

I

SEJA FEITA A VOSSA VONTADE

1

Quarenta minutos depois, ele estava no céu

– Eu ia dizer uma coisa – disse ele.

– Então diga – disse ela.

Ele estava calado, de olho na estrada. Na escuridão do perímetro urbano, não havia nada para se olhar além das lanternas traseiras dos outros carros ao longe, o tapete de asfalto se estendendo ao infinito e os gigantescos acessórios funcionais da via expressa.

– Deus deve estar decepcionado comigo só de eu pensar nisso – disse ele.

– Bem – suspirou ela. – Ele já sabe o que é mesmo. Não custa nada você me contar.

Ele olhou de relance para o rosto dela, tentando julgar com que tom ela dizia isso, mas a parte superior do seu rosto, incluindo os olhos, estava velada pela sombra projetada pela borda do para-brisa. Já a parte inferior do rosto era clara feito a lua. Ver sua face, boca e queixo – tão intimamente familiares para ele, partes essenciais da vida como ele a conhecia – provocou nele uma dor aguda só de pensar em perdê-la.

– O mundo fica mais bonito com iluminação artificial – disse ele.

Continuaram seguindo em silêncio. Nenhum dos dois suportava a tagarelice do rádio, nem a intromissão da música pré-gravada. Era uma das tantas coisas em que eram compatíveis.

– Era só isso? – disse ela.

– Era – disse ele. – O que eu quis dizer foi que... supostamente, a natureza intocada é para ser o máximo da perfeição, não é, e todas as coisas feitas pelo homem deveriam ser um horror, congestionando tudo. Mas não iríamos gostar do mundo nem metade do que gostamos se nós... o homem... quer dizer, os seres humanos...

(Ela deu um de seus resmungos de *anda-logo-com-isso*.)

"... se não tivéssemos colocado luz elétrica em tudo. Luz elétrica é uma beleza. É ela que torna suportável uma viagem de carro noturna como essa. Suportável e até bonita. Quer dizer, imagine só se tivéssemos que fazer esse trajeto totalmente no escuro. Porque esse é o estado natural do mundo à noite, não é? O breu total. Imagine só como seria estressante não ter a menor noção de para onde estamos indo, não conseguir ver mais que uns poucos metros à frente. E se você estivesse indo para uma cidade – bem, em um mundo não tecnológico não *haveria* cidades, acho –, mas se você estivesse indo para um lugar onde vivessem outras pessoas, morando ali de forma primitiva, talvez com algumas fogueiras... você não as veria até ter chegado lá. Não haveria aquele panorama mágico de quando você está a alguns quilômetros de uma cidade, com todas as luzes cintilando feito estrelas na montanha."

– Aham.

– E mesmo aqui dentro deste carro, presumindo que fosse *possível* um carro, ou algum veículo, nesse mundo primitivo, provavelmente puxado por cavalos... estaria um breu. Além de estar muito frio, se fosse uma noite de inverno. Mas não é o caso: veja o que temos aqui. – Ele tirou uma das mãos do volante (sempre dirigia com as duas mãos simetricamente pousadas nele) e indicou o painel. As luzinhas de sempre brilhavam para eles. Temperatura. Hora. Nível da água. Óleo. Velocidade. Combustível.

– Peter...

– Olhe! – A centenas de metros dali, uma figurinha sobrecarregada estava parada sob a mancha de luz produzida por um poste. – Está pedindo carona. Vou parar, tá?

– Não, não pare não.

O tom da voz dela o fez pensar duas vezes antes de contrariá-la, mesmo que raras vezes deixassem passar uma oportunidade de ajudar o próximo.

O pedestre levantou a cabeça, esperançoso. Quando os faróis o atingiram, seu corpo – por apenas um instante – foi transmutado de forma humanoide a indivíduo reconhecível. O cartaz que segurava dizia HETHROW.

– Que estranho – disse Peter, assim que passaram zunindo. – Por que ele simplesmente não veio de metrô?

– É seu último dia no Reino Unido – disse Beatrice. – Sua última chance de se divertir um pouco. Ele deve ter usado o dinheiro britânico que lhe restava num pub, pensando em guardar só o do trem. Seis cervejas depois, ele está na rua, começando a ficar sóbrio, e tudo o que lhe restou foi sua passagem de avião e £1,70.

Parecia plausível. Mas, se fosse verdade, por que deixar aquela ovelha perdida ao relento? Bea não gostava de deixar ninguém ao léu, não era do seu temperamento.

Ele se voltou de novo para o rosto ensombrecido dela, e se assustou ao ver lágrimas brilhando em seu queixo e na comissura dos lábios.

– Peter... – disse ela.

Ele tirou uma das mãos do volante outra vez, agora para afagar o ombro dela. Acima da autoestrada, mais adiante, surgiu uma placa com o símbolo de um avião.

– Peter, essa é nossa última chance.

– Última chance?

– De fazer amor.

As luzes da seta piscaram com seu tique-tique característico quando ele entrou na faixa destinada ao aeroporto. As palavras "fazer amor" quicavam contra o seu crânio, forçando a entrada, mesmo sem lugar para elas lá dentro. Ele quase disse, "Você está de brincadeira". Mas, embora ela tivesse ótimo senso de humor e adorasse dar risada, nunca fazia piada com coisas importantes.

Enquanto ele dirigia, a sensação de que os dois não estavam em sintonia – de que precisavam de coisas diferentes naquele momento crucial – entrou no carro como uma presença inconveniente. Ele pensara – sentira – que tinham feito as devidas despedidas na manhã do dia anterior, e que essa ida ao aeroporto era apenas... um pós-escrito, talvez. Ontem de manhã tudo tinha sido tão *perfeito*. Tinham finalmente conseguido desbaratar até o último item de sua lista de afazeres. A mala dele tinha ficado pronta. Bea estava de folga do trabalho, tinham dormido feito pedra e acordado com um sol forte aquecendo o edredom. O gato Joshua estava deitado numa pose cômica a seus pés; tinham-no empurrado para fora e feito amor, sem palavras, devagar, com muita ternura. Depois, Joshua pulara de volta na cama e experimentara apoiar uma pata na canela descoberta de Peter, como quem diz, *Não vá, vou te segurar aqui*. Foi um momento comovente, expressando a situação muito melhor do que a linguagem seria capaz, ou talvez fosse apenas a graça exótica que ele via em um gato ter coberto com uma manta protetora peluda a nudez da dor humana, tornando-a suportável. Ou algo assim. Fora perfeito. Ficaram lá, deitados, ouvindo o ronronar potente de Joshua, um encaixado nos braços do outro, o suor evaporando ao sol, seus corações voltando pouco a pouco ao ritmo normal.

– Mais uma vez – ela dizia agora, sobrepujando o ruído do motor na estrada escura a caminho do avião que o levaria à América e além.

Ele consultou o relógio digital do painel. Tinha que estar no balcão do check-in em duas horas; estavam a quinze minutos do aeroporto.

– Você é maravilhosa – disse ele. Se pronunciasse aquelas palavras do jeito certo, talvez ela entendesse o recado: não deveriam tentar fazer melhor do que ontem, era melhor deixar como estava.

– Eu não quero ser maravilhosa – disse ela. – Quero você dentro de mim.

Ele continuou dirigindo em silêncio por alguns segundos, ajustando-se rapidamente às novas circunstâncias. Ajustar-se rápido a novas circunstâncias era mais uma coisa que tinham em comum.

– Tem um monte de hotéis executivos horrorosos junto do aeroporto – disse ele. – Podíamos alugar um quarto por uma hora.

Ele se arrependeu de ter dito "horrorosos"; parecia que estava tentando dissuadi-la enquanto fingia que topava. E só quisera dizer que era o tipo de hotel que evitariam, se pudessem.

– Basta um lugar discreto no acostamento – disse ela. – Podemos fazer no carro mesmo.

– JC! – disse ele, e ambos deram risada. "JC" era como ele se obrigara a falar quando se referia a "Jesus Cristo", logo que se tornara cristão. Era sua forma de evitar uma blasfêmia quando ela já estava na ponta da língua.

– Estou falando sério – disse ela. – Qualquer lugar está bom. Só não pare onde outro carro vá bater na nossa traseira.

A estrada parecia ter mudado para ele. Em tese, era a mesma extensão de asfalto, delimitada pela mesma parafernália de tráfego e frágeis anteparos de metal, mas seu novo propósito a transmutara. Não era mais uma linha reta até um aeroporto, e sim uma misteriosa região cheia de contornos e esconderijos sombrios. Mais uma prova de que a realidade não era objetiva; estava sempre pronta a ser reformulada e redefinida dependendo de como a pessoa a encarasse.

Todo mundo tinha o poder de reformular a realidade. Era uma das conversas mais frequentes entre Peter e Beatrice. O desafio de fazer as pessoas entenderem que a vida só é tão cinzenta e limitada quanto você percebia que ela é. O desafio de fazer as pessoas entenderem que os fatos imutáveis da existência não eram tão imutáveis assim. O desafio de encontrar uma palavra mais simples que "imutável" para "imutável".

– Que tal ali?

Beatrice não respondeu, apenas pôs a mão na coxa dele. Ele levou o carro lentamente para uma parada de caminhoneiros. Teriam que torcer para não estar nos planos do Senhor serem esmagados por um caminhão de 44 toneladas.

– Nunca fiz isso antes – disse ele, ao desligar a ignição.

– E está achando que eu fiz? – disse ela. – Dá-se um jeito. Vamos para trás.

Saíram pelas respectivas portas e, alguns segundos depois, reuniram-se no banco de trás. Sentaram-se ombro a ombro, feito dois passageiros. O estofado cheirava a outras pessoas – amigos, vizinhos, membros da igreja, caroneiros. Peter teve ainda mais dúvidas de que fosse possível, ou aconselhável, tentar fazer amor naquela hora e lugar. Se bem que... até havia algo de excitante na situação. Procuraram-se no escuro, tentando se encaixar num abraço, mas suas mãos se esbarraram, às cegas.

– Quanto tempo leva para a luz acesa acabar com a bateria? – perguntou ela.

– Não tenho ideia – disse ele. – Melhor não arriscar. Além disso, ia nos deixar sob holofote para quem quer que passe.

– Duvido – disse ela, voltando o rosto para os faróis que passavam zunindo. – Li uma matéria sobre uma garotinha que foi sequestrada. Ela conseguiu pular fora do carro quando ele desacelerou na estrada. O sequestrador a apanhou, ela lutou bastante, gritou um bocado. Um monte de carros passou por ela. Ninguém parou. Depois, entrevistaram um dos motoristas. Ele disse, "Eu estava indo tão rápido que não acreditei no que estava vendo".

Ele se remexeu, incomodado.

– Mas que história horrível. E que hora para contá-la.

– Eu sei, eu sei, desculpe. É que estou um pouco... fora de mim no momento. – Ela riu de nervoso. – É que é tão difícil... perder você.

– Você não está me perdendo. Só vou ficar longe algum tempo. Vou...

– Peter, por favor. Agora não. Já falamos disso. Já fizemos o possível em relação a isso.

Ela inclinou o corpo para a frente de um jeito que ele pensou que ela fosse começar a chorar. Mas estava só pescando algo na fresta entre os bancos da frente. Uma lanterninha de pilha. Ela a acendeu, equilibrando-a no encosto de cabeça do banco da frente, mas a lanterna caiu. Então ela a imprensou no vão estreito entre o banco e a porta, ajustando-a de forma que a faixa de luz incidisse sobre o chão.

– Isso, bem discreto – disse ela, sua voz firme de novo. – Luz suficiente para nos vermos, sem chamar a atenção.

– Eu não sei se estou bem para isso – disse ele.

– Vamos só ver o que acontece – disse ela, e começou a desabotoar a blusa, expondo seu sutiã branco e a curva dos seios. Deixou a blusa escorrer pelos braços, mexendo ombros e cotovelos para permitir que o material sedoso se desprendesse dos seus pulsos. Tirou a saia, a calcinha e a meia-calça de uma vez só, enganchadas nos vigorosos polegares, o que tornou o movimento gracioso e natural.

– Agora você.

Ele desabotoou a calça e ela o ajudou a retirá-la. Então ela deitou de costas, contorcendo os braços para remover o sutiã, e ele tentou se reposicionar sem esmagá-la com os joelhos. E bateu com a cabeça no teto.

– A gente parece uns adolescentes sem noção – reclamou ele. – Isso é...

Ela pousou a mão no rosto dele, cobrindo sua boca.

– É só você e eu – disse ela. – Você e eu. Somos marido e mulher. Está tudo bem.

Agora ela estava nua, exceto pelo relógio no pulso fino e o colar de pérolas no pescoço. À luz da lanterna, o colar não era mais um elegante presente de aniversário de casamento, mas um adorno erótico pré-histórico. Seus seios pulsavam no ritmo forte do coração.

– Vamos – disse ela. – Me come.

E começaram. De tão juntos e apertados, um não conseguia mais ver o outro; a lanterna não prestava mais para nada. Suas bocas estavam coladas, seus olhos fechados com força, seus corpos poderiam ser os de quaisquer outras pessoas desde a criação do mundo.

– Mais forte – ofegou Beatrice passado algum tempo. Sua voz tinha adquirido uma rouquidão, uma tenacidade brutal que ele nunca ouvira nela antes. O que faziam na cama sempre tinha sido decoroso, amistoso, impecavelmente atencioso. Às vezes sereno, às vezes enérgico, às vezes até mesmo atlético, mas nunca desesperado. – Mais forte!

Naquele confinamento incômodo, com seus dedos dos pés pressionando a janela e os joelhos se ralando na viscose áspera do banco, ele fez o melhor que pôde, mas o ritmo e o ângulo estavam longe do ideal, e ele calculou mal o tempo de que ela ainda precisava e o quanto ainda conseguia se segurar.

– Não para! Vai! Vai!

Mas já era.

– Tudo bem – disse ela, afinal, se retorcendo para sair de baixo dele, melada de suor. – Tudo bem.

Chegaram ao Heathrow ainda bastante adiantados. A moça do check-in deu a olhada de praxe no passaporte de Peter:

– Voo só de ida para a Flórida, não é? – disse ela.

– Sim – disse ele.

Ela perguntou se ele ia embarcar alguma bagagem. Ele largou uma bolsa esportiva e uma mochila sobre a esteira. Pensou que devia estar parecendo um tanto suspeito. Mas a logística de sua viagem era complicada e incerta demais para marcar a volta. Ele lamentou o fato de Beatrice estar a seu lado ouvindo essas confirmações de sua iminente partida; lamentou ela não ter sido poupada de ouvir as palavras "só de ida".

Então, claro, recebido o seu cartão de embarque, havia ainda mais tempo a ser perdido antes que pudesse de fato entrar no avião. Lado a lado, ele e Beatrice foram desviando das pessoas e obstáculos até a saída da área de check-in, um pouco atordoados pela luz forte e pela monstruosa escala do terminal. Será que eram as lâmpadas fluorescentes que faziam o rosto de Beatrice parecer tão retraído e ansioso? Peter passou o braço por trás da lombar da esposa. Ela deu um sorriso tranquilizador, mas ele não ficou tranquilo. POR QUE NÃO COMEÇAR SUAS FÉRIAS NO ANDAR DE CIMA?, berravam os anúncios. COM NOSSA SELEÇÃO DE PRODUTOS CADA VEZ MAIS COMPLETA, VOCÊ PODE ATÉ QUERER FICAR POR AQUI!

A essa hora da noite, o aeroporto não estava muito cheio, mas ainda havia bastante gente arrastando malas e olhando lojas. Peter e Beatrice foram se sentar perto de uma tela de informações para esperar o número do portão de embarque. Deram-se as mãos sem se olhar. Em vez disso, ficaram olhando a marcha interminável de passageiros prestes a embarcar. Uma turma de jovens bonitas, vestidas como dançarinas de *strip* em começo de expediente, saiu do duty-free repleta de sacolas. Todas com periclitantes saltos altos, mal se equilibrando com suas múltiplas aquisições. Peter se aproximou do rosto de Beatrice e murmurou:

– Por que alguém entraria num avião carregando tantas coisas? E depois de chegar aonde quer que estejam indo, vão comprar ainda mais coisas. Olha só: mal conseguem andar.

– Aham.

– Mas talvez seja para isso mesmo. Talvez seja uma ostentação arquitetada especialmente para nós. É tudo tão pouco prático, da cabeça aos sapatos absurdos nos pés. É para todo mundo ficar sabendo que elas são tão ricas que não precisam se preocupar com o mundo real. A riqueza as torna criaturas à parte, algo exótico que não precisa funcionar como um ser humano.

Bea fez que não com a cabeça.

– Essas meninas não são ricas – disse ela. – Gente rica não viaja em grupo. E mulheres ricas não andam como se não estivessem acostumadas a usar salto. São só meninas novas que gostam de fazer compras. Estão embarcando numa aventura. Estão se exibindo uma para a outra, não para nós. Somos invisíveis para elas.

Peter ficou olhando as garotas rebolarem na direção do Starbucks. Suas nádegas bamboleavam dentro das saias pregueadas e suas vozes se alteavam, traindo sotaques regionais. Bea tinha razão.

Ele deu um suspiro e apertou sua mão. Como é que ia fazer sem ela, quando estivesse em campo? Como ia se arranjar quando se visse incapaz de conversar sobre suas percepções? Era ela quem o impedia de falar bobagem, era ela quem refreava sua tendência a construir grandes teorias acerca de tudo. Era ela que botava seus pés no chão. Tê-la a seu lado naquela missão valeria um milhão de dólares.

Mas já estava custando bem mais que um milhão de dólares mandá-lo sozinho, e era a USIC quem estava pagando a conta.

– Você está com fome? Posso te comprar alguma coisa?

– Já comemos em casa.

– Uma barra de chocolate ou algo assim?

Ela sorriu, mas parecia cansada.

– Estou ótima. Juro.

– Estou me sentindo tão mal por te decepcionar.

– Me decepcionar?

– Você sabe... no carro. Pareceu injusto, incompleto, e justo hoje... detesto ter que te deixar assim.

– Vai ser horrível – disse ela. – Mas não por causa disso.

– Foi o ângulo, aquele ângulo esquisito, que me fez...

– Por favor, Peter, não precisa. Não fico fazendo contabilidade nem marcando placar. Fizemos amor. Isso me basta.

– Eu acho que eu...

Ela o impediu de falar com o dedo sobre a boca, e o beijou.

– Você é o melhor homem do mundo. – Beijou-o de novo, desta vez na testa. – Se você está com vontade de fazer autópsias, sei que vai haver motivos muito melhores para isso nessa missão.

A testa dele se enrugou debaixo dos lábios dela. O que ela quis dizer com "autópsias"? Será que estava se referindo à inevitabilidade de encontrar obstáculos e reveses? Ou será que estava convencida de que a missão como um todo ia terminar em fracasso? Ou em morte?

Ele se levantou; ela levantou junto. Abraçaram-se forte. Um grande grupo de excursão invadiu o saguão, recém-desovado de um ônibus e louco para embarcar logo para o sol. Afluindo em direção ao portão que lhes cabia, o rio de tagarelas turísticos se dividiu em dois ao redor de Peter e Bea. Quando todos já haviam passado e o saguão estava relativamente silencioso outra vez, uma voz anunciou no alto-falante:

– Por favor, fique próximo de seus pertences o tempo todo. Artigos abandonados serão removidos e podem ser destruídos.

– Você está com algum tipo de... pressentimento de que minha missão vai fracassar? – perguntou ele.

Ela fez que não com a cabeça, cutucando o queixo dele com o movimento.

– Você não sente a mão de Deus em tudo isso? – insistiu ele.

Ela fez que sim.

– Você acha que Ele iria me mandar assim tão longe para...

– Por favor, Peter. Chega. – A voz dela estava embargada. – A gente já conversou sobre essa história tantas vezes. Agora não adianta mais nada. Só temos que ter fé.

Eles voltaram a sentar, tentando se acomodar nas cadeiras. Ela apoiou a cabeça no ombro dele. Ele ficou pensando na história humana, nas pequenas aflições escondidas por trás dos acontecimentos grandiosos. Nas trivialidades que deviam estar incomodando Einstein ou Darwin ou Newton enquanto eles formulavam suas teorias: talvez um bate-boca com o senhorio, ou a preocupação com uma lareira entupida. Os pilotos que bombardearam Dresden, obcecando-se com uma frase em uma carta que viera de casa: Que será que ela quis dizer com *isso*? E Colombo, quando estava navegando para o Novo Mundo... quem saberia dizer o que ia na cabeça dele? Talvez as últimas palavras que um velho amigo lhe dissera, uma pessoa nem sequer registrada nos livros de história...

– Você já decidiu quais serão suas primeiras palavras? – perguntou ela.

– Primeiras palavras?

– A *eles*. Quando os conhecer.

Ele tentou pensar.

– Depende... – disse ele, incerto. – Não tenho a menor ideia do que vou encontrar. Deus vai me orientar. Ele vai me soprar as palavras necessárias.

– Mas quando você imagina isso... o encontro... que imagem vem à sua cabeça?

Ele ficou olhando fixamente para a frente. Um funcionário do aeroporto vestido em um macacão com faixas reflexivas amarelas destrancava uma porta onde se lia MANTENHA A PORTA FECHADA.

– Eu não imagino com antecedência – disse ele. – Você sabe como eu sou. Não consigo viver as coisas antes de elas acontecerem. E, de qualquer modo, as coisas sempre acabam acontecendo diferente do que imaginamos.

Ela deu um suspiro.

– Eu tenho uma imagem na cabeça.

– Me fala.

– Promete que não vai rir de mim.

– Prometo.

Ela falou junto de seu peito:

– Eu vejo você de pé à beira de um grande lago. É de noite e o céu está todo estrelado. Na água, há centenas de pequenos barcos pesqueiros, flutuando de um lado para o outro. Cada barco tem pelo menos uma pessoa dentro, alguns, três ou quatro, mas eu não consigo ver ninguém direito, porque está muito escuro. Nenhum dos barcos vai a lugar algum, todos baixaram âncora, porque todos estão te ouvindo. O ar está tão calmo que você nem precisa gritar. Sua voz simplesmente vai longe, sobre as águas.

Ele afagou o ombro dela.

– Bonito... – Ele ia dizer "sonho", mas pensou que iria soar como desdém. – ... cenário.

Ela deu um murmúrio que podia ser de concordância ou um gemido de dor abafado. Seu corpo fazia peso contra o dele, mas ele a deixou se acomodar e tentou não se mexer.

Diametralmente oposta à cadeira onde Peter e Beatrice estavam sentados, havia uma loja de chocolates e biscoitos. Ainda estava com um bom movimento apesar do adiantado da hora; cinco fregueses aguardavam a sua vez no caixa, e vários outros estavam escolhendo o que levar. Peter observou uma jovem bem-vestida arrebanhar um monte de produtos das prateleiras. Caixas de pralinas tamanho família e de biscoitos *shortbreads* escoceses, um Toblerone do tamanho de um cassetete. Abraçando a todos junto ao peito, ela deu a volta no pilar que sustentava o teto da loja, como se fosse verificar se havia mais produtos expostos do lado de fora. E aí ela simplesmente se afastou, furando a multidão, na direção do banheiro feminino.

– Acabei de testemunhar um crime – murmurou Peter para o cabelo de Beatrice. – Você viu?

– Sim.

– Achei que você estivesse dormindo.

– Não, eu a vi também.

– Devíamos ter parado ela?

– Parado ela? Como assim, dando voz de prisão?

– Ou ao menos ter contado para o pessoal da loja.

Beatrice pressionou a cabeça mais forte contra o ombro dele enquanto viam a mulher sumir pela porta do banheiro.

– Isso ajudaria alguém?

– Talvez lembre a ela que roubar é errado.

– Duvido. Ser pega só a faria odiar quem a flagrou.

– Então, enquanto cristãos, deveríamos simplesmente deixá-la roubar sem consequências?

– Enquanto cristãos, nosso dever é difundir o amor de Cristo. Se cumprirmos bem nosso papel, vamos criar pessoas que não *queiram* fazer o mal.

– "Criar"?

– Você entendeu. Inspirar. Educar. Mostrar o caminho. – Ela ergueu a cabeça e beijou a testa dele. – Exatamente o que você está indo fazer. Nessa missão. Meu marido corajoso.

Ele corou, engolindo agradecido o elogio feito uma criança sedenta. Até aquele momento, não tinha percebido o quanto estava precisado disso. O efeito interior foi tão grande que ele pensou que seu peito fosse explodir.

– Vou à capela – disse ele. – Quer vir?

– Daqui a pouco. Vá indo na frente.

Ele se pôs de pé e andou sem hesitar até a capela do Heathrow. Era o único lugar nos aeroportos de Heathrow, Gatwick, Edimburgo, Dublin e Manchester que ele conseguia encontrar com o pé nas costas. Era sempre a sala mais feiosa e deselegante de todo o complexo, bem diferente das enfeitadas colmeias comerciais. Mas tinha alma.

Uma vez que a encontrou, perscrutou o cronograma colado à porta para ver se por acaso tinha chegado a tempo de uma rara Comunhão. Mas a próxima só estava marcada para quinta-feira que vem, às três, momento em que ele já estaria a uma distância inimaginável dali, e Beatrice já teria iniciado os longos meses em que dormiria sozinha com Joshua.

Abriu a porta com cuidado. Os três muçulmanos ajoelhando-se lá dentro não perceberam sua entrada. Eles encaravam um papel afixado na parede, um pictograma impresso de uma grande seta, feito uma placa de trânsito. Ela apontava para Meca. Os muçulmanos se curvaram, empinando os traseiros para o alto, e beijaram os coloridos tapetes fornecidos pela capela. Eram homens impecavelmente vestidos, com relógios caros e ternos sob medida. Seus sapatos engraxados de couro envernizado estavam jogados de lado. As plantas de seus pés contorciam-se sob as meias no entusiasmo de suas reverências.

Peter deu uma rápida olhada para o outro lado do salão, dividido ao meio por uma cortina. Conforme ele suspeitara, ali havia uma mulher, também muçulmana, embuçada em cinza, realizando o mesmo ritual silencioso. Ela estava com uma criança, um menininho miraculosamente bem-comportado e vestido igual ao Pequeno Lorde. Ele estava sentado próximo aos pés da mãe, ignorando suas prostrações e lendo um gibi. Homem-Aranha.

Peter andou até o armário onde ficavam guardados os livros sagrados e os folhetos. A Bíblia (uma edição dos Gideões), uma edição contendo apenas o Novo Testamento e os Salmos, um Corão, um livro surrado em indonésio que devia ser outro Novo Testamento. Em uma prateleira mais baixa, junto dos periódicos *Watchtower* e do Exército da Salvação, estava uma pilha de folhetos otimisticamente alta. Os logotipos lhe pareceram familiares, de forma que ele se abaixou para identificá-los. Eram de uma enorme seita evangélica americana cujo pastor em Londres havia sido entrevistado para aquela mesma missão. Peter chegara a encontrá-lo na recepção da USIC, de saída e de mau humor. "A maior perda de tempo", bufara o sujeito, a caminho da saída. Peter achara que também não ia conseguir nada ali, mas em vez disso... fora ele o escolhido. Por que ele e não alguém de uma igreja com rios de dinheiro e influência política? Ele ainda não tinha certeza. Abriu um dos folhetos, reconhecendo imediatamente a ladainha habitual sobre o significado numerológico do 666, os códigos de barra e a prostituta da Babilônia. Talvez fosse esse o problema: a USIC não estava a fim de fanatismo.

A quietude do salão foi interrompida por uma mensagem do sistema de som, que saiu esganiçada pelo pequeno alto-falante grudado feito uma craca ao teto.

– A Allied Airlines pede desculpas aos passageiros por um novo atraso no voo AB31 para Alicante por problemas técnicos na aeronave. Novas informações serão anunciadas às 22h30. Pede-se aos passageiros que ainda não tenham recebido o seu voucher de refeição que se dirijam ao balcão para recebê-lo. A Allied Airlines lamenta mais uma vez o inconveniente.

Peter achou ter ouvido um resmungo coletivo lá fora, mas atribuiu-o à sua imaginação.

Ele abriu o Livro de Visitas e folheou suas páginas tamanho livro-caixa, lendo os comentários rabiscados um após o outro por visitantes do mundo inteiro. Eles não o decepcionaram; nunca decepcionavam. Só as entradas daquele dia preenchiam três páginas. Algumas estavam em chinês ou em árabe, mas a maioria em inglês, macarrônico ou não. O Senhor estava ali, derramado naquelas garavunhas de esferográficas e hidrográficas.

Sempre o abalava, sempre que estava em um aeroporto, como o complexo inteiro, vasto, de tantos andares, fingia ser um carrossel de delícias seculares, uma galáxia de consumismo onde a fé simplesmente não tinha vez. Cada loja, cada cartaz, cada centímetro do prédio, até os rebites e os ralos dos banheiros, irradiavam a presunção de que ali ninguém precisava de Deus nenhum. As multidões formando filas para lanchinhos e quinquilharias, o fluxo constante de passageiros registrado por câmeras de circuito fechado eram provas maravilhosas da gigantesca diversidade de espécimes humanos, exceto pela presunção de que, por dentro, eram todos iguais: sem fé – e sem encargos, como os produtos que adquiriam. E ainda assim, aquelas hordas de caça-ofertas, casais em lua de mel, banhistas, executivos preocupados com seus negócios, fashionistas pechinchando brindes e bônus... ninguém acharia que tantos deles dariam um pulinho naquela saleta para escrever mensagens sinceras ao Todo-poderoso e aos seus irmãos na fé.

Deus, por favor tire todas as coisas ruins do mundo – Johnathan.

Uma criança, pensou ele.

Yuko Oyama, Hyoyo, Japão. Rezo pelas crianças da doença e paz do planeta. E rezo para encontrar um bom companheiro.

Onde está a CRUZ de JESUS CRISTO, nosso SENHOR RESSURRECTO? ACORDEM!

Charlotte Hogg, Birmingham. Por favor, orem para que minha filha e neto querido venham a aceitar bem as notícias sobre minha doença. E orem por todos os aflitos.

Marijn Tegelaars, Londres/Bélgica. À minha querida amiga G, que ela encontre a coragem para ser quem é.

Jill, Inglaterra. Por favor, orem pela alma da minha falecida mãe, para que descanse em paz, e também pela minha família, que é desunida e na qual um odeia o outro.

Alá é o maior! Deus é dez!

A mensagem seguinte estava riscada a ponto de ser ininteligível. Sem dúvida, uma réplica intolerante e maldosa à mensagem muçulmana acima, suprimida por outro muçulmano ou pelo responsável da capela.

Coralie Sidebottom, Slough, Berkshire. Grata pelas maravilhas da criação de Deus.

Pat & Ray Murchiston, Langton, Kent. Para o nosso filho, Dave, falecido ontem em um acidente de carro. Para sempre em nosso coração.

Frederick Thorne, Armagh, Irlanda. Rezo pela cura do planeta e pelo despertar de TODOS os povos que o habitam.

Uma mãe. Meu coração está partido pois meu filho não fala comigo desde que casei de novo, há 7 anos. Por favor, orem pela reconciliação.

Que cheiro horrível de purificador de ar vagabundo vocês podem fazer melhor do que isso.

Moira Venger, África do Sul. Deus está no controle.

Michael Lupin, Hummock Cottages, Chiswick. Há algum cheiro no ar que não é de antisséptico.

Jamie Shapcott, 27 Pinley Grove, Yeovil, Somerset. Por favor, que meu voo de baixo custo para Newcastle não caia. Obrigado.

Victoria Sams, Tamworth, Staffordshire. Boa decoração, mas as luzes não param de piscar.

Lucy, Lossiemouth. Traga meu homem de volta em segurança.

Ele fechou o livro. Suas mãos tremiam. Sabia que tinha uma chance bem decente de morrer nos trinta dias que se seguiriam, ou, mesmo que sobrevivesse à jornada, de jamais retornar. Este era o seu momento Getsêmani. Ele fechou bem os olhos e orou para que Deus lhe dissesse o que queria; será que Seus desígnios comandavam que ele puxasse Beatrice pela mão e corresse para a saída, para o estacionamento, voltando direto para casa antes que Joshua sequer notasse sua falta?

Como resposta, Deus deixou-o ficar ouvindo o rame-rame histérico de sua própria voz interior ecoando no vão de seu crânio. Então ele ouviu, lá atrás, um tilintar de moedas quando um dos muçulmanos levantou de um pulo para recuperar seus sapatos. Peter se virou. O muçulmano o saudou cortesmente ao sair. A mulher atrás da cortina estava retocando o batom, organizando os cílios com o mindinho, enfiando fios de cabelo desgarrados para dentro de seu hijab. A seta pregada na parede tremulou de leve quando o homem puxou a porta para sair.

As mãos de Peter tinham parado com a tremedeira. Um pouco de perspectiva lhe tinha sido concedida. Não se tratava de Getsêmani nenhum: ele não estava indo para o Gólgota, estava embarcando numa grande aventura. Fora escolhido entre milhares para atender à convocação missionária mais importante desde que os Apóstolos tinham se aventurado a conquistar Roma com o poder do amor, e ele ia dar o melhor de si.

Beatrice não estava na cadeira onde ele a deixara. Por alguns segundos, pensou que ela havia amarelado, preferindo abandonar o terminal a lhe dar o último adeus. Sentiu uma náusea de aflição. Mas então a avistou a algumas fileiras dali, na direção do quiosque de café e muffins. Ela estava acocorada no chão, seu rosto empanado pelo cabelo solto. À sua frente, também de cócoras, estava uma criança – um bebê gordo cuja calça de elástico mal disfarçava uma volumosa fralda.

– Olha só! Eu tenho... dez dedos! – dizia ela à criança. – E você? Também tem dez dedos?

A criança gorda estendeu suas mãos à frente, quase tocando as de Bea. Ela fingiu estar contando atentamente, e então disse:

– Cem! Não: dez!

O garoto riu. Uma criança mais velha, menina, assistia de longe, tímida, chuchando os próprios punhos. Ela não parava de buscar o olhar da mãe, mas a mãe não olhava nem para as crianças, nem para Beatrice; estava envolvida com um dispositivo eletrônico em sua mão.

– Ah, oi – disse Beatrice quando viu Peter chegando. Ela tirou o cabelo do rosto, prendendo-o atrás das orelhas. – Esses são o Jason e a Gemma. Eles estão indo para Alicante.

– Assim esperamos – disse a mãe, cansada. O eletrônico fez um bipe, após analisar os níveis de glicose no sangue da mulher.

– Eles estão aqui desde duas da tarde – explicou Beatrice. – Estão bem estressados.

– Nunca mais – murmurou a mulher enquanto remexia na bolsa de viagem em busca de injeções de insulina. – Juro. Quando já estão com seu dinheiro, não dão mais a mínima.

– Joanne, esse é meu marido, Peter. Peter, essa é a Joanne.

Joanne assentiu em saudação mas estava envolvida demais com sua desgraça para se preocupar com simpatia.

– No catálogo, tudo a preço de banana – observou, amargurada –, mas você paga em estresse, com juros.

– Ah, não fique assim, Joanne – aconselhou Beatrice. – As férias vão ser ótimas. Não aconteceu nada de realmente ruim. Pense bem: se o avião estivesse marcado para decolar oito horas depois, você estaria fazendo a mesma coisa que está fazendo agora: esperando, só que em casa.

– Esses dois tinham que estar na cama – resmungou a mulher, expondo um pneu de carne na barriga e espetando a agulha.

Jason e Gemma, prontamente ofendidos pela alegação de que estavam irritados por questão de sono, e não de maus-tratos, fizeram cara de que iam abrir um novo berreiro. Beatrice se agachou outra vez.

– Acho que perdi meus pés – disse ela, estreitando os olhos e procurando pelo chão feito uma míope. – Onde é que eles estão?

– Aqui! – gritou o pequeno Jason, quando ela se virou de costas para ele.

– Onde? – perguntou ela, girando de volta.

– Graças a Deus – disse Joanne. – Lá vem o Freddie com a comida.

Um sujeito sem queixo vestindo um corta-vento cor de mingau se aproximava atabalhoadamente, segurando vários sacos de papel em cada mão.

– Maior roubalheira do mundo – anunciou ele. – Te deixam lá meia hora de pé com seu voucherzinho de duas pratas. É que nem a fila dos desempregados. Olha só, se em meia hora esses filhos da mãe não resolverem...

– Freddie – disse Beatrice alegremente. –, este é o meu marido, Peter.

O homem largou os sacos e apertou a mão de Peter.

– Sua mulher é um anjo, Pete. Ela sempre socorre os órfãos e desamparados?

– Nós... nós dois acreditamos no poder da solidariedade – disse Peter. – Não custa nada e deixa a vida mais interessante.

– Quando vamos ver o mar? – disse Gemma, dando um bocejo.

– Amanhã, quando você acordar – disse a mãe.

– Essa tia legal vai estar lá?

– Não, ela vai para os Estados Unidos.

Beatrice chamou a menininha para perto, sentando-a em seu colo. O bebê já havia caído no sono, apoiando-se esparramado contra uma mochila de lona tão cheia que parecia prestes a rebentar.

– Só um pequeno mal-entendido – disse Beatrice. – Quem vai é meu marido, não eu.

– Você fica em casa com as crianças, então?

– Não temos filhos – disse Beatrice. – Ainda.

– Façam-se um favor – suspirou o homem. – Não tenham. Pulem essa parte.

– Ah, você não está falando sério – disse Beatrice.

E Peter, vendo que o homem estava prestes a dar uma resposta atravessada, acrescentou:

– Não é possível que esteja.

E assim seguiu a conversa. Beatrice e Peter entraram no ritmo, perfeitamente unidos em seu propósito. Já tinham feito aquilo centenas de vezes. Conversas, conversas de verdade, nunca forçadas, mas sempre com potencial para se tornar algo muito mais significativo caso surgisse o momento certo para falar de Jesus. Talvez esse momento chegasse, talvez não. Talvez só se despedissem com um "Deus os abençoe" e fim de história. Nem todo encontro podia ser transformador. Certas conversas não passavam de papo-furado.

Levados no papo, os dois desconhecidos relaxaram apesar de tudo. Em minutos, estavam até mesmo dando risada. Eram de Merton, tinham diabetes e depressão respectivamente, ambos trabalhavam em uma megaloja de ferramentas, tinham poupado um ano inteiro para essas férias. Não eram pessoas fascinantes e nem de grande inteligência. A mulher roncava ao dar risada e o homem emanava um forte fedor de loção almiscarada. Eram seres humanos, preciosos aos olhos de Deus.

– Meu embarque vai abrir – disse Peter afinal.

Beatrice ainda estava no chão, a cabeça da filha dos outros apoiada indolentemente em sua coxa. Uma camada vítrea recobria seus olhos. Eram lágrimas.

– Se eu acompanhá-lo – disse ela – e abraçá-lo quando você estiver para entrar, não vou conseguir me segurar, juro que não. Vou acabar fazendo uma cena. Então me dê adeus aqui mesmo.

Peter sentiu como que uma faca partindo seu coração em dois. O que lhe parecera uma grande aventura na capela agora lhe parecia um sacrifício dilacerante. Ele se aferrou às palavras do Apóstolo: *Cumpre a missão de um pregador do Evangelho, consagra-te ao teu ministério. Quanto a mim, estou sendo oferecido em sacrifício, e o tempo de minha partida está próximo.*

Ele se curvou e Beatrice lhe deu um breve e bruto beijo na boca, agarrando com a mão o cabelo em sua nuca. Ele voltou a se pôr em pé, atordoado. Todo aquele cenário com a família desconhecida – agora entendia: ela havia arquitetado tudo.

– Eu te escrevo – prometeu ele.

Ela fez que sim, e o movimento fez as lágrimas respingarem em suas bochechas.

Ele foi a passos firmes até o Embarque. Quarenta minutos depois, ele estava no céu.

2

Nunca mais voltar a enxergar os seres humanos do mesmo jeito

O motorista da USIC saiu do posto de gasolina com uma garrafa de Tang e uma banana sobrenaturalmente amarela, sem uma mancha. Semicego pelo sol, ele fez uma varredura pelo pátio para conferir se sua limusine recém-abastecida e sua preciosa carga importada ainda estavam lá. Essa carga era Peter, que aproveitava a parada para esticar as pernas e tentar falar com a mulher pela última vez.

– Com licença – disse Peter. – Poderia me ajudar com esse telefone?

O homem pareceu desconcertado com aquele pedido, sacudindo as mãos para indicar que ambas estavam ocupadas. Em seu terno azul-escuro, com gravata e tudo, estava agasalhado demais para o calor da Flórida, além de estar sofrendo com o estresse residual do atraso do avião. Era quase como se julgasse Peter pessoalmente responsável pelas más condições atmosféricas sobre o Atlântico norte.

– Qual o problema dele? – disse ele, equilibrando a bebida e a banana no teto escaldante da limusine.

– Acho que nenhum – disse Peter, olhando de soslaio para o eletrônico em sua mão. – Eu é que não devo saber usá-lo direito.

Isso era verdade. Ele não era bom com eletrônicos, e só usava celulares quando as circunstâncias o obrigavam; o resto do tempo ele ficava hibernando no seu bolso, até se tornar obsoleto. A cada ano, mais ou menos, Beatrice lhe dizia qual era o seu novo número, porque mais uma operadora começara a maltratar demais o consumidor ou tinha ido à bancarrota. Hoje em dia empresas andavam indo à bancarrota com uma frequência alarmante; Bea se mantinha atualizada com essas coisas, Peter não. Só sabia que memorizar dois novos números de telefone todo ano não era fácil para ele, apesar de sua capacidade de memorizar longas passagens das Escrituras. E sua falta de intimidade com a tecnologia era tal que, se ele apertasse o símbolo de chamada do aparelho e nada acontecesse – como ele acabara de fazer naquele limbo ofuscante da Flórida –, não conseguiria imaginar o que fazer a seguir.

O motorista estava louco para retomar o trajeto: ainda restava grande parte dele a cumprir. Dando uma grande mordida na banana, ele se apossou do telefone de Peter e examinou-o desconfiadamente.

– Está com o chip certo, isso aqui? – murmurou ele, mastigando. – Para ligar para... hã... a Inglaterra?

– Acho que sim – disse Peter. – Creio que sim.

O motorista o devolveu, sem querer se comprometer:

– Me parece um celular perfeitamente saudável.

Peter deu dois passos para se abrigar à sombra do toldo de metal que recobria as bombas de gasolina. Experimentou teclar de novo a sequência correta de símbolos. Desta vez, foi recompensado com uma melodia em *staccato*: o código internacional seguido do número de Bea. Ele segurou o losango de metal junto à orelha e ficou olhando para o raramente visto azul do céu e para as árvores esculturais ao redor da parada de caminhões.

– Alô?

– Sou eu – disse ele.

– ... lô?

– Está me ouvindo? – disse ele.

– ... te ouvir – disse Bea. Sua voz vinha misturada em uma tempestade de estática. Palavras aleatórias pululavam do pequeno amplificador feito faíscas desgovernadas.

– Estou na Flórida – disse ele.

– ... meio... madrugada – respondeu ela.

– Desculpe. Te acordei?

– ... te amo... como vai... sabe o que...?

– Estou são e salvo – disse ele. O suor fazia o telefone deslizar entre seus dedos. – Desculpe estar te ligando agora, mas posso não ter outra chance mais tarde. O avião atrasou e estamos com muita pressa.

– ... i... o... no... eu... cara sabe alguma coisa sobre...?

Ele saiu da sombra do toldo metálico, afastando-se ainda mais do veículo.

– Esse cara não sabe nada de nada – murmurou ele, querendo acreditar que suas palavras estavam chegando mais claramente a ela do que as dela a ele. – Nem sei se ele trabalha mesmo para a USIC.

– ... não perguntou...?

– Não, ainda não. Vou perguntar. – Ele se sentia meio mal. Tinha passado vinte, trinta minutos no carro com esse motorista e nem sequer descobrira se ele era mesmo funcionário da USIC ou só um motorista contratado. Tudo o que tinha descoberto era que a foto da garotinha no painel era da filha dele, que o motorista tinha acabado de se divorciar da mãe da garotinha, e que a mãe da garotinha era advogada e trabalhava duro para fazer ele se arrepender de ter nascido. – Está tudo muito... caótico nesse momento. E eu não dormi no avião. Te escrevo quando eu... você sabe, quando eu chegar na outra ponta. Aí vou ter bastante tempo e te conto tudinho. Vai ser como se viajássemos juntos.

Houve uma torrente de estática e ele não entendeu se ela ficara em silêncio ou se suas palavras não estavam chegando. Ele falou mais alto:

– Como está o Joshua?

– ... primeiras... ele mal... o... acho... lado...

– Desculpe, a ligação está picotando. E esse cara quer que eu pare de falar. Tenho que ir. Eu te amo. Eu queria... eu te amo.

– ... também...

E de repente ela já não estava lá.

– Era sua mulher? – disse o motorista quando Peter já se acomodara no fundo do veículo e estavam deixando o posto.

Na verdade, não, Peter pensou em dizer, *não era minha mulher, não. Era uma porção de barulhos eletrônicos desconexos saindo de uma engenhoca metálica.*

– Sim – disse ele. Sua preferência quase obsessiva por comunicação cara a cara era complicada demais para ser explicada a um desconhecido. Até Beatrice tinha problemas para compreendê-la às vezes.

– E seu filho se chama Joshua? – O motorista parecia não ligar para nenhum tabu social sobre ouvir a conversa alheia.

– Joshua é nosso gato – disse Peter. – Não temos filhos.

– Dá bem menos dor de cabeça – disse o motorista.

– Você é a segunda pessoa em dois dias que me diz isso. Mas sei que você ama sua filha.

– Não há escolha! – O motorista fez um gesto com a mão na direção do para-brisa, indicando todo o mundo sensível, o destino, qualquer coisa assim. – O que a sua mulher faz?

– Ela é enfermeira.

– Uma bela profissão. Melhor que advogada, de qualquer forma. Melhora a vida das pessoas em vez de piorar.

– Bem, espero que ser pastor também ajude em alguma coisa.

– Com certeza – disse o motorista sem pensar. Não pareceu ter certeza coisa nenhuma.

– E quanto a você? – disse Peter. – Você faz parte... hã... do corpo de funcionários da USIC, ou eles só te contratam quando precisam de transporte?

– Já sou motorista da USIC há nove, dez anos – disse o homem. – Na maior parte, transporto material. Às vezes, um acadêmico. A USIC dá muitas conferências. E, de quando em vez, um astronauta.

Peter fez que sim. Por um segundo imaginou o motorista indo buscar um astronauta do Aeroporto de Orlando, um brutamontes de queixo quadrado em um traje espacial bulboso caminhando pesadamente pelo desembarque até a placa segurada pelo motorista. Só então caiu sua ficha.

– Nunca pensei em mim como astronauta – disse ele.

– É uma palavra antiga – admitiu o motorista. – Eu a uso pois tenho respeito pela tradição. O mundo tem mudado muito rápido. Você tira os olhos de cima de uma coisa que sempre esteve lá, e um minuto depois ela virou passado.

Peter olhou para fora da janela. A via expressa dali era bem parecida com a via expressa no Reino Unido, mas havia gigantescas placas de metal informando-lhe que esplêndidas atrações como o rio Econlockhatchee e o Hal Scott Nature Preserve estavam em algum lugar ali perto, escondidos atrás dos quebra-ventos. Ilustrações estilizadas em outdoors evocavam as delícias de acampar e passear a cavalo.

– Uma das coisas boas da USIC – disse o motorista – é que eles têm algum respeito pela tradição. Ou talvez só reconheçam o valor das marcas. Compraram o cabo Canaveral, sabia? O lugar é todo deles agora. Deve ter custado uma fortuna, e poderiam ter construído sua base de lançamentos em outro lugar; afinal, hoje em dia a terra está tão barata. Mas eles queriam o cabo Canaveral. Para mim, isso se chama classe.

Peter concordou vagamente com um murmúrio. A classe – ou a falta dela – das corporações multinacionais não era um assunto sobre o qual ele tivesse forte opinião. Uma das poucas coisas que sabia sobre a USIC era que ela era dona de muitas fábricas já extintas em cidades já falidas em partes degradadas da antiga União Soviética. Por algum motivo, ele duvidava que "classe" descrevesse bem o que se passava lá. Quanto ao cabo Canaveral, a história da exploração espacial nunca lhe suscitara o menor interesse, nem quando criança. Nem sequer tinha notado que a NASA deixara de existir. Era o tipo de factoide inútil que Beatrice desenterrava durante sua leitura do jornal que, mais tarde, forraria o piso sob as tigelas de comida de Joshua.

Ele já sentia a falta de Joshua. Beatrice costumava sair para o trabalho assim que o sol nascia, quando Joshua ainda dormia pesado sobre a cama. Mesmo se ele despertasse com o movimento e miasse, ela saía correndo da mesma forma, dizendo, "O papai vai te dar comida". E, certamente, uma ou duas horas depois, Peter estaria sentado na cozinha, ruminando cereal adocicado, enquanto Joshua ruminava cereal salgado sobre o piso. Então Joshua pulava sobre a mesa da cozinha e lambia o restinho de leite da tigela de Peter. Não era algo que podia fazer quando a mamãe estava por perto.

– O treinamento é difícil, não é? – disse o motorista.

Peter sentiu que a expectativa era ouvi-lo relatar regimes de exercício militar, testes de resistência olímpicos. Não tinha nada do gênero para contar.

– Tem um exame médico – revelou ele. – Mas a maior parte da triagem são... perguntas.

– É mesmo? – disse o motorista.

Momentos depois, ele ligou o rádio. "... continua no Paquistão", falava uma voz séria, "enquanto as forças contrárias ao governo..." O motorista mudou para uma estação musical, e os sons anacrônicos do A Flock of Seagulls trinaram pelo veículo.

Peter se recostou no banco e ficou relembrando algumas perguntas das entrevistas de triagem. Estas entrevistas, realizadas em uma sala de conferências no décimo andar de um sofisticado hotel londrino, chegavam a durar horas. Uma americana estava constantemente presente: uma pequenina e elegante anoréxica com a postura de uma coreógrafa famosa ou bailarina aposentada. De olhos brilhantes e voz anasalada, ela afagava continuamente canecas transparentes de café descafeinado enquanto trabalhava, auxiliada por uma equipe cambiável de interrogadores. Interrogadores talvez fosse uma palavra errada, pois eram todos simpáticos e ele tinha a estranha sensação de que estavam torcendo para que ele passasse.

– Quanto tempo você aguenta sem seu sorvete preferido?

– Não tenho um sorvete preferido.

– Que aroma o lembra mais da sua infância?

– Não sei. Acho que creme custard.

– Você gosta de creme custard?

– É gostoso. Hoje em dia eu praticamente só como isso em sobremesas de Natal.

– Em que pensa quando pensa no Natal?

– Nascimento de Jesus, celebração do Seu nascimento, realizada na época do solstício de inverno romano. João Crisóstomo. Sincretismo. Papai Noel. Neve.

– Você o celebra?

– Fazemos um grande evento lá na nossa igreja. Distribuímos presentes para crianças carentes, damos uma ceia de Natal em nosso centro de ajuda aos necessitados... Muita gente fica perdida e deprimida nessa época do ano. Precisamos tentar ajudá-las a passar por isso.

– Você dorme bem em camas que não sejam a sua?

Nessa ele teve que pensar um pouco. Recordou-se dos hotéis baratos em que ele e Bea tinham se hospedado quando participaram de eventos evangélicos em outras cidades. Os sofás de amigos que se convertiam em uma espécie de cama. Ou, numa época ainda mais remota de sua vida, a difícil escolha entre continuar com seu casaco vestido no corpo para tremer menos ou usá-lo como travesseiro para amaciar o concreto em que tinha apoiado a cabeça.

– Acho que sou... mediano – disse ele. – Desde que seja uma cama e eu esteja na horizontal, tudo bem.

– Você fica de mau humor antes de seu primeiro café do dia?

– Eu não tomo café.

– Chá?

– Às vezes.

– Às vezes você fica de mau humor?

– Não me irrito facilmente.

Isso era verdade, e esses interrogatórios eram mais uma prova. Ele gostava daquele exercício mental; sentia-se testado, e não julgado. As perguntas disparadas uma atrás da outra eram uma mudança revigorante em relação aos cultos da igreja, onde se esperava que ele deblaterasse por uma hora com os demais sentados em silêncio. Ele queria o emprego, queria muito, mas o resultado estava nas mãos de Deus, e não havia nenhuma vantagem em ficar ansioso, dar respostas desonestas ou tentar agradar com artifícios. Ele seria ele mesmo, e esperava que isso fosse o bastante.

– Como você se sentiria em usar sandálias?

– Por quê? Vou ter que usar?

– Talvez. – Isso partira de um homem cujos pés estavam abrigados em luxuosos sapatos de couro negro tão brilhante que o rosto de Peter aparecia refletido neles.

– Como se sente se não acessar as mídias sociais por um dia inteiro?

– Não acesso mídias sociais. Pelo menos acho que não. O que querem dizer exatamente com "mídias sociais"?

– Tudo bem. – Sempre que uma pergunta ficava confusa, a tendência era mudarem de tática. – Qual político você mais odeia?

– Não odeio ninguém. E não acompanho muito política.

– São nove da noite e falta luz. O que você faz?

– Conserto, se puder.

– Mas como passaria esse tempo, se não puder?

– Conversaria com minha mulher, se ela estivesse em casa na hora.

– Como acha que ela vai ficar se *você* ficar longe de casa por muito tempo?

– Ela é uma mulher muito capaz e independente.

– Você diria que você é um homem muito capaz e independente?

– Espero que sim.

– Quando foi a última vez que você ficou bêbado?

– Há uns sete, oito anos.

– Você gostaria de uma bebida agora?

– Se não for incômodo, adoraria um pouco mais desse suco de pêssego.

– Com gelo?

– Sim, muito obrigado.

– Imagine uma coisa – disse a mulher. – Você está visitando uma cidade estrangeira e seus anfitriões o chamam para jantar fora. Eles o levam a um restaurante com uma atmosfera agradável e animada. Há uma grande vitrine fechada onde lindos patinhos brancos correm atrás da mãe. De tantos em tantos minutos, o chef pega um dos patinhos e joga em um caldeirão de óleo fervente. Quando ele termina de fritar, é servido aos comensais; todos estão alegres e tranquilos. Seus convidados pedem patinho frito e dizem que você precisa experimentar, é fantástico. O que você faz?

– Tem mais alguma coisa no cardápio?

– Sim, várias coisas.

– Então eu pediria outra coisa.

– Você ainda seria capaz de ficar lá sentado e comer?

– Depende do que eu estivesse fazendo na companhia dessas pessoas, para começar.

– E se você não concordasse com o que elas fazem?

– Eu tentaria levar a conversa para o lado das coisas que não aprovo, e depois seria honesto sobre o que eu achasse errado.

– Você não tem um problema específico com a questão dos patinhos?

– Os seres humanos comem toda espécie de animal. Matam porcos, que são bem mais inteligentes do que aves.

– Então, se um animal for burro, tudo bem em matá-lo?

– Não sou açougueiro. Nem chef. Escolhi fazer outra coisa da vida. É uma escolha contra a morte, se quiser considerar assim.

– Mas e quanto aos patinhos?

– O que *tem* os patinhos?

– Você não sentiria um impulso de salvá-los? Por exemplo, passaria pela sua cabeça estilhaçar a vitrine para que escapassem?

– Instintivamente, talvez. Mas provavelmente não faria tão bem assim aos patos. Se aquilo que vi no restaurante me impressionasse de verdade, eu poderia, quem sabe, devotar minha vida inteira a reeducar as pessoas daquela sociedade para matar os patos de forma mais humana. Mas eu preferiria devotar minha vida a algo que possa persuadir os seres humanos a tratar *um ao outro* mais humanamente. Porque seres humanos sofrem bem mais do que patos.

– Talvez você pensasse diferente se fosse um pato.

– Não acho que eu pensaria muito em *nada* se eu fosse um pato. É a consciência superior que causa todas as nossas dores e suplícios, não acha?

– Você pisaria em um grilo? – indagou um dos outros entrevistadores.

– Não.

– Uma barata?

– Talvez.

– Então você não é budista.

– Nunca disse que era budista.

– Você não diria que toda vida é sagrada?

– É um belo conceito, mas todas as vezes que tomo banho, mato criaturas microscópicas que pretendiam morar na minha pele.

– Então, para você, onde está o limite? – retomou a mulher. – Cães? Cavalos? E se o restaurante estivesse fritando gatinhos vivos?

– Quem quer fazer uma pergunta agora sou eu – disse ele. – Vocês estão me mandando para algum lugar onde as pessoas fazem crueldades terríveis com outras criaturas?

– Claro que não.

– Então por que esse tipo de pergunta?

– Certo, e que tal essa aqui: você estava num cruzeiro, o navio afundou, e agora você está num bote salva-vidas com um homem extremamente irritante que por acaso também é homossexual...

E assim foi. Por dias e dias a fio. Por tanto tempo, aliás, que Bea perdeu a paciência e começou a achar que talvez fosse bom ele dizer à USIC que seu tempo era precioso e não o desperdiçaria mais com aquele monte de charadas.

– Não, eles me querem – garantiu-lhe ele. – Dá para ver.

Agora, naquela manhã escaldante da Flórida, garantido o selo de aprovação da companhia, Peter voltou-se para o motorista e fez a pergunta para a qual, em todos esses meses, jamais recebera uma resposta direta.

– O que é a USIC, exatamente?

O motorista deu de ombros.

– Hoje em dia, quanto maior a empresa, menos você entende o que ela faz. Já se foi o tempo em que uma empresa automobilística fabricava automóveis e a mineradora minerava. Não é mais assim. Você pergunta à USIC qual é sua especialidade e eles dizem coisas como... logística. Recursos humanos. Desenvolvimento de projetos de grande porte.

O motorista sugou o resto do Tang pelo canudo, produzindo um ruidoso gorgolejo.

– Mas de onde vem todo o dinheiro? – perguntou Peter. – Eles não têm financiamento do governo.

O motorista franziu a testa, tentando se concentrar. Precisava conferir se o veículo estava na faixa certa.

– Investimentos.

– Investimentos em quê?

– Várias coisas.

Peter protegeu os olhos com a mão em pala; o fulgor do sol estava lhe dando dor de cabeça. Lembrou que tinha feito a mesma pergunta a seus interrogadores da USIC, em uma das primeiras entrevistas, com Beatrice ainda a seu lado.

– Nós investimos em *pessoas* – respondera a elegante mulher, meneando a cabeleira grisalha meticulosamente aparada e depositando suas mãos esquálidas e delicadas sobre a mesa.

– É o que todas as corporações dizem – observou Beatrice, de forma um tanto rude, achou ele.

– Bem, no nosso caso, falamos sério – disse a senhora. Seus olhos cinzentos eram sinceros e faiscavam de inteligência. – Nada pode ser feito sem gente. Indivíduos, indivíduos singulares com habilidades muito especiais. – Ela se voltou para Peter. – É por isso que estamos conversando com você.

A argúcia dessa frase o fez sorrir: podia funcionar como lisonja – estavam conversando com ele porque obviamente ele era uma dessas pessoas especiais – ou poderia ser um preâmbulo para a rejeição – estavam conversando com ele para manter os altos padrões que, no fim das contas, o descartariam. Uma coisa era certa: as indiretas que ele e Bea haviam soltado sobre que ótima equipe formariam caso pudessem ir juntos para a missão caíram por terra feito farelo, e desapareceram no carpete.

– Um de nós precisa ficar e cuidar do Joshua, de qualquer forma – disse Bea quando conversaram depois. – Seria crueldade abandoná-lo por tanto tempo. E tem a igreja. E a casa, as despesas, preciso continuar trabalhando.

Todas eram preocupações bastante válidas – embora um adiantamento do que a USIC pretendia pagar, ainda que fosse uma pequena fração da soma total, teria bancado uma quantidade obscena de ração de gato, visitas de vizinhos e a despesa gerada pela calefação.

– Simplesmente teria sido bom ser convidada, só isso.

Sim, teria sido bom. Mas não eram loucos de desprezar uma oportunidade boa daquelas. Peter fora escolhido dentre muitos outros rejeitados.

– E você? – disse ele ao motorista. – Como *você* veio a se envolver com a USIC?

– O banco executou a hipoteca da nossa casa.

– Sinto muito.

– O maldito banco executou a hipoteca de quase todas as casas em Gary. Tomou-as, não conseguia vendê-las, ia deixá-las apodrecer, cair aos pedaços. Mas a USIC nos ofereceu um trato. Assumiram a dívida, e ficaríamos com a nossa casa, e em troca trabalharíamos para eles por uma mixaria. Uns amigos meus ficaram dizendo que isso era trabalho escravo. Para mim, é... humanitário. E esses meus amigos de antigamente, hoje em dia, estão morando em trailers. E eu estou aqui, dirigindo uma limusine.

Peter fez que sim com a cabeça. Já tinha esquecido o nome da terra natal daquele cara, e tinha apenas uma vaga noção do estado atual da economia americana, mas entendia muito bem o que significava alguém lhe estender a mão quando você mais precisava.

– Vá a qualquer cidade falida no interior deste país – continuava o motorista – e você vai encontrar muita gente nessa mesma situação. Talvez eles digam que estão trabalhando para a empresa X ou Y, mas, cavando um pouco, você logo vai descobrir que é a USIC.

– Eu não sei nem o que querem dizer as letras em "USIC" – disse Peter.

– Aí eu não sei – disse o motorista. – Hoje em dia muita empresa por aí tem nome sem significado nenhum. Todos os nomes com significado já têm dono. É a coisa da marca registrada.

– Presumo que a parte "US" queira dizer Estados Unidos.

– Acho que sim. Mas eles são uma multinacional. Uma vez alguém me disse que eles começaram na África. Só sei que é bom trabalhar para eles. Nunca me sacanearam nem uma vez. Você está em boas mãos.

Nas tuas mãos entrego o meu espírito, pensou Peter, naturalmente. *Lucas 23:46*, cumprindo a profecia do *Salmo 31:5*. Exceto que não estava claro em que mãos ele estava para ser entregue.

– Isso vai dar um pouco de nervoso – disse a mulher negra de jaleco branco. – Na verdade, vai dar uma sensação bem desagradável. Você vai sentir como que um pote de iogurte gelado correndo pelas suas veias.

– Puxa, obrigado. Mal posso esperar.

Incomodado, ele ajeitou a cabeça no oco forrado de isopor de seu leito, que mais parecia um caixão, e tentou não olhar para a injeção que se aproximava de seu braço garroteado.

– Não queremos que pense que alguma coisa deu errado, é só isso.

– Se eu morrer, diga para a minha...

– Você não vai morrer. Não com esse líquido dentro de você. Relaxe e pense positivo.

A cânula estava em sua veia; o soro começava a pingar; a substância translúcida penetrou em seu sangue. Ele pensou que ia vomitar só pela repelência daquele negócio. Deviam ter lhe dado um sedativo antes. Ficou pensando se seus três companheiros de viagem tinham sido mais corajosos do que ele. Estavam aninhados em berços idênticos, noutra parte do complexo, mas ele não os via dali. Ele os conheceria dali a um mês, ao acordar.

A mulher que havia administrado a infusão estava postada calmamente a seu lado, velando por ele. Sem aviso – mas como poderia ter havido um? –, sua boca pintada começou a flutuar para o lado esquerdo do rosto, os lábios passeando por sua bochecha feito uma canoazinha vermelha. A boca não parou até chegar à testa, detendo-se por fim acima de suas sobrancelhas. Então seus olhos, com cílios, pálpebras e tudo, desceram na direção do seu queixo, piscando normalmente enquanto se realocavam.

– Não resista, deixe fazer efeito – aconselhou a boca sobre a testa. – É temporário.

Ele estava assustado demais para falar. Aquilo não era alucinação nenhuma. Era o que acontecia com o universo quando você não conseguia mais obrigá-lo à coerência. Cachos de átomos, raios de luz, aglutinando-se em formas efêmeras antes de se transmutar em outra coisa. Seu maior medo, ao deslizar para a escuridão, era nunca mais voltar a enxergar os seres humanos do mesmo jeito.

3

A grande aventura bem que poderia esperar

– *Cara*. Puta que pariu. – Uma voz grave e desolada reverberou no vazio sem forma. – Essa merda é forte pra caralho, hein?

– Modere o palavreado, BG. Tem um religioso no recinto.

– Que delícia, *parece* um boquete. Olha, me ajuda a sair logo desse caixão, vai.

Uma terceira voz:

– Eu também. Primeiro eu.

– Vocês vão se arrepender, meus filhos. – (Isso foi enunciado no maior tom de condescendência do mundo.) – Mas tudo bem.

Houve um farfalhar, uns resmungos, umas tossidas e uns grunhidos de esforço físico.

Peter abriu os olhos, mas estava enjoado demais para se voltar para o lado das vozes. Os tetos e paredes convulsionavam; as lâmpadas mais pareciam ioiôs. Era como se a estrutura sólida do recinto tivesse ficado elástica, paredes inchando, teto latejando. Ele fechou os olhos para reprimir o delírio, mas foi pior: as convulsões continuaram no interior de sua cabeça, como se seus olhos estivessem inflando feito balões, como se a polpa que preenchia o interior de seu rosto estivesse a perigo de esguichar narinas afora. Ele imaginava que seu cérebro estava sendo preenchido com – ou drenado de – algum tipo de licor repulsivo, cáustico.

Em outra parte da cabine, os resmungos e colisões continuavam, acompanhados por gargalhadas lunáticas.

– Até que é uma boa distração – observou a voz sóbria e irônica, a distância dos outros dois – ficar olhando vocês se contorcendo pelo chão feito duas baratas envenenadas.

– Injustiça. O certo era acordar todo mundo junto de uma vez. Aí sim íamos ver quem é mais resistente.

– Bem... – (De novo o tom superior.) – Alguém tem que ser o primeiro, acho eu. Para fazer o café e conferir se está tudo em ordem.

– Então vá lá conferir suas coisas, Tuska, e deixe o BG e eu nos batermos pelo segundo lugar.

– Vocês que sabem. – Passos. Uma porta se abrindo. – Vocês pensam que vão ter privacidade? Nem em sonho, pessoal. Vou ficar assistindo a vocês agonizarem nas câmeras de vigilância. Sorriam!

A porta se fechou com um clique.

– Pensa que tem o rei na barriga – murmurou uma voz no chão.

– É porque tu fica sempre de vassalo dele.

Peter continuou deitado imóvel, recuperando as forças. Intuitivamente entendeu que seu corpo iria se reajustar aos poucos, e que não havia nenhuma vantagem em tentar apressar as coisas, a não ser que você fosse do tipo competitivo. Os dois homens no chão não paravam de grunhir e gargalhar e se obrigar a levantar de novo, em flagrante desafio às substâncias químicas que haviam lhes permitido sobreviver ao Salto.

– Você vai ser o primeiro a ficar de pé ou vou eu?

– Já levantei, cara... tá vendo?

– Ah, palhaço. Isso não é ficar de pé, você tá escorado. Solta esse banco.

O som de um corpo tombando no chão; mais risadas.

– Quero ver fazer melhor, colega...

– Mole, mole.

O som de outro corpo tombando no chão; gargalhadas histéricas.

– Esqueci como isso era ruim, cara.

– Nada que meia dúzia de latas de Coca não dê jeito.

– Lata, o caralho. Uma *carreira* de coca, aí sim.

– Se vai querer mais drogas depois disso, você é mais burro do que eu pensava.

– Só mais forte, caro. Só mais forte.

E assim seguiu. Os dois naquele *sparring*, arrotando bravatas na atmosfera artificial, ganhando tempo, até estarem os dois sobre os próprios pés. Resmungaram e resfolegaram enquanto remexiam em sacos plásticos, um debochando do gosto do outro para roupas, calçaram os sapatos, testaram se ainda eram bípedes andando pela cabine. Peter continuava deitado em seu nicho, respirando curto, esperando tudo parar de se mexer. Pelo menos o teto já estava mais calmo.

– Ei, cara.

Uma enorme cabeça entrou no seu campo de visão. Por um segundo, Peter não conseguiu reconhecê-la como humana: parecia estar ligada ao pescoço pela ponta errada, com sobrancelhas no queixo e uma barba no alto. Mas não: era humana, claro que era, apenas bem diferente da sua. Pele marrom-escura, um nariz informe, orelhas pequenas, belos olhos castanhos injetados de vermelho. Um pescoço tão musculoso que seria capaz de içar um elevador por vinte andares. E aquelas coisas que pareciam sobrancelhas no queixo? Uma barba. Não uma barba basta, peluda, mas uma declaração de estilo minuciosamente esculpido que era possível adquirir em um barbeiro chique. Anos atrás, devia ter parecido uma linha reta desenhada a hidrográfica, mas o homem agora era de meia-idade, e a barba estava irregular e salpicada de grisalho. A calvície lhe deixara uns poucos núcleos crespos sobre a cabeça.

– Prazer – cacarejou Peter. – Eu me chamo Peter.

– BG, meu irmão – disse o homem negro, estendendo a mão. – Quer que eu te puxe daí?

– Eu... eu preferia ficar deitado aqui mais um tempo.

– Não espere demais não, cara – disse BG, com um radiante sorriso branco. – A nave é pequena demais pra alguém cagar nas calças.

Peter sorriu, sem saber se BG quis lhe dar um aviso do que poderia acontecer ou se só estava constatando o que já acontecera. A viscose que o enfaixava dentro do nicho parecia úmida e pesada ao toque, mas já lhe parecia assim desde que a mulher de jaleco o embrulhara nela.

Outro rosto despontou à sua frente. Branco queimado de sol, cinquentão, cabelo grisalho rareando, aparado militarmente à escovinha. Olhos tão injetados quanto os de BG, mas azuis e repletos de infância dolorosa, divórcios escandalosos e flutuações violentas de status empregatício.

– Severin – disse ele.

– Como é que é?

– Artie Severin. Temos que tirar você daí, amigo. Quanto mais cedo começar a beber água, mais cedo vai se sentir um ser humano.

BG e Severin o ergueram do berço como se estivessem extraindo um novo equipamento da caixa: não exatamente com delicadeza, mas com cuidado suficiente para não rasgar nem quebrar nada. Seus pés mal tocaram o chão enquanto eles o carregaram para fora da sala, passaram por um breve corredor e entraram num banheiro. Ali, despiram-no da tanga de pano que usara durante todo o mês passado, borrifaram-no com uma espuma azul do pescoço à canela e enxugaram-no com toalhas de papel. Um enorme saco de lixo transparente ficou cheio até a metade com gosma azul e marrom antes que eles dessem a tarefa por terminada.

– Não tem um chuveiro? – perguntou ele, quando tudo acabou e ainda se sentia grudento. – Digo, com água?

– Água aqui vale *ouro*, colega – disse BG. – Cada gota que conseguimos entra aqui. – Ele apontou a garganta. – Água sem ser de beber não serve de porra nenhuma aqui em cima. – Ele indicou a parede com a cabeça, o lado de fora da nave, a barreira entre eles e o vasto vácuo em que estavam suspensos.

– Desculpe – disse Peter. – Ingenuidade minha.

– Problema nenhum em ser ingênuo – disse BG. – Todos temos que encarar a curva de aprendizado. Já fiz essa viagem uma vez. Da primeira vez não sabia porra nenhuma.

– Você vai ter toda a água que quiser quando chegarmos a Oásis – disse Severin. – Por ora, é melhor beber um pouco.

Peter recebeu uma garrafa plástica com um bico vedável. Tomou uma grande golada e, dez segundos depois, desmaiou.

Ele demorou mais do que desejava para se recuperar do Salto. Quisera ter se erguido como um boxeador que se recusa a entregar os pontos, para admiração dos outros homens. Mas os outros homens se desvencilharam rápido dos efeitos do Salto, ocupando-se em fazer o que é que estivesse por fazer, enquanto ele permanecia aboletado no beliche, conseguindo de vez em quando ingerir um pouco d'água. Antes da decolagem, haviam-no alertado de que seu corpo pareceria ter sido desmembrado e montado de novo, que não era exatamente como o Salto funcionava, cientificamente falando, mas era de fato como lhe parecia.

Ele passou a tarde... bem, não, essas palavras não faziam sentido, faziam? Ali não havia tardes, manhãs, nem noites. No quarto escuro onde BG e Severin haviam-no guardado depois de limpá-lo, ele despertava ocasionalmente de um sono zonzo e olhava o relógio de pulso. Os números eram meros símbolos. O tempo de verdade não voltaria a correr até ele ter chão sob os seus pés, e um sol no horizonte, nascendo e se pondo.

Quando ele chegasse a Oásis, haveria meios de contatar Beatrice. "Vou escrever para você todo dia", prometera ele. "Todos os dias, se Deus quiser." Tentou imaginar o que ela poderia estar fazendo naquele momento, como poderia estar vestida, se estaria com o cabelo preso com grampos ou solto sobre os ombros. Era para isso que servia o relógio, percebeu ele: não para lhe informar algo útil quanto a sua situação, mas para lhe permitir imaginar Beatrice existindo na mesma realidade que ele.

Ele olhou de novo para o relógio. Eram 2h43 da madrugada na Inglaterra. Beatrice estaria dormindo, com Joshua oportunisticamente estirado no lado dele da cama, de perna aberta. Joshua, não Beatrice. Ela estaria deitada de lado para a esquerda, um braço pendendo da cama, o outro para cima, cobrindo o ouvido, e os dedos tão próximos do travesseiro dele que ele conseguiria beijá-los de onde estava. Não agora, é claro.

Talvez Beatrice estivesse acordada. Passara-se um mês inteiro sem terem qualquer contato, e estavam acostumados a se comunicar todos os dias.

– E se meu marido morrer em trânsito? – ela teria perguntado ao pessoal da USIC.

– Ele não vai morrer em trânsito.

– Mas e se morrer?

– Informaríamos imediatamente. Noutras palavras, não receber notícias é uma boa notícia.

Boas notícias, portanto. Mas ainda assim... Bea tinha passado estes trinta dias consciente de sua ausência, enquanto ele estivera completamente alheio à dela.

Ele visualizou o seu quarto, iluminado em tons suaves pelo abajur no criado-mudo; visualizou o uniforme azul-claro de Bea jogado sobre a cadeira, a montoeira de sapatos pelo piso, o edredom amarelo cheio de pelos de Joshua. Beatrice sentada apoiada na cabeceira, sem calça mas de suéter, lendo e relendo o pacote desinformativo enviado pela USIC.

"A USIC não pode garantir, e não garante, a segurança de nenhum passageiro de sua nave ou domiciliado em suas dependências, seja durante a realização de atividades relacionadas a atividades da USIC, seja durante atividades não relacionadas à mesma. 'Segurança' é definida neste documento como saúde, tanto física, como mental, e inclui, entre outros, a sobrevivência em e/ou o retorno de Oásis, seja dentro do prazo estipulado por este contrato, seja fora deste período. A USIC compromete-se a minimizar os riscos para quaisquer pessoas participantes de seus projetos, porém a assinatura deste documento será considerada um reconhecimento e um entendimento de que os esforços da USIC neste sentido (i.e., minimização de riscos) estão sujeitos a circunstâncias fora do controle da USIC. Estas circunstâncias, por serem imprevistas e sem precedentes, não poderão ser detalhadas antes de sua ocorrência. Poderão incluir, entre outros, doenças, acidentes, falha mecânica, condições climáticas adversas, e quaisquer outros eventos comumente categorizados como de Força Maior."

A porta do dormitório se abriu, mostrando a silhueta massiva de BG.

– E aí, bróder.

– Oi.

Na experiência de Peter, melhor falar no seu idioma materno do que ecoar as gírias e sotaques dos outros. Rastafáris e paquistaneses *cockney* não chegavam a Deus pela condescendência de evangelistas que faziam tentativas patetas de imitar sua fala, então não havia por que supor que negros americanos o fariam.

– Se quiser comer com a gente, melhor sair dessa cama, cara.

– Por mim, ótimo – disse Peter, jogando as pernas para fora do beliche. – Estou indo.

Os braços hipertrofiados de BG estavam a postos para ajudar.

– Macarrão – disse ele. – Macarrão com carne.

– Ótimo. – Ainda descalço, vestindo apenas cueca e uma camisa sem botões, Peter saiu andando feito pato do quarto. Era como estar com seis anos de novo, naquele dia em que sua mãe o tirara da cama para comemorar seu aniversário mesmo estando ele atordoado pelo efeito do paracetamol líquido. A perspectiva de abrir presentes não foi eletrizante o suficiente para dissipar os sintomas da catapora.

BG o levou por um corredor cujas paredes estavam recobertas com fotografias coloridas de prados verdejantes do rodapé ao teto, um gênero de ampliação adesiva que ele estava mais acostumado a ver em laterais de ônibus. Algum decorador zeloso devia ter achado que um amplo panorama com gramados, flores primaveris e céu anil era a melhor maneira de combater a claustrofobia daquele espaço sufocante.

– Você não é vegetariano não, é, cara?

– Hã... não – disse Peter.

– Bem, eu sou – declarou BG, direcionando-o para uma curva onde o cenário verdejante, embora meio borrado, se repetia. – Mas se tem uma coisa que a gente aprende quando faz uma viagem dessas, é que às vezes a gente tem que relaxar nossos princípios.

O jantar foi servido na sala de controle; ou seja, a sala que continha o equipamento de pilotagem e navegação. Ao contrário das suas expectativas, Peter não foi saudado por uma vista de tirar o fôlego quando entrou no recinto. Não havia nenhuma janela gigantesca dando para uma imensidão de espaço, estrelas e nebulosas. Não havia janela nenhuma; nenhum foco central que atraísse a atenção, apenas paredes reforçadas de plástico pontuadas por saídas de ar-condicionado, interruptores de luz, reguladores de umidade, e um ou outro pôster laminado. Peter já vira essa imagem antes, nos folhetos da USIC, quando se candidatara para a vaga. Os pôsteres eram produções corporativas em papel lustroso, retratando uma nave estilizada, um pássaro estilizado com um ramo estilizado no bico, e uma pequena porção de texto glorificando os altos padrões da USIC, suas boas práticas comerciais e seu ilimitado potencial de benefício para a humanidade.

Os controles da nave também eram menos impressionantes do que Peter imaginara: nenhuma aparelhagem cheia de botões, alavancas, medidores e luzes piscando, mas apenas alguns teclados compactos, monitores fininhos e um grande gabinete de computador que mais parecia um *dispenser* de petiscos ou caixa eletrônico. Francamente, a sala de controle era menos uma ponte de comando do que um escritório – um escritório um tanto atravancado, por sinal. Nada ali fazia justiça ao fato de estarem flutuando em um sistema solar distante, a trilhões de quilômetros de casa.

Tuska, o piloto, empurrara sua cadeira de rodinhas para longe dos monitores e tinha o nariz enfiado em um pequeno pote de plástico que segurava junto do rosto. O vapor obscurecia seus traços faciais. Suas pernas, casualmente cruzadas, eram cabeludas e estavam nuas, exceto pelos enorme short e pelos tênis sem meias.

– Bem-vindo ao mundo dos vivos – disse ele, baixando o pote e descansando-o sobre sua rotunda barriga. – Dormiu bem?

– Não sei se dormi de verdade – disse Peter. – Estava mais era esperando até me sentir um ser humano de novo.

– Demora um pouco – reconheceu Tuska, elevando o pote de macarrão de novo até o rosto. Ele tinha uma barba cor de rato, e era obviamente bem versado na arte de guiar alimentos pastosos por entre os perigos dos pelos faciais. Ele enrolou um pouco de macarrão em volta do garfo e fechou seus lábios vermelhos ao redor.

– Aqui está o seu, Pete – disse Severin. – Rasguei o papel-alumínio para você.

– Muita gentileza sua – disse Peter, tomando assento a uma mesa de plástico negro, onde BG e Severin espetavam seus próprios potes de macarrão com seus próprios garfos plásticos. Três latas fechadas de Coca esperavam por eles. Peter fechou os olhos, recitou uma oração silenciosa agradecendo pelo que estava prestes a receber.

– Você é cristão, correto? – disse BG.

– Sim – disse Peter. O macarrão com molho de carne tinha sido cozinhado de forma desigual pelo micro-ondas: algumas partes estavam tão quentes que borbulhavam, enquanto outras ainda estavam ligeiramente crocantes de gelo. Ele misturou ambas em um tépido meio-termo.

– Eu já fui da Nação do Islã, há muito tempo – disse BG. – Me ajudou nuns tempos difíceis. Mas é osso duro de roer, cara. Não pode isso, não pode aquilo. – BG abriu sua vasta boca e mandou um lote trêmulo de massa para dentro, mastigou três vezes e engoliu. – Você precisa odiar judeus e gente branca também. Ficam te dizendo que não é obrigatório, coisa e tal. Mas a mensagem é clara, cara. Alta e clara. – Outra bocada de macarrão. – Eu é que decido quem eu odeio, sabe? Se alguém bota na minha bunda, aí é que eu vou odiar a pessoa. Ela pode ser branca, preta, cor de burro quando foge... pra mim, não faz diferença nenhuma.

– Acho que você também está dizendo – disse Peter – que toma suas próprias decisões sobre quem você ama.

– Exatamente. Boceta branca, boceta preta, todas ótimas.

Tuska fez um muxoxo:

– Que bela impressão você está deixando no nosso pastor...

Ele tinha acabado de comer e estava limpando rosto e barba com um lenço umedecido.

– Não sou tão fácil de escandalizar assim – disse Peter. – Pelo menos, não com palavras. O mundo tem espaço para vários jeitos de falar.

– Não estamos mais no mundo – disse Severin com um sorriso sinistro. Ele abriu uma lata de Coca com um estalo e um jato espumante de líquido marrom espirrou na direção do teto.

– Meu D*eee*us! – exclamou Tuska, quase caindo da cadeira. BG só deu uma risadinha.

– Deixa que eu limpo, deixa que eu limpo – disse Severin, arrebatando um punhado de papéis de um porta-toalhas. Peter o ajudou a estancar o líquido melado sobre a mesa.

– Toda vez é isso – murmurou Severin, enxugando seu tronco, seu antebraço, as cadeiras, a caixa térmica de onde tinham vindo as Cocas. Ele se abaixou para enxugar o chão, cujo carpete felizmente já era marrom.

– Quantas vezes você já fez essa viagem? – perguntou Peter.

– Três. Jurei que não voltava todas as vezes.

– Por quê?

– O Oásis deixa as pessoas piradas.

BG resmungou:

– Mas você já é maluco, bróder.

– O sr. Severin e o sr. Graham são indivíduos seriamente desequilibrados, Pete – disse Tuska, com a solenidade de um magistrado. – Faz anos que os conheço. O Oásis é o lugar mais adequado para sujeitos como eles, porque os tira de circulação. – Ele arremessou o pote de macarrão vazio em uma lata de lixo. – Além disso, são muito bons no que fazem. Os melhores. É por isso que a USIC continua pagando por eles.

– E quanto a *você*, cara? – perguntou BG a Peter. – É o melhor?

– O melhor o quê?

– O melhor pastor?

– Não costumo me considerar um pastor.

– Você se vê como o quê, então?

Peter engoliu com força, empacado. Seu cérebro ainda tinha efeitos residuais das mesmas forças violentas que haviam agitado aquelas latas de Coca. Ele queria que Beatrice estivesse ali para evadir as perguntas, mudar a natureza dessa atmosfera tão masculina, defletir a conversa para caminhos mais frutíferos.

– Sou só alguém que ama as outras pessoas e quer ajudá-las, seja em qual forma estiverem.

Outro sorrisão se abriu no rosto gigantesco de BG, como se ele estivesse prestes a soltar mais uma piadinha. Então ele ficou abruptamente sério:

– Tá falando sério, cara? Sem sacanagem?

Peter olhou bem nos olhos dele:

– Sem sacanagem.

BG assentiu. Peter sentiu que, na avaliação do grandão, ele passara numa espécie de teste. Reclassificado. Não exatamente como "um deles", mas não mais um animal exótico que poderia causar grandes dores de cabeça.

– Ei, Severin! – bradou BG. – Nunca perguntei, mas que religião você segue, cara?

– Eu? Nenhuma – disse Severin. – E vai continuar assim.

Severin tinha terminado de limpar a Coca-Cola e estava enxugando gel detergente azul dos dedos com toalhas de papel.

– Tudo melado ainda – reclamou ele. – Não vou ficar legal até ver água e sabão.

O gabinete de computador começou a fazer um suave bipe.

– Pelo visto, alguém ouviu sua oração, Severin – comentou Tuska, voltando a atenção para um dos monitores. – O sistema acaba de descobrir onde estamos.

Todos os quatro ficaram em silêncio enquanto Tuska conferia os detalhes, rolando a tela. Parecia que estavam deixando que ele verificasse e-mails ou desse lances num leilão de internet. Na verdade, ele apurava se iam viver ou morrer. A nave ainda não havia começado a fase pilotada de sua jornada; fora meramente catapultada no tempo e no espaço pela tecnologia do Salto, um verdadeiro desafio às leis da física. Agora giravam sem rumo em algum ponto relativamente próximo ao que precisavam estar, dentro de uma nave com a forma de um carrapato gordo: a barriga repleta de combustível e uma minúscula cabecinha de alfinete. Dentro daquela cabeça, quatro homens respiravam um suprimento limitado de nitrogênio, oxigênio e argônio. E respiravam mais rápido do que o necessário. A ameaça não mencionada, mas palpável na atmosfera filtrada, era de que o Salto os tivesse jogado longe demais do alvo, e de que não houvesse combustível suficiente para a última parte da jornada. Uma margem de erro quase imensuravelmente pequena no começo do Salto poderia ter crescido e virado uma enormidade fatal na outra ponta.

Tuska estudou os números, cutucou o teclado com seus dedos gorduchos e ágeis, desceu a tela por modelos geométricos que eram, na verdade, mapas do imapeável.

– Boas novas, pessoal – disse ele, por fim. – Parece que a prática leva à perfeição.

– Ou seja? – disse Severin.

– Que devíamos ajoelhar e agradecer aos nossos técnicos da Flórida.

– Ou seja, o que, exatamente, para nós, aqui?

– Quer dizer que, quando dividimos o combustível pela distância que temos que navegar, o resultado é um número *grande*. Podemos entorná-lo feito cerveja na balada.

– Ou seja, quantos dias, Tuska?

– Dias? – Tuska fez uma pausa de efeito. – Vinte e oito horas, no máximo.

BG saltou e deu um soco no ar:

– *Ur*-rúúú!

Deste momento em diante, a atmosfera na sala de controle tornou-se triunfante, quase histérica. BG dava voltas pelo compartimento sem parar, flexionando os braços, todo serelepe. Severin sorria, exibindo os dentes descorados pela nicotina, e batucava nos joelhos segundo uma música que só ele conseguia ouvir. Para simular o bater dos pratos, ele periodicamente sacudia o punho no ar e espremia os olhos como se acertado em cheio por um som genial. Tuska deu uma saída para trocar de roupa – talvez porque estivesse com uma mancha de macarrão no suéter, ou talvez por sentir que seus iminentes deveres como piloto mereciam um gesto cerimonial. Munido de uma nova e imaculada camiseta branca e calça cinza, ele tomou assento junto ao teclado no qual a trajetória dos quatro até Oásis seria digitada.

– Ande logo, Tuska – disse Severin. – Está esperando o quê, uma fanfarra? As líderes de torcida?

Tuska mandou-lhe um beijo e apertou decididamente uma tecla.

– Senhores e vagabas – declarou ele, em pretenso tom de discurso. – Bem-vindos a bordo da ponte aérea da USIC até Oásis. Por favor, prestem máxima atenção à demonstração de segurança mesmo que sejam passageiros frequentes. O cinto de segurança é afivelado e desafivelado conforme demonstramos. Sua cadeira não tem cinto? Se vira.

Ele golpeou outra tecla. O piso começou a vibrar.

– Em caso de perda de pressão da cabine, será oferecido um suprimento de oxigênio. O oxigênio será bombeado diretamente na boca do piloto. O resto dos ocupantes deve prender a respiração e permanecer em seu lugar. – (Risadas de BG e Severin.) – Em caso de colisão, luzes junto ao piso indicarão a saída, pela qual vocês serão sugados, morrendo instantaneamente. Por favor, lembrem-se de que o planeta viável mais próximo encontra-se a cinco bilhões de quilômetros de distância.

Outro golpe em outra tecla. Um gráfico na tela do computador começou a subir e descer feito ondas.

– Esta aeronave é equipada com uma cápsula salva-vidas de emergência: uma na frente, nenhuma no meio e nenhuma atrás. O espaço é suficiente para abrigar o piloto e cinco mulheres muito gatas. – (Gargalhadas de BG; riso escarninho de Severin.) – Meninas, tirem o salto alto antes de usar a cápsula salva-vidas. Tirem logo a roupa toda de uma vez! Soprem no meu tubo se ele não se inflar sozinho. Há uma luz e um apito para atrair atenção, mas não se preocupem, vou atender todas vocês, uma por uma. Favor consultar o cartão de instruções que mostra a posição a ser adotada ao ouvir o comando "chupa aqui". Recomendamos que fiquem com a cabeça lá embaixo o tempo todo.

Ele desferiu mais uma teclada e ergueu o punho no ar:

– Sabemos muito bem que vocês não tiveram escolha de companhia aérea, e, portanto, agradecemos por terem escolhido a USIC.

Severin e BG aplaudiram e urraram. Peter bateu palmas timidamente, mas não participou da zoeira dos demais. Sua esperança era ficar ali sem atrapalhar, fazendo parte do grupo, mas sem atrair muita atenção. Não era, ele sabia, um pontapé inicial muito promissor em sua missão de conquistar os corações e as almas de toda uma população. Mas ele esperava que fosse algo perdoável. Estava longe de casa, sua cabeça doía e zumbia, o macarrão com carne pesava feito pedra em seu estômago, ele continuava alucinando que seu corpo tinha sido desmembrado e depois remontado errado, e seu maior desejo era rastejar para a cama com Beatrice e Joshua e dormir. A grande aventura bem que poderia esperar.

4

– Olá, pessoal – disse ele

Querida Bea

Finalmente, uma chance de me comunicar direito com você! Devo chamar esta de minha Primeira Epístola aos Joshuanos? Ah, sei muito bem que temos nossas reservas quanto a são Paulo e sua visão das coisas, mas uma coisa que aquele homem sabia era escrever uma boa carta e vou precisar de toda inspiração possível, especialmente do jeito que estou. (Quase delirante de exaustão.) Então, até que eu arrume algo maravilhoso e original: "A ti, graça e paz da parte de Deus, nosso Pai, e da parte do Senhor Jesus Cristo." Duvido que Paulo tivesse qualquer mulher em mente ao escrever essa saudação, dados seus problemas com o sexo feminino, mas talvez se tivesse conhecido VOCÊ ele a teria saudado assim!

Eu adoraria te dar uma imagem clara de como é aqui, mas ainda não há muito o que descrever. Não há janelas nesta nave. Lá fora há milhões de estrelas e possivelmente outras coisas maravilhosas a contemplar, mas tudo o que vejo são paredes, o teto e o chão. Ainda bem que não sou claustrofóbico.

Escrevo esta com papel e lápis. (Eu tinha um monte de canetas mas elas devem ter estourado durante o Salto – tem tinta espalhada por toda a minha bolsa. Não é nenhuma surpresa que não tenham sobrevivido à viagem, visto como ficou minha cabeça...!) De qualquer forma, quando a tecnologia de ponta falha, a primitiva assume o posto. De volta ao estilete de grafite revestido de madeira e às folhas de polpa de madeira prensada...

Será que você está pensando que fiquei maluco? Não, não se preocupe (ainda). Não tenho nenhuma ilusão de que eu vá enfiar essa carta em um envelope e selá-lo. Ainda estou em trânsito – ainda nos restam 25 horas de viagem.

Assim que eu tiver me acomodado em Oásis, transcrevo esse rascunho. Alguém vai me conectar à rede e vou poder mandar uma mensagem para aquela coisa que a USIC instalou na nossa casa. E nem pense em chamá-lo de "Messenger Mainframe Zhou-23" como nos instruíram. Mencionei esse termo para os outros e eles riram da minha cara. Chamam-no de Tubo. Típico dos americanos encurtar tudo. (Pior que é um nome que pega.)

Suponho que, em vez de esperar um dia inteiro, eu poderia usar o Tubo que temos aqui a bordo, especialmente porque estou pilhado demais para dormir e seria uma boa forma de preencher o tempo até pousarmos. Mas não teria privacidade, e preciso de privacidade para o que vou dizer a seguir. Os outros homens dessa nave – como dizê-lo? – não são exatamente modelos de discrição e sensibilidade. Se eu escrevesse isso na máquina deles, posso imaginar perfeitamente um deles lendo a minha mensagem em voz alta para tirar sarro de mim.

Bea, me perdoe por não conseguir deixar isso para trás, mas ainda estou chateado com o que aconteceu naquele carro. Sinto que te decepcionei. Queria poder te pegar nos meus braços e consertar aquilo. Sei que é uma obsessão boba. Acho que é só porque isso me obriga a enfrentar o quanto estamos distantes agora. Será que outro marido já esteve separado da mulher por uma distância tão grande? Na nossa última manhã juntos, na cama, você pareceu estar muito satisfeita e serena. Mas no carro você parecia desolada.

Além de isso estar me afetando, não posso me dizer confiante quanto a essa missão. Provavelmente é apenas físico e temporário, mas fico duvidando se estou à altura disso. Os outros homens nessa nave, embora barulhentos, têm sido bem legais comigo, de forma um tanto condescendente. Mas sei que devem estar se perguntando por que a USIC pagaria uma fortuna para me transportar para Oásis, e preciso admitir que eu mesmo estou confuso. Cada membro da equipe tem uma função bem definida. Tuska (não sei o primeiro nome dele) é o piloto, e em Oásis, ele trabalha com computadores. Billy Graham, apelidado de BG, é engenheiro e tem grande experiência na indústria de extração de petróleo. Arthur Severin também é engenheiro, faz algo relacionado a processos hidrometalúrgicos; é complicado demais para mim. Conversando com eles, parecem mais trabalhadores da construção civil (e de certa forma são!), mas são bem mais inteligentes do que parecem e, diferentemente de mim, são incrivelmente bem qualificados para suas atribuições.

Bem, acho que por hoje basta de duvidar da própria vocação!

A parte desta carta que rascunhei na nave chegou ao fim – não consegui muito resultado com papel e lápis, consegui? A partir daqui tudo foi escrito (ou melhor, digitado) em Oásis. Sim, cheguei, estou aqui! E a primeira coisa que estou fazendo é escrever para você.

O pouso foi seguro – estranhamente tranquilo, na verdade, nem mesmo aquele tranco tremido que se tem ao pousar de avião. Mais parecia um elevador chegando no andar. Eu preferia algo mais dramático, quem sabe até assustador, para exorcizar aquela sensação de irrealidade. Na verdade, alguém chega e te diz, "já pousamos", as portas se abrem, e você sai por um daqueles túneis tubulares iguais aos de aeroporto, e então você se vê num prédio horroroso enorme que parece qualquer outro prédio horroroso enorme em que você já esteve na vida. Eu esperava algo mais exótico, arquiteturalmente bizarro. Mas talvez os arquitetos daqui sejam os mesmos que projetaram as dependências da USIC na Flórida.

Bem, de qualquer forma agora estou nos meus aposentos. Presumi que, ao chegar, eu teria que imediatamente pegar uma balsa para algum lugar, passando por alguma paisagem incrível. Mas o aeroporto – se é que pode ser chamado assim, pois mais parece um estacionamento gigante – tem várias alas de acomodação em anexo. Fui jogado de uma caixa para outra.

Não que meus aposentos sejam pequenos. Na verdade, o dormitório é maior do que o nosso quarto, há um banheiro devidamente equipado com chuveiro (que ainda estou cansado demais para usar), uma geladeira (completamente vazia exceto por uma forma de gelo também vazia), uma mesa, duas cadeiras e, é claro, o Tubo em que estou digitando isso. A ambientação é bem "padrão hotel"; eu poderia estar em um centro de conferências em Watford. Mas espero adormecer muito em breve. Severin me contou que é muito comum que as pessoas sofram insônia por uns dois dias depois do Salto, e depois dormirem 24 horas direto. Sei que ele sabe do que está falando.

Nos separamos em termos meio espinhosos, Severin e eu. O fato de o Salto ter sido feito com grande precisão significou que, mesmo podendo queimar todo o combustível que quiséssemos para chegar a Oásis o mais rápido possível, ainda assim sobrou muita quantidade. Então simplesmente o descartamos antes de pousar. Dá para imaginar? Milhares de litros de combustível ejetados no espaço, junto com nossos fluidos corporais, lenços sujos, potes de macarrão usados. Não consegui me segurar e disse: "Deve ter um jeito melhor de fazer isso." Severin se ofendeu (acho que ele estava tomando as dores do Tuska, que era tecnicamente o responsável pela decisão – esses dois têm uma relação de amor e ódio). De qualquer modo, Severin me interpelou: será que eu achava possível pousar a nave com tanto combustível "pendurado no rabo"? Ele falou que era como jogar uma garrafa de leite de um arranha-céu e torcer para ela chegar intacta no chão. Respondi que, se a ciência conseguia inventar algo como o Salto, certamente era capaz de resolver um problema daqueles. Severin se fixou nessa palavra, "ciência". Disse que a ciência não era nenhuma força misteriosa e superpoderosa, mas apenas o nome que dávamos às ideias brilhantes que alguns indivíduos tiveram deitados à noite na cama, e que se o lance do combustível me incomodava tanto, nada me impedia de ter minha própria ideia brilhante que o solucionasse e a apresentasse à USIC. Ele falou isso em tom casual, mas sei bem que havia agressividade por trás. Você sabe como os homens são.

Não acredito que estou contando uma briguinha que tive com um engenheiro! Pela graça de Deus fui enviado a outro mundo, o primeiro missionário cristão a fazer essa viagem, e aqui estou eu, fofocando sobre meus companheiros de viagem!

Minha querida Beatrice, por favor pense nessa Primeira Epístola como um prelúdio, um experimento, uma aragem do solo bruto antes que eu plante algo bonito nele. Foi por isso, em parte, que resolvi transcrever meus garranchos a lápis escritos na nave, e digitá-los sem mudanças ou edições nessa mensagem do Tubo para você. Se eu mudasse uma frase que fosse, sei que ficaria tentado a mudar todas; se me permitisse omitir um detalhe chato, talvez acabasse jogando tudo fora. Melhor você receber esse rame-rame quase incoerente de jet lag do que nada.

Agora eu vou para a cama. Está de noite. Vai continuar sendo noite pelos próximos três dias, se é que você me entende. Ainda não vi o céu, não direito, apenas o vislumbrei pelo teto transparente do desembarque enquanto me escoltavam até meu quarto. Uma agente de ligação cujo nome esqueci estava tagarelando no meu ouvido e tentando carregar minha bagagem e acabei indo no embalo. Meu quarto tem janelões, mas eles são vedados por uma veneziana que presumo ser eletrônica e estou cansado & desorientado demais para descobrir como funciona. Melhor eu dormir um pouco antes de começar a apertar botões. Exceto, é claro, pelo botão que apertarei para mandar essa mensagem para você.

Zanzem pelo espaço, raiozinhos de luz, e saltem pelos devidos satélites para chegar à mulher que amo! Mas como essas palavras, traduzidas em piscadelas de código binário, vão fazer para viajar essa distância tão grande? Não acredito nisso até receber uma resposta sua. Se este pequenino milagre me for concedido, sei que todos os demais vão acontecer.

Com amor,

Peter

Ele adormeceu, e despertou ao som da chuva.

Por um bom tempo ficou deitado no escuro, cansado demais para se mexer, à escuta. A chuva tinha um som diferente da chuva na Terra. Sua intensidade aumentava e diminuía em um ritmo rápido e cíclico, de no máximo três segundos a cada vez. Ele sincronizou as flutuações com sua respiração, inspirando quando a chuva caía mais suave, exalando quando caía forte. Por que será que a chuva caía daquele jeito? Seria natural, ou seria fruto do desenho da construção: captadores de umidade, um exaustor, um portal defeituoso que abria e fechava? Será que era algo mais trivial, como sua própria janela batendo com o vento? Ele não conseguia enxergar além das lâminas da veneziana.

Por fim, sua curiosidade acabou por vencer sua fadiga. Ele saiu cambaleante da cama, tateou para achar o interruptor do banheiro, foi momentaneamente cegado pelo halogênio brutal. Espiou o relógio pela fresta dos olhos, único acessório que continuara usando ao ir para a cama. Tinha dormido... quanto tempo?... apenas sete horas... a não ser que tivesse dormido trinta e uma. Conferiu a data. Não, só sete. O que o acordara? Sua ereção, provavelmente.

O banheiro era em todos os aspectos idêntico aos banheiros encontrados em qualquer hotel, exceto pelo vaso sanitário, que, em vez de uma descarga d'água, tinha uma daquelas que sugava todo o conteúdo de uma vez só com um jorro de ar comprimido. Peter mijou devagar e com um certo incômodo, esperando seu pênis amolecer. Sua urina estava laranja-escuro. Assustado, ele encheu um copo d'água na torneira. O líquido era verde-claro. Límpido e transparente, mas verde-claro. Colado à parede sobre a pia havia um aviso impresso: A COR DA ÁGUA É VERDE. É NORMAL E ATESTADA COMO SEGURA. EM CASO DE DÚVIDA, ADQUIRA ÁGUA MINERAL & BEBIDAS NÃO ALCOÓLICAS NA LOJA DA USIC, 300 ml POR $50 (SE DISPONÍVEL NO ESTOQUE).

Peter ficou olhando para o copo de líquido verde, morto de sede, mas com medo. Todas aquelas histórias de turistas britânicos bebendo água durante férias no exterior e sofrendo intoxicação. Mal de Montezuma, coisa e tal. Duas citações reconfortantes das Escrituras vieram-lhe à mente: "Não vos preocupeis pelo que haveis de comer ou beber", de *Mateus 6:25*, e "Para os puros todas as coisas são puras", de *Tito 1:15*, mas claramente elas se referiam a outros contextos. Ele olhou o aviso de novo para conferir a alternativa engarrafada: $50 cada 300 ml. Fora de cogitação. Ele e Bea já haviam decidido o que fazer com o dinheiro que ele ganharia nessa missão. Quitar sua hipoteca. Reformar a creche de seu templo para que as crianças tivessem mais sol. Comprar uma van adaptada para cadeiras de rodas. A lista era bem grande. Todo dólar gasto aqui riscaria algum item digno de estar naquela lista. Ele ergueu o copo e bebeu.

O gosto era bom. Melhor que bom: divino. Mas seria esse pensamento uma blasfêmia? "Ah, relaxa um pouco", aconselharia Beatrice, sem dúvida. "Há coisas mais importantes no mundo com que se preocupar." Que coisas haveria para se preocupar *neste* mundo? Logo ele descobriria. Ficou de pé, deu descarga no vaso, bebeu mais água verde. Tinha um leve sabor de melão doce, ou talvez fosse só sua imaginação.

Ainda nu, ele andou até a janela do dormitório. Devia haver um jeito de subir as venezianas, mesmo sem interruptores nem botões à vista. Foi tateando as bordas das lâminas até que seus dedos capturaram um cordão. Ele deu um puxão e a veneziana subiu. Ocorreu-lhe enquanto continuava puxando o cordão que talvez estivesse para expor sua nudez aos passantes, mas agora era tarde demais para se preocupar. A janela – uma ampla vidraça de acrílico – revelou-se completamente.

Lá fora, a escuridão ainda reinava. A área ao redor do complexo aeroportuário da USIC era uma terra de ninguém, uma zona morta de betume amorfo, lúgubres barracões improvisados e delgados postes de aço. Parecia um estacionamento de supermercado infinito. E ainda assim o coração de Peter batia forte, e ele respirava curto de tanta emoção. A chuva! A chuva não estava caindo reto, estava... dançando! Seria possível dizer isso de uma chuva? Não havia inteligência na água. Ainda assim, o aguaceiro se arrojava de um lado para o outro, centenas de milhares de linhas prateadas todas descrevendo os mesmos arcos elegantes. Não parecia em nada a chuva terrena quando impelida erraticamente por golpes de vento. Não, ali o ar parecia sereno, e o movimento da chuva era cheio de graça, lançando-se de um lado a outro do céu sem nenhuma pressa – por isso, o batuque ritmado em sua janela.

Ele encostou a testa na vidraça. Estava deliciosamente fresca. Percebeu que estava com um pouco de febre, e imaginou se não estaria alucinando aquela chuva curva. Esquadrinhando o escuro, ele se esforçou para focalizar as manchas de luz ao redor dos postes. Dentro desses halos iluminados, as gotas de chuva se desenhavam vívidas como confete metalizado. O movimento ondulante, voluptuoso, não poderia ser mais nítido.

Peter se afastou da janela. Seu reflexo era fantasmagórico, riscado pela chuva extraterrena. Seu rosto normalmente rosado e animado tinha uma qualidade sombria, e o brilho do tungstênio de um poste ao longe fulgurava em seu abdômen. Sua genitália tinha a aparência cinzelada e alabastrina de uma estátua grega. Ele ergueu a mão, para quebrar o feitiço, para se reorientar quanto à sua humanidade familiar. Mas aquele que lhe acenou de volta poderia muito bem ser um desconhecido.

Querida Beatrice

Nenhuma resposta sua. Me sinto literalmente em suspenso – como se não fosse capaz de soltar a respiração até ter provas de que podemos nos comunicar. Uma vez li um conto de ficção científica em que um rapaz viajava até um planeta alienígena, deixando sua esposa para trás. Ele só ficou algumas semanas antes de retornar à Terra. Mas a surpresa do fim da história era que o Tempo passara diferente para ela do que para ele. Quando ele chegou em casa, descobriu que 75 anos terrestres haviam se passado e sua mulher havia morrido na semana anterior. Ele chegou bem a tempo de comparecer ao funeral, com todos os idosos se perguntando quem seria aquele rapaz desesperado. Era um conto sci-fi piegas e lugar-comum, mas eu o li numa idade impressionável e ele me afetou bastante. E é claro que agora estou com medo de ele se realizar. BG, Severin e Tuska já foram & voltaram de Oásis várias vezes e acho que devo tomar isso como prova de que você não se enrugou feito uma uva-passa! (Embora eu ainda fosse amá-la mesmo assim!)

Como você deve ter percebido pela minha verborragia, ainda estou horrivelmente afetado pelo jet lag. Dormi bem, mas não chegou nem perto de ser o bastante. Ainda está escuro por aqui, bem na metade da noite de três dias. Ainda não pisei lá fora, mas já vi a chuva. A chuva daqui é incrível. Ela ondula para a frente e para trás, feito uma cortina de contas.

O banheiro daqui é bem equipado e acabo de tomar um banho de chuveiro nele. A água é verde! Mas é seguro bebê-la, parece. É maravilhoso finalmente tomar banho direito, embora eu ainda esteja cheirando estranho (sei que você riria de mim sentado, cheirando, de cara amarrada, minhas próprias axilas) e minha urina está com uma coloração esquisita.

Bem, não era bem esse o desfecho que eu tinha em mente para essa carta, mas não posso pensar em mais nada para dizer no momento. Só preciso ouvir notícias suas. Você está aí? Por favor, fale comigo!

Com amor,

Peter

Enviada sua missiva, Peter ficou andando à toa pelo aposento, sem saber o que fazer a seguir. A representante da USIC que o escoltara ao sair da nave tinha feito o discurso esperado sobre estar inteiramente ao seu dispor, para qualquer coisa que ele necessitasse. Mas ela não especificara como funcionaria aquela disponibilidade. Será que ela chegara a dizer o próprio nome? Peter não lembrava. Uma coisa era certa: nenhum bilhete fora deixado sobre a mesa para recepcioná-lo, orientá-lo e lhe informar como entrar em contato. Havia um botão vermelho na parede com a etiqueta EMERGÊNCIA, mas nenhum botão para DÚVIDAS. Ele passou um bom tempo procurando a chave de seus aposentos, sabendo que poderia não se parecer com uma chave convencional e sim com um cartão plástico do tipo fornecido por hotéis. Ele não achou nada que sequer lembrasse uma chave. No fim das contas, ele abriu a porta e examinou o trinco, ou melhor, o local onde estaria o trinco se houvesse um. Só havia uma maçaneta à moda antiga, de alavanca, como se os aposentos de Peter fossem apenas um quarto em uma casa muito grande. *Na casa de meu Pai há muitas moradas*. A USIC visivelmente não estava preocupada com segurança nem com privacidade. Certo, talvez seus funcionários não tivessem nada que roubar nem nada a esconder, mas ainda assim... que estranho. Peter olhou para um lado e para o outro do corredor; estava vazio e a porta dele era a única à vista.

De volta ao quarto, abriu a geladeira, conferiu se a forma de gelo vazia era mesmo a única coisa lá dentro. Seria demais querer ter encontrado uma maçã? Talvez fosse. Ele não parava de esquecer o quanto estava longe de casa.

Era hora de sair e enfrentar essa realidade.

Ele vestiu as mesmas roupas que usara no dia anterior – cueca, jeans, camisa de flanela, jaqueta jeans, meias, sapatos com cadarço. Penteou o cabelo, bebeu mais um copo de água esverdeada. Seu estômago vazio grunhia e roncava, tendo já processado e eliminado o macarrão ingerido na nave. Ele andou até a porta; hesitou, ajoelhou, curvou a cabeça para rezar. Ainda não havia agradecido a Deus por tê-lo trazido ao seu destino em segurança; agora agradecia. Agradeceu-Lhe também por outras coisas, mas aí teve a distinta sensação de que Jesus estava de pé às suas costas, cutucando-o, numa jovial acusação de que só estava enrolando. Então ele ficou em pé de um pulo e saiu na mesma hora.

Um murmúrio o recebeu no refeitório da USIC, um murmúrio não de atividade humana, mas de música gravada. Tratava-se de um vasto salão; uma das paredes consistia praticamente só de vidro, e a música pairava na atmosfera feito uma névoa, instilada a partir de orifícios no teto. Afora uma vaga purpurina d'água na janela, a chuva lá fora não era vista, mas apenas sentida; conferia uma sensação de aconchego e amortecimento ao local fechado.

"*I stopped to see a weeping willow*
Crying on his pillow
Maybe he's crying for me..."* cantava uma voz feminina fantasmagórica, dando a impressão de ter percorrido quilômetros de túneis subterrâneos para enfim escapulir por uma abertura acidental.

* "*Passei por um salgueiro/A chorar no travesseiro/Será que chora por mim...*" (N. da T.)

"And as the skies turn gloomy,
Night blooms whisper to me,
*I'm lonesome as I can be..."**

Havia quatro funcionários da USIC no refeitório, todos jovens. Nenhum que Peter conhecesse. Um deles, um chinês obeso de cabelo à escovinha, cochilava em uma poltrona junto a um bem fornido mostruário de revistas, a cara afundada num dos punhos. Outro estava operando a cafeteria, o corpo alto e magricela envolto em uma camiseta folgada. Com um lápis de metal, ele futucava intensamente uma tela sensível a toque sobre o balcão. Mastigava seus lábios inchados com dentes brancos e avantajados. Seu cabelo estava pesado de tanto cosmético gelatinoso nele aplicado. Parecia ser de etnia eslava. Os outros dois eram negros. Estavam sentados a uma das mesas, estudando um livro juntos. Era alto e fino demais para ser uma Bíblia; mais parecia um manual técnico. Junto de seus cotovelos havia grandes canecas de café e um par de pratos de sobremesa sem nada além de migalhas. Peter não sentia nenhum cheiro de comida no salão.

"I go out walking after midnight,
Out in the starlight.
*Just hoping you may be..."***

Os três homens despertos reconheceram sua chegada com um discreto aceno de cabeça, mas de resto não interromperam o que faziam. O asiático ressonante e os dois homens com o livro estavam todos vestidos do mesmo jeito: camisa folgada estilo Oriente Médio, calças de algodão folgadas, sem meias, e tênis esportivos gorduchos. Jogadores de basquete islâmicos.

– Oi, meu nome é Peter – disse Peter, se aproximando do balcão. – Sou novo por aqui. Queria comer alguma coisa, se vocês tiverem.

O rapaz que parecia eslavo fez lentamente que não com seu rosto prógnato.

– Tarde demais, bróder.

– Tarde demais?

– Está tendo inventário no estoque. Começou faz uma hora.

---

* *"Se o céu fica escuro/Nas flores um sussurro/Não quero viver assim..."* (N. da T.)

** *"Eu saí a vagar/Meia-noite ao luar/Esperando te encontrar..."* (N. da T.)

– O pessoal da USIC falou que a comida é fornecida sempre que precisarmos.

– Certo, cara. Você só tem que ter cuidado para não precisar na hora errada.

Peter digeriu essa informação. A mulher no alto-falante tinha chegado ao fim da canção. Um locutor começou a falar, com voz melíflua e teatralmente íntima:

"Você está ouvindo *Night Blooms*, uma crônica documental das interpretações de 'Walkin' After Midnight', de Patsy Cline, de 1957 até os duetos póstumos em 1999. Pergunto aos ouvintes: vocês fizeram o que pedi? Retiveram na memória a timidez de menina que irradiava da voz de Patsy na versão que ela cantou em sua estreia no programa de calouros de Arthur Godfrey? Quanta diferença em apenas onze meses! A segunda versão, que vocês acabam de ouvir, foi gravada em 14 de dezembro de 1957, no programa *Grand Ole Opry*. Nessa época, ela visivelmente já tinha uma ideia melhor da grande força desta canção. Mas a aura de sabedoria e profunda tristeza que vocês vão ouvir na *próxima* versão deve-se um pouco a uma tragédia pessoal. Em 14 de junho de 1961, Patsy quase morreu quando o carro em que estava bateu de frente com outro veículo. É incrível como apenas alguns dias depois de sair do hospital podemos ouvi-la interpretar 'After Midnight' no Cimarron Ballroom, em Tulsa, Oklahoma. Ouçam, minha gente, ouçam bem, e vão perceber a dor desse terrível acidente automobilístico, o pesar que ela deve ter sentido com as cicatrizes profundas em sua testa, que nunca mais sumiram..."

A voz feminina fantasmagórica voltou a flutuar pelo recinto.

"*I go out walking after midnight,*
Out in the moonlight just like we used to do.
I'm always walking after midnight,
Searching for you..."*

– Quando chega mais comida? – perguntou Peter.

– A comida já está aqui, cara – disse o eslavo, dando dois tapinhas no balcão. – A ser liberada para consumo em seis horas e... vinte e sete minutos.

* "*Eu saí a vagar/Como dizias gostar, meia-noite ao luar./Sempre saio a vagar meia-noite ao luar/ Tentando te encontrar...*" (N. da T.)

– Me desculpe, sou novo por aqui; não conhecia esse sistema. E estou mesmo com muita fome. Será que você não podia... hã... liberar alguma coisa com antecedência, e simplesmente marcar como se tivesse sido servida seis horas depois?

O eslavo estreitou os olhos.

– Isso seria... uma inverdade da minha parte, cara.

Peter sorriu e sua cabeça pendeu, derrotada. Patsy Cline cantava "*Well, that's just my way of saying I love you...*"* quando ele se afastou do balcão e se sentou em uma das poltronas perto do mostruário de revistas, bem atrás do homem adormecido.

Assim que ele afundou as costas no estofamento, sentiu-se completamente exausto e entendeu que, se não se levantasse logo, acabaria dormindo ali mesmo. Inclinou-se na direção das revistas, fazendo um rápido inventário mental da seleção. *Cosmopolitan*, *Retro Gamer*, *Men's Health*, *Your Dog*, *Vogue*, *Vintage Aircraft*, *Dirty Sperm Whores*, *House & Garden*, *Innate Immunity*, *Autosport*, *Science Digest*, *Super Food Ideas*... Um pouco de tudo, basicamente. Bem surradas e só um pouco desatualizadas.

– Ei, pastor!

Ele se voltou, ainda sentado. Os dois negros à mesa haviam fechado seu livro, tendo terminado de usá-lo por ora. Um deles segurava alto um objeto do tamanho de uma bola de tênis embrulhado em papel-alumínio, meneando-o sugestivamente. Assim que obteve a atenção de Peter, ele lhe atirou o objeto. Peter o apanhou com facilidade, sem a menor atrapalhação. Sempre fora ótimo em agarrar o que quer que lhe fosse arremessado. Os dois homens lhe mostraram um amigável punho fechado em sinal de parabéns. Ele desembrulhou o papel-alumínio, encontrou um naco de muffin de blueberry.

– Obrigado!

Sua voz soou estranha na acústica do refeitório, competindo com o DJ, que retomara sua exegese a Patsy Cline. A essa altura do relato, Patsy havia perecido em um acidente aéreo.

"... pertences pessoais deixados para trás depois que sua casa foi vendida. A fita passou de mão em mão, sem que ninguém reconhecesse o tesouro que

* "*Bem, é só meu jeito de dizer que te amo...*" (N. da T.)

era, até que finalmente foi parar no armário de um joalheiro, onde permaneceu por vários anos. Imaginem só, meus amigos! Esses sons divinos que vocês acabaram de ouvir adormecidos em um modesto rolo de fita magnética, trancados em um armário escuro, de onde talvez jamais voltassem à luz. Mas podemos ser eternamente gratos pelo fato de o joalheiro ter se conscientizado, acabando por negociar um contrato com a MCA Records..."

O muffin estava uma delícia; uma das melhores coisas que Peter já havia comido. E também era doce descobrir que o novo território não lhe era de todo hostil.

– Bem-vindo ao Paraíso, pastor! – gritou um de seus benfeitores, e todos menos o asiático adormecido riram.

Peter se voltou para eles, sorrindo:

– Bem, uma coisa é certa: as coisas pareceram mudar para melhor nesses últimos minutos.

– Para o alto e avante, pastor! É o lema da USIC, mais ou menos.

– E então – disse Peter –, vocês gostam daqui?

O homem negro que tinha jogado o muffin ficou pensativo, ponderando seriamente a questão:

– É tranquilo, cara. Igual a qualquer lugar.

– O clima é bom – opinou seu companheiro.

– Ele quer dizer bom como em *quente*.

– O que é *bom*, cara, é isso que estou dizendo.

– Sabem, nem pisei lá fora ainda – disse Peter.

– Ah, você devia ir – disse o primeiro homem, como se achasse válida a possibilidade de Peter preferir passar toda a sua estada em Oásis dentro de seus aposentos. – Dê uma olhada antes de amanhecer.

Peter levantou-se.

– Vou fazer isso, então. Onde fica... hã... a porta mais próxima?

O atendente da cafeteria apontou um longo dedo ossudo para além de uma placa iluminada que dizia APROVEITE! em letras garrafais e, num corpo menor, embaixo, acrescentava: COMA E BEBA COM RESPONSABLIDADE. LEMBRE-SE DE QUE ÁGUA MINERAL, BEBIDAS CARBONATADAS, BOLOS, CONFEITOS E ITENS COM

ADESIVO AMARELO NÃO ESTÃO INCLUÍDOS NO SUPRIMENTO DE ALIMENTAÇÃO E SERÃO DEDUZIDOS DO SEU SALÁRIO.

– Obrigado pela dica – disse Peter, ao sair. – E pela comida!

– Até mais ver, colega.

A última coisa que ouviu foi a voz de Patsy Cline, dessa vez em dueto com uma celebridade, um dueto gravado, pela graça da tecnologia, décadas após sua morte.

Peter atravessou a porta de correr, encontrando o ar de Oásis, e, diferentemente do que temia, não morreu instantaneamente, não foi sugado por um vórtex para o vácuo, nem fritou feito uma lasca de gordura na chapa. Em vez disso, ele se viu envolto em uma brisa cálida, úmida, um redemoinho balsâmico que parecia vapor, exceto por não incomodar sua garganta. Saiu andando no escuro, nada a iluminar seu caminho além de uns postes distantes. Nos arredores sombrios do aeroporto da USIC, não havia muita coisa atraente em vista, de qualquer forma, apenas uma imensidão de betume negro e úmido, mas ele tinha manifestado o desejo de andar lá fora, então ali estava ele, andando e lá fora.

O céu era de um azul-marinho escuríssimo. Havia apenas algumas dezenas de estrelas à mostra, um número bem mais minguado do que aquele com que estava acostumado, mas cada uma delas brilhava forte, sem piscar, e com uma aura verde-clara. Não havia lua.

A chuva já havia parado, mas a atmosfera ainda parecia ser substancialmente composta de água. Se fechasse os olhos, quase conseguia imaginar-se imerso em uma piscina morna. O ar lambia sua face, fazia cócegas em suas orelhas, escoava-se sobre seus lábios e mãos. Penetrava em suas roupas, filtrando-se pelo seu colarinho e por sua espinha, orvalhando seus ombros e tórax, fazendo os punhos de suas camisas aderirem aos seus pulsos. A mornidão – não era calor, o clima era apenas extremamente morno – fazia sua pele coçar de suor, tornando-o intimamente ciente dos seus pelos da axila, das fissuras de sua virilha, da forma de seus dedos dentro do calçado úmido.

Ele estava vestido de forma totalmente imprópria. Aqueles caras da USIC com suas roupinhas árabes tinham descoberto a pólvora, não é? Ele teria de imitá-los assim que possível.

Enquanto andava, ele tentava separar quais fenômenos incomuns estavam acontecendo dentro dele e quais eram realidades externas. Seu coração pulsava um pouco mais rápido do que o normal; atribuiu isso à empolgação. Suas passadas estavam um pouco tortas, como se afetadas pelo álcool; ficou imaginando se simplesmente estaria sofrendo dos efeitos pós-Salto, jet lag, e exaustão em geral. Seus pés pareciam quicar levemente a cada passo, como se o betume fosse emborrachado. Ele se ajoelhou e golpeou o chão com o punho. Era duro, inflexível. Do que quer que fosse feito – presumivelmente uma combinação de solo local com substâncias químicas importadas –, tinha consistência similar à do asfalto. Ele ficou de pé, e a ação de ficar em pé talvez tenha sido mais fácil do que deveria. Um levíssimo efeito trampolim. Ele ergueu a mão, empurrou a palma pelo espaço, testando a resistência. Não havia nenhuma, e ainda assim o ar se espiralou ao redor de seu pulso e subiu pelo antebraço, fazendo cócegas. Não soube dizer se achara agradável ou se aquilo lhe dava calafrios. Para ele, até aquele momento a atmosfera sempre fora uma ausência. O ar ali era uma presença, uma presença tão palpável que ele ficara tentado a acreditar que poderia se deixar cair e o ar simplesmente o apararia feito uma almofada. Não apararia, claro. Mas, fossando-lhe a pele daquele jeito, estava quase lhe fazendo essa promessa.

Ele respirou fundo, concentrando-se na textura daquilo que o adentrava. Sua consistência e sabor não diferiam em nada do ar normal. Ficara sabendo pelos folhetos da USIC que a composição era basicamente a mesma mistura de nitrogênio com oxigênio que estivera respirando a vida inteira, com um pouco menos de dióxido de carbono e um pouco mais de ozônio e um ou outro elemento vestigial com que ele podia não ter tido contato anterior. Os folhetos não tinham falado no vapor d'água, no entanto, embora o clima de Oásis tivesse sido descrito como "tropical", de modo que talvez a palavra já abrangesse isso.

Algo fez cócegas em sua orelha esquerda e, por reflexo, ele o espanou. Algo pegajoso, como um floco de milho úmido ou uma folha apodrecida, passou por entre seus dedos mas escapuliu antes que ele pudesse aproximá-lo dos olhos e examiná-lo. Seus dedos estavam manchados de um fluido gosmento. Sangue? Não, sangue não. Ou, se fosse, não era dele. Era verde como espinafre.

Voltou-se e olhou para o prédio de que saíra. Era monumentalmente feio, como toda arquitetura não produzida por devotos religiosos ou loucos excêntricos. Sua única característica redentora era a transparência da janela do refeitório, acesa na escuridão feito uma tela de monitor. Embora tivesse andado um bom pedaço, ainda reconhecia a cafeteria e o mostruário de revistas, e até mesmo imaginava poder distinguir o asiático desabado sobre uma das poltronas. Àquela distância, esses detalhes pareciam o sortimento de doces dentro de uma máquina que aceitava moedas. Uma caixinha luminosa, cercada por um grande mar de estranha atmosfera; e, acima dele, milhões de quilômetros de escuridão.

Ele já experimentara momentos como esse antes, no planeta que costumava chamar de casa. Insone, vagando pelas ruas dilapidadas de cidades britânicas às duas, três da manhã, ele se via em um ponto de ônibus em Stockport, em um shopping miserável em Reading, ou nas cascas ocas do mercado de Camden pouco antes do amanhecer – e era nessas horas, nesses lugares, que lhe vinha claramente a visão da insignificância humana em todo o seu insuportável *pathos*. As pessoas e suas casas não passavam de poeira fina na superfície do globo, feito colônias de bactérias invisíveis sobre uma laranja, e os débeis letreiros das lojas de kebab e supermercados fracassavam retumbantemente em deixar qualquer registro na infinitude do espaço lá em cima. Se não fosse por Deus, a imponência do éter seria esmagadora, insuportável, mas, uma vez que você andasse com Ele, a história era outra.

Peter se virou de novo e continuou andando. Sua vaga esperança era de que, caso andasse o bastante, o asfalto sem graça que circundava o aeroporto acabaria por terminar e ele, por fim, pisaria na paisagem de Oásis, o verdadeiro Oásis.

Sua jaqueta jeans estava ficando pesada de umidade e sua camisa de flanela estava grossa de transpiração. Seu jeans dava uma rangida cômica quando ele andava, algodão cru molhado se esfregando em si próprio. O cós estava começando a esfolar seu quadril; um riacho de suor escorria pelo seu rego. Ele deu uma parada para subir a calça e enxugar o rosto. Pressionou os dedos contra os ouvidos, tentando liquidar um zumbido surdo que atribuíra aos seus sinos nasais. Mas aquele ruído não vinha de dentro. A atmosfera estava cheia de murmúrios. Sussurros que não eram palavras, o som de folhas farfalhando, exceto que não havia vegetação alguma à vista. Era como se as correntes de ar, como as correntes aquáticas, fossem incapazes de fluir em silêncio, espumando e sibilando feito o mar.

Ele tinha certeza de que, com o tempo, iria se ajustar. Seria como morar perto da linha do trem, ou, aliás, perto do mar. Depois de um tempo você nem sequer ouviria mais.

Ele andou mais, resistindo ao impulso de arrancar suas roupas e jogá-las no chão para depois vesti-las na volta. O asfalto não estava dando sinal de que ia acabar. O que a USIC poderia estar querendo com tanto asfalto inútil? Talvez houvesse planos para estender as alas de hospedagem, ou construir quadras de squash, ou um shopping. Prevê-se que Oásis, "num futuro bem próximo", se tornaria uma "comunidade florescente". Com isso a USIC queria dizer uma comunidade florescente de colonos alienígenas, é claro. Os habitantes nativos deste mundo, florescentes ou não, mal eram mencionados no material da USIC, exceto por garantias exaustivas de que nada era planejado ou implementado sem seu consentimento pleno e informado. A USIC operava "em parceria" com os cidadãos de Oásis – seja lá quem eles forem.

Uma coisa era certa. Peter estava torcendo para chegar logo a hora de conhecê-los. Eles eram, afinal, o motivo para sua vinda.

De um dos bolsos de sua jaqueta, ele extraiu uma câmera compacta. O material preparatório o alertara de que "era impraticável" usar uma câmera em Oásis, mas ele trouxera uma mesmo assim. "Impraticável" – como assim? Seria uma ameaça velada? Será que sua câmera poderia vir a ser apreendida por algum tipo de autoridade? Bem, ele ia deixar para se preocupar com isso quando chegasse a hora. No momento, queria era bater algumas fotos. Para Bea. Quando voltasse para ela, qualquer foto que pudesse ter conseguido valeria por mil palavras. Ele ergueu a traquitana e capturou o asfalto lúgubre, as construções solitárias, o brilho da janela do refeitório. Tentou até mesmo capturar o céu azul-marinho, mas uma rápida inspeção da imagem armazenada confirmou que se tratava de um retângulo totalmente negro.

Ele embolsou a câmera e continuou andando. Há quanto tempo estava andando? Seu relógio de pulso não era digital e iluminado; era um dos antigos, com ponteiros, presente do seu pai. Ele o ergueu junto ao rosto, tentando incliná-lo de forma que recebesse a luz da lâmpada mais próxima. Mas a lâmpada mais próxima ficava a pelo menos cem metros dali.

Algo resplandeceu em seu antebraço, perto da pulseira do relógio. Era um ser vivo. Um mosquito? Não, grande demais. Uma libélula, ou alguma criatura parecida. Um corpinho minúsculo, trêmulo, um palito de fósforos dotado de asas translúcidas. Peter balançou o pulso e o bicho caiu. Ou talvez tenha pulado, voado, ou sido sugado pelo torvelinho da atmosfera. Tanto faz: fora embora.

De repente ele se deu conta de que o sussurro da atmosfera tinha ganhado um novo ruído, um ronronar mecânico, atrás dele. Um veículo entrou em quadro. Parecia um projétil, cor de aço, com enormes e grossos pneus de borracha vulcanizada feitos para solo acidentado. O motorista era difícil de distinguir através do vidro escurecido, mas sua forma era humanoide. O carro freou até estacar junto dele, a lateral metálica a centímetros de onde ele estava. Seus faróis perfuraram a escuridão para onde ele se encaminhava, revelando uma tela de arame a que ele teria chegado dentro de mais um ou dois minutos de caminhada.

– Como vai?

Uma voz feminina, com sotaque americano.

– Oi – respondeu ele.

– Deixe que eu te levo de volta.

Era a mulher da USIC que o recebera, a que o escoltara a seus aposentos e dissera-lhe que, qualquer coisa, estava ao seu dispor. Ela abriu a porta do carona para ele e aguardou, dedilhando sobre o volante feito num piano.

– Na verdade, eu estava com vontade de andar um pouco mais – disse Peter. – Talvez conhecer alguma... hã... pessoa do local.

– Vamos fazer isso depois que o sol nascer – disse a mulher. – O assentamento fica a uns 80 quilômetros daqui. Você vai precisar de um veículo. Você dirige?

– Sim.

– Ótimo. Já conversou sobre requisitar um veículo?

– Acho que não.

– Você acha que não?

– Hã... minha esposa tratou da maior parte das coisas práticas com a USIC. Não sei se eles chegaram a falar disso.

Uma pausa, e afinal uma gargalhada bem-humorada:

– Entra logo, por favor, ou o ar-condicionado vai ficar todo destemperado.

Ele mergulhou no carro e fechou a porta. O ar era seco e gelado, conscientizando-o imediatamente do quanto estava ensopado. Seus pés, liberados do peso de seu corpo, fizeram um som de sucção dentro do sapato.

A mulher usava um guarda-pó branco, calças finas de algodão branco e uma echarpe cinzenta solta sobre seu tórax. Seu rosto não tinha qualquer maquiagem, e havia uma cicatriz enrugada na testa, logo embaixo do couro cabeludo. Seu cabelo, castanho opaco, era bem curto e ela poderia ter se passado por um jovem soldado do sexo masculino não fosse por suas sobrancelhas escuras e suaves, orelhas pequenas e boca desenhada.

– Me desculpe – disse Peter. – Esqueci o seu nome. Estava muito cansado...

– Grainger – disse ela.

– Grainger – disse ele.

– Primeiros nomes não são muito populares entre os funcionários da USIC, caso você não tenha percebido.

– Percebi sim.

– Parece um pouco o exército. Exceto que não machucamos ninguém.

– Assim espero.

Ela acelerou e guiou o carro na direção do complexo do aeroporto. Enquanto dirigia, ela se inclinava para a frente, franzindo a testa de concentração, e, embora o interior da cabine fosse mal-iluminado, ele enxergou em seus olhos as bordas que denunciavam lentes de contato. Beatrice era usuária de lentes de contato: era por isso que ele descobrira.

– Você veio especialmente para me buscar?

– Sim.

– Você está vigiando meus movimentos? Controlando cada metade de muffin que eu como?

Ela não entendeu a alusão.

– Eu simplesmente dei uma passada no refeitório, e um dos caras disse que você tinha saído para caminhar.

– Isso preocupa você? – disse ele, mantendo o tom leve e simpático.

– Você acabou de chegar – disse ela, sem tirar o olhar do para-brisa. – Não queremos que você se machuque logo no seu primeiro passeio ao ar livre.

– E aquele termo de isenção de responsabilidade que assinei? Aquele que diz de doze formas diferentes que a USIC não é responsável por nada que venha a me acontecer?

Ela pareceu se aborrecer com isso.

– Aquilo é um documento jurídico redigido por advogados paranoicos que nunca nem pisaram aqui. Sou uma pessoa bacana e estou aqui e te recebi assim que você saiu daquela nave e disse que ia cuidar de você. E é isso que estou fazendo.

– Agradeço por isso – disse ele.

– Eu me interesso pelos outros – disse ela. – Às vezes, isso até me dá problema.

– Vou tentar não te dar problemas – disse ele.

O refeitório, com sua iluminação sinistra, parecia estar se movendo na direção deles, como se fosse outro veículo ameaçando bater de frente com eles no escuro. Ele se pegou desejando não ter sido buscado tão cedo.

– Espero que você entenda que eu não vim aqui para ficar sentado lendo revistas num refeitório. Quero sair e ver o povo de Oásis, esteja onde estiver. Provavelmente vou morar entre eles, se me deixarem. Então talvez não seja possível para você... hã... cuidar de mim.

Ela manobrou o veículo, estacionando-o numa garagem; haviam chegado.

– Vamos nos preocupar com isso quando chegar a hora.

– Mas, por mim, a hora chega logo – disse ele, ainda mantendo um tom de leveza. – Logo que possível. Não gosto de ser insistente, mas... preciso insistir. Quando você vai poder me levar para longe daqui?

Ela desligou o motor, retirou seus pés pequenos dos pedais.

– Me dê uma hora para arrumar as coisas.

– Coisas?

– Principalmente comida. Você deve ter percebido que o refeitório não está servindo nada agora.

Ele fez que sim, e uma gota de suor lhe fez cócegas ao descer pelo seu rosto.

– Não consegui entender bem como é para funcionar a rotina de dia/noite, se aqui fica escuro por três dias seguidos. Quer dizer, agora, oficialmente, é de noite, não?

– Sim, está de noite. – Ela esfregou os olhos, mas com delicadeza, de forma a não desalojar as lentes.

– Então você simplesmente deixa o relógio decidir quando os dias começam e acabam?

– Claro. Não é muito diferente de morar no Círculo Ártico, acho. Você ajusta seu ciclo de sono para estar acordado quando todo mundo estiver.

– E quanto aos sujeitos que estão no refeitório agora?

Ela deu de ombros.

– O Stanko tem que estar lá porque é do turno da noite. Os outros... bem, às vezes as pessoas têm insônia. Ou se cansam de tanto dormir.

– E quanto às pessoas de Oásis – os... hã... nativos? Eles estão dormindo agora? Quer dizer, é melhor esperarmos até o sol nascer?

Ela o encarou com uma expressão defensiva, sem nem piscar.

– Não tenho a menor ideia de quando eles dormem. Nem mesmo *se* eles dormem. Para ser franca com você, não sei quase nada sobre eles, embora eu deva ser a pessoa que mais os conhece por aqui. Eles são... meio difíceis de se dar a conhecer. Não sei bem se eles *querem* ser conhecidos.

Ele deu um sorrisinho.

– No entanto... é para isso que estou aqui, para conhecê-los.

– Tudo bem – suspirou ela. – Você é que sabe. Mas você está me parecendo cansado. Tem certeza de que descansou o suficiente?

– Estou bem. E você?

– Bem, também. Como falei, me dê uma hora. Se nesse meio-tempo você mudar de ideia e quiser dormir mais, me diga.

– Como posso fazer isso?

– O Tubo. Há um menu atrás do ícone da USIC. Eu estou nele.

– Bom saber que pelo menos um menu tem alguma opção. – Ele pretendia, com esse comentário, deplorar o refeitório, mas assim que as palavras saíram de sua boca, ficou preocupado que ela o interpretasse mal.

Ela abriu sua porta, ele fez o mesmo do seu lado, e saíram ambos na atmosfera úmida e voraginosa.

– Mais algum conselho? – gritou ele por cima do teto do veículo.

– Sim – devolveu ela. – Esqueça essa jaqueta jeans.

Seria ele tão sugestionável assim? Ela lhe dissera como parecia cansado e, na hora, não se sentia cansado, mas agora sim. E, além de cansado, confuso. Como se o excesso de umidade tivesse se infiltrado em seu cérebro e enevoado seus pensamentos. Ele torceu para Grainger conduzi-lo até seus aposentos, mas ela não o fez. Levou-o até o prédio por uma porta diferente daquela que ele usara como saída e, em meio minuto, estava lhe dando até logo em um cruzamento em T nos corredores.

Ele se afastou dela na direção oposta, conforme ela claramente esperava que fizesse, mas sem ideia clara de aonde estava indo. A passagem estava vazia e silenciosa, e ele não se lembrava de tê-la visto antes. As paredes tinham sido pintadas em um tom alegre de azul (tornado um tanto sombrio pela iluminação indireta) mas, fora isso, eram inteiramente destituídas de características notáveis, sem placas nem indicações. Não que houvesse qualquer motivo para esperar uma placa apontando para os seus aposentos. A USIC tinha deixado claro, durante uma das entrevistas, que "de forma nenhuma" ele seria o pastor oficial da base e não deveria ficar surpreso caso não houvesse muita demanda pelos seus serviços. De fato, era esta a descrição de seu cargo no contrato: *Sacerdote (cristão) da população nativa*.

– Mas vocês têm um sacerdote para atender o pessoal da USIC, não têm? – perguntara ele.

– Na verdade, no momento não – replicara o entrevistador.

– Quer dizer que a colônia é oficialmente ateia? – perguntara Bea.

– Não se trata de uma colônia – dissera outra entrevistadora, com a voz um pouco ríspida. – É uma comunidade. Não usamos essa palavra, "colônia". E não promovemos nem fé, nem falta de fé. Só estamos procurando as melhores pessoas, só isso.

– Um pastor especificamente para o pessoal da USIC é uma boa ideia, em princípio – tranquilizou-os o primeiro entrevistador. – Especialmente se ele ou ela tiver outras habilidades úteis. No momento, não é prioridade.

– Mas a minha missão é prioridade? – dissera Peter, ainda incapaz de acreditar.

– Nós a classificaríamos como "urgente" – disse o entrevistador. – Tão urgente, na verdade, que preciso perguntar a você... – Ele se reclinou para a frente, encarando Peter olho no olho. – Qual a data mais breve em que você poderia partir?

Agora, havia luz emanando da próxima quina do corredor, e um tênue ruído harmonioso que ele identificou, passado um instante, como música de fundo. Ele andara demais, passara direto do próprio quarto, e acabara voltando ao refeitório.

Ao entrar de novo no refeitório, ele constatou que algumas coisas haviam mudado. O cicio fantasmagórico de Patsy Cline havia sumido do ar, e em seu lugar tocava um jazz de coquetel tão insípido que era quase inexistente. Os dois homens negros tinham ido embora. O chinês tinha acordado e folheava uma revista. Uma mulher de meia-idade de tipo mignon, talvez coreana ou vietnamita, com uma mecha tingida de laranja no meio do cabelo negro, fitava meditativa uma xícara em seu colo. O sujeito com cara de eslavo atrás do balcão ainda estava em seu posto. Ele pareceu não registrar a entrada de Peter, hipnotizado como estava com uma brincadeira que estava fazendo com dois frascos plásticos de apertar – ketchup e mostarda. Estava tentando equilibrá-los um contra o outro, inclinados em um ângulo tal que somente os bocais se tocassem. Seus dedos compridos pairavam sobre o frágil sistema, prontos a agarrar os frascos assim que caíssem.

Peter parou no umbral, repentinamente com frio em seu jeans ensopado de suor e cabelo desgrenhado. Ele devia estar ridículo! Por alguns segundos, a noção do quanto aquela gente era diferente dele e de sua irrelevância para eles ameaçou inundar seu espírito com medo, com a paralisia da timidez, com o terror que uma criança sente em uma nova escola cheia de desconhecidos. Mas então Deus o acalmou com uma infusão de coragem e ele deu um passo adiante.

– Olá, pessoal – disse ele.

5

Assim que ele os reconheceu pelo que eram

Aos olhos de Deus, todos os homens e mulheres estão nus. Roupas não passam de uma folha de parreira. E os corpos embaixo delas são simplesmente outra camada de roupas, uma veste de carne com um exterior de couro impraticavelmente fino, em diversos tons de rosa, amarelo e marrom. Somente as almas são reais. Nesta visão, não é possível que existam coisas como gafes sociais, timidez ou constrangimento. Tudo o que você precisa fazer é saudar a alma do seu próximo.

Ao ouvir a saudação de Peter, Stanko endireitou os dois frascos, olhou para ele e deu um sorriso. O chinês o cumprimentou com um polegar para cima. E a mulher, que na verdade estava dormindo de olho aberto, lamentavelmente se assustou e deu um tranco com as pernas, derrubando café no próprio colo.

– Ai, meu...! – gritou Peter, correndo até ela. – Me desculpe!

Agora ela estava bem acordada. Vestia um guarda-pó largo e calça, bem parecidos com os de Grainger, mas bege. O líquido derramado acrescentou um borrão amarronzado ao modelo.

– Tudo bem, tudo bem – disse ela. – Não estava tão quente.

Um objeto passou voando pelo rosto de Peter, indo pousar no joelho da mulher. Era um pano de prato, arremessado por Stanko. Calmamente, ela começou a enxugar e esfregar. Ela levantou a barra do vestido, revelando duas manchas úmidas em sua tênue calça de algodão.

– Posso ajudar? – disse Peter.

Ela deu risada.

– Acho que não.

– Minha mulher usa vinagre nas manchas de café – disse ele, fitando o rosto dela para ela não achar que ele estava de olho em suas coxas.

– Isso não é exatamente café – disse a mulher. – Não se preocupe.

Ela embolou o pano de prato e o deixou na mesa, em um movimento metódico e paciente. Depois voltou a sentar na poltrona, aparentemente sem pressa para se trocar. O jazz enlatado emudeceu um momento, e então os pratos e a caixa foram roçados com escovinhas, o saxofone suspirou, e a improvisação voltou a correr solta. Stanko se ocupou de algo diplomaticamente barulhento, e o chinês estudava sua revista. Abençoadamente, estavam tentando lhe dar espaço.

– Estraguei minha chance de me apresentar? – disse ele. – Meu nome é Peter.

– Moro. Prazer em conhecê-lo. – A mulher estendeu sua mão direita. Ele hesitou antes de apertá-la, notando que um de seus dedos terminava numa falange decepada e seu mindinho simplesmente não estava lá. Ele aceitou a mão e ela apertou a sua com confiança.

– Sabe de uma coisa, isso é bastante incomum – disse ele, sentando-se a seu lado.

– Acidente de fábrica – disse ela. – Acontece todos os dias.

– Não, quis dizer a forma como você me ofereceu a mão. Já conheci muita gente que perdeu dedos da mão direita. Sempre oferecem a esquerda na hora do cumprimento. Não querem constranger os outros.

Ela pareceu ligeiramente surpresa.

– Verdade mesmo?

E então ela sorriu e sacudiu a cabeça, como quem diz, *Tem gente que é estranha mesmo*. Seu olhar era direto e, ainda assim, prevenido, examinando-o em busca de sinais que pudessem ser arquivados na pasta ainda vazia etiquetada como Missionário da Inglaterra.

– Eu acabei de sair e dar uma caminhada – disse ele, indicando com um gesto a escuridão lá fora. – Minha primeira vez.

– Não há muito o que se ver – disse ela.

– Bem, está de noite – disse ele.

– Mesmo de dia, não há muito o que se ver. Mas estamos trabalhando nisso. – Ela não parecia orgulhosa nem petulante, apenas descritiva.

– Qual é seu cargo aqui?

– Engenheira tecnologista.

Ele se permitiu uma expressão confusa, sinalizando: *Por favor, explique*. Ela rebateu com um olhar que sinalizava: *Está tarde e estou cansada*.

– Além disso, trabalho um pouco na cozinha, fazendo comida, a cada noventa e seis horas. – Ela passou os dedos por dentro do cabelo, revelando raízes grisalhas sob o lustroso preto com laranja. – Acho até divertido, fico torcendo para chegar logo.

– Trabalho voluntário?

– Não, tudo faz parte das minhas atribuições. Você vai ver que muitos de nós temos mais de uma função por aqui. – Ela ficou de pé. Só quando estendeu de novo a mão é que Peter percebeu que a conversa tinha terminado.

– É melhor eu ir me limpar – explicou ela.

– Prazer em conhecê-la, Moro – disse ele.

– Igualmente – disse ela, e foi-se embora.

– Faz um dim sum maravilhoso – disse o chinês quando ela já tinha ido.

– Como é? – disse Peter.

– É difícil fazer pastéis dim sum – falou o chinês. – É frágil. A massa. Mas tem que ser fininha, senão não é dim sum. Complicado. Mas ela é boa nisso. Sempre se percebe quando foi o turno dela na cozinha.

Peter se mudou para uma poltrona vazia próxima ao chinês.

– Meu nome é Peter – disse ele.

– Werner – disse o chinês. Sua mão de cinco dedos era gorducha, exercia uma firmeza precisamente calculada ao apertar a outra mão. – Então, você andou explorando os arredores.

– Não muito. Ainda estou muito cansado. Acabei de chegar.

– Demora um pouco para se adaptar. Suas moléculas precisam se acalmar. Quando é seu primeiro turno?

– Hã... não é bem... estou aqui como pastor. Acho que espero estar a postos o tempo todo.

Werner fez que sim com a cabeça, mas seu rosto traía que achara um pouco de graça, como se Peter tivesse acabado de confessar que assinara um contrato leonino sem antes ter consultado um bom advogado.

– Fazer o trabalho de Deus é um privilégio e uma alegria – disse Peter. – Não preciso tirar folga dele.

Werner assentiu novamente. Peter percebeu de relance que ele estava lendo a revista *Pneumatics & Hydraulics Informatics*, cuja foto de capa eram as entranhas de uma máquina e trazia a chamativa manchete *TORNANDO BOMBAS DE ENGRENAGEM MAIS VERSÁTEIS*.

– Esse negócio de pastor... – disse Werner. – O que você vai fazer exatamente? Digo, no dia a dia?

Peter sorriu.

– Vou esperar e ver no que dá.

– Ver como é que a banda toca – sugeriu Werner.

– Exatamente – disse Peter. O cansaço o inundava mais uma vez. Sentia-se capaz de desmaiar naquela poltrona mesmo, escorrer para o chão e deixar Stanko enxugá-lo com um esfregão.

– Preciso admitir – disse Werner – que não entendo muito de religião.

– E eu não entendo muito de pneumática e hidráulica – disse Peter.

– Também não é minha área – disse Werner, estendendo-se com um certo esforço para recolocar a revista no mostruário. – Só peguei por curiosidade. – Ele encarou Peter de novo. Tinha uma coisa que queria esclarecer. – A China nem *teve* religião por muito tempo, tipo, durante uma das dinastias.

– Que dinastia? – Por algum motivo, a palavra "Tokugawa" pipocou na cabeça de Peter, mas então ele percebeu que estava confundindo a história japonesa com a chinesa.

– A dinastia Mao – disse Werner. – Foi ruim, cara. Gente morrendo à esquerda, à direita e ao centro. Depois as coisas ficaram mais liberais. Cada um podia fazer o que bem entendesse. Se quisesse acreditar em Deus, ótimo. Buda também. Xintoísmo também. O que fosse.

– E você? Alguma vez já se interessou por alguma crença?

Werner olhou para o teto.

– Certa vez, eu li um livro gigantesco. Devia ter umas quatrocentas páginas. Cientologia. Interessante. Deu o que pensar.

Ah, Bea, pensou Peter, *precisava de você aqui ao meu lado.*

– Você precisa entender – continuou Werner – que já li muitos livros. Aprendo palavras com eles. Construo o vocabulário. De forma que se vier a encontrar alguma palavra esquisita algum dia, numa situação importante, estou, tipo, pronto.

O saxofone arriscou um grasnido que quase poderia ser considerado dissonante, mas imediatamente se realinhou à melodia adocicada.

– Hoje em dia há muitos cristãos na China – observou Peter. – Milhões.

– Sim, mas perto da população total é tipo um por cento, metade de um por cento, coisa assim. Na minha infância e adolescência quase não conheci nenhum. Exótico.

Peter inspirou fundo, lutando contra a náusea. Esperava ser apenas imaginária aquela sensação em sua cabeça, o cérebro mudando de lugar, ajustando-se melhor no oco lubrificado de seu crânio.

– Os chineses... os chineses são muito voltados para a família, não é verdade?

Werner ficou pensativo.

– É o que dizem.

– Você não?

– Fui adotado. Por um casal de alemães do exército que morava em Chengdu. Quando eu estava com catorze anos, eles se mudaram para Cingapura. – Ele fez uma pausa, e, para o caso de existir alguma dúvida, acrescentou: – Junto comigo.

– Sua história deve ser bastante incomum na China.

– Não sei as estatísticas. Mas, sim. Bastante incomum. Eram boas pessoas.

– O que eles acham de sua vinda para cá?

– Eles faleceram – disse Werner, sem mudança de expressão. – Pouco antes de eu ser selecionado.

– Sinto muito em ouvir isso.

Werner fez que sim, confirmando que concordava que o passamento de seus pais adotivos era, afinal de contas, um acontecimento lamentável.

– Eram boas pessoas. Me incentivavam. Muita gente por aqui não teve isso na vida. Eu tive. Sorte minha.

– Você tem contato com alguém mais lá na Terra?

– Há muita gente com quem eu gostaria de manter contato. Gente muito boa.

– Alguma pessoa especial?

Werner deu de ombros.

– Eu não colocaria uma à frente da outra. Todas são únicas, sabe. Talentosas. Devo muito a algumas delas. Tipo, me ajudaram. Me deram dicas, me apresentaram a... oportunidades. – Seus olhos assumiram uma aparência vítrea enquanto ele se reconectava momentaneamente com o passado distante.

– Quando você volta? – perguntou Peter.

– Voltar? – Werner demorou um ou dois segundos para decodificar a pergunta, como se Peter a tivesse formulado em algum sotaque impenetrável. – Não há previsão para um futuro próximo. Algumas pessoas, como o Severin, por exemplo, ficam indo e voltando, indo e voltando a cada par de anos. E eu me pergunto: para quê? Demora uns três, quatro anos até você pegar o ritmo. Questão de aclimatação, questão de especialização, de foco. O projeto é grande. Depois de um tempo você chega a um ponto em que consegue enxergar como cada coisa se conecta a outra. Como o trabalho de um engenheiro se liga ao trabalho de um encanador e ao de um eletricista e ao de um cozinheiro e ao de... de um horticultor. – Suas mãos gorduchas circundavam uma esfera invisível, pretendendo sugerir algum conceito holístico.

De repente, as mãos de Werner pareceram aumentar de tamanho, cada dedo inflando até ficar da grossura de um braço de bebê. Seu rosto também mudou de forma, desdobrando-se em múltiplos olhos e bocas que se aglomeravam até sair da cara e espiralar pelo recinto. Então alguma coisa acertou bem no meio da testa de Peter. Foi o chão.

Alguns segundos ou minutos depois, mãos fortes engancharam-no pelas axilas e posicionaram-no de barriga para cima.

– Está tudo bem? – disse Stanko, estranhamente imperturbado pelo ziguezague delirante das paredes e do teto ao seu redor. Werner, cujo rosto e mãos tinham voltado ao normal, também parecia ignorar qualquer problema... exceto pelo problema do missionário todo suado escarrapachado no chão e agasalhado além da conta. – Tá me ouvindo, bróder?

Peter piscou com força. A sala começou a rodar mais devagar.

– Estou te ouvindo.

– Você precisa ir para a cama – disse Stanko.

– Acho que você está certo – disse Peter. – Mas eu... eu não sei aonde...

– Está no diretório – disse Stanko, e foi olhar.

Em menos de sessenta segundos, Peter estava sendo carregado do refeitório para o corredor azulado por Stanko e Werner. Nenhum dos dois era tão forte quanto BG, de forma que progrediram aos trancos e barrancos, parando a cada poucos metros para ajeitar a carga. Os dedos ossudos de Stanko fincavam-se profundamente nos ombros e axilas de Peter, e certamente deixariam marcas vermelhas, enquanto Werner ficara com a parte fácil, os tornozelos.

– Eu consigo andar – disse Peter, mas não tinha certeza se era verdade e, de qualquer modo, seus dois bons samaritanos o ignoraram. Afinal, seus aposentos não ficavam longe do refeitório. Antes que se desse conta, já estava sendo depositado – ou melhor, jogado – sobre a cama.

– Bom conversar com você – disse Werner, ofegando de leve. – Boa sorte com... seja o que for.

– Feche os olhos e relaxe, bróder – aconselhou Stanko, já a caminho da porta. – Dorme que passa.

Dorme que passa. Palavras que tantas vezes já havia ouvido na vida. Ele as ouvira até mesmo de homens que o haviam apanhado do chão e o levado para outro lugar – embora geralmente o largassem em lugares bem mais desagradáveis do que uma cama. Ocasionalmente, os homens que o arrastavam para fora de boates e outras espeluncas de bebedeiras em que ele dera vexame aplicavam-lhe alguns chutes nas costelas antes de arrancá-lo do chão. Uma vez, tinham-no jogado em um beco e um furgão de entregas tinha passado bem em cima dele, os pneus miraculosamente desviando de sua cabeça e membros, arrancando apenas um pedaço de seu cabelo. Isso fora numa época em que ele ainda não estava pronto para admitir que havia uma força maior cuidando da vida dele.

Era incrível como eram parecidos os efeitos colaterais do Salto e os do álcool em excesso. Só que piores. Era como a maior ressaca de todos os tempos acrescida de uma dose de cogumelos mágicos. Nem BG, nem Severin tinham mencionado alucinações, mas talvez fossem simplesmente caras mais robustos que ele. Ou talvez ambos estivessem no sétimo sono agora, recuperando-se em paz em vez de passarem vergonha.

Ele esperou o quarto se estabilizar como um espaço geométrico de ângulos fixos ancorado em gravidade, e então se levantou. Viu se tinha mensagem no Tubo. Nada de Bea ainda. Talvez ele devesse ter pedido a Grainger para vir a seu quarto conferir a máquina, ver se ele estava mesmo utilizando-a corretamente. Mas estava de noite e ela era mulher e ele mal a conhecia. E a relação deles não começaria exatamente com o pé direito caso ele alucinasse que olhos e bocas estavam brotando de sua cara e desmaiasse a seus pés.

Além do mais, o Tubo era de tão fácil operação que ele não imaginava ninguém – nem mesmo um tecnófobo como ele – entendendo-o mal. Era um treco que mandava e recebia mensagens: mais nada. Não passava filmes, não fazia barulhos, não oferecia produtos, nem o informava sobre os apuros de mulas maltratadas ou da floresta amazônica brasileira. Não lhe oferecia meios de saber o clima do sul da Inglaterra, o atual número de cristãos na China ou os nomes e datas das dinastias. Simplesmente confirmava que suas mensagens tinham sido enviadas, e que não houvera resposta.

Abruptamente ele vislumbrou – não na tela cinza do Tubo, mas em sua própria cabeça – uma imagem de destroços retorcidos em uma estrada britânica, à noite, espalhafatosamente iluminados pelos faróis dos veículos de emergência. Bea morta em algum ponto da estrada entre Heathrow e sua casa. Pérolas soltas espalhadas pelo asfalto, fieiras de sangue negro. E já fazia um mês. Passado. O tipo da coisa que acontece. Uma pessoa embarca em uma jornada incrivelmente perigosa e chega ao destino sem um arranhão; a outra sai com o carro para um breve trajeto de rotina e acaba morta. "Deus tem um senso de humor doentio", nas palavras de um pai em luto (que logo viria a deixar a igreja). Por alguns segundos, o pesadelo de Beatrice morta à beira da estrada pareceu real para Peter, e uma náusea de terror percorreu suas entranhas.

Mas não. Ele não haveria de se deixar iludir por terrores imaginários. Deus nunca era cruel. A vida podia ser cruel, mas Deus não. Em um universo que se tornara perigoso por causa da dádiva do livre-arbítrio, era em Deus que podíamos confiar para nos ajudar não importa em que situação, e Ele estava ciente dos potenciais e limitações de cada um de Seus filhos. Peter sabia que, se algo terrível acontecesse a Bea, ele ficaria totalmente incapacitado para trabalhar ali. A missão estaria acabada antes de começar. E se algo havia ficado claro em todos esses meses de ponderação e oração antes de sua viagem a Oásis, era que Deus queria mesmo que ele fosse para lá. Ele estava seguro nas mãos de Deus, e Bea também. Provavelmente.

Quanto ao Tubo, havia uma forma simples de verificar se o estava usando direito. Localizou o ícone da USIC – um escaravelho verde estilizado – na tela, e clicou para abrir o menu atrás dele. Não era bem um menu, mas apenas três itens: *Manutenção (consertos)*, *Admin* e *Graigner*, obviamente configurado às pressas pela própria Grainger. Caso ele quisesse uma lista de correspondentes mais substancial, ficava a seu cargo organizá-la.

Ele abriu uma nova mensagem e escreveu: Cara Grainger. Depois deletou "Cara" e substituiu por "Oi", deletou também e ficou só com "Grainger", em seguida recolocou "Cara" e deletou de novo. Intimidade invasiva *versus* grosseria antipática... confusão e afobação antes mesmo de começar a comunicação. Devia ser tão mais fácil escrever cartas antigamente, quando todos, até o gerente do banco e o pessoal do Fisco, eram chamados de *Caros*.

Oi, Grainger.

Você estava certa. Estou cansado. Melhor eu dormir mais um pouco. Desculpe qualquer coisa.

Tudo de bom,

Peter

Laboriosamente, ele foi se despindo. Cada uma de suas peças de roupa estava grossa de umidade, como se tivesse sido surpreendido por um temporal. Suas meias se descolaram de seus pés enrugados feito uma compressa de folhas e lama. A calça e a jaqueta grudavam-se obstinadamente a ele, resistindo a suas tentativas de puxá-las. Tudo o que ele tirava era pesado e fazia um baque surdo ao tombar no chão. De início, ele chegou a pensar que fragmentos de suas roupas tinham se desagregado e rolado pelo chão, mas, olhando mais de perto, os pedacinhos soltos eram insetos mortos. Ele apanhou um dos corpos e o segurou entre os dedos. As asas haviam perdido sua translucidez prateada, e estavam manchadas de vermelho. Não estava com todas as patas. Era um verdadeiro esforço tentar perceber aquela carcaça mutilada como inseto: parecia, inclusive ao tato, os restos pulverizados de um cigarro caseiro. Por que será que aquelas criaturas tinham resolvido pegar carona em suas roupas? Ele devia tê-las matado só com a fricção da caminhada.

Lembrando-se da câmera, ele a pescou do bolso da jaqueta. Escorregava, de tão úmida. Ligou-a, pretendendo rever as fotos que batera no perímetro da USIC e tirar mais algumas ali, para mostrar a Bea seu quarto, suas roupas encharcadas, talvez um dos insetos. Uma faísca pulou do aparelho, aguilhoando-o, e a luzinha se apagou. Ele segurou a câmera na mão, contemplando-a como se fosse um pássaro cujo coração tivesse rebentado de susto. Sabia que aquela coisa era inconsertável, mas ainda assim nutriu uma tênue esperança de que, caso esperasse um pouco, ela começaria a tossir e voltaria à vida. Há apenas um momento, aquela máquina era um minúsculo e engenhoso depósito de memórias para Bea, uma arca de imagens que viriam a ajudá-lo em um futuro próximo que já visitara em sua imaginação. Ele e Bea na cama, a traquitana entre eles, brilhando, ela apontando, ele seguindo o traçado de seu dedo, dizendo: "Isso? Ah, isso era..." "E isso era..." "E isso era..." Agora de repente nada era nada. Uma placa de metal sem propósito jazia em sua palma.

Conforme correram os minutos, ele foi ganhando a consciência de que sua pele nua desprendia um cheiro estranho. Era a mesma essência de melão doce que detectara na água potável. A atmosfera rodopiante lá fora, não satisfeita em lambiscar e afagar sua pele, também o deixara com odores e suor abundantes.

Estava cansado demais para tomar banho, e um ligeiro tremor na linha reta do rodapé o alertava de que o aposento poderia em breve voltar a se contorcer caso ele não fechasse os olhos e descansasse. Desmaiou na cama e dormiu por uma eternidade que, quando despertou, acabou se revelando ser quarenta e poucos minutos.

Ele foi ver se tinha mensagens no Tubo. Nada. Nem de Grainger. Talvez ele não soubesse como usar aquela máquina. A mensagem que enviara a Grainger não era um teste infalível, porque as palavras com que a formulara não requeriam uma resposta. Ele pensou por um minuto, depois escreveu:

Oi de novo, Grainger.

Desculpe o incômodo, mas não notei telefones nem nenhum outro meio de contatar ninguém diretamente. Não existe nenhum?

Tudo de bom,

Peter

Ele tomou banho, secou-se mais ou menos e, ainda nu, deitou na cama de novo. Se suas mensagens para Grainger não tinham chegado e ela aparecesse dali a alguns minutos, ele se embrulharia em um lençol e conversaria com ela pela porta. A não ser que ela entrasse direto, sem bater. Isso ela não faria, faria? Não é possível que as convenções sociais da base da USIC fossem *tão* diferentes da norma. Ele procurou pelo quarto algum objeto com que pudesse calçar a porta, mas não havia nenhum.

Certa vez, há anos, enquanto passava pelo complicado procedimento de trancafiar o templo (ferrolhos, cadeados, fechaduras embutidas, até mesmo uma corrente), ele sugerira a Beatrice que tivessem uma política de portas abertas.

– Mas nós temos – dissera ela, confusa.

– Não, estou falando assim: nenhuma tranca. Portas abertas a qualquer um, a qualquer hora. "Alguns, não o sabendo, hospedaram anjos", como dizem as Escrituras.

Ela afagara sua cabeça como a de uma criança.

– Você é um amor.

– Estou falando sério.

– Viciados em drogas também são um problema sério.

– Não temos drogas aqui. E nada que possa ser vendido para comprar drogas. – Ele indicou as paredes decoradas com desenhos de crianças, os bancos com suas velhas almofadas confortáveis, o púlpito bambo, as pilhas de velhas Bíblias surradas, a ausência generalizada de candelabros de prata, esculturas antigas e ornamentos preciosos.

Bea suspirou.

– Tudo pode ser vendido para comprar drogas. Ou, no mínimo, a pessoa pode tentar. Se estiver desesperada o suficiente. – E ela lhe deu uma olhada de *Você sabe bem como é que é isso, não?*

De fato, ele sabia muito bem como era. Só tinha tendência a esquecer.

* * *

Apesar de sua resolução de continuar acordado até a hora em que Grainger apareceria caso não tivesse recebido sua mensagem, Peter adormeceu. Passaram-se duas horas e, quando ele acordou, o quarto se tornara estável e a vista da janela era a mesma: uma imensidão solitária mergulhada em trevas salpicadas de lúgubres poças de luz. Ele se sacudiu dos lençóis e seu pé chutou algo leve pelo chão: uma de suas meias, seca e dura, metamorfoseada de algodão a papelão. Sentou-se diante do Tubo e leu a resposta de Grainger que emanava a mesma aura de "desculpe o incômodo" que a mensagem dele.

Uma ligação telefônica teria me incomodado bem mais, especialmente se eu estivesse dormindo. Não, não há telefones. A USIC tentou instalá-los no começo, mas a recepção era ruim ou inexistente. A atmosfera é inadequada, densa demais. Então temos nos virado sem. E tem dado certo. E, sinceramente, a maior parte das coisas para que se usa o telefone é uma perda de tempo. Temos botões vermelhos por toda a parte para emergências (e nunca precisamos deles!). Nossos cronogramas de trabalho ficam em uma escala impressa então sabemos muito bem onde aparecer e o que fazer lá. Quanto a bate-papos conversamos pessoalmente se não estivermos muito ocupados – e se estamos muito ocupados não deveríamos tentar bater papo. Quando precisamos dar avisos especiais, usamos o alto-falante. Podemos usar o Tubo também, mas a maioria das pessoas espera até poder conversar cara a cara. Todo mundo é um especialista aqui e as discussões podem acabar indo para um lado bem técnico e aí é essencial a troca que há em sentar juntos para resolver problemas. Escrever de forma que o outro possa entender e aí ficar esperando uma resposta é um pesadelo. Espero que isso ajude, Grainger.

Ele sorriu. Com uma frase, ela havia mandado pelo ralo centenas de anos de comunicação por escrito, depois de já ter descartado um século e meio de comunicação telefônica na frase anterior. O fecho, "espero que isso ajude", tinha sido um toque gracioso. Arrojado, até.

Ainda sorrindo, e com a imagem do rosto andrógino de Grainger na cabeça, ele foi ver se tinha mensagem de Beatrice, na verdade sem esperar que houvesse.

Um longo e denso texto se manifestou na tela e, por ter aparecido instantaneamente, sem alarde nem alertas, ele demorou a reconhecer o que era. A tela estava cheia a ponto de transbordar. Ele perscrutou o ninho de palavras e avistou o nome Joshua. Um aglomerado de seis letras, para a maioria das pessoas sem significado, mas que na mesma hora fez sua alma pular de alegria com imagens vívidas: as patas de Joshua, com seus tufos brancos em meio às almofadinhas rosadas; Joshua coberto da poeira de gesso da obra do vizinho; Joshua efetuando seu espetacular pulo circense do alto da geladeira para a tábua de passar; Joshua arranhando a janela da cozinha, seu miado suave inaudível devido ao tráfego da hora do rush; Joshua adormecido no cesto de roupa limpa; Joshua na mesa da cozinha, coçando seu queixo peludo na chaleira de cerâmica que nunca era usada para mais nada; Joshua na cama com ele e Bea. E então ele viu Bea: Bea com metade do corpo coberto pelo edredom amarelo, relutante em se mexer, pois o gato dormia apoiado em sua coxa. O seio e o tórax de Bea furando o algodão puído da camiseta preferida que era velha demais para ser usada em público, mas era perfeita para usar na cama. O pescoço de Bea, longo e macio exceto por dois vincos pálidos que pareciam emendas. A boca de Bea, seus lábios.

Querido Peter, começava a carta.

Ah, quanto lhe valeram aquelas palavras! Se fosse só aquilo a mensagem, para ele teria estado de bom tamanho. Ele teria lido e relido Querido Peter, Querido Peter, Querido Peter, não por vaidade, mas porque eram palavras dela para ele.

Querido Peter,

Estou chorando de alívio enquanto escrevo isso. Saber que você está vivo me deixou toda trêmula e zonza, como se eu tivesse segurado a respiração por um mês inteiro e só agora finalmente a tivesse soltado. Dou graças ao Senhor por ter protegido a sua viagem.

Como é aí? Não falo do quarto, mas lá de fora, o lugar como um todo. Conte-me, estou louca para saber. Tirou alguma foto?

Quanto a mim, fique tranquilo, não envelheci cinquenta anos nem criei rugas desde que você se despediu de mim. Só um pouco de olheiras por dormir pouco (depois falo mais disso).

Sério, as últimas quatro semanas têm sido difíceis, sem saber se você ia chegar inteiro aí ou se já tinha morrido e ninguém tinha me contado. Fiquei rondando essa máquina mesmo sabendo que nada chegaria a mim por muito tempo.

Então, quando sua mensagem finalmente chegou, eu não estava aqui para recebê-la. Fiquei presa no trabalho. Fiz um turno matinal que foi tranquilo e estava prestes a ir para casa, mas, quando deu 14h45, ficou óbvio que 3 pessoas iam faltar – Leah e Owen avisaram que estavam doentes e Susannah simplesmente não apareceu. A agência de enfermeiros não tinha ninguém então me pediram para que eu dobrasse, e eu dobrei. Então, às 11 da noite, adivinhe só? – metade do turno da noite também não apareceu. Então me pressionaram para fazer três turnos! Ilegal até mais não poder, mas eles não dão a mínima.

Tony, nosso vizinho do lado, veio aqui alimentar o Joshua mas não soou muito satisfeito quando liguei para ele pedindo. "Todo mundo tem problemas", disse ele. Eu quase respondi: por isso mesmo é que temos que nos ajudar uns aos outros. Mas, pela voz, ele estava estressado. Se isso acontecer de novo, posso ter que pedir aos estudantes que moram aqui na frente. Provavelmente vou ter que ensiná-los a usar o abridor de latas.

Por falar em Joshua, ele não está lidando bem com a sua ausência. Tem me acordado às 4 da manhã, miando no meu ouvido e depois rolando no seu lado da cama como que perguntando por você. Então fico deitada acordada até chegar a hora de me arrumar para o trabalho. Ah, como é bom ser uma mãe abandonada.

Ando olhando o noticiário no meu celular que nem uma obsessiva, caso haja uma notícia sobre você. Sei que é bobagem. A USIC não é exatamente a organização mais famosa do mundo, não é mesmo? Nem sequer tínhamos ouvido falar nela até que procurassem você. Mas ainda assim...

De qualquer forma, agora você está em segurança – estou tão indescritivelmente aliviada. Finalmente parei de tremer e as tonturas diminuíram. Eu li e reli suas duas mensagens sem parar! E sim, você estava certo em presumir que é melhor me escrever quando seu cérebro está uma zona do que não escrever nada. A perfeição é inalcançável para o ser humano.

O que me lembra: por favor, pare de se preocupar com a última vez que fizemos amor. Eu disse que estava tudo bem e estava (e está). Orgasmo não era a principal coisa que eu queria obter ali, acredite.

Além disso, pare de se preocupar com o que esses sujeitos (Severin etc.) pensam de você. Não importa. Você não foi a Oásis para impressioná-los. Você foi a Oásis para evangelizar almas que nunca ouviram falar de Jesus. De qualquer modo, esses caras da USIC têm trabalho a fazer e você provavelmente não vai vê-los muito.

Não consigo imaginar Oásis muito bem a partir de sua descrição, mas água verde soa meio assustador. O clima aqui tem estado horrível desde que você partiu. Todo dia é um aguaceiro pesado. Eu não diria que essa chuva parece com uma cortina de contas, mas sim com um balde d'água despejado na sua cabeça. Tem havido enchentes em algumas cidades da região central, carros sendo arrastados rua abaixo etc. Estamos bem exceto que o conteúdo do vaso sanitário tem baixado mais lentamente depois da descarga, idem o ralo do chuveiro depois do banho. Não sei bem por quê. Ocupada demais para mandar alguém olhar.

A vida na nossa paróquia continua bem movimentada. A situação com a Mirah (?Meerah) e o marido virou uma crise. Ela enfim contou a ele que tem frequentado a nossa igreja e ele explodiu. E explodiu em Mirah, que apanhou dele. Bastante. Seu rosto está inchado até mais não poder, ela mal enxerga. Ela está dizendo que quer deixá-lo e precisa da nossa (minha) ajuda com as burocracias - moradia, emprego, benefícios etc. Dei alguns telefonemas preliminares (ou seja, até agora gastei algumas horas), mas tenho principalmente dado apoio emocional. As perspectivas de ela se tornar independente não são boas. Ela mal fala inglês, não tem nenhuma experiência de trabalho e, para ser franca, acho que sua inteligência é abaixo da média. Meu papel nessa história parece ser o de ficar ao lado dela, emocionalmente falando, até seu rosto sarar um pouco e ela voltar para a casa do marido. Nesse meio-tempo, espero que nossa casa não acabe sendo cenário de um crime passional árabe. Isso deixaria o Joshua extremamente traumatizado.

Sei que pareço estar tratando isso com leviandade, mas a verdade é que não acho que a Meerah (?Mirah - tenho que perguntar qual a ortografia correta do nome para preencher formulários de empréstimos de emergência etc.) está pronta para receber o apoio & a força que obteria caso entregasse seu coração a Cristo. Acho que a atmosfera amigável e tolerante da nossa igreja a atrai, além da ideia excitante de ser uma mulher livre. Ela fala de se tornar cristã como se fosse uma academia de ginástica em que pudesse se matricular.

Bem, estou vendo que são por volta de 1h30 da manhã, o que é ruim pois o Joshua sem dúvida vai me acordar dentro de duas horas e meia, e eu ainda nem fui para a cama. Estou ouvindo barulho de chuva de novo. Eu te amo e estou com saudades. Não se preocupe com nada. Confie em Jesus. Ele fez a viagem com você. (E eu bem que queria ter feito também.) Lembre-se de que Jesus está trabalhando através de você mesmo naqueles momentos em que você se sente perdendo o pé.

Quanto ao nosso velho amigo são Paulo, talvez ele não aprovasse o tamanho do meu desejo de me enrodilhar contigo na cama agora. Mas sim, ouçamos seus sábios conselhos em outras áreas. Meu amor, os dois sabemos muito bem que o efeito de sua viagem vai acabar passando e você, descansado, não vai mais conseguir ficar sentado em seus aposentos escrevendo epístolas para mim e observando a chuva. Você vai ter que abrir a porta e começar a trabalhar. Como disse Paulo: "Procedei com sabedoria com os que não creem, sabei aproveitar as oportunidades." E lembre-se de que estou pensando em você!

Beijos, abraços, e uma cabeçada do Joshua,

Beatrice

Peter leu a carta oito ou nove vezes antes de ser capaz de suportar se separar dela. Depois foi pegar a bolsa, aquela que a menina do check-in da Virgin duvidara que fosse suficiente para um voo transatlântico só de ida, largou-a na cama e abriu seu zíper. Era hora de se vestir para trabalhar.

Além de sua Bíblia, cadernos de anotações, um segundo jeans, sapatos pretos polidos, tênis, sandálias, três camisetas e três pares de meia e de cuecas, a bolsa continha um artigo de vestuário que lhe parecera inútil e exótico quando ele o incluíra na bagagem, um artigo que lhe parecera ter tanta probabilidade de vir a usar quanto um tutu de bailarina ou um smoking. Os entrevistadores da USIC avisaram-lhe que não havia requisitos específicos de vestuário em Oásis, mas que, se ele pretendia passar grandes períodos ao ar livre, poderia achar bom investir em vestimentas ao estilo árabe. Na verdade, deram fortes indiretas de que ele poderia se arrepender caso não o fizesse. Então, Beatrice comprara-lhe uma dishdasha na loja de vestuário muçulmano mais barata do bairro.

– Foi o mais básico que encontrei – disse ela, mostrando-lhe a roupa poucas noites antes de sua partida. – Tinham túnicas com brocado dourado, lantejoulas, bordados...

Ele a estendeu junto do corpo.

– É muito comprida.

– Ou seja, você não vai precisar de calça – disse ela, com um meio sorriso. – Pode ficar pelado por baixo. Se quiser.

Ele agradeceu, mas não a experimentou.

– Você não achou feminina demais, achou? – disse ela. – Achei bem masculina.

– Está boa – disse ele, colocando-a na bolsa. Não era ficar efeminado que o preocupava; era que não conseguia se imaginar pavoneando-se de cá para lá feito um ator de filme bíblico antigo. Parecia presunçoso e nem um pouco afim aos valores da cristandade moderna.

Bastara uma caminhada ao ar livre em Oásis para mudar tudo isso. Sua jaqueta jeans, ainda amarrotada sobre o piso, secara dura feito uma lona. Uma túnica árabe curta com calça estilo pijama, tal como já vira vários funcionários da USIC usando, devia ser a alternativa ideal, mas sua dishdasha até a canela também serviria perfeitamente. Ele poderia usá-la com sandálias. E daí se ele parecia um xeque de festa à fantasia? A questão ali era praticidade. Ele puxou a túnica da bolsa, deixando-a se desfraldar.

Para sua consternação, a roupa estava toda salpicada e manchada de tinta preta. As canetas esferográficas que estouraram durante o voo tinham esguichado seu conteúdo justamente sobre o tecido branco. Para piorar tudo, ele havia evidentemente apertado o traje mais para o fundo da bolsa quando se preparava para deixar a nave, fazendo as manchas de tinta se reproduzirem feito num teste de Rorschach.

Mas ainda assim... apesar dos pesares... De uma sacudidela, ele estendeu a vestimenta, segurando-a com os braços esticados. Algo espantoso havia acontecido. A tinta aleatoriamente formara a imagem de uma cruz, uma cruz cristã, bem no meio do tórax. Se tivessem sido canetas vermelhas em vez de pretas, seria praticamente a insígnia de um cavaleiro medieval indo para as Cruzadas. Praticamente. As manchas de tinta eram irregulares, com gotas e linhas extras desfigurando a perfeição do desenho. Mas... mas... aquelas linhas fracas sob os braços da cruz poderiam ser interpretadas como os braços esqueléticos do Cristo crucificado... e aqueles borrões pontiagudos mais acima poderiam ser vistos como a coroa de espinhos de Jesus. Ele sacudiu a cabeça: era seu defeito de interpretar além da conta. E ainda assim, lá estava a cruz no traje onde antes não havia cruz nenhuma. Ele passou o dedo na tinta, para ver se ficava manchado. Fora um pedaço um pouco colante bem no centro, estava seca. Pronta para o uso.

Jogou a túnica por cima da cabeça e deixou o tecido fresco deslizar pela pele, escondendo sua nudez. Voltando-se para avaliar seu reflexo na janela, confirmou que Bea havia escolhido bem. A roupa caía perfeitamente bem nele, como se um alfaiate do Oriente Médio tivesse medido seus ombros, cortado o tecido e o costurado especialmente para ele.

A janela que ele usara como espelho tornou-se janela outra vez quando as luzes se acenderam lá fora. Dois pontos luminosos, feito os olhos de um organismo monstruoso em aproximação. Ele se aproximou do vidro e espiou, mas os faróis do veículo desapareceram assim que ele os reconheceu pelo que eram.

6

Toda a sua vida o conduzira àquele momento

Um encontro marcado entre um homem casado e uma desconhecida, ambos longe de casa, nas horas de sombra antes do amanhecer. Se havia algo impróprio ou potencialmente complicado a respeito disso, Peter não desperdiçou energia se preocupando com isso. Tanto ele como Grainger tinham trabalho a fazer, e Deus vigiava.

Além disso, a reação de Grainger a ele, quando abriu a porta depois de a ouvir bater, não fora grande incentivo. Ela teve uma reação exagerada de surpresa digna de desenho animado. Sua cabeça recuou tanto que ele pensou que ela fosse cair para trás, mas, depois do baque inicial, ela ficou só olhando. O motivo, é claro, era a enorme cruz de tinta em seu peito. Vendo-se pelos olhos dela, de repente ele sentiu vergonha.

– Segui seu conselho – ele tentou brincar, retesando as pontas das mangas da túnica. – Sobre a jaqueta jeans.

Ela não sorriu, simplesmente continuou olhando.

– Você poderia ter ido, não sei, a uma loja de camisetas – disse ela afinal – e feito isso... hã... de forma profissional.

A roupa dela era a mesma do primeiro encontro: ainda a túnica branca, calça de algodão e echarpe. Não era exatamente o vestuário ocidental tradicional, mas ainda assim, nela parecia mais natural, menos afetado, do que a dishdasha nele.

– A cruz foi... um acidente – explicou ele. – Canetas estouradas.

– Hã... tá certo – disse ela. – Bem, creio que dá... uma impressão meio caseira. Amadora. De forma positiva.

Esse gesto diplomático condescendente o fez sorrir.

– Você está me achando um *poser*?

– Um o quê?

– Artificial.

Ela olhou para o fim do corredor, para a saída:

– Não cabe a mim julgar. Está pronto?

Andaram lado a lado até sair do prédio e entrar nas trevas. A atmosfera quente os abraçou com entusiasmo escaldante e na mesma hora a vergonha que Peter sentia da roupa diminuiu, pois era o traje perfeito para aquele clima. Levar suas roupas velhas até Oásis fora inútil, agora ele via. Precisava se reinventar, e aquela manhã era perfeita para começar.

O veículo de Grainger estava parado ao lado do complexo, iluminado por uma luz que se projetava da fachada de concreto. Era grande, de aparência militar, claramente bem mais potente do que o carrinho modesto de Peter e Bea.

– Agradeço muito vocês me disponibilizarem um carro – disse Peter. – Imagino que tenham de racioná-los. Por causa do combustível e tal.

– Melhor é mantê-los em uso – disse Grainger. – Senão vão para o buraco. Tecnicamente falando. A umidade acaba com eles. Deixe-me mostrar-lhe uma coisa.

Ela se aproximou do veículo e abriu o capô para lhe mostrar o motor. Peter obedientemente se inclinou para olhar, embora não soubesse nada sobre o funcionamento de um carro, não tendo nem mesmo dominado o básico que Bea sabia, como trocar o óleo, aplicar anticongelante ou usar os cabos da bateria. Ainda assim, ele percebia que havia algo de incomum ali.

– Que... nojento – disse ele, e riu da própria falta de tato. Mas era verdade: o motor inteiro estava recoberto de uma graxa gosmenta que fedia a comida de gato rançosa.

– Sim – disse Grainger –, mas espero que entenda que isso não é prejudicial, isso é a cura. A prevenção.

– Ah.

Ela bateu o capô apenas com a força necessária para fazê-lo fechar direito.

– Demora uma hora para engraxar um veículo assim. Trabalhe nisso por algum tempo e você fica fedendo o resto do dia.

Instintivamente, ele tentou sentir o cheiro dela, ou pelo menos recuperar alguma lembrança do cheiro dela antes de adentrarem aquele ar pesado. O cheiro dela era neutro. Agradável, até.

– É uma de suas funções? Engraxar os carros?

Ela convocou-o a entrar com um gesto:

– Todos fazemos turno de engraxate de vez em quando.

– Muito democrático. Ninguém reclama?

– Aqui não é lugar para quem gosta de reclamar – disse ela, sentando-se no banco do motorista.

Ele abriu a porta do carona e juntou-se a ela. Assim que ele se acomodou na posição, ela ligou a ignição e pôs o motor para trabalhar.

– E quanto aos cargos mais altos? – perguntou ele. – Eles também fazem turno de engraxate?

– Cargos mais altos?

– A... administração. Os gerentes. Seja lá como os chamem por aqui.

Grainger pestanejou como se tivessem lhe feito uma pergunta sobre domadores de leões ou palhaços de circo.

– Não temos gerentes, na verdade – disse ela, manobrando o veículo e engatando a marcha. – Todos contribuem, cada um na sua vez. É bem óbvio o que precisa ser feito. Em caso de divergência, votamos. Na maior parte das vezes, o que fazemos é seguir as diretrizes da USIC.

– Parece bom demais para ser verdade.

– Bom demais para ser verdade? – Grainger sacudiu a cabeça. – Sem querer ofender, mas é isso o que algumas pessoas dizem sobre religião. Não sobre uma simples escala de serviço para impedir o desgaste do motor.

A retórica era bonita, mas alguma coisa no tom de voz de Grainger fez Peter suspeitar que ela não acreditava de verdade no que dizia. Ele tinha um radar bem apurado para as dúvidas que as pessoas tentavam camuflar com bravatas.

– Mas tem que haver alguém – insistiu ele – que se responsabiliza pelo projeto como um todo.

– Claro – disse ela. O carro ganhava velocidade e, lá atrás, as luzes do complexo diminuíam rapidamente nas trevas. – Mas estão muito longe. Não dá para esperar que nos levem pela mão, dá?

* * *

Enquanto seguiam no escuro em direção ao horizonte invisível, iam comendo pão com passas. Grainger colocara um grande pedaço de pão fresco no vão entre os assentos, apoiado na alavanca de marchas, e eles se serviam de fatias e mais fatias.

– Está gostoso – disse ele.

– É feito aqui – disse ela, com um certo orgulho.

– Até as passas?

– Não, as passas não. Nem o ovo. Mas a farinha, a manteiga, o adoçante e o bicarbonato de sódio sim. E o pão é assado aqui. Temos uma padaria.

– Que legal. – Ele mastigou mais um pouco, engoliu. Tinham deixado o perímetro-base há quinze minutos. Ainda não acontecera nada digno de nota. Havia muito pouco a ser visto à frente do farol do veículo, a única luz visível em quilômetros. Não pela primeira vez, Peter pensou no quanto de nossas vidas passamos insulados em pequenas poças de luz elétrica, cegos a tudo o que existe mais além dessas bolhas frágeis.

– Quando é o nascer do sol? – perguntou ele.

– Em cerca de três, quatro horas – disse ela. – Talvez duas, não tenho certeza, não venha me cobrar. É algo gradual. Não é tão dramático.

Ela dirigia em linha reta por cima de uma terra nua e sem lavouras. Não havia estrada, trilha nem nenhum indício de que alguém já tivesse trilhado ou dirigido por aquelas plagas antes, embora Grainger lhe tivesse garantido que fazia aquele trajeto regularmente. Na falta de estradas e iluminação, às vezes era difícil acreditar que estavam saindo do lugar, apesar da ligeira vibração do chassi do veículo. A vista era a mesma em qualquer direção. Grainger ocasionalmente conferia o sistema de navegação computadorizada no painel, que lhe informava de quando estavam prestes a desviar do curso correto.

A paisagem – o pouco que Peter conseguia ver dela no escuro – era surpreendentemente nua, dado o clima. A terra era marrom chocolate, e tão compacta que os pneus passavam por cima dela sem nenhum impacto à suspensão. Aqui e ali, áreas do terreno estavam cobertas de cogumelos brancos, ou salpicadas com alguma coisa esverdeada e poeirenta que talvez fosse musgo. Nada de árvores, arbustos, nem mesmo grama. Uma tundra sombria e úmida.

Ele pegou outra fatia de pão de passas. Estava perdendo a graça, mas ele estava com fome.

– Não achei – observou ele – que ovos sobreviveriam intactos ao Salto. Eu mesmo me senti mexido, depois que passei por ele.

– Ovo em pó – disse Grainger. – Usamos ovos em pó.

– Mas claro.

Pela janela lateral, ele viu uma solitária espiral de chuva no céu sem quaisquer outros objetos: uma curva do tamanho de uma roda-gigante, passeando pela terra, com gotas faiscando. Rumava por uma tangente diferente da deles, então Grainger teria de desviar da rota caso quisesse encontrá-la. Ele pensou em pedir para fazerem isso, por diversão, como crianças perseguindo um regador giratório na grama. Mas ela dirigia atentamente, contemplando a não estrada lá fora, mãos grudadas no volante. A espiral de chuva cintilante foi escurecendo conforme os faróis foram passando por ela, e, por fim, foi engolida pela escuridão que deixavam para trás.

– Então – disse Peter. – Me conte o que sabe.

– Sobre o quê? – Sua postura descontraída desapareceu na mesma hora.

– Sobre as pessoas que vamos visitar.

– Não são pessoas.

– Bem... – Ele puxou um profundo suspiro. – Vou dar uma ideia, Grainger. Que tal combinarmos de usar o termo "pessoas" em seu sentido mais lato de "habitantes"? A etimologia romana original não é clara, então quem sabe? Talvez já significasse "habitantes" mesmo. É claro que poderíamos usar "criatura" em vez disso, mas acho problemático, você não? Digo, pessoalmente, adoraria usar "criatura", se pudéssemos tomá-la nas suas origens latinas: *creatura*, "coisa criada". Porque todos fomos criados, não é? Mas esse sentido vem sofrendo uma decadência, há séculos, a ponto de "criatura" ter passado a significar, para a maioria das pessoas, "monstro", ou, no mínimo, "animal". O que me lembra: não seria bom usar "animal" para todos os seres que respiram? Afinal, a palavra grega *anima* quer dizer "sopro" ou "alma", que abrange basicamente tudo o que estamos querendo, não é?

O silêncio se instalou na cabine. Grainger continuou dirigindo, olhos vidrados na luz do farol exatamente como antes. Depois de trinta segundos ou coisa assim, o que pareceu muito tempo dadas as circunstâncias, ela disse:

– Bem, dá para ver que você não é um pastor xucro qualquer que veio dos cafundós do mato.

– Nunca disse que era um.

Ela olhou-o de lado, flagrou-o sorrindo, sorriu também.

– Me diga uma coisa, Peter. O que te fez decidir vir *para cá* fazer *isso*?

– Eu não decidi – disse ele. – Foi Deus que decidiu.

– Ele te mandou um e-mail?

– Claro. – Ele abriu mais um pouco o sorriso. – Você acorda de manhã, abre a caixa de entrada do seu coração, vê se chegou alguma coisa. Às vezes tem uma mensagem.

– Do jeito que você fala, soa bem piegas.

Ele parou de sorrir, não porque estivesse ofendido, mas porque a conversa estava ficando séria.

– A maior parte das coisas verdadeiras são meio piegas, não são? Mas nós as disfarçamos de sofisticadas para não passar vergonha. Verdades simples com roupagem sofisticada. O único propósito dessa dissimulação linguística é as pessoas não olharem para o conteúdo de nossos corações e mentes desnudados e dizerem: "Que cafona."

Ela franziu a testa:

– "Cafona"?

– É uma gíria antiga. Quer dizer vulgar, mas com uma implicação de algo idiota. Fora de moda.

– Nossa. Teve aula de gírias na sua escola bíblica?

Peter tomou vários goles de uma garrafa de água.

– Nunca frequentei uma escola bíblica. Fiz faculdade de Alcoolismo e Abuso de Drogas. E me diplomei em Decoração de Interiores de Vasos Sanitários e... hã... Visitas a Prontos-Socorros.

– E aí você encontrou Deus?

– Eu encontrei uma mulher chamada Beatrice. A gente se apaixonou.

– Geralmente homem não fala assim.

– Assim como?

– Homens costumam dizer "daí a gente se juntou" ou "e o resto é fácil de adivinhar" ou algo assim. Algo que não soe assim tão...

– Cafona?

– Exatamente.

– Bem, a gente se apaixonou – disse Peter. – Larguei a bebida e as drogas para impressioná-la.

– Espero que tenha funcionado.

– Funcionou. – Ele deu uma última golada, enroscou a tampa de volta na garrafa e escorregou-a para o chão, entre seus pés. – Embora ela só tenha me dito isso alguns anos depois. Viciados não lidam bem com elogios. A pressão de manter o desempenho os leva a voltar para as drogas.

– É.

– Você teve alguma experiência disso na sua vida?

– Tive.

– Quer conversar sobre isso?

– Não agora. – Ela ajeitou sua postura na cadeira, pisou no pedal, indo um pouco mais rápido. O rubor em seu rosto a deixava mais feminina, embora também tivesse acentuado a cicatriz esbranquiçada próxima ao couro cabeludo. Afrouxara sua echarpe de modo que pendesse ao redor do pescoço; seu cabelo tosado, macio e pardacento flutuava com o movimento do ar-condicionado. – Sua namorada me parece ser inteligente.

– É minha esposa. E sim, ela é inteligente. Sem dúvida mais inteligente, ou pelo menos mais sábia, do que eu.

– Então por que escolheram *você* para essa missão?

Peter recostou a cabeça no encosto.

– Eu mesmo já me fiz essa pergunta. Acho que Deus deve ter outros planos para Beatrice lá em casa.

Grainger não fez comentários. Peter olhou pela janela lateral. O céu estava um pouco mais claro. Talvez fosse só imaginação dele. Um grupo de cogumelos particularmente grandes estremeceu quando o carro passou ao lado.

– Você não respondeu minha pergunta – disse ele.

– Eu disse que não queria conversar sobre isso – disse ela.

– Não, falo da minha pergunta sobre as pessoas que vamos visitar. O que você sabe sobre elas?

– Eles são... ah... – Ela debateu-se, demorando vários segundos para achar as palavras certas. – Gostam de privacidade.

– Isso dava para adivinhar. Nenhuma foto em todos os folhetos e relatórios que a USIC me mandou. Eu esperava pelo menos uma foto sorridente do mandachuva de vocês apertando a mão do povo local.

Ela deu uma risadinha.

– Isso seria difícil de arranjar.

– Não têm mãos?

– Claro que têm. Só não gostam que encostem neles.

– Então: descreva-os para mim.

– É difícil – suspirou ela. – Não sou boa com descrições. Logo vamos vê-los.

– Faça uma tentativa. – Ele pestanejou. – Eu acharia bom.

– Bem... eles usam mantos compridos e capuzes. Feito monges, parece.

– Então quanto à forma, são humanoides?

– Acho que sim. É meio difícil de ter certeza.

– Mas eles têm dois braços, duas pernas, um tronco...

– Claro.

Ele balançou a cabeça:

– Isso me surpreende. Fiquei o tempo todo me convencendo de que não deveria presumir que a forma humana é algum tipo de padrão universal. Então eu estava tentando imaginar... hã... seres enormes e araneiformes, ou hastes com olhos, ou gambás pelados gigantes...

– Gambás pelados gigantes? – Ela abriu um sorrisão. – Adorei. Bem ficção científica.

– Mas *por que* eles teriam que ter forma humana, Grainger, de todas as formas concebíveis? Não é exatamente isso que você esperaria de uma ficção científica?

– É, acho que sim... Ou talvez da religião. Deus não criou o homem à própria imagem e semelhança?

– Eu não usaria a palavra "homem". Em hebraico, é *ha-adam*, que, na minha opinião, abrange ambos os sexos.

– Bom saber disso – disse ela em tom distante.

Voltaram ao silêncio por alguns minutos. No horizonte, Peter estava certo de que já via o princípio do alvorecer. Uma névoa de luz muito sutil fazia o encontro de céu e terra passar de azul-marinho escuro sobre preto para verde sobre marrom. Se ficasse olhando para aquilo muito tempo, começava a imaginar se não era apenas ilusão de ótica, um delírio causado pelo anseio frustrado pelo fim da noite.

E dentro daquele lume hesitante, será que era...? Sim, havia algo a mais no horizonte. Algum tipo de estrutura alta. Montanhas? Rochas? Prédios? Uma aldeia? Uma cidade? Grainger falara que o "assentamento" ficava a cerca de 80 quilômetros dali. A essa altura, já deviam ter percorrido metade dessa distância.

– Eles têm gêneros? – disse ele, por fim.

– Quem? – disse ela.

– As pessoas que vamos visitar.

Grainger se exasperou:

– Por que você não para com isso e usa logo a palavra "alienígenas"?

– Porque aqui somos *nós* os alienígenas.

Ela deu uma gargalhada alta.

– Adorei! Um missionário politicamente correto! Me perdoe por dizer isso, mas me parece totalmente contraditório.

– Eu te perdoo, Grainger – disse ele, piscando. – E minha conduta não deveria te parecer contraditória. Deus ama igualmente todas as suas criaturas.

O sorriso murchou no rosto dela.

– Pelo que eu vivi, não é bem assim – disse.

O silêncio voltou a baixar na cabine. Peter deliberou se seria hora de insistir no assunto; decidiu que não. Não nessa direção, pelo menos. Ainda não.

– E então? – retomou ele, com voz simpática. – Eles têm gêneros?

– Não tenho a menor ideia – disse Grainger, em tom estritamente profissional. – Você vai ter que levantar os mantos deles e dar uma espiada.

Dirigiram por dez, quinze minutos sem mais conversas. A fatia do topo do pão de passas ressecou. A névoa de luz no horizonte ficou mais aparente. As estruturas misteriosas a que se encaminhavam em linha reta eram definitivamente algum tipo de arquitetura, embora o céu ainda estivesse escuro demais para Peter distinguir detalhes e formas mais precisos.

Por fim, ele disse:

– Preciso fazer xixi.

– Sem problema – disse Grainger, desacelerando até parar o carro. No painel, um medidor eletrônico estimando o consumo de combustível por distância percorrida correu uma porção de números até parar num símbolo abstrato.

Peter abriu a porta e, assim que pisou na terra, foi instantaneamente engolido pelo ar úmido e ciciante. Tinha se desacostumado dele depois de passar tanto tempo dentro da bolha refrigerada do veículo. Era gostosa a sensação daquela súbita atmosfera luxuriante, mas também invasiva: a forma como o ar penetrava imediatamente pelas mangas adentro, lambiscava suas pálpebras e orelhas, umidificava seu tórax. Ele arregaçou a sua túnica árabe até a barra tocar seu abdômen e mijou diretamente no chão, já que a paisagem não oferecia nem árvores, nem rochas atrás das quais se esconder. A terra já era úmida e marrom-escura, então a urina fez pouca diferença na sua cor e consistência. E sumia terra adentro na mesma hora.

Ele ouviu Grainger abrindo e fechando a porta do outro lado do veículo. Para lhe dar privacidade, ele ficou parado no mesmo lugar por algum tempo, admirando a paisagem. As plantas que ele pensara serem cogumelos eram flores, flores branco-acinzentadas com um toque de malva, quase luminosas naquele lusco-fusco. Cresciam em pequenos cachos compactos. Não havia distinção entre a flor, a folha e o talo: a planta inteira era ligeiramente peluda, feito a orelha de um gato. Evidentemente, nenhuma outra planta era viável naquela parte do mundo. Ou talvez ele simplesmente tivesse vindo na época do ano errada.

A porta de Grainger bateu, e ele se virou para entrar também. Ela estava enfiando uma caixa de papelão de lenços descartáveis no porta-luvas enquanto ele se sentava.

– Ok – disse ela. – Faltam poucos quilômetros.

Ele fechou a porta e o ar-condicionado instantaneamente restaurou a atmosfera neutra da cabine. Voltou a se acomodar no banco e estremeceu quando um tépido resquício do ar oasiano deslizou do meio de suas escápulas e saiu pelo seu colarinho.

– Uma coisa eu digo: sua base foi construída a uma distância bem respeitosa – disse ele. – Quem planejou os aeroportos de Londres não teve essa consideração pelos moradores locais.

Grainger desenroscou a tampa de uma garrafa de água, bebeu uma boa quantidade, tossiu. Um riacho escorreu pelo seu queixo, e ela o enxugou passando a echarpe.

– Na verdade... – Ela pigarreou. – Na verdade, quando construímos a base, inicialmente, os... ah... moradores locais moravam a apenas três quilômetros de nós. Eles se mudaram. Levaram tudo o que tinham. Digo, tudo *mesmo*. Mandamos gente nossa olhar o assentamento antigo quando terminou a mudança. A ideia é que talvez pudéssemos aprender alguma coisa com o que deixaram para trás. Mas tinham limpado tudo. Só sobraram os esqueletos das casas. Não restou nem um cogumelo no chão. – Ela consultou um dos medidores no painel. – Devem ter demorado um tempão para andar esses oitenta quilômetros.

– Me parece que de fato valorizam sua privacidade. A não ser que... – Ele hesitou, tentando pensar em uma forma diplomática de perguntar se a USIC tinha feito qualquer coisa incrivelmente ofensiva. Antes que ele pudesse formular a pergunta, Grainger a respondeu.

– Foi do nada. Simplesmente nos informaram que estavam se mudando. Nós perguntamos se estávamos fazendo alguma coisa de errado. Tipo, tinha algum problema que podíamos corrigir para que eles mudassem de ideia? Eles disseram que não, problema nenhum.

Grainger pisou fundo e aceleraram de novo.

– Quando você diz "nós perguntamos" – disse Peter –, você quer dizer "nós" como em...?

– Não fiz parte dessas negociações pessoalmente, não.

– Você fala a língua deles?

– Não.

– Nem uma palavra?

– Nem uma palavra.

– Então... hã... como é o inglês deles? Quer dizer, tentei descobrir isso antes de vir para cá, mas não consegui uma resposta direta.

– Não existe uma resposta direta. Alguns deles... talvez a maioria deles, não... – Ela foi parando de falar. Deu uma mastigada no lábio. – Olha, o que vou dizer agora não vai soar legal. Mas não é por mal. O problema é que não sabemos quantos eles são. Em parte porque ficam escondidos, em parte porque não conseguimos diferenciá-los entre si... Não é questão de desrespeito, é porque simplesmente não conseguimos. Há alguns indivíduos com quem tratamos. Talvez uma dúzia. Ou talvez sejam os mesmos cinco ou seis em trajes diferentes, simplesmente não conseguimos diferenciar. Falam um pouco de inglês. O suficiente.

– Quem lhes ensinou?

– Acho que eles simplesmente aprenderam de ouvido, sei lá. – Ela olhou de relance para o retrovisor, como se pudesse haver um engarrafamento lá atrás e ele a estivesse distraindo, colocando-os em risco. – Você teria de perguntar ao Tartaglione. Se ele ainda estivesse entre nós.

– Como é?

– Tartaglione era linguista. Veio para cá para estudar a língua. Ele ia compilar um dicionário e tal. Mas aí... hã... desapareceu.

Peter ruminou essa informação por alguns segundos.

– Sei – disse ele. – Você até que solta uns bons bocadinhos de informação, de tempos em tempos...

Ela suspirou, aborrecida outra vez.

– Eu já falei a maioria dessas coisas quando nos conhecemos, assim que você pisou fora da nave.

Para ele, aquilo era novidade. Fez um esforço para recordar sua caminhada juntos no primeiro dia. As palavras tinham se evaporado. Tudo de que se lembrava, vagamente, era a presença dela ao seu lado.

– Me perdoe. Eu estava muito cansado.

– Está perdoado.

Continuaram o trajeto. Poucas centenas de metros adiante e ao lado deles, havia outra pancada isolada de chuva curva pinoteando pela região.

– Podemos passar embaixo da chuva? – pediu Peter.

– Claro.

Ela deu uma leve guinada com o carro, e abriram caminho por entre o remoinho de gotas brilhantes, que momentaneamente os envolveu em seu véu feérico.

– Psicodélico, hein – observou Grainger, em tom distante, ativando os limpadores de para-brisa.

– Lindo – disse ele.

Após mais alguns minutos, as formas no horizonte tinham se firmado em inconfundíveis contornos de edifícios. Nada extraordinário, nem monumental. Blocos retilíneos no feitio das torres de condomínios britânicos, moradia popular. Em nada se assemelhava às torres diamantinas de tantas cidades imaginárias.

– Que nome eles se dão? – perguntou Peter.

– Não faço ideia – disse Grainger. – Deve ser algo impronunciável para nós.

– Então quem deu o nome de Oásis a este lugar?

– Uma garotinha de Oskaloosa, no Iowa.

– Você está de brincadeira.

Ela lhe lançou um olhar divertido:

– Você não sabe dessa história? Deve ser a única coisa que todo mundo sabe sobre este lugar. A menina apareceu em artigos de revistas, na TV...

– Não leio revistas, nem tenho TV.

Agora foi a vez dela dizer:

– Você está de brincadeira.

Ele sorriu.

– Não estou. Um dia recebi uma mensagem de Deus dizendo: "Dê um fim nessa TV, Peter, é uma grande perda de tempo." Foi o que eu fiz.

Ela sacudiu a cabeça.

– Nunca sei para que lado levar o que você fala.

– Pode levar a sério – disse ele. – Sempre a sério. Em todo caso, essa menininha de... hã...

– Oskaloosa. Ela ganhou um concurso. "Dê um Nome a um Novo Mundo." Estou surpresa que você não tenha ouvido falar nisso. Houve centenas de milhares de sugestões, a maioria incrivelmente inadequada. Parecia um concurso de quem é mais idiota. O pessoal do prédio da USIC em que eu trabalhava tinha um dossiê interno dos piores nomes enviados. Toda semana tínhamos novos favoritos. No fim das contas, usamos esses nomes num concurso que nós mesmos criamos, para batizar o almoxarifado. "Nuvo Opportunus", esse era ótimo. "Sião II." "Atlanto." "Arnold", que para mim tinha muito carisma. "Esplendoramus." Hã... "Einstênia." Esqueci do resto. Ah, sim: teve "Parada do Viajante". "Planeta Novo." "Cérvix." "Hendrix." "Elvis." Não paravam de chegar.

– E a menininha?

– Acho que ela teve sorte. Deve ter havido centenas de outras pessoas que pensaram em "Oásis". Ela ganhou 50 mil dólares. A família dela bem que estava precisando, aliás, porque a mãe tinha acabado de perder o emprego, e o pai tinha sido diagnosticado com alguma doença rara.

– Então como terminou a história?

– Do jeito que parece. O pai morreu. A mãe foi à TV falar sobre o caso e virou alcoólatra. Então a mídia cansou deles e nunca mais se ouviu falar do que aconteceu depois.

– Você lembra o nome da menina? Eu gostaria de orar por ela.

Grainger deu uma palmada no volante, irritada, e revirou os olhos.

– Ora, *por favor.* Um milhão de americanos estavam rezando por ela, e nem por isso a vida da menina deixou de ir pelo ralo.

Ele se calou, olhando para a frente. Permaneceram em silêncio por quarenta segundos ou coisa assim.

– Coretta – disse ela por fim.

– Obrigado – disse Peter. Ele tentou imaginar Coretta, de modo que ela fosse ser mais que um nome para ele quando orasse. Qualquer rosto era melhor do que nenhum. Pensou nas crianças que conhecia, as de sua congregação, mas as que lhe vieram à mente eram velhas demais, novas demais ou do sexo errado. De qualquer modo, enquanto pastor, em sua própria igreja, ele não estava tão envolvido assim com os pequenos; Bea os levava para uma sala à parte para atividades lúdicas durante seus sermões. Não é que ele não se desse conta deles enquanto pregava: as paredes eram tão finas que, caso fizesse alguma pausa de efeito, o silêncio muitas vezes era preenchido por risadas ou trechos de música ou até mesmo o galopar de seus passinhos. Mas ele não conhecia bem nenhuma das crianças.

– Essa Coretta – disse ele, se arriscando com a paciência de Grainger. – Ela é branca ou negra? – Uma menina pipocou em sua memória: a filha daquele novo casal somali, a menina travessa que estava sempre vestida como uma menininha sulista do século XIX... Como era o nome dela, mesmo? Lulu. Uma criança adorável.

– Branca – disse Grainger. – Loura. Ou talvez ruiva, me esqueci. Faz muito tempo, e não tenho como conferir.

– Não pode pesquisar?

Ela piscou.

– Pesquisar?

– Em um computador ou coisa assim? – No meio da frase, já percebia o quanto estava sendo burro. Oásis estava muito além do alcance de quaisquer superestradas da informação; não havia nenhuma grande rede mundial repleta de trivialidades inúteis, nenhum laborioso motor de busca oferecendo-lhe milhões de Oskaloosas e Corettas. Se o que você queria saber não se encontrava no material que trouxe – nos livros, nos discos mágicos, nos cartões de memória, nos velhos exemplares da revista *Hydraulics*... esqueça. – Desculpe – disse ele. – Não estou pensando direito.

– Essa atmosfera faz isso com você – disse ela. – Detesto o jeito como ela *pressiona*. Até dentro do *ouvido*. Não para nunca. Às vezes dá vontade de... – Ela não concluiu o pensamento, apenas soprou com força para o alto, deslocando uma mecha úmida de seu cabelo da testa. – Nem tente conversar sobre isso com o pessoal daqui. Eles estão acostumados, não têm nenhum problema com isso, nem percebem mais. Talvez até gostem.

– Talvez detestem, mas não reclamem.

O rosto dela ficou duro.

– Certo, entendi o recado – disse.

Internamente, Peter fez um muxoxo. Deveria ter pensado em todas as implicações possíveis antes de abrir a boca. O que havia com ele hoje? Geralmente tinha tanto tato. Seria a atmosfera, como disse Grainger? Ele sempre imaginara seu cérebro como uma coisa hermeticamente isolada, segura dentro de uma concha óssea, mas talvez, nesse novo e estranho ambiente, a vedação fosse mais permeável e seu cérebro estivesse sofrendo infiltração de gases insidiosos. Ele limpou o suor das pálpebras e fez um esforço para ficar cem por cento alerta, olhando para a frente e espiando o para-brisa empanado de poeira. O terreno estava ficando mais mole, menos estável, quanto mais se aproximavam de seu destino. Partículas de solo gelatinoso eram arremetidas pelos pneus e envolviam o veículo num halo de sujeira. Por algum motivo, a silhueta do assentamento nativo parecia-lhe agora inóspita e austera.

De repente, a magnitude de seu desafio o atingiu em cheio. Até aquele ponto, tudo se resumira a *ele* e a sua capacidade de se manter intacto: sobreviver à viagem, se recuperar do Salto, ajustar-se à estranheza da nova atmosfera e ao choque da separação. Mas havia tantas coisas maiores que isso. A escala do desconhecido permanecia igualmente imensa quer ele estivesse se sentindo bem, quer estivesse se sentindo mal; estava se aproximando de fronteiras monolíticas de alteridade que existiam independentes dele, indiferentes ao seu descanso ou cansaço, ao seu estado alerta ou sonolento, a sua argúcia ou obtusidade.

Veio-lhe à mente o Salmo 139, como tantas vezes já viera quando precisava ser apaziguado. Mas naquele dia, esse lembrete da onisciência divina não era nenhum consolo; apenas aumentou seu desassossego. *Ó Senhor, como são preciosos para mim os vossos pensamentos! Quão imensa é a soma deles! Se eu os contasse, seriam mais numerosos do que grãos de areia.* Cada uma daquelas minúsculas partículas de terra revolvida pelas rodas do veículo era uma verdade que ele precisava aprender, um número ridiculamente grande de verdades que ele não tinha nem o tempo nem a sabedoria para absorver. Ele não era Deus, e talvez só Deus fosse capaz de fazer a obra necessária àquele lugar.

Grainger ligou os limpadores de para-brisa mais uma vez. O panorama se borrou por algum tempo e depois se clareou, revelando de novo o assentamento nativo, desta vez iluminado pelo sol nascente. O sol fazia toda a diferença.

Sim, a missão era desafiadora e, sim, ele não estava em sua melhor forma. Mas estava ali, prestes a conhecer uma nova espécie de pessoas, um encontro que Deus escolhera para ele. Seja qual for o destino que o esperava, decerto seria único, estupendo. Toda a sua vida – agora ele compreendia, com as fachadas da cidade desconhecida dominando a sua vista, abrigando sabe-se lá que maravilhas –, toda a sua vida o conduzira àquele momento.

7

Aprovado, transmitido

– Bem – disse Grainger –, aqui estamos.

Às vezes reafirmar o óbvio era a única forma de seguir em frente. Como se concedêssemos à vida uma autorização formal para continuar.

– Está tudo bem com você? – perguntou ela.

– Hã... sim – disse ele, alçando-se para a lateral do banco. A tontura que sentira na base voltava a acometê-lo. – Deve ser a empolgação. Afinal, é minha primeira vez.

Ela lhe deu uma olhada que ele conhecia muito bem, um olhar que vira em milhares de rostos durante seus vários anos de ministério, um olhar que dizia: *De nada vale essa animação toda; tudo é uma grande decepção.* Mais tarde, ele teria que tentar fazer alguma coisa quanto a esse olhar, se pudesse.

Nesse meio-tempo, ele precisava admitir que o ambiente ao seu redor não era exatamente impressionante. O assentamento oasiano não era o que se chamaria de uma cidade. Parecia mais um subúrbio erigido no meio de uma terra arrasada. Não havia ruas no sentido formal, nada de calçadas, placas, veículos e – apesar da luz fraca e sombras longas do começo da alvorada – nenhuma iluminação, nem qualquer indício de eletricidade ou fogueira. Apenas uma comunidade edificada sobre terra nua. Quantas habitações, afinal? Peter não soube estimar. Talvez quinhentas. Talvez mais. Estavam dispostas em aglomerados desordenados, com altura de um a três andares, todas com telhados planos. Os prédios eram de tijolos, obviamente feitos da mesma argila da terra, mas cozidos de forma a ficarem com textura de mármore e cor de caramelo. Não se via vivalma. Portas e janelas todas fechadas. Bem, não exatamente: as portas não eram feitas de madeira, nem as janelas de vidro; eram meros buracos nos prédios, protegidos por cortinas de contas. As contas eram cristalinas, feito colares extravagantes. Balouçavam suavemente com a brisa. Mas ninguém estava abrindo as cortinas para espiar, nem cruzando os limiares das portas.

Grainger estacionou na frente de uma casa similar a todas as outras exceto pelo fato de ser marcada por uma estrela branca pintada, cuja ponta inferior tinha escorrido e assim secado. Peter e Grainger saíram do veículo e se entregaram ao abraço da atmosfera. Grainger embrulhou o rosto em sua echarpe, cobrindo boca e nariz, como se considerasse o ar impuro. De um bolso da calça ela tirou um artefato de metal que Peter presumiu ser uma arma. Ela o apontou para o veículo e apertou duas vezes o botão. O motor desligou e uma porta se abriu na parte traseira.

Sem o barulho do motor, os sons do assentamento oasiano se aventuraram pelo ar como animais silvestres oportunistas. O burburinho de água corrente, de uma fonte invisível. O ocasional *clanc* ou *clunc* abafado, insinuando a lida com utensílios domésticos cotidianos. Guinchos e roncos distantes que poderiam ser pássaros, crianças, ou máquinas. E, mais próximo, o murmúrio ininteligível de vozes, sutis e difusas, emanando feito zumbidos das residências. Esse lugar, apesar das aparências, não era nenhuma cidade fantasma.

– E aí, gritamos *olá* ou o quê? – disse Peter.

– Eles sabem que estamos aqui – disse Grainger. – É por isso que estão se escondendo.

A voz dela, ligeiramente abafada pela echarpe, soava tensa. Ela estava de braços cruzados, e ele viu uma marca escura de suor na axila de sua túnica.

– Quantas vezes você já esteve aqui? – perguntou ele.

– Dezenas. Sou eu que trago os medicamentos deles.

– Está de brincadeira.

– Sou farmacêutica.

– Não sabia disso.

Ela suspirou.

– Parece que falei com as paredes quando nos encontramos. Você não absorveu uma palavra do que eu disse, não é? Meu discurso de boas-vindas, minha explicação detalhada do procedimento para obter coisas da farmácia caso você venha a precisar.

– Desculpe, meu cérebro estava meio embaralhado.

– O Salto faz isso com algumas pessoas.

– As fracas, né?

– Não foi o que eu disse. – Grainger se abraçou com força, apertando a parte de cima do braço, aflita. – Vamos lá, vamos acabar logo com isso. – Essa última parte não foi para ele; ela fitava o edifício com a estrela pintada.

– Estamos correndo algum tipo de risco?

– Não que eu saiba.

Peter encostou-se no para-choque do veículo e fez um estudo mais cuidadoso do que conseguia ver no assentamento. As construções, embora retangulares, não tinham quinas: cada tijolo era um losango estufado, uma assadeira de vidro âmbar. A argamassa não tinha grânulos; era como selante plástico. Não havia uma quina pontuda em lugar algum, nada afiado e nem corrugado. Era como se aquela estética arquitetônica fosse uma grande homenagem a parquinhos de criança. Não que esses prédios fossem infantis ou grosseiros, de maneira nenhuma: tinham sua própria dignidade uniforme, e as cores quentes eram... devidamente calorosas. Mas Peter não poderia dizer que achava o efeito geral atraente. Se Deus o abençoasse com a oportunidade de construir um templo naquele local, teria que ser em outra toada, teria que se destacar em relação ao achatamento generalizado. No mínimo teria que ter... Sim, é isso: ele entendera o que era tão inquietante a respeito daquele lugar. Não havia a menor tentativa de alcançar os céus. Nenhuma torre, torreta, mastro... nem mesmo um modesto telhado triangular. Ah, o que não daria por um campanário!

A visão de Peter de uma torre de igreja luziu em sua mente tempo suficiente para distraí-lo de um movimento na cortina de contas da porta mais próxima. Quando ele piscou e focalizou o olhar, a figura já havia saído e estava encarando Grainger. O acontecimento tinha sido súbito demais, sentia ele; faltava-lhe a dramaticidade apropriada ao seu primeiro encontro com um nativo oasiano. Aquilo deveria ter acontecido lentamente, com cerimônia, em um anfiteatro ou no topo de uma longa escadaria. Mas não: o encontro já estava acontecendo, e Peter tinha perdido o começo.

A criatura – a pessoa – tinha postura ereta, mas não era alta. Talvez 1,60 m ou um pouco mais. Ele, ou ela, era delicado. Ossatura pequena, ombros estreitos, presença discreta – nem um pouco parecido com a figura temerária que Peter se preparara para enfrentar. Conforme o prometido, um capuz e manto similares aos de monges – feitos de um tecido azul pastel desconcertantemente parecido com uma toalha de banho – recobriam quase todo o seu corpo, a barra roçando as pontas de botas de couro macio. Não havia sinal de busto, então Peter – ciente de que era um indício muito fraco para servir de base a uma avaliação, mas não desejando embaralhar seu cérebro com repetições de "ele ou ela" – decidiu pensar na criatura como masculina.

– Oi – disse Grainger, estendendo a mão.

O oasiano estendeu sua mão em resposta, mas não segurou a de Grainger; preferiu encostar a ponta dos dedos em seu pulso. Ele estava de luvas. As luvas tinham cinco dedos.

– Voᔕê, aqui, agora... – disse ele. – Uma ᔕurpresa. – A voz dele era suave, aflautada, asmática. Onde deveria haver sons de "s", ouvia-se um ruído como o de uma fruta madura sendo partida em duas.

– Não uma surpresa ruim, espero – disse Grainger.

– Eu ᘊambém eᔕpero.

O oasiano se voltou para olhar para Peter, inclinando ligeiramente a cabeça para que as sombras de seu capuz recuassem. Peter, induzido pela familiaridade da forma e da mão de cinco dedos do oasiano a esperar um rosto mais ou menos humano, teve um pequeno choque.

Aquele rosto não se parecia em nada com um rosto. Era uma enorme casca de noz aberta, róseo-esbranquiçada. Ou não: parecia-se ainda mais a uma placenta com dois fetos – talvez gêmeos aos três meses de gestação, cegos e calvos – aninhados cabeça com cabeça, joelho com joelho. Suas cabeças constituíam a testa fendida do oasiano, por assim dizer; seus dorsos raquíticos formavam suas faces, seus fiapos de braços e pés de pato se aglutinavam em uma teia de carne translúcida que poderia conter – em alguma forma irreconhecível para ele – uma boca, nariz e olhos.

É claro, na verdade não havia fetos ali: o rosto era o que era, o rosto de um oasiano, mais nada. Mas, apesar dos seus melhores esforços, Peter não conseguia decodificá-lo nos termos do que era; só conseguia compará-lo a coisas que já conhecia. Ele *tinha* que vê-lo como um par de fetos grotescos empoleirado nos ombros de alguém, semiencoberto por um capelo. Porque se não se permitisse vê-lo assim, provavelmente teria que olhar pasmado para aquilo todas as vezes, revivendo o choque inicial, com a vertigem de quem caía por um abismo, naquele instante agonizante antes de se encontrar uma comparação sólida em que se agarrar.

– Voɞê e eu – disse o oasiano. – Nunca anꝺeɞ de agora. – A fenda vertical no meio do seu rosto retorceu-se de leve enquanto ele formulava as palavras. Os fetos roçaram-se os joelhos, por assim dizer. Peter sorriu, mas não conseguiu se obrigar a responder.

– Ele quer dizer que nunca te encontrou antes – disse Grainger. – Noutras palavras, está dizendo oi.

– Oi – disse Peter. – Meu nome é Peter.

O oasiano fez que sim com a cabeça.

– Voɞê é Peꝺer. Vou lembrar. – Ele se voltou para Grainger. – Voɞê ꝺraɞ remédioɞ?

– Um pouco.

– Pouco quanꝺo?

– Vou te mostrar – disse Grainger, dando a volta no veículo e levantando a porta do bagageiro. Remexeu no conteúdo desordenado – garrafas d'água, papel higiênico, bolsas, ferramentas, lonas – e extraiu dali um recipiente de plástico do tamanho aproximado de uma lancheira de criança. O oasiano acompanhou cada um de seus movimentos, embora Peter ainda fosse incapaz de identificar qual parte daquele rosto eram os olhos da coisa... quer dizer, os olhos *dele*.

– Isso foi tudo o que pude trazer de nossa farmácia – disse Grainger. – Hoje não é um dos dias oficiais de distribuição, entendeu? Estamos aqui por outro motivo. Mas eu não queria vir sem nada. Então isso – ela entregou-lhe o recipiente – é extra. Um presente.

– ɞenꝺimoɞ deɞepɞão – disse o oasiano. – E ao meɞmo ꝺempo graꝺidão.

– Então... hã... como vai? – disse Grainger. O suor cintilava em suas sobrancelhas e faces.

– Só eu? – indagou o oasiano. – Ou eu e todos nós? – Ele fez um gesto vago indicando o assentamento às suas costas.

– Todos vocês.

O oasiano pareceu refletir profundamente sobre a questão. Por fim, ele disse:

– Bem.

Outra pausa.

– Alguém mais vem aqui fora hoje? – perguntou Grainger. – Digo, para nos ver?

De novo, o oasiano pareceu ponderar a pergunta como se fosse imensamente complexa.

– Não – concluiu ele. – Eu hoje venho sozinho. – Ele fez um gesto solene dirigido tanto a Grainger quanto a Peter, talvez reconhecendo que lamentava o desequilíbrio de 2 para 1 entre número de visitantes e comitê de boas-vindas.

– O Peter aqui é um convidado especial da USIC – disse Grainger. – Ele é um... um missionário cristão. Ele deseja... hã... morar com vocês. – Ela olhou para Peter, numa confirmação embaraçada. – Se entendi direito.

– Sim – disse Peter, com alegria. Havia uma coisa lustrosa parecida com um cogumelo no meio da divisória central do rosto do oasiano que ele decidira que era o seu olho, e portanto era para aquilo que olhava diretamente, fazendo todo o possível para irradiar simpatia. – Tenho boas novas a lhes dar. As melhores que já ouviram.

O oasiano inclinou a cabeça para o lado. Os dois fetos – não, fetos não, sua testa e faces, por favor! – enrubesceram, revelando uma trama araneiforme de capilares sob a pele. A voz dele, quando saiu, soava ainda mais asmática do que antes:

– O Evangelho?

As palavras pairaram no ar sussurrante por um segundo inteiro antes que Peter fosse capaz de absorvê-las. Ele não conseguia crer nos seus ouvidos. Então notou que as mãos enluvadas do oasiano tinham se juntado em formato de campanário.

– Sim! – gritou Peter, tonto de entusiasmo. – Glória a Deus!

O oasiano se voltou novamente para Grainger. Suas mãos enluvadas tremiam segurando o recipiente.

– Esperamos há muito tempo pelo homem Peter – disse ele. – Obrigado, Grainger.

E sem maiores explicações, ele entrou correndo pela porta, deixando as contas cristalinas balançando depois dele.

– Ora, mas que coisa – disse Grainger, afrouxando sua echarpe com um puxão e enxugando o rosto com ela. – Ele nunca me chamou pelo nome antes.

Continuaram esperando em pé por cerca de vinte minutos. O sol continuava a nascer, uma brilhante fatia de laranja em chamas, como uma bolha de lava no horizonte. As paredes das casas brilhavam como se cada tijolo tivesse uma lâmpada por dentro.

Por fim, o oasiano voltou, ainda segurando o recipiente de plástico, agora vazio. Ele o devolveu a Grainger com todo o vagar e cuidado, soltando-o apenas quando ele já estava seguro na mão dela.

– Remédios acabaram – disse ele. – Todos dentro dos agradecidos.

– Desculpe por não haver mais – disse Grainger. – Da próxima vez haverá mais.

O oasiano fez que sim.

– Nós aguentamos.

Grainger, tensa e pouco à vontade, andou até a parte de trás do veículo para guardar o pote dentro do bagageiro. Assim que ela lhe deu as costas, o oasiano aproximou-se silenciosamente de Peter, com o que ficaram cara a cara.

– Você tem o livro?

– O livro?

– O Livro das Coisas Estranhas.

Peter piscou e tentou respirar normalmente. De perto, a pele do oasiano tinha um cheiro doce: não a doçura de algo podre, mas de fruta fresca.

– Você fala da Bíblia – disse ele.

– Nunca falamos o nome. O poder do livro proíbe. Fogo dá calor... – Com mãos estendidas, ele replicou em mímica alguém que se esquentava junto a uma fogueira, chegava perto demais, e se queimava.

– Mas você fala da Palavra de Deus – disse Peter. – O Evangelho.

– O Evangelho. A técnica de Jesus.

Peter fez que sim, mas custaram-lhe alguns segundos até decodificar a última palavra soprada pela fenda facial impeditiva do oasiano.

– Jesus – ecoou ele, admirado.

O oasiano estendeu uma das mãos, e, com um movimento inconfundivelmente terno, afagou a face de Peter com a ponta da luva.

– Oramoꞩ a Jesuꞩ para voꞩê vir – disse ele.

A essa altura, estava óbvio que Grainger não ia mais se juntar a eles. Peter olhou em volta e a viu apoiada na parte de trás do veículo, fingindo examinar a traquitana com que destrancara o bagageiro. Naquela fração de segundo antes de se voltar de novo para o oasiano, ele sentiu toda a intensidade de seu embaraço.

– O livro? ŧem o livro? – repetiu o oasiano.

– Hã... não está comigo agora – disse Peter, ralhando consigo próprio por ter deixado sua Bíblia na base. – Mas sim, é claro! Claro!

O oasiano juntou as palmas, num gesto deliciado, ou de oração, ou ambos.

– Conꞩolo e alegria. Dia feliƶ. Volŧe logo, Peŧer, ah, e rápido, o maiꞩ rápido que puder. Leia o Livro daꞩ Coisaꞩ Eꞩŧranhaꞩ para nóꞩ, leia e leia e leia aŧé enŧendermoꞩ. Como recompenꞩa lhe daremoꞩ... daremoꞩ... – O oasiano tremia com o esforço de encontrar palavras adequadas, então abriu rápido as mãos, como se indicasse tudo o que há sob o sol.

– Sim – disse Peter, tocando o ombro do oasiano para tranquilizá-lo. – Volto logo.

A testa do oasiano – as cabeças dos fetos, por assim dizer – exibiu um ligeiro inchaço. Peter decidiu que isso, nessas novas pessoas miraculosas, era um sorriso.

Querido Peter, escreveu Beatrice.

Eu te amo e espero que esteja bem, mas preciso iniciar essa carta com notícias muito ruins.

Era como correr para uma porta aberta transbordando de entusiasmo e se chocar contra uma vidraça. Ele passara toda a viagem de volta quase levitando de empolgação; era espantoso que não tivesse saído voando pelo teto do veículo de Grainger. Querida Bea... Deus seja louvado... Pedimos um pequeno refrigério e Deus nos dá um milagre... eram algumas das formas com que ele pensava em começar sua mensagem a Beatrice ao voltar ao seu quarto. Seus dedos estavam prontos a digitar numa velocidade delirante, a arremessar sua efusão pelo espaço afora, com erros e tudo.

Houve uma tragédia horrível nas Maldivas. Um maremoto. Foi no pico da temporada turística. O lugar parecia um formigueiro humano e tem uma população de um terço de milhão. Tinha. Sabe que, geralmente, quando acontecem desastres, a mídia faz uma estimativa de quantas pessoas morreram? Dessa vez, estão falando de quantas pessoas podem ter SOBRADO VIVAS. É um pântano de corpos. Você vê o vídeo no noticiário mas não consegue registrar aquilo. Todas aquelas pessoas com suas manias particulares, segredos de família e jeitos especiais de pentear o cabelo etc., reduzidas ao que mais parece um brejo de cadáveres que se estende por quilômetros a fio.

As Maldivas têm (TINHAM...) várias ilhotas, a maioria sob risco de enchente, então o governo vinha há anos pressionando a população a se mudar para o atol maior, que é mais fortificado. Por coincidência, havia uma equipe de TV filmando um documentário sobre alguns ilhéus de um dos atóis menores que estavam protestando contra a remoção de suas casas. As câmeras estavam ligadas quando veio o tsunami. Vi trechos no meu telefone. É inacreditável. Num segundo, um âncora americano está falando algo sobre plantações de mamão, e no segundo seguinte, um zilhão de toneladas de água do mar engole tudo o que há na tela. Equipes de resgate salvaram um punhado de americanos, um punhado de turistas, um punhado de moradores locais. E as câmeras, é claro. Sei que soou cínico. Acho que fizeram o possível.

Nossa igreja está pensando no que podemos fazer para ajudar. Mandar gente para lá não é uma opção. Não há nada em que possamos ajudar. A maioria das ilhas foi arrasada, não sobrou nada além de calombos no oceano. Até mesmo as ilhas maiores provavelmente nunca vão se recuperar. Toda a água potável foi poluída. Não restou um prédio intacto que preste para ser usado. Não há um lugar seguro para pousar, para construir um hospital, para enterrar os mortos. Helicópteros estão zunindo ao redor das ilhas feito gaivotas ao redor de peixes mortos por derramamento de petróleo. Nessa hora, tudo o que podemos fazer é rezar pelos parentes de maldívios em todo o mundo. E talvez, com o tempo, apareçam refugiados.

Desculpe começar desse jeito. Você pode imaginar como minha cabeça está cheia e meu coração pesado. Não quer dizer que não ando pensando em você.

Peter se reclinou em sua cadeira, o rosto voltado para o teto. A lâmpada ainda estava ligada, supérflua agora que o sol raiava, quase brilhante demais para ele suportar. Ele estremeceu, sentindo a umidade de suas roupas gelar no ambiente refrigerado. Sentia pesar pelo povo das Maldivas, mas, para sua vergonha, o pesar vinha misturado com uma fisgada puramente egoísta: a sensação de que ele e Beatrice, pela primeira vez desde o início de seu relacionamento, não estavam passando pelas mesmas coisas juntos. Antes, tudo o que acontecia acontecia a ambos, como um apagão ou a visita de um amigo atormentado à meia-noite ou uma esquadria de janela matraqueando justo na hora em que tentavam dormir. Ou sexo.

Estou com saudade, escreveu Beatrice. Essa coisa das Maldivas não teria me incomodado tanto caso você estivesse aqui. Me fale mais de sua missão. É terrivelmente difícil? Lembre-se de que descobertas importantes muitas vezes acontecem logo depois que tudo começou a parecer impossível. Quem insiste que não quer nem precisa de Deus é justamente aquele que mais quer e precisa Dele.

Joshua continua fazendo arte. Estou pensando seriamente em dopar o leitinho noturno dele. Ou em dar uma marretada na sua cabeça quando ele me acordar às 4 da manhã. Outra opção é talvez fazer um manequim seu, em tamanho natural, para deixar deitado a meu lado na cama. Talvez isso o engane. Infelizmente, não me enganaria.

Agora a situação de Mirah está sob controle. Aliei-me a uma assistente social muçulmana, Khadija, que tem feito a ponte com o imã da mesquita que Mirah frequenta. Basicamente, estamos tentando convencer o imã de que é uma questão de decência humana (a violência/falta de respeito do marido), em vez de uma questão de religião contra religião. É diplomacia em campo minado, como você pode imaginar. É como mediar um tratado de paz entre a Síria e os EUA. Mas a Khadija é genial.

Recebi uma mensagem da USIC dizendo que você está bem. Como eles saberiam? Creio que querem dizer que confirmam que você não foi desintegrado. A mensagem foi enviada por Alex Grainger. Você o conheceu? Diga-lhe que ele escreveu "integração" errado. Ou talvez agora exista alguma nova grafia americana simplificada? Ai, como eu sou ruim... Mas hoje exerci a tolerância o dia inteiro, sério! (Nova paciente bem difícil no meu setor. Supostamente transferida da Psiquiatria por motivos médicos, mas acho que só estavam desesperados para se verem livres dela.) De qualquer forma, estou com uma gana de ser terrivelmente injusta com alguém só por três minutos que seja, só para desabafar. É claro que eu não vou fazer isso. Vou ser bem boazinha, mesmo com o Joshua quando ele me acordar de madrugada DE NOVO.

É sério, estou sentindo demais a sua falta. Queria poder passar alguns minutos nos seus braços. (Tá, talvez uma hora.) O tempo melhorou, hoje fez um dia de sol lindo, mas isso não me deixou mais animada. Fui ao supermercado comprar alguma guloseima para me consolar (musse de chocolate, tiramisu, essas coisas). Só que um monte de gente teve a mesma ideia. Tudo o que eu queria estava esgotado, era uma lacuna na prateleira. Me arranjei com um daqueles minirrocamboles recheados de creme falsificado.

Cabeça cheia da tragédia das Maldivas, estômago cheio de sobremesa. Como nós somos afortunados em nosso parque de diversões ocidental... Assistimos aos vídeos de estrangeiros morrendo e então vamos saltitando até o supermercado à procura de nossas guloseimas favoritas. É claro que, quando digo "nós", não posso falar por você nesse momento. Você está longe disso tudo. Longe de mim.

Faça o favor de ignorar esse meu monólogo cheio de autopiedade, amanhã mesmo já estarei bem. Me diga como está indo aí. Estou muito orgulhosa de você.

Beijos e abraços (quem me dera!)

Beatrice

PS: Quer um gato?

Minha querida Bea, começou ele.

Não sei nem o que dizer. Que terrível essa notícia das Maldivas. A escala de uma tragédia feito essa, como você falou, é quase inimaginável para o ser humano. Vou orar por eles.

Essas frases, embora curtas, custaram-lhe um bom tempo até sair. De três a cinco minutos cada. Ficou quebrando a cabeça atrás de mais uma frase para fazer uma transição digna entre o desastre e suas boas notícias. Não veio nada.

Tive meu primeiro encontro com um nativo de Oásis, prosseguiu ele, confiante de que Bea entenderia. Ao contrário das minhas maiores esperanças, eles estão sedentos por Cristo. Sabem da existência da Bíblia. Eu não estava com a minha na hora – isso vai me ensinar a nunca mais ir a lugar nenhum sem ela! Não sei por que a deixei na base. Acho que presumi que a primeira visita seria basicamente de reconhecimento, e que a reação seria negativa. Mas conforme Jesus disse em *João 4*: "Não dizeis vós que ainda há quatro meses até que venha a ceifa? Eis que eu vos digo: levantai os vossos olhos e vede as terras, que já estão brancas para a ceifa!"

O assentamento não se parece nada com o que eu esperava. Não há indícios de industrialização, poderia ser o Oriente Médio na Idade Média (com arquitetura diferente, é claro). Parece que não tem nenhuma eletricidade! Também fica no meio do nada, beeeem distante da base da USIC. Não acho que será possível eu morar aqui e viajar até lá regularmente. Vou ter que ir até lá e morar com os oasianos. Tão logo que possível. Ainda não conversei nada da parte prática. (Sim, sim, eu sei... Precisava de você aqui comigo. Mas Deus sabe muito bem como não tenho noção de nada nesse departamento.) Vou ter que ter fé de que tudo vai se encaminhar. Parece haver muitos motivos para esperar que vai!

Os oasianos – supondo que aquele que encontrei fosse um tipo normal – são de estatura média e incrivelmente parecidos conosco, exceto pelos rostos, que são uma mixórdia repulsiva, impossível de descrever, na verdade; parecem fetos. Você não sabe para onde olhar quando está conversando com eles. Eles falam inglês com um sotaque carregado. Bem, pelo menos o oasiano que encontrei. Talvez ele seja o único que fale alguma coisa de inglês, e minha hipótese original – a de que eu teria de passar vários meses aprendendo a língua deles antes de fazer algum progresso – ainda resta por confirmar. Mas pressinto que Deus já tem operado por aqui, mais do que eu ousei imaginar.

De qualquer modo, vou voltar para lá assim que puder. Eu ia dizer "amanhã", mas como os períodos com sol aqui duram vários "dias" terrestres, a palavra "amanhã" é problemática. Preciso descobrir o que o pessoal da USIC faz para contornar isso. Tenho certeza de que devem ter uma solução. Vou perguntar a Grainger no trajeto, se eu lembrar. Estou um pouco fora de mim no momento, conforme você pode imaginar! Estou louco para voltar àquele assentamento, assumir meu lugar entre aquelas pessoas extraordinárias e satisfazer sua sede pelo Evangelho.

Que privilégio é

Ele parou de digitar na metade de "Que privilégio é servir o Senhor". Ele se lembrara das Maldivas, ou, mais exatamente, percebera que se esquecera completamente delas em seu entusiasmo. O desânimo ansioso de Bea – tão atípico nela! – brigava com sua vivacidade, como um ofício fúnebre interrompido pelas alegres emanações de um desfile de carnaval. Relendo a abertura de sua carta, percebia que sua atenção à angústia dela fora um tanto superficial. Em circunstâncias normais, ele lhe daria um abraço; a compressão dos seus braços nas costas dela e o roçar do rosto dela em seu cabelo diriam todo o necessário. Mas agora, tudo de que dispunha era o meio escrito.

Pensou em desenvolver mais o tema dos seus sentimentos a respeito das Maldivas. Mas não sentia muita coisa, pelo menos não a respeito das Maldivas em si. O que sentia era, em boa medida, lástima – até mesmo frustração – que a tragédia tivesse afetado tanto Beatrice, justo no momento em que ele queria que ela estivesse feliz e bem e tocando a vida como sempre e receptiva às suas maravilhosas notícias sobre os oasianos.

Seu estômago roncou. Ele não comia desde a volta do assentamento, quando ele e Grainger tinham petiscado o resto ressecado do pão de passas. ("Cinco pratas o pedaço", lamentara ela. Ele não perguntara quem estava pagando a conta.) Como se tivessem combinado, não conversaram sobre a extraordinária reação do oasiano a Peter. Em vez disso, Grainger explicou vários procedimentos de rotina sobre lavagem de roupas, dispositivos eletrônicos, disponibilização de veículos, regras do refeitório. Estava irritada, insistindo que teria lhe dito todas aquelas coisas antes, assim que ele saíra da nave. A piada sobre perdão não funcionou da terceira vez.

Peter se levantou e andou até a janela. O sol – amarelo-ovo e esfumado nas bordas a essa hora – era claramente visível de seus aposentos, bem no meio do céu. Era quatro ou cinco vezes maior que o sol sob o qual ele crescera, e projetava um aro de luz dourada ao longo dos prédios feiosos do aeroporto. Poças d'água, deixadas pelo dilúvio da noite passada, evaporavam sem parar desde que a chuva cessara. Os vapores serpeavam e dançavam durante a ascensão, ultrapassando os telhados para só então sumir no ar, como se as poças estivessem soprando complexos anéis de fumaça.

O ar-condicionado do seu quarto era desnecessariamente frio. Ele descobriu que, se ficasse perto da janela, quase pressionando o corpo contra ela, o calor lá de fora irradiava pelo vidro e permeava suas roupas. Teria de perguntar a Grainger como ajustar aquele ar; era um dos assuntos de que não tinham tratado.

De volta à tela da mensagem, ele terminou de digitar servir o Senhor e começou um novo parágrafo.

Mesmo feliz por esta maravilhosa oportunidade que Deus me concedeu, sinto uma pontada de pesar por não poder te abraçar, te consolar. Só hoje percebi que essa é a primeira vez em que você & eu estivemos longe um do outro por mais do que um par de noites. Será que eu não deveria ter saído em uma pequena missão para Manchester ou Cardiff primeiro, para praticar, antes de me deslocar para tão longe de você?

Creio que você acharia Oásis tão lindo quanto eu estou achando. O sol é enorme e amarelo. O ar se move em espiral o tempo todo e fica entrando e saindo das suas roupas. Isso pode soar desagradável, eu sei, mas você acaba se acostumando. A água é verde e minha urina tem saído alaranjada. Estou fazendo um ótimo trabalho em convencê-la sobre como é bom esse lugar, não estou? Eu devia ter feito um curso de escritor antes de me oferecer para esse trabalho. Deveria ter insistido com a USIC em que ou viríamos juntos para cá, ou eu não viria.

Talvez, se tivéssemos conseguido obrigá-los a isso, poderíamos então ter insistido para Joshua vir também. Não sei como ele teria lidado com o Salto, no entanto. Provavelmente teria se transformado em uma capinha de chaleira peluda.

Péssimas piadas com o gato. Acho que é meu equivalente aos seus rocamboles de chocolate.

Querida, eu te amo. Fique bem. Aceite o mesmo conselho sábio que tantas vezes você já me deu: não seja tão dura consigo mesma, e não deixe a parte ruim te cegar para o que é bom. Vou orar com você pelos familiares dos mortos nas Maldivas. Ore comigo pelas pessoas daqui, que mal podem esperar pela perspectiva de uma nova vida em Cristo. Ah, e além disso, há uma menina em

Oskaloosa chamada Coretta cujo pai morreu há pouco tempo e cuja mãe se entregou ao álcool. Ore por ela também, se você lembrar.

Com amor,

Peter

Ele releu o texto de sua mensagem, mas não editou mais nada, sentindo-se repentinamente fraco de fome e fadiga. Por vários minutos, suas palavras desajeitadas ficaram lá, paradas, ligeiramente trêmulas, como se estivessem incertas quanto ao que fazer. Isso era normal no Tubo, pelo que ele vira até então. O processo fazia suspense todas as vezes, tentando você a temer que fracassaria. Então, suas palavras desapareceram e a tela ficou em branco, exceto pelo logotipo automático que dizia: APROVADO, TRANSMITIDO.

8

Respirar fundo e contar até um milhão

Tudo era diferente à luz do dia. O refeitório da USIC, que lhe parecera tão solitário e lúgubre durante a longa noite, agora era uma colmeia fervilhante e alegre. Uma congregação feliz. A ampla vidraça na parede leste do prédio, embora escurecida, deixava passar tanta luz e calor que Peter teve de proteger o rosto. A incandescência se espalhava por todo o salão, transformando máquinas de café em esculturas incrustadas de joias, cadeiras de alumínio em metal precioso, mostruários de revistas em zigurates, cabeças calvas em lâmpadas. Trinta ou quarenta pessoas conviviam ali, comendo, conversando, buscando refis na cafeteria, descansando nas poltronas, gesticulando sobre as mesas, elevando a voz para competir com as vozes elevadas dos outros. A maioria estava vestida de branco, como Peter, embora sem o enorme crucifixo de tinta no peito. Havia um bocado de rostos negros, incluindo o de BG. BG nem sequer viu Peter chegar; estava entretido em um animado debate com uma mulher branca meio masculinizada. Nenhum sinal de Grainger.

Peter mergulhou na multidão. A música de fundo ainda emanava do sistema de alto-falantes, mas mal era audível sob o clamor das conversas; Peter não conseguia distinguir se era o mesmo documentário sobre Patsy Cline, uma música eletrônica dançante ou uma peça clássica. Apenas mais uma voz no rebuliço.

– E aí, pastor!

Era o homem negro que lhe atirara o muffin de blueberry. Estava sentado na mesma mesa da noite passada, mas com um colega diferente, um sujeito branco e gordo. Na verdade, ambos eram gordos: exatamente o mesmo peso e traços similares. Coincidências assim serviam para lembrar que, apesar das variações pigmentares, todos os seres humanos faziam parte da mesma espécie.

– Olá – disse Peter, puxando uma cadeira e sentando-se com eles. Os dois deram uma olhada no peito dele para conferir a mancha de tinta ali estampada, mas, tendo se certificado de que era um crucifixo e não algo sobre o qual gostariam de tecer comentários, recolheram seus olhares.

– Como vai, cara? – O homem negro lhe estendeu a mão para o cumprimento. Fórmulas matemáticas estavam rabiscadas na manga de sua camisa, até o cotovelo.

– Muito bem – disse Peter. Nunca lhe ocorrera antes que pessoas de pele escura não têm a opção de rabiscar números na própria pele. Você aprendia coisas novas sobre a diversidade humana todos os dias.

– Você já comeu? – Ele havia acabado de limpar um prato que antes continha algo amarronzado e cheio de molho. Acalentava uma gigantesca caneca plástica de café nas mãos. Seu amigo saudou Peter meneando a cabeça, e descolou um guardanapo úmido que embalava um amplo sanduíche.

– Não, ainda estou funcionando a meio muffin – disse Peter, piscando, aturdido pela luz. – Na verdade, não exatamente: comi um pouco de pão com passas depois.

– Esquece esse pão com passas, rapaz. É NRC.

– NRC? – Peter consultou seu banco de acrônimos mental. – Não recomendado para crianças?

– Não é Realmente Coca.

– Não estou entendendo.

– É nosso modo bonitinho de dizer que foi feito aqui, não lá na Terra. Deve conter monocicloparafinas ou ácido ciclohexildodecanoico ou alguma merda assim. – O homem negro sustentava um meio sorriso, mas seus olhos estavam sérios. Os termos químicos polissilábicos saltaram de sua boca com a facilidade de palavrões. De novo, Peter era lembrado de que todos os membros do corpo de funcionários deviam possuir habilidades que justificavam plenamente o preço de sua passagem até Oásis. Todos os membros, menos ele.

O homem negro sorveu um ruidoso gole de café.

– Você nunca come nada que tenha sido feito aqui? – perguntou Peter.

– O meu corpo é o meu templo, pastor, e é preciso mantê-lo santificado. É o que diz a Bíblia.

– A Bíblia diz muitas coisas, Mooney – observou seu colega, dando uma enorme mordida no seu sanduíche, do qual escorreu molho cinzento. A mulher branca masculinizada gargalhava, ria de se dobrar. Estava com uma das mãos no joelho de BG para se equilibrar. A música de fundo se insinuou por uma brecha no barulho, revelando o refrão de uma canção da Broadway da metade do século XX, o tipo de som que Peter sempre associara a lojas de caridade provincianas ou a coleções de discos de velhos solitários.

– Como está seu sanduíche? – indagou ele. – Parece gostoso.

– Mmf – assentiu o sujeito branco gordo. – Está mesmo.

– O que tem nele?

– Flor branca.

– Não estou falando do pão...

– Eu também não. É flor branca, pastor. É uma flor torrada.

Mooney veio ajudar:

– Meu amigo Roussos está falando de uma flor mesmo. – Ele fez um elegante gesto com a mão, abrindo seus dedos gorduchos numa imitação de botão desabrochando. – Uma flor que dá aqui. É quase a *única* coisa que dá aqui...

– Tem gosto do melhor pastrami que você já comeu na vida – disse Roussos.

– É bem adaptável – admitiu Mooney. – Dependendo do sabor que você colocar, pode ter gosto de qualquer coisa que você imaginar. Frango. Brigadeiro. Bife. Banana. Milho. Champignon. Colocando água, é sopa. Fervendo, é geleia. Moendo e assando, é pão. Comida universal.

– Você está defendendo muito essa flor – disse Peter – para alguém que se recusa a comê-la.

– Claro que ele come – disse Roussos. – Ele adora a banana frita.

– É boa – fungou Mooney. – Tento não comer sempre. Na maior parte, insisto em comer comida de verdade.

– Mas não é caro – perguntou Peter – ficar comendo e bebendo só... hã... coisas importadas?

– Sim, pastor. Do jeito que ando bebendo Coca de verdade, devo estar devendo à USIC, por alto, uns... cinquenta mil paus.

– Fácil – confirmou Roussos. – Isso, e os Twinkies.

– Cacete! Nem me fala! Os preços que esses vigaristas cobram por um Twinkie! Ou uma barra de Hershey. Estou dizendo, se eu não fosse um sujeito calmo...

Mooney deslizou seu prato na direção de Peter.

– Se eu já não tivesse comido tudo, poderia te mostrar outra coisa – disse ele. – Sorvete de baunilha com calda de chocolate. A essência de baunilha e o chocolate são importados, a calda talvez contenha um pouco de flor branca, mas o sorvete... o sorvete é pura entomofagia, entendeu?

Peter refletiu por um momento.

– Não, Mooney, não entendi.

– Insetos, cara. Larvas. Sorvete sabor bicho moído, uma delícia!

– Muito engraçado – resmungou Roussos, e continuou mastigando a porção que estava em sua boca com menos entusiasmo do que antes.

– E eles fazem uma sobremesa de arroz deliciosa que leva... você não vai acreditar. Leva larvas.

Roussos pôs seu sanduíche de volta no prato.

– Mooney, você é meu amigo, eu gosto muito de você, mas...

– Não larvas sujas, é claro – explicou Mooney. – Larvas limpinhas, novas em folha, especialmente criadas para isso.

Roussos já estava de saco cheio.

– Mooney, cala essa boca. Certas coisas é melhor a pessoa não saber.

Como se alertado pelo som da controvérsia, BG entrou abruptamente em quadro:

– E aí, Peter? Beleza? – A mulher branca já não estava a seu lado.

– Excelente, BG. E você?

– Feliz pra caralho, cara. Conseguimos botar os painéis solares pra gerar duzentos e cinquenta por cento da eletricidade usada aqui. Estamos prontos para injetar essa sobra em uns sistemas fodas pra caralho. – Ele indicou com o queixo algum ponto invisível fora do refeitório, num lugar oposto ao que Peter havia caminhado. – Já viu o prédio novo lá fora?

– Para mim todos parecem novos, BG.

– É... bem, este é novo *mesmo*. – O rosto de BG estava sereno de orgulho. – Vá lá dar uma olhadinha um dia desses, quando tiver oportunidade. É uma obra-prima da engenharia. Nossa nova centrífuga coletora de chuva.

– Também conhecida como Supersutiã – intrometeu-se Roussos, limpando o molho com um pedaço de crosta de pão.

– Olha, a gente não quer ganhar nenhum troféu de arquitetura, não – sorriu BG. – Só descobrir como guardar a água.

– Na verdade, agora que você falou, acabou de me ocorrer uma coisa: apesar de toda essa chuva... não vi rio nem lago nenhum. Nem mesmo um laguinho.

– Esse solo é que nem esponja. Ele chupa tudo, e a água não volta mais. Mas a maioria da chuva evapora em, tipo, cinco minutos. Você não vê isso acontecer, é constante. Vapor invisível. Isso é um oxímoro, não é?

– Creio que sim – disse Peter.

– De qualquer forma, a gente precisa segurar essa chuva antes que ela suma. É nisso que eu e a galera temos trabalhado. Redes de vácuo. Concentradores de fluxo. Uns brinquedões beeeem grandes. E você, cara? Já arrumou uma igreja?

A pergunta foi feita com inconsequência, como se templos fossem ferramentas ou algum outro suprimento essencial que pudesse ser requisitado – o que, pensando bem, até eram.

– O prédio físico ainda não, BG – disse Peter. – Mas, na verdade, igrejas nunca foram feitas disso. Igrejas são feitas de corações e espíritos.

– Construção de baixo orçamento – gracejou Roussos.

– Ô, babaca, olha o respeito – disse Mooney.

– Para dizer a verdade, BG – disse Peter – estou meio em estado de choque... ou melhor dizendo, de alegria. Noite passada... hã... hoje de manhã... hoje mais cedo, a Grainger me levou ao assentamento oasiano...

– Aonde, cara?

– Ao assentamento oasiano.

Os três deram risada.

– Você está falando de Monstrópolis – disse Roussos.

– C-2 – corrigiu BG, repentinamente sério. – A gente chama de C-2.

– De qualquer forma – prosseguiu Peter –, a recepção foi *incrível*. Aquelas pessoas estão loucas para conhecer Jesus!

– Boa! Melhor que chupeta grátis! – disse BG.

– Eles já conhecem a Bíblia!

– Vamos comemorar. Te pago uma bebida, bróder.

– Eu não bebo, BG.

BG ergueu uma das sobrancelhas.

– Eu tava falando de um café, cara. Se é álcool que tu quer, melhor botar tua igreja pra funcionar *rapidinho.*

– Hã...?

– Tô falando da caixinha da igreja, cara. Das ofertas. Dinheiro a dar com pau. Por aqui, uma cervejinha de nada já faz um rombo na tua carteira.

BG partiu na direção da cafeteria com seu andar maciço. Peter foi deixado a sós com os dois gordos, que bebericavam o café de suas canecas plásticas em perfeita sincronia.

– É extraordinário como você pode andar horas de carro por uma paisagem e não perceber o mais óbvio a respeito dela – refletiu Peter. – Toda aquela chuva, mas nenhum lago ou reservatório para armazená-la... Fico pensando em como os oasianos se viram.

– Não têm nenhum problema – disse Roussos. – Todo dia chove. Têm água sempre que precisam. É como ter uma bica. – Ele segurou sua caneca no alto, servindo-se em um céu imaginário.

– Na verdade – disse Mooney –, problema seria se o solo *não* absorvesse tudo. Imagine as enchentes, cara.

– Ah! – disse Peter, se lembrando. – Vocês ouviram o que aconteceu nas Maldivas?

– Nas Maldivas? – Roussos parecia desconfiado, como se suspeitasse que Peter estava prestes a tentar evangelizá-lo.

– Nas Maldivas. Um arquipélago no oceano Índico – disse Peter. – Foi varrido do mapa por um maremoto. Quase todos os habitantes morreram.

– Eu não estava sabendo – disse Mooney, impassível, como se Peter tivesse acabado de dividir com ele um dado científico de uma área que não dominava.

– Varrido? – disse Roussos. – Que ruim.

BG voltou à mesa com uma caneca de café fumegante em cada punho.

– Obrigado – disse Peter, pegando a sua. Havia uma piadinha impressa na caneca: VOCÊ NÃO PRECISA SER HUMANO PARA TRABALHAR AQUI, MAS AJUDA. A de BG dizia algo diferente.

– Ei, acabo de perceber – disse Peter. – Essas canecas são de plástico de verdade. Quer dizer, é... plástico *grosso*. Digo, não é isopor, nem descartável...

– A gente tem coisa melhor a rebocar por meio universo do que copo descartável, cara – disse BG.

– Sim, como barras de chocolate – disse Mooney.

– E pastores evangélicos – disse BG, sem nenhum traço de deboche.

Querida Bea, escreveu Peter, uma hora depois.

Ainda não chegou sua resposta, e talvez seja meio precipitado eu estar lhe escrevendo outra carta. Mas não consegui esperar para te contar - acabei de ter uma conversa MUITO esclarecedora com uns sujeitos da USIC. Parece que não sou o primeiro missionário cristão a ser mandado para cá. Antes de mim, houve um homem chamado Marty Kurtzberg. Batista, parece, apesar do sobrenome judeu. Seu ministério foi bem-vindo pelos nativos, mas aí ele desapareceu. Faz um ano que isso aconteceu. Ninguém sabe o que foi feito dele. É claro que os homens brincam que os oasianos devem tê-lo comido, como naqueles cartuns antigos de missionários sendo amarrados & cozidos num caldeirão por selvagens famintos. Não deveriam falar desse jeito, é racista, mas de qualquer modo tenho uma certeza no meu íntimo de que essas pessoas - os oasianos - não são perigosas. Pelo menos, não para mim. Talvez seja uma avaliação precipitada, pois até agora só conheci um deles. Mas sei que você se lembra das vezes em que você & eu estávamos testemunhando sobre o Senhor em algum lugar/contexto pouco habitual, e de repente sentíamos que tínhamos de picar a mula se quiséssemos continuar vivos! Bem, aqui não tenho essa sensação.

Apesar das piadas canibais, a USIC e os oasianos têm o que parece ser uma relação de comércio razoavelmente decente. Não é o modelo esperado, colonial e explorador. Há uma troca de bens regular, formal e discreta. Os oasianos nos fornecem víveres básicos. Pelo que entendi, a principal coisa que temos dado aos oasianos são remédios. Não há grande variedade de plantas crescendo por aqui, o que é surpreendente dada a quantidade de chuva. Mas como a maior parte dos remédios é feita de plantas, suspeito que o âmbito para se descobrir/fabricar analgésicos, antibióticos etc., por aqui é restrito. Ou talvez seja um plano maléfico da USIC para deixar os habitantes locais viciados em drogas? Não posso fazer declarações peremptórias a respeito disso até conhecer melhor essas pessoas.

De qualquer forma, está sentada? – porque tenho notícias inacreditáveis que podem te fazer perder o chão. Os oasianos só querem uma coisa (além de remédios) – a palavra de Deus. Têm pedido insistentemente à USIC para lhes trazer outro pastor. Pedido? – exigido! Segundo os homens com quem falei ainda agora, eles (os oasianos) deixaram bem claro, com toda a educação e polidez possíveis, que a continuidade de sua cooperação com as atividades da USIC dependia disso! E eu e você pensando que a USIC estava sendo fantasticamente generosa em me oferecer essa oportunidade de vir para cá... Bem, longe de eu estar aqui por condescendência deles; pelo visto, o projeto todo pode muito bem depender de mim! Se eu soubesse disso antes, teria INSISTIDO para você vir junto. Mas talvez então a USIC teria me deixado de lado em favor de alguma outra pessoa, alguém que desse menos problemas. Deve ter havido centenas de candidatos. (Ainda não entendo Por Que Eu. Mas talvez a pergunta certa seja Por Que Não?)

De qualquer modo, está claro que vão me dar qualquer auxílio que eu queira para erigir meu templo. Veículos, material de construção, até mesmo pedreiros. Do jeito que as coisas caminham, parece que meu jugo vai ser mais leve do que praticamente o de todo missionário desde os primórdios da evangelização cristã. Quando você pensa em são Paulo sendo surrado, apedrejado, naufragado, morrendo de fome, aprisionado... fico quase torcendo pelo meu primeiro obstáculo! (QUASE)

Ele fez uma pausa. Era tudo o que queria dizer, mas sentia que deveria fazer alguma referência às Maldivas. E então se sentiu culpado por sentir que deveria, em vez de querer de fato fazê-la.

Com amor,

Peter

Depois de vomitar o café, ele se sentiu melhor. Não era muito de beber café mesmo em condições normais – afinal de contas, era um estimulante, e ele fazia anos que cortara paulatinamente todos os estimulantes artificiais – mas aquele negócio que BG lhe dera tinha um gosto horrível. Talvez fosse feito de flores oasianas, ou talvez a mistura de café importado com água oasiana fosse calamitosa. De qualquer forma, se sentia melhor sem aquilo dentro dele. Na verdade, se sentia quase normal. Os efeitos do Salto enfim estavam saindo do seu sistema. Sorveu uma grande golada de água da torneira. Uma delícia. De agora em diante, beberia apenas água.

A energia retornou ao seu corpo, como se cada célula fosse uma minúscula esponja inchando de gratidão pelo alimento. Talvez fossem mesmo. Ele afivelou suas sandálias e saiu do quarto, pretensamente para entender a disposição de suas cercanias, mas também para celebrar o vigor que sentia novamente. Estava preso em lugar fechado há muito tempo. Enfim, livre!

Bem, livre para andar pelo labirinto da base da USIC. Uma boa mudança em relação ao seu quarto, mas não era exatamente um prado verdejante. Meros corredores vazios, túneis bem-iluminados com suas paredes, tetos e piso. E, de tantos em tantos metros, uma porta.

Cada porta tinha uma plaqueta – apenas o sobrenome e a inicial – com a descrição profissional da pessoa em letras maiores. Então, W. HEK, CHEF DE COZINHA, S. MORTELLARO, CIRURGIÃO-DENTISTA, D. ROSEN, AGRIMENSOR, L. MORO, ENGENHEIRA TECNOLOGISTA, B. GRAHAM, ENGENHEIRO DE CENTRÍFUGAS, J. MOONEY, ENGENHEIRO ELETRICISTA, e assim por diante. A palavra "engenheiro" surgia com frequência, assim como profissões terminadas em "ista".

Nenhum ruído emanava dessas portas, e os corredores estavam igualmente silenciosos. Evidentemente, o pessoal da USIC estava ou trabalhando, ou convivendo no refeitório. Não havia nada de sinistro em sua ausência, nenhum motivo para se sentir assustado, porém Peter sentia-se assustado. Seu alívio inicial em poder afinal explorar o ambiente a sós, sem ninguém a observá-lo, deu lugar a uma ânsia por sinais de vida. Ele andava cada vez mais rápido, dobrando corredores cada vez mais resolutamente, e a cada vez voltava a encontrar as mesmas passagens retangulares e fileiras de portas idênticas. Num lugar daqueles, não dava para ter certeza nem de que se estava perdido.

Justamente quando ele começava a transpirar, atormentado por lembranças claustrofóbicas de suas passagens por instituições corretivas juvenis, o feitiço se desfez – ao dobrar um corredor, seu peito quase colidiu com o peito de Werner.

– Opa! Vai tirar o pai da forca? – disse Werner, apalpando o próprio peito como se quisesse garantir que a surpresa não o machucara.

– Desculpe – disse Peter.

– Está tudo bem?

– Sim, obrigado.

– Que bom – assentiu Werner, cordial mas sem vontade de bater papo. – Não vá se perder por aí, hein. – Frase feita ou advertência? Difícil ter certeza.

Em segundos, Peter voltou a ficar sozinho. Seu pânico momentâneo havia passado. Agora ele via a diferença entre perambular por um prédio desconhecido e estar encarcerado em uma prisão. Werner estava certo: ele precisava tomar jeito.

De volta ao seu aposento, Peter orou. Pediu orientação. Não obteve nenhuma resposta, pelo menos, não imediata.

O alienígena – o oasiano – implorara-lhe para que voltasse ao acampamento o mais rápido possível. Então... será que ele deveria ir nesse minuto? A claustrofobia que o ameaçara naqueles corredores sugeria que ele ainda não havia voltado completamente ao normal – ele não era de sentir pânico, normalmente. Talvez devesse continuar descansando até estar cem por cento certo de que tinha voltado a si. Mas o oasiano lhe implorara para voltar logo, e a USIC não o levara tão longe para ele ficar deitado olhando os próprios dedos do pé. Ele devia ir logo. Devia ir logo.

O problema era que partir significaria ficar sem contato com Bea por vários dias. Isso seria um baque para ambos. Ainda assim, dadas as circunstâncias, não havia como evitá-lo; o melhor que podia fazer era adiar sua partida apenas um pouco, para terem mais tempo de se escreverem antes dela.

Ele conferiu o Tubo. Nada.

Volℨe logo, Peℨer, ah, o maiʆ rápido que puder. Leia o Livro daʆ Coisaʆ Eʆℨranhaʆ para nóʆ. Ainda era capaz de ouvir a voz do oasiano, sibilante e extenuada, como se cada palavra fosse quase impossível de ser pronunciada, um balido de um instrumento musical feito de materiais ridiculamente inadequados. Um trombone feito com uma melancia, emendado com elásticos de borracha.

Mas esqueça das fisicalidades: ali estavam almas sedentas de Cristo, esperando que ele voltasse conforme prometera.

Mas ele prometera, dentre as tantas palavras que dissera? Não conseguia se lembrar.

A resposta de Deus ressoou em sua cabeça. *Não complique tanto tudo. Faça o que veio fazer aqui.*

Sim, Senhor, respondeu ele por sua vez, *mas tudo bem se eu esperar só mais uma carta de Bea?*

Extenuado pela espera, ele saiu pelos corredores de novo. Estavam tão silenciosos como antes, ainda vazios, e sem cheiro nenhum, nem mesmo de produtos de limpeza, embora estivessem muito limpos. Não estavam impecáveis nem lustrosos feito um salão de automóvel, mas isentos de qualquer pó ou poeira perceptível. Um grau de limpeza sensato.

Errara em sentir claustrofobia ali. Só alguns dos corredores eram fechados; outros tinham janelas, enormes, varadas por raios de sol. Como ele conseguira não enxergar aquilo antes? Como conseguira escolher apenas corredores sem janelas? Aquela era uma atitude típica de gente louca – selecionar instintivamente as experiências que confirmavam suas inclinações negativas pessoais. Ele já fora, antigamente, o rei desse tipo de autoengano; Deus lhe mostrara como sair dessa. Deus e Bea.

Ele foi andando, relendo os nomes nas portas, tentando memorizá-los caso algum dia precisasse saber onde encontrar alguém. Ficou novamente impressionado, achando estranho que nenhuma das portas tivesse tranca, apenas uma simples maçaneta que qualquer desconhecido podia abrir.

– Está planejando roubar minha pasta de dentes? – provocara Roussos quando Peter fizera essa observação, mais cedo.

– Não, mas você pode ter pertences muito pessoais.

– Está planejando roubar meus sapatos?

Certa vez, Peter *de fato* chegara a roubar sapatos, e pensou em dizer isso, mas Mooney interrompeu:

– Ele quer seus muffins, cara! Olho nos muffins!

Por coincidência, Peter notou a placa de F. ROUSSOS, ENGENHEIRO OPERACIONAL em uma das portas por que passava. Segundos depois, notou outro nome, de passagem, e então quase perdeu o equilíbrio quando tomou ciência do significado: M. KURTZBERG, PASTOR.

Por que tanta surpresa? Kurtzberg estava "desaparecido em combate", mas ninguém nunca dissera que ele estava morto. Até determinarem o que lhe acontecera, não havia motivo para realocar seus aposentos nem remover seu nome. Ele poderia voltar a qualquer momento.

De um impulso, Peter bateu na porta. Nenhuma resposta. Ele bateu outra vez, mais alto. De novo, nenhuma resposta. Era claro que ele deveria seguir adiante. Mas não seguiu. Momentos depois, estava dentro do quarto. Era idêntico ao seu quarto, pelo menos em matéria de espaço e decoração. A persiana estava fechada.

– Olá? – chamou ele em voz baixa, para garantir que estava sozinho. Tentou se convencer de que Kurtzberg, caso *estivesse* presente, teria insistido para ele entrar, e, embora provavelmente fosse verdade, isso não mudava o fato de que era errado invadir a casa de um desconhecido sem ser convidado.

Mas isso não é uma casa, é?, pensou ele. *A base da USIC não era casa de ninguém. É só um gigantesco local de trabalho.* Sofística autojustificativa? Talvez. Mas não, era um instinto que vinha de algum lugar mais fundo. Bea teria sentido a mesma coisa. Havia algo de estranho com o pessoal da USIC, algo que Bea poderia tê-lo ajudado a articular. Aquelas pessoas estavam vivendo ali há anos; obviamente tinham um certo grau de camaradagem entre si; e mesmo assim... mesmo assim...

Ele adentrou mais o apartamento de Kurtzberg. Não havia indícios de nenhuma outra visita ilícita antes daquela. O lugar tinha cheiro de guardado e uma película de poeira revestia as superfícies planas. Não havia nenhum Tubo sobre a mesa, apenas uma garrafa de água filtrada (metade vazia e com aparência de pura) e uma caneca plástica. A cama estava desfeita, com um travesseiro se debruçando da beirada, prestes a cair, placidamente estabelecido naquela pose, decidido a ficar assim para todo o sempre. Espraiada na cama estava uma das camisas de Kurtzberg, as mangas para o alto como que se rendendo. As axilas estavam descoloridas por fungos.

O decepcionante era que não havia documentos em lugar nenhum: nenhum diário, nem caderno. Uma Bíblia em brochura, nova em folha, jazia em uma cadeira. Peter a abriu, folheou as páginas. Kurtzberg, conforme estava percebendo, não era o tipo de pessoa que sublinhava versículos que lhe parecessem especialmente significativos nem rabiscava anotações nas margens. Peter, em seus sermões, ocasionalmente contava uma piada ou aforismo para esclarecer uma passagem, e um dos ditos que gostava de repetir, sempre que sentia que as pessoas da congregação estavam olhando torto para seu Novo Testamento ensebado, decrépito e cheio de orelhas, era "Bíblia limpa – cristão sujo. Bíblia suja – cristão limpo". Marty Kurtzberg obviamente não era partidário desse ponto de vista.

Peter abriu o guarda-roupa. Pendurado ali havia um terno formal em linho azul-claro, junto de um par de calças brancas com leves manchas cinzentas nos joelhos. Kurtzberg era baixo, não devia ter mais do que 1,70 m, e seus ombros eram estreitos. Mais dois cabides estavam revestidos de camisas do mesmo tipo que a estendida sobre a cama, repleta de gravatas de seda clássicas enroladas frouxamente sobre os colarinhos. No fundo do guarda-roupa, havia um par de sapatos de couro, brilhando de engraxados, e um par de meias cor de creme coberto de mofo peludo.

Não vou descobrir nada de novo aqui, pensou Peter, e se virou para sair. Assim que se virou, porém, percebeu alguma coisa embaixo da janela, algo que parecia um monte de pétalas espalhadas. Olhando mais de perto, viu que eram fragmentos rasgados de curativos adesivos. Dezenas deles. Como se Kurtzberg tivesse ficado de pé à janela, observando lá fora sabe-se Deus o quê, e de repente tivesse picotado um pacote inteiro de band-aids, um por um, nos menores pedaços que conseguiu, deixando-os cair a seus pés.

Após sua visita ao quarto de Kurtzberg, Peter perdeu toda a motivação para explorar mais o complexo da USIC. Uma pena, pois era a sua chance de compensar o esquecimento de toda a orientação proporcionada por Grainger em sua chegada. Andar por ali também era um bom exercício; sem dúvida, seus músculos precisavam disso, mas... bem, a verdade era que aquele lugar o deprimia.

Ele não sabia bem o porquê. O complexo era espaçoso, limpo, pintado em cores alegres, e tinha muitas janelas. Certo, alguns dos corredores mais pareciam túneis, mas não era como se *todos* pudessem ser voltados para o exterior, não é? E, tudo bem, um vaso de planta aqui e ali poderia ser legal, mas a USIC não tinha culpa se o solo de Oásis não sustentava samambaias nem azaleias. E não era como se nem tivessem tentado fazer uma decoração mais refinada. Nos corredores, a intervalos regulares, tinham pregado pôsteres bem-emoldurados cuja intenção, presumia-se, era fazer sorrir. Peter notou favoritos imortais como a foto do gatinho com cara de preocupado escorregando de um galho, com a legenda *OH, SHIT*, o cachorro compartilhando a cesta com dois patos, Laurel e Hardy tentando construir uma casa com total incompetência, o elefante se equilibrando na bola, o cartum do comboio de homens marchando para a frente no *Keep On Truckin'* de Robert Crumb, e – em um tamanho impressionante, da altura da cintura até quase chegar ao teto – a famosa foto monocromática de Charles Ebbet, dos trabalhadores de construção civil almoçando em cima de uma viga vertiginosamente suspensa nas alturas de Manhattan. Um pouco adiante, Peter ficou pensando se o cartaz de propaganda dos anos 1940 com a legenda *We Can Do It!*, com a operária Rosie exibindo o muque desenvolvido, pretendia sinceramente inspirar o pessoal, ou se fora afixada ali com uma piscadela irônica. Em todo caso, algum grafiteiro oportunista acrescentara, em caneta hidrográfica, NÃO, OBRIGADO, ROSIE.

Nem todas as imagens aludiam a projetos, construções e desafios; também havia uma parcela de "arte pela arte". Peter viu várias serigrafias clássicas reproduzindo Mucha e Toulouse-Lautrec, uma colagem de Braque ou de alguém da mesma turma, e uma fotografia chamada "Andreas Gursky: Reno II", que era quase abstrata em suas faixas simples de campo verde e rio azul. Também havia reproduções de velhos pôsteres cinematográficos com ídolos de matinês de um passado distante: Bing Crosby, Bob Hope, Marlene Dietrich, até mesmo Rodolfo Valentino. Assim atendiam a todo mundo. O sortimento era impecável, de verdade, embora curiosamente estivesse ausente qualquer imagem que evocasse locais específicos e ainda existentes na Terra, ou qualquer tipo de emoção extrema.

Com sede de ar fresco, Peter rumou para a saída mais próxima.

* * *

Agora, se o oceano de ar úmido que acorreu para recebê-lo era passível de ser chamado de "fresco", era bem questionável. Pelo menos, não era estagnado. Algumas correntes levantavam mechas de seu cabelo para acariciar seu couro cabeludo, enquanto outras deslizavam para dentro de sua roupa e procuravam a pele que ele tentara cobrir. Mas daquela vez estava melhor. Sua túnica era uma camada única entre ele e a atmosfera, e uma vez que ficasse úmida – o que aconteceu em segundos – ficaria solta em seu corpo, meio pesada nos ombros mas confortável para o resto. O tecido, embora fino o bastante para não ser sufocante, tinha a trama grossa o suficiente para esconder que ele nada usava por baixo, e era firme o bastante para não grudar. A atmosfera se virava bem com ele.

Ele apertou o passo no asfalto junto à parede externa do prédio da USIC, aproveitando-se da sombra projetada pela monstruosidade de concreto. As sandálias permitiam que seus pés respirassem; o suor entre os dedos evaporava assim que se formava. O ar fazia cócegas em suas canelas e tornozelos, o que era para ser desagradável mas na verdade era bem gostoso. Seu humor tinha melhorado muito, já se esquecera daquele mal-estar lá de dentro.

Ao dobrar uma esquina, ele se viu passando ao lado do janelão do refeitório. O sol incidia forte em cima do vidro, tornando difícil enxergar lá dentro, mas ele teve uma leve impressão de distinguir mesas, cadeiras e pessoas. Ele deu um tchauzinho cego para o nada, caso alguém o tivesse visto e estivesse lhe acenando. Não queria que pensassem que os estava esnobando.

Desviando o olhar do clarão, avistou algo inesperado: um grande gazebo, situado a uns duzentos metros do prédio principal. Seu toldo era amarelo vivo, feito de lona ou canhamaço, estendido frouxamente sobre os esteios. Certa vez, Peter celebrara um casamento sob uma estrutura como aquela; também já as vira junto ao mar e em jardins públicos. Abrigavam do sol e da chuva e eram fáceis de desmontar, embora aquela ali fosse mais permanente. Havia alguma movimentação embaixo de sua sombra, de forma que ele resolveu se aproximar para investigar.

Quatro – não, cinco – pessoas estavam sob o gazebo, dançando. Não aos pares: sozinhas. Aliás, nem isso; talvez não estivessem dançando. Talvez fosse uma sessão de tai chi.

Ao chegar ainda mais perto, Peter percebeu que, na verdade, estavam se exercitando. O local era uma espécie de academia ao ar livre, mobiliada não com esteiras de corrida e bicicletas ergométricas de última geração, mas com estruturas de madeira e metálicas que mais pareciam equipamentos de parquinho infantil. Lá estava Moro, flexionando as pernas contra as barras laterais estofadas de uma roda com pesos. Lá estava BG, levantando sacos de areia em uma roldana. Os outros três, Peter não conhecia. Molhados de suor, os cinco malhavam aplicados em seus mecanismos vividamente coloridos, se alongando, caminhando, contorcendo, recurvando.

– E aí, Peter! – bradou BG, sem quebrar o ritmo de seu exercício. Seus braços, que ele flexionava para fazer subir e descer os sacos de areia, eram da grossura das pernas de Peter, e os nós dos músculos saltavam como se inflados por um fole. Ele usava um calção folgado que chegava às suas panturrilhas e uma regata de algodão pela qual seus mamilos despontavam feito rebites.

– Alguém está trabalhando duro hoje, hein, BG – disse Peter.

– Trabalho, brincadeira, pra mim é tudo igual – respondeu BG.

Moro não fez menção de perceber a chegada de Peter, mas é que a posição em que estava – deitada de costas com as pernas para o alto, pedalando – poderia ter dificultado o reconhecimento. Ela usava uma calça saruel cujo cós havia escorregado para baixo de seu quadril, e uma camiseta sem mangas que deixava sua barriga de fora. O pano estava saturado de suor, e portanto semitransparente; ela respirava alto e ritmadamente; BG tinha uma vista livre e desimpedida.

– Tudo em cima, cara, tudo em cima – exclamou ele.

De início, Peter entendeu isso como uma observação sacana. Encaixaria bem com os gracejos sexualizados da nave e o ar genericamente intimidante de BG. Mas, ao olhar para o rosto de BG, Peter percebeu que ele se abstraía, sem olhar particularmente para nenhum objeto, concentrado em seu próprio exercício. Moro poderia ou não estar se registrando em sua consciência como um borrão, mas, enquanto mulher, era invisível para ele.

Havia outra mulher ali, além dela, uma caucasiana alta e vigorosa com seu cabelo ruivo ralo preso em um rabo de cavalo. Suas pernas estavam suspensas vários centímetros acima do chão já que ela se sustentava entre duas barras paralelas. Ela sorriu para Peter um sorriso que dizia: "Nos apresentamos outro dia, quando eu não estiver tão ocupada." Os dois homens que não conhecia estavam igualmente concentrados. Um deles estava em um pedestal baixo com uma base rotativa, olhos fixos nos próprios pés enquanto girava os quadris. O outro estava sentado em uma estrutura araneiforme dotada de várias traves, e tocava as bochechas nos joelhos. Suas mãos estavam cruzadas atrás da cabeça, com a mesma firmeza com que enganchara os pés nas traves de metal. Ele era um circuito fechado de exaustão. Ele se impeliu para a frente, e uma de suas vértebras protuberantes deu a impressão de saltar da pele e sair voando. Na verdade, tinha sido um inseto. O gazebo era um refúgio para bichos semelhantes a gafanhotos que, aqui e ali, repousavam calmamente nos seres humanos, mas cuja maioria preferia caminhar pela lona verde contrastando com amarelo.

O gazebo abrigava equipamento suficiente para uma dúzia de pessoas. Peter ficou imaginando se pegava mal não participar. Talvez devesse escolher um aparelho e fazer uma pequena sessão de exercícios por alguns minutos que fosse – o bastante para poder ir embora depois sem parecer que viera só assistir ao espetáculo. Mas ele nunca fora do tipo que faz exercícios formalmente, e se sentiria ridículo fingindo fazê-los. De qualquer forma, era novato e os outros entenderiam que ele precisava conhecer o lugar.

– Dia bonito – comentou Moro. Já parara de pedalar e estava descansando.

– Mais que bonito. Lindo – disse Peter.

– Sim – disse Moro, e tomou vários goles d'água de uma garrafa. Um dos insetos verdes havia se afixado ao seu top, feito um broche. Ela nem deu por isso.

– O café saiu? – disse Peter.

Ela olhou para ele sem entender:

– Café?

– O café que eu fiz você derramar.

– Ah, é. – Sua expressão insinuava que desde então ela participara de dezenas de atividades desafiantes, e que não lhe fosse cobrada a lembrança de um detalhe tão trivial. – Aquilo não era café.

– Flor branca?

– Extrato de chicória e centeio. E, sim, um pouquinho só de flor branca, para encorpar.

– Preciso experimentar qualquer dia desses.

– Vale a pena experimentar. Não espere a melhor coisa do mundo e você não vai se decepcionar.

– Em geral, uma sábia filosofia de vida – disse ele.

Mais uma vez, ela o olhou como se ele estivesse falando algo além da compreensão humana. Ele deu um sorriso, um tchauzinho e foi embora. Com certas pessoas você nunca ia se entender, não importa quantas vezes tentasse, não importa quantas experiências viessem a compartilhar na vida, e talvez Moro fosse uma delas. Mas não fazia mal. Conforme os entrevistadores da USIC nunca cansavam de lhe recordar, ele não estava ali por causa dela.

Relutante em voltar ao quarto tão cedo, Peter foi se afastando mais e mais da base da USIC. Supôs que poderia dar problema se ficasse repentinamente mal ou cansado, mas era um risco que estava disposto a correr. De qualquer modo, sua saúde e resistência estavam prestes a ser testadas até o limite mesmo, quando ele se mudasse para o assentamento oasiano sem suprimentos além de sua Bíblia e as roupas que vestia.

Contra o horizonte, destacavam-se dois silos ou chaminés, ele não sabia bem. Pela forma, certamente não se tratava do Supersutiã, mas ele não sabia dizer o que era. Não havia fumaça saindo, então talvez fossem silos mesmo. Seria uma das muitas coisas que Grainger havia explicado a ele ao escoltá-lo até o quarto da primeira vez? A conversa que supostamente tiveram, da qual ele se olvidara tão completa e embaraçosamente, perigava alcançar proporções míticas: um grande tour sobre todas as coisas, com comentários prescritos por um roteiro para responder a todas as perguntas concebíveis e imagináveis. Ele devia entender que havia um limite para o quanto ela poderia ter lhe explicado naquele primeiro encontro.

Ele caminhou na direção dos silos por dez, vinte minutos, mas eles não ficavam mais próximos. Um truque da perspectiva. Em cidades, as ruas e prédios te davam uma noção mais precisa de quão perto ou longe se situava o horizonte. Em paisagens naturais, sem interferência humana, não se tinha ideia. O que lhe parecia dois ou três quilômetros poderia ser uma viagem de vários dias.

Ele devia conservar energia. Devia dar meia-volta e voltar para a base. Assim que tomara essa decisão, porém, um veículo entrou no seu campo de visão, vindo da direção dos silos. Era um jipe idêntico ao de Grainger, mas, conforme foi chegando perto, ele viu que não era Grainger quem o dirigia. Era a grandona meio machona que ele vira conversando com BG no refeitório mais cedo. Ela foi freando aos poucos até parar o carro bem a seu lado e baixou a janela.

– Fugindo de casa?

Ele sorriu.

– Apenas explorando os arredores.

Ela o olhou de cima a baixo:

– Já enjoou por hoje?

Ele deu uma risada.

– Sim.

Ela meneou a cabeça como quem convida, *entra aí*, e ele obedeceu. O interior do veículo era uma bagunça – se quisesse sentar lá atrás, ele não encontraria lugar – e úmido, sem ar-condicionado. Diferentemente de Grainger, essa mulher não sentia a necessidade de extirpar a atmosfera oasiana do veículo. Sua pele estava brilhando de suor e os espetos de seu cabelo oxigenado estavam murchos de umidade.

– Está na hora do almoço – disse ela.

– A mim me parece que *acabamos* de almoçar – disse ele. – Ou foi o café da manhã?

– Estou em fase de crescimento – disse ela. Pelo tom, Peter depreendeu que ela estava ciente de seu sobrepeso, mas não estava nem aí. Os braços dela eram musculosos e seus seios, alojados em um sutiã cujo aramado ficava marcado em sua camiseta branca, eram de matrona.

– Eu estava me perguntando o que era aquele par de torres – perguntou Peter, indicando os silos.

Ela conferiu de relance o retrovisor sem perder velocidade.

– Aquilo? É pra óleo.

– Petróleo?

– Não exatamente. Algo parecido.

– Mas é possível converter em combustível?

Ela suspirou pesarosamente.

– Olha, veja bem, essa pergunta é cheia de outras perguntas dentro. Quer dizer, o que é que você faz? Projeta motores novos para operar com o combustível novo ou faz uma gambiarra no combustível para fazê-lo funcionar nos motores velhos? Tivemos uma certa... *controvérsia* a respeito disso nesses anos por aqui.

O jeito como ela pronunciou "controvérsia" sugeria uma opinião pessoal sobre o assunto, e um certo grau de exasperação.

– E quem ganhou?

Ela revirou os olhos.

– Os químicos. Descobriram como adaptar o combustível. É como... mudar o design da bunda para a bunda caber na cadeira. Mas quem sou eu para discordar, né?

Passaram de carro pelo gazebo amarelo. Moro havia ido embora, mas os outros quatro ainda estavam dando duro.

– Você costuma se exercitar aqui? – perguntou Peter. A mulher ainda não dissera seu nome e pareceu a Peter que ia ficar estranho perguntar agora.

– Às vezes – disse ela. – Mas meu trabalho é mais braçal que o dos outros, então...

– Você é amiga do BG? – perguntou Peter. Estariam de volta à base em poucos segundos e pronto, fim de papo.

– Ele é divertido – disse a mulher. – Mas é cheio de gracinha. Você nunca sabe o que vai sair daquela boca. Então é interessante tê-lo por perto.

– E na questão do combustível, qual era a posição dele?

Ela fez um muxoxo de desdém.

– Nenhuma! O BG é assim! Aquela montanha de músculos só fez deixar a cabeça fraca. – Ela desacelerou o veículo até estacioná-lo com precisão à sombra do prédio principal. – Mas ele é ótima pessoa – acrescentou ela. – Nos damos muito bem. Todos nos damos muito bem. Somos uma excelente equipe.

– Exceto quando discordam.

Ela alcançou a chave e puxou-a da ignição. A parte de cima do seu braço, logo abaixo do ombro, ostentava uma tatuagem. "Ostentava" provavelmente era a palavra errada, já que a tatuagem era composta dos vestígios de um nome agora ilegível sob um desenho posterior, de uma cobra esmagando um roedor.

– Melhor não pensar em termos de perdas e ganhos por aqui, seu pastor – disse ela, empurrando a porta e alçando o corpanzil para fora. – O negócio é respirar fundo e contar até um milhão.

9

O coral recomeçou

Peter não queria contar até um milhão. Agora estava pronto. Estava às voltas pelo quarto, louco para chegar o momento do encontro marcado. Já havia arrumado a mochila e testado o peso dela sobre os ombros. Assim que Grainger estivesse pronta para levá-lo, partiria.

Sua Bíblia cheia de anotações, surrada e coalhada de papeizinhos marcadores, estava dentro da mochila juntamente com suas meias, cadernos de anotações e todo o resto. Não precisava consultá-la agora: os versículos relevantes estavam gravados a ferro e fogo em sua memória. Os *Salmos* eram o recurso de praxe, o primeiro porto seguro caso você precisasse de coragem em face de um desafio enorme e potencialmente perigoso. O vale das sombras da morte. Por algum motivo, ele duvidava que estivesse sendo levado para lá.

Mas, por outro lado, tinha um péssimo instinto de perigo. Aquela vez em Tottenham em que quase levou uma facada – teria simplesmente continuado a conversar com a gangue que ia ficando cada vez mais numerosa e próxima dele, cercando-o agressivamente, se não fosse por Beatrice puxá-lo para dentro de um táxi.

– Você é completamente louco – dissera ela quando as portas já haviam batido e palavrões ricocheteavam no exterior do carro.

– Mas olha só como alguns deles estão nos dando tchauzinho – protestara ele, enquanto aceleravam na direção oposta à gangue. Ela olhou para trás, e era verdade.

* * *

Querido Peter, escreveu ela.

Que notícia fantástica que os oasianos já tenham ouvido falar de Jesus. Mas não me surpreende. Lembra quando eu perguntei à USIC que contato já tinha havido com cristãos até o momento? Eles ficaram enrolando, tentando manter a todo custo a pose de que "a USIC não é religiosa". Mas deve ter havido alguns cristãos no corpo de funcionários ao longo dos anos, e eu e você sabemos que basta um cristão verdadeiro estar num lugar para as coisas começarem a acontecer! Até a menor semente é capaz de crescer.

E agora que você está aí, meu amor, pode plantar mais. Muitas mais!

Peter percebeu que ela não estava falando em Kurtzberg. Evidentemente, quando escrevera aquilo ela ainda não havia recebido sua mensagem mais recente. Talvez a estivesse lendo bem naquele momento, exatamente enquanto ele lia a dela. Improvável, mas pensar nessa intimidade sincronizada era irresistivelmente sedutor.

Não se torture com o fato de eu não estar aí junto de você. Se Deus quisesse que estivéssemos juntos nessa missão, Ele teria mexido os pauzinhos para que eu pudesse ir. Tenho minhas próprias "missões" por aqui, não tão pioneiras ou exóticas quanto as suas, mas que também têm seu valor. Onde quer que estejamos, a vida nos mostra almas perdidas em nosso caminho. Almas enraivecidas e assustadas que ignoram a luz de Cristo ao mesmo tempo que amaldiçoam a escuridão.

Sabe, cristãos também são capazes de ignorar a luz de Cristo. Desde que você viajou, tem havido uma discussão recorrente ridícula na nossa igreja – é só uma tempestade em copo d'água, mas tem me deixado mal. Algumas pessoas de nossa congregação – em geral, os membros mais antigos – têm resmungado que "não temos por que" levar a palavra de Deus a "alienígenas". Argumentam que Jesus morreu somente pelos seres humanos. Acho até que, se você insistisse no assunto com a sra. Shankland, ela ia acabar declarando que Jesus morreu só pelos ingleses de classe média da Grande Londres! Geoff tem feito um trabalho razoável como pastor, em geral, mas está perfeitamente ciente de que é um "substituto" e fica tentando ser mais popular. Os sermões dele são sinceros, mas vão por um caminho batido, ele nunca corre o menor risco, como você costuma fazer. De forma que... eles não param de resmungar. "Por que ele não foi à China? Lá tem milhões de pessoas carentes da Palavra, minha querida." Obrigada, sra. Shanks, por suas palavras tão sábias.

Bem, meu amor, agora tenho mesmo que ir tomar meu banho (presumindo que o encanamento não tenha escangalhado de novo) e arrumar alguma coisa para comer. Os alimentos que mais me consolam continuam nitidamente ausentes das prateleiras dos supermercados (até os horríveis, mas comestíveis, minirrocamboles light estão esgotados há dias!), então fui forçada a recorrer a outra sobremesa, uma espécie de bomba de chocolate e passas da padaria do bairro. Provavelmente é até bom: eu deveria estar ajudando as pequenas empresas de bairro, mesmo.

Vou encerrar com essa observação edificante.

Muito amor de sua esposa empolgada e admirada!

Bea

Peter tentou se lembrar do rosto da sra. Shankland. Obviamente ele a havia conhecido e conversado com ela; sempre fazia questão de conhecer e conversar com todos da congregação. Mas tudo o que havia em sua cabeça era uma lacuna. Talvez a conhecesse por outro nome que não sra. Shankland. Edith, Millicent, Doris. Ela soava como Doris.

Querida Bea, escreveu ele.

Vamos preparar a sra. Shankland para uma missão na China. Ela deve ser capaz de converter milhares de pessoas por hora com suas palavras tão bem articuladas.

Falando sério agora, as coisas começaram a acelerar por aqui, e posso não ter outra oportunidade de escrever para você por algum tempo. Até mesmo algumas semanas. (Para você, cerca de duas semanas – para mim, alguns dias, entendeu?) É uma perspectiva assustadora mas sinto que estou nas mãos do Senhor – ironicamente, ao mesmo tempo tenho a sensação de estar sendo usado pela USIC para algum propósito ainda a ser revelado.

Perdão por soar tão misterioso. É o fato de a USIC ter guardado segredo sobre Kurtzberg e racionar informações sobre o povo indígena em geral que tem me deixado assim.

Para meu grande alívio, finalmente superei meu jet lag ou sei lá como se chama isso nessas circunstâncias. Sei que dormir mais um pouco me faria bem, e não sei como vou ser capaz de fazer isso com 72 horas de sol pela frente, mas pelo menos a sensação de desorientação já foi embora. Minha urina ainda está alaranjada mas não acho que seja desidratação, acho que tem algo a ver com a água. Estou me sentindo bem. Descansado, mas irrequieto. Aliás, estou cheio de energia. A primeira coisa que vou fazer (depois de terminar essa carta para você) é arrumar as malas e arranjar alguém para me levar de carro até o assentamento (oficialmente chamado C-2), embora haja quem o chame de "Monstrópolis" – lindo, não? –, e simplesmente me largar lá. Pode-se dizer que vou ficar com uma das mãos na frente e a outra atrás. Não acho legal ser transportado em uma bolha protetora e dar meio passo para fora para cumprimentá-los rapidamente enquanto um motorista da USIC fica parado lá perto, de motor ligado. E se eu tiver meu próprio veículo, ainda assim parece que estou dizendo: "Vou te visitar, mas vou embora assim que estiver de saco cheio." Péssima mensagem para passar! Se Deus tem um plano para mim ali, entre aquela gente, então preciso me entregar em suas mãos.

Sim, esse pode não ter sido o melhor plano para Paulo entre os coríntios e os efésios, mas dificilmente acho que posso considerar esse território hostil. A maior hostilidade que tive que aturar até agora foi o breve arranca-rabo com o Severin na vinda para cá. (Aliás, não o vi mais depois disso.)

De tão empolgado com o que está por vir, preciso fazer um esforço para me lembrar do que já descrevi ou não para você até agora. Como eu queria que você estivesse aqui comigo, vendo com os próprios olhos. Não porque me pouparia o trabalho de descrevê-lo (embora eu deva admitir que minha falta de jeito nessa área está ficando cada vez mais óbvia), mas porque estou com saudades. Que saudade de viver os momentos visíveis da vida junto de você! Sem você a meu lado, sinto como se meus olhos não passassem de uma câmera, uma câmera de circuito fechado sem filme dentro, registrando o que está à sua frente, segundo a segundo, de forma que tudo desaparece e instantaneamente é substituído por novas imagens, nenhuma delas devidamente apreciada.

Ah, se eu pudesse te mandar uma foto ou um vídeo! Como nos ajustamos rápido ao que nos é concedido e ficamos querendo MAIS... A tecnologia que me permite mandar essas palavras para você, vencendo distâncias inimagináveis, é um verdadeiro milagre (– será blasfêmia dizer isso??), e ainda assim, depois que a usei algumas vezes, penso: por que não posso mandar imagens também?

Peter ficou olhando para a tela. Era cinza-perolada, e seu texto flutuava em suspenso sobre o plasma, mas, caso ajustasse o foco, Peter conseguiria ver seu próprio rosto fantasmagórico: o cabelo louro e rebelde, os olhos grandes e brilhantes, as maçãs do rosto protuberantes. Seu rosto, estranho e familiar.

Ele raramente olhava para espelhos. Em sua rotina, em casa, ele agia em cima da presunção de que, depois de ter tomado banho, se barbeado e passado um pente no cabelo (de frente para trás, sem se preocupar em fazer penteado), não havia como um espelho ajudá-lo a melhorar ainda mais sua aparência. Nos anos em que vivera permanentemente arruinado por álcool e drogas, começara muitas manhãs examinando o seu reflexo em busca dos danos da noite passada: cortes, hematomas, olhos injetados, icterícia, lábios arroxeados. Desde que se endireitara, não precisava mais disso; podia ter certeza de que nada drástico lhe acontecera desde que conferira pela última vez. Só notava que o cabelo crescera quando ele começava a tapar os olhos, momento em que pedia a Bea para cortá-lo; só se lembrava da cicatriz funda entre suas sobrancelhas quando ela a acariciava ternamente depois de fazerem amor, franzindo a testa de preocupação como se tivesse notado aquele machucado pela primeira vez. O formato de seu queixo só lhe parecia real quando o aninhava no oco da saboneteira dela. Seu pescoço só se materializava na palma da mão dela.

Que saudades dela. Meu Deus, que saudades.

Agora o tempo está mais seco, digitou ele. Me disseram que continuará seco pelas próximas dez horas, depois vai chover por várias horas, depois estia de novo por dez horas, depois chuva etc. As coisas são bem previsíveis por aqui. O sol é bem quente, mas não torra a pele. Há alguns insetos, mas não mordem. Acabei de fazer uma refeição de verdade. Ensopado de lentilhas e pão árabe. Bem satisfatório, embora tenha me deixado meio pesado. O pão árabe foi feito de flores locais. As lentilhas são importadas, acho eu. No fim, comi um pudim de chocolate que não era de chocolate de verdade. Fico pensando se teria passado no seu crivo, dado seu gosto apuradíssimo nesse setor! A mim o gosto pareceu bom. Talvez o chocolate fosse de verdade, mas o pudim foi feito de outra coisa – sim, foi isso.

Ele se levantou e saiu da mesa, andando até a janela e deixando o sol quente iluminar sua pele. Sabia muito bem que o retângulo de vidro escurecido, por maior que fosse, mostrava apenas uma fração do céu lá fora, e ainda assim, aquela pequena parte ali circunscrita era grande demais para ser vislumbrada de uma só vez e repleta de uma variedade indescritível de matizes de cor. Ela não veria nada do que ele viu, nem mesmo seu fantasmagórico reflexo. Apenas suas palavras. A cada mensagem mal-ajambrada, a visão que tinha dele se tornava mais fraca, mais embaçada. Ela não tinha alternativa a não ser imaginá-lo em um vazio, com detalhes esquisitos flutuando ao seu redor feito lixo espacial: uma forma plástica de gelo, um copo de água verde, uma tigela de ensopado de lentilhas.

Bea, meu amor, o que mais queria era você comigo agora. Queria você aqui ao meu lado, com esse sol quente e claro em cima do seu corpo nu, meu braço em volta da sua cintura, meus dedos dedilhando suas costelas. Estou no ponto, queria que você pudesse ver o quanto! Se fechar os olhos, quase consigo sentir meu peito se aquietando junto do seu seio, suas pernas se enrodilhando ao meu redor, me recebendo em casa.

O Novo Testamento fala tão pouco do amor sensual, e o pouco que tem é em grande parte Paulo exprimindo seu mais profundo desdém a respeito, tolerando-o como a uma fraqueza. Mas sinto no coração a certeza de que para Jesus não era assim. Ele falou de dois amantes se tornarem uma só carne. Ele mostrava compaixão para com prostitutas e adúlteras. Se Ele sentia isso com relação a quem levou o desejo sexual para o mau caminho, por que haveria de se desapontar com quem é feliz no casamento? Para mim, significa muito que o único milagre que Ele realizou por razões "não emergenciais", mas simplesmente por querer deixar as pessoas felizes, tenha sido num casamento. Sabemos até mesmo que Ele não tinha problema em ser acariciado por uma mulher, ou não teria permitido à mulher em *Lucas 7* beijar Seus pés e enxugá-los com o cabelo. (Isso é tão sensual quanto qualquer trecho do Livro dos Cânticos!) Imagino como teria sido a expressão no rosto d'Ele enquanto ela estava fazendo isso. Uma pintura religiosa à moda antiga sem dúvida O retrataria olhando duro para a frente, ignorando-a como se nada estivesse acontecendo. Mas Jesus não ignorava pessoas. Ele era terno e solícito com elas. Não teria feito nada que pudesse diminuí-la.

Sei que João diz: "Não ameis o mundo, nem as coisas do mundo. Porque tudo o que há no mundo: a concupiscência da carne, a concupiscência dos olhos e a soberba da vida, não procedem do Pai, mas do mundo. E o mundo passa, com as suas concupiscências; mas aquele que faz a vontade de Deus permanece eternamente." Mas aí ele está falando de outra coisa, de TODAS as coisas mundanas com que nos ocupamos, toda a bagagem de sermos seres de corpo físico. E acho também que João está sendo muito rígido com as pessoas. Ele presumia que a Segunda Vinda de Cristo aconteceria antes de sua morte – e poderia acontecer qualquer dia desses, talvez amanhã à tarde, e não séculos depois. Todos os primeiros cristãos pensavam isso, o que os deixava intolerantes com quaisquer atividades que não fossem insistentemente voltadas para o Paraíso. Mas Jesus entendia – Deus entende – que as pessoas têm uma vida inteira por viver antes de morrerem. Têm amigos, família e empregos, e crianças a gerar e criar, e amores a contentar.

Minha querida, sexy e maravilhosa mulher, sei que você está comigo em espírito, mas estou triste por seu corpo estar tão longe. Espero que quando vier a ler isso seja após uma longa noite de sono reparador e cheio de sonhos bons (e sem interrupções por parte do Joshua!). Em algumas horas ou dias a partir de agora, meu desejo de tocá-la ainda estará insatisfeito, mas espero trazer-lhe boas notícias em outro departamento.

Com amor,

Peter

Grainger saiu de seu veículo pestanejando, pronta para o encontro marcado. Ela ainda não mudara de roupa – ainda a mesma camisa e calça de algodão, a essa altura um tanto amarrotadas. Sua echarpe estava pendurada sem a menor arte ao redor do pescoço, salpicada de gotículas d'água de seu cabelo, todo eriçado, feito o pelo de um gato encharcado de chuva. Ele ficou imaginando se o alarme do relógio a arrancara repentinamente de um sono profundo e ela só tivera tempo de jogar um pouco de água no rosto. Talvez fosse falta de tato obrigá-la a levá-lo de novo tão pouco tempo depois. Mas, quando se separaram, ela enfatizara que estava a seu dispor.

– Desculpe se eu estiver sendo inconveniente – disse ele. Estava à sombra da ala de hóspedes da USIC, ao lado da saída mais próxima dos seus aposentos. Sua mochila estava pendurada em suas costas, já deslizante de suor.

– Não é inconveniente nenhum – disse ela. Seu cabelo úmido, exposto à atenta atmosfera, começou a emitir suaves e araneiformes nuvens de vapor. – E desculpe se na volta fui meio rabugenta. Esse negócio de paixão por religião sempre me assusta.

– Vou tentar não demonstrar paixão dessa vez.

– Eu falava do alienígena – disse ela, pronunciando a palavra sem dar o menor sinal de ter levado a sério a admoestação de Peter.

– Ele não quis te aborrecer.

Ela deu de ombros.

– Eles me dão arrepios. Sempre. Mesmo quando ficam calados e não chegam perto.

Ele saiu da sombra e ela deu um passo para longe do veículo, permitindo-lhe acessar o bagageiro que acabava de abrir para ele. O motor ronronava, pronto para partir.

– Você acha que eles te querem mal? – disse ele.

– Não, o problema é olhar para eles – disse ela, voltando o rosto para o horizonte. – Você tenta olhar para o rosto deles e parece que está encarando um monte de entranhas.

– Se eu mesmo pensei em fetos...

Ela estremeceu.

– Ai, por favor!

– Bem – disse ele alegremente, se aproximando do veículo –, lá vamos nós começar com o pé esquerdo de novo.

De rabo de olho, ele observou Grainger medindo a mochila que acabava de retirar dos ombros. Ela teve que olhar duas vezes para acreditar que aquela era sua única bagagem.

– Você parece que está indo fazer trilha na montanha, com essa mochilinha nas costas.

Ele abriu um sorriso enquanto atirava a mochila no bagageiro.

– *Valderi!* – cantou ele em tom de barítono, de brincadeira. – *Valdera! Valderi! Valdera-ha-ha-ha-ha...*

– Agora você está fazendo pouco de um ídolo meu – disse ela, pondo as mãos na cintura.

– Como é?

– Bing Crosby.

Peter olhou para ela, admirado. O sol ainda estava bem próximo ao horizonte, e Grainger era uma silhueta recortada diante dele, seus braços dobrados formando triângulos de luz rosada.

– Hã... – disse ele. – O Bing Crosby também cantava "The Happy Wanderer"?

– Pensei que fosse uma música dele – disse ela.

– É uma antiga música folclórica alemã – disse ele.

– Não sabia – disse ela. – Achei que fosse do Bing. Ano passado não parava de tocar.

Ele coçou a parte de trás da cabeça, desfrutando da bizarrice que o cercava naquele dia: o céu interminável com seu sol descomunal, o parquinho sob o gazebo, seus estranhos novos paroquianos à espera de uma dose do Evangelho, e essa controvérsia a respeito da autoria de "The Happy Wanderer". O ar aproveitou-se de seu braço levantado para encontrar novos pontos de penetração em sua roupa. Cachos de atmosfera lambiscavam suas saboneteiras suadas, se enroscavam em seus mamilos, contavam suas costelas.

– Eu não sabia que Bring Crosby tinha voltado à moda – disse ele.

– Artistas como ele estão além de moda – declarou Grainger, sem disfarçar seu fervor. – Ninguém aguenta mais *dance music* descerebrada, nem rock sujo e vulgar. – Ela imitou um astro de rock arrogante tocando um acorde em sua guitarra fálica. Apesar do desdém contido no gesto, Peter o achou atraente: seu braço fino, ao ferir as cordas da guitarra invisível, empurrou seu busto para fora, fazendo-o recordar do quanto era macia e maleável a pele do seio feminino. – As pessoas já estão de saco cheio disso. Querem algo com classe, algo que tenha passado no teste do tempo.

– Sou totalmente a favor – disse ele.

Uma vez que estavam os dois devidamente selados dentro do carro, dirigindo na direção do deserto, Peter levantou de novo o assunto da comunicação.

– Você escreveu para a minha mulher – disse ele.

– Sim, mandei-lhe uma mensagem de cortesia. Para informá-la de que você chegou bem.

– Obrigado. Eu também tenho escrito para ela, sempre que posso.

– Legal da sua parte – disse ela, olhos perdidos no horizonte indiferenciado.

– Você tem certeza de que é mesmo impossível que eu consiga que um Tubo funcione no assentamento dos oasianos?

– Eu já disse, eles não têm eletricidade.

– Não há jeito de o Tubo operar com bateria?

– Claro que há. É possível escrever nele em qualquer lugar. Pode escrever um livro inteiro, se quiser. Mas, para mandar mensagens, você precisa mais do que uma máquina que acenda quando você liga a luz. Você precisa de uma conexão com o sistema da USIC.

– Não tem um... não sei bem como chamar isso... um retransmissor? Uma torre de sinal? – As palavras já lhe pareciam disparatadas no momento em que as pronunciava. O território que se estendia por uma grande distância à frente deles era árido e inóspito.

– Nada – respondeu ela. – Nunca precisamos de nada do gênero. Você tem que lembrar que o assentamento original era bem do lado da base.

Peter suspirou, apoiando a cabeça com força no encosto do banco.

– Vou sentir falta de me comunicar com Bea – disse ele, meio de si para si.

– Ninguém está insistindo para você ir morar com essas... pessoas – lembrou-lhe Grainger. – A escolha é sua.

Ele continuou calado, mas sua objeção silenciosa parecia que tinha sido escrita no para-brisa à frente deles em grandes letras vermelhas: É DEUS QUEM DECIDE ESSAS COISAS.

– Eu *adoro* dirigir – ajuntou Grainger após um ou dois minutos. – Me relaxa. Eu poderia te levar e buscar a cada doze horas, sem problemas.

Ele fez que sim com a cabeça.

– Você poderia ter contato diário com sua mulher – prosseguiu ela. – Poderia tomar banho, almoçar e jantar...

– Sei que essas pessoas não vão me deixar passar fome nem ficar sujo – disse ele. – Para mim, aquele que veio falar conosco parecia bem limpo.

– Você que sabe – ela disse, pisando no acelerador. De um leve tranco foram impelidos para a frente, e uma certa quantidade de terra úmida foi arremetida para trás.

– Não sou eu que sei – disse ele. – Se fosse para fazer o que sei, teria aceitado sua generosa oferta. Preciso pensar no que é melhor para essas pessoas.

– Só Deus sabe – murmurou ela. E então, percebendo o que tinha acabado de falar, agraciou-o com um enorme sorriso de quem tinha sido pega no pulo.

A paisagem não ficara mais colorida nem variada agora que o sol nascera completamente, mas tinha sua própria beleza sóbria, em comum com todo panorama amplo do gênero, fosse ele mar, céu ou deserto. Não havia montanhas nem colinas, mas a topografia tinha leves gradientes, estampados com ondulações similares às de desertos com ventos fortes. As flores que pareciam cogumelos – a tal "flor branca", pelo que ele supunha – brilhavam forte.

– O dia está lindo – disse ele.

– Aham – disse Grainger, distraidamente.

A cor do céu era elusiva; as gradações, sutis demais para o olhar discerni-las. Não havia nuvens, embora de vez em quando um pedaço de atmosfera cintilasse e ficasse ligeiramente embaçado por alguns segundos, antes de, tremulando, retornar à transparência. Das primeiras vezes em que Peter observou esse fenômeno, ficou olhando atentamente, esforçando-se para entendê-lo, ou quem sabe apreciá-lo. Mas aquilo só lhe deu a sensação de que seus olhos estavam falhando, e ele logo aprendeu a desviar o olhar para algum outro lugar assim que o ar começava a tremular. A terra escura, úmida e salpicada de flores claras, com sua ausência de estradas, era a vista mais relaxante para os olhos.

No todo, porém, ele tinha que admitir que o cenário dali não era tão bonito quanto os que vira em, bem, muitos outros lugares. Suas expectativas eram de paisagens estupefacientes, cânions envoltos em névoa, pântanos tropicais fervilhando de animais silvestres exóticos e inéditos. De repente, ocorreu-lhe que aquele mundo era um tanto sem graça comparado com o seu. E esse pensamento tão pungente inundou-o de amor pelas pessoas que moravam ali e não conheciam outra coisa.

– Acabo de perceber uma coisa – disse ele a Grainger. – Não vi nenhum animal. Só alguns insetos.

– Sim, a diversidade aqui é meio... baixa – disse ela. – Não há muito o que colocar num zoológico.

– Esse mundo é grande. Talvez só estejamos em uma parte meio vazia dele.

Ela fez que sim.

– Sempre que vou ao C-2, posso jurar que há mais insetos lá do que na base. Também dizem que há algumas aves. Eu nunca os vi. Mas Tartaglione vivia indo ao C-2, e me disse que uma vez viu pássaros. Talvez fosse alucinação dele. Morar no deserto pode ter efeitos assustadores sobre o cérebro.

– Vou tentar conservar meu cérebro em condições razoáveis – prometeu ele. – Mas sério: o que você acha que aconteceu com ele, na verdade? E com o Kurtzberg?

– Não faço ideia – disse ela. – Os dois simplesmente sumiram.

– Como sabe que não morreram?

Ela deu de ombros.

– Eles não sumiram da noite para o dia. Foi meio que gradual. Eles voltavam cada vez menos à base. Foram ficando... distantes. Não queriam ficar por perto. Tartaglione era um sujeito bem gregário. Talvez fosse meio falastrão, mas eu gostava dele. Kurtzberg também era simpático. Capelão do exército. Costumava rememorar os tempos em que a esposa era viva; era um desses viúvos sentimentais que nunca casam de novo. Era como se quarenta anos atrás fosse ontem para ele, como se ela nunca tivesse morrido. Como se ela simplesmente estivesse demorando para se vestir e fosse chegar logo. Meio triste, mas tão romântico.

Observando seu rosto transfigurado pela tristeza da lembrança, Peter sentiu uma pontada de ciúmes. Talvez fosse infantilidade sua, mas queria que Grainger o admirasse tanto quanto admirava Kurtzberg. Ou mais.

– O que você achava do ministério dele? – perguntou ele.

– Ministério?

– Como ele era? Enquanto pastor?

– Não saberia dizer. Ele estava aqui desde o começo, desde antes de eu chegar. Ele... aconselhava quem quer que estivesse com problemas para se ajustar. Nos primeiros dias, havia pessoas que não se encaixavam muito bem aqui. Acho que Kurtzberg tentava aconselhá-las nas crises. Mas não adiantou de nada, elas acabaram se mandando mesmo. Então, no fim, a USIC resolveu fazer um processo de seleção mais rígido. Cortar o desperdício.

O resplendor tristonho tinha ido embora; o rosto dela estava neutro de novo.

– Ele deve ter se sentido um fracasso – insinuou Peter.

– Não passava essa imagem, não. Ele era animado. E quando Tartaglione chegou, ficou mais ainda. Os dois se davam muito bem, eram uma dupla e tanto. Faziam sucesso com os alienígenas, os nativos, seja lá como você quer chamá-los. Fizeram grandes progressos. Os nativos estavam aprendendo inglês, Tartaglione estava aprendendo... sei lá o quê. – Nesse momento, um par de insetos se esborrachou contra o para-brisa. Um líquido marrom se espalhou pelo vidro. – E então deu alguma coisa neles.

– Talvez tenham pego alguma doença?

– Não sei. Sou farmacêutica, não médica.

– E por falar nisso... – disse Peter. – Trouxe mais drogas para dar aos oasianos?

Ela franziu a testa.

– Não, não tive tempo de assaltar a farmácia. Você precisa de autorização para pegar esse tipo de coisa.

– Tipo morfina?

Ela inspirou profundamente.

– Não é o que você está pensando.

– Eu não disse o que estou pensando.

– Está pensando que estamos distribuindo narcóticos. Não é isso. As drogas que damos são remédios. Antibióticos, anti-inflamatórios, analgésicos simples. Confio que estejam sendo usados para a finalidade correta.

– Não quis acusá-la de nada – disse ele. – Estou só tentando ter uma ideia do que essas pessoas têm ou não têm. Elas não têm hospitais, então?

– Acho que não. Tecnologia não é o forte deles.

– Então você diria que são primitivos?

Ela deu de ombros.

– Acho que sim.

Ele recostou a cabeça e repassou tudo o que já sabia sobre seu rebanho até o momento. Só tinha conhecido um deles, uma amostragem bem pequena para qualquer estudo que fosse. A pessoa vestia um manto e capuz que pareciam feitos à mão. Suas luvas e botas...? Também deviam ter sido feitas à mão, embora num estilo mais sofisticado. Deviam precisar de uma máquina para costurar couro tão bem. Ou talvez tivessem dedos firmes.

Ficou rememorando a arquitetura do assentamento. Em matéria de complexidade, estava um nível acima de cabanas de terra batida ou dolmens, mas não era exatamente tecnologia de ponta. Dava para imaginar cada tijolo sendo feito à mão, sendo cozido em fornos rudimentares, depois assentado no lugar por puro esforço humano – ou inumano. Podia ser que dentro das casas, sem que Grainger e seus colegas soubessem, houvesse todo tipo de maravilha mecânica. Ou talvez não. Mas uma coisa era certa: eletricidade não havia, e não haveria nenhuma tomada onde plugar um Tubo.

Ficou imaginando como Deus se sentiria caso ele anunciasse ali no carro que precisava desesperadamente saber se Bea havia escrito para ele, e que, sendo assim, Grainger precisava dar meia-volta com o veículo e levá-lo de volta à base. A Grainger pareceria uma demonstração de falta de fibra. Ou talvez ela fosse ficar comovida pela força do seu amor. Por outro lado, talvez o que parecia um passo para trás na verdade fosse a mão de Deus atuando, Deus usando esse aparente atraso para colocá-lo no lugar certo, na hora certa. Ou seria apenas ele lutando para encontrar uma explicação teológica para sua falta de coragem pessoal? Estava sendo testado, não havia dúvidas, mas qual seria a natureza do teste? De ter a humildade de aparentar fraqueza aos olhos de Grainger, ou de ter a força de insistir em seguir adiante?

Ah, Senhor, orou ele. *Sei que é impossível, mas queria poder saber se Bea já respondeu a minha mensagem. Queria poder fechar os olhos e ler as palavras que ela escreveu para mim, aqui mesmo neste carro.*

– Ok, Peter, é sua última chance – disse Grainger.

– Última chance?

– De ver se tem alguma mensagem da sua esposa.

– Não entendi.

– Tem um Tubo neste veículo. Ainda estamos no alcance da base da USIC. Mais cinco ou dez minutos dirigindo e a gente vai perder a recepção.

Ele sentiu o rosto corando e um sorriso bobo brotando, tão grande que suas bochechas chegaram a doer. Sentiu vontade de abraçá-la.

– Sim, por favor!

Grainger parou o veículo, mas não desligou o motor. Ela abriu um compartimento no painel e puxou de lá um dispositivo fino de plástico e aço, que, desdobrado, revelou-se um monitor e um teclado em miniatura. Ele exclamou algo inarticulado com a surpresa e a admiração que eram esperadas num momento como aquele. Houve uma breve confusão a respeito de quem iria se responsabilizar por ligar o aparelho, e seus dedos se tocaram atrás do console.

– Sem pressa – disse Grainger, recostando-se em seu banco e virando o rosto para a janela, demonstrando respeito por sua privacidade.

Por quase um minuto – sessenta agonizantes segundos –, nada se manifestou no Tubo exceto por uma promessa computadorizada de que a busca estava em andamento. Então a tela se encheu de cima a baixo com palavras desconhecidas: as palavras de Bea. Graças a Deus, ela havia respondido.

Querido Peter, escreveu ela.

Estou no andar de cima, em nosso escritório. São seis da tarde, ainda dia claro, na verdade um tempo melhor do que fez o dia todo. O sol está num ângulo baixo, com um tom suave, amarelo amanteigado, e está batendo direto naquele quadro de colagens que Rachel & Billy & Keiko fizeram para mim. Hoje em dia essas crianças devem ser adolescentes, mas o maravilhoso retrato que fizeram da arca e seus bichos ainda é tão bonito e criativo quanto na época em que foi feito. Os pedacinhos de lã laranja que Rachel usou para fazer a juba do leão nunca deixam de me encantar, especialmente quando estão iluminados pelo sol da tarde, que nem agora. Uma das girafas está com o pescoço caído, no entanto; vou ter que colá-lo de volta no lugar.

Acabei de voltar do trabalho – feliz demais em poder sentar de novo. Ainda muito cansada para ir para o chuveiro. Sua mensagem estava à minha espera quando corri aqui até aqui para ver se havia alguma.

Entendo perfeitamente que você esteja ansioso para viver entre os oasianos. É claro que Deus está com você e você não precisa se demorar sem necessidade. Mas tente não deixar de lado o bom senso! Lembra daquele sueco louco do nosso grupo de estudos bíblicos que resolveu se dedicar a Jesus? Ele disse que tinha tanta fé no Senhor que podia simplesmente ignorar a ordem de despejo que recebera, e Deus daria um jeito de prorrogar o prazo no último minuto! Dois dias depois ele estava na nossa porta com um saco de lixo cheio de pertences pessoais... Não estou querendo insinuar que você seja doido feito ele, apenas relembrando que o lado prático não é o seu forte e que coisas ruins podem acontecer a cristãos mal-preparados da mesma forma como acontecem a qualquer outra pessoa. Precisamos procurar um equilíbrio entre a confiança que temos de que o Senhor proverá e a demonstração do devido respeito para com a dádiva da vida e o corpo que recebemos emprestado.

O que significa que, quando você for morar com seu novo rebanho, por favor certifique-se de levar (1) alguma forma de pedir ajuda se estiver em perigo, (2) um suprimento emergencial de água e comida, (3) REMÉDIOS ANTIDIARREIA, (4) as coordenadas geográficas da base da USIC e do assentamento oasiano, (5) uma bússola, é claro.

Peter deu uma olhada para o lado de Grainger, para ver se por acaso ela estava lendo por cima de seu ombro. Mas ela ainda olhava pela janela, fingindo estar profundamente interessada na paisagem. Suas mãos estavam juntas, mas não apertadas, sobre o colo da túnica. Mãos pequenas, torneadas, com dedos pálidos, unhas curtas.

Ele sentiu vergonha, pois, afora uma garrafa de água verde enchida na torneira, ele não tomara nenhuma das precauções que Bea estava lhe mandando tomar. Nem mesmo os antidiarreicos que ela comprara especialmente para ele. Mal teriam feito peso em sua mochila, e ainda assim ele os tirara. Por que tirara? Será que estava sendo tão imprudente quanto o sueco maluco? Talvez estivesse se abandonando a um orgulho teimoso com sua bagagem mínima, sua declaração de propósito único: duas Bíblias (versão rei Jaime e a versão New Living Translation, 4ª edição), meia dúzia de marca-textos indeléveis, caderno, toalha, tesouras, rolo de fita adesiva, pente, lanterna, porta-documentos com fotografias, camiseta, cuecas. Ele fechou os olhos e orou: *Será que fiquei embriagado da minha própria missão?*

A resposta veio, como muitas vezes, na forma de uma sensação de bem-estar, como se uma substância benévola estivesse começando a fazer efeito em sua corrente sanguínea.

– Você está dormindo? – perguntou Grainger.

– Não, não, só estava... pensando – disse ele.

– Aham – fez ela.

Ele voltou à mensagem de Bea, e Grainger voltou a estudar o vazio agreste.

Joshua está me ajudando a digitar, como sempre: deitado entre o teclado e o monitor, as patas traseiras e a cauda tapando as teclas superiores. As pessoas me acham pedante quando escrevo números por extenso, ou escrevo "libras" em vez de "£", mas o fato é que preciso remover um gato em coma toda vez que quero alcançar as teclas dos símbolos. Acabei de empurrá-lo agora e Joshua fez aquele ronrono de impaciência que costuma fazer. Noite passada, ele dormiu direto, não deu um pio (mas ronronou um pouco). Talvez esteja finalmente se adaptando à sua ausência. Quem me dera conseguir também! Mas não se preocupe, estou me virando e tocando a vida.

A tragédia das Maldivas saiu de pauta. Ainda se veem artigos pequenos nas páginas secundárias dos jornais, e alguns anúncios de obras beneficentes conclamando doações, mas as primeiras páginas e a cobertura do horário nobre (pelo que tenho visto nos vídeos que acesso do celular) estão tratando de outras coisas. Um congressista americano acaba de ser preso por matar a esposa a tiros. À queima-roupa, com uma espingarda, na cabeça, enquanto ela estava nadando na piscina particular deles com o amante. Os jornalistas devem estar aliviados - com as Maldivas, eles tinham que evocar o quanto era horrível mas mantendo a compostura, enquanto nesse assassinato podiam perder completamente a linha. A cabeça da mulher foi despedaçada do queixo para cima, e seus miolos (detalhes sórdidos!) ficaram boiando na água. O amante também foi baleado, no abdômen ("possivelmente o alvo era a virilha"). Vários artigos suplementares sobre o congressista, sobre sua história de vida, conquistas, foto da formatura etc. A esposa (quando ainda tinha cabeça) tinha exatamente a aparência esperada: glamourosa, meio irreal.

Mirah e o marido estão se dando muito melhor agora. Encontrei-a por acaso no ponto de ônibus e ela estava toda risonha, quase faceira. Não voltou a tocar no assunto de se converter ao cristianismo, só falou do tempo (tem chovido a cântaros de novo). Só ficou séria quando falou das Maldivas. A maioria dos ilhéus eram muçulmanos sunitas; a teoria de Mirah é que devem ter desagradado a Alá "fazendo coisas sujas com turistas". Uma moça muito confusa, mas estou feliz que não esteja mais em crise e vou continuar a orar por ela. (Vou orar por sua Coretta também.)

Por falar em muçulmanos, sei que eles consideram um terrível pecado jogar fora exemplares antigos ou danificados do Corão. Bem, estou prestes a cometer um pecado similar. Sabe a caixa de papelão cheia de Novos Testamentos que tínhamos na sala de frente para a rua? Parece que vou ter de jogá-los fora. Posso imaginá-lo chateado com essa notícia, já que acabou de me contar como os oasianos estão com sede de Evangelho. Mas tem havido enchentes. Caiu uma chuva insana, não parou por cinco horas, parecia cachoeira. As calçadas pareciam rios; o esgoto simplesmente não é feito para engolir esse volume de água. Agora está tudo bem, na verdade o tempo está ótimo, mas metade das casas da nossa rua sofreu algum estrago. Em nosso caso, são só alguns pedaços de carpete encharcados, mas infelizmente os livros estavam bem em cima de um desses pedaços e demorou algum tempo até eu perceber que estavam absorvendo a água toda. Tentei secá-los estendidos na frente do aquecedor. Que erro! Ontem eram Novos Testamentos, hoje são blocos de polpa de madeira.

De qualquer modo, não é problema seu. Espero que essa mensagem chegue a você antes de partir!

Bea

Peter inspirou fundo, reprimindo o nó em sua garganta.

– Tenho tempo para responder a ela? – perguntou.

Grainger sorriu.

– Eu devia ter trazido um livro.

– Vai ser rápido – prometeu ele.

Querida Bea, escreveu ele, e estancou. Seu coração batia forte, Grainger esperando, o motor ligado. Era impossível.

Não há tempo para uma "epístola" de verdade - pense nesta mensagem como um cartão-postal. Estou a caminho!

Com amor,

Peter

– Pronto, foi – disse ele, depois de apertar o botão. Suas palavras pairaram na tela menos tempo do que o normal; a transmissão foi quase instantânea. Talvez o ar livre fosse mais propício à função do Tubo, ou talvez tivesse algo a ver com o tamanho pequeno do texto.

– Sério? – disse Grainger. – Já acabou?

– Sim, acabei.

Ela atravessou o corpo à frente dele e recolocou o Tubo em seu nicho. Ele sentiu o cheiro do suor recente em suas roupas.

– Tudo bem – disse ela. – Agora é pé na estrada.

Falaram pouco durante o resto do trajeto. Haviam falado do essencial – ou concordado em não falar mais dele – e nenhum dos dois queria se despedir brigado.

O assentamento oasiano se revelou muito tempo antes de chegarem a ele. Com o dia claro, ele fulgurava, âmbar, sob a luz do sol. Não era exatamente magnífico, mas não de todo destituído de beleza. Uma torre de igreja faria muita diferença.

– Você tem certeza de que vai ficar legal? – disse Grainger, quando só lhes restava um par de quilômetros pela frente.

– Sim, tenho.

– Você pode ficar doente.

– Sim, posso. Mas ficaria surpreso se chegasse a morrer.

– E se você precisar muito voltar?

– Então o Senhor vai dar algum jeito de eu poder voltar.

Ela ruminou essa informação por alguns segundos, como se fosse um pedaço de pão seco.

– A próxima visita oficial da USIC, nosso compromisso comercial regular, é em cinco dias – disse ela, em tom eficiente, profissionalmente neutro. – São cinco dias *mesmo*, não dias segundo o seu relógio. Cinco ciclos de nascer e pôr do sol. Trezentas... – (Ela consultou o relógio no painel.) – ...umas trezentas e sessenta horas a partir de agora.

– Obrigado – disse ele. Pareceu-lhe falta de educação não tomar nota daquilo, nem que fosse na palma da mão, mas ele sabia perfeitamente que era incapaz de calcular a duração de trezentas e sessenta horas, quando ele dormiria e acordaria várias vezes durante aquele período. Teria que viver um dia depois do outro.

No trecho final, o C-2 parecia deserto. O veículo deles estacionou junto à construção mais externa do conjunto, no mesmo lugar que antes, marcado com a estrela branca. Exceto que agora a casa estava marcada com mais uma coisa: uma enorme mensagem recém-pintada em letras brancas de um metro de altura.

BEM-VINDO

– Nossa – disse Grainger. – Não sabia que eram capazes desse tipo de gesto.

Ela desligou o carro e abriu a porta. Peter saiu e foi buscar a mochila no bagageiro, colocando-a nas costas de forma que seus braços ficassem livres. Ficou pensando em qual seria a forma correta de se despedir de Grainger: um aperto de mão, um aceno cortês com a cabeça, um tchauzinho casual ou o quê.

A cortina cristalina que velava a porta mais próxima cintilou quando suas contas foram empurradas para dar passagem a alguém – uma figura encapotada, pequenina e solene. Peter não sabia distinguir se era a mesma pessoa da última vez ou não. Ele lembrava que o manto que o oasiano vestia era azul, enquanto o desse era de um amarelo pastel. Mal a primeira pessoa saíra à luz e outra pessoa veio atrás dele, separando as contas com suas luvas delicadas. O manto desse era verde-claro.

Um a um, os oasianos foram saindo da casa. Todos eles trajavam capuzes e luvas, tinham constituição delicada e calçavam as mesmas botas de couro macio. Seus mantos eram todos idênticos, mas era difícil ver uma cor repetida. Rosa, malva, laranja, amarelo, castanho, bege, lilás, terracota, salmão, melancia, oliva, cobre, musgo, roxo, pêssego, azul-bebê...

Eles chegavam sem parar, abrindo espaço para cada novo membro, mas permaneciam tão juntos que pareciam membros de uma só família. Em minutos, uma multidão de setenta ou oitenta almas se aglomerara, incluindo criaturas menores que eram evidentemente crianças. Seus rostos estavam quase todos à sombra, mas aqui e ali uma nesga de pele róseo-esbranquiçada espiava de baixo dos capuzes.

Peter olhava embasbacado para eles, tonto de exultação.

O oasiano mais à frente se voltou para o seu povo, alçou os braços e deu um sinal.

"*Óóóóó, Graaaa...*" cantaram eles, doce, aguda e limpidamente. As vogais flutuaram por cinco, dez segundos, sustentadas por tanto tempo que Peter interpretou aquilo como um som abstrato, sem relação com nenhuma linguagem ou melodia. Mas aí entraram mais consoantes – embora não perfeitas –, e o tom mudou: "...ꞩ*aaa* ꞩ*ubliiiime dooooo* ꞩ*enhooooor! Peeeerdiiiido fuuuui, eeeee meeeee eeeencooon*Ɣ*rooooou!*"

Em obediência síncrona a um gesto enérgico do oasiano mais à frente, todos pararam de uma vez só. Ouviu-se uma tomada de fôlego coletiva, um suspiro vezes setenta. Peter caiu de joelhos após reconhecer o hino: era o velho hino do evangelismo, o arquétipo da cafonice do Exército da Salvação, a epítome de tudo o que desprezava quando era um jovem delinquente cheirando carreiras de *speed* em tampas de privadas salpicadas de mijo, de tudo o que menosprezava quando ainda era corriqueiro acordar numa poça de vômito seco, de tudo o que achava detestável quando vivia de afanar bolsas de prostitutas, de tudo de que debochava, de que fazia pouco, quando ele mesmo não passava de um tóxico desperdício de espaço. *Perdido fui, e me encontrou.*

O maestro fez mais um gesto. O coral recomeçou.

II

SOBRE A TERRA

10

O dia mais feliz da minha vida

Peter estava suspenso entre o céu e a terra, em uma rede, seu corpo coberto de insetos azul-escuros. Não estavam se alimentando dele, apenas ficavam ali. Toda vez que se espreguiçava ou tossia, os bichos voavam ou pulavam para outro pedaço de pele, onde se aquietavam novamente. Ele não se importava. As pernas deles não faziam cócegas. Ficavam quietos.

Ele já estava acordado havia horas, descansando o rosto no braço erguido para que seus olhos ficassem alinhados com o horizonte. O sol estava nascendo. Era o fim de mais uma longa noite, sua quinta noite entre os oasianos.

Não que estivesse entre oasianos naquele minuto, estritamente falando. Estava sozinho em sua rede improvisada, pendurada alto entre dois pilares de seu templo. Seu templo em progresso. Quatro paredes, quatro pilares internos, sem telhado. Dentro não havia nada, exceto algumas ferramentas, rolos de corda, baldes de argamassa e braseiros a óleo. Naquele momento os braseiros a óleo estavam frios, bruxuleando à luz da alvorada. Longe de servir a qualquer propósito religioso, tinham uma função puramente prática – durante o longo período de escuridão, enquanto durasse o longo "dia" de trabalho, eram acendidos para iluminar o culto, e apagados novamente assim que o último oasiano tivesse ido para casa e o "pa[illegible]or Pe[illegible]er" estivesse pronto para se recolher.

Sua congregação trabalhava o mais rápido que podia para construir aquele lugar, mas não estavam junto com ele; ainda não. Ainda dormiam, supunha ele, em suas próprias casas. Os oasianos dormiam muito; se cansavam rápido. Trabalhavam por uma ou duas horas, e então, quer a tarefa tivesse sido árdua ou não, voltavam para casa e descansavam um pouco na cama.

Peter se espreguiçou em sua rede, lembrando-se de como eram aquelas camas, feliz por não estar deitado numa delas. Elas pareciam banheiras antigas, esculpidas a partir de uma espécie de musgo duro e denso, tão leve quanto madeira balsa. As banheiras eram forradas com diversas camadas de um material semelhante ao algodão, envolvendo o adormecido em um casulo macio e folgado.

Há trezentas horas, quando pela primeira vez Peter se sentira sucumbir ao cansaço após as grandes exultações de seu primeiro dia, uma cama daquele modelo lhe fora oferecida. Ele aceitara, em deferência à hospitalidade de seus anfitriões, e recebera muitos votos cerimoniosos de um bom descanso. Mas não conseguira pregar o olho.

Primeiro porque estava de dia, e os oasianos não sentiam a menor necessidade de escurecer seus dormitórios, posicionando seus berços bem embaixo dos raios de sol mais fortes. Ele entrara no seu ofuscado pelo sol, torcendo para perder a consciência por pura exaustão. Infelizmente, a própria cama era um obstáculo ao sono; a cama, para ser franco, era insuportável. Os cobertores felpudos logo ficaram encharcados de suor e vapor, exsudando um cheiro enjoativo de coco, e a banheira era ligeiramente menor que ele, embora fosse maior do que o modelo padrão. Suspeitava que tinha sido esculpida especialmente para ele, o que o encheu de determinação para se adaptar a ela, se pudesse.

Mas de nada valeu seu esforço. Além da cama absurda e da luz em excesso, havia também um problema sonoro. No primeiro dia, havia quatro oasianos dormindo próximo dele – os quatro que se chamavam Adorador de Jesus 1, Adorador de Jesus 54, Adorador de Jesus 78 e Adorador de Jesus 79 – e todos os quatro ressonavam altíssimo, compondo uma sinfonia bisonha de estertores e gorgolejos. Seus berços ficavam em outro cômodo, mas as casas oasianas não tinham portas de fechar, e ele ouvia cada respiração, cada fungada, cada viscosa engolida dos demais adormecidos. Na sua cama, em casa, estava acostumado à respiração quase inaudível de Bea e ao ocasional suspiro do gato Joshua, não a essa balbúrdia. Deitado na casa dos oasianos, ele se recordou de um episódio há muito esquecido de sua vida pregressa: a vez em que fora convencido a deixar as ruas por um agente social e colocado em um abrigo para dormir, a maioria dos frequentadores eram alcoólatras e adictos como ele. Também voltou a lembrança de escapulir de lá no meio da madrugada, de voltar à amargura das ruas, só para procurar um canto sossegado onde pudesse apagar a sós.

Então ali estava ele, em uma rede, suspenso em seu templo pela metade, a céu aberto, na quietude absoluta e desértica da alvorada oasiana.

Dormira um sono bom, profundo. Sempre tivera facilidade para dormir ao relento: legado de seus anos sem teto, talvez, quando ele apagava feito um comatoso em parques públicos e portarias, tão inerte que as pessoas por vezes o confundiam com um cadáver. Sem álcool, era um pouco mais difícil pegar no sono, mas não muito. Achava mais fácil lidar com a vaporosa e invasiva atmosfera de Oásis simplesmente se entregando a ela. Estar em um lugar fechado e, ainda assim, não isolado de verdade era o pior de dois mundos. As casas dos oasianos não eram vedadas e refrigeradas como a base da USIC; eram ventiladas por janelas abertas através das quais a sinuosa atmosfera se insinuava livremente. Havia algo de desconcertante em ficar deitado cheio de cobertas sobre uma cama, e ficar imaginando a todo minuto que o ar que o rodeava estava levantando seus cobertores com dedos invisíveis para se acomodar a seu lado. Muito melhor ficar totalmente exposto, não usando nada além de uma vestimenta de algodão. Depois de algum tempo, se estivesse com sono suficiente, você sentia como se estivesse reclinado em um ribeirinho raso, com a água fluindo suavemente ao seu redor.

Ao acordar naquele dia, ele notara que a pele dos seus braços, exposta, tinha ficado toda marcada pelos gomos em forma de diamante da rede. Adquirira uma aparência crocodiliana. Por um ou dois minutos, antes de as marcas desaparecerem, ele desfrutou da fantasia de ter virado um homem-lagarto.

Seus anfitriões haviam aceitado muito bem sua rejeição da cama tradicional. Naquele primeiro dia, várias horas após o início formal do sono comunitário, quando Peter já estava há um bom tempo sentado em seu berço, orando, pensando, se remexendo, bebericando água de sua garrafa plástica, passando o tempo antes de ousar ofender qualquer pessoa com sua fuga dali, ele sentiu uma presença entrar no cômodo. Era o Adorador de Jesus 1, o oasiano que o recebera tão bem daquela primeira vez. Peter pensou em fingir ter despertado assustado de um sono profundo, mas decidiu que uma dissimulação infantiloide daquelas não enganaria a ninguém. Ele sorriu e acenou com a mão.

O Adorador de Jesus 1 andou até o pé do berço de Peter e lá ficou, a cabeça curvada. Estava todo vestido em seu robe azulado, com direito a capuz, botas e luvas, mãos entrelaçadas em frente ao abdômen. A cabeça baixa e o capuz obscureciam seu rosto medonho, permitindo que Peter imaginasse traços humanos naquela sombra incógnita.

A voz do Adorador 1, quando saiu, foi em volume reduzido para não acordar os outros. Um som suave, contido, sinistro como um rangido de porta em uma casa distante.

– Voɷê eɷȣá orando – disse ele.

– Sim – sussurrou Peter.

– Eu ȣambém – disse o Adorador 1. – Orando para que Deuɷ ouɷa.

Os dois ficaram em silêncio por algum tempo. No cômodo adjacente, os demais oasianos continuavam roncando. Passado algum tempo, o Adorador 1 acrescentou:

– Reɷeio que minha oraɷão ɷe perca.

Peter repetiu a palavra confusa em sua cabeça várias vezes.

– Se perca? – ecoou ele.

– ɷe perca – confirmou o Adorador 1, separando as mãos. Com uma delas, apontou para cima. – Deuɷ mora lá. – Com a outra, ele apontou para baixo. – Oraɷão vai para cá.

– A oração não viaja no espaço, Adorador 1 – disse Peter. – Orações não *vão* a lugar nenhum; simplesmente *existem*. Deus está aqui conosco.

– Voɷê ouve Deuɷ? Agora? – O oasiano ergueu a cabeça em atenção pressurosa; a fenda em seu rosto fremia.

Peter estirou seus membros paralisados, repentinamente ciente de sua bexiga cheia.

– No momento, só ouço meu corpo me informando que preciso tirar água do joelho.

O oasiano fez que sim, e convidou-o a segui-lo com um gesto. Peter cambaleou para fora do berço e encontrou suas sandálias. Não havia banheiros nas moradias oasianas, até onde ele fora capaz de averiguar durante as primeiras cerca de vinte horas de sua visita. O lixo era jogado ao ar livre.

Juntos, Peter e o Adorador I saíram do dormitório. No quarto adjacente, passaram pelos outros adormecidos, deitados embrulhados em seus casulos, imóveis feito cadáveres exceto por suas ruidosas respirações. Peter andava na ponta dos pés; o Adorador I andava normalmente, o couro aveludado de suas botas sem fazer qualquer ruído no chão. Lado a lado venceram um corredor em arco, e passaram por uma cortina de contas para emergirem ao ar livre (se é que o ar em Oásis podia mesmo ser chamado de livre). O sol rebrilhou nos olhos inchados de Peter, e ele teve ainda mais certeza de como sua cama o deixara suado e coçando.

Olhando de novo para a construção de que saíra, ele percebeu que, desde a sua chegada, a atmosfera oasiana andara aplicando suas energias ao BEM-VINDO escrito na fachada, desgastando a fixação da tinta, transformando-a em uma espuma perspirante que naquele momento já escorria para o chão, as letras borradas em imitações de cirílico.

O Adorador I o viu olhando para os resquícios da mensagem.

– Palavra na parede logo ꙍome – disse ele. – Palavra na memória dura.

E tocou no próprio peito, como que para indicar onde a memória residia para sua espécie, ou talvez estivesse sinalizando que o sentia do fundo do coração. Peter fez que sim com a cabeça.

E o Adorador de Jesus I o conduziu pelas ruas (será que caminhos não pavimentados podiam ser chamados de ruas, se fossem largos o bastante?), adentrando mais o assentamento. Não havia mais ninguém à vista, nenhum sinal de vida, embora Peter soubesse que o tropel de gente que conhecera mais cedo devia estar em algum lugar por ali. As construções eram todas iguais. Oblongas e oblongas; âmbar e âmbar. Se esse assentamento e a base da USIC eram toda a arquitetura de Oásis, então neste mundo o refinamento estético não era apreciado e o funcionalismo era a máxima. Isso não deveria incomodá-lo, mas incomodava. Até ali, ele presumira que o templo que construiria naquele lugar deveria ser simples e despretensioso, para passar a mensagem de que o exterior não importa, apenas as almas lá dentro; mas agora estava inclinado a torná-lo uma visão deslumbrante.

A cada passo, ele ficava mais e mais desesperado para mijar, e ficou pensando se o Adorador I estava sendo desnecessariamente zeloso em encontrar-

-lhe um lugar particular onde se aliviar. Os oasianos não tinham a menor preocupação com privacidade, pelo menos não em matéria de toalete. Peter os vira expelindo seus dejetos em plena rua, livremente, sem ligar para o que deixavam para trás. Enquanto andavam pelo assentamento, solenemente concentrados no lugar a que se dirigiam, de repente, de trás de seus mantos, saía uma trilha de bolotas de excremento que se abatia sobre a terra: pelotinhas cinza-esverdeadas que não tinham cheiro e que, caso pisadas pelos outros, se desmanchavam em uma polpa farinhenta, feito suspiros. E aquelas fezes nem mesmo permaneciam muito tempo no chão. Eram levadas pelo vento, ou engolidas pela terra. Peter não vira nenhum oasiano expelir dejetos líquidos. Talvez não precisassem fazê-lo.

Já Peter precisava, e muito. Estava prestes a dizer para o Adorador I que precisavam parar agora mesmo, em *qualquer* lugar que fosse, quando o oasiano se deteve diante de uma estrutura circular, o equivalente arquitetônico a uma lata de biscoito, mas do tamanho de um galpão. Seu telhado baixo estava coalhado de chaminés... não, funis – amplos funis com aparência de cerâmicos, feito vasos queimados no forno – todos apontados para o céu. O Adorador I conclamou Peter a entrar pela porta de contas. Peter obedeceu. Lá dentro, encontrou um sortimento desconjuntado de vasos, vasilhas e barris, um diferente do outro e todos feitos à mão, sendo alimentados por tubos que serpeavam desde o teto. Os recipientes estavam alinhados junto às laterais do recinto, deixando o centro livre. Um lago artificial, do tamanho de uma piscina de fundo de quintal das partes ricas de Los Angeles, cintilava repleto de água esmeralda clara.

– Água – disse o Adorador I.

– Muito... inteligente – elogiou Peter, tendo desistido da palavra "perspicaz" pois a achou muito difícil. Ver o laguinho e as dezenas de tubos suados de umidade o deixou ainda mais convencido de que estava prestes a se mijar.

– Não quiᔕ? – perguntou o Adorador 1, quando se voltaram para sair.

– Hã... – hesitou Peter, confuso.

– ᘔirar água para o ᔕeu joelho?

Por fim Peter entendeu que ocorrera um mal-entendido. "Tirar água do joelho"... essas colisões entre coloquial e literal, havia lido muito a respeito delas em relatos de expedições missionárias, e havia se prometido evitar ambiguidades a todo custo. Mas a aquiescência do Adorador 1 fora tão imediata e discreta que não vira nenhum indício de falha de comunicação.

– Com licença – disse Peter, adiantando-se com passos largos à frente do Adorador I, chegando ao meio da rua, onde arregaçou sua túnica e deixou a urina correr. Depois do que lhe pareceram minutos de xixi, ele se julgou pronto a encarar o Adorador I de novo. E, assim que o fez, o Adorador I soltou uma bola de excremento solitária no chão. Um gesto de respeito por um ritual impenetrável, tal como beijar um europeu o número de vezes correto na face correta.

– Agora, de novo, vo[illegible]ê dorme? – O oasiano apontou na direção de onde tinham vindo: na direção da banheira suarenta fedendo a coco na casa cheia de gente roncando.

Peter sorriu, sem dizer que sim, nem que não.

– Primeiro, me leve ao lugar onde vai ser o templo de vocês. Quero vê-lo de novo.

E, assim, ambos saíram do assentamento, caminhando pelo agreste até o terreno escolhido. Não havia nada construído ainda. O terreno estava marcado com quatro goivas no solo, para demarcar os quatro cantos da futura estrutura. E, dentro dessas demarcações, Peter rabiscara o projeto básico do interior, explicando aos setenta e sete agrupados ao seu redor o que as linhas representavam. Agora que ele vira o projeto de novo, o desenho sobre a terra nua, após muitas horas decorridas e com os olhos turvos de cansaço, ele as via como os oasianos deviam ter visto: goivas misteriosas e toscas em meio ao pó. Não estava se sentindo à altura da tarefa à sua frente: nem um pouco. Bea sem dúvida lhe diria que ele estava confundindo a realidade objetiva com o número de horas de sono que tivera, e é claro que estaria certa.

O terreno continha alguns outros vestígios da reunião dos Adoradores de Jesus. A pequena coalhada de vômito que um dos bebês oasianos havia regurgitado durante o primeiro sermão de Peter. Um par de botas especialmente feito para Peter como presente que era muitos centímetros menor do que seu pé (um erro que não pareceu ser motivo de constrangimento nem divertimento: apenas aceitação muda). Uma jarra d'água translúcida, cor de âmbar, quase vazia. Uma cartela de papel laminado (cortesia farmacêutica da USIC) da qual o último comprimido havia sido extraído. Duas almofadas dispersas, onde algumas crianças mais novas haviam cochilado quando a conversa dos adultos foi parar em reinos invisíveis longínquos demais.

Peter hesitou por alguns segundos, então foi buscar as almofadas e arrumou--as uma junto da outra. Então baixou até o chão, apoiando sua cabeça e seu quadril. Seu cansaço imediatamente começou a ser drenado de sua pele, como se estivesse penetrando pelo solo. Queria ficar sozinho.

– Voʗê eʗȣava inʗaȣiʗfeiȣo em noʗa cama – comentou o Adorador de Jesus 1.

A série sibilante na terceira palavra tornou-a ininteligível para Peter.

– Perdão, não ouvi direito o que você...?

– Voʗê eʗȣava... infeliʗ – disse o Adorador, apertando as luvas em punho com o esforço de encontrar uma palavra pronunciável. – Em noʗa cama, o ʗono não vinha.

– Sim, é verdade – admitiu Peter, com um leve sorriso. – O sono não vinha. – A ele parecia que a honestidade era a melhor política. Já haveria mal--entendidos suficientes sem criar mais deles com diplomacia.

– Aqui, o ʗono vai vir – observou o Adorador, indicando, com um aceno de sua mão enluvada, o espaço ao ar livre que os rodeava.

– Sim, aqui o sono vai vir para mim.

– Que bom – concluiu o oasiano. – ȣudo vai ficar bem.

Será que tudo ficaria bem? Parecia haver motivos para esperar que sim. Peter tinha um bom pressentimento a respeito do seu ministério naquele lugar. Já haviam acontecido pequenas bem-aventuranças por ali – pequenas, era verdade, não exatamente miraculosas, mas suficientes para indicar que Deus estava demonstrando especial interesse na forma como as coisas estavam se desenhando. Por exemplo, quando contara a história de Noé no Dilúvio (a pedido dos oasianos) e, no instante preciso em que as comportas dos céus se abriram nas Escrituras, começara realmente a chover. E além disso tinha havido aquela incrível ocasião, depois que todos haviam parado de trabalhar naquela noite e os braseiros haviam sido apagados e estavam todos juntos, sentados no escuro, quando ele recitara os versículos de Gênesis (novamente a pedido deles) e, no instante exato em que Deus dizia “Faça-se a luz”, o fogo em um dos braseiros reviveu, crepitante, banhando a todos em luz dourada. Coincidências, não havia dúvida. Peter não era supersticioso. Muito mais próximos de milagres de verdade, em sua opinião, eram as declarações sinceras de fé e comunhão dessas pessoas tão incrivelmente diferentes dele.

Por outro lado, houve algumas decepções. Ou não exatamente decepções, apenas falhas de comunicação. E ele não conseguia nem sequer entender por que aqueles encontros haviam gorado; ele não entendia o que ele não tinha entendido.

Por exemplo, as fotografias. Se ele tinha aprendido alguma coisa com o passar dos anos, é que a melhor – e mais rápida – forma de forjar intimidade com desconhecidos era mostrar-lhes fotos de sua esposa, de sua casa, de você mais jovem e paramentado com os modismos e cortes de cabelo de uma década passada, seus pais, irmãos e irmãs, seus bichos de estimação, seus filhos. (Bem, filhos ele não tinha, mas isso em si era um tema de conversa. "Filhos?", perguntavam as pessoas, como se estivessem esperando que ele tivesse guardado as melhores fotos para o final.)

Talvez o que estivesse errado em sua apresentação junto aos oasianos fosse o tamanho do grupo: grande demais. Setenta e poucas pessoas examinando suas fotos e passando-as adiante, quase todas elas contemplando uma imagem não relacionada com o comentário que ele estava fazendo no momento. Embora, para ser franco, as reações dos Adoradores de Jesus que estavam sentados bem ao seu lado, que tiveram a oportunidade de conectar cada imagem com sua explicação sobre ela, eram tão difíceis de compreender quanto as dos demais.

– Esta é minha esposa – dissera ele, extraindo a fotografia de cima do porta-documentos e entregando-a ao Adorador 1. – Beatrice.

– Bea♉ri☊ – repetiu o Adorador 1, contorcendo os ombros de esforço.

– O apelido dela é Bea – disse Peter.

– Bea♉ri☊ – disse o Adorador 1. Ele segurou a fotografia suavemente em seus dedos enluvados, em um ângulo estritamente horizontal, como se a pequena Beatrice posando em seu jeans cor de amora e suéter de caxemira falsa estivesse arriscada a escorregar para fora do papel. Peter ficou pensando se aquelas pessoas enxergavam no sentido convencional da coisa, já que não havia nada no rosto delas que ele identificasse como olho. Que não eram cegas, estava óbvio, mas... talvez não conseguissem decodificar imagens bidimensionais?

– Sua esposa – disse o Adorador 1. – Cabelo bem comprido.

– Naquela época, sim – disse Peter. – Agora está mais curto. – Ficou imaginando se cabelo comprido era atraente ou repulsivo para quem não tinha cabelo nenhum.

– Sua esposa ama Jesus?

– Claro.

– Que bom – disse o Adorador 1, entregando a fotografia para a pessoa a seu lado, que a acolheu como se fosse um sacramento.

– A próxima – disse Peter – é da casa em que moramos. Fica em uma cidade-satélite... hã... uma cidade não muito longe de Londres, na Inglaterra. Como vocês veem, nossa casa se parece muito com as casas ao seu redor. Mas por dentro, é diferente. Assim como uma pessoa pode parecer igual a todas ao seu redor, mas por dentro ser muito diferente por causa de sua fé no Senhor.

Peter olhou à sua volta para avaliar como sua símile estava sendo recebida. Dezenas de oasianos estavam ajoelhados em círculos concêntricos a seu redor, esperando solenemente que um dos cartões retangulares lhes fosse entregue. Exceto pelas cores de seus mantos e por ligeiras variações de altura, eram todos idênticos. Não havia nenhum gordo, nenhum musculoso, nenhum altão magricela nem nenhuma velha corcunda. Nem mulheres, nem homens. Apenas fileiras e fileiras de seres compactos e padronizados agachados na mesma pose, usando trajes de modelo idêntico. E, dentro de cada capuz, uma barafunda de carne coagulada que ele não conseguia, não podia, era simplesmente incapaz de traduzir num rosto.

– Agulha – disse a criatura chamada Adorador de Jesus 54, estremecendo. – Fila de agulha. Fila de... faca.

Peter não tinha ideia do que ele estava falando. A fotografia, que não mostrava nada além de um decrépito conjunto habitacional desativado e uma débil cerca de metal, foi passada adiante.

– E este aqui – disse ele – é nosso gato, Joshua.

O Adorador 1 contemplou a foto por quinze ou vinte segundos.

– Adorador de Jesus? – perguntou ele, por fim.

Peter riu.

– Ele não tem como adorar Jesus – disse ele. – Ele é um gato. – Esta informação foi respondida com silêncio. – Ele não é... Ele é um animal. Não sabe pensar... – A palavra “autoconscientemente” passou pela sua cabeça, mas ele a rejeitou. Para começo de conversa, tinha muitas consoantes sibilantes. – O cérebro dele é muito pequeno. Não consegue pensar no que é certo ou errado, ou no porquê de estar vivo. Só sabe comer e dormir.

Pareceu-lhe algo desleal de se dizer. Joshua era capaz de fazer muitas coisas além disso. Mas era verdade que era uma criaturinha amoral, e nunca havia se preocupado com o porquê de estar na Terra.

– Mas nós o amamos – acrescentou Peter.

O Adorador 1 fez que sim.

– ʒambém amamoʆ quem não ʒem amor por Jesuʆ. Maʆ eleʆ vão morrer.

Peter estendeu mais uma foto.

– Este aqui é o meu templo na minha terra natal. – Ele quase repetiu a piadinha de BG sobre não ganhar nenhum prêmio de arquitetura, mas conseguiu engolir as palavras. O que era necessário ali era transparência e simplicidade, pelo menos até ele descobrir qual era a daquelas pessoas.

– Agulha, é muiʒa agulha – disse um dos oasianos cujo número de Adorador de Jesus Peter ainda não havia aprendido.

Peter se inclinou à frente para olhar a foto de cabeça para baixo. Não havia agulha nenhuma à vista. Só a fachada feiosa e retangular do templo, que adquiria uma migalha de estilo com o arco pseudogótico no portão de metal na frente do prédio. Então ele percebeu as lanças no alto das grades.

– Precisamos deixar os ladrões de fora – explicou ele.

– ʒodo ladrão vai morrer – concordou um oasiano.

A próxima da fila era outra foto de Joshua, enrodilhado no edredom com uma pata escondendo os olhos. Peter passou a foto para trás da pilha e escolheu outra.

– Esse são os fundos do templo. Antigamente era um estacionamento. Era só concreto. Tiramos o concreto e colocamos terra no lugar. Pensamos que as pessoas poderiam vir andando até a igreja ou talvez achar uma vaga para estacionar na rua... – No momento mesmo em que falava, ele já percebia que metade do que dizia, talvez até mesmo tudo, devia ser incompreensível para aquelas pessoas. Ainda assim, ele não conseguia parar. – Foi arriscado. Mas deu certo... foi... levou ao sucesso. Levou a coisas boas. Nasceu grama. Plantamos arbustos e flores, até algumas árvores. Agora as crianças brincam lá atrás, quando faz calor. Não que faça calor muitas vezes lá de onde eu venho... – Estava tagarelando à toa. *Contenha-se.*

– Vo[illegible]ê onde?

– Perdão?

O oasiano ergueu a fotografia.

– Vo[illegible]ê onde?

– Não estou nessa – disse Peter.

O oasiano assentiu, entregando o retrato à pessoa ao seu lado.

Peter extraiu a próxima foto do porta-documentos. Mesmo se a atmosfera oasiana não fosse tão úmida, a essa altura ele já estaria suando.

– Este sou eu quando criança – disse ele. – Acho que foi tirada pela minha tia. Irmã da minha mãe.

O Adorador de Jesus 1 examinou a pose congelada de Peter aos três anos de idade. Nela, Peter era pequenino comparado ao que o rodeava, mas ainda chamava atenção em seu abrigo amarelo e luvas laranja, dando tchauzinho para a câmera. Era uma das poucas fotos de família encontradas na casa da mãe de Peter depois que ela morreu. Peter torcia para que os oasianos não pedissem para ver uma fotografia de seu pai, porque sua mãe havia destruído todas.

– Prédio bem grande – observou o Adorador 54. Ele falava da torre de apartamentos ao fundo da imagem.

– Era um lugar horrível – disse Peter. – Depressivo. E, além disso, perigoso.

– Bem grande – confirmou o Adorador 54, passando o cartão retangular para o próximo da fila.

– Mudamos para um lugar melhor pouco depois disso – disse ele. – Pelo menos, um lugar mais seguro.

Os oasianos fizeram um *humm* de aprovação. Mudar-se para um lugar melhor e mais seguro era um conceito que eles compreendiam.

Enquanto isso, as fotos já distribuídas circulavam pelo grupo. Um dos oasianos fez uma pergunta sobre a foto do templo de Peter. Na imagem, alguns dos membros da congregação estavam do lado de fora do prédio, esperando para passar pela porta azul. Um deles era Ian Dewar, o veterano do Afeganistão que se locomovia de muletas, tendo recusado a perna artificial ofertada pelo Ministério da Defesa porque valorizava qualquer oportunidade de falar sobre a guerra.

– O homem não Ȣem perna – observou o oasiano.

– Isso mesmo – disse Peter. – Houve uma guerra. A perna dele ficou muito machucada e os médicos tiveram que cortá-la fora.

– O homem morȢo agora?

– Não, ele está bem, está perfeitamente bem.

Deu-se um murmúrio de admiração e algumas exclamações de "O ᔕenhor ᔕeja louvado!".

– E este – disse Peter – é o dia do meu casamento. Eu e minha esposa Beatrice, no dia em que nos casamos. E vocês, têm casamento?

– Ȣemoᔕ casamento – disse o Adorador 1. A resposta era a de quem achava um pouco de graça? Era exasperada? Cansada? Meramente informativa? Peter não conseguiu apurar pelo tom. Não *havia* tom, pelo que ele conseguia distinguir. Somente o esforço de carnes exóticas para imitar a ação de cordas vocais.

– Ela me apresentou a Cristo – acrescentou Peter. – Ela me levou a Deus.

Isso provocou uma empolgação bem maior do que as fotos.

– ᔕua eᔕposa enconȢrou o Livro – disse o Adorador de Jesus Setenta e tantos. – Leu, leu, leu, leu anȢes de voᔕê. Aprendeu a Ȣécnica de Jesuᔕ. ᔕua eᔕposa veio a voᔕê e diᔕe, enconȢrei o Livro daᔕ Coisaᔕ EᔕȢranhaᔕ. Leia agora voᔕê. Não pereᔕeremoᔕ, maᔕ Ȣeremoᔕ a vida eȢerna.

Resumido assim, parecia mais com as propostas da serpente a Eva no Jardim do Éden do que com as alusões casuais de Bea ao cristianismo na ala hospitalar onde se conheceram. Mas era interessante o oasiano ter se esforçado tanto para citar João com tal precisão. Kurtzberg devia ter lhes ensinado aquilo.

– Foi Kurtzberg quem ensinou isso a vocês?

O Adorador de Jesus que falara não respondeu.

– Todo aquele que nele crê não pereça, mas tenha a vida eterna – disse Peter.

– Amém – disse Adorador de Jesus 1, e a congregação inteira murmurou identicamente. A palavra "amém" parecia piedosamente apropriada às suas bocas, ou seja lá qual parte do corpo utilizassem para falar.

– Amém.

– Amém.

– Amém.

A foto do casamento chegou a um oasiano de manto cor de oliva. Ele – ou ela? – estremeceu.

– Faca – disse o oasiano. – Faca.

Era verdade: no retrato, Peter e Bea seguravam juntos o cabo de uma enorme faca, prontos a cortar a primeira fatia de seu bolo de casamento.

– É um costume – disse Peter. – Um ritual. Foi um dia muito feliz.

– Dia feli[glyph] – ecoou o oasiano, em uma voz que mais parecia uma samambaia molhada sendo pisoteada.

Peter se mexeu em sua rede, dando as costas para o sol nascente. A luz laranja vulcânica estava ficando um pouco demais para ele. Ficou deitado de barriga para cima, encarando o céu e observando as imagens residuais roxas gravadas na retina dançarem na imensidão sem nuvens. Logo as imagens residuais desapareceram e o céu ficou dourado por inteiro. Seriam as alvoradas lá de casa assim tão douradas? Ele não conseguia lembrar. Lembrava de luz dourada batendo na cama, incendiando a pelagem de Joshua e as curvas expostas das pernas de Bea se a manhã estivesse quente e ela tivesse chutado os lençóis para fora. Mas isso não era a mesma coisa do que o céu ficar todo dourado; o céu fora do quarto deles devia ser azul, não devia? Ficou chateado consigo próprio por esquecer.

Havia tanta coisa para contar a Bea e ele anotara muito poucas. Na próxima oportunidade que tivesse de escrever uma carta, com certeza conseguiria, com a ajuda das anotações que rabiscara em seus cadernos, listar as coisas mais significativas que haviam acontecido nas últimas trezentas e sessenta horas. Mas ele deixaria escapar as nuances. Esqueceria os momentos silenciosos de intimidade que tivera com seus novos amigos, os vislumbres inesperados de compreensão em áreas de comunicação que ele presumira irremediavelmente bloqueadas. Talvez até se esquecesse de mencionar o céu dourado.

Seus cadernos estavam em sua mochila, em algum lugar lá embaixo. Talvez ele devesse tê-los deixado ali mesmo na rede, de forma que poderia rascunhar seus pensamentos e reflexões assim que lhe viessem à mente. Mas aí ele poderia se machucar com o lápis enquanto dormia, ou o lápis poderia cair pela rede no chão duro. O lápis poderia quebrar e estilhaçar seu grafite em um monte de pedaços, tornando-o inapontável. Peter queria muito bem aos seus lápis. Bem cuidados, continuariam a ser-lhe úteis quando todas as canetas esferográficas tivessem estourado, todas as hidrográficas secado e todas as máquinas tivessem dado defeito.

Além do mais, ele adorava as horas que passava em sua rede, livre de qualquer afazer. Quando estava no chão, trabalhando com seu rebanho, seu cérebro estava sempre em atividade, alerta para possíveis desafios e oportunidades. Cada encontro poderia acabar sendo crucial para o seu ministério. Nada podia ser desprezado. Os oasianos se achavam cristãos, mas sua compreensão dos ensinamentos de Cristo era extremamente fraca. Seus corações estavam repletos de uma fé amorfa, mas a suas mentes faltava compreensão – e eles sabiam muito bem disso. Seu pastor precisava estar bem concentrado a cada minuto, escutando-os, observando suas reações, procurando um vislumbre de iluminação em suas mentes.

E, num plano mais mundano, ele também precisava se concentrar no trabalho físico que o requisitava: carregar pedras, espalhar argamassa, cavar buracos. Quando o trabalho do dia já estava terminado, e os oasianos já haviam ido para casa, era uma delícia subir em sua rede e ter a certeza de que seria incapaz de levantar mais um dedo. Era como se a rede o catasse do rio das responsabilidades e o suspendesse num limbo. Não a ideia católica de limbo, é claro. Um limbo benévolo entre o trabalho de hoje e o de amanhã. Uma chance de ser um animal preguiçoso, dono de nada além da própria pele, estirado na escuridão, ou cochilando ao sol.

A malha com a qual sua rede fora tecida era apenas uma de muitas espalhadas pelo canteiro de obras. Redes eram o que os oasianos usavam para carregar tijolos. Eles traziam os tijolos de... de onde mesmo? De onde quer que os tijolos viessem. Então atravessavam o agreste até chegar ao templo. Quatro oasianos, cada um (ou uma?) com uma ponta da rede amarrada em seu ombro, marchavam solenemente, tal e qual carregadores de caixão, com uma pilha de tijolos presa na malha entre eles. Embora o terreno do templo não fosse muito longe do grupo principal de edificações – apenas longe o bastante para conferir-

-lhe o status necessário de local fora da ordem cotidiana – ainda assim era uma caminhada bem longa, imaginava Peter, caso você estivesse carregando tijolos. Não parecia haver nenhum transporte sobre rodas.

Peter achou aquilo um tanto inacreditável. Era evidente como a roda era elegante enquanto invenção, não era? Para ele, os oasianos, mesmo que nunca tivessem tido aquela ideia antes, teriam adotado a roda assim que a vissem sendo usada pelos funcionários da USIC. O estilo de vida pré-tecnológico era muito digno, ele não o estava diminuindo, mas com certeza ninguém, podendo escolher, preferiria transportar tijolos em redes de pesca.

Redes de pesca? Ele as chamara assim porque era com isso que pareciam, mas deviam ter sido projetadas para algum outro fim – talvez até mesmo especificamente para carregar tijolos. Não havia mais nada em que se usar redes ali. Não havia oceanos em Oásis, nenhum grande aquífero, e presumivelmente, nenhum peixe.

Nada de peixes. Ficou imaginando se isso causaria problemas de interpretação quando fosse tratar de certas histórias bíblicas fundamentais centradas em peixes. Havia tantas: Jonas e a baleia, o milagre dos peixes e pães, o fato de os discípulos da Galileia serem pescadores, toda a analogia sobre "pescadores de homens"... A parte de *Mateus 13* sobre o Reino dos céus ser como a rede que é lançada ao mar, apanhando toda qualidade de peixes... Até mesmo no capítulo que abria o *Gênesis*, os primeiros animais feitos por Deus tinham sido as criaturas marinhas. De quanto da Bíblia teria que desistir por ser intraduzível?

Mas não, ele não devia se deixar desalentar. Seus problemas nem originais eram; eram até mesmo previsíveis. Os missionários que foram à Papua Nova Guiné no século XX foram obrigados a encontrar uma solução para o fato de os nativos não saberem o que era uma ovelha, e de o equivalente local – porcos – não funcionar bem no contexto das parábolas cristãs, porque os papuas viam seus porcos como presas a serem abatidas. Aqui em Oásis ele enfrentaria desafios semelhantes e simplesmente teria que encontrar o melhor meio-termo possível.

No todo, até que ele e os oasianos estavam se comunicando muito bem.

Ele virou de bruços e olhou para o chão pelos buracos da rede. Suas sandálias estavam posicionadas lado a lado, retas, precisamente abaixo dele, no cimentado liso. O cimento oasiano mal carecia de arremate; espalhava-se quase que sozinho e secava com um acabamento acetinado, cuja sensação tátil era menos de concreto do que de madeira sem verniz. Mas tinha atrito suficiente para os oasianos não saírem escorregando com suas botas de couro macio.

Ao lado de suas sandálias repousava uma das poucas ferramentas do canteiro de obras: uma enorme colher, do tamanho de um... como ele poderia descrevê-la para Bea? Do tamanho de uma espada pequena? Bomba de bicicleta? Cassetete de polícia? De qualquer forma, não era feita nem de madeira, nem de metal, mas sim de uma espécie de vidro forte como aço. Sua função era mexer a argamassa no balde, impedindo-a de secar antes da hora. Na noite anterior – ou seja, há cinco ou seis dias –, antes de subir em sua rede para dormir, ele passara uns bons vinte minutos limpando a colher da argamassa, raspando-a com os dedos. Os resíduos estavam espalhados por toda a parte. Fizera um bom serviço, apesar do cansaço. A colher estava pronta para mexer argamassa mais um dia. Esse trabalho cabia ao pastor Peter, já que ele era a pessoa mais forte.

Ele sorriu ao pensar nisso. Nunca fora um homem especialmente forte. Na vida anterior, apanhava dos outros alcoólatras e era casualmente jogado no xadrez pela polícia. Certa vez, dera um jeito nas costas ao tentar carregar Bea até a cama. ("Estou gorda! Estou gorda!", gritara ela, para piorar o constrangimento generalizado quando ele foi forçado a deixá-la no chão.) Ali, entre os oasianos, ele era um potentado. Ali, ele ficava ao lado do balde de argamassa revolvendo seu conteúdo com a colherona, admirado pelos seres mais frágeis do que ele. Era ridículo, sabia disso, mas admitia que, apesar de tudo, era bom para o moral.

Aqui, a construção civil era um processo absurdamente simples, e, ainda assim, eficaz. O balde de argamassa, primitivo feito um caldeirão e revolvido à mão, era típico do nível de sofisticação. As paredes do templo iam tomando forma, mesmo sem infraestrutura esqueletal: nada de armações metálicas, nem de esquadrias de madeira. Os tijolos-losango eram simplesmente grudados aos alicerces e então um ao outro, camada após camada. Parecia um meio perigosamente simples de se erigir um prédio.

– E se cair uma tempestade? – perguntara ele ao Adorador de Jesus 1.

As partes superiores do rosto do Adorador 1 – as testas dos bebês, digamos – contorceram-se ligeiramente:

– ɤempeᏓɤade?

– E se vier um vento muito forte? Vai derrubar o templo, destruí-lo? – Peter soprou com força, fazendo barulho com os lábios, e agitou as mãos numa mímica de prédio desabando.

O rosto grotesco de Adorador 1 se contorceu um pouco mais, assumindo uma forma que talvez indicasse que achara graça, ou estava confuso, ou talvez não fosse nada.

– A liga nunca rompe – disse ele. – Liga for♉e, bem for♉e! O ven♉o é... – Ele levantou a mão e acariciou o cabelo de Peter, mal o tirando do lugar, para mostrar como o vento era ineficaz.

Aquele apaziguamento não era menos infantil do que o método de construção, mas Peter decidiu confiar que os oasianos sabiam o que estavam fazendo. O assentamento deles, se não tinha uma arquitetura exatamente admirável, parecia estável o suficiente. E tinha que admitir que a argamassa que ligava os tijolos era de fato incrivelmente forte. Quando você a espalhava, parecia mel, mas dentro de uma hora estava dura feito âmbar, e as juntas ficavam indestrutíveis.

Não se usavam andaimes para construir aquele templo, nem escadas, nem nada de metal ou madeira. Obtinha-se acesso às partes mais altas das paredes por um método que era, ao mesmo tempo, terrivelmente desajeitado e graciosamente prático. Amplos blocos esculpidos com musgo solidificado – o mesmo material usado para as camas dos oasianos – eram transformados em escadarias, empilhados no exterior da construção. Cada escada tinha cerca de dois metros de largura e a altura que fosse necessária; degraus a mais podiam ser acrescentados conforme o nível dos tijolos ia se afastando do chão. Nos últimos dias, as escadarias haviam crescido até ficarem com o dobro da altura de Peter, mas apesar de sua enormidade eram obviamente temporárias, uma estrutura da construção que não fazia mais parte da concepção final do que uma escada vertical. Eram até mesmo portáteis – mal e mal. Podiam ser movidas para o lado caso todos colaborassem. Peter havia ajudado a mexer uma escadaria várias vezes, e, embora não fosse capaz de estimar com confiança o quanto ela pesava devido à força muscular comunitária nela aplicada, ele não achava que era mais pesada que, digamos, uma geladeira.

A absoluta simplicidade da tecnologia o encantava. Certo, ela não seria adequada à construção de um arranha-céu ou uma catedral, a não ser que a área ao redor fosse capaz de acomodar uma escadaria do tamanho de um estádio de futebol. Mas para construir uma modesta igrejinha, era de um bom senso modelar. Os oasianos simplesmente subiam os degraus, cada um carregando um único tijolo. Então eles se detinham no topo da escadaria improvisada e voltavam os olhos (ou olho, ou fenda visual, ou seja lá o que for) para a camada superior da parede, avaliando-a como um pianista contemplando seu teclado antes do concerto. Então eles colavam o próximo tijolo no seu devido lugar, e desciam de novo.

De qualquer jeito que se olhasse, o método de trabalho era basicamente braçal. No momento mais atarefado do dia, havia talvez quarenta oasianos no terreno, e Peter tinha a impressão de que haveria ainda mais caso não houvesse o risco de um atrapalhar o outro. O trabalho se dava de forma ordenada, sem pressa, mas sem pausas – até cada oasiano chegar ao que visivelmente era o seu limite e ir para casa por algum tempo. Trabalhavam em silêncio na maior parte do tempo, conferenciando apenas quando havia algum novo desafio a superar, algum risco de algo dar errado. Não conseguia descobrir se estavam felizes. Tinha a intenção fervorosa de conhecê-los bem o suficiente para descobrir se estavam felizes.

Será que ficavam felizes quando cantavam? A lógica ditava que, se cantar fosse torturante para eles, eles não o fariam. Enquanto pastor, fora totalmente inesperado ser recebido com um grande coral entoando "Sublime Graça", e eles poderiam perfeitamente ter escolhido algum outro gesto de boas-vindas. Talvez precisassem de um canal para demonstrar sua alegria.

A felicidade era algo difícil de se apreender: era como uma mariposa camuflada que poderia ou não estar escondida na floresta à sua frente, ou poderia ainda ter voado para longe. Uma moça recém-convertida ao cristianismo certa vez lhe dissera:

– Se tu me visse ano passado, saindo pra beber com os amigos, a gente todo feliz, rindo pra cacete, a gente não parava nunca de rir, as pessoa virava a cabeça na rua pra saber qual era a graça, querendo tá no nosso lugar, a gente vivia doidão, se sentindo importante, e o tempo todo por dentro eu pensando: meu Deus do céu, tô tão sozinha, tô triste pra caralho, quero morrer, não aguento mais essa vida nem um minuto mais, sabe como é?

E além disso havia Ian Dewar, tagarelando sem parar a respeito do exército, reclamando dos unhas de fome e muquiranas que roubavam suprimentos essenciais das tropas, "compre seu próprio binóculo, cara, toma um colete à prova de balas pra dois dividirem, e se explodirem seu pé toma duas pilulinhas dessas porque não temos mais morfina pra vocês". Depois de ouvir um rame-rame desses por uns quinze minutos, sabendo que havia outras pessoas esperando pacientemente sua vez de falar com ele, Peter o interrompera:

– Ian, me perdoe, mas você não precisa ficar relembrando essas coisas. Deus estava lá. Ele estava lá com você. Ele viu o que aconteceu. Ele viu tudo.

E Ian tinha caído no choro, soluçando, e dissera que sabia disso, sabia disso, e é por isso que, lá no fundo, embaixo de todo aquele queixume e raiva, ele era feliz, feliz de verdade.

E além disso tinha Beatrice, no dia em que a pedira em casamento, um dia em que tudo o que podia dar errado dera errado. Ele fizera o pedido às 10 e meia da manhã, sob um calor desumano, quando estavam de pé junto de um caixa eletrônico na rua principal da cidade, onde haviam passado antes de ir comprar algumas coisas no supermercado. Talvez ele devesse ter se ajoelhado, porque o "Sim, vamos sim" dela veio num tom hesitante, sem romantismo, como se ela visse naquele pedido nada mais que uma solução pragmática para a inconveniência dos aluguéis caros. Então o caixa automático engolira o cartão de débito dela e ela tivera que entrar no banco para resolver o problema, o que ocasionara um bate-boca com o gerente e um episódio lamentável em que ela foi interrogada por meia hora como se fosse uma impostora tentando fraudar outra Beatrice cujo cartão afanara. Humilhada, Beatrice terminara seu relacionamento com o banco, furiosa e coberta de razão. Então foram às compras, mas só conseguiram bancar metade das coisas que estavam na lista e, quando saíram no estacionamento, descobriram que um vândalo tinha riscado toscamente uma suástica na lataria do carro. Se tivesse sido qualquer outra coisa que não uma suástica – um pênis, um palavrão, *qualquer coisa* – provavelmente teriam dado um jeito de viver com aquilo, mas com *aquilo* não tinham escolha a não ser repintar, e custaria uma fortuna.

E assim seguiu o dia: o celular de Bea ficou sem bateria, a primeira oficina a que foram estava fechada, a segunda estava lotada de serviço e não quis saber deles, uma banana que tentaram almoçar estava podre por dentro, uma tira da velha sandália de Bea arrebentou, obrigando-a a mancar, o motor do carro começou a fazer um barulhinho misterioso, uma terceira oficina lhes deu péssimas notícias quanto ao preço do serviço de pintura, além de chamar a atenção para o fato de seu escapamento estar enferrujado. No fim, demoraram tanto para voltar ao apartamento de Bea que as costeletas de carneiro que haviam custado os olhos da cara tinham mudado radicalmente de cor devido ao calor. Para Peter, aquela fora a gota d'água. Seu sistema nervoso foi tomado pela raiva; ele tomou da bandeja e dirigiu-se à lixeira, pronto a arremessá-la ali com toda a força que tivesse nos braços, para punir a carne por ser tão vulnerável à degeneração. Mas não fora ele quem pagara pela carne e conseguiu – por pouco – se controlar. Guardou os víveres na geladeira, jogou um pouco de água no rosto e foi atrás de Bea.

Foi encontrá-la na varanda, admirando o muro de tijolos que cercava seu bloco de apartamentos, um muro coroado de arame farpado e pontudos cacos de vidro. Suas faces estavam úmidas.

– Sinto muito – disse ele.

A mão dela agarrou a dele, e seus dedos se entrelaçaram.

– Estou chorando de felicidade – explicou ela, enquanto o sol se deixava esconder atrás das nuvens, a atmosfera amainava e uma brisa acariciava os cabelos de ambos. – Hoje é o dia mais feliz da minha vida.

11

Ele percebeu pela primeira vez que ela também era bonita

– Deuᔕ abenᔕoe noᔕᔕo enconȣro, paᔕȣor Peȣer – disse-lhe uma voz.

Ofuscado pelo sol, ele se voltou desajeitadamente, quase caindo da rede. O oasiano que se aproximava era uma silhueta contra o sol nascente. Peter só sabia que a voz não era a do Adorador de Jesus 54, a única voz a que ele era capaz de associar um nome sem outros indícios.

– Bom dia – respondeu ele. O "Deus abençoe nosso encontro" não queria dizer nada além disso. Os oasianos invocavam a bênção de Deus para tudo, o que ou queria dizer que entendiam a noção de bênção melhor do que a maioria dos cristãos, ou não entendiam nem um pouco.

– Vim conᔕȣruir noᔕᔕo ȣemplo de novo.

Duas semanas em meio àquelas pessoas haviam deixado os ouvidos de Peter afiados; ele entendeu imediatamente que "conᔕȣruir" era "construir" e "noᔕᔕo" era "nosso". Ele ponderou sobre a voz, associou-a ao manto amarelo--canário e disse:

– Adoradora de Jesus 5?

– ᔕim.

– Obrigado por ter vindo.

– Por Deuᔕ faᔕᔕo ȣudo, qualquer coisa, a qualquer hora.

Ao mesmo tempo em que ouvia a Adoradora 5 falar, Peter ficou pensando o que fazia essa voz ser diferente da do, digamos, Adorador 54. Não era o *som* dela, isso era certo. A maravilhosa variedade de vozes com que estava acostumado em seu planeta natal – ou mesmo na base da USIC – não existia entre os oasianos. Ali não havia sonoros barítonos nem sopranos esganiçadas, nem contraltos roufenhas nem tenores nervosos. Nenhum traço de genialidade nem de embotamento, de timidez ou agressão, de sangue-frio ou sedução, de arrogância ou humildade, de despreocupação ou pesar. Talvez, estrangeiro sem noção que era, ele não estivesse enxergando as nuances, mas tinha quase certeza de que não era o caso. Era como esperar que uma gaivota, melro ou pombo piassem diferentemente dos outros de sua espécie. Simplesmente não tinham sido equipados para isso.

O que os oasianos *conseguiam* fazer era utilizar a linguagem de formas distintas. O Adorador 54, por exemplo, usava de muita criatividade para evitar palavras que não conseguiria pronunciar, sempre conseguindo achar uma alternativa sem sibilantes. Essas evasões ("deitar na cama" em vez de "adormecer", "aclarar" em vez de "ensinar" e assim por diante) deixavam sua fala excêntrica, mas fluente, promovendo a ilusão de que ele estava totalmente à vontade com a língua alienígena. Diferentemente dele, a Adoradora de Jesus 5 não se incomodava em evitar coisa nenhuma; ela simplesmente tentava falar a língua humana convencional e, caso houvesse muitos sons de T e S nas palavras de que precisava, bem, não era problema seu. Por outro lado, ela fazia menos esforço para falar claramente do que outros oasianos – seus ombros não se contorciam tanto quando ela estava expelindo uma consoante – e isso às vezes dificultava a compreensão do que ela dizia.

Ela, ela, ela. Por que pensava nela como fêmea? Seria o manto amarelo-canário? Ou será que ele pressentiu alguma coisa, em um nível instintivo demais para ser analisado?

– Não há muita coisa que possamos fazer antes que os outros cheguem – disse ele, saindo da rede. – Você poderia ter dormido mais tempo.

– Acordo com medo. Medo de que vo[símbolo]ê vá embora.

– Embora?

– A USIC vai vir hoje – lembrou-lhe ela. – Levar vo[símbolo]ê para casa.

– A base da USIC não é a minha casa – disse ele, afivelando as sandálias. Enquanto o fazia, abaixado, ficou quase cara a cara com a Adoradora de Jesus 5. Ela era pequena para uma adulta. Se fosse uma adulta. Talvez fosse criança – não, isso não era possível. Talvez fosse velhíssima. Ele simplesmente não sabia. Sabia que ela era franca e direta, até mesmo para os padrões dos oasianos; que ela só conseguia trabalhar por vinte ou trinta minutos antes de deixar a obra; e que tinha algum parente que não era Adorador de Jesus, o que lhe causava tristeza, ou algo que ele interpretava como tristeza. Na verdade, ele nem sequer poderia dizer com certeza que esse não crente era parente de sangue dela; talvez fosse um amigo. E a sensação de tristeza era uma espécie de palpite da parte dele; os oasianos não choravam, suspiravam, nem cobriam o rosto com as mãos, de forma que ela deve ter dito alguma coisa que o levara a essa conclusão.

Ele tentou relembrar outras coisas sobre a Adoradora 5, mas não conseguiu. Infelizmente, assim era o cérebro humano: selecionava intimidades e percepções, permitindo que escoassem pela peneira da memória, até que apenas restassem umas poucas para contar a história, e talvez nem mesmo as mais significativas.

Ele precisava anotar mais coisas, da próxima vez.

– A USIC vai levar vo[illegible]ê – disse a Adoradora de Jesus 5. – [illegible]enho medo de vo[illegible]ê não vol[illegible]ar.

Ele foi andando até uma lacuna na parede que futuramente seria a porta, passou por ela, e postou-se à sombra de seu templo para aliviar-se no chão. O xixi estava saindo num laranja mais escuro do que o anterior, fazendo-o pensar se não estaria bebendo pouco líquido. Os oasianos bebiam de forma frugal e ele acabara fazendo o mesmo. Uma longa talagada de sua garrafa plástica assim que acordava, alguns goles em intervalos regulares durante o dia de trabalho, e era isso. Os oasianos reabasteciam sua garrafa sem alarde toda vez que ela chegava perto do fim, levando-a até o longínquo assentamento e trazendo-a de volta, mas ele não queria dar trabalho sem necessidade.

Haviam cuidado extremamente bem dele, de verdade. Um povo intensamente reservado, que passava a maior parte do tempo conversando baixinho com amigos próximos e familiares dentro de casa, e apesar de tudo haviam-no recebido de braços abertos. Metaforicamente. Não eram exatamente grandes apreciadores de contato físico. Mas a boa vontade para com ele era inequívoca. Ao longo de cada dia, enquanto ia trabalhando no canteiro de obras do templo, ele vislumbrava alguém cruzando o agreste para lhe trazer um presente. Uma travessa de globos fritos semelhantes a pastéis, uma tigela de grude morno temperado, um naco de algo farinhento e doce. Seus colegas de trabalho raramente comiam na obra, preferindo as refeições formais em casa; às vezes alguém era capaz de colher alguns botões de flor branca direto do chão, se tivessem acabado de brotar e estivessem suculentos. Mas as guloseimas cozidas, as pequenas oferendas, eram só para ele. Ele as aceitava com a mais sincera gratidão, porque sentia fome o tempo todo.

Agora, menos. Pouco inclinado a criar uma reputação de glutão, ele se acostumara, nas trezentas e sessenta e poucas horas passadas, a uma dieta de reduzido valor calórico, e reaprendera algo que sabia muito bem durante seus anos de dissipação: que um homem era capaz de sobreviver, e até mesmo de se manter em atividade, com pouquíssimo combustível. Caso fosse obrigado a isso. Ou estivesse bêbado demais para se importar. Ou – como era o caso agora – absorto em algo que o deixava feliz.

Quando ele voltou para perto da Adoradora 5, ela estava sentada no chão, as costas apoiadas em uma parede. Sua postura enrugara o manto, de forma que suas coxas finas e o espaço entre elas estavam descuidadamente expostos. Vislumbrando a nudez da Adoradora 5, Peter achou que detectara um ânus, mas nada que parecesse uma genitália.

– Me fale mais do Livro das Coisas Estranhas – disse ela.

Macho e fêmea Ele os criou, foi a frase que veio à sua cabeça.

– Você conhece a história de Adão e Eva? – perguntou ele.

– Deus abençoe todas as histórias do livro. São todas boas.

– Sim, mas você a conhece? Já a ouviu antes?

– Há muito tempo – admitiu ela. – Agora de novo.

– Você a ouviu de Kurtzberg?

– Sim.

– Por que Kurtzberg não está mais aqui para contar a história de novo, pessoalmente, a você? – Peter tinha feito a mesma pergunta de meia dúzia de maneiras diferentes desde que chegara ao assentamento, e ainda não tinha recebido uma resposta satisfatória.

– Pastor Kurtsberg foi embora. Ele nos deixou com sua falta. Como você vai embora. – Seu rosto fendido, em geral róseo e saudável, estava esbranquiçado e pálido em seus contornos complicados.

– Só vou embora por pouco tempo. Volto logo.

– Sim, fique com sua profecia, por favor. – Ela o disse sem sinal de brincadeira nem súplica, pelo que ele pôde averiguar. Ela era bem objetiva e, embora não falasse mais alto que os demais oasianos, enfática. Ou talvez ele só estivesse imaginando aquilo. Talvez estivesse imaginando tudo, percebendo diferenças que não estavam lá, em sua ânsia de compreender aquelas pessoas. Certa vez, ele e Bea haviam lido um artigo em uma revista que explicava que na verdade os gatos não eram indivíduos, apesar do que os donos gostavam de pensar. Todos os ruídos distintos e comportamentos excêntricos que o gato mostrava ao dono eram meros traços genéticos padrão presentes naquela sub-raça específica. Um artigo horrível, escrito por um jornalistinha cheio de empáfia que estava começando a ficar careca. Bea ficara completamente abalada com o texto. E era difícil deixar Bea abalada com qualquer coisa que fosse.

– Me diga uma coisa, Adoradora de Jesus 5 – disse Peter. – A pessoa que você ama que te deixa triste, aquela que não acredita em Jesus. Ela é seu filho?

– Meu... irmão.

– E você tem outros irmãos e irmãs?

– Um vivo. Um na Terra.

– E sua mãe e pai?

– Na Terra.

– Você tem filhos seus?

– Meu Deus, por favor, não.

Peter assentiu, como se entendesse. Sabia que não tinha esclarecido nada, e que ainda não tinha provas do gênero da Adoradora 5.

– Por favor, perdoe minha ignorância, Adoradora 5, mas você é macho ou fêmea?

Ela não respondeu, simplesmente inclinou a cabeça para o lado. Sua fenda facial não se contorcia, conforme ele notara, quando ela estava confusa: não era como a do Adorador de Jesus 1. Ele ficou pensando se isso queria dizer que ela era mais inteligente, ou simplesmente mais prevenida.

– Você acabou de se referir... você acabou de me contar do seu irmão. Você o chamou de irmão, não de irmã. O que o faz ser seu irmão e não irmã?

Ela pensou na pergunta por alguns segundos.

– Deus.

Ele tentou de novo.

– Se você se casasse com alguém, você seria a esposa ou o marido?

Ela ponderou novamente.

– Vou dizer que é a palavra marido – disse ela. – Porque a palavra e[glyph]posa é mai[glyph] difí[glyph]il de dizer.

– Mas se você conseguisse dizer "esposa" com mais facilidade, é isso que você diria?

Ela ajeitou a postura, para que o manto voltasse a cobrir sua virilha:

– Eu não diria nada.

– Na história de Adão e Eva – insistiu ele –, Deus criou o homem e a mulher. Macho e fêmea. Dois tipos diferentes de pessoa. Aqui também há dois tipos diferentes?

– [glyph]omo[glyph] [glyph]odo[glyph] diferen[glyph]e[glyph] – disse ela.

Peter sorriu e desviou o olhar. Sabia quando tinha sido derrotado. Através de um buraco na parede, que num futuro próximo seria uma linda janela de vitral, ele avistou, a distância, uma procissão de oasianos carregando redes cheias de tijolos.

Um pensamento lhe ocorreu e, junto com esse pensamento, a percepção de que não pedira a ninguém da USIC que lhe mostrasse o velho assentamento dos oasianos, aquele que tinham abandonado misteriosamente. Era um daqueles descuidos que Bea, se estivesse por lá, jamais teria cometido. A simples menção de um lugar chamado C-2 a teria deixado curiosa sobre o C-1. Sério, o que será que havia de errado com ele? Beatrice, nas raras ocasiões em que se exasperava com lapsos como esses, dizia que ele parecia ter "síndrome de Korsakoff". Era só de brincadeira, claro. Ambos sabiam que o álcool não tinha nada a ver com isso.

– Adoradora 5? – disse ele.

Ela não respondeu. Oasianos não gastavam palavras à toa. Mas era possível confiar plenamente no fato de estarem escutando, esperando você chegar à parte da pergunta que eles seriam capazes de responder.

– Quando Kurtzberg estava com você – continuou ele – no antigo... no assentamento em que moravam antes, aquele perto da base da USIC, vocês construíram um templo lá?

– Não – respondeu ela.

– Por que não?

Ela pensou por um bom momento.

– Não – disse ela.

– Onde vocês adoravam a Deus?

– PaᏜȣor KurȣᏜberg vinha em noᏜaᏜ casaᏜ – disse ela. – O dia inȣeiro, ele ia de uma casa para ouȣra casa e para ouȣra casa. FicamoᏜ eᏜperando por ele. EᏜperamoᏜ muiȣo ȣempo. Então ele chegava, lia o Livro, orávamoᏜ, e aí ele ia embora.

– É um jeito de fazer as coisas – disse Peter, diplomático. – Um bom jeito. O próprio Jesus disse: “Onde estiverem dois ou três reunidos em meu nome, aí estou eu no meio deles.”

– Nunca vimoᏜ JesuᏜ – disse a Adoradora 5. – ȣemplo é melhor.

Peter sorriu, incapaz de reprimir o orgulho. Achava sinceramente que uma igreja física seria, de fato, melhor.

– Mas onde Kurtzberg morava? – insistiu ele ainda. – Quer dizer, onde ele dormia, enquanto estava aqui com vocês? – Imaginou Kurtzberg enrodilhado em um casulo em forma de banheira, suando a noite inteira em seus pijamas finos. Pelo menos, como era baixinho, o pastor teria o tamanho certo para entrar numa cama oasiana.

– PaᏜȣor KurȣᏜberg ȣem carro – disse Adoradora 5.

– Carro?

– Carro grande. – Com as mãos, ela esboçou uma forma no ar: um retângulo tosco que não sugeria nenhum tipo de veículo em especial.

– Você quer dizer que ele simplesmente ia embora de carro para passar a noite... hã... para dormir na base da USIC?

– Não. Carro ȣem cama. Carro ȣem comida. Carro ȣem ȣudo.

Peter fez que sim. Mas *é claro*. Era o jeito óbvio de lidar com aquele desafio. E, sem dúvida, um veículo como aquele – talvez até mesmo o próprio veículo que Kurtzberg havia usado – teria sido disponibilizado para ele, caso o requisitasse. Mas ele propositalmente decidira não ir por esse caminho, e não se arrependia disso. Havia, pelo que ele sentia, um distanciamento entre Kurtzberg e seu rebanho, uma barreira que nenhuma medida de respeito mútuo e de comunhão fora capaz de remover. Os oasianos viam seu primeiro pastor como um alienígena, e não apenas no sentido literal. Acampando em seu carro, Kurtzberg sinalizava que estava perpetuamente pronto a ligar a ignição, pisar no acelerador e ir embora.

– Onde você acha que Kurtzberg está agora?

A Adoradora 5 ficou em silêncio por algum tempo. Agora os outros Adoradores de Jesus estavam se aproximando, o trilhar de suas botas fazendo o mais ligeiro ruído sobre o solo. Sem dúvida os tijolos eram pesados, mas os oasianos os aguentavam sem resmungar nem demonstrar desconforto.

– Aqui – disse Adoradora 5 por fim, fazendo um gesto com a mão à frente. Parecia estar indicando o mundo em geral.

– Você acha que ele está vivo?

– Creio que ᔕim. ᔕe Deuᔕ quiser.

– Quando ele... hã... – Peter se deteve até ter formulado uma pergunta específica o suficiente para ser respondida por ela. – Ele disse adeus? Digo, quando vocês o viram pela última vez. Quando ele estava para ir embora, ele disse "vou partir e não vou mais voltar", ou disse "vejo vocês semana que vem" ou... o que ele disse?

Ela ficou quieta de novo. Depois:

– ᔕem adeuᔕ.

– Deuᔕ abenᔕoe noᔕᔕo enconᘔro, paᔕᘔor Peᘔer – clamou uma voz.

E, assim, os oasianos foram chegando para construir seu templo, ou, como diziam, seu ᘔemplo. Peter esperava um dia tirar essa palavra de circulação em favor de outra. Lá estavam aquelas pessoas, construindo uma igreja tijolo por tijolo, e ainda assim não conseguiam pronunciar o nome daquilo que estavam labutando tão devotadamente para fazer. Havia algo de injusto naquilo.

Nos últimos tempos, com a maior frequência possível sem impor a ideia à força, Peter usava a palavra "igreja" em vez de "templo". "Fazendo a igreja do povo", dizia ele (sem T ou S!), ou então vinculava mutuamente as palavras na mesma frase. E, desejoso de extirpar quaisquer mal-entendidos assim que apareciam, ele cuidara de explicar que "templo" e "igreja" eram iguais, mas diferentes. Ambos os lugares ofereciam um lar seguro e receptivo para quem aceitara Jesus em seu coração, mas um era um lugar apenas físico, enquanto o outro designava tanto o lugar físico como o conjunto de fiéis em estado de eterna união espiritual com Deus.

Alguns oasianos haviam começado a usar a palavra para o prédio que construíam; não muitos. A maioria preferia dizer "emplo", embora a palavra não fosse a ideal para seus corpos.

Templo e igreja. Era como a distinção entre "céu" e "paraíso"; alguns as usavam alternadamente, embora lhe garantissem que entendiam a diferença.

– éu lá – dizia o Adorador de Jesus 15, apontando para o céu. E depois apontando para a igreja semiconstruída. – Paraíso aqui.

Peter sorrira. Ele mesmo acreditava que o Paraíso não se localizava no céu; não tinha coordenadas astronômicas; simplesmente coexistia com todas as coisas em todos os lugares. Mas talvez fosse cedo demais para enredar os oasianos nesse tipo de metafísica. Se distinguissem entre o lugar que estavam construindo e o Deus de que queriam fazer parte, já estava ótimo.

– Ótimo – disse ele.

– Jesu eja louvado – respondeu o Adorador 15, soando igual a um pé sendo arrancado do lodo pegajoso.

– Jesus seja louvado – concordou Peter, meio triste. De certa forma, era uma pena que Jesus tivesse sido batizado como "Jesus". Era um bom nome, um nome adorável, mas "Daniel", "Davi", até mesmo "Habacuque", teriam sido mais fáceis neste planeta. Quanto ao "C-2" ou "Oásis", ou a menininha de Oskaloosa que o batizara, melhor nem mencioná-los.

– Como vocês chamam esse lugar? – perguntara ele a várias pessoas várias vezes.

– Aqui – disseram ele.

– Esse mundo todo – especificou ele. – Não apenas seus lares, mas toda a terra ao redor de seus lares, tão longe quanto possam ver, e os lugares ainda mais distantes que não conseguem ver, além do horizonte onde o sol se põe.

– Vida – disseram eles.

– Deu – disseram eles.

– E na língua de vocês? – insistira ele.

– Voê não coneguiria pronuniar a palavra – dissera o Adorador de Jesus 1.

– Eu poderia tentar.

– Você não conseguiria pronunciar a palavra.

Era impossível atinar se essa repetição queria dizer petulância, obstinação, uma força indemovível, ou se o Adorador 1 estava fazendo a mesma afirmativa duas vezes seguidas, calmamente.

– Kurtzberg conseguia pronunciar a palavra?

– Não.

– Kurtzberg... quando estava com vocês, aprendeu alguma palavra da língua de vocês?

– Não.

– E vocês? Já falavam alguma palavra da *nossa* língua, quando conheceram Kurtzberg?

– Poucas.

– Isso deve ter dificultado muito as coisas.

– Deus nos ajuda.

Peter não sabia dizer se aquela era uma exclamação de lamento bem-humorado – uma espécie de revirada dos olhos, caso tivessem olhos para revirar – ou se o oasiano estava literalmente declarando que Deus ajudara.

– Vocês falam minha língua tão bem – elogiou Peter. – Quem ensinou vocês? Kurtzberg? Tartaglione?

– Frank.

– Frank?

– Frank.

Esse devia ser o primeiro nome de Tartaglione. E por falar nele...

– Frank era cristão? Adorador de Jesus?

– Não. Frank... adorador de língua.

– Kurtzberg também ensinava vocês?

– Língua, não. Só a palavra de Deus. Ele lia do Livro das Coisas Estranhas. No começo, não entendemos nada. Depois, com a ajuda de Frank, e de Deus, entendemos palavra por palavra.

– E Tart... Frank. Onde ele está agora?

– Não entre nós – disse uma voz de dentro de um manto cor de oliva.

– Ele foi embora – disse a voz de dentro do capuz do manto amarelo--canário. – Nos deixou com sua falta.

Peter tentou imaginar que perguntas Bea poderia fazer caso estivesse ali – que panorama geral ela formularia na cabeça. Ela tinha jeito para perceber não só o que estava presente, mas também o que estava ausente. Peter contemplou sua congregação, dezenas de pessoas de baixa estatura vestidas em tom pastel, as caras esquisitas dentro dos capuzes, as solas de suas botinhas meio sujas. Encaravam-no fixamente como se ele fosse um obelisco exótico, transmitindo mensagens de lugares distantes. Atrás deles, borradas pelo nevoeiro úmido, as estruturas quadradonas de sua cidade cintilavam, âmbar. Ali havia lugar para muitos mais do que os que estavam sentados ali.

– O Frank ensinava só Adoradores de Jesus? – perguntou ele. – Ou ensinava qualquer pessoa que quisesse aprender?

– Aqueles que não têm amor por Jesus também não têm nenhum desejo de aprender. Dizem: "Por que devemos falar uma língua feita para outros corpos?"

– Eles... aqueles que não querem aprender minha língua, estão zangados porque a USIC veio para cá?

Mas era inútil indagar os oasianos sobre sentimentos. Especialmente os sentimentos dos outros.

– É difícil – perguntou ele, tentando outra tática – produzir a comida que vocês dão à USIC?

– Nós arranjamos.

– Mas a quantidade... será que é... vocês estão tendo problemas para conseguir todo esse alimento? Será que é demais?

– Nós arranjamos.

– Mas será que... se a USIC não estivesse aqui, a vida de vocês não seria mais fácil?

– USIC trouxe você para nós. Estamos gratos.

– Mas... hã... – Ele estava decidido a arrancar alguma informação sobre como os oasianos não Adoradores de Jesus viam a presença da USIC no local. – Todos vocês trabalham para produzir comida, não é mesmo? Os Adoradores de Jesus, e os... hã... demais. Todos vocês trabalham juntos.

– Muita mão faz trabalho rápido.

– Certo. Claro. Mas há alguém entre vocês que diga: “Por que deveríamos fazer isso? Que as pessoas da USIC cultivem seu próprio alimento?”

– Todos sabem da necessidade de remédios.

Peter ruminou isso por um momento.

– Isso quer dizer que todos vocês estão... hã... todos vocês estão tomando remédio?

– Não. Poucos. Poucos entre poucos. Todos os Adoradores de Jesus aqui hoje não carecem de remédios, graças a Jesus.

– E quanto àqueles que não adoram Jesus? Têm maiores chances de ficarem doentes?

Isso provocou uma certa discordância – algo raro entre os oasianos. Algumas vozes pareciam estar dizendo que sim, os não Adoradores eram mais suscetíveis a doenças. Outros pareciam estar dizendo que não, era a mesma coisa, não importava a crença. A última palavra ficou com o Adorador de Jesus 1, cuja opinião era de que ninguém tinha entendido o X da questão.

– Eles vão morrer – disse ele. – Com remédio ou sem remédio, vão morrer para todo sempre.

E então, não mais que de repente, o tempo dele acabou. Grainger chegou quase precisamente no momento em que tinha prometido chegar: trezentas e sessenta e oito horas depois que tinham se falado pela última vez. Pelo menos ele presumia que era Grainger lá dentro.

Ela o alertara de que estaria pilotando um veículo maior da próxima vez: no lugar do jipe, um caminhão de entregas. Conforme o prometido, era um pequeno caminhão que despontava no seu campo de visão, aproximando-se do C-2 a partir da escuridão tremeluzente do horizonte, camuflada pela luz da manhã. Peter supôs que o assentamento devia parecer a Grainger uma cidade fantasma, porque, como sempre, não havia qualquer sinal exterior da vida social que fervilhava lá dentro. Na cabeça dos oasianos, as ruas não passavam de canais que levavam de uma casa a outra. Não eram espaços públicos a serem frequentados.

O veículo estacou junto ao exterior da construção com a estrela pintada. Caminhão? Era mais o que se chamava de van, um veículo daqueles que se via em pequenas cidades britânicas entregando leite ou pão. O logotipo da USIC em sua lateral era pequeno e discreto, uma tatuagem e não uma arrogante marca registrada. USIC, a floricultura. USIC, a peixaria. Não era lá uma grande demonstração de poder megacorporativo.

Peter estava trabalhando na obra, remexendo a argamassa, quando o veículo chegou. Observara a sua chegada desde que ele apontara, a centenas de metros de distância. Os oasianos, cuja concentração em tarefas que lhes cabiam era indiscutivelmente intensa, cujo campo de visão era curto, e cuja audição era difícil de mensurar, não notaram nada. Ficou imaginando o que aconteceria caso fingisse que também não havia notado, e simplesmente continuasse ali, trabalhando junto de sua congregação. Será que Grainger finalmente sairia da van e iria até eles para conhecê-los? Ou iria dirigindo até o local do templo? Ou perderia a paciência e iria embora?

Ele sabia que era indelicado e até mesmo infantil da parte dele deixá-la esperando, mas é que queria muito que ela saísse de sua carapaça de metal e fizesse um devido contato com aquelas pessoas que se recusava a chamar de "pessoas", aquelas pessoas que "lhe davam arrepios". Na verdade, não havia nada de assustador nem de repugnante nelas. Se você passasse tempo suficiente olhando para o rosto delas, sua fisionomia parava de espantar, e a fenda sem olhos não era tão diferente de um nariz ou uma testa humanos. Ele queria que Grainger fosse capaz de entender isso.

Justamente quando ele estava prestes a anunciar a seus colegas de trabalho que precisava deixá-los por um breve momento, vislumbrou um movimento na porta da construção marcada com a estrela. Um oasiano saíra de lá. Ninguém que ele tivesse conhecido, se estava bem lembrado. O manto do oasiano era cinza-acastanhado. A porta do veículo de Grainger foi empurrada e ela saiu, toda de branco.

Peter se virou para dar o aviso. Mas não foi necessário: seus colegas de trabalho tinham percebido a visitante e parado de trabalhar. Todos e todas deixaram de lado aquilo que tinham na mão, cuidadosa e silenciosamente. A Adoradora de Jesus 52 – uma fêmea, na estimativa arbitrária de Peter – estava na metade da subida da escada, com um tijolo nas mãos. Ela se deteve, olhando primeiro para o tijolo, depois para a parede lá em cima, onde a argamassa melíflua logo estaria seca. A escolha entre continuar e não continuar era visivelmente difícil, mas, após mais alguns segundos de hesitação, ela começou a descer a escadaria. Era como se tivesse decidido que colar o tijolo era uma tarefa importante demais para ser empreendida simultaneamente com uma distração tão sensacional.

Os demais oasianos estavam conversando entre si em sua própria língua. A única palavra que Peter entendia – a única palavra que evidentemente não existia no vocabulário deles – era "remédioꝭ". O Adorador de Jesus 1 aproximou-se de Peter, hesitante.

– Por favor, PeȢer – disse ele. – ꝭe Deuꝭ não ficar desaponȢado... ꝭe Jesuꝭ e o EꝭpíriȢo ꝭanȢo não ficarem desaponȢadoꝭ... vou ꝭair agora do Ȣemplo para ajudar a enȢregar remédioꝭ.

– Claro – disse Peter. – Vamos juntos.

O alívio foi palpável, a tensão dissipando-se entre os oasianos reunidos como que num estremecimento comunal. Peter ficou pensando se Kurtzberg não teria instilado neles o medo de Deus se aborrecer, ou se simplesmente era uma ânsia excessiva em agradar seu novo pastor. Fez uma anotação mental para conversar com eles assim que possível sobre a compaixão e a indulgência de Deus: *Meu jugo é suave e meu fardo é leve* etc. Porém talvez tivesse que arrumar uma alternativa para a metáfora com pecuária.

Peter e o Adorador de Jesus 1 caminharam pelo agreste. Os demais oasianos permaneceram no canteiro de obras, talvez para não alarmar a representante da USIC com sua presença maciça, ou talvez em deferência ao Adorador de Jesus 1 como seu mediador oficial.

O oasiano de manto cinza que saíra do assentamento para ir ao encontro de Grainger não arredara pé de sua posição junto ao veículo. Uma caixa de papelão branco lhe havia sido entregue, e ele a segurava com toda a solenidade de um padre que tinha nas mãos um sacramento, embora o objeto mais parecesse uma gigantesca caixa de pizza. Ele não parecia ter pressa nenhuma em levá-la dali. Se ele e Grainger haviam trocado quaisquer palavras, agora a conversa tinha estagnado, tanto é que ele ficou observando o Adorador de Jesus 1 e Peter vencendo a distância entre o canteiro de obras e o assentamento.

Grainger também ficou olhando. Estava vestida, como antes, com seu guarda-pó e calça de algodão brancos, com uma echarpe envolvendo frouxamente seu cabelo e pescoço. Embora tivesse um talhe de garoto, ela ainda parecia corpulenta junto ao oasiano.

– Quem é ele? – perguntou Peter ao Adorador 1 conforme iam chegando perto.

–  – respondeu o Adorador 1.

– Não é um Adorador de Jesus?

– Não.

Peter ficou imaginando se havia alguma esperança de aprender a língua oasiana. Sem nenhum inglês para estofá-lo, seu som mais parecia com uma roça de caniços e alfaces encharcados sendo ceifada por um machete.

– Será que você perdeu a chance de conseguir uma cota dos remédios?

– Remédio para odo – disse o Adorador 1. Peter não soube dizer se o tom de voz expressava confiança serena, indignação ofendida ou determinação austera.

Os quatro se encontraram à sombra do edifício com a estrela. Naquele momento o BEM-VINDO já estava completamente borrado e ilegível. Mais parecia um resquício de balão de tinta estourado na parede.

O Adorador de Jesus 1 fez uma mesura para Grainger.

– Lameno por voê ficar eperando um longo empo – disse ele.

– Vou tentar ir embora rápido – respondeu ela. Apesar da piadinha, estava visivelmente tensa. O motor do veículo ainda estava ligado, em flagrante desrespeito ao adesivo da USIC na janela lateral que dizia POUPE GASOLINA, A VENEZUELA É LONGE.

– Oi, Grainger – disse Peter.

– Oi, e aí?

Seu sotaque pareceu a Peter mais americano do que nunca, feito o de um ianque de piada. De repente, ele sentiu uma saudade tão aguda de Bea que doeu feito um soco no estômago. Era como se, tendo passado tanto tempo sem sua companhia, no fundo tivesse se prometido que ela viria encontrá-lo no final. A van da USIC devia ser um Vauxhall cor de ameixa, com Bea de pé a seu lado, acenando-lhe daquele seu jeito irrefletido de criança, cumprimentando-o com seu delicioso sotaque de Yorkshire.

– Você tem dormido ao ar livre? – disse Grainger.

– É tão óbvio assim?

Os olhos dela se estreitaram e passearam pelo seu corpo.

– Tem gente que se bronzeia. Tem gente que vira camarão.

– Não estou me sentindo queimado.

– Tem se olhado no espelho?

– Esqueci de trazer um.

Ela assentiu, como quem diz: *Não me diga.*

– Já vou te dar um pouco de loção. Acho que já é tarde para primeiros socorros, mas... – Ela olhou de relance para o Adorador de Jesus I e o outro oasiano. – Falando nisso, ainda preciso terminar de entregar esses remédios. Hã... com quem estou falando aqui? A qual de vocês explico o que eu trouxe?

– Eu en[illegible]endo mai[illegible] do que ele aqui – disse o Adorador de Jesus I. – Me e[illegible]plique o[illegible] remédio[illegible] de hoje.

E então, para seu compatriota:

– [illegible].

O outro oasiano se aproximou, levantou a tampa da caixa e deixou-a num ângulo tal que Grainger e o Adorador de Jesus I tivessem acesso ao conteúdo. Peter manteve distância, mas viu de relance muitos frascos plásticos e caixinhas de papelão, algumas multicoloridas e comerciais, a maioria identificada com rótulos farmacêuticos de impressora.

– Muito bem – disse Grainger, apontando para os itens um a um. – Temos aspirina e acetaminofeno, como sempre. Esses são genéricos.

– Nome de onde vêm [illegible]odo[illegible] o[illegible] ou[illegible]ro[illegible] nome[illegible] – disse o Adorador I.

– Exatamente – disse Grainger. – Além disso, há dez embalagens de acetaminofeno de marca: Tylenol. Vocês já ganharam esse antes. E essas embalagens amarelas, Soothers, são como balas, mas têm um pouco de dextrometorfano e fenilefrina, que são um supressor de tosse e um descongestionante nasal. Quer dizer, não sei se vocês... hã... – Ela tossiu. Não ficou claro se ela estava imitando uma tosse para o oasiano entender, ou se ela estava mesmo com alguma coisa lhe incomodando a garganta. – E este aqui é diclofenaco. Também é um analgésico, e um anti-inflamatório, melhora a artrite... que é dor nos músculos e nas juntas. – Ela flexionou o cotovelo e girou um dos ombros, simulando o incômodo da artrite. – Também serve para enxaquecas e... hã... cólicas menstruais.

A voz de Grainger denunciava seu desalento. Claramente, ela não tinha muitas esperanças de que suas palavras estivessem fazendo algum sentido para seus interlocutores. Falava cada vez mais rápido e indistintamente à medida que prosseguia, tornando-se quase incompreensível. Peter já vira esse comportamento antes, em missionários inexperientes ou incompetentes que tentavam conquistar um público hostil e sentiam estar perdendo a batalha. Murmuravam um convite para vir à igreja qualquer dia desses, como se fosse para satisfazer um Deus fiscalizador com o fato de que tinham feito o convite, em vez de terem real esperança de que alguém fosse mesmo aparecer.

– Além disso, cremes com cortisona, daqueles de que vocês gostam, nas bisnagas em azul e amarelo – prosseguia Grainger. – E um monte de antibióticos. Gentamicina. Neomicina. Flucloxacilina. Têm grande variedade de aplicação, conforme já expliquei antes. Depende de cada indivíduo. Se você puder... hã... se algum dia você tiver vontade de me contar como foi sua experiência com um antibiótico em particular, vou poder aconselhá-lo melhor.

– Anȣibióȣico bem-vindo – disse o Adorador 1. – Analgésico maiᔕ bem-vindo ainda. Você ȣem ouȣra aᔕpirina e paraᔕeȣamol, em ouȣra cor e nome?

– Não, só tem o que eu falei. Mas lembre-se de que também há o diclofenaco. É muito eficaz, e bem tolerado também, na maioria das... hã... pessoas. Talvez alguns efeitos colaterais gastrointestinais, assim como outros analgésicos. – Só para constar, ela esfregou seu abdômen. Peter via que ela estava aflita, e não por motivos gastrointestinais. – Além disso, temos algo totalmente diferente dessa vez, nada a ver com dores. Vocês nunca viram este antes. Não sei se tem alguma serventia para você. Aliás, nem para você especialmente, mas... hã... qualquer um daqui.

– O nome?

– O nome na embalagem é GlucoRapid. É o nome da marca. Ele se chama insulina. É para diabetes. Você já ouviu falar em diabetes? Quando o corpo não consegue regular seus níveis de glicose?

Os oasianos não falaram nem fizeram qualquer menção de responder, simplesmente continuaram com os rostos atentamente voltados para Grainger.

– Glicose é como, hã, açúcar – disse ela, a voz falhando. Ela pressionou os dedos com força na própria testa porejada de suor, como se ela mesma estivesse necessitada de analgésicos. – Desculpe, isso não deve estar fazendo sentido nenhum para vocês. Mas a insulina é um bônus, então...

– Gra♉os – disse o Adorador I. – Gra♉os. – E então deu fim ao sofrimento de Grainger fazendo sinal para o seu compatriota fechar a caixa.

Depois disso, as coisas caminharam rápido. O oasiano de manto cinza e Adorador de Jesus I levaram a caixa de remédios para dentro do prédio da estrela. Minutos depois, retornaram, cada um deles carregando um saco bulboso, apoiado contra seus tórax feito bebês. Guardaram os sacos na traseira da van, depois foram buscar mais. Após algumas viagens idênticas, outros oasianos, nenhum deles conhecido de Peter, chegaram para ajudar. Além dos sacos – contendo flor branca em diversas apresentações secas ou pulverizadas – havia grandes potes plásticos para as engenhosas misturas cujo destino, uma vez acrescidas de água pelos chefs de cozinha da USIC, seria se transformar em sopas e pastas e sobremesas e sabe-se lá mais o quê. Potes e sacos menores continham condimentos e temperos. Cada saco e pote estava identificado em letras de imprensa toscas escritas com caneta hidrográfica. Se eram obra de funcionários da USIC ou de alguma mãozinha enluvada oasiana, impossível saber.

Peter e Grainger ficaram sentados no interior do veículo, a pedido de Grainger. Ela reclamou que a umidade estava lhe fazendo mal, mas Peter leu em seu rosto que ela nem esperava que ele acreditasse e que entregar os remédios a havia obliterado psicológica e fisicamente. A cabine refrigerada – que era independente da parte de trás, onde a comida estava sendo estocada – era um refúgio onde ela podia se recuperar. Ela continuou olhando para longe dos seres de manto que desfilavam por sua janela. De poucos em poucos minutos, o chassi era sutilmente sacudido pelo depósito de outro saco ou pote em sua traseira. Evidentemente, um longo histórico positivo confirmara que era possível confiar cem por cento nos oasianos quanto a cumprirem sua parte do trato. Ou talvez Grainger tivesse obrigação de conferir, mas não conseguisse se obrigar a isso.

– Você vai acabar arrumando um câncer se não tomar cuidado – disse ela, destampando uma bisnaga de pomada.

– Estou me sentindo ótimo – protestou Peter, enquanto ela aplicava a goma em seu nariz e testa com o dedo do meio. O toque de uma mulher – que não era Bea – provocou nele um melancólico frisson.

– Sua mulher não vai ficar muito feliz se descobrir que você fritou sua cara. – Grainger estendeu a mão para o espelho retrovisor e o retorceu para ele poder ver seu reflexo. A camada lustrosa de pomada era pouco apresentável, mas, pelo que ele percebia, os danos subjacentes à sua pele eram mínimos: algumas bolhas, algumas partes descascadas.

– Vou sobreviver – disse ele. – Mas, obrigado.

– Qualquer outra coisa de que precise – disse ela, limpando os dedos em um lenço de papel –, me diga assim que voltarmos à civilização.

– Os oasianos são bastante civilizados, pelo que averiguei. Mas deve ser difícil para você enquanto farmacêutica não ter ideia do que está acontecendo com eles em matéria de saúde.

– Peter... – Ela deixou a cabeça cair para trás no banco e deu um suspiro. – Não vamos levar a conversa para esse lado.

– É o que as pessoas sempre dizem sobre lugares aonde já chegaram.

Ela reajustou o espelho de modo que seu próprio rosto se refletisse nele. Com uma ponta do lenço de papel, ela percorreu uma linha sob seu olho esquerdo, para ajeitar seu rímel borrado. Fez a mesma coisa no olho direito. Peter estava razoavelmente certo de que ela não estava usando rímel da última vez em que se viram.

Lá fora, um percalço. Um dos oasianos, tentando carregar um pote em cada mão, deixou um deles cair no chão. Uma nuvem de pó castanho-avermelhado subiu pelo ar, cobrindo suas botas, canelas e a parte de baixo de seu manto azul-claro. Outro oasiano parou para conferir o estrago e disse:

– Canela.

– Canela – confirmou ele.

Os dois ficaram parados por alguns segundos, contemplando. A brisa ondulante e úmida foi levando embora a canela de flor branca derramada, absorvendo-a na atmosfera geral. O pó em cima do manto escureceu, virando uma mancha resplandecente. Então, sem maiores comentários, os dois oasianos retomaram seu trabalho.

Peter baixou o vidro da janela para conferir se o ar estava com cheiro de canela. Não estava. Mas o frio artificial do interior do carro foi imediatamente arruinado por um influxo escaldante.

– *Por favor* – reclamou Grainger.

Ele subiu o vidro de volta e deixou o ar-condicionado continuar sua missão. As correntes de vapor úmido ali encarceradas esvoaçaram pela cabine como se sentissem que algo as perseguia. Em sua busca por fuga ou absorção, passaram pelo seu rosto, seus joelhos, sua nuca. Grainger também sentia aquilo, e estremeceu.

– Você viu que eles derrubaram a canela? – perguntou Peter.

– Aham.

– É tão legal como não fizeram drama nenhum por causa disso. O que deixou o pote cair nem sequer se preocupou em fazer ceninha de culpa nem de frustração. E o amigo dele não o criticou nem se exaltou. Simplesmente registraram o que aconteceu e seguiram em frente.

– Pois é, que inspirador. Eu poderia ficar horas sentada aqui vendo eles derrubarem nossa comida.

– Mas preciso dizer – observou Peter – que o pessoal da USIC também parece bem sensato e tranquilo.

Enquanto as palavras saíam de sua boca, Peter já sentia a necessidade admitir que Grainger talvez fosse uma exceção.

– Sim – disse ela. – Drama ali é tabu.

– Você quer dizer... que tem uma regra de verdade? Tipo, um estatuto?

Ela deu risada.

– Não. Somos plenamente livres para sermos nossos preciosos eus. Dentro de limites aceitáveis. – O ar estava esfriando de novo, e ela embrulhou o pescoço em seu xale.

Os oasianos ainda estavam transportando suprimentos para a traseira da van. Os sacos já tinham sido todos guardados, mas os potes plásticos continuavam a chegar, todos cheios de criações engenhosas à base de flor branca. Aquela comida tinha dado um trabalho danado, tanto agrícola quanto culinário; parecia uma quantidade de trabalho excessiva para se trocar por umas embalagens de remédio. Bem, um bocado de embalagens, mas ainda assim...

– Como é que a USIC tem tanto remédio sobrando? – perguntou ele.

– Não temos – disse ela. – Pedimos um suprimento extra especificamente para esse fim. Toda nave vem com um novo lote a bordo: uma parte para nós, uma parte para eles.

– Parece uma operação bem grandiosa – disse ele.

– Não mesmo. Tanto em questão de gasto como de logística, não é problema nenhum. Remédios não tomam muito espaço, nem pesam muito. Comparados a revistas ou... hã... uvas-passas... ou Pepsi. Ou seres humanos, é claro.

Parecia que o último item havia sido depositado lá atrás. Peter espiou pelo vidro escurecido para tentar encontrar o Adorador de Jesus 1. Não o viu mais.

– Vou dar o melhor de mim para justificar o preço do meu frete – disse ele.

– Ninguém está reclamando – disse Grainger. – Essas... pessoas... os oasianos, como você os chama... queriam você e agora o têm. Então estão todos felizes, não é?

Mas Grainger não parecia feliz. Ela devolveu o espelho retrovisor à posição correta, o que exigiu que remexesse nele um bocado, e sua manga deslizou pelo seu braço, chegando até o cotovelo. Peter percebeu cicatrizes em seu braço: automutilação antiga, há muito cicatrizada, mas indelével. História impressa na pele. Ele já conhecera tantas pessoas que se automutilavam. Todas eram bonitas. Ao ver as cicatrizes de Grainger, ele percebeu pela primeira vez que ela também era bonita.

12

Pensando bem, tenho quase certeza de que foi aí que aconteceu

O motor roncava impelindo-o na direção do que Grainger chamava de civilização. Dentro da cabine, a atmosfera era fresca e purificada. Lá fora, a paisagem tinha sofrido uma transformação abrupta. Por centenas de horas, ela fora o chão sob seus pés, um ambiente imutável para sua rotina cotidiana, sólido feito rocha sob um céu de evolução lenta, familiar em cada detalhe. Agora se tornara insubstancial: uma tela com imagens correndo pelo vidro escurecido. O sol saíra de vista, escondido pelo capô. Peter aproximou o rosto da janela e tentou olhar para trás, para uma última olhada no assentamento. Ele já havia sumido.

Grainger dirigia com sua competência despreocupada de sempre, e no entanto parecia agitada, irritadiça. Além de segurar firme o volante, martelava teclas no painel fazendo números e símbolos dançarem em uma tela verde-esmeralda. Ela esfregou os olhos, piscou com força e, evidentemente decidindo que havia vento demais soprando em cima de suas lentes de contato, ajustou o ar-condicionado.

Como era estranho voltar a estar dentro de uma máquina! A vida inteira ele vivera dentro de máquinas, percebendo ou não. As casas hoje em dia eram máquinas. Shoppings eram máquinas. Escolas. Carros. Trens. Cidades. Todos eram sofisticados construtos tecnológicos, inteiramente incrementados com lâmpadas e motores. Você os ligava e nem pensava mais neles enquanto eles o mimavam com seus serviços inaturais.

– Parece que você virou o rei de Monstrópolis – observou Grainger de passagem. E, antes que ele pudesse lhe passar um sermão pela falta de respeito, acrescentou: – ...como sem dúvida diriam alguns dos meus colegas na USIC.

– Estamos trabalhando juntos – disse Peter. – Os oasianos e eu.

– Que interessante. Mas eles estão fazendo exatamente o que você quer, não é?

Ele voltou o rosto para ela. Grainger tinha o olhar fixo bem à frente, no deserto. De certa forma, ele esperava que ela estivesse mascando chiclete. Teria combinado com seu tom.

– Eles querem saber mais sobre Deus – disse ele. – Então estamos construindo um templo. É claro que não é essencial ter um lugar físico; Deus pode ser adorado em qualquer lugar. Mas um templo dá foco.

– Um sinal de que o negócio é sério, né?

Ele voltou a olhar direto para ela, dessa vez encarando intensamente até ela tomar ciência dele com uma olhadela lateral.

– Grainger, por que tenho a sensação de que a gente está com os papéis trocados aqui? Digo, nessa conversa? *Você* é que é a funcionária de uma grande corporação estabelecendo uma colônia aqui. *Eu* sou o pastor esquerdista, sou *eu* que deveria estar me preocupando com a exploração dos mais humildes.

– Tudo bem, vou tentar ser mais estereotipada – disse ela com leveza. – Talvez um café ajude.

Ela pegou uma garrafa térmica no chão e equilibrou-a junto de sua coxa. Mantendo a mão esquerda no volante, tentou, com a direita, girar a tampa que fora fechada com toda a força. Seu pulso tremia.

– Deixe que eu faço isso pra você.

Ela entregou a garrafa. Ele desenroscou a tampa e serviu-lhe café. O líquido marrom e oleoso não estava quente o bastante para soltar vapor.

– Tome.

– Obrigada – disse ela, tomando um gole. – Isso está uma merda.

Ele deu uma risada. O rosto de Grainger tinha uma aparência estranha quando ele o olhava de perto. Belo porém irreal, feito o de uma cabeça de boneca de plástico. Seus lábios eram perfeitos demais, sua pele branca demais. Mas talvez fosse a coisa do alvorecer dourado outra vez: talvez ele já tivesse, nas últimas trezentas e sessenta e oito horas, se ajustado ao visual dos oasianos, e começado a aceitar seus rostos como a norma. Grainger não combinava.

– Ei, acaba de me ocorrer uma coisa – disse ele. – Os remédios que você dá aos oasianos são trazidos especialmente para eles, não é?

– É.

– Mas, pelo que você estava dizendo ali, enquanto falava com o Adorador de Jesus 1...

– Adorador o quê?

– Adorador de Jesus 1. É o nome dele.

– O nome que você deu para ele?

– Não, o nome que ele mesmo se deu.

– Ah. Então tá.

O rosto dela estava impassível, talvez com uma leve impressão de sorriso sarcástico. Ele não sabia dizer se ela o reprovava do fundo do seu ser, ou se só achava aquilo tudo muito ridículo.

– De qualquer modo – insistiu ele –, quando você falava sobre diabetes, fiquei com a impressão de que os oasianos nem mesmo sabem o que é. Então por que lhes oferecer insulina?

Grainger terminou seu café e voltou a rosquear a tampa na garrafa térmica.

– Acho que eu não queria desperdiçar – disse ela. – A insulina não era para eles; veio no nosso suprimento. Mas não precisamos mais dela. – Ela fez uma breve pausa. – Severin morreu.

– Severin? O cara com quem eu viajei?

– É.

– Ele é diabético?

– Era.

Peter tentou relembrar a jornada que partilhara com Severin. A sensação é de que aquilo acontecera em outra fase de sua vida, bem mais remota do que há algumas semanas.

– Quando ele morreu?

– Noite passada. Essa expressão não quer dizer muita coisa por aqui, eu sei. Perto do fim da noite. – Ela consultou o relógio. – Há umas dezoito horas. – Mais uma breve pausa. – Você vai fazer o sermão no funeral. Se estiver a fim, claro.

Outra vez, Peter tentou rememorar seu tempo passado junto a Severin. Ele lembrou de BG perguntando a Severin qual era sua religião e Severin respondendo: *Eu? Nenhuma. E é assim que vai ficar.*

– Severin talvez não quisesse cerimônia no funeral. Ele não tinha religião.

– Muita gente aqui não tem. Mas é que você não pode simplesmente jogar um morto num incinerador sem lhe dar algum adeus.

Peter ponderou por um momento.

– Você pode... hã... me dar uma ideia básica de que tipo de despedida a maioria dos funcionários consideraria...

– Totalmente a seu critério. Temos alguns católicos, alguns batistas, alguns budistas... De qualquer coisa, temos algum. Eu não esquentaria a cabeça com isso. Você foi escolhido porque... Bem, digamos que se você fosse um pentecostal rígido, *qualquer coisa* rígido, não estaria aqui. Alguém estudou seu currículo e decidiu que você era capaz de dar conta do recado.

– De dar conta de funerais?

– De dar conta de... qualquer coisa. – Ela apertou o volante forte com as mãos, inspirou fundo. – Qualquer coisa.

Peter ficou sentado em silêncio por um bom tempo. A paisagem continuou correndo pela janela. Um cheiro delicioso de flor branca em suas diversas formas começou a se difundir pela cabine, vazando do estoque lá de trás.

Querido Peter, escreveu Bea. Estamos com sérios problemas.

Ele estava sentado em seus aposentos, ainda sujo, e nu. Seus pelos se eriçaram: "Sérios problemas."

As palavras de sua esposa tinham sido enviadas há duas semanas, ou melhor, mais precisamente, há doze dias. Ela se mantivera em silêncio nas primeiras quarenta e oito horas da permanência dele com os oasianos, evidentemente se contendo pois sabia que o que escrevesse só seria lido na volta. Mas, passados dois dias, ela escrevera apesar de tudo. E escrevera no dia seguinte, e no próximo. Ela escrevera mais onze mensagens, todas agora armazenadas em resplandecentes cápsulas na parte de baixo de sua tela. Cada cápsula tinha um número: a data de transmissão. Para sua mulher, aquelas mensagens já eram passado. Para ele, eram um presente paralisado, ainda a ser experimentado. Sua cabeça zunia com a urgência de abrir todas elas, rasgar o invólucro de todas com onze velozes estocadas do seu dedo – e zunia também com a noção de que só seria capaz de absorvê-las uma a uma.

Ele poderia ter começado a lê-las há uma hora, no veículo, enquanto faziam o caminho de volta do assentamento. Mas o humor esquisito de Grainger durante o trajeto o desanimara de pedir para lhe avisar quando estivessem perto o suficiente da base da USIC para usar o Tubo. Embora geralmente ele não fosse reservado nem dado a se constranger por qualquer coisa, sentira que ficaria embaraçado em ler os comunicados pessoais da esposa tão perto de Grainger. E se Bea fizesse alguma referência íntima desavisada? Algum gesto afetuoso sexual? Não, era melhor conter sua vontade e esperar até ter privacidade.

Ao entrar no apartamento da USIC, ele tirara toda a roupa, determinado a tomar banho antes de fazer qualquer outra coisa. Naquelas últimas semanas, trabalhando com os oasianos e dormindo ao ar livre, ele se habituara ao suor e à sujeira, mas seu trajeto de volta à base no veículo refrigerado o fizera tomar consciência do cascão que acumulara. A sensação lembrava a ele a sua época de sem-teto: ser convidado a entrar na imaculada casa de alguém e se empoleirar na pontinha de seu sofá de veludo claro, com cuidado para não manchar com sua bunda encardida. De forma que, assim que pisou em seu apartamento, decidiu que, enquanto o Tubo fazia seu aquecimento, suas verificações de rotina de suas entranhas eletrônicas, ele poderia tomar um rápido banho. Inesperadamente, porém, as mensagens de Beatrice apareceram todas de uma vez. Sua súbita chegada era uma presença forte no quarto, obrigando-o a se sentar, mesmo sujo daquele jeito.

Estamos com sérios problemas, dizia Bea. Não quero preocupá-lo enquanto você está tão longe e não há nada que pode fazer por mim. Mas as coisas estão mesmo indo pelo buraco, e rápido. Não falo de nós dois, é claro. Estou falando das coisas em geral, desse país inteiro (provavelmente). No nosso supermercado local, há adesivos se desculpando pela maioria das gôndolas vazias, há vazios por toda a parte. Ontem não havia nem pão nem leite fresco. Hoje, todo o leite UHT, leite aromatizado, leite condensado, até o substituto de leite em pó sumiram, assim como todos os muffins, pães, bolinhos, chapatis etc. Flagrei duas pessoas na fila do caixa discutindo ardentemente quantas caixinhas de creme custard cada pessoa deveria poder levar para casa. Usaram a expressão "responsabilidade moral" e tudo.

O noticiário diz que os problemas de abastecimento se devem ao caos nas estradas depois do terremoto em Bedworth há alguns dias. Isso até faz um certo sentido, a julgar pelas imagens. (Sabe o jeito como um bolo fica todo rachado em cima quando cresce muito no forno? – bem, é assim que está um longo trecho da M6.) As outras estradas estão completamente engarrafadas agora, é claro, com todo o tráfego extra que receberam.

Mas, por outro lado, você pensa que há muitas padarias e fábricas de laticínios ao sul do local do terremoto. Quer dizer, não é possível que dependamos de um caminhão descer toda a M6 lá de Birmingham para nos trazer um pouco de pão! Suspeito que o que estamos vendo é pura inflexibilidade na forma como os supermercados operam; aposto que simplesmente não estão preparados para negociar com uma seleção diferente de fornecedores assim de repente. Se fosse permitido ao mercado reagir de forma mais orgânica (sem trocadilho) a uma fatalidade dessas, sei que padarias e fazendas de Southampton, ou sei lá de onde, adorariam preencher essa lacuna.

De qualquer forma, o terremoto em Bedworth não é nem metade da história, apesar do que dizem os noticiários. O abastecimento de produtos alimentícios tem estado irregular há um tempão. E o clima só faz ficar mais esquisito. Tem feito sol e um tempo ameno por aqui (os carpetes finalmente secaram, graças a Deus) mas tem tido chuvas de granizo muito fortes em outros lugares, tão fortes que algumas pessoas morreram. *Causa mortis*: chuva de granizo!

Pelo menos para a imprensa a semana tem sido boa, isso eu tenho que dizer. Os vídeos do terremoto, as chuvas de granizo e – fiquem ligados para mais informações! – um tumulto espetacular no centro de Londres. Começou como uma manifestação pacífica contra a ação militar na China, e terminou com gente tocando fogo em carros, brigando, saqueando, a polícia dispersando a multidão com cassetetes, o kit completo. Até mesmo a limpeza depois foi digna de fotografias: havia sangue falso (tinta vermelha) pingando dos leões de pedra na Trafalgar Square e sangue de verdade espalhado pelo chão. Os cinegrafistas devem ter se mijado de felicidade. Desculpe se soei cínica, mas a mídia vibra tanto com esse tipo de coisa. Ninguém nem mesmo aparenta tristeza por causa disso tudo, não existe um aspecto moral, é só a ocorrência eletrizante do momento. E enquanto essas calamidades fotogênicas vão passando em velocidade máxima na tela, as pessoas normais vão tocando suas vidas, fazendo o que podem para aceitar suas misérias de cada dia.

Bem, na verdade eu não deveria estar me esforçando tanto para apreender o Todo. Só Deus o entende, e Ele está no controle. Tenho minha vida a governar, meu trabalho aonde ir. Aqui é de manhã cedo, um sol lindo, uma friagem, Joshua empoleirado no alto do arquivo dormindo embaixo de um raio de sol. Meu turno só começa às 14h30, então vou cuidar de uns afazeres domésticos e preparar o jantar de hoje para quando eu voltar para casa poder simplesmente me enfiar na cama, em vez de comer pasta de amendoim com torrada como tenho feito. Eu deveria tomar café da manhã agora para me dar um gás, mas não há nada que eu queira comer nessa casa. O sofrimento de uma viciada em cereal em abstinência! Estou tomando um pouco de chá de jasmim velho (sobras de quando hospedamos a Ludmila aqui) porque o gosto de chá normal sem leite me parece errado. São concessões demais!

Ok, estou de volta. (Acabei de ir lá na frente pegar a correspondência.) Um belo cartão-postal de umas pessoas de Hastings nos agradecendo pela nossa gentileza – sei lá a que gentileza podem estar se referindo, mas nos convidaram a visitá-las. No momento, está meio difícil para você! Também uma carta de Sheila Frame. Lembra dela? É a mãe da Rachel e do Billy, os meninos que fizeram aquela colagem de Arca de Noé pendurada na nossa parede. Agora a Rachel está com 12 anos e "bem", segundo a Sheila (seja lá o que ela queira dizer com "bem") e Billy está com 14 anos e muito deprimido. É por isso que a Sheila nos escreveu. A carta dela não faz muito sentido, ela deve tê-la escrito num momento de estresse. Ela fica falando em um tal "leopardo-das-neves", presumindo que nós saibamos muito bem o que é esse "leopardo-das-neves". Tentei telefonar mas ela está no trabalho, e só devo chegar em casa hoje depois das 11 da noite, no mínimo. Talvez eu tente telefonar no intervalo do trabalho.

Chega de falar da minha rotina & vida monótona sem meu querido marido. Por favor, me conte o que tem acontecido com você. Queria poder ver seu rosto. Não entendo por que a tecnologia que nos permite nos comunicar assim não pode ser adaptada para mandar também algumas fotos! Mas creio que isso é querer demais. Já é milagroso o suficiente podermos trocar palavras a uma distância tão incomensuravelmente grande. Presumindo que você ainda possa lê-las, é claro... Por favor, escreva logo que puder para eu saber se você está bem.

Sinto que deveria ter perguntas & comentários mais específicos sobre a sua missão, mas, para ser franca, você não me contou muita coisa sobre ela. Você é melhor falando do que escrevendo, sei disso. Às vezes, sentada na plateia da congregação enquanto você prega, vejo você olhando de relance para suas anotações - aquelas que vi você rabiscar apressado na noite anterior - e sei que naquele papelzinho não tem mais que umas frases desconjuntadas, mas ainda assim o que sai é um sermão maravilhoso, eloquente e coerente, uma história tão bem formada que deixa todo mundo enfeitiçado por uma hora inteira. Te admiro tanto nessas horas, meu amor. Queria poder ouvir o que você anda dizendo ao seu novo rebanho. Acho que você não deve estar anotando nada do que disse, não é? Nem registrando o que eles andam te dizendo? Não me sinto CONHECENDO nem um pouco essas pessoas; é meio frustrante. Você está aprendendo uma nova língua? Aposto que sim.

Com amor,

Bea

Peter esfregou o rosto, e a sujeira oleosa do suor apareceu nas suas mãos feito um grumo escuro que mais parecia minúsculas sementes. Ter lido a carta de sua esposa o deixara agitado e confuso. Até aquele momento não se sentira assim. Enquanto durara sua estada junto dos oasianos, sentira-se calmo e emocionalmente estável, alguém que só estava fazendo o seu trabalho. Se chegara a se sentir desconcertado, fora uma espécie de desconcerto feliz. Agora sentia ter perdido o pé. Sentia um peso apertar o peito.

Ele mexeu o cursor do Tubo para a cápsula seguinte na ordem cronológica, e abriu uma mensagem que Beatrice havia lhe mandado apenas vinte horas depois da última. Deve ter sido no meio da noite dela.

Estou com saudade de você. Ah, como sinto falta de você. Não sabia que iria me sentir assim. Pensei que o tempo iria voar e logo você estaria de volta. Se eu pudesse te abraçar uma vez só, te abraçar bem apertado nem que fosse por alguns minutos, eu seria capaz de aguentar sua ausência de novo. Dez segundos que fossem já serviriam. Dez segundos com meus braços te envolvendo. Aí eu conseguiria dormir.

E, no dia seguinte:

Coisas horrendas, medonhas no noticiário; não aguento ler, não suporto olhar. Quase tirei o dia de folga do trabalho hoje. Passei o intervalo chorando sentada no vaso sanitário. Você está tão longe, tão incrivelmente longe, tão mais longe do que qualquer homem já esteve de sua mulher, que só de pensar na distância fico mal. Não sei o que deu em mim. Me perdoe por sair jogando tudo assim no seu colo, sei que isso não vai ajudar nada do que quer que você esteja fazendo. Ah, como eu queria que você estivesse ao meu alcance agora. Me tocando. Me abraçando. Me beijando.

Essas palavras o impactaram. Eram o tipo de coisa que desejara receber dela, mas agora que as recebera, o deixaram angustiado. Há quinze dias, tinha sentido falta do sexo com ela e ansiara pela confirmação de que era uma sensação recíproca. Ela lhe assegurara que também tinha saudades, que queria tê-lo por perto, claro, mas o tom de suas cartas era no geral sensato, preocupado, como se sua presença fosse um luxo, não uma necessidade. Ela parecia tão autossuficiente que ele até ficara pensando se não estaria imerso numa autopiedade movida a testosterona – ou se era assim que ela o veria.

Assim que tomara seu lugar junto dos oasianos, essa insegurança evaporara. Ele não tinha mais tempo para ela. E, confiando na reciprocidade natural de que ele e Bea sempre desfrutaram, ele presumira – quando chegava a passar pela sua cabeça – que Bea estava no mesmo estado de espírito que ele, que estava simplesmente tocando a vida, que seu amor por ele era como a cor de seus olhos: estava sempre lá, mas não era nenhum empecilho às atividades cotidianas.

Em vez disso, enquanto assentava as pedras da sua igreja e dormitava tão feliz em sua rede, ela sofria.

Seus dedos pairavam em suspenso sobre o teclado, prontos a digitar a resposta. Mas como poderia fazê-lo, quando ela escrevera mais nove mensagens para ele, em horas e dias já passados para ela, mas dos quais ele nada sabia?

Ele abriu outra cápsula.

Querido Peter

Por favor, não se preocupe comigo. Agora estou mais tranquila. Não sei como fui me descontrolar daquele jeito. Falta de sono? A atmosfera tem estado opressiva essas semanas passadas. Sim, sei que eu disse que tem feito dias lindos por aqui e é verdade, no sentido de estar calor e fazer sol. Mas, às noites, é abafado e bem difícil de respirar.

Grande parte da Coreia do Norte foi varrida do mapa há alguns dias. Não por bomba nuclear, nem mesmo por um acidente nuclear, mas por um ciclone chamado Toraji. Ele veio do mar do Japão e entrou em terra "como uma espada cerimonial" (é claro que não fui eu quem pensou nesse símile). Dezenas de milhares de mortos, provavelmente mais de um milhão de desabrigados. O governo primeiro tentou negar a gravidade do estrago, de forma que só tínhamos imagens de satélite. Foi surreal. Apareceu uma mulher de terninho amarelo sob medida, com cabelo laqueado e unha feita, em frente a uma imagem projetada gigante, apontando para várias manchas e borbulhas, interpretando o seu significado. Dava para entender que havia muitas casas destruídas e cadáveres em algum lugar por ali, mas você só via aquelas mãos perfeitamente manicuradas gesticulando sobre o que mais parecia uma pintura abstrata.

Então o governo permitiu a entrada de alguns voluntários sul-coreanos e chineses, e as imagens propriamente ditas começaram a aparecer. Peter, vi certas coisas que preferia não ter visto. Talvez seja por isso que eu tenha ficado tão desesperada pela sua falta. É claro que te amo, que te quero, que preciso de você. Mas também precisava ver essas coisas COM você, ou então me abster de vê-las sozinha.

Vi uma enorme construção de concreto toda fechada, parecendo um chiqueiro gigante, ou sei lá como se chamam os criadouros de porcos em local fechado, o teto dela pouco acima do nível de um enorme lago de água suja. Um grupo de resgate estava tentando abrir o teto com picaretas, sem muito resultado. Então eles fizeram um buraco com explosivos. Fluiu de repente uma mistura nojenta, parecia sopa, de dentro do buraco. Era gente. Gente e água. Misturadas, tipo... não quero descrever. Nunca vou esquecer isso. Por que nos mostram essas coisas? Para quê, se não temos como ajudar? Mais tarde, vi aldeões usando cadáveres como sacos de areia. Socorristas com velas amarradas na cabeça, a cera das velas escorrendo pela cara. Como essas coisas podem ser possíveis em pleno século XXI? Estou assistindo a um vídeo em alta resolução que foi gravado com uma microcâmera oculta na aba do chapéu de alguém ou algo do gênero, e ainda assim a tecnologia para salvar vidas vem direto da Idade da Pedra!

Quero escrever mais, mesmo não querendo lembrar. Queria poder te mandar as imagens, mesmo querendo apagá-las da minha mente. Seria um egoísmo dos mais baixos estar com essa vontade louca de dividir o fardo? E qual SERIA meu fardo, exatamente, aqui na Inglaterra, sentada no sofá, comendo balas enquanto vejo corpos de estrangeiros rodopiando em redemoinhos de lama, e crianças de outro país fazendo fila por um pedaço de lona?

Hoje no trabalho alguém me perguntou: "Onde está Deus numa hora dessas?" Não respondi à provocação. Nunca entendi por que as pessoas fazem essa pergunta. A verdadeira pergunta para um espectador de tragédia é: "Onde estamos NÓS em tudo isso?" Sempre tentei encontrar alguma resposta a essa questão. E não sei se consigo, no momento. Ore por mim.

Com amor,

Bea.

Peter juntou as mãos. Estavam grudentas de sujeira: suor novo em cima de suor antigo. Ele levantou da cadeira e foi andando até o boxe do banheiro. Sua ereção assentia ridiculamente a cada passo. Posicionou-se embaixo do bocal do chuveiro e ligou a água, deixando que enxaguasse primeiro a sua cara virada para cima. Seu couro cabeludo pinicava enquanto a chuveirada penetrava em seu cabelo grudento, encontrando pequenos arranhões e feridas que ele ainda não havia percebido que estavam lá. A princípio fria de doer, a água esquentou rápido, dissolvendo a sujeira e envolvendo-o em uma nuvem. Ele continuou de olhos fechados deixando o rosto ser banhado, quase escaldado, sob o jato pressurizado. Ele segurou os testículos com a mão, e, com os pulsos, apertou o pênis com força contra a barriga até o sêmen sair. Então ele se ensaboou da cabeça aos pés, esfregando o corpo todo. A água que se acumulava ao redor do escoadouro permaneceu cinzenta por mais tempo do que ele achava ser possível.

Uma vez limpo, continuou de pé sob o jato quente, e poderia ter ficado ali por pelo menos mais meia hora se a água não tivesse repentinamente engasgado e virado um fiozinho. Um mostrador de LED dentro da torneira do chuveiro piscava 0:00. Até aquele momento, ele não havia compreendido a função do medidor. Mas claro! Fazia sentido que a duração do uso da água fosse restringida por um temporizador. É que a USIC era uma corporação americana, e a ideia de uma corporação americana frugal e poupadora de recursos era quase inacreditável.

Assim que o ralo parou de gorgolejar, ele pôde perceber que um barulho que estivera escutando fazia algum tempo, e atribuíra ao encanamento, na verdade era alguém batendo na porta.

– Oi – disse Grainger quando ele abriu a porta. Seus olhos mal piscaram ao vê-lo ali de pé e molhado, coberto apenas por uma toalha de banho amarrada em volta da cintura. Ela estava com uma pasta abraçada ao peito.

– Desculpe, não dava para te ouvir – disse ele.

– Eu bati bem forte – disse ela.

– Acho que eu esperava que houvesse uma campainha, um interfone, qualquer coisa.

– A USIC não gosta de tecnologia desnecessária.

– Sim, percebi. É um dos feitos inesperadamente admiráveis da sua empresa.

– Poxa, obrigada – disse Grainger. – Que coisa mais bonita de se dizer.

Atrás dele, o Tubo emitiu um suave ruído, um suspiro eletrônico: o som que fazia quando sua tela se apagava para conservar energia. Ele se lembrou da Coreia do Norte.

– Você ouviu falar da Coreia do Norte? – disse ele.

– É um país que fica... hã... na Ásia – disse ela.

– Um ciclone horrível passou por lá. Matou dezenas de milhares.

Grainger piscou com força; quase estremeceu. Mas, um momento depois, já tinha recuperado a compostura.

– Que tragédia – disse ela. – Mas não há nada que possamos fazer. – Ela lhe estendeu a pasta. – Tudo o que você sempre quis saber sobre Arthur Severin, mas tinha medo de perguntar.

Ele pegou a pasta.

– Obrigado.

– O funeral é em três horas.

– Certo. Quanto tempo isso é em... hã... – Ele fez um gesto vago, torcendo para que um aceno de sua mão fosse capaz de comunicar a diferença entre o tempo como sempre o entendera e o tempo daquele lugar.

Ela sorriu, paciente com a obtusidade dele.

– Três horas – repetiu ela, erguendo o pulso para exibir o relógio. – Três horas significam três horas.

– Não estava esperando ter tão pouco tempo – disse ele.

– Relaxa. Ninguém está esperando que você vá escrever cinquenta páginas de elegia fúnebre para ele. Basta dizer algumas palavras. Todo mundo entende que você não o conhecia muito bem. Isso ajuda.

– Um toque impessoal?

– É o que oferecem as grandes religiões, não é? – E ela ergueu de novo seu relógio de pulso. – Venho te pegar às 13h30.

Ela saiu sem dizer outra palavra e depois fechou a porta, precisamente no instante em que a toalha dele caiu.

– Estamos aqui reunidos – disse Peter à assembleia solene e silenciosa – em memória de um homem que, há apenas um alvorecer, vivia e respirava assim como nós.

Ele olhou na direção do caixão que estava sobre uma esteira de cilindros de metal em frente a um incinerador. Instintivamente, todos os demais presentes também olharam naquela direção. O caixão era de papelão reciclado, com um verniz lustroso de esmalte vegetal para dar aparência de madeira sólida. A esteira era igual às que se veem junto às máquinas de raio X em aeroportos.

– Era uma pessoa que inspirava ar para os seus pulmões – continuou Peter –, pulmões estes que talvez não estivessem mais em sua melhor forma, mas, ainda assim, funcionavam relativamente bem, levando oxigênio para o seu sangue, o mesmo sangue que corre pelas veias de todos nós hoje, aqui, neste recinto.

Sua voz fazia-se ouvir alto e claro mesmo sem amplificação, mas não tinha a ressonância e a reverberação que adquiria em igrejas e salões de reunião. A sala do funeral, embora ampla, tinha péssima acústica, e a fornalha dentro do incinerador gerava um ruído como que o de um avião ao longe.

– Escutem seu coração batendo – disse Peter. – Sintam o leve tremor dentro do seu peito que faz seu corpo miraculosamente continuar funcionando. É um pulsar tão leve, um som tão inaudível, que não lhe damos a devida importância. Provavelmente nem sempre estivemos atentos a isso, mal lhe dedicamos um pensamento que seja no dia a dia, mas estávamos compartilhando o mundo com Art Severin, e ele também o compartilhava conosco. Agora o sol nasceu para um novo dia, e Art Severin mudou. Estamos aqui hoje para enfrentar essa mudança.

Havia cinquenta e duas pessoas no funeral. Peter não sabia que proporção do pessoal da USIC aquilo representava. Havia apenas seis mulheres, incluindo Grainger; o restante eram homens, fazendo Peter se perguntar se Severin não conseguira conquistar o respeito de suas colegas mulheres, ou se isso simplesmente refletia a distribuição de gêneros da base. Todos estavam usando as roupas que usariam normalmente para um dia de trabalho. Ninguém estava de preto.

BG e Tuska estavam à frente do grupo. Tuska, trajando uma camisa verde frouxa no corpo, calça de camuflagem e o tênis que era sua marca registrada, estava, apesar de tudo, quase irreconhecível, depois de raspar a barba. BG estava inconfundível como sempre, o maior corpo do recinto, seus pelos do rosto desenhados com precisão cirúrgica. Uma camiseta branca se colava a sua musculatura feito tinta. Uma calça saruel branca enrugada pendia de seus quadris, as barras formando pregas sobre incongruentes sapatos engraxados. Seus braços estavam cruzados, seu rosto plácido e imperiosamente tolerante. Algumas pessoas nas fileiras atrás dele mostravam expressões mais perplexas, tiradas de prumo pela abordagem inicial da eulogia.

– Arthur Laurence Severin morreu jovem – disse Peter –, mas viveu muitas vidas. Ele nasceu em Bend, no Oregon, há quarenta e oito anos, de pais que nunca chegou a conhecer, e foi adotado por Jim e Peggy Severin. Eles lhe deram uma infância feliz e ativa, passada em boa parte ao ar livre. Jim fazia manutenção e consertos em acampamentos, cabanas de caça e postos militares. Com 10 anos de idade, Art já sabia dirigir tratores, operar uma motosserra, caçar veados, todas essas coisas perigosas que não deveriam deixar as crianças fazerem. Ele estava indo de vento em popa para assumir os negócios da família. Então seus pais adotivos se divorciaram e Art começou a arrumar encrenca. Passou a adolescência entrando e saindo de instituições corretivas juvenis e programas de reabilitação. Quando finalmente chegou à idade de ir para a cadeia, já tinha um longo histórico de uso de crack e de dirigir embriagado.

A essa altura, as expressões das pessoas já não eram mais tão neutras. Um arrepio desconfortável passeava entre elas, um arrepio de interesse e ansiedade. Cabeças inclinadas, testas franzidas, lábios inferiores sendo chupados pelos superiores. Respiravam mais rápido. Crianças entretidas por uma história.

– Art Severin saiu mais cedo da cadeia por bom comportamento e logo estava de volta às ruas do Oregon. Mas não por muito tempo. Frustrado com a falta de oportunidades de trabalho nos Estados Unidos para jovens ex-criminosos, ele se mudou para Sabá, na Malásia, onde abriu uma loja de ferramentas que era também um ponto de venda de drogas. Foi em Sabá que conheceu Kamelia, uma empreendedora local que fornecia companhia feminina para a indústria madeireira. Eles se apaixonaram, se casaram, e, embora Kamelia já estivesse com mais de quarenta anos, tiveram duas filhas, Nora e Pao-Pei, cujo apelido era May. Quando o bordel de Kamelia foi fechado pelas autoridades e o comércio de Art foi destruído pela concorrência, ele encontrou trabalho nas madeireiras, e foi apenas aí que descobriu uma paixão que o acompanharia pelo resto da vida: a mecânica e a química da erosão dos solos.

Com deliberada desenvoltura, Peter começou a andar na direção do caixão. A mão em que estava segurando sua Bíblia era a que balançava em sua caminhada, e todos podiam ver que seu polegar estava pressionando um pequeno papel escrito à mão dentro das Escrituras.

– A próxima vida de Art Severin foi na Austrália – disse ele, olhando fixamente para a superfície polida do caixão. – Apadrinhado por uma empresa que reconheceu seu potencial, ele estudou geotecnia e mecânica de solos na Universidade de Sydney. Graduou-se em tempo recorde... esse jovem que havia abandonado o ensino médio há apenas nove anos... e logo estava sendo procurado por firmas de engenharia devido a seu profundo conhecimento de solos, e também devido a seu equipamento personalizado. Ele poderia ter feito uma fortuna em patentes, mas nunca se viu como um inventor, simplesmente como um operário que, em suas palavras, "perdeu a paciência com essas porcarias de instrumentos ultrapassados".

Um murmúrio de reconhecimento percorreu a multidão. Peter apoiou sua mão livre sobre a tampa do caixão, com suavidade, mas firmeza, como se a estivesse apoiando no ombro de Art Severin.

– Sempre que descobria que o aparato existente não rendia dados com a qualidade que ele esperava, ele simplesmente projetava e construía tecnologias que rendessem. Entre suas invenções, havia... – (E aqui ele consultou o pedaço de papel dentro da Bíblia.) – ...uma nova ferramenta de amostragem para utilização em areias granulares abaixo do nível dos lençóis de água. Dentre seus trabalhos acadêmicos, que, ressalto, foram escritos por um homem cujos professores de ensino médio o consideravam um delinquente sem remédio, constam "Ensaios triaxiais não drenados em areias saturadas e sua importância para uma teoria abrangente da resistência ao cisalhamento", "Obtendo controle de pressão constante para o ensaio de compressão triaxial", "Ganho de estabilidade devido à dissipação da poropressão em fundações de argila mole", "Revisando o princípio das tensões efetivas de Terzaghi: algumas sugestões de soluções para anomalias em baixos gradientes hidráulicos", e dezenas de outros.

Peter fechou sua Bíblia e segurou-a junto ao abdômen, diretamente sob a mancha em formato de crucifixo. Sua túnica tinha sido lavada e passada, mas suor novo já começava a se espalhar em manchas por toda a parte. Os demais presentes também transpiravam.

– Olha, eu não vou fingir que tenho a menor ideia do que significam esses títulos – disse Peter com um leve sorriso. – Alguns de vocês têm. Outros não. O importante é que Art Severin se transformou em um perito mundialmente respeitado em algo mais importante do que usar drogas. Embora... ele não tenha deixado suas velhas habilidades caírem totalmente em desuso. Antes de trabalhar para a USIC, ele costumava fumar cinquenta cigarros por dia.

Uma onda de risadas percorreu a assembleia. Antes, quando mencionara o serviço de companhia feminina oferecido por Kamelia, alguém deixara escapar um princípio de risada solitário, mas essa risada de agora era franca, sem tensão.

– Mas estamos nos adiantando – alertou ele. – Estamos deixando de fora algumas das vidas de Art Severin. Pois sua próxima vida foi como consultor de grandes projetos de barragens em dezenas de países, do Zaire à Nova Zelândia. Sua época na Malásia lhe ensinara o valor de ficar longe dos holofotes, de forma que ele raramente levava o crédito por suas conquistas, preferindo deixar políticos e empresários ficarem com a glória. Mas gloriosas mesmo foram as barragens que ele viu nascer e crescer. Seu maior orgulho era a barragem Aziz no Paquistão, que, se me permitem um trocadilho inofensivo, era de arrebentar: uma barragem de aterro preenchida com rochas com centro estanque de argila. O empreendimento exigia um grau altíssimo de atenção, pois se situava em uma zona sujeita a terremotos. E está de pé até hoje.

Peter ergueu o queixo, olhando pela janela mais próxima para a imensidão alienígena lá fora. Sua congregação olhou junto com ele. O que quer que estivesse lá fora simbolizava sucesso, sucesso conquistado a duras penas em um meio ambiente grandioso que não se deixaria modificar sem a intervenção de profissionais dedicados. Alguns olhares estavam marejados.

– A vida seguinte de Art Severin não foi muito feliz – disse Peter, novamente em movimento, como que inspirado pela inquietude do próprio Severin. – Kamelia o deixou, e o motivo ele nunca foi capaz de compreender. Suas duas filhas foram afetadas pela separação: Nora se voltou contra ele, e May foi diagnosticada como esquizofrênica. Alguns meses depois de um acordo de divórcio excruciante e dispendioso, Art caiu na malha fina do Fisco e acabaram cobrando dele uma quantia que não tinha como pagar. Um ano depois, ele estava bebendo além da conta, vivendo de seguro-desemprego, e morando em um trailer com May, vendo o estado de saúde da filha piorar. A saúde dele também só piorava, devido à diabetes não diagnosticada.

“Mas é aqui que a história tem uma reviravolta inesperada”, disse ele, voltando-se de repente e fazendo contato visual com tantos espectadores quanto pôde. “May parou de tomar seus medicamentos, cometeu suicídio, e todos os que assistiam à decadência de Art Severin presumiram que ele se entregaria de vez à sarjeta e um dia seria encontrado morto em seu trailer. Mas não: ele cuidou de sua saúde, descobriu onde estava seu pai biológico, fez um empréstimo, voltou ao Oregon e começou a trabalhar como guia turístico. Ele trabalhou nisso por dez anos, recusando promoções, recusando ofertas de voltar à indústria geotécnica, até que finalmente a USIC entrou em campo. A USIC lhe fez uma oferta irrecusável: a chance de pôr em prática, em larga escala, suas teorias sobre o uso de terra e rocha branda como materiais de engenharia.”

"Esse campo de testes tão vasto é aqui", declarou Peter. "Bem aqui onde estamos hoje. As habilidades de Art Severin ajudaram a levar esse experimento extremamente ambicioso tão longe quanto possível, e, porque Art foi tão generoso em compartilhar sua técnica, sua perícia vai continuar viva em seus colegas, vocês, que o conheciam. Falei muito sobre o passado de Art, um passado sobre o qual muitos aqui podem não ter tido a menor ideia, porque Art não falava muito nele. Sei que muitos vão concordar comigo quando digo que ele não se abria com facilidade. Eu mesmo não vou fingir que cheguei a conhecê-lo bem. Ele foi afável comigo em nossa viagem para cá, mas, quando chegamos, tivemos uma pequena discussão. Eu tinha um grande desejo de reencontrá-lo, depois que tivesse me acostumado com meu trabalho aqui; tinha um grande desejo de fazer as pazes com ele. Mas é assim que são as coisas com os mortos e aqueles que deixamos para trás. Cada um de vocês vai ter sua própria última lembrança de Art Severin, a última coisa que disseram para ele, a última coisa que ele disse para vocês. Talvez tenham sorrido por causa de algum detalhe de seu trabalho juntos, sorriso este que agora vai adquirir um significado a mais: um símbolo de um relacionamento que andava bem, que se melhorar estraga. Ou talvez se lembrem de um olhar que ele tenha te dado, um daqueles momentos em que não se consegue interpretar bem o que o outro quer contigo, um momento que te faz pensar se havia alguma coisa que você pudesse ou devesse fazer para a ausência dele agora parecer mais natural. Mas, de qualquer modo, estamos lutando para compreender o fato de ele não estar mais aqui, o fato de agora estar em uma dimensão diferente da nossa, de não mais respirar o mesmo ar que nós, nem ser mais o mesmo tipo de criatura. Sabemos que ele era mais do que o corpo que está guardado nesse caixão, assim como sabemos que nós somos mais do que nossos rins, intestinos e cera de ouvido. Mas não temos o vocabulário adequado para exprimir o que é essa coisa a mais. Há quem chame de alma, mas o que *será* isso, afinal de contas? Será que existe um trabalho acadêmico sobre ela, para lermos e entendermos as propriedades da alma de Art Severin, e nos informar como ela difere do Art Severin que conhecíamos, o cara temperamental de dentes descorados, o cara que achava difícil confiar em mulheres, o cara com o hábito de batucar os joelhos ao som de um rock que só tocava em sua cabeça?"

Durante essa fala, Peter andara bem devagar na direção do público, se aproximando de sua congregação, até estar a um metro da fileira da frente. A testa de BG contorcia-se de rugas, seus olhos brilhando de lágrimas. A mulher ao lado dele chorava. A mandíbula de Tuska estava rígida, seu sorriso oblíquo tremendo de leve. Grainger, em algum ponto mais ao fundo, estava pálida feito osso, sua expressão amortecida pela dor.

– Gente, vocês sabem que sou cristão. Para mim, esse trabalho acadêmico tão importante é a Bíblia. Para mim, os dados vitais que estão faltando estão em Jesus Cristo. Mas sei que alguns de vocês têm outras crenças. E sei que Art Severin não seguia nenhuma. O BG lhe perguntou de que religião ele era, e ele disse, "nenhuma". Não tivemos chance de conversar depois sobre o que ele realmente quis dizer com isso. E agora, nunca mais terei essa chance. Mas não porque Art Severin esteja morto naquele caixão. Não. É porque esse corpo aqui não é o Art Severin: disso todos nós sabemos, instintivamente. Art Severin não está mais entre nós; ele está em outro lugar, algum lugar a que não podemos ir. Estamos aqui reunidos, respirando com essas bexigas esponjosas que chamamos de pulmões, nossos tórax pulsando levemente devido à ação dessa bomba de sangue que chamamos de coração, nossas pernas nos incomodando por estarem se equilibrando sobre nossos ossos do pé por tempo demais. Somos almas trancafiadas em uma jaula de ossos; almas espremidas em um pacote de carne. Ganhamos a oportunidade de permanecer nessa carne por um certo período, alguns anos, e depois vamos para o lugar das almas. Eu creio que esse lugar é no seio de Deus. Vocês podem crer que é em outro lugar. Mas uma coisa é certa: é em algum lugar que não aqui.

Peter voltou para junto do caixão, depositando sua mão sobre ele de novo.

– Não sei dizer ao certo se Art Severin acreditava do fundo do coração que ele não era nada mais do que o conteúdo desse caixão. Se acreditava mesmo, estava errado. Talvez eu não deva entrar em outra discussão com ele agora; talvez seja de mau gosto. Mas Art, me perdoe, nos perdoe, mas temos que te dizer: você não era um nada. Não era verdade que você não ia a lugar nenhum. Você estava viajando pela grandiosa jornada humana, e ontem você chegou ao ponto final, ao destino dessa jornada. Você foi um homem corajoso e viveu muitas vidas, e cada vida exigiu mais coragem do que a última, e agora você está na outra vida, aquela em que seu corpo não vai mais decepcioná-lo, e você não precisa de insulina nem sente falta de nicotina, e ninguém vai trair sua confiança, e todos os mistérios que o intrigavam em vida estão totalmente esclarecidos, e toda mágoa que você já sofreu foi apaziguada, e agora você está sentindo pena de nós, que ainda temos que arrastar o peso de nossos corpos por aí.

Um resmungo surpreso do público: BG tinha erguido seu braço maciço para enxugar os olhos, e acidentalmente acertado a cabeça de alguém com o cotovelo.

– Art Severin – proclamou Peter, e, apesar da acústica abafada do salão, o som quase chegou a reverberar como numa igreja –, estamos aqui hoje para nos livrar de sua velha jaula de ossos, seu pacote de carne. Você não precisa mais dessas coisas. São umas porcarias de instrumentos ultrapassados. Mas, se estiver tudo bem para você, nos deixe conservar algumas lembrancinhas suas: nossas memórias. Queremos manter você conosco, mesmo enquanto permitimos que se vá. Queremos que você continue vivendo em nossas lembranças, mesmo que você esteja vivendo num lugar maior e melhor do que elas. Certo dia, nós também iremos ao lugar das almas, aí onde você já está. Até lá: adeus, Arthur Laurence Severin. Adeus.

De volta a seus aposentos, depois de ter passado algum tempo com alguns presentes que não quiseram ir embora mesmo depois de o caixão ser consumido, Peter sentou-se mais uma vez diante do Tubo. Sua roupa estava melada de suor. Ele ficou pensando de quanto tempo seria o intervalo até voltar a água do chuveiro. Sua cabeça zunia de tantas intimidades que lhe haviam sido confiadas pelos funcionários da USIC, fatos sobre suas vidas que ele deveria guardar na memória, nomes que ele precisava não esquecer de jeito nenhum. As cápsulas fechadas de sua mulher aguardavam suspensas na tela. Mais nove mensagens que ele ainda não tivera tempo de ler até agora.

Querido Peter

Perdão pelo que será provavelmente uma mensagem curta e confusa. Estou exausta. Sheila Frame e os dois filhos - Rachel e Billy - estiveram aqui a tarde inteira e quase a noite inteira. Para eles era o fim de semana, mas eu tinha trabalhado no turno da manhã, depois de um turno tardio no dia anterior.

Rachel está dando um trabalho só. Ainda é mais ou menos gentil, mas cheia de hábitos obsessivo-compulsivos, cansa só de olhar. Suponho que sejam os hormônios. Você não a reconheceria, fisicamente falando. Ela parece uma jovem estrela pornô/pop, uma baladeira riquinha – a combinação mais frequente nas pré-adolescentes de hoje em dia. O Billy é educado e tímido até dizer chega. Baixinho para a idade, e além disso meio gorducho. Mal disse uma palavra durante toda a visita, e obviamente agonizava de constrangimento quanto mais sua mãe ia ficando tagarela/nervosa. A Sheila estava com um pouco de cheiro de bebida, ou talvez seja só água-de-colônia muito forte, sei lá. Ela estava tão tensa que não parava quieta, a casa ainda está cheirando a colônia, mesmo eles tendo ido embora faz uma hora. Como eu queria que você e eu pudéssemos ter lidado com eles a dois – um de nós acalmando a Sheila, o outro travando amizade com as crianças, depois, quem sabe, revezando. Não sei por que ficaram tanto tempo aqui; não imagino que eu tenha sido de grande serventia para eles. O único momento espontâneo do Billy foi quando eu o coloquei na frente do meu computador para jogar videogame. Ele bateu o olho no pôster da Arca de Noé e seu rosto se retraiu como se tivesse levado um soco. Ele me contou que o leopardo-das-neves está extinto. O último espécime vivo morreu num zoológico há algumas semanas. "O leopardo-das-neves era o meu bicho preferido", disse ele. Então ele se sentou em frente ao computador e em 30 segundos estava perdido em uma prisão realista, atirando na cabeça dos guardas, explodindo portas, morrendo.

Preciso ir para a cama imediatamente. Amanhã levanto às 5h30. Bebi um pouco do vinho que Sheila trouxe, para ela não ficar com cerimônia de beber sozinha. Quando o despertador tocar amanhã, sei que vou me arrepender!

Por favor, me conte um pouco mais sobre como está indo sua missão. Quero falar dos detalhes com você. Parece tão estranho não falar disso com você. Peter, DÓI não falar disso com você. Me sinto como se fosse sua irmã ou coisa assim, te mandando uma arenga interminável reclamando de tudo, falando sem parar de coisas que não têm como te interessar. Ainda sou a mesma pessoa que você conhece bem, aquela em que você sempre pode confiar para te dar perspectiva e confirmação. Só preciso ter uma ideia mais clara do que você está vendo e vivendo, meu amor. Me diga nomes, detalhes. Sei que agora não pode, porque está no assentamento e aí não há como ler essa mensagem. Mas assim que voltar. Por favor. Pare um pouco e reflita. Permita-me estar aí com você.

PRECISO ir para a cama agora.

Com amor,

Bea.

Peter reclinou a cadeira, fervilhando de adrenalina, mas igualmente cansado. Ele não sabia se deveria, ou poderia, ler as outras oito mensagens de Beatrice sem responder àquela. Deixá-la sem resposta parecia cruel, perverso. Como se Bea estivesse gritando seu nome, chamando por ele continuamente, e ele ignorando seus apelos.

Querida Bea, iniciou ele em uma página nova.

Hoje eu ministrei um funeral. O de Art Severin. Eu não sabia que ele era diabético; morreu de repente, enquanto eu estava no assentamento. Me deram uma pasta com um relatório sobre toda a vida dele e três horas para preparar alguma coisa. Fiz o melhor que pude. Todo mundo pareceu gostar.

Com amor,

Peter

Ele ficou olhando para aquelas palavras na tela, ciente de que precisavam ser expandidas. Detalhes, detalhes. Uma mulher chamada Maneely confessara-lhe que nunca sequer dedicara um pensamento ao cristianismo desde a infância, mas que naquele dia sentira a presença de Deus. Pensou em contar isso a Bea. Estranhamente, seu coração batia mais forte que o normal. Ele deixou sua mensagem em forma de rascunho, sem mandá-la, e abriu uma nova cápsula.

Querido Peter

Está sentado? Espero que sim.

Meu amor, estou grávida. Sei que você pensa que não é possível. Mas parei de tomar a pílula um mês antes de você partir.

Por favor, não se zangue comigo. Sei que tínhamos combinado de esperar mais alguns anos. Mas, por favor, entenda. Eu estava com medo de você nunca mais voltar. Fiquei com medo de sua nave explodir no lançamento e sua missão terminar antes mesmo de ter começado. Ou que você fosse desaparecer no meio do caminho, simplesmente sumir no espaço sideral, e eu nunca nem sequer ficaria sabendo o que foi feito de você. Então, conforme a data da partida ia chegando, eu ia ficando mais desesperada para conservar alguma parte sua aqui comigo, não importa o que fosse.

Orei e orei sem parar pedindo orientação, mas simplesmente não senti que recebera uma resposta. No fim, deixei nas mãos de Deus se eu ia estar fértil tão pouco tempo depois de parar com a pílula. É claro que ainda assim a decisão foi minha, não estou negando isso. Queria que essa decisão tivesse sido nossa, de nós dois juntos. Talvez tenha sido – ou pudesse ter sido. Talvez, se tivéssemos conversado a respeito, você teria dito que isso era exatamente o que você andava pensando em propor. Mas eu estava aterrorizada pensando se você diria não. Você teria dito não? Me diga logo de uma vez, não precisa ter dó de mim.

Seja lá como você se sinta, espero que faça diferença para você eu estar alegre e orgulhosa de estar grávida do seu filho. Nosso filho. Quando estiver na hora de você voltar, estarei com 26 semanas de gestação, começando a ficar enorme. Isso presumindo que eu não tenha um aborto. Espero que não. Não seria o fim do mundo, e poderíamos tentar de novo, mas seria outra criança. Essa aqui que tenho na barriga me parece tão preciosa – já desde agora! Sabe no que eu estava pensando quando você fez amor comigo no caminho para o aeroporto? Estava pensando, eu estou pronta, é agora, esse é precisamente o momento certo, só precisa de uma sementinha. E aposto que foi bem aí que aconteceu. Pensando bem, tenho quase certeza de que foi aí que aconteceu.

13

O motor voltou à vida

– E foi aí que tudo começou – disse a mulher solenemente. – O visual no começo era este.

Peter assentiu com a cabeça. Ele contraiu a mandíbula e nem sequer tentou reagir de forma interessada como de praxe, com medo de escancarar um sorriso ou até mesmo rebentar de rir. A inauguração oficial daquelas dependências era uma ocasião importante para todos ali reunidos.

– Revestimos o topo da superfície do fluxo *downstream* com uma camada grossa de epóxi – continuou a mulher, apontando para as partes pertinentes do modelo em escala – para controlar a migração da água durante a penetração na base. Esses tubos no lado *downstream* foram conectados a transdutores de pressão.

Se ela estivesse falando de um jeito casual ou despreocupado, não seria tão ruim, mas seu tom era sério até mais não poder e isso deixava tudo mais engraçado, e todos menos ele pareciam entender perfeitamente o que ela estava falando, o que deixava tudo ainda mais engraçado. E além disso havia a graça intrínseca ao modelo arquitetônico em escala (tão digno, tão repleto de importância simbólica, e ainda assim, tão... *tosquinho*, feito um brinquedo de parquinho infantil). E havia, ainda por cima, o próprio formato da maquete: dois bojos lado a lado, justificando plenamente o apelido de "Supersutiã".

A construção em si, vista a distância, não lhe parecera particularmente cômica. Ele a vira, assim como todo mundo, pousada no horizonte no começo da tarde, quando o comboio de veículos da USIC cruzou o agreste, cada um rebocando meia dúzia de funcionários dentro. O mero tamanho das estruturas e o fato de que uma escondia parcialmente a outra, quando se estava chegando perto, conferiam-lhes o aspecto daquilo que realmente eram: grandes feitos arquitetônicos. Quando o comboio enfim desacelerou e estacionou junto à estrutura mais próxima da base, todos se viram em uma zona de sombra tão ampla que era difícil distinguir seus contornos. Apenas agora que Peter e os demais funcionários da USIC estavam reunidos no salão de entrada, contemplando uma réplica que mal chegava a um metro de altura, o desenho do prédio se revelava em toda a sua simetria bulbiforme. A mulher que comandava a função, Hayes, engenheira que trabalhava em estreita colaboração com Severin, deslizou a mão pouco acima das estruturas gêmeas, sem dar pelo fato de que mais parecia estar fazendo a mímica de uma carícia em um seio do tamanho de um sofá.

– O nível g desejado... o empuxo do peso próprio... a simulação de galgamento... – papagueava Hayes – ...subpressões com cinco transdutores... sonda de proximidade...

A vontade de rir de Peter passara. Agora ele não estava era conseguindo ficar acordado. O salão de entrada era quente e malventilado como só; mais parecia que estava enclausurado dentro de um motor – e basicamente, na verdade, era isso mesmo. Ele trocou o pé no qual se apoiava, inspirou fundo, e fez esforço para aprumar a postura. Gotas de velho suor gemiam em suas sandálias; seus olhos ardiam e perdiam o foco em Hayes.

– ...gravados em tempo real...

Ele piscou. Aos poucos, Hayes foi entrando em foco de novo. Era uma mulher minúscula com um corte de cabelo masculino e militar cujas preferências de vestuário tornavam qualquer coisa que vestisse um uniforme instantâneo, mesmo que não fosse. Ele travara contato com ela há vários dias, no refeitório, enquanto ela escavava avidamente uma porção de purê com molho de carne feitos de flor branca. Haviam conversado por dez, quinze minutos e ela fora perfeitamente simpática mas revelando-se um tanto sem sal. Ela era do Alasca, já gostara muito de cachorros e de andar de trenó, mas hoje em dia estava satisfeita em ler revistas sobre eles, e não tinha nenhuma religião, embora mantivesse "uma certa mente aberta no que se referia a *poltergeists*", pois tivera uma estranha experiência na casa de um tio aos doze anos de idade. Seu tom contralto monótono era, na opinião dele, um tanto atraente, lembrando-o um pouco da voz sussurrante e melodiosa de Bea. Mas, enquanto palestrava sobre termodinâmica e projetos de barragens, a voz dela não era tão fascinante assim.

Ainda assim, o fato de estar tendo dificuldade em continuar acordado o deixava chateado. Experiências chatas geralmente não o afetavam dessa maneira. Normalmente, tinha uma tolerância excepcional ao tédio; ter morado na rua lhe ensinara isso. Mas morar na base da USIC era de alguma forma pior do que morar na rua. Fazia uma semana que voltara para lá, e seu rosto queimado já descascara e sarara, mas seu cérebro não estava se recuperando tão bem. Sentia-se elétrico e vigilante quando deveria estar dormindo, e entorpecido quando deveria estar alerta. E ali estava ele, dormindo em pé, quando deveria estar admirando a genial façanha de engenharia que eram as Instalações de Força e Centrífuga novinhas em folha da USIC.

– ...funções mutuamente excludentes... não poderia ser feito... Severin... rede de sucção... a visão para abandonar a dependência da energia fotovoltaica...

O que havia sido realizado ali *era* impressionante: um feito de engenharia que ampliava os limites do que se pensava possível. Em condições normais – ou seja, nas condições com que todo mundo estava acostumado no planeta Terra – a chuva caía sobre uma vasta área e se acumulava em grandes aquíferos, ou fluía por rios que avançavam pela terra ganhando velocidade. De qualquer forma, uma substância que, para alguém que estava embaixo de chuva, era percebida como gotas individuais descendo pelo ar, era transformada pelo tempo, volume e momento em uma força poderosa que seria capaz de alimentar centenas de milhares de motores. Esses princípios não se aplicavam em Oásis. As gotas de chuva surgiam, penetravam no terreno-esponja, e uma vez acontecido isso, já eram. Se por acaso você estivesse ao ar livre quando caísse a chuva e estendesse uma caneca, ela ficaria cheia, ou você poderia matar sua sede de forma ainda mais simples, abrindo a boca e voltando-a para o céu. Mas, quando acabava, acabava – até cair a próxima chuva.

A ampla estrutura bipartida do Supersutiã desafiava essas limitações. Parte dele era feita para sugar a chuva do céu, agrupar as gotículas difusas em um redemoinho ciclônico, e capturar a água condensada em uma centrífuga gigante. Mas essa era só metade do engenhoso estratagema do projeto. A quantidade de energia elétrica necessária a essa centrífuga era, é claro, colossal – muito além da produção dos painéis solares existentes da USIC. Então, a água recolhida não era simplesmente despejada num reservatório; era primeiro posta para trabalhar em uma caldeira gigante, onde volumes espantosos de vapor capturado faziam turbinas girar.

Cada estrutura alimentava a outra, fornecendo a energia para capturar a água, fornecendo a água para gerar a energia. Não era bem um moto-perpétuo – duzentos painéis solares espalhados no agreste ao redor das instalações botavam os raios de sol para trabalhar –, mas era surpreendentemente eficiente. Ah, se alguns desses Sutiãs Gigantes pudessem ser instalados em países devastados pela carestia como Angola e Sudão! Que diferença fariam! Certamente a USIC, tendo acabado de criar essa maravilha tecnológica e provado que era factível, devia estar negociando esse tipo de projeto? Teria que perguntar isso a alguém depois.

Mas agora não era hora.

– E, para concluir... – dizia Hayes. – Um último alerta de ordem prática. Estamos a par do fato de que tem havido uma certa relutância em empregar o nome oficial dessas instalações, as Instalações de Força e Centrífuga. Estamos também a par do fato de que tem circulado por aí um apelido desagradável. Deve haver quem ache engraçado, mas isso não é nem um pouco elegante e acho que devemos ao Severin, que se empenhou tanto nesse projeto, como todos nós, dar a ele algum nome com que todos possamos conviver. Reconhecendo, portanto, que muitos preferem nomes curtos e chamativos, vamos fazer uma coisa. Oficialmente, estamos aqui hoje para comemorar a inauguração das Instalações de Força e Centrífuga da USIC. Extraoficialmente, sugerimos que vocês as chamem... de Mãe.

– Porque é grande feito a mãe da minha mulher! – berrou alguém.

– Porque a necessidade é a mãe da invenção – explicou Hayes pachorrentamente.

Com isso, o discurso da cerimônia de abertura acabou chegando ao fim. O resto da visita foi, ou fingiu ser, um tour guiado pelas instalações, para demonstrar como os princípios estabelecidos pela maquete eram postos em prática em tamanho normal. Porém, como a maioria dos mecanismos e funcionalidades estava tampada com concreto ou submersa em água ou, ainda, só era acessível por meio de vertiginosas escadas de aço, não havia muito a ser visto.

Só quando estavam indo embora, de volta à base da USIC, em seu pequeno comboio, é que Peter foi sentir finalmente a inspiração que lhe faltara durante o discurso de Hayes. Espremido entre dois desconhecidos no banco de trás de um veículo embaçado, ele notou que o mundo estava ficando ligeiramente mais escuro. Ele torceu o corpo e limpou a condensação da janela traseira com sua manga. A grande usina já se distanciava, cintilando fracamente por trás da névoa de combustível queimado que saía do escapamento do jipe. Mas, agora, o que podia ser visto com mais clareza era a multitude de painéis solares – helióstatos – organizados em um amplo semicírculo à roda da Mãe. Cada um deles deveria capturar a luz do sol e redirecioná-la direto para a usina. Mas, por coincidência, o sol estava parcialmente tampado por nuvens passageiras. Os helióstatos giravam em seus pódios, ajustando o ângulo de suas superfícies espelhadas, ajustando, ajustando e ajustando. Eram meras placas retangulares de metal e vidro, não pareciam nem um pouco humanas, mas ainda assim Peter se comoveu com sua confusão desatinada. Assim como todas as demais criaturas do universo, só estavam à espera da luz elusiva que lhes daria um propósito.

De volta aos seus aposentos, Peter foi ver se havia novas mensagens no Tubo. Sentiu culpa em ir atrás de novos comunicados de Bea quando ele mesmo deixara passar tanto tempo sem escrever um. Em sua última carta, ele a apaziguara, dizendo que estava felicíssimo em saber que ela estava grávida e que não, não estava zangado com ela. O resto da carta fora tomado por informações ligadas à missão de que não conseguia se lembrar. Ao todo, a carta talvez tivesse umas quinze linhas, no máximo vinte, e lhe custara várias horas de suor para ser produzida.

Era verdade que ele não estava com raiva, mas sentia perturbadoramente pouco de qualquer outra coisa também, além de angústia pela incapacidade de responder a ela. Era difícil, em suas atuais circunstâncias, apreender seus sentimentos e marcá-los a ferro com um nome. Se fizesse muita força, praticamente conseguiria compreender o que estava acontecendo em Oásis, mas isso era porque ele e os acontecimentos que analisava estavam no mesmo espaço. Seu coração e sua razão estavam presos em seu corpo, e seu corpo estava ali.

A notícia da gravidez de Bea viera-lhe como as notícias de alguma atualidade fenomenal na Grã-Bretanha: ele sabia que era importante, mas não tinha ideia do que poderia ou deveria fazer a respeito. Presumiu que qualquer outro homem estaria imaginando como seria a realidade íntima de ser pai: o bebê em seus braços, o filho ou filha materializado pulando em cima de seu joelho, a criança se formando no ensino médio ou coisa assim. Ele só conseguia imaginar essas cenas da forma mais artificial e genérica, como se fossem painéis bidimensionais em uma revista em quadrinhos escrita e desenhada por picaretas infames. Tentar visualizar Bea com um bebê no ventre era impossível: ainda não havia bebê nenhum, e se ele tentasse invocar uma imagem de sua barriga, visualizaria apenas suas lembranças antigas do abdômen esbelto dela no interior da camiseta que usava para dormir. Ou, se esforçando ao máximo, um raio X de uma pélvis que poderia ser de qualquer um, salpicada com pingos de luz crípticos que poderiam ser um embrião do tamanho de um verme, poderiam ser gás, ou poderiam ser câncer.

"Agora você precisa ter todo o cuidado do mundo em se cuidar", escrevera ele. Usar "cuidar" duas vezes em uma frase daquele tamanho não era o ideal, mas já que demorara tanto para encontrar aquelas palavras e eram sinceras, as enviara assim mesmo. Sincero que fosse, porém, ele tinha que admitir que era o tipo de coisa que uma tia ou irmão diria.

E, desde então, ainda não conseguira escrever outra carta para ela, apesar de ter recebido várias. Mais de uma vez, ele se obrigara a sentar e começar, mas depois de digitar "Querida Bea" empacara e não levara a mensagem adiante. Mais cedo, tentara se convencer a redigir algumas palavras sobre sua visita ao Supersutiã, mas duvidava que sua mulher estivesse louca para ouvi-lo falar desse assunto.

Não tinha vindo nada de novo da parte dela naquele dia, o que era fora do comum. Ele torcia para que nada de mau tivesse acontecido. Nada de mau a Beatrice, é claro. Porque ao mundo como um todo inúmeras coisas ruins pareciam estar acontecendo ultimamente.

O mundo sempre estivera repleto de acidentes e desastres, é claro, assim como sempre estivera repleto de realizações admiráveis e iniciativas belíssimas que a mídia tendia a ignorar – nem que fosse porque honra e satisfação eram difíceis de registrar em vídeo. Mas, mesmo considerando tudo isso, Peter sentia que as missivas que vinha recebendo de Beatrice estavam alarmantemente apinhadas de más notícias. Era tanta má notícia que ele não sabia mais o que fazer com elas. De tanto ser bombardeado com informações de novidades calamitosas, ocorrências que reescreviam aquilo que considerava senso comum, o cérebro da pessoa ia parando de digerir as novidades e começava a se apegar a realidades mais antigas. Ele aceitara Mirah ter voltado para o marido e a esposa de um político americano ter sido baleada na cabeça em sua piscina. Ele se lembrava de que havia uma menininha em Oskaloosa chamada Coretta que perdera seu pai. Ele aceitara, com certa dificuldade, que as Maldivas tinham sido obliteradas por um maremoto. Mas quando pensava na Coreia do Norte, ele imaginava uma pacífica paisagem urbana de arquitetura totalitária, com legiões de cidadãos andando de bicicleta e tocando suas vidas normalmente. Não havia lugar nessa imagem para um ciclone de proporções catastróficas.

Nenhum desastre novo hoje, porém. Não receber notícias é boa notícia, como costumavam dizer. Inquieto, ele reabriu uma das mensagens antigas de Bea e a releu.

Querido Peter

Recebi sua mensagem ontem à noite. Estou tão aliviada por você não estar zangado comigo, a não ser que a brevidade do que você escreveu possa sinalizar que você ESTEJA bravo mas conseguindo, mal e mal, manter a raiva sob controle. Mas acho que não. Você deve estar incrivelmente preocupado com sua missão, aprendendo a língua deles e lidando com todo tipo de desafio que ninguém nunca enfrentou antes. (Por favor, me conte mais deles, quando tiver um tempo livre.)

Pelo que você CHEGOU a dizer, você parece estar se ajustando ao clima, pelo menos. Aqui isso não é exatamente possível, porque tudo saiu dos eixos de novo. Mais chuva torrencial, com bônus ocasional de ventanias fortíssimas. A casa está com cheiro de umidade. Mofo na mobília e nas paredes. Abrir as janelas deixa o ar fresco entrar, mas também a chuva, é difícil saber o que fazer. Sei que também é bem úmido onde você está, mas, pelo pouco que você me contou sobre a vida dos oasianos, o lugar parece "feito" para isso. Aqui na Inglaterra, tudo é planejado com base na ideia de que o clima vai permanecer sempre seco e ameno. Simplesmente não somos muito bons em nos planejar para emergências. Acho que gostamos de negar a realidade.

Sheila deu notícias de novo. Billy está clinicamente deprimido, segundo ela. Nada bom para um menino de 14 anos. Deixei combinado de sair com ele para algum lugar no dia em que a família se mudar. (Falei que Sheila e Mark se separaram? Nenhum deles conseguia pagar as prestações da hipoteca sozinho, então resolveram vender e se mudar para apartamentos. Na verdade, o Mark vai para a Romênia.) Não estou convencida de que seja uma boa ideia se mudar sem deixar seus filhos participarem do processo, mas Sheila diz que Billy não quer mesmo saber de nada disso e é melhor que ele seja entregue no apartamento quando o negócio já for fato consumado. Ela me deu dinheiro para levá-lo ao cinema, mas, na verdade, vou levá-lo a uma Exposição de Gatos que por acaso vai acontecer no Centro de Esportes & Lazer. É um risco porque (A) ele pode ser o tipo de menino que surta ao ver animais dentro de gaiolas e (B) gatos podem lembrá-lo do leopardo-das-neves, mas espero que ver todos aqueles gatos diferentes agrupados em um só lugar o deixe mais tranquilo.

Ufa! Se você pudesse ter ouvido o trovão que reverberou pela casa agora! Quase me deu um ataque do coração. O basculante do banheiro se estilhaçou, centenas de cacos de vidro na banheira e pelo chão. Primeiro pensei que fossem vândalos, mas foi o vento. Uma rajada de vento arrancou uma maçã do pé no quintal e a jogou contra a janela. Mas sem problema! Vem alguém da igreja consertar já, já, em duas horas, disse ele. Graeme Stone. Lembra dele? A mulher dele morreu de cirrose.

Ontem fui ao supermercado, estava fechado. Nenhuma explicação, só um cartaz colado dizendo que o mercado não voltaria a abrir até segunda ordem. Muita gente do lado de fora, fregueses frustrados espiando pela vidraça. Lá dentro, as luzes estavam acesas, tudo parecia normal, as prateleiras abastecidas. Uns dois seguranças parados junto às portas. Alguns funcionários(?) andavam por entre as gôndolas conversando calmamente, como se ninguém fosse capaz de vê-los, como se estivessem em sua própria sala de estar em vez de estarem expostos ao público em plena rua principal. Estranho. Fiquei parada lá por uns cinco minutos, não sei por quê. No fim das contas, um rapaz caribenho se atreveu a gritar para um dos guardas pelo vidro: "Amigão, me arruma um pacote de 20 Benson & Hedges?"

Nenhuma resposta, então ele acrescentou: "É pra minha mãe, cara!" Uma onda de risada varreu a multidão. Foi um daqueles momentos comunitários, quando alguma coisa engraçada acontece e todo mundo ri, e por um breve instante todos ficam unidos. Adoro esses momentos. Bem, de qualquer modo, senti que dali em diante a coisa só iria degringolar, então fui andando até a loja de conveniência 24 horas e torci para ter a sorte de encontrar leite, mas nada de nada.

O que você tem comido, meu amor? Alguma coisa que eu gostaria de experimentar?

O refeitório da USIC estava banhado em luz laranja. Estava de tarde. Continuaria de tarde por muito tempo.

Ele pediu sopa-creme de galinha e um pãozinho no balcão. Era uma mulher que estava trabalhando lá hoje, uma beldade de tipo grego que ele ainda não conhecia. Havia travado conversas com boa parte do corpo de funcionários da USIC, tentando avaliar se poderia ser útil a algum deles no nível espiritual, e descobrira que se tratava de uma turma atipicamente fleumática e autossuficiente. Mas a mulher grega era novidade, e havia algo em seus olhos que dava a impressão de que havia um vazio em sua vida que só Deus poderia preencher. Mas ele estava com fome e, além do mais, sua cabeça estava cheia com os oasianos. Sua próxima partida seria dali a uma hora.

A sopa estava gostosa, apesar de não conter nem creme, nem lascas de frango. Tinha sabor forte de caldo de galinha, que sem dúvida fora transportado para lá em forma de pó. O pão de flor branca estava crocante por fora e fofo por dentro, ainda quentinho – exatamente como um pão deve ser. Ele deu graças a Deus a cada mastigada.

O som que saía dos alto-falantes era algum jazz *dixieland* que ele não estava conseguindo identificar. Música antiga não era sua especialidade. De tantos em tantos minutos, uma gravação recitava uma lista de trombonistas e trompetistas e pianistas e demais instrumentistas.

Ele terminou de comer e devolveu a tigela ao balcão.

– Obrigado – disse ele.

– De nada – disse a mulher. O pulso dela, estendendo-se para recolher a tigela, era nodoso porém delicado, feito o de Bea. Ele desejou poder entrelaçar seus dedos com os de Bea por três segundos que fosse, para sentir o ossinho de seu pulso contra a pele. A necessidade de fazê-lo lhe pareceu tão esmagadora que ele quase chorou lá mesmo, na frente do balcão; mas conseguiu se segurar.

Ele voltou ao seu lugar para permitir que a comida se assentasse em seu estômago. Deslizando a palma da mão pela frente da túnica, ele foi aguilhoado por uma fagulha de eletricidade estática, fenômeno que muitas vezes já percebera que ocorria quando estava cheio de expectativa. Fechou os olhos e fez uma prece pedindo a Deus que lhe acalmasse o espírito. Um pouco de calma lhe foi concedida.

No alto-falante, o jazz *dixieland* dera lugar a algo menos agitado. Ele começou a folhear revistas do mostruário próximo à sua poltrona, demorando-se alguns minutos em cada uma antes de reposicioná-la no devido lugar.

Sua impressão inicial fora de que a USIC oferecia um amplo leque do que poderia ser encontrado nas bancas da Terra. Agora, que examinara as revistas mais atentamente, não tinha mais tanta certeza. *House & Garden*, *Hot Goss*, *Aquarium Fish*, *Men's Health*, *Lesbian Action*, *The Chemical Engineer*, *Classic Jazz*, *Vogue*... Sim, eram todas bem recentes, devem ter vindo na mesma nave que ele para Oásis. E, sim, atendiam a interesses os mais variados, mas... nenhuma delas continha um pingo de jornalismo sério. Passou os olhos pelas manchetes e pelas frases de efeito em destaque nas capas. Eram as mesmas manchetes e frases de efeito que apareciam nesses periódicos há décadas. Faltava ao mostruário qualquer revista que contasse o que estava acontecendo na linha de frente, por assim dizer. Você poderia se informar sobre jazz, sobre como enrijecer seus músculos abdominais ou sobre o alimento correto para o seu peixe, mas onde estavam as crises políticas, os terremotos, as guerras, as falências de grandes corporações? Ele pegou a *Hot Goss*, uma revista de mexericos sobre famosos, e folheou-a. Artigos e mais artigos sobre celebridades de que jamais ouvira falar. Duas páginas saíram na sua mão, alertando-o para o fato de que outras duas páginas mais à frente haviam sido arrancadas. Ele encontrou o lugar. Lá estava: a numeração pulava de 32 para 37. Ele voltou até o sumário e consultou as sinopses em busca do material faltante. "*Umber Rosaria vai à África! A baladeira do momento troca a rehab pelos campos de refugiados.*"

– E aí, pastor!

Ele levantou os olhos. Um homem com expressão sardônica e barba há vários dias por fazer estava em pé à sua frente.

– Oi, Tuska – disse Peter. – Bom te ver. Deixando a barba crescer de novo?

Tuska deu de ombros.

– Nada demais. Monitor novo, mesma máquina. – Ele se sentou na poltrona mais próxima e meneou a cabeça indicando a *Hot Goss* nas mãos de Peter. – Essa porcaria aí vai liquefazer seu cérebro.

– Estou só dando uma olhada nas opções – disse Peter. – E percebi que algumas páginas foram arrancadas.

Tuska se recostou, cruzou uma perna por cima da outra.

– Só algumas? Caramba, você tinha que ver a *Lesbian Action*. Acho que pelo menos um terço já foi embora. – Ele deu-lhe uma piscadinha. – Talvez tenhamos que invadir o quarto da Hayes para pegar de volta.

Peter sustentou o contato visual com Tuska, mas sem deixar seu rosto exprimir aprovação nem desaprovação. Ele descobrira que isso costumava agir como um espelho moral, refletindo de volta para a pessoa aquilo que ela acabara de dizer.

– Sem querer ofender, né – acrescentou Tuska. – Como engenheira, ela é boa pra caralho. Cuida só da própria vida. Como todos nós por aqui, acho eu.

Peter colocou a revista de volta no mostruário.

– Você é casado, Tuska?

Tuska ergueu um sobrolho peludo:

– Há muito tempo, numa galáxia muito, muito distante... – entoou teatralmente, retorcendo os dedinhos no ar para enfatizar a senilidade daquela referência pop. Depois, em tom normal: – Não ouço falar dela há uns vinte anos ou mais.

– Tem alguém especial na sua vida?

Tuska estreitou os olhos, pensativo, encenando um escrutínio minucioso dos dados disponíveis.

– Não – disse ele depois de quatro ou cinco segundos. – Eu diria que não.

Peter sorriu para mostrar que entendia a piada, mas em algum canto dos seus olhos deve ter restado uma chispa de dó, porque Tuska sentiu-se provocado a explicar mais.

– Sabe, Peter, estou surpreso por você ter passado pelo processo de filtragem da USIC. Surpreso mesmo, sério. – Ele deixou Peter em suspenso por um longo momento, e só então esclareceu a afirmativa. – Vendo os meninos e meninas que trabalham aqui, você vai ver que basicamente todos nós somos... hã... agentes independentes. Nenhum marido ou esposa em casa. Nenhuma namorada fixa, nenhum filho dependente, nenhuma mãe olhando aflita a caixa de correio. Nenhuma amarra.

– Por causa do alto risco de morrermos a caminho daqui?

– Morrer? Morrer, quem? Tivemos um acidente só nesses anos todos e não teve nada a ver com o Salto, foi uma coisa absurda que poderia ter acontecido a um avião comercial a caminho de Los Angeles. O tipo de coisa que as companhias de seguro chamam de Força Maior. – Ele deu uma piscadela para Peter, depois voltou ao assunto. – Nada disso, o processo seletivo... é por causa das condições daqui. Da vida aqui. Como posso dizer? "Isolada" seria uma boa palavra para descrevê-la. Aqui, o grande risco para qualquer pessoa é surtar. Não digo pirar tipo psicopata assassino da motosserra, só... surtar. Entããão... – Ele inspirou profunda e benevolamente. – Então funciona melhor se você tiver uma equipe de indivíduos que entendem como é estar permanentemente... no limbo. Se não tiverem outros planos... nenhum outro lugar aonde ir... ninguém em lugar nenhum que vá sentir muito a sua falta. Sabe do que estou falando? Pessoas que saibam conviver com isso.

– Uma equipe só de solitários? Parece uma contradição e tanto.

– É a Légion Étrangère, isso sim.

– Como é?

Tuska se aproximou mais dele, entrando no modo história.

– A Legião Estrangeira francesa – disse ele. – Um exército de elite. Lutaram em muitas guerras de antigamente. Um excelente grupo. Você não precisava ser francês para entrar. Podia ter vindo de qualquer lugar. Você não tinha que contar seu nome verdadeiro, seu passado, sua ficha policial, coisa nenhuma. Então, como dá para imaginar, muitos desses caras eram problemáticos com P maiúsculo. Não se encaixavam em lugar nenhum. Nem mesmo no exército normal. Não importava. Eram *Legionnaires*.

Peter ficou pensando naquilo por alguns segundos.

– Você está me dizendo que todo mundo aqui é problemático com P maiúsculo?

Tuska riu alto.

– Ah, somos uns docinhos – capitulou ele. – Gatinhos de madame. Cidadãos de primeira, exemplares, todos nós.

– Nas minhas entrevistas com a USIC – refletiu Peter – fiquei com a impressão de que seria impossível mentir. Eles tinham pesquisado tudo. Tive que arranjar exames médicos, certificados, depoimentos...

– Claro, claro – disse Tuska. – Aqui somos todos escolhidos a dedo. Minha analogia com a Legião não é por causa da falta de interesse pelo seu passado. Longe disso. Minha analogia é que temos que ser capazes de nos comportar durante a estada aqui, só isso. *Legio Patria Nostra*, era esse o lema dos Legionários. "A Legião é a nossa pátria."

– Mas ainda assim você voltou – observou Peter.

– Bem, eu sou o piloto.

– E BG e Severin; eles também voltaram algumas vezes.

– Sim, mas passaram anos morando aqui entre uma viagem e outra. *Anos*. Você viu os arquivos de Severin. Você sabe quanto tempo ele passou neste lugar, todo dia fazendo o trabalho dele, bebendo água verde, mijando cor de laranja, se arrastando para o refeitório todo fim de tarde e comendo fungos adaptados, ou sei lá que merda, talvez folheando algumas revistas velhas iguais às de sala de espera de dentista, de noite indo para a cama olhar o teto. É isso o que fazemos aqui. E assim vamos caminhando. Sabe quanto tempo os primeiros funcionários da USIC duraram aqui? As primeiras levas de funcionários, bem no início mesmo? Em média, três semanas. Estamos falando de pessoas altamente treinadas, ultra-ajustadas e totalmente em forma que tinham famílias que as amavam etc. etc. No máximo, seis semanas. Às vezes, seis *dias*. Então elas piravam, choravam, implorando, subindo pelas paredes, e a USIC acabava tendo que mandá-las de volta. Para *caaa-sa*. – Ao dizer essa última palavra, ele fez um gesto grandiloquente com os braços para conferir um halo sarcástico de importância ao conceito. – É, eu sei que a USIC tem muito dinheiro. Mas também não é tanto dinheiro assim.

– E quanto a Kurtzberg? – disse Peter, baixinho. – E Tartaglione? Eles não foram para casa, foram?

– Não – admitiu Tuska. – Viraram nativos.

– Não será só um jeito diferente de se adaptar?

– Você que tem que me dizer – disse Tuska com uma pitada de malícia. – Acabou de voltar de Monstrópolis e já está indo de novo. Qual é a pressa? Não gosta mais da gente?

– Gosto de vocês sim – disse Peter, procurando conferir um tom leve e bem-humorado que também pudesse afirmar que ele de fato gostava de todo mundo ali. – Mas não fui trazido aqui... hã... a USIC deixou bem claro que eu não deveria esperar... – Ele foi parando de falar, consternado. Seu tom não era humorístico, nem sincero; era defensivo.

– Não somos o seu trabalho – resumiu Tuska. – Sei disso.

De rabo de olho, Peter percebeu que Grainger tinha entrado no refeitório, pronta para levá-lo ao assentamento.

– Eu me importo de verdade – disse ele, reprimindo a vontade de mencionar o funeral de Severin, para lembrar a Tuska como se esforçara em criar algo decente em prazo tão curto. – Se você... na verdade, se qualquer pessoa... viesse me procurar, eu daria toda a força.

– Claro – disse o piloto, indiferente. Recostando-se de novo em sua cadeira, ele percebeu que Grainger ia se aproximando e saudou-a casualmente.

– Sua carruagem está pronta – anunciou Grainger.

Em vez de usar a saída da cafeteria e dar a volta no prédio até o lugar onde o veículo estava parado, Grainger escoltou Peter por um labirinto de corredores internos, adiando o momento de mergulhar na atmosfera pesada. Essa rota cortando a base os fez passar em frente à farmácia da USIC, o reino de Grainger. A porta estava fechada, e Peter teria passado direto sem notá-la se não fosse pela cruz plástica verde-vivo pregada nela que, fora isso, era totalmente comum. Ele se deteve para olhar direito, e Grainger parou junto.

– A serpente de Epidauro – murmurou ele, surpreso por quem quer que tivesse fabricado aquela cruz ter se preocupado em guarnecê-la com o velho símbolo da cobra envolvendo o bastão, incrustado em cinza metálico.

– É? – disse ela.

– Simboliza a sabedoria. A imortalidade. A cura.

– E "Farmácia" – acrescentou ela.

Ele ficou pensando se a porta estaria destrancada.

– E se alguém aparecer quando estivermos fora, procurando por você?

– Improvável – disse ela.

– A USIC não toma muito do seu tempo?

– Faço muitas outras coisas além de cuidar dos remédios. Analiso todos os alimentos, para verificar se não estamos nos intoxicando. Faço pesquisa. Faço a minha parte.

Ele não pretendera obrigá-la a justificar seu salário; só estava curioso quanto àquela porta. Tendo invadido sua cota de farmácias nos velhos tempos, achava difícil acreditar que um depósito de produtos farmacêuticos não seria tentador para nem uma das pessoas naquele lugar.

– A porta está trancada?

– Claro que está trancada.

– É a única porta em toda a base que fica trancada?

Ela lhe lançou um olhar de suspeita. Para ele, foi como se ela tivesse olhado direto para a sua consciência, e, com uma escuta clandestina, flagrado sua lembrança culpada da invasão ao quarto de Kurtzberg. O que dera nele para fazer uma coisa daquelas?

– Não é que eu ache que alguém vá roubar alguma coisa – disse ela. – É só... procedimento padrão. Vamos indo?

Andaram até o fim do corredor, onde Grainger inspirou fundo e abriu a porta para o exterior. O ar fresco e neutro do interior foi sugado de trás das costas de ambos pela atmosfera mais quente, dando-lhes um leve empurrão ao saírem do prédio. Então a maré de umidade aérea os engoliu, perturbadora, como sempre seria, até se acostumarem.

– Ouvi você dizendo para o Tuska que gostava dele – disse Grainger enquanto rumavam para o veículo.

– Ele estava de gracinha comigo – disse Peter – e eu acabei... hã... fazendo graça de volta. – As correntes de ar despenteavam seu cabelo, percorriam o interior de suas roupas, embaçavam sua vista. Distraído, quase tropeçou em

Grainger, tendo ido com ela para o lado do motorista, antes de lembrar que deveria estar indo para o lado do carona. – Mas em outro nível – disse ele, voltando para o seu lado –, sim, é verdade. Sou cristão, procuro amar a todos.

Eles sentaram nos bancos da frente da van e bateram as portas, vedando-se dentro da cabine refrigerada. O breve tempo que haviam passado ao ar livre tinha bastado para umedecer o corpo inteiro de ambos, de forma que estremeceram juntos no mesmo instante, coincidência que os fez sorrir.

– O Tuska não é lá muito fácil de amar – observou Grainger.

– As intenções dele são boas – disse Peter.

– É mesmo? – redarguiu ela, azeda. – Acho que ele é mais divertido se você for homem. – Ela secou seu rosto dando palmadinhas com a ponta de seu xale e, conferindo num espelho, escovou o cabelo. – Não para de falar em sexo. Às vezes, ele é insuportável. Nível de conversinha de vestiário. Muito cheio de palhaçada pro meu gosto.

– Você não ia querer que fosse mais do que só palhaçada, né?

– Deus me livre – desdenhou ela. – Dá para imaginar por que a esposa o deixou.

– Talvez ele a tenha deixado – disse Peter, imaginando por que ela o levara a uma conversa dessas, e por que a van ainda não estava em movimento. – Ou talvez tenha sido de comum acordo.

– O fim de um casamento nunca é de comum acordo – disse ela.

Ele assentiu, como que em deferência à sabedoria superior de Grainger naquela questão. Ainda assim, ela não fazia qualquer menção a dar partida no veículo.

– Há alguém aqui que seja casado? – perguntou ele.

Ela fez que não.

– Hã-hã. Temos muito que trabalhar, e todos temos que nos dar bem.

– Eu me dou bem com minha esposa – disse ele. – Sempre trabalhamos juntos. Queria que ela estivesse aqui.

– Você acha que ela ia gostar de morar aqui?

Ele quase disse, *Não importa, pois ela estaria junto de mim*, mas percebeu o quão incrivelmente arrogante isso iria soar.

– Minha esperança é de que sim.

– Meu palpite é de que ela não seria bem uma Poliana – disse Grainger. – Isso aqui não é lugar para mulheres de verdade.

Você é uma mulher de verdade, ele quis dizer, mas sua intuição profissional aconselhou-o a não fazê-lo.

– Bem, tem muitas mulheres trabalhando por aqui – disse ele. – A mim elas me parecem bem reais.

– É mesmo? Talvez você precise olhar mais de perto.

Ele olhou um pouco mais de perto para ela. Uma espinha havia aparecido em sua têmpora, na pele fina e firme pouco acima de sua sobrancelha direita. Parecia ser do tipo que ficava doendo. Ele ficou pensando se ela estaria perto de menstruar. Bea tinha ataques de acne em certas épocas do mês, e ficava propensa a travar estranhas conversas cheias de *non sequiturs*, a criticar colegas de trabalho – e a falar de sexo.

– Quando comecei a trabalhar aqui – prosseguiu Grainger – nem sequer notei que ninguém pegava ninguém. Pensei que provavelmente devia estar acontecendo pelas minhas costas. A forma como o BG e o Tuska falam... Mas então o tempo passa, os anos passam, e sabe de uma coisa? Nunca acontece. Ninguém anda de mãos dadas. Ninguém se beija. Ninguém falta ao trabalho por uma hora e depois volta com o cabelo despenteado e a saia presa na calcinha.

– Você queria que isso acontecesse? – A reserva e o decoro dos oasianos o deixaram menos impressionado do que nunca com a lascívia imprudente do ser humano.

Ela suspirou, exasperada.

– Eu só queria ver algum sinal de vida às vezes.

Ele quase chegou a dizer para ela que estava sendo dura demais, mas falou apenas:

– As pessoas não precisam estar sexualmente ativas para serem felizes.

Ela o olhou de soslaio.

– E por acaso você não é... hã... esqueci a palavra... quando os padres fazem, tipo, um voto...?

– Celibato? – Ele sorriu. – Não. Não, claro que não. Você *sabe* que eu sou casado.

– Sim, mas eu não sei como era. Quer dizer, existem muitos pactos possíveis entre homens e mulheres.

Peter fechou os olhos, tentou se transportar para a cama de edredom amarelo, onde sua mulher jazia nua à sua espera. Não conseguiu imaginá-la. Não conseguiu nem mesmo imaginar o edredom amarelo, não conseguiu nem lembrar da sua tonalidade precisa. Em vez disso, viu o amarelo do manto da Adoradora de Jesus 5, um amarelo-canário muito específico que ele se treinara para ser capaz de distinguir de outros amarelos usados por outros Adoradores de Jesus, porque ela era sua preferida.

– O nosso casamento é... o pacote completo – assegurou ele a Grainger.

– Que bom – disse ela. – Fico feliz.

E, com isso, obedecendo a um gesto de sua mão, o motor voltou à vida.

14

Perdida no grandioso uníssono

De um tranco, seu corpo voltou à vigília.

– Desculpe, não queria ter dormido – disse ele.

– Está tudo bem – assegurou ela.

– Dormi muito tempo?

Ela consultou o painel.

– Uns vinte minutos. Uma soneca. Cheguei a achar que você estivesse refletindo sobre alguma questão profunda.

Ele contemplou a vista da janela lateral, depois se voltou para a frente. A paisagem parecia exatamente a mesma de quando ele adormecera.

– Não tem muito que se olhar, eu sei – disse Grainger.

– É bonito – disse ele. – Só não tenho dormido bem.

– Fico feliz em ajudar, fique à vontade.

Ele escrutinou o rosto dela, tentando avaliar se estava chateada com ele, mas ela pusera óculos escuros em algum momento durante a viagem, e sua cabeça parecia em chamas com o sol.

– Sua boca está ressecada. Você não tem bebido água – disse ela.

Deixando uma das mãos sobre o volante, ela usou a outra para pegar uma garrafa d'água que estava no chão entre suas pernas. Entregou a ele, tirando os olhos da direção apenas momentaneamente, e pegando outra garrafa para si própria. A dela já estava aberta; a dele ainda estava selada.

– Lembre-se de beber água sempre. Desidratação é perigoso. E tenha cuidado com esse sol. Não se queime como da última vez.

– Você está falando que nem minha mulher – disse ele.

– É bom que somos duas. Talvez em duas a gente consiga mantê-lo vivo.

Ele abriu a garrafa e bebeu com vontade. O líquido transparente estava gelado e tinha um gosto rascante – tão rascante que ele quase cuspiu fora. Com a maior discrição possível, deu uma olhada no rótulo que dizia simplesmente ÁGUA: $50 POR 300 ml. Ela estava lhe dando um presente importado e caro.

– Obrigado – disse ele, tentando soar agradecido, mas pensando, na realidade, em como era estranho que alguém que morava em Oásis há mais tempo do que ele podia não ter percebido o quanto a água local era melhor. Quando sua missão tivesse terminado e tivesse que ir para casa, certamente ele sentiria falta do gosto de melão.

Mais próximo do fim do longo trajeto, Peter resolveu que o assentamento oasiano merecia um nome melhor do que C-2 ou Monstrópolis. Ele tentara descobrir como os próprios oasianos chamavam o lugar para poder se referir a ele com esse nome, mas eles pareciam não entender a pergunta, e não paravam de identificar seu assentamento, em inglês, como "aqui". Primeiro ele presumiu que isso era porque o verdadeiro nome era impronunciável, mas não, não *havia* um verdadeiro nome. Que humildade maravilhosa! A raça humana teria sido poupada de muita dor e violência se as pessoas não tivessem se apegado tanto a nomes como Stalingrado, Fallujah e Roma, contentando-se simplesmente em morar "aqui", seja lá onde e qual fosse esse "aqui".

Ainda assim, "Monstrópolis" era um problema, e precisava ser resolvido.

– Me diga uma coisa – disse ele, quando o assentamento estava bem à vista. – Se você precisasse dar outro nome a esse lugar, qual seria?

Ela se voltou para ele, ainda de óculos escuros:

– O que tem de errado com C-2?

– Parece que combina melhor com o rótulo de um spray de veneno.

– A mim me parece neutro.

– Bem, talvez algo menos neutro fosse melhor.

– Algo como... deixe eu adivinhar... Nova Jerusalém?

– Isso seria um desrespeito com os que não são cristãos – disse ele.

Grainger ficou pensando por um minuto.

– Talvez esse seja um trabalho para Coretta, a menininha de Oskaloosa...

– Eu lembro dela. Tenho orado por ela. – Prevendo que Grainger poderia ter algum problema com isso, ele imediatamente adotou um tom mais jovial. – Mas não acho que *seja* um trabalho para Coretta. Quer dizer, veja "Oásis": tem dois "esses". Talvez ela seja muito apegada a "esses". Talvez ela vá sugerir "Oskaloosa".

A piada não foi bem recebida e Grainger continuou em silêncio. Parece que ter falado em orar tinha sido um erro.

Abruptamente, o deserto chegou ao fim e eles se viram entrando no perímetro da aldeia. Grainger direcionou o veículo para a mesma construção que antes. A palavra BEM-VINDO, em letras garrafais, havia sido repintada na parede, embora dessa vez dissesse BEM BEM-VINDO, como que para enfatizar.

– Pode ir direto para a igreja – disse Peter.

– Igreja?

Ele duvidava de que ela pudesse ter deixado de notar o canteiro de obras da última vez em que o buscara ali, mas, tudo bem, se ela queria fazer esse joguinho, ele faria a vontade dela. Apontou para o horizonte, onde a ampla estrutura vagamente gótica, mas ainda sem teto nem torre, produzia uma silhueta contra o céu da tarde:

– Aquele prédio ali – disse ele. – Ainda não está pronto, mas é onde vou acampar.

– Tudo bem – disse ela. – Mas ainda preciso entregar meus remédios. – E voltou a cabeça para o prédio semipintado que acabavam de deixar para trás.

Ao olhar para trás, ele notou o tanto de espaço vago que havia na parte de trás do veículo, e a caixa de remédios no centro dela.

– Desculpe, me esqueci. Quer um pouco de apoio moral?

– Não, obrigada.

– Não me importo de ficar perto de você o tempo que for necessário. Eu devia ter me lembrado.

– Não é sua obrigação.

Ela já estava guinando o carro na direção do templo. Não havia por que tentar persuadi-la a dar meia-volta e primeiro terminar sua entrega de remédios, embora ele estivesse convencido de que ela ficaria menos estressada caso tivesse companhia, menos assustada se alguém de sua espécie estivesse a seu lado. Mas não podia forçar a barra. Grainger era uma pessoa muito suscetível – e quanto mais ele a conhecia, mais suscetível se mostrava.

Desaceleraram até parar, junto da parede oeste do templo. Mesmo ainda sem um teto, a construção era grande a ponto de gerar uma sombra que não só os recobria completamente como sobrava.

– Pronto – disse Grainger, tirando seus óculos escuros. – Divirta-se.

– Sei que vai ser interessante – disse Peter. – Mais uma vez, obrigado por ter me trazido aqui.

– Até Peterville? – gracejou ela, enquanto ele abria a porta do carro.

Ele deu uma risada.

– Nem pensar. Além do S, eles também têm dificuldade em pronunciar o T.

A atmosfera úmida, há tanto tempo do lado de fora, entrou na cabine rodopiando alegremente, lambiscando seus rostos, embaçando a janela, se imiscuindo em suas mangas, bulindo com as mechas de seus cabelos. O rosto de Grainger, pequeno e pálido como o de uma múmia enfaixada com echarpe, ficou grudado de suor em poucos segundos. Ela franziu a testa, irritada, e o suor brilhou nos bastos pelos castanhos nos quais suas sobrancelhas quase se encontravam.

– Você está mesmo orando por ela? – disse ela de repente, quando ele estava prestes a levantar de seu lugar.

– Você está falando de Coretta?

– Sim.

– Todo dia.

– Mas nem a conhece.

– Deus a conhece.

Ela piscou os olhos com força.

– Você tem como orar por mais uma pessoa?

– Claro. Quem é?

– Charlie. – Ela titubeou. – Charlie Grainger.

– Seu pai? – Era um palpite, uma intuição. Irmão era uma possibilidade; filho ele não achava provável.

– Sim – disse ela, as faces corando.

– Qual é o problema dele?

– Ele vai morrer logo.

– Vocês são próximos?

– Não. Nem um pouco. Mas... – Ela tirou a echarpe e sacudiu a cabeça recém-descoberta feito um bicho. – Não quero que ele sofra.

– Entendido – disse Peter. – Obrigado. Até a semana que vem.

Ele a deixou em paz e cruzou o umbral de sua igreja.

Os oasianos haviam construído um púlpito. Benditos sejam, haviam feito um púlpito para ele, esculpido e moldado com o mesmo material dos tijolos. Erigia-se imponente em meio às quatro paredes como se tivesse brotado da terra, uma árvore em forma de púlpito, crescendo a céu aberto. Pouco antes de sua partida, Peter havia insinuado que o teto deveria ser concluído assim que possível, mas não havia teto nenhum. Nem nenhum progresso quanto às janelas, ainda meros buracos nas paredes.

Estar ali lembrou-o das visitas feitas na infância a ruínas medievais, onde turistas perambulavam pelos vestígios de uma abadia antes cheia de vida e hoje abandonada aos elementos. Exceto pelo fato de essa igreja não ser uma ruína, e de não precisar se preocupar quanto aos efeitos das intempéries. O teto e as janelas, quando viessem a ficar prontos, seriam um gesto grandioso de conclusão mas, na verdade, essa igreja já estava pronta para ser usada desde o momento em que fora concebida. Nunca seria um bunker hermeticamente fechado como a base da USIC. O teto serviria para deixar uma eventual tempestade de fora, mas o ar lá dentro seria idêntico ao exterior, e o chão ainda seria de terra batida. O templo não abrigaria bricabraques perecíveis nem tecidos frágeis que pudessem se estragar com o mau tempo; os oasianos viam aquele lugar meramente como um local de reunião para corpos e almas – o que era um bom sinal para o crescimento deles em Cristo.

E, ainda assim, tinham feito um púlpito para ele. E haviam terminado de fazer a entrada. As duas folhas da porta que, quando ele estivera ali pela última vez, vira deitadas no chão, recém-saídas do forno, haviam sido içadas e colocadas no lugar. Peter as abriu e fechou repetidas vezes, admirando o movimento azeitado e a linha perfeitamente reta onde se encontravam as duas metades quando fechadas. Não se utilizaram nem de dobradiças, nem de parafusos de metal; em vez disso, as juntas tinham sido encaixadas por meio de um artifício singular: nas laterais das portas, apêndices que mais pareciam palitos se aninhavam perfeitamente em orifícios correspondentes no umbral. Ele estava certo de que, se por acaso resolvesse segurar e levantar essas portas, elas sairiam dos umbrais tão fácil quanto um pé de um sapato – e poderiam ser recolocadas no lugar com a mesma facilidade. Seria imprudente construir um prédio cujas portas qualquer vândalo mal-intencionado pudesse arrancar? Mesmo se ali não houvesse esse vândalo para fazer o estrago? E será que construir uma igreja naquela terra esponjosa se qualificava como "edificar uma casa na areia", conforme desaconselhava *Mateus 7:24-26*? Disso ele duvidava. Mateus estava fazendo uma metáfora, não se referia à arquitetura, mas à fé em ação.

Os oasianos eram operários lentos, patologicamente cuidadosos, mas nunca davam menos que o melhor de si. A porta fora decorada com intricados entalhes. Quando foram transportadas pelo agreste até ali, as duas folhas ainda eram lisas feito vidro. Agora estavam sulcadas por dezenas de minúsculas cruzes, executadas em tal variedade de estilos que Peter suspeitava que cada Adorador de Jesus tivesse feito a sua. Próximo ao pináculo afilado da porta, havia três enormes olhos humanos organizados em forma de pirâmide. Tinham aparência de cegos, esteticamente elegantes mas executados sem qualquer entendimento do que constituía um olho. Havia também algumas goivas que poderiam ser confundidas com arabescos abstratos, mas que ele sabia que estavam ali para representar cajados de pastor – ou "ba[illegible][illegible]õe[illegible]", como os oasianos disseram com tanta dificuldade em pronunciar ao deliberarem sobre a porta.

Havia se oferecido para aprender a língua deles, mas eles relutavam em lhe ensinar e, no fundo, ele admitia que poderia ser pura perda de tempo. Para ser capaz de imitar os sons que produziam, provavelmente teria que arrancar a própria cabeça e gorgolejar pelo toco de pescoço. Por sua vez, os oasianos, graças aos esforços pioneiros de Tartaglione e Kurtzberg, e ao ardor da própria fé, tinham feito progressos extraordinários no inglês – uma língua que tinham tanta aptidão para aprender quanto uma ovelha para galgar uma escada de pedreiro. Ainda assim, lá estavam eles subindo a escada, e Peter sentia pungentemente o *pathos* de seus esforços. Ele via, pelos versículos bíblicos que haviam conseguido decorar, que Kurtzberg não fizera quaisquer concessões a suas limitações físicas: o que quer que estivesse impresso nas Escrituras era o que deveriam pronunciar.

Peter estava determinado a se mostrar um pouco mais sensível. Durante sua semana insone na base da USIC, trabalhara muito para traduzir termos bíblicos, encontrando equivalentes que seu rebanho pudesse achar mais fácil de pronunciar. "Pastos", por exemplo, seria "verde prado". "Bem-aventurança" seria simplesmente "glória". "Pastor" seria "o que cuida de mim" (diferenças estilísticas eram menos importantes do que o sentido, e, de qualquer modo, a expressão até lhe parecera poética). "Bastão" seria "cajado" mesmo. Também havia "bordão", mas era uma palavra mais conhecida por seu sentido figurado, e "vara", que podia ser confundida com a vara de castigo de *Provérbios 21:24*. "Cajado", além de ser mais piedosa para com a garganta dos oasianos, ainda incorporava os elementos certos de preocupação pastoral e potência divina.

O fruto desse trabalho estava dentro de sua mochila.

Ele tirou suas alças do ombro e jogou-a junto ao púlpito, depois sentou ao lado dela. Uma sensação de tranquilidade o dominou, feito uma morna infusão de álcool se espalhando pelo seu sangue. A jornada desagradável com Grainger desapareceu de sua lembrança; a conversa de pouco antes com Tuska já parecia ter sido há muito tempo; já sentia dificuldade em lembrar qualquer coisa sobre a carta mais recente de Bea exceto que ela pretendia levar Billy Frame a uma exposição de gatos. Estranhamente, o pôster da Arca de Noé feito por Billy e Rachel estava bem vívido em sua lembrança, como se tivesse vindo com ele e estivesse pendurado ali por perto.

Era emocionante estar de novo entre os oasianos. Era um verdadeiro privilégio. Seu ministério na congregação inglesa era, igualmente, um privilégio, mas às vezes também difícil, devido ao comportamento perverso e imaturo com que várias pessoas podiam nos surpreender. Aquela asiática, Mirah, e seu marido violento... Ela risonha e fofoqueira, ele gorducho e todo pimpão, desfilando de peito estufado feito um sultão... sim, eram almas preciosas, mas não era fácil estar em paz na companhia deles. Os oasianos eram um bálsamo para o espírito.

Ficou sentado algum tempo, em um estado de oração sem palavras, simplesmente permitindo que a membrana entre ele e o Paraíso ficasse mais permeável. Um pequeno inseto vermelho parecendo uma joaninha, mas com pernas mais compridas, pousou em sua mão. Ele formou um triângulo com os dedos e deixou a criaturinha andar ladeira acima por um deles e ladeira abaixo pelo outro. Deixou-a petiscar as células supérfluas na camada superior de sua pele. O bicho não era guloso; Peter mal o sentiu, e logo ele alçou voo e foi embora.

Ah, o poder do silêncio. Ele o vivenciara pela primeira vez quando criança, postado ao lado da mãe em suas reuniões de quacres. Uma sala cheia de gente feliz por estar em silêncio, que não precisava defender os limites de seus egos. Havia tanta energia positiva naquele salão que ele não teria ficado nada surpreso se as cadeiras começassem a sair do chão e levitassem com o círculo inteiro de fiéis até chegar ao teto. Era bem assim que se sentia com os oasianos.

Talvez ele devesse ter se convertido ao quacrismo. Mas eles não tinham pastores, nem nenhum Deus – não no sentido forte, de Deus-Pai. Claro que sentia uma grande paz em estar sentado na companhia de uma comunidade, observando o sol brincar no pulôver do velho sentado à sua frente, deixando-se mesmerizar pelas fibras de lã faiscantes enquanto o raio de sol ia lentamente passando de uma pessoa para outra. Às vezes, uma paz semelhante sobrevinha quando não se tinha onde morar: em certo horário à tarde quando se encontrava um lugar confortável e finalmente conseguia esquentar o corpo, não restando nada a fazer senão observar o sol evoluir gradualmente de uma a outra pedra da calçada. Alguns talvez chamassem isso de meditação. Mas, no fim das contas, ele preferia algo menos passivo.

Assumiu sua posição no púlpito e descansou a ponta dos dedos na lustrosa superfície cor de caramelo onde poderia apoiar suas anotações. O púlpito era um pouco baixo, como se os oasianos o tivessem feito para uma criatura tão alta quanto pudessem imaginar, mas, na ausência dele, tivessem ainda assim subestimado sua altura. Seu desenho inspirava-se nos púlpitos espetaculares das antigas catedrais europeias, onde uma pesada Bíblia de capa de couro muitas vezes descansava aberta sobre as asas de uma águia de carvalho.

Os oasianos, aliás, tinham uma foto de um púlpito bem desse tipo, que lhes fora dada por Kurtzberg, recortada de um velho artigo de revista. Haviam-na mostrado a Peter com orgulho. Ele tentara reafirmar que a adoração era uma comunicação íntima entre o indivíduo e Deus, sem nenhum aspecto de pompa, e que quaisquer acessórios a esta adoração deveriam refletir a cultura dos adoradores locais, mas não era um conceito fácil de se passar quando você estava cheio de cabeças de duplos fetos pululando ao seu redor, murmurando sua admiração por aquele extrato de suplemento dominical como se fosse uma relíquia sagrada.

De qualquer modo, seu púlpito não parecia muito com a águia de elaboradíssima penugem representada na foto. Sua forma aerodinâmica, inscrita com letras aleatórias do alfabeto, poderia muito bem ser a de um avião.

– Ficou bom? – Uma voz suave, que ele reconheceu na hora. A Adoradora de Jesus 5. Ele deixara a porta da igreja aberta e ela entrara, usando, como sempre, seu manto amarelo-canário.

– Está lindo – disse ele. – Adorei as boas-vindas.

– Deuʆ abenʆoe noʆo enconȣro, paʆȣor Peȣer.

Ele olhou para além de seu corpo franzino, para além da porta às suas costas. Várias dezenas de oasianos estavam caminhando pelo agreste, mas ainda ao longe; a Adoradora 5 viera correndo na frente. Andar rápido era algo incomum no povo dela. Ela não parecia mais cansada por isso.

– Estou feliz em te ver – disse Peter. – Assim que parti, já queria voltar.

– Deuʆ abenʆoe noʆo enconȣro, paʆȣor Peȣer. – Pendurada em seu ombro havia uma trouxa feita de rede, com uma massa peluda e amarela dentro – do mesmo tom intenso que seu manto. Ele pensou que fosse um xale, mas ela tirou o objeto do embrulho e o estendeu para que ele o examinasse. Era um par de botas. – Para voʆê – disse ela.

Com um sorriso tímido, ele as retirou de suas mãos enluvadas. Diferentemente das minúsculas botas que ganhara na primeira visita, aquelas de fato pareciam que iam caber nele. Ele retirou as sandálias – cujo solado estava deformado e quase negro pelo uso constante – e deslizou os pés para dentro das botas. Couberam perfeitamente.

Ele riu. Botas amarelo-canário e um traje islâmico que mais parecia um vestido: se tivesse vontade de passar a imagem de machão, aquele visual teria decretado o fim de suas pretensões. Ele levantou um pé, depois o outro, demonstrando à Adoradora 5 a excelência de seu trabalho artesanal. Tendo visto como os oasianos confeccionavam roupas na visita anterior, ele sabia quanto trabalho aquele presente deveria ter custado a ela – e quanta concentração obsessiva. Os oasianos lidavam com agulhas de costura com o mesmo cuidado e reverência que seres humanos dedicavam a motosserras e maçaricos. Cada ponto era um ritual tão ponderado que ele não suportara assistir.

– Ficaram ótimas. Muito obrigado.

– Para voꙍê – disse ela outra vez.

Postaram-se junto à porta, observando o restante dos Adoradores de Jesus vindo em sua direção.

– Como vai seu irmão, Adoradora de Jesus 5? – perguntou Peter.

– Na ȣerra.

– Estou falando do outro – disse Peter. – O que deixa você triste porque não adora Jesus.

– Na ȣerra – repetiu ela. Então acrescentou, solícita: – ȣambém.

– Ele faleceu? Na semana passada?

– ꙍemana paꙍada – disse ela. – ꙍim.

Peter ficou olhando fixamente para a fenda de seu rosto, sombreada pelo capuz, desejando ser capaz de adivinhar a emoção que se ocultava por trás de sua pronúncia deficiente. Até então, sua convivência com os oasianos o fazia suspeitar de que eles expressavam emoções com os farfalhos e gorgolejos e murmulhos que usavam quando não estavam fazendo força para falar uma língua alienígena.

– Do que ele morreu? O que houve?

A Adoradora 5 passou a mão pelo próprio corpo, braços, tórax e barriga, para indicar o corpo inteiro.

– Denȣro dele aꙍ coisaꙍ iam mal. O que era limpo ficou ꙍujo. O que era forȣe ficou fraco. O que era cheio ficou vazio. O que era aberȣo ficou fechado. O que era ꙍeco acabou cheio d'água. Muiȣaꙍ ouȣraꙍ coisaꙍ ȣambém. Não ꙍei palavraꙍ para eꙍplicar.

– Lamento ouvir isso.

Ela curvou a cabeça, talvez num gesto de luto compartilhado.

– Fazia ȣempo que meu irmão eꙍȣava doenȣe. A vida conȣinuava nele, maꙍ com planoꙍ de ir embora. ȣodo dia eu ia ver meu irmão e ꙍua vida falava comigo quando ele dormia, dizendo, eꙍȣou aqui maiꙍ um dia, maꙍ não vou conȣinuar ouȣro dia, não ꙍou maiꙍ bem-vinda neꙍe corpo. Enquanȣo a vida continuou no meu irmão, o sofrimento continuava em mim. Agora que ele foi para dentro da terra, meu sofrimento foi para dentro da terra. Deus abensoe nosso enconstro, pastor Peter. Hoje vai ser domingo.

Peter assentiu, embora na verdade não soubesse se era mesmo domingo. Perdera a conta das medidas de tempo tradicionais. Mas não importava. Ele e os oasianos iam começar o seu louvor. Sem dúvida, era isso que a Adoradora 5 quisera dizer com "domingo". E tinha razão.

– Tenho uma coisa para você também – disse Peter, andando até onde deixara sua mochila. O rosto dela desceu e subiu, acompanhando o movimento das mãos dele enquanto ele buscava os livretos que preparara. – Bíblias – disse ele. – Ou começos de Bíblias, pelo menos. São para ficar com vocês.

Ele conseguira produzir vinte páginas de Escrituras em um inglês que os oasianos conseguiriam falar sem muita dor de cabeça, impressas em colunas em dez folhas de papel dobradas ao meio e grampeadas. Não era a encadernação mais bela desde Gutenberg, mas era a melhor que pudera arranjar com o material disponível na base da USIC. Na capa de cada livreto, ele desenhara uma cruz à mão e a colorira de dourado com um marca-texto.

– O Livro das Coisas Estranhas – confirmou a Adoradora 5, enquanto seus irmãos na fé começavam a entrar na igreja em fila. Caminhando devagar com suas botas acolchoadas, quase não produziam som sobre a terra macia, mas a Adoradora 5 os ouviu entrar e se voltou para cumprimentá-los. – O Livro das CoisaS Estranhas – repetiu ela, apontando para os livretos que Peter empilhava em seu púlpito. – Para guardar.

Murmúrios e suspiros se propagaram entre os recém-chegados. Peter, envergonhado, só conseguiu reconhecer os indivíduos pela cor de seus mantos. Ele torcia para que seus identificadores de cor não tivessem mudado desde a semana anterior. Ele se treinara para saber a diferença entre marrom, bronze, cobre, castanho-avermelhado, carmim, vinho e coral, pelo menos em sua cabeça. Cada matiz o reconectava a uma conversa – não importa o quão rápida e precária – que tivera com certa pessoa.

– Amigos – anunciou ele, quando todos já haviam entrado na igreja. – Estou muito feliz em vê-los. Trouxe presentes para vocês. São presentes pequeninos, mas que contêm grandes dádivas do nosso Salvador.

Havia cerca de noventa almas dentro daquelas paredes, um rebanho resplandecente, de muitos tons. Como pastor, ele tinha muita prática em olhar de relance para uma congregação e fazer uma contagem de cabeças aproximada. Se sua estimativa estivesse correta, parecia que o número de cristãos havia aumentado em dez ou vinte enquanto ele estava fora.

– Como expliquei para alguns de vocês da última vez – disse ele –, a Bíblia que me veem segurando, e que viam Kurtzberg segurar, é um livro muito grande. Grande demais para a maior parte das pessoas ler. Mas ele não foi feito para ser lido todo de uma vez. A Bíblia é um repositório de mensagens que foi crescendo por centenas de anos, conforme nosso Senhor foi compartilhando conosco cada vez mais seus pensamentos e intenções através das pessoas que lhe davam ouvidos. – Enquanto falava, ele foi entregando livretos para a Adoradora 5, e ela os distribuiu aos seus irmãos na fé. Cada um deles recebia o folheto impresso no computador em suas mãos enluvadas com o cuidado de quem recebia um frágil ovo.

– Quando Jesus andou pela terra – continuou Peter – as pessoas escreviam o que Ele dizia e fazia, e, depois disso, escreveram as coisas que aconteceram a Seus seguidores. Mas a Bíblia começou antes da época de Jesus, em um tempo mais antigo em que Deus parecia mais distante e misterioso, e era mais difícil saber com certeza o que Ele queria. Naquela época, as pessoas contavam histórias sobre Deus, e essas histórias também estão na Bíblia. Algumas destas histórias exigem muito conhecimento sobre os costumes e lugares que existiam antes de Jesus. Até mesmo entre meu próprio povo, muitos não têm esse conhecimento.

Ele percebeu, enquanto falava, que uma a cada dez pessoas, em vez de aceitar um livreto de Adoradora 5, resolvia compartilhar o seu com o vizinho. Peter trouxera oitenta livretos, tendo avaliado que sua congregação estava pouco abaixo desse número, sem supor que ela fosse crescer em sua ausência. Evidentemente, os oasianos haviam contado os livretos só de olhar para eles e – sem conferenciarem nem se atrapalharem – ajustaram a logística da distribuição para garantir que até as últimas pessoas da fila não ficassem sem nada.

– Vocês me disseram – disse ele, indicando um manto cor de açafrão e outro lilás-claro –, você, Adorador de Jesus 12 e Adorador de Jesus 18, que certa vez Kurtzberg lhes contou a história de Nabucodonosor, e a história de

Balaão e do anjo, e a da destruição de Jerusalém, e outras histórias que vocês se esforçaram para entender, mas não entenderam. Animem-se, meus amigos. Mais tarde haverá tempo para entender essas histórias, quando tiverem crescido em Cristo. Mas, agora, Nabucodonosor pode esperar. Quando Deus decidiu se tornar Jesus, Ele fez isso porque queria divulgar Sua palavra entre desconhecidos, entre aqueles que nunca tinham ouvido falar d'Ele, entre aqueles que não ligavam para religião ou nunca a entenderam. As histórias que Ele contava eram simples. Tentei colocar algumas das melhores e mais úteis nas suas Bíblias. – Ele pegou um dos livretos e o abriu. – Seus livros são pequenos e fininhos, não porque eu duvide da sede de vocês pelas Escrituras, nem da sua capacidade de raciocínio, mas porque tentei usar palavras que vocês e eu possamos pronunciar juntos nesse templo, e que vocês possam usar para falar uns com os outros com facilidade. Trabalhei o mais rápido que consegui, mas ainda assim, como podem ver pela finura dos seus livros, fui muito lento. Prometo que, no futuro, vou ser mais rápido. Conforme vocês forem crescendo em Cristo, suas Bíblias também irão crescendo. Mas precisamos começar de algum lugar. E, neste domingo maravilhoso, estou aqui de pé, cheio de felicidade por ter vocês todos aqui a meu lado e quero que comecemos... *com isto.*

E, da primeira página, ele leu o *Salmo 23.*

– O Senhor é Aquele que cuida de mim. Nada me faltará... – e assim por diante, até chegar ao final: – E morarei na casa do Senhor para sempre.

Então ele leu de novo.

E de novo.

A cada vez que ele lia, mais oasianos liam junto com ele. Será que estavam lendo ou recitando? Não importava. Sua voz comunitária crescia, e soava melodiosa e límpida, quase sem problemas vocais:

– Em verde prado Ele me deixa repousar. Ele me leva ao rio que não afoga ninguém. Ele refrigera a minha alma. Ele me leva pelo caminho do Bem. Por amor do Seu nome.

Na altura da quinta repetição, sua própria voz estava perdida no grandioso uníssono.

15

Herói do momento, rei por um dia

Certa vez, um sábio homem fizera uma pergunta a Peter:

– Sabe o que você é?

– O que eu sou?

– É.

Era uma pergunta com tantos significados possíveis, dependendo de quem a tivesse feito. Tinha sido feita, por exemplo, em diversas ocasiões por marginais ameaçadores que davam eles mesmos a resposta – “Um merda que se acha esperto” ou algum xingamento afim – e depois caíam de porrada em cima dele. Também já fora dita em tom afetuoso e admirado por pessoas que, em seguida, lhe diziam que ele era “um querido”, “um verdadeiro achado”, ou até mesmo “meu porto seguro”. O tipo de coisa que se constituía em uma grande responsabilidade.

– Tento não pensar muito em mim. Quero só servir a Deus.

– Você gosta das pessoas – disse o sábio, assentindo decididamente. – Isso o levará muito longe.

Este sábio era pastor em uma igreja que Peter logo viria a herdar. Sua alma envelhecera bem, e ele praticava aquele misto especial de tolerância benevolente com decepção estoica tão típica de sacerdotes que estão há um bom tempo no ofício. Ele estava intricadamente familiarizado com todas as formas pelas quais os frequentadores de sua igreja procuravam resistir à mudança, com todas as maneiras em que podiam ser um pé no saco, embora jamais fosse colocar a coisa nesses termos, é claro.

– Você gosta de gente. Isso é uma raridade, sabia? – continuou o velho pastor.

– Mas não é da natureza humana ser sociável?

– Não é disso que estou falando – disse o velho. – Nem acho que você seja tão sociável assim. É meio arredio, até. O que quero dizer é que você não se decepciona nem se aborrece com o bicho homem. Você simplesmente o aceita como é. Certas pessoas nunca se aborrecem com cães, são boas com cachorros. Não importa que tipo de cachorro, se grande ou pequeno, quieto ou barulhento, comportado ou levado, todos têm algo de adorável, porque são cães e cães são *uma coisa boa*. É assim que um pastor deveria se sentir em relação aos seres humanos. Mas sabe de uma coisa? São poucos os que sentem isso. Bem poucos. Você vai longe, Peter.

Ele achara estranho ouvir aquilo, com tanta certeza, de um veterano sábio que não se deixava enganar. Afinal, a coexistência de Peter com seus semelhantes nem sempre fora pacífica. Seria possível dizer que alguém que se portara tão mal quanto ele na adolescência e início da vida adulta – mentindo, quebrando sua palavra e roubando de qualquer altruísta burro o bastante para, em dúvida, considerá-lo inocente – realmente amava o próximo? Ainda assim, o velho pregador estava perfeitamente a par de sua história pregressa. Não havia segredos entre pastores.

Agora, Peter estava sentado de pernas cruzadas, ofuscado pela luz, e semidelirante. Bem à sua frente, também de pernas cruzadas, estava sentado um garotinho de uns 8 ou 9 anos de idade. Ele era lobinho. Estava feliz e orgulhoso de ser um lobinho, dono de uma camisa verde com distintivos pregados a linha e agulha e conhecimentos os mais arcanos sobre nós, montagem de barracas de acampamento e o jeito certo de acender uma fogueira. Estava louco para se tornar um escoteiro de verdade e deixar de ser apenas lobinho, pois assim poderia aprender arqueria, fazer trilhas nas montanhas e salvar a vida de desconhecidos soterrados por avalanches ou picados por cobras. Do jeito que a vida ficou, ele acabou não chegando a escoteiro – sua situação familiar logo ficou complicada demais, seu registro foi cancelado e seu uniforme ficou guardado em um armário, dobrado à perfeição, até por fim as traças o arruinarem –, mas com oito anos ele não sabia de nada disso, e estava sentado de pernas cruzadas com seu short e lenço de pescoço, quase levitando de prazer por estar sentado junto de seus colegas lobinhos.

O suor escorreu de sua testa, entrando nos olhos. Ele piscou e o mundo desfocado se aguçou, voltando a ficar nítido. A criança à sua frente não era ele com oito anos de idade. Não era nem mesmo uma criança. Era a Adoradora de Jesus 17, uma criatura diferente dele em quase todos os aspectos, exceto porque ela, ou ele, ou a coisa, era capaz de se sentar de pernas cruzadas e juntar as mãos para orar. Seu manto era verde-espinafre, assim como suas botas macias, embora salpicadas de terra marrom. O sol, quase precisamente a pino sobre sua cabeça, transformava o interior de seu capuz em trevas, trevas que engoliam completamente o seu rosto.

– Em que está pensando, Adoradora de Jesus 17? – perguntou ele.

Como sempre, antes da resposta, houve uma pausa. Os oasianos não tinham o hábito de pensar no que pensavam, ou quem sabe simplesmente estivessem achando difícil verter seus pensamentos para a língua dele.

– An☋eᔕ de voᔕê vir – disse a Adoradora 17 –, o povo eᔕ☋ava abandonado e fraco. Agora, jun☋oᔕ, ᔕomoᔕ for☋eᔕ.

Havia algo de comovente no fato de a língua dela, ou cordas vocais, ou seja lá o que usasse para falar, ser capaz de pronunciar as palavras "abandonado" e "fraco" sem maiores problemas, mas que as palavras "juntos" e "fortes" fossem quase impossíveis. Seu porte pequeno a deixava com um aspecto ainda mais vulnerável, mas, pensando bem, todos aqueles seres sentados ao seu redor também eram pequeninos e de aspecto vulnerável, com seus braços finos, ombros curtos e luvas e botas encardidas. Era como se ele estivesse pastoreando uma tribo só de crianças e velhos corcundas, uma tribo que perdera todos os seus membros de tamanho normal, tanto homens como mulheres.

É claro que não era justo pensar neles desta forma; era ele que não estava conseguindo ver os corpos deles como a norma, e o dele como a aberração. Fez o máximo de força possível para ajustar sua visão, até a centena de seres agachados à sua frente crescer a uma escala adulta, e ele se tornar um monstro descomunal.

– O Livro – disse o Adorador de Jesus 1, de seu local favorito, quase ao centro da congregação. – Dê palavra do Livro.

– O Livro – concordaram diversas outras vozes, talvez aliviadas em estar vocalizando palavras não humilhantes.

Peter fez que sim, sinalizando que ia fazer a vontade deles. Sua Bíblia estava sempre à mão, protegida numa embalagem plástica dentro de sua mochila para não se estragar com a umidade, e os oasianos soltavam murmúrios de apreciação sempre que ele a tirava de lá. Mas muitas vezes nem sequer precisava tirá-la, porque tinha uma memória excepcional para as Escrituras. Puxou pela memória, e quase no mesmo instante encontrou algo adequado, um trecho da Carta de Paulo aos Efésios. Seu cérebro era um órgão bizarro, isso era certo; às vezes ele o visualizava como uma couve-flor gosmenta, cheia de cicatrizes e queimaduras pela vida que ele levara, mas noutros momentos lhe parecia mais um depósito espaçoso onde quaisquer versículos de que necessitasse estariam sempre à disposição, e já sublinhados.

– *"Portanto já não sois mais estrangeiros nem migrantes, mas concidadãos dos santos e membros da família de Deus; edificados sobre o fundamento dos apóstolos e profetas, tendo por pedra angular o próprio Jesus Cristo; é nele que todo edifício, bem ajustado, cresce para ser um templo santo no Senhor; no qual também sois edificados para vos tornardes morada de Deus."*

Um murmúrio de aprovação – até mesmo de contentamento – emanou das criaturas de trajes coloridos à sua frente. Os versículos bíblicos eram como uma bebida alcoólica particularmente melíflua de que todos tivessem partilhado. Aquele era o licor do rei Jaime. Ah, sim, claro que os oasianos estavam agradecidos pelos livretos de paráfrases que Peter lhes dera. As páginas já estavam até gastas de tanto serem manuseadas, e onduladas pela umidade, e as palavras já tinham sido cantadas e recitadas inúmeras vezes naqueles longos e calorosos dias que tinha passado junto a seu rebanho. E, ainda assim, Peter percebia que os livretos não eram exatamente a panaceia que pensava que fossem ser. Eram chamados por eles de "Palavra de Mão", uma expressão que a princípio lhe dera orgulho, mas que acabou percebendo que servia para diferenciar os livretos do legítimo Livro das Coisas Estranhas. Os folhetos manufaturados eram vistos como uma beberagem artesanal, enquanto a grande Bíblia do rei Jaime, com sua capa em couro falso texturizada à máquina e lombada com letras douradas, era considerada pura e definitiva – a Fonte da Verdade.

Agora, tendo bebido daqueles versículos de *Efésios*, os oasianos estavam saciados de verdade. Seus rostos encapuzados estavam mais baixos, mais encobertos pelas sombras do que nunca. Suas mãos entrelaçadas sobre o colo tinham suaves espasmos, como se estivessem ressaboreando o ritmo da retórica. Esses sutis movimentos eram o equivalente local a uma congregação batista do Sul dos Estados Unidos clamando "Aleluia!".

Embora também adorasse a Bíblia do rei Jaime, Peter não se sentia confortável com a reverência absoluta que ela inspirava em seu rebanho. Era simplesmente uma tradução, afinal de contas, sem maiores pretensões à autenticidade do que tantas outras. Jesus não se expressara em inglês jacobino, e nem Paulo ou os demais profetas do Velho Testamento. Será que os oasianos entendiam isso? Ele achava que não. O que era uma pena, porque uma vez que você se dava conta de que todos que não eram falantes nativos de hebraico cananita, grego koiné ou do aramaico da Galileia estavam em idêntica desvantagem, podia relaxar e sentir que as Escrituras em sua língua eram tão boas quanto as Escrituras em qualquer outra. Porém ele pensava ter detectado, nos oasianos, uma sensação de inferioridade, o que o incomodava. Ele não queria ser como um missionário das antigas, desfilando pelo assentamento feito Moisés em traje safári, capitalizando em cima da concepção errônea de que seria da mesma tribo de Jesus e de que Deus era um lorde inglês.

Pensara seriamente em, aos poucos, ir abrindo os olhos dos oasianos quanto àquela veneração pelo "Livro" com uma aula informativa sobre as várias línguas que estavam por trás do texto do século XVII, mas resolveu que um sermão desses só complicaria ainda mais as coisas, especialmente porque os oasianos eram muito apegados a versículos-chave que haviam aprendido na época de Kurtzberg, e Kurtzberg evidentemente era fã da versão do rei Jaime. E não era para menos. Todo sacerdote cristão que tivesse amor pela língua não podia deixar de preferir o rei Jaime: aquelas cadências eram mesmo imbatíveis. Talvez, então, ao lidar com aquelas pessoas, fosse melhor depois do inglês jacobino usar uma linguagem límpida e cristalina.

– O que são Paulo está dizendo a seus novos amigos – explicou Peter – é que, uma vez que você tenha ouvido a palavra de Deus, não importa o quanto você seja estrangeiro, nem o quão longe more, você passa a fazer parte da comunidade cristã, em meio a todos os cristãos que já viveram, inclusive os que estavam vivos quando Jesus andou pela terra. Depois Paulo nos compara a uma casa. Uma casa é construída com muitos tijolos ou pedras, e todos nós somos pedras na casa que Deus está construindo.

Dezenas de rostos encapuzados assentiram:

– ȣodoᔕ ᔕomoᔕ pedraᔕ.

– Juntos, construímos a nossa igreja – disse Peter –, uma casa muito bela. – Quase que coreografados, os oasianos viraram a cabeça para olhar para a igreja, uma construção que consideravam tão sagrada que só punham os pés nela para cultos formais, apesar de Peter incentivá-los a tratá-la como seu lar. – Mas vocês, todos vocês, agrupados aqui fora, hoje, sob o sol, são a verdadeira Igreja que Deus construiu.

A Adoradora de Jesus 5, sentada na fileira da frente como sempre, balançou a cabeça de um lado para o outro, discordando.

– Igreja é igreja – afirmou ela. – Nóᔕ ᔕomoᔕ nóᔕ. Deuᔕ é Deuᔕ.

– Quando estamos plenos do Espírito Santo, podemos ser *mais* do que nós mesmos: podemos ser Deus em ação.

A Adoradora de Jesus 5 não estava convencida.

– Deuᔕ não morre – disse ela. – Nóᔕ ᔕim.

– Nossos corpos morrem – disse Peter. – Nossas almas vivem para sempre.

A Adoradora 5 apontou um dedo enluvado para o peito de Peter.

– O ᔕeu corpo não morre – disse ela.

– É claro que vai morrer – disse Peter. – Sou feito só de carne e osso como qualquer outra pessoa.

E agora mesmo estava sentindo agudamente o quanto era de carne e osso. O sol estava lhe dando dor de cabeça, suas nádegas estavam dormentes e precisava muito fazer xixi. Depois de hesitar um bocado, ele relaxou a bexiga e deixou a urina fluir para o solo. Era assim que se fazia ali; de nada servia fazer cerimônia.

A Adoradora 5 havia se calado. Peter não conseguia entender se ela estava convencida, apaziguada, emburrada ou o quê. De qualquer modo, o que ela quisera dizer com aquilo? Será que Kurtzberg era um daqueles fundamentalistas à luterana, que acreditava que cristãos mortos um dia ressuscitariam em seus antigos corpos – magicamente recuperados e incorruptíveis, incapazes de sentir dor, fome ou prazer – e continuariam usando esses corpos pelo resto da eternidade? Peter queria distância dessa doutrina. Morte é morte, decomposição é decomposição, somente o espírito permanece.

– Digam-me uma coisa – disse ele aos fiéis. – O que vocês ouviram sobre a vida após a morte?

O Adorador 1, em seu papel autoatribuído de guardião da história dos oasianos na fé, se pronunciou:

– CorínƔio.

Passaram-se alguns momentos até Peter reconhecer a palavra – intimamente familiar para ele, e, ainda assim, tão inesperada naquele contexto.

– Sim, Coríntios – disse ele.

Fez-se silêncio.

– CorínƔio – disse de novo o Adorador 1. – Do Livro.

Peter consultou a Bíblia em sua cabeça, localizou *Coríntios 15:54*, mas como nunca foi uma passagem que tivesse sentido vontade de citar em seus sermões, o trecho preciso estava indistinto – ... *corruptível... incorruptibilidade...* O versículo seguinte era memorável, uma daquelas joias raras bíblicas que todo mundo sabia citar mesmo que atribuindo a Shakespeare, mas ele entendeu que o Adorador de Jesus 1 queria ouvir mais do que uma reles linha.

Com um gemido de esforço, ele se levantou. Um zunzum de antecipação percorreu a multidão enquanto ele andou até sua mochila e extraiu o Livro de seu invólucro plástico. As letras impressas em dourado faiscaram ao sol. Ele continuou de pé, para agraciar seus músculos com uma mudança de posição, enquanto folheava as páginas.

– "*E quando este corpo corruptível se revestir de incorruptibilidade e o que é mortal se revestir de imortalidade, então cumprir-se-á a palavra que está escrita: a morte foi tragada pela vitória. Onde está, ó morte, o teu aguilhão? Onde está, ó morte, a tua vitória?*"

Lendo o trecho em voz alta, Peter se lembrou do porquê de nunca tê-lo usado em seus sermões. Os sentimentos eram, sim, saudáveis, mas a retórica era um pouco bombástica demais para ele se sentir à vontade. Para fazer justiça àquelas palavras, era preciso uma performance altamente dramática, um toque de pompa teatral, e ele simplesmente não era esse tipo de orador. Sinceridade discreta fazia mais o seu estilo.

– O que Paulo está dizendo aqui – explicou ele – é que, quando oferecemos nossa alma a Cristo, a parte de nós que morre e se corrompe, o corpo, é vestida com algo que não morre nem se corrompe: a alma imortal. De forma que não temos nada a temer da morte.

– Nada – repetiram vários oasianos. – ɤemer.

A segunda estada de Peter no lugar que a USIC chamava de Monstrópolis foi tão desconcertante e empolgante quanto a primeira. Conheceu melhor os oasianos – o que era de se esperar –, mas também presenciou mudanças nele próprio, mudanças que não soube precisar mas que sentia serem profundas e importantes. Assim como a atmosfera penetrava em suas roupas e parecia atravessar sua pele, algo desconhecido estava permeando sua cabeça, saturando seu espírito. Mas não era nada sinistro. Era tão benévolo quanto poderia ser.

Nem tudo era agradável, no entanto. Lá pela metade de sua estada, Peter passou por uma estranha fase que, ao revisitá-la depois em sua lembrança, só conseguia chamar de Acesso de Choro. Aconteceu pela primeira vez durante uma das longuíssimas noites em que acordou com lágrimas nos olhos sem saber o que sonhara para causar aquilo. E então ele continuou a chorar por horas e horas. Jatos de tristeza inundavam sua corrente sanguínea sem cessar, como se houvesse uma máquina dentro do seu corpo administrando-os em intervalos receitados pelo médico. Chorou por causa das coisas mais estranhas, coisas que há muito esquecera, coisas que nem sequer teria imaginado que gozassem de uma posição tão alta em seu catálogo de dores e pesares.

Ele chorou pelos girinos que guardara em um jarro quando era criança, girinos que poderiam ter crescido e virado sapos, caso ele os tivesse deixado a salvo em seu lago em vez de observá-los virar barro cinza. Chorou por Cleo, sua gata, dura sobre o piso da cozinha, seu queixo engruvinhado e grudado ao molho seco na borda de seu prato. Chorou pelo dinheiro do lanche que perdera a caminho da escola; chorou por uma bicicleta roubada, lembrando-se precisamente da sensação do guidom emborrachado nas palmas de suas mãos. Chorou pela colega que os outros perseguiam na escola e que se matou depois que seus algozes jogaram ketchup em seu cabelo; chorou pela andorinha que bateu com a cabeça na janela do seu quarto e tombou sem vida no concreto lá embaixo; chorou pelas revistas que não paravam de chegar todo mês para seu pai, dentro de embalagens plásticas, muito depois de seu pai ter ido embora de casa; chorou pela falência da banca e lojinha de bebidas do sr. Ali; chorou pelos infelizes manifestantes antiguerra marchando pela chuva torrencial, seus cartazes fenecendo, seus filhos emburrados.

Chorou pelas "Colchas da Paz" que sua mãe bordava com retalhos para leilões de caridade. Mesmo quando seus amigos quacres ficaram com pena e deram alguns lances nelas, aquelas colchas nunca haviam rendido muito dinheiro, porque eram feitas de retalhos berrantes que brigavam com toda sorte de decoração já concebida pelo homem civilizado. Chorou pelas colchas nunca vendidas e chorou pelas colchas que foram para a casa de alguém e chorou pela forma como sua mãe explicava, com solitário entusiasmo, que todas as cores simbolizavam bandeiras nacionais e o azul e o branco podiam ser Israel ou Argentina e as bolinhas vermelhas eram o Japão, e as faixas verdes, amarelas e vermelhas com estrelas no meio podiam ser a Etiópia, o Senegal, Gana ou Camarões dependendo do ângulo em que você dormia.

Chorou pelo seu uniforme de escoteiro, devorado por traças. Ah, como chorou por ele. Cada fio de tecido desaparecido, cada patético furinho surgido no traje inútil faziam seu peito inflar e seus olhos se incendiarem novamente. Chorou porque na última vez que foi ao seu Grupo Escoteiro não sabia que seria a última vez. Alguém deveria ter lhe contado.

Chorou por coisas que haviam acontecido com Bea também. A foto de família em que ela aparecia com seis anos de idade, com uma irritação retangular e lívida por cima de sua boca e bochechas, causada por uma fita adesiva. Como alguém podia fazer isso com uma criança? Ele chorou por ela ter tido que fazer o dever de casa no banheiro porque a cozinha estava cheia de desconhecidos e seu quarto estava proibido para ela. Chorou por outros incidentes da infância de Bea também; todos eles de antes de conhecê-la. Era como se houvesse diferentes safras de tristeza armazenadas nas diferentes partes de seu cérebro, empilhadas cronologicamente, e seus dutos lacrimais estivessem na ponta de fios elétricos que não tocavam em nenhuma década recente – iam direto ao passado distante. A Bea por quem chorava era um fantasminha simpático que ele conjurara da coleção de fotos e anedotas de sua esposa, mas não menos digna de pena por isso.

Quase no fim de seu acesso de choro, ele chorou por causa da coleção de moedas que seu pai lhe dera. Fora comprada em uma loja mas era séria, um kit de iniciante de apresentação vistosa que incluía um franco francês, uma lira italiana, uma peça de 10 dracmas, uma de 50 *pfennig* alemã que mostrava uma mulher plantando uma muda, e outros tesouros comuns que, para um menino ignorante, pareciam relíquias de um tempo remoto, da pré-história da numismática. Ah, que inocência... mas não muito depois, um colega de escola murmurou em seu ouvido feito uma serpente que sua preciosa coleçãozinha *não valia porcaria nenhuma*, persuadindo-o a trocá-la inteira por uma única moeda que havia sido prensada, segundo ele, em 333 d.C. Estava deformada e corroída, mas tinha a gravação de um guerreiro com elmo e Peter ficou hipnotizado com ela. Seu pai ficou furioso quando descobriu. Repetia sem parar "*Se é* que é autêntica...", "*Se é* que é autêntica..." num pachorrento tom de dúvida, fazendo uma preleção a Peter sobre como as moedas de cobre de Constantino eram ordinárias, e como aquela ali estava danificada, e como toda a droga do colecionismo estava infestada de falsificações. Peter protestava: "*Você* não estava lá!", referindo-se não só ao reinado de Constantino como também ao momento em que um menino pequeno e impressionável fora tapeado por um maior e mais ladino. Por anos, aquela perniciosa repetição de "*Se é* que é autêntica..." supurou dentro de sua cabeça, símbolo de tudo o que era intimidante e frio em seu pai. Quando Peter conseguiu entender que a briga fora só um jogo de aparências, que seu pai simplesmente ficara magoado, o velho já tinha ido habitar um túmulo.

Por essas e muitas coisas mais, Peter chorou. Depois, sentiu-se melhor, como se tivesse acabado de expurgá-las. Suas pálpebras ardidas, que teriam precisado de um bom trato se ele estivesse em qualquer outro lugar, ali foram massageadas pela umidade oleosa do ar morno. Sua cabeça, que começara a latejar perto do fim do acesso de choro, estava leve e agradavelmente anestesiada.

– Que canção longa – disse a Adoradora de Jesus 5, sentada com as costas apoiadas no púlpito. Ele não percebera sua chegada. Era a primeira vez que ela viera ao templo para visitá-lo, num horário em que a maioria dos de sua espécie estava dormindo.

– Por que você não está na cama? – perguntou ele, apoiando-se no cotovelo. Mal conseguia vê-la; o templo inteiro estava mal-iluminado por frágeis chamas a óleo flutuando em tigelas de cerâmica: braseiros de brinquedo.

– Acordada – disse ela, como se isso explicasse tudo. Talvez explicasse.

Ele repassou o comentário dela em sua cabeça. *Que canção longa*. Evidentemente, para ela, seu choro soava idêntico ao canto. O pesar em sua voz se perdia na tradução; ela ouvia apenas a gaita de fole do pranto, o ritmo dos soluços. Talvez ela tivesse tido vontade de participar, mas não conseguira distinguir nenhuma palavra.

– Estava me lembrando de coisas que aconteceram há muito tempo – explicou ele.

– Há muiȣo ȣempo – ecoou ela. E de repente: – “Há muiȣo ȣempo, o ɕenhor diɕe a Iɕrael: Eu ɕempre voɕ amei, meu povo, deɕde a eȣernidade!”

A citação de *Jeremias* o surpreendeu, não pelo fato de ela a ter memorizado, mas porque provinha de uma tradução mais moderna do que a do rei Jaime – a New Living, talvez. Será que Kurtzberg tinha escolhido ao seu bel-prazer trechos de diferentes Bíblias? Na do rei Jaime, “há muito tempo” era “há muito”, enquanto o hebraico original queria dizer algo mais próximo de “vindo de longe”.

Há muito tempo e de longe... talvez ambas as expressões quisessem dizer a mesma coisa, afinal de contas. Arrancando-se de seu torpor escolástico, ele abriu a boca para perguntar à Adoradora de Jesus 5 por que havia citado justo aquela parte das Escrituras, o que aquilo significava para ela.

Mas a cabeça da Adoradora 5 havia tombado para junto do peito. Seja lá qual fosse o motivo de sua insônia em sua cama, em sua casa, ali junto dele ela havia encontrado o sono.

Foi também durante seu segundo período com os oasianos que Peter vivenciou sua primeira morte. Quer dizer, seu primeiro oasiano morto.

Ele ainda não tinha noção do tamanho da população do assentamento, mas estava inclinado a achar que poderia ser de alguns milhares, e que os Adoradores de Jesus só representavam uma ínfima fração das almas que habitavam aquela grande colmeia. O nascimento e a morte deviam estar acontecendo em proporções normais dentro daquelas paredes âmbar, como em qualquer outra grande cidade, mas ele não tinha acesso a nada disso – até que um dia o Adorador de Jesus 1 veio a ele e lhe contou que sua mãe falecera.

– Minha mãe – anunciou ele. – Morreu.

– Ah! Meus pêsames! – disse Peter, instintivamente enlaçando os ombros do Adorador 1 com os braços. Na mesma hora percebeu como aquela fora a atitude errada, como abraçar uma mulher que não quer ser tocada por absolutamente ninguém além do marido. Os ombros do Adorador 1 se retesaram inteiros, seu corpo enrijeceu, seus braços estremeceram, seu rosto se virou para o outro lado para não roçar no peito de Peter. Peter o soltou e deu um passo atrás, embaraçado.

– Sua mãe – falou de repente. – Sinto pela sua perda.

O Adorador 1 deliberou um tanto sobre essa ideia antes de responder.

– Minha mãe me feꙍ – disse ele, afinal. – ꙍe a mãe não exiꙍȢe, eu Ȣambém não exiꙍȢo. Logo, a mãe é homem muiȢo imporȢanȢe.

– Mulher.

– Mulher, iꙍo.

Mais alguns segundos se passaram.

– Quando ela morreu? – perguntou Peter.

Novamente uma pausa. Oasianos tinham dificuldade em selecionar os parâmetros temporais em que se sentiam obrigados, pelos outros, a encaixar suas concepções de tempo.

– AnȢeꙍ de voꙍê chegar.

– Antes de eu chegar a... Oásis?

– AnȢeꙍ de chegar com a Palavra de Mão.

Então, nos últimos dias. Talvez até mesmo ontem.

– Ela está... houve um funeral?

– Funeral...?

– Vocês a colocaram debaixo da terra?

– Logo, logo – disse o Adorador 1, com um gesto apaziguador de sua luva, como se prometesse solenemente que o procedimento seria cumprido assim que fosse viável. – Depoiꙍ da ꙍafra.

– Depois da...?

O Adorador 1 buscou em seu vocabulário uma alternativa pronunciável.

– Da colheita.

Peter fez que sim, embora na verdade não tivesse entendido. Supôs que essa tal colheita fosse a safra de alguma plantação de alimentos dos oasianos, uma tarefa com prazo tão curto e tão trabalhosa que a comunidade simplesmente não tinha como encaixar um funeral na programação. A velha senhora teria que esperar. Ele imaginou uma versão enrugada e ligeiramente menor que o Adorador 1 aninhada imóvel em sua cama, um daqueles berços que já se parecia tanto com um caixão. Imaginou os fiapos macios do berço acolchoado sendo usados para embrulhá-la, no preparo para o enterro.

No fim das contas, nem foi preciso imaginar ou adivinhar. O Adorador 1, falando no mesmo tom com que se convida um estrangeiro para ir ver um monumento ou árvore incomum (caso aquele lugar tivesse coisas como monumentos ou árvores), convidou-o para vir ver o corpo de sua mãe.

Peter tentou, sem sucesso, pensar em uma resposta adequada. "Boa ideia", "Obrigado" e "Eu gostaria" pareceram-lhe todas más opções. Em silêncio, portanto, ele calçou suas botas amarelas. Era uma manhã luminosa, e a penumbra no interior de sua igreja o despreparara para o sol ofuscante.

Ele acompanhou o Adorador de Jesus I pelo agreste afora até chegar ao complexo, dando dois passos a cada três ou quatro dados pelo oasiano. Estava aprendendo muito nessa visita, e como se deslocar era uma delas. A arte de andar mais lentamente do que seu instinto lhe recomendava, ajustando seu passo a alguém muito menor que você, mas sem parecer aborrecido nem desajeitado. O truque era fingir que você estava andando por um tanque d'água que batia na sua cintura, observado por um juiz que lhe daria pontos por equilíbrio e postura.

Lado a lado, eles chegaram à casa do Adorador de Jesus I. Era idêntica a todas as outras, e não tinha sido decorada com nenhuma sinalização, apetrecho ou mensagem pintada anunciando que um habitante falecera. Algumas pessoas caminhavam por perto, não mais do que a quantidade normal, e estavam levando a vida como sempre, pelo que Peter podia perceber. O Adorador 1 o fez dar a volta na casa, indo para o pedaço de terra nos fundos onde se lavavam e penduravam roupas, e onde as crianças viviam jogando algo equivalente à *bocha*, com bolas macias e escuras feitas de musgo compacto.

Hoje, não havia ali nem crianças, nem bolas, e o varal estendido entre as duas casas estava vazio. O quintal havia sido cedido à mãe do Adorador 1.

Peter olhou fixamente para o corpo diminuto dela, deixado ao léu diretamente sobre a terra. Tinham tirado seu manto. Só isso já teria deixado Peter incapacitado de saber se a pessoa era sua conhecida ou não, pois ainda era vergonhosamente dependente da cor dos tecidos para isso. Mas mesmo que tivesse memorizado algum aspecto da fisionomia daquela criatura – alguma variação na textura da pele ou no formato das saliências faciais – isso não o teria ajudado agora, pois o corpo estava obscurecido sob uma nuvem cintilante e tremulante de insetos.

Ele olhou de esguelha para o Adorador I, tentando mensurar o quão alarmado deveria estar perante aquele espetáculo funesto. Talvez quando o Adorador I tivesse partido naquela manhã, o cadáver estivesse sem nenhum parasita e todos tivessem aproveitado a oportunidade criada pela sua ausência. Se fosse esse o caso, o Adorador I não parecia perturbado por aquele enxame. Ele contemplava os insetos com a calma de quem observava um arbusto com botões de flor. Era preciso admitir que aqueles bichos eram tão bonitos quanto flores: tinham asas iridescentes, carapaças lustrosas lilás e amarelas. Seu zunido era uma música. Cobriam praticamente por inteiro a pele, deixando o cadáver com a aparência de uma efígie viva, vibrante.

– A sua mãe... – principiou Peter, sem saber como continuar.

– Minha mãe ꝏe foi – disse o Adorador de Jesus I. – ꝏó ꝏobrou o corpo.

Peter assentiu, lutando para esconder o enjoo fascinado que a horda de insetos provocava nele. A atitude filosófica do Adorador I para com a situação era perfeitamente saudável – era o que o próprio Peter teria tentado convencê-lo a sentir, caso o Adorador 1 estivesse inconsolável. Mas o fato de *não* estar inconsolável, ou não parecer estar, deixava Peter confuso. Uma coisa era fazer um discurso no funeral para um bando de funcionários não crentes da USIC, conclamando-os a olhar o corpo como mero receptáculo de uma alma imortal; outra coisa, completamente diferente, era estar de pé ao lado de alguém que acatara esse princípio tão plenamente em seu coração que era capaz de observar o corpo da própria mãe ser assolado por insetos. Os olhos de Peter foram atraídos para um dos pés da mulher: os insetos, em seu bulício incessante, tinham exposto os dedos. Havia oito dedos, bem pequenos e estreitos. Ele havia presumido que, já que os oasianos tinham cinco dedos na mão, também teriam cinco no pé. Essa presunção tão errada o fez perceber o quanto ainda tinha que aprender antes de entender de verdade aquelas pessoas.

– Me perdoe por não me lembrar, Adorador 1 – disse Peter –, mas já cheguei a encontrar sua mãe alguma vez? Antes de hoje?

– Nunca – respondeu o Adorador 1. – Caminhada daqui ao ƺemplo... longe demaiʗ.

Peter ficou imaginando se aquele seria um comentário irônico, deixando implícito que ela nunca se sentira motivada o suficiente para visitar o templo, ou se literalmente queria dizer que ela estava frágil ou doente demais para andar aquela distância. Provavelmente devia ser literal.

– Minha mãe mal comeʗou a conheʗer Jesuʗ – explicou o Adorador 1. Ele traçou um gesto no ar, girando a mão suavemente para sinalizar um progresso lento e inconstante. – ƺodo dia levávamoʗ ʗuaʗ palavraʗ do ƺemplo em noʗaʗ mãoʗ e ƺrazíamoʗ para ela. ƺodo dia palavraʗ enƺravam nela como comida. ƺodo dia ela chegava maiʗ perƺo de Deuʗ.

E ele voltou o rosto para a direção do templo de Peter, como se estivesse vendo a mãe finalmente andar até lá.

Nos dias seguintes, Peter aprendeu o que realmente significava a "colheita". Ele percebeu que o motivo para o Adorador de Jesus 1 levá-lo para ver o corpo não tinha nada a ver com sentimentos. Tinha sido didático.

O pouso dos insetos sobre a pele só era o primeiro passo em uma industriosa pecuária controlada nos mínimos detalhes pelos oasianos. O corpo, pelo que informaram a Peter, fora recoberto com um veneno que intoxicava os insetos de forma que, quando tivessem terminado de pôr seus ovos, ficariam semi-inconscientes, incapazes de voar. Os oasianos então os catavam com muito cuidado, despedaçando-os. As pernas e asas, uma vez moídas e secas, rendiam um tempero assustadoramente potente: uma pitada podia conferir sabor a um tonel de comida. Os corpos rendiam um néctar espesso que era misturado a água e flor branca para fazer mel, ou processado para virar uma tinta vividamente amarela. E, enquanto vários membros da comunidade oasiana estavam ocupados transformando os resíduos daqueles bichos em materiais úteis, os ovos dos insetos estavam chocando. Peter era chamado a intervalos regulares para ver como as coisas estavam saindo.

Como a maior parte das pessoas que já conhecera, exceto por um professor de biologia francamente excêntrico na escola, Peter não era grande fã de larvas. Embora fosse prático e sábio aceitar os fatos naturais da morte e da decomposição, a visão daquelas larvinhas oportunistas sempre o enojava. Mas os gusanos no corpo da mãe do Adorador de Jesus I não eram nada parecidos com os que ele já conhecia. Eram calmos e gorduchos, brancos feito arroz, cada um do tamanho de um grande caroço de fruta. Havia milhares e milhares deles, perolados e populosos, e se você ficasse olhando para eles por tempo suficiente, não mais lhe pareciam vermes, mas uma cornucópia de framboesas albinas.

Eles também eram colhidos pelos oasianos.

Quando enfim o corpo da mãe do Adorador de Jesus I rendera todas as benesses que poderia render, ela quedou-se esgotada sobre a terra, à sombra de um par de roupas que balouçavam suavemente num varal. Como era a única oasiana que Peter vira completamente nua, ele não tinha meios de dizer precisamente quanto da bizarrice à sua frente se devia ao apodrecimento e quanto dessa bizarrice teria encontrado sob as roupas de qualquer oasiano vivo e saudável. Sua pele, que tinha um odor fermentado mas não desagradável, se tornara cinza feito argila, e estava cheia de pústulas e buracos. Ela não tinha seios nem qualquer outro traço que sugerisse feminilidade – ou masculinidade – humana. O paradigma que ele tinha em sua cabeça, baseado em fotografias de cadáveres humanos em meio a carestias e campos de concentração, era de pele encolhida até virar um fino papiro que mal servia de ligação entre os ossos. Não era isso com que se deparava ali. A mãe do Adorador I parecia não ter costelas, nem esqueleto, apenas carne sólida se liquidificando. Os furos cavoucados em suas pernas e seus braços expunham uma substância negra estriada que lembrava alcaçuz.

Monstro – foi a palavra que lhe veio à mente enquanto ele reprimia um estremecimento. Mas aí ele se forçou a relembrar: *creatura, coisa criada*.

– Agora a colocamoᔓ na Ȣerra – disse o Adorador I no terceiro dia. Não havia urgência nem cerimônia em sua voz, nem mesmo estava claro o que ele queria dizer com "agora". Pelo que Peter sabia, não haviam cavado nenhuma sepultura e não havia indícios de que a comunidade estivesse se preparando para um rito solene.

– Vocês querem que eu... fale alguma coisa? – ofereceu Peter. – No funeral?

– Funeral?

– É um costume da nossa... – começou ele. Então: – Quando os cristãos... – começou ele de novo. E por fim: – Lá de onde eu venho, quando uma pessoa morre e está para ser enterrada, alguém costuma fazer um discurso antes de o corpo ser posto na terra. Falam sobre a pessoa que morreu, e tentam lembrar aos amigos e familiares da pessoa aquilo que fazia dela alguém especial.

O Adorador 1 curvou sua cabeça em uma reverência cortês:

– Voʗê não conheʗeu minha mãe – observou ele, com um bom senso do tamanho de um bonde.

– Isso é verdade – admitiu Peter. – Mas você poderia me dizer algumas coisas sobre ela, e eu transformaria essas coisas em... um discurso. – Enquanto fazia a oferta, já a estava achando absurda.

– Palavra não pode mudar minha mãe agora – disse o Adorador 1.

– Palavras podem consolar amigos e familiares que ficaram para trás – disse Peter. – Você quer que eu leia do Livro?

O Adorador de Jesus 1 alisou um montinho invisível no ar com as mãos, indicando que aquilo não era necessário.

– KurȣʗbergnoʗdeuapalavradoLivrohámuiȣoȣempo. – E recitou-as para Peter aprová-las.

Uma sucessão de ceceios sem sentido invadiu os ouvidos de Peter. Ele demorou alguns segundos até fazer o replay das sílabas truncadas e traduzi-las em um versículo bíblico:

– Do pó vieʗȣeʗ, ao pó volȣaráʗ.

Por muitas horas após esse incidente, Peter teve o medo contínuo de que alguma alma generosa viesse lhe trazer, como presente especial, um prato feito com os tais vermes. Os oasianos estavam sempre lhe trazendo lanchinhos e – quem sabe? – poderiam pensar que ele já estava farto de flor branca. *Sobremesa surpresa para o pastor Peter!*

Ele sabia que a repugnância que sentia era irracional, pois a comida estaria sem dúvida uma delícia e provavelmente também lhe faria muito bem. Além do mais ele estava ciente de que todo país tinha seus desafios culinários que causavam náusea em estrangeiros mais enjoados – os japoneses com seus olhos de peixe gigantes, esperma de bacalhau e polvo ainda vivo, os africanos com suas cabeças de bode, os chineses com sua sopa de ninho de pássaro que na verdade era saliva, e assim por diante. Caso estivesse em missão em qualquer desses lugares, muito provavelmente seria honrado com uma dessas iguarias. Não havia até um queijo italiano que era podre e infestado de larvas? *Casu marzu*, o nome. (Incrível como conseguia se recordar desse termo, que provavelmente lera apenas uma vez em uma revista há anos, quando ontem mesmo tinha tido um branco e se esquecido do nome da rua onde morava.)

Mas, claro, ele nunca tivera que ingerir nenhuma dessas substâncias bizarras. Todos os seus ministérios até agora tinham sido na Inglaterra. A coisa mais exótica que haviam lhe servido até aquele dia, em uma convenção de auxílio à comunidade em Bradford, tinha sido caviar, e seu problema não tinha sido com as ovas de peixe em si, mas com o dinheiro que os organizadores tinham canalizado para o bufê quando deveriam estar arrecadando fundos para os sem-teto da cidade.

De qualquer modo, a questão ali não eram os vermes propriamente ditos. Era a memória vívida da mãe do Adorador de Jesus 1, e a ligação inextinguível e emocionalmente carregada entre ela e os vermes que haviam se alimentado dela. Ele ficava perplexo com como o próprio filho dela podia conseguir ingerir um alimento produzido daquela maneira.

Para essa questão, como para tantas outras, Deus preparou uma resposta específica e esclarecedora. Certo fim de tarde, o Adorador de Jesus 1 apareceu no templo carregando um cesto cheio de comida. Sem dizer palavra, ele o foi desembrulhando em frente a Peter enquanto foram se sentar juntos na cama atrás do púlpito. A comida tinha um cheiro gostoso e estava quentinha. Era sopa de flor branca em sua versão de cogumelos, e vários pedaços de pão de flor branca com crosta marrom e miolo branco recém-saídos do forno.

– Estou feliz que seja flor branca – disse Peter, resolvendo ser totalmente franco. – Estava preocupado que você fosse me trazer algo feito de... das criaturas que recolheu do corpo de sua mãe. Acho que eu não conseguiria comer aquilo.

O Adorador 1 fez que sim com a cabeça.

– Eu ẟambém. Ouẟroᏸ conᏸeguem. Eu não.

Peter absorveu aquelas palavras, mas não conseguiu interpretar seu significado. Talvez ele estivesse lhe informando qual era a norma que governava aquele ritual específico. Ou seria uma revelação, um desabafo? *Fale mais*, pensou ele, mas sabia por experiência própria que ficar em silêncio esperando que um oasiano fosse preencher esse silêncio era inútil.

– É uma ideia ótima e... admirável fazer... – disse ele – ...isso que vocês fazem. Com alguém que faleceu. – Ele não sabia muito bem como ia prosseguir. No fim das contas, a verdade era que não importava quanta admiração sentisse: ela não o impediria de sentir nojo. Se colocasse isso em palavras, estaria dizendo ao Adorador 1 que suas espécies tinham diferenças irreconciliáveis.

Mais uma vez o Adorador 1 fez que sim.

– Fazemoᏸ de ẟudo para obter comida. Obter comida para muiẟoᏸ. – Uma tigela de sopa se equilibrava no colo de sua túnica. Ele ainda não comera nada.

– Tenho sonhado com sua mãe – confessou Peter. – Não a conheci enquanto viva, não estou dizendo... – Ele inspirou fundo. – Vê-la coberta de insetos, e depois de larvas, e todos simplesmente... – Ele olhou para baixo, para as botas do Adorador 1, embora de qualquer forma não houvesse possibilidade de confrontação olho no olho mesmo. – Não estou acostumado a isso. Me deixou mal.

O Adorador 1 permaneceu sentado imóvel. Uma de suas mãos enluvadas descansava sobre seu abdômen, a outra segurava um pedaço de pão.

– Eu ẟambém – disse ele.

– Pensei que... tive a impressão que vocês... todos vocês... tivessem medo da morte – continuou Peter. – Mas ainda assim...

– Nóᏸ ẟemoᏸ medo da morte – afirmou o Adorador 1. – Porém, o medo não conᏸegue ᏸegurar a vida em um corpo quando a vida acaba. Nada pode ᏸegurar a vida em um corpo. ᏸó Deuᏸ, noᏸᏸo ᏸenhor.

Peter ficou encarando o rosto ilegível de seu amigo.

– Pode haver momentos na vida de uma pessoa em que a dor pela perda de um ente querido é mais forte do que a fé.

O Adorador 1 aguardou um bom tempo antes de responder. Tomou algumas colheradas da sopa, que agora estava fria, espessa e com "pele". Comeu um pouco de pão, destacando pedaços pequenininhos e inserindo-os delicadamente no orifício sem lábios nem dentes de sua cabeça.

– Minha mãe mulher mui▯o impor▯an▯e – disse ele, por fim. – Para mim.

Naquela segunda estada junto dos oasianos, Deus cuidou de equilibrar muito bem as vivências que Peter enfrentaria. Sua primeira morte foi seguida, não muito depois, do seu primeiro nascimento. Uma mulher chamada ▯ – que evidentemente não era Adoradora de Jesus – ia ter um bebê, e Peter foi convidado para o parto. O Adorador de Jesus 1, seu acompanhante, deixou implícito que se tratava de uma grande honra; no mínimo, era surpreendente, já que ele nunca fora formalmente recebido pelos não crentes do assentamento. Mas esse era um acontecimento tão jubiloso que a reticência usual foi deixada de lado e toda a comunidade oasiana se uniu para prestar hospitalidade.

Havia um marcado contraste entre a morte e o nascimento. Se o corpo da mãe do Adorador 1 havia ficado a sós em um quintal, sem ninguém de luto a não ser seu filho, e deixado ao léu para atrair insetos, a mulher que estava prestes a dar à luz era o ponto focal de uma intensa atividade comunitária. As ruas próximas da casa estavam extremamente cheias, e todos pareciam estar indo para o mesmo lugar. Quando Peter viu a casa pela primeira vez, pensou que ela tinha pegado fogo, mas o vapor se evolando pelas janelas era incenso.

Lá dentro, a futura mãe não estava deitada em uma cama rodeada de equipamento médico, nem sofrendo as dores do parto sob a supervisão de uma parteira, mas andando pelo recinto à vontade, socializando. Vestida com uma variante branca como neve do traje normal oasiano – mais frouxo e mais reto, feito uma camisola – ela fazia sala, aceitando os parabéns de cada uma das visitas. Peter não conseguia decidir se ela estava feliz ou ansiosa, mas uma coisa era certa: com dor não estava, e tampouco ele detectava qualquer inchaço em seu corpinho magro. Seus gestos eram elegantes e formais, feito numa dança medieval, mas com uma fieira de parceiros. Aquele era o grande dia de ▯.

Peter sabia que os oasianos não celebravam casamentos. Seus acasalamentos sexuais eram compromissos particulares, tão discretos que raramente eram aludidos. Mas o dia do parto era flagrantemente um acontecimento público na vida da mulher, uma exibição ritual tão extravagante quanto uma festa de casamento. A casa dela fervilhava de felicitadores, dezenas de corpos em atividade vestidos de cores berrantes. *Todos os lápis do estojo aquarela*, pensou Peter, se esforçando para discernir a diferença entre um e outro manto. Vermelho, coral, abricó, cobre, cereja, salmão – eis alguns dos tons rosados que foi capaz de nomear; os outros estavam além de seu vocabulário. Do outro lado do recinto, uma pessoa vestida de violeta-claro se reunira com um velho conhecido vestido de ameixa ainda não madura, e foi só quando a manga de um tocou no braço de outro que Peter viu que os dois mantos, que ele teria visto como idênticos em qualquer outra situação, eram únicos. E assim foi, pela casa inteira – pessoas se cumprimentando, se acenando, não precisando de mais que um olhar para reconhecerem e serem reconhecidas. Em meio à intimidade daquele burburinho, Peter percebeu que precisaria desenvolver todo um novo relacionamento com as cores caso quisesse algum dia reconhecer mais do que duas dúzias de indivíduos em meio à multidão daquela cidade.

Foi uma festa muito agradável, diria Peter, caso tivesse de descrevê-la para alguém que não estivera lá. O único problema era que ele se sentia sobrando. O Adorador de Jesus 1 o conduzira até lá, mas não parava de encontrar amigos que o puxavam para conversas que, aos ouvidos de Peter, não passavam de gargarejos e chiados. Pedir traduções parecia grosseria e, de qualquer modo, não havia por que supor que um desconhecido entenderia muita coisa do que estava sendo conversado.

Por algum tempo, ele se sentiu deslocado, um gigante aparvalhado pairando sobre todos os demais, deixando-os literalmente à sua sombra, e ainda assim... irrelevante. Mas depois ele relaxou e começou a achar legal. Aquela assembleia não era *por causa dele*: e isso na verdade era uma coisa boa. Estava tendo o privilégio de observar, mas não estava de serviço, nada era esperado dele; era, pela primeira vez desde que chegara a Oásis, um turista. Então, acocorou-se a um canto do salão, permitindo a nuvem de incenso azulado subir a sua cabeça, e pôs-se a observar a futura mãe ser coroada de afeição coletiva.

Após o que pareceram horas de cumprimentos, [illegible] sinalizou abruptamente que para ela já estava bom. A exaustão parecia ter tomado conta dela, e ela se sentou no chão, rodeada pelas ondas de tecido branco de seu vestido. Seus amigos se afastaram ao mesmo tempo em que ela tirou o capuz da cabeça, revelando uma pele lívida e lustrosa de suor. Ela pôs a cabeça no meio dos joelhos, como se estivesse prestes a desmaiar ou vomitar.

Então a moleira de sua cabeça se abriu como num bocejo, e um grande bolo rosado foi expelido, envolto em uma espuma brilhosa esbranquiçada. Peter deu um pulo para trás, aterrorizado, crente que estava vendo uma morte violenta. Mais uma convulsão e pronto. De um espasmo deslizante, o bebê desembocou direto nas mãos expectantes da mãe. [illegible] ergueu a cabeça de novo, sua moleira franzindo para se fechar, as metades carnudas de seu rosto ainda lívidas. O salão inteiro irrompeu em um ofegar de aplauso, e uma multitude de vozes se uniu para produzir um esquisitíssimo arrulho coletivo tão alto quanto um acorde de órgão de catedral.

O bebê estava vivo e bem, já se contorcendo para se ver livre dos braços da mãe. Não tinha cordão umbilical e não se parecia em nada com um feto: era, isso sim, uma perfeita miniatura de gente, com braços, pernas e cabeça todos já em proporção adulta. E, tal como um bezerro ou cavalo recém-nascido, tentou imediatamente ficar de pé, pegando o jeito do equilíbrio mesmo com os pés ainda escorregadios de gosma de placenta. O povaréu aplaudiu mais e deu mais vivas. A mãe agradeceu cerimoniosamente a ovação, depois foi tratar de limpar o muco de seu filho com um pano molhado.

– [illegible] – anunciou ela. Outro grande viva foi dado.

– O que foi que ela disse? – perguntou Peter ao Adorador 1.

– [illegible] – disse o Adorador 1.

– Isso é o nome do bebê?

– [illegible]im – disse o Adorador 1.

– Esse nome tem um significado, ou é apenas um nome?

– Nome [illegible]em [illegible]ignificado – respondeu o Adorador 1. Então, depois de alguns segundos: – E[illegible]peran[illegible]a.

Agora a criança estava firmemente equilibrada sobre os próprios pés, seus braços estendidos feito asas implumes. A mãe limpou o último resquício de muco de sua pele, momento em que alguém surgiu na multidão com o braço cheio de presentes macios. Um manto, botinhas, luvas, todas em malva fosco, todos feitos sob precisa medida. Juntas, [illegible] e a pessoa que dera os presentes, que talvez fosse uma avó ou tia, começaram a vestir a criança, que cambaleava e girava mas não resistia. Quando terminaram, a criança ressurgiu extremamente vistosa e graciosa, serenamente feliz por estar exposta. Um menino, decidiu Peter. Incrível o trabalho que deviam ter dado aquelas luvinhas minúsculas, com cada um dos dedos justinhos e aveludados! Extraordinário como a criança aceitara aquela segunda pele!

A esta altura, Peter não estava mais agachado; suas pernas haviam começado a doer e ele ficara de pé para espreguiçá-las. O bebê, incrivelmente alerta, mediu cada um dos presentes no local, um esquadrão de réplicas dele mesmo. Havia apenas uma criatura presente que não se encaixava no padrão, uma única criatura que não se coadunava com sua visão de mundo recém-configurada. Cabeça inclinada para trás, a criança quedava em suspenso, mesmerizada pelo alienígena.

[illegible], percebendo a confusão de seu filho, voltou também sua atenção para Peter.

– [illegible] – gritou ela para o outro lado da sala.

– O que ela disse? – perguntou Peter ao Adorador 1.

– Palavra – disse o Adorador 1. – Palavra de vo[illegible]ê.

– Você quer dizer... um discurso?

O Adorador 1 inclinou sua cabeça, diplomático.

– Pouca palavra, mui[illegible]a palavra, qualquer palavra. Qualquer palavra que puder.

– Mas ela não é... ela não é Adoradora de Jesus, é?

– Não – admitiu o Adorador 1, enquanto o bebê fazia um gesto urgindo Peter a obedecer. – No dia de hoje, [illegible]oda palavra é boa. – Então ele tocou o cotovelo de Peter, o que, para o Adorador 1, equivalia a um forte cutucão.

Então era isso: ele era um extra. Uma atração a mais para incrementar o grande dia da nova mamãe. Tudo bem, não havia nada de errado nisso. O cristianismo era usado para esse fim o tempo todo. E, quem sabe? – talvez não fosse nem mesmo seu status enquanto pastor que aquela mulher queria explorar, mas seu status enquanto visitante. Ele deu um passo à frente. Expressões e temas se entrechocavam em sua cabeça, mas uma coisa estava clara: ele queria que aquele discurso fosse tanto para o Adorador 1, vivendo seu luto com tanta dignidade, como para a mãe e a criança. Muitas vezes, em seus ministérios passados, tivera uma revelação súbita sobre um membro fervoroso de sua congregação, um membro que estava constantemente declarando a bênção que era conhecer Cristo, as inúmeras alegrias da fé, mas que era – conforme a intuição de súbito alertava Peter – dolorosamente, inconsolavelmente triste. O Adorador de Jesus 1 poderia muito bem ser uma dessas almas.

– Pediram para que eu falasse – disse ele. – Para alguns de vocês, o que eu disser vai fazer sentido. Para a maioria de vocês, talvez não. Um dia, tenho esperança de falar a língua de vocês. Mas esperem aí: vocês ouviram isso? Acabei de falar nessa palavra maravilhosa: *esperança*. O nome de uma emoção, e também o nome dessa criança que veio viver conosco hoje.

O bebê levantou primeiro uma bota, depois a outra, e tombou para trás. Sua mãe o amparou agilmente e o colocou sentado no chão, onde ele ficou, pensativo.

– A esperança é uma coisa frágil – continuou Peter –, frágil feito uma flor. Sua fragilidade faz dela algo fácil de menosprezar, por gente que vê a vida como uma provação, gente que fica zangada quando vê algo em que não consegue acreditar dar consolo aos outros. Preferem esmagar a flor com a sola do pé, como quem diz: *Veja só como essa coisa é fraca, veja como é fácil destruí-la*. Mas, na verdade, a esperança é uma das coisas mais fortes no universo. Impérios caem, civilizações desaparecem e viram pó, mas a esperança sempre retorna, emergindo do meio das cinzas, crescendo a partir de sementes invisíveis e invencíveis.

A congregação – se é que ele podia ter a ousadia de chamá-la assim – estava calada, como se refletisse sobre a importância de cada palavra, embora devessem estar bastante perdidos. Ele sabia que deviam enxergar o seu discurso como uma espécie de música, uma breve eclosão de melodia produzida por um hóspede estrangeiro convidado a demonstrar como se tocava um instrumento exótico.

– A esperança mais acalentada de todas, conforme sabemos – disse ele –, é uma criança que acabou de nascer. A Bíblia, o livro que alguns de vocês amam tanto quanto eu, contém muitas belas histórias sobre o nascimento de crianças, inclusive o nascimento de Jesus, nosso Senhor. Mas não é a hora nem o lugar para eu contar histórias da Bíblia. Só vou dizer que as palavras antiquíssimas do *Eclesiastes* me ajudaram a entender o sentido das coisas que vi nos últimos dias. *Eclesiastes* diz: Tudo tem o seu tempo determinado. Há tempo de nascer e tempo de morrer; tempo de chorar e tempo de rir; tempo de plantar e tempo de arrancar o que se plantou. Uma pessoa idosa, a mãe do Adorador de Jesus 1, faleceu. Isso foi muito triste. Uma nova pessoa nasceu hoje. Isso é um acontecimento muito feliz. Vamos honrar a importância idêntica de ambas as coisas: ao celebrar uma nova vida, lembramos daqueles que nos deixaram, e também em meio à tristeza, nosso espírito se alegra quando damos boas-vindas à nova vida. Então, ao pequeno [illegible], linda e preciosa dádiva de nossa comunidade, digo: seja bem-vindo!

Ele torceu para ter investido a última palavra de reverberação suficiente para sinalizar que tinha acabado seu discurso. Ficou evidente que sim: o público emitiu um murmúrio em massa, aplaudiu e acenou. Até o bebê, percebendo o humor que prevalecia, estendeu suas luvinhas. O salão, tão calado nos minutos anteriores, agora estava de novo preenchido por arrulhos e diálogos; as pessoas que tinham sido por um breve momento transformadas num público voltavam a ser uma aglomeração. Peter se curvou e retornou ao ponto anterior, junto da parede.

Por um instante, em meio às celebrações renovadas que se seguiram, ruflou em sua cabeça um pensamento sobre o seu próprio filho, que crescia lá longe, no útero de sua mulher. Mas foi apenas um pensamento, que nem mesmo chegara a se formar de todo – um vislumbre de um reflexo de pensamento, incapaz de competir com toda a comoção bem à sua frente: a multidão multicolorida, os gestos empolgados, as exclamações estrambóticas, o recém-nascido alerta com seus membros espigados, herói do momento, rei por um dia.

16

Derrubada de um eixo, despencando pelo espaço

No quinto dia, um dia chuvoso de beleza quase insuportável, escapou à lembrança de Peter que Grainger estava vindo buscá-lo.

Não que ele não quisesse que ela viesse, não que ela tivesse deixado de ser real para ele. De vez em quando, naquelas trezentas e sessenta horas e alguma coisa que decorreram até seu encontro marcado, ela passara pela sua cabeça. Ele ficou imaginando, por exemplo, se ela o deixaria ajudar na próxima entrega de remédios; lembrou-se das cicatrizes em seus braços e imaginou que angústia poderia ter levado a jovem Grainger a provocá-las; e, às vezes, à noite, antes de cair no sono, ele evocava uma visão fugidia de seu rosto pálido e perturbado. No entanto, sua vida ali entre os oasianos era muito ocupada, e havia muitas outras coisas para ter em mente. *Aproveita-te do tempo*, aconselhava o *Eclesiástico. Não estejas em falta nem nas grandes, nem nas pequenas coisas.*

Ah, e ele não esquecera de orar por Charlie Grainger nem por Coretta, e pensava em Grainger toda vez que o fazia. Mas quando despertou na manhã do quinto dia, a longa noite havia terminado, o sol havia nascido, e as chuvas estavam se aproximando – e foi isso. Seu encontro com a instável farmacêutica da USIC simplesmente se evaporou de seu cérebro.

De qualquer forma, ficar atento a horários nunca fora seu ponto forte. Quanto mais tempo passava entre os oasianos, menos serventia enxergava em se apegar a formas de contagem de tempo que lhe pareciam, francamente, irrelevantes. Para ele, um dia tinha deixado de significar vinte e quatro horas e certamente não consistia de 1.440 minutos. Um dia era um período de luz solar separado do próximo por um intervalo de escuridão. Enquanto o sol brilhava, ele ficava acordado por vinte, vinte e cinco horas de uma vez. Ele não sabia exatamente quanto tempo, porque o relógio do seu pai tinha parado de funcionar, estragado pela umidade. Triste, mas não havia por que chorar.

De qualquer modo, a vida não se prestava a medições, mas sim a fazer render ao máximo cada minuto que Deus nos concedesse. Havia tanto a fazer, tanto a digerir, tantas pessoas com que comungar... Quando caía a noite, Peter deslizava para um sono de paciente em coma, sua consciência afundando rápida e irrecuperavelmente feito um carro desovado em um lago. Após eras naquelas profundezas, ele boiava para o raso, onde sonhava, despertava, levantava para urinar, depois voltava e sonhava mais. Era como se tivesse descoberto o segredo dos gatos. O segredo de dormir por horas e dias a fio sem se entediar, armazenando energia para uma ocasião posterior.

E, quando já tinha dormido tudo o que seria possível dormir, ficava deitado acordado, olhando para o céu, familiarizando-se com as 87 estrelas, dando um nome a cada uma: Zinrã, Jocsã, Medã, Midiã, Isbaque, Suá, Sabá e assim por diante. Todas aquelas genealogias no *Gênesis* e no *Êxodo* tinham tido sua serventia, afinal de contas. Tinham gerado uma nova constelação.

Na maioria das noites, à luz das velas de resina que queimavam tão lentamente, ele ficava na cama trabalhando em suas paráfrases das Escrituras. A Bíblia do rei Jaime em seu colo, aberta, um bloco de anotações aninhado em seu antebraço, um travesseiro para a cabeça sempre que precisasse ponderar entre as alternativas. *A cada província em sua escritura e a cada povo em sua língua* – o édito de Mardoqueu, em algum momento do exílio dos israelitas na Babilônia. Se os oasianos não pudessem ter o Evangelho nas próprias palavras, mereciam algo quase tão bom quanto o Evangelho: uma versão dele que pudessem falar e cantar.

Mais de uma vez, ele caminhara de sua igreja até a escuridão, ajoelhara na parte do agreste em que enterrava suas fezes, e pedia a Deus para lhe dizer honestamente se estava incorrendo no pecado do orgulho. Aquelas traduções em que estava investindo tanta energia – será que eram realmente necessárias? Os oasianos nunca tinham pedido para serem libertados daquelas consoantes. Pareciam resignados àquela humilhação. Kurtzberg os ensinara a cantar "Graça Sublime", e quão graciosos não soavam – e tão penosos, também. Mas não era para ser assim mesmo? Sua aproximação extenuante era cheia de entrega. Mais entrega do que se encontrava em uma congregação complacente de uma pequena cidade britânica, cantando hinos fáceis enquanto a cabeça vagava por outras preocupações como futebol ou novelas. Os oasianos valorizavam seu Livro das Coisas Estranhas; talvez ele não devesse diluir sua estranheza.

Ele orou pedindo orientação. Deus não o admoestou. Na calmaria da noite oasiana escaldante, com as estrelas esverdeadas contra o céu azulão, a mensagem acachapante que ele derivava da atmosfera a seu redor era: *Tudo ficará bem. A boa vontade e a compaixão nunca estarão erradas. Continua como começaste.* Nada era capaz de macular a memória do dia em que os oasianos cantaram "Graça Sublime" para ele – era o presente que Kurtzberg lhes dera, e que eles haviam passado adiante, para o pastor seguinte. Mas ele, Peter, lhes daria presentes diferentes. Ele lhes daria Escrituras que fluíssem do seio deles tão fáceis quanto o ar que respiravam.

Cerca de cento e vinte Adoradores de Jesus vinham frequentando o aprisco sagrado agora, e Peter estava determinado a conhecer todos eles enquanto indivíduos, o que demandava um esforço muito maior do que simplesmente manter um registro mental de cores de mantos e números como Adoradores de Jesus. Estava começando a progredir na questão de diferenciar os rostos. O truque era parar de esperar aqueles traços se resolverem em nariz, lábios, olhos e assim por diante. Isso nunca ia acontecer. Era preciso, isso sim, decodificar um rosto tal e qual você decodificava uma árvore ou formação rochosa: abstrato, único, mas (depois que você já conviveu um pouco com ele) familiar.

Ainda assim, *reconhecer* não era a mesma coisa que *conhecer.* Você podia se treinar a identificar certos padrões de protuberância e cor, e perceber: este é o Adorador de Jesus 13. Mas quem, na verdade, era o Adorador de Jesus 13? Peter tinha de admitir que estava achando difícil conhecer mais a fundo os oasianos. Ele os amava. Por enquanto, isso teria que bastar.

Às vezes, ficava pensando se não teria que bastar para sempre. Era difícil se lembrar de indivíduos se eles não agiam como humanos, com suas demonstrações circenses de ego, seus esforços compulsivos para se fazer gravar na mente do outro. Nenhum deles tinha atitudes que implorassem *Olhe para mim!* ou *Por que o mundo não me compreende?* Ninguém, ao menos pelo que ele conseguia ver, ficava ansioso ponderando *Quem sou eu?*. Simplesmente iam tocando a vida adiante. De início, ele se recusara a acreditar numa coisa dessas, presumindo que toda aquela equanimidade era de fachada, e que mais dia, menos dia, ele acabaria descobrindo que os oasianos eram tão problemáticos quanto qualquer outro. Mas não. Eram exatamente o que pareciam ser.

De certa forma, era até um bocado... *relaxante* ser poupado dos melodramas que tanto complicavam as coisas quando você tratava com outros humanos. Mas aquilo queria dizer que o seu método consagrado pelo uso de forjar intimidade com recém-conhecidos era completamente inútil ali. Ele e Bea tinham feito aquilo tantas vezes, em todos os lugares em que haviam feito a obra de Deus, de opulentos saguões de hotel a distribuições de seringas para viciados, sempre a mesma mensagem a abrir o coração das pessoas: *Não se preocupe, estou vendo que você não é como todo mundo. Não se preocupe, estou vendo como você é especial.*

Os oasianos não precisavam que Peter dissesse como eram. Portavam suas respectivas individualidades com a mais modesta das autoconfianças, nem comemorando nem defendendo as excentricidades e falhas que os distinguiam dos demais membros de sua raça. Eram como os budistas mais budistas que se podiam imaginar – o que tornava sua fome de Cristo ainda mais miraculosa.

– Vocês sabem que parte do meu povo crê em religiões diferentes da cristã, não sabem? – dissera ele ao Adorador de Jesus 1 há algum tempo.

– Ouvimoᘏ falar – respondeu o Adorador 1.

– Querem que eu lhes conte um pouco sobre essas religiões?

Parecia-lhe a oferta decente a fazer. O Adorador 1 fez o trejeito com as mangas do manto que sempre fazia quando queria que a conversa acabasse na mesma hora.

– Não vamoᘏ adorar ouȣro Deuᘏ que não o noᘏo ᘏalvador. ᘏó nele deposiȣamoᘏ a eᘏperanᘏa na Vida.

Era o sonho de quase qualquer pastor cristão ouvir aquilo de um recém-convertido, mas, ao ouvir aquela declaração tão nua, tão calma, Peter tinha ficado um pouco perturbado. Ser pastor dos oasianos era uma alegria, mas ele não conseguia deixar de pensar que estava sendo fácil demais.

Estava mesmo? Por que não *deveria* ser fácil? Quando a janela da alma estava limpa, em vez de maculada e suja pelos descaminhos da egolatria e da autodepreciação, não havia nada para impedir a luz de iluminar direto o interior. Sim, talvez fosse isso. Ou talvez os oasianos fossem simplesmente ingênuos e impressionáveis demais, e era responsabilidade dele conferir um pouco de rigor intelectual à sua fé. Só ainda não tinha entendido como. Ainda orava por isso.

E havia ainda aqueles que não eram Adoradores de Jesus, aqueles cujos nomes ele nem sequer conseguia pronunciar. O que será que deveria fazer com eles? Não eram de forma alguma menos preciosos aos olhos de Deus, e, sem dúvida, tinham necessidades e tristezas tão sérias quanto as de qualquer outro. Deveria estar estendendo a mão para eles, mas eles o ignoravam. Não de forma agressiva; apenas se portavam como se ele não estivesse lá. Não, pensando bem, não era bem assim; eles acatavam a sua presença como alguém que respeita um frágil obstáculo – uma planta em que não se pode pisar, uma cadeira que não se pode derrubar –, mas não tinham nada a dizer para ele. Porque, é claro, não teriam *palavras* para dizer algo a ele, nem ele teria.

Determinado a fazer mais do que simplesmente pregar para os convertidos, Peter se esforçava para conhecer melhor esses desconhecidos, atentando para as nuances de seus gestos, a forma como se relacionavam entre si, os papéis que pareciam desempenhar na comunidade. O que, numa comunidade tão igualitária quanto a oasiana, não era fácil. Certos dias ele sentia que o máximo que conseguiria com eles seria uma espécie de tolerância animalesca: o tipo de relacionamento que um visitante ocasional desenvolve com um gato que, depois de um tempo, não mais sibila nem se esconde.

No todo, havia uma dúzia de não cristãos que ele reconhecia assim que via e cujos maneirismos sentia estar começando a entender. Quanto aos Adoradores de Jesus, conhecia-os todos. Fazia anotações sobre eles, notas indecifráveis às vezes tomadas à noite, borradas de suor e umidade, contemporizadas com pontos de interrogação nas margens. Não importava. O verdadeiro conhecimento, o prático, era intuitivo, armazenado naquele que gostava de pensar como o lado oasiano do seu cérebro.

Ainda não sabia com clareza quantos habitantes havia no C-2. As casas tinham muitos aposentos, feito colmeias, e ele seria incapaz de adivinhar quantas delas não eram habitadas. O que significava que ele também não saberia estimar a proporção, se pequena ou nem tanto, de cristãos. Talvez de um por cento. Talvez de um centésimo de um por cento. Simplesmente não tinha ideia.

Ainda assim, mesmo cem cristãos eram uma conquista incrível em um lugar como aquele, mais do que suficiente para realizar grandes feitos. A igreja estava ficando pronta. Quer dizer, o prédio. Agora tinha um teto sensatamente inclinado, à prova d'água e funcional. Suas educadas reivindicações por um campanário tinham sido rebatidas com "por favor, fizemos todas as outras coisas"; ele sentia que seriam rebatidas para sempre.

Como compensação, os oasianos lhe prometeram decorar o teto. Certa vez, Kurtzberg lhes mostrara uma fotografia de um lugar que chamavam, quase ininteligivelmente, de Capela Sistina. Inspirados pelo trabalho de Michelangelo, os oasianos estavam com vontade de criar algo parecido, exceto que sugeriram que todos os momentos deveriam ser da vida de Jesus, e não do Antigo Testamento. Peter foi totalmente a favor. Além de dar um pouco da cor de que a igreja tanto carecia, ainda daria a ele uma visão sobre a natureza única da percepção daquelas pessoas.

A Adoradora 5, como sempre, foi a mais rápida, mostrando-lhe o esboço da cena que pretendia pintar. Era a cena do lado de fora do sepulcro de Jesus, onde Salomé e as duas Marias encontram a pedra fora do lugar. Evidentemente, essa história já era familiar para ela. Peter não conseguia descobrir qual dos quatro relatos do Evangelho Kurtzberg utilizara, se a história de Lucas dos "dois homens com vestes resplandecentes", a de Mateus sobre o anjo descendo dos Céus acompanhado de um tremor de terra, o rapaz solitário de Marcos sentado em uma pedra, ou o par de anjos dentro do sepulcro de João. Seja qual for a versão, a Adoradora 5 tinha rejeitado esses personagens em favor do Cristo ressuscitado. As mulheres de luto que desenhara, com proporções econômicas e trajando mantos com capuz feito ela mesma, se deparavam com uma figura magra feito um espantalho trajando apenas um pano. Este Jesus tinha postura ereta e braços bem abertos, um buraco em forma de olho em cada mão, ambas com feitio de estrela-do-mar. Acima do pescoço, onde deveria estar a cabeça, a Adoradora 5 deixara um espaço em branco rodeado por uma profusão de linhas, para indicar uma luz incandescente que irradiava. No chão, entre Ele e as mulheres, jazia um objeto parecido com um bagel que Peter percebeu, passado um minuto, que devia ser a coroa de espinhos descartada.

– Não mai[illegible] mor[illegible]o – explicou a Adoradora 5, ou talvez fosse o título de seu desenho.

A Adoradora 5 pode ter sido a primeira com seu esboço, mas não foi a primeira a colocar uma pintura no teto da igreja. Essa distinção foi do Adorador de Jesus 63, um indivíduo extremamente tímido que se comunicava mais por gestos, mesmo em meio a sua própria gente. Os oasianos tinham um respeito escrupuloso pelos outros, e fofocas não faziam parte de seu repertório, mas Peter foi pouco a pouco entendendo que o Adorador 63 ou era desfigurado, ou tinha alguma deformação. Ninguém disse nada específico, foi apenas a sensação generalizada de que aquele Adorador era digno de pena, alguém que se esforçava para levar a vida como se fosse normal mesmo quando todos viam que não era. Peter fez um grande esforço para, sem olhar descaradamente, enxergar qual poderia ser o problema. Percebeu que a carne do rosto do Adorador 63 parecia ser menos crua, menos lustrosa, que a dos outros. Era como se tivesse sido polvilhada com talco, ou passada rapidamente numa chapa, como um frango cuja cor rosa desbota para branco após segundos em água fervente. Aos olhos de Peter, isso o tornava, antes de qualquer coisa, um pouco mais fácil de se contemplar. Mas, para seus companheiros, era uma evidente deficiência de dar dó.

Qualquer que fosse a deficiência do Adorador 63, ela não afetava sua expressão artística. O seu painel, já afixado ao teto da igreja diretamente sobre o púlpito, era a única contribuição concluída até o momento, e quaisquer doações subsequentes teriam de ser bem impressionantes para igualar sua qualidade. Resplandecia feito uma claraboia de vitral, e tinha uma capacidade incrível de continuar visível mesmo quando o sol estava sumindo e o interior da igreja ficava na penumbra, como se os pigmentos tivessem luminescência própria. Conjugava ousadas cores expressionistas com a composição intricada e deliciosamente equilibrada de uma peça de altar medieval. Os personagens tinham aproximadamente metade do tamanho real, aglomerados em um retângulo de tecido aveludado maior do que o próprio Adorador de Jesus 63.

Sua escolha de cena bíblica fora o encontro de Tomé, o Incrédulo, com os demais discípulos quando eles lhes contavam que haviam visto Jesus. Um tema bem incomum para se escolher: Peter tinha quase certeza de que nenhum pintor cristão havia tentado retratá-lo antes. Comparado ao encontro com Cristo ressurrecto, bem mais sensacional, em que se tocava na ferida e tudo, esse episódio anterior era destituído de drama visual: um homem comum em uma sala comum exprime seu ceticismo quanto àquilo que um monte de homens comuns acabou de lhe dizer. Mas, na concepção do Adorador 63, era espetacular. Os mantos dos discípulos – todos em cores diferentes, é claro – estavam tomados de pequenos crucifixos negros, como se uma artilharia de raios laser saída do Cristo radiante tivesse chamuscado aquelas marcas em suas vestes. Balões de texto partiam de suas bocas de traço, como trilhas de vapor. Dentro de cada balão havia um par de mãos sem corpo, com o mesmo feitio de estrela-do-mar que a Adoradora 5 utilizara. E, no centro de cada estrela-do-mar, o buraco em forma de olho, adornado com um glóbulo empastado de puro carmim que poderia ser tanto uma pupila quanto uma gota de sangue. O manto de Tomé era monocromático, sem marcas, e seu balão era de um sóbrio marrom. Não continha mãos nem imagens de qualquer gênero, apenas um rabisco caligráfico, incompreensível mas elegante, feito árabe.

– Está muito bonito – dissera Peter ao Adorador 63 quando a tela fora formalmente entregue.

O Adorador 63 curvou a cabeça. Assentimento, embaraço, reconhecimento, ponderação, prazer, dor, quem poderia saber?

– Sua tela também nos lembra de uma verdade muito importante sobre a nossa fé – disse Peter. – Uma verdade que é especialmente importante em um lugar como esse, tão distante de onde o cristianismo começou.

O Adorador de Jesus 63 inclinou-se ainda mais. Talvez sua cabeça pesasse demais para o pescoço.

– Jesus permitiu que Tomé pusesse o dedo em Suas feridas – disse Peter – porque entendia que para algumas pessoas era impossível crer sem provas. É uma reação humana natural. – Peter hesitou, pensando se a palavra "humano" precisava ser contextualizada, então decidiu que agora já devia estar óbvio que ele via os oasianos como seres humanos iguais a ele. – Mas Jesus sabia muito bem que não seria possível para todas as pessoas, em todos os lugares, para todo o sempre, vê-Lo e tocá-Lo assim como fez Tomé. Então Ele disse: "Bem-

-aventurados os que não viram e creram!" Somos nós esses bem-aventurados, meu amigo. – Ele depositou delicadamente a mão sobre o ombro do Adorador 63. – Você, eu, todos nós aqui.

– Sim – disse o Adorador 63. No caso dele, aquilo constituía uma conversa de grande fôlego. Um grupo de outros Adoradores de Jesus, que o acompanhara à igreja para entregar a pintura, estremeceu os ombros, todos juntos. Peter percebeu que aquilo deveria ser seu equivalente ao riso. Riso! Então tinham um senso de humor, afinal de contas! Não parava de aprender coisas novas e importantes sobre aquela espécie, coisas que lhe davam a sensação de que o abismo entre ele e aquelas pessoas estava se encurtando a cada nova alvorada.

A tela do Adorador 63 foi solenemente içada e pregada ao teto, inaugurando a exposição devocional do templo. No dia seguinte, ganhou a companhia da interpretação do Adorador de Jesus 20 sobre a expulsão dos sete demônios de Maria Madalena. Os demônios – fumaças ectoplásmicas com formato vagamente felino – explodiam a partir de seu tronco feito fogos de artifício, acesos por Jesus, que ficava por trás de Maria em uma pose de braços abertos. Era uma obra menos sofisticada do que a do Adorador 63, mas nem por isso menos forte, e também cintilava com uma luminescência improvável.

No dia seguinte, ninguém trouxe tela nenhuma, mas trouxeram uma cama para Peter, para substituir o bolo de trapos e redes em que andava dormindo desde que sua rede havia sido retirada. Os oasianos tinham aceitado sua rede sem questionamentos, e teriam louvado do mesmo jeito com ela dependurada no meio do salão, mas Peter a cortara do lugar assim que achou que a igreja estava tão perto de estar terminada que a rede maculava sua dignidade. Os oasianos, percebendo que seu pastor não necessariamente precisava dormir pendurado para ficar confortável, tinham sem alarde construído uma cama para ele, segundo seu modelo habitual de banheira-caixão, embora mais larga, mais rasa e menos estufada com forro de algodão. Fora carregada pelo agreste afora até a igreja, passada pela porta, e instalada bem atrás do púlpito, sem qualquer pretensão a fingir que era qualquer outra coisa que não uma cama. Durante a primeira reunião de oração após sua chegada, Peter brincou que, se falar o deixasse muito cansado, ele sempre teria a opção de se deixar cair para trás e puxar um ronco. Sua congregação assentiu veementemente. A eles parecia uma ideia sensata.

* * *

Na manhã em que Grainger veio buscá-lo, Peter acordou cheio de expectativa. Expectativa de chuva. Para os nativos, isso não era incomum; a chuva ocorria a intervalos previsíveis, e eles tinham tido a vida inteira para se acostumar a seu ritmo. Mas Peter não estava tão afinado, e as chuvas sempre o surpreendiam. Até agora. Ele se remexeu na cama, suarento, o raciocínio lerdo, apertando os olhos por causa do retângulo de luz que vinha da janela e esquentava o seu tórax. Mas mesmo tonto de sono como estava, soube na mesma hora que não podia perder tempo em voltar à superfície nem em tentar recordar seus sonhos nem em continuar a quebrar a cabeça em busca de uma alternativa pronunciável para "Batista", mas sim se levantar e ir lá para fora.

As chuvas estavam a uns quatrocentos metros de distância, ganhando terreno rapidamente. Eram de fato *chuvas*, no plural. Três colossais redes de água avançavam de forma independente, separadas por espaços substanciais de ar límpido. Cada rede tinha sua lógica interna, replicando e reagrupando-se sem cessar, cambiando-se graciosa e vagarosamente feito um gráfico de computador desses que pretendem representar a complexidade de uma cidade ou de uma teia de aranha em três dimensões, de todos os ângulos. Exceto por ali a tela ser o céu, e a representação ser um panorama avassalador à altura de uma aurora boreal ou de uma nuvem de cogumelo atômica.

Ah, se Bea pudesse ver isso, pensou ele. Todo dia, sem falta, um ou outro acontecimento provocava-lhe aquele suspiro. Não era um anseio de proximidade física – *aquilo* dava e passava, e naquele momento estava sob controle –, mas sim uma consciência inquieta de que estava atravessando uma grande e complicada fase de sua vida, repleta de experiências emocionais significativas e profundamente emocionais, e que Bea estava perdendo todas elas, não se envolvendo nem de longe com nenhuma. E mais uma vez: aqueles três grandiosos velames purpurinados de chuva, ondulando majestosos pela planície em sua direção, eram indescritíveis, e ele não os descreveria, mas vê-los deixaria uma marca em sua alma, uma marca que não existiria na alma dela.

As chuvas cobriram a distância restante em minutos. Quando o assentamento foi suavemente engolido, Peter não conseguiu mais percebê-las como três entes separados. A atmosfera ao seu redor estava em êxtase, repleta de água. Gotículas prateadas açoitavam o chão de terra, açoitando a ele também. Ele se lembrou da infância, quando brincava com a menina do fim da rua, ela o borrifando com a mangueira de jardim, ele pulando para evitá-la mas se molhando do mesmo jeito, o que era o verdadeiro objetivo e gosto da brincadeira. Saber que a água ia te pegar, mas que você não ia se machucar e que, na verdade, ia adorar.

Logo ele estava todo encharcado e meio tonto de tanto observar as espirais rodopiando à sua frente. Então, para descansar os olhos, fez como os oasianos: jogou a cabeça para trás, de boca aberta, e deixou a chuva cair direto na garganta. Beber o aguaceiro direto da fonte. Era uma sensação que toda criança da Terra tenta fazer uma ou duas vezes até perceber que de nada adianta ficar lá parada com a boca escancarada feito uma idiota, se esforçando para catar gotas distantes demais e pequenas demais. Mas, ali, os arcos serpeantes da chuva faziam com que, por um ou dois segundos, não viesse nada e, de repente, viesse uma generosa borrifada na língua. Além do mais, o gosto de melão era mais forte quando a água vinha direto do céu. Ou talvez fosse só sua imaginação.

Ele ficou lá parado por um bom tempo, todo encharcado, bebendo chuva. A água penetrou em seu ouvido, e o mundo auditivo dentro de seu crânio se emudeceu. Poucas vezes ele sentira uma satisfação tão voluptuosa.

Mas a chuva, no assentamento oasiano, não era uma experiência egoísta. Era comunitária e convocava à ação comunitária. Assim como o cântico do muezim chamava os muçulmanos à oração, as chuvas chamavam os oasianos ao trabalho. Trabalho duro. Agora que Peter sabia o quanto era duro, insistia em trabalhar ao lado dos oasianos no campo, emprestando a força de seus músculos.

A flor branca não era a única coisa cultivada pelos oasianos. Havia também uma substância algodoada chamada , que irrompia do solo feito uma espuma grudenta que logo se solidificava, virando uma trama fibrosa. Era dessa trama que se derivavam as redes, botas e roupas dos oasianos. Além disso, havia o , uma espécie de musgo que crescia em velocidade vertiginosa, concluindo sua metamorfose de focos de fungo a felpa verdejante em apenas uma tarde. Para que servia? Ele não tinha ideia, mas de qualquer forma aprendeu a colhê-lo.

Quanto à flor branca, havia, conforme ele ficou sabendo, um segredo para a sua incrível versatilidade: cada planta tinha de ser individual e frequentemente avaliada para se descobrir em que parte de seu ciclo de crescimento ela estava, pois se podiam fazer diferentes coisas com ela dependendo do momento em que fosse arrancada da terra. Em determinado dia, as raízes da planta podiam servir para sopa de "cogumelos", sua fibra servir para "alcaçuz", suas flores servirem para "pão", seu néctar servir para "mel", enquanto, em outro dia, as raízes podiam servir para "frango", sua fibra servir para corda, suas flores servirem para "creme custard", sua seiva desidratada servir para "canela", e assim por diante. A escolha do momento certo era essencial, especialmente logo depois da chuva, porque era nesse momento que as plantas mais velhas rendiam mais. Morbidamente porosas, elas inchavam de água, perdiam o pouco de firmeza que ainda lhes restasse, cabeceavam para o chão, e apodreceriam rapidamente a não ser que fossem colhidas. E, colhidas a tempo, eram o produto agrícola mais útil de todos, pois forneciam levedura.

Sabendo que os oasianos estariam já a caminho da plantação, Peter parou de beber chuva e retornou à igreja. A água escorria pelas suas pernas enquanto ele atravessava o recinto, e cada passo deixava uma poça em forma de nadadeira. Ele afivelou suas sandálias (as botas amarelas eram requintadas demais para trabalho com terra), penteou o cabelo colado à cabeça, mordiscou uns bocados de uma substância marrom-escura feito pão de centeio que os Adoradores de Jesus chamavam de Pão de Cada Dia, e partiu.

A chuva foi cessando durante sua caminhada. As espirais aquosas ainda formavam padrões distintos pelo ar mas alguns dos arcos se esvaíam em vapor, e já estava menos forte, menos impactante contra a pele. Ele sabia que a chuvarada duraria apenas mais alguns minutos, e que aí o céu ficaria limpo por um bom tempo – se é que "limpo" descrevia bem um céu que quase sempre estava saturado de umidade. Depois disso, as chuvas voltariam mais uma vez, depois cessariam por cerca de vinte horas, depois voltariam duas vezes mais. Sim, ele estava começando a entender qual era. Já era quase alguém do lugar.

Três horas depois, se estivesse contando as horas, e decerto não estava, Peter voltou da plantação de flor branca. Suas mãos e braços estavam com uma mancha branco-acinzentada devido ao resíduo poeirento da flor. A frente de sua túnica, do tórax ao estômago, estava tão suja por causa das braçadas de flores que ele levara até as redes de transporte que o crucifixo de tinta mal podia ser visto. Mais abaixo, onde seus joelhos haviam se espojado no chão, o tecido estava enlameado de seiva e terra. Ele soltava flocos de pólen ao andar.

Deixando as imediações do assentamento, ele começou a atravessar a extensão entre a aldeia e a igreja. A cada passo mais consciente de seu estado ridiculamente pegajoso, ele olhou para o céu em busca dos indícios da próxima chuva, que pelo visto haveria de cair em breve. A chuva o enxaguaria. Ele só precisava ficar pelado sob o dilúvio e esfregar a pele com as mãos, talvez usando o sabonete que trouxera de casa. Ficaria de pé bem ao lado de sua igreja e a chuva o lavaria e, quando estivesse limpo, estenderia as roupas para a chuva lavá-las também. Depois disso haveria um longo período ensolarado, excelente para secagem de roupas.

Enquanto trilhava o caminho, olhar fixo na silhueta da igreja, pressuroso por alcançá-la, ele arrancou sua túnica e sacudiu-a vigorosamente para expulsar o excesso de pó.

– Epa! – gritou uma voz.

Ele deu meia-volta. A uns vinte metros à sua esquerda, estacionada junto à parede de onde a pichação de boas-vindas havia desaparecido há muito tempo, estava a van da USIC. E, apoiada na lataria cinza-metálica do veículo, com uma grande garrafa d'água junto ao peito, estava Grainger.

– Desculpe interromper – disse ela. Seus olhos estavam pousados no rosto dele.

Ele cobriu a genitália com as roupas.

– Eu... estava trabalhando – disse ele, aproximando-se dela com passos um tanto destrambelhados. – Lá no campo.

– Está parecendo isso mesmo – disse ela, tomando outro gole da garrafa. Estava quase vazia.

– Hã... me espere um pouco – disse ele, fazendo um gesto na direção da igreja. – Preciso só me lavar um pouco, terminar umas coisas. Posso tratar disso enquanto você trata de distribuir os remédios.

– Já acabei de distribuir os remédios – disse ela. – Faz duas horas.

– E a comida?

– Também já peguei. Faz duas horas.

Ela virou o restante da água, deixando a garrafa quase perpendicular aos lábios. Seu pescoço branco pulsava enquanto ela engolia. O suor brilhava em suas pálpebras.

– Ah, meu... céus – disse ele, conforme a ficha foi caindo. – Mil desculpas!

– A culpa é minha. Quem mandou não trazer uma revista? – disse ela.

– Eu perdi... – Ele pensou em abrir os braços para demonstrar o quanto estava envergonhado, mas um deles estava cobrindo sua nudez.

– A noção do tempo – assentiu ela, como se ainda valesse a pena economizar alguns preciosos segundos terminando a frase por ele.

Ao dirigir de volta para a USIC, Grainger estava menos aborrecida do que Peter previra. Talvez tivesse atravessado todos os estágios – irritação, impaciência, raiva, preocupação, tédio, indiferença – nas duas horas que passara esperando, e agora já tinha superado tudo. Seja qual fosse o motivo, seu humor estava razoável. Talvez o fato de tê-lo encontrado em estado tão deplorável, vendo de relance seu pênis flácido grudado aos pelos púbicos feito uma lesma albina num jardim, estivesse contribuindo para aquela disposição condescendente e boazinha.

– Você emagreceu – observou ela, enquanto aceleravam pelo terreno plano e monótono. – Ninguém tem te dado comida?

Ele abriu a boca para lhe garantir que andava comendo feito um rei, mas percebeu que não seria verdade.

– Confesso que não tenho comido muito – disse ele, depositando uma das mãos sobre o estômago, logo abaixo das costelas. – Só... lanchinhos, acho que dá para chamar assim.

– Fez muito bem às suas maçãs do rosto – disse ela.

Por reflexo, ele avaliou os traços do rosto de Grainger. Suas maçãs do rosto não eram particularmente belas. Tinha um rosto que era belo só se ela cuidasse bem da dieta e não ficasse muito mais velha do que agora. Assim que a idade ou o descuido na alimentação preenchessem suas faces e aumentassem sua papada, mesmo que só um pouco, ela passaria da beleza élfica à rusticidade abrutalhada. Ficou triste por ela, triste pela facilidade com que seu destino físico podia ser lido por qualquer um que pusesse os olhos nela, triste pela facilidade com que seus genes declaravam que não iam fazer mais do que o mínimo por ela, triste por saber que no momento ela estava no auge e ainda não havia se realizado. Pensou em Beatrice, cujas maçãs do rosto eram dignas de uma cantora francesa. Pelo menos, era o que ele lhe dizia às vezes; não conseguia imaginar de fato as maçãs de rosto de Bea no momento. Uma visão mais vaga, mais impressionista do rosto de sua esposa bruxuleava em seu cérebro, meio empanada pelo raio de sol que furava o para-brisa do veículo e pelo turbilhão de lembranças recentes sobre vários Adoradores de Jesus. Perturbado, ele fez força para enxergar o rosto dela com mais firmeza. Um colar de pérolas na penumbra de outro tempo, outro lugar, um sutiã branco recheado de carne familiar. O Adorador de Jesus 9 pedindo para ser batizado. A desconhecida (fêmea?) no campo que lhe entregara um pedaço de tecido com a palavra  escrita, batera no próprio peito e dissera:

– Meu nome.

– Repita para mim, por favor – pedira ele. E, quando ela repetiu, ele contorcera a boca, a língua, a mandíbula, todos os músculos do rosto e dissera "", ou algo semelhante o bastante para ela bater as palmas enluvadas, aprovando. Ela certamente estava achando que ele esqueceria seu nome tão logo ela saísse de sua vista. Ele precisava provar que ela estava errada. .

– Oi? Alguém em casa? – disse a voz de Grainger.

– Desculpe – disse ele. Um cheiro delicioso invadia o interior de suas narinas. Pão de passas. Grainger tinha aberto a embalagem e estava comendo uma fatia.

– Pode se servir.

Ele se serviu, envergonhado da imundície das suas unhas que iam tocar na comida. O pão estava cortado em grossas fatias – três vezes mais grossas do que um oasiano gostaria – e a textura era deliciosamente esponjosa, como se ele tivesse saído do forno há quinze minutos. Ele enfiou a fatia inteira na boca, repentinamente faminto.

Ela deu uma risadinha.

– Você não podia ter pedido uns pães e peixes?

– Os oasianos cuidam muito bem de mim – protestou ele, engolindo duro. – Mas não são de comer muito, e aí... eu meio que... me acostumei com a rotina deles. – Ele retirou mais uma fatia de pão de passas. – Além disso, andei ocupado.

– Certamente.

Mais à frente, viam-se dois focos de chuva. Por acaso, o sol estava posicionado perfeitamente na lacuna entre eles e a chuva. As periferias de cada foco de chuva cintilavam com sutis miniarco-íris, como uma queima de fogos inexaurível e silenciosa.

– Você sabia que a ponta da sua orelha está completamente esturricada?

– Minha orelha? – Ele as tocou com os dedos. A textura da parte de fora dos lóbulos estava enrugada. Feito bacon frito que ficara esquecido num prato a noite inteira.

– Vai ficar marca – profetizou Grainger. – Não consigo *acreditar* que isso não doeu pra cacete quando aconteceu.

– Talvez tenha doído – respondeu ele.

Agora os dois focos de chuva estavam bem mais perto, sua aproximação aparentando ser bem mais veloz devido ao rápido movimento do carro na direção deles. Uma ligeira guinada do volante por orientação do computador de bordo fez o sol sumir por trás de um véu d'água.

– Está tudo bem com você?

– Sim, sim – disse ele. Ele adoraria que ela não tivesse essa necessidade de interromper tantas vezes o espetáculo da natureza; aquilo lhe dava nos nervos. Então, em um esforço para se comunicar sinceramente com ela, ele ponderou: – Na verdade, não fico realmente pensando se estou bem ou não. Simplesmente... vou vivendo.

– Beleza – disse ela. – Mas recomendo que você leve protetor solar da próxima vez. E se olhe no espelho de vez em quando. Sabe, só para ter certeza de que sua cara ainda está no lugar.

– Talvez eu devesse deixar esse trabalho para você. – Nenhum dos dois pretendia que aquele diálogo levasse a uma insinuação sacana, mas uma vez dita, ela ficou lá, pairando, e ambos sorriram.

– Não achei que iam te colocar para fazer trabalho pesado – disse Grainger. – Pensei que queriam você para estudos bíblicos, coisas assim.

– A ideia de eu ajudar na plantação não foi deles. Foi minha.

– Bem, acho que você vai ficar bronzeado. Quando a queimadura passar.

– A questão é que percebi que a comida que entra no caminhão toda semana não vem do nada, mesmo que possa parecer assim para a USIC.

– Para sua informação, eu cresci numa fazenda – disse Grainger. – Então se me achou com cara de quem pensa que milho é feito na fábrica de nachos, está muito enganado. Mas me diga uma coisa: essas plantações onde você trabalhou, onde é que ficam? Nunca as vi.

– Ficam bem no meio.

– No meio?

– Do assentamento. É por isso que você não as viu. Ficam escondidas pelas casas.

Ela sacudiu a cabeça.

– Ora, quem diria.

– A aldeia foi construída em círculo em torno da terra arável – explicou ele. – Quer dizer que, a qualquer momento em que haja trabalho a fazer, gente converge para lá de todas as direções, e todos têm uma distância mais ou menos igual a caminhar. A ideia faz perfeito sentido, não acha? Não imagino por que nunca a tiveram em tantas gerações na humanidade.

Ela lhe lançou um olhar de: *Ah, dá um tempo.*

– Não imagina mesmo? É porque cuidar da terra é um trabalho difícil e chato, e a maioria das pessoas prefere que outra pessoa o faça por elas. De preferência bem longe. Porque, na cidade, precisam do espaço para o shopping.

– Foi isso que a USIC planejou para cá?

Era o tipo de comentário que poderia tê-la ofendido antes, mas agora ela não parecia incomodada.

– Não – suspirou ela. – Não num futuro próximo. Nossa missão é construir um ambiente sustentável primeiro. Água limpa. Energia renovável. Uma equipe que tenha boas relações. Uma população nativa que não nos odeie com todas as forças.

– Objetivos nobres – disse ele, recostando-se em seu banco, abatido por uma onda de cansaço. – Engraçado é ninguém ter pensado neles antes.

Entraram na chuva com o carro. O para-brisa estava seco num segundo, inundado no próximo. As gotas polvilhavam o vidro com estampas elaboradas até que elas fossem lambidas pelos limpadores. Ele estava dentro de um bólido de metal e vidro, em uma atmosfera de ar frio artificial, separado da chuva que poderia muito bem lavar o seu corpo. Ele devia estar lá fora, nu, de pé, deixando-a fluir pelo couro cabeludo, deixando-a embaçar sua vista, deixando-a metralhar a parte ossuda do seu pé.

– Está tudo bem mesmo com você?

– Sim, estou ótimo – disse ele, com dificuldade. – É que me parece um pouco... estranho... estar fechado em um lugar tão pequeno.

Ela assentiu, não muito convencida. Ele via como ela estava preocupada com ele. Arrependeu-se de não ter insistido em fazê-la esperar um pouco mais no assentamento, para que ele pudesse se preparar um pouco melhor para o retorno à base. Ele teria estado em muito melhor forma caso pudesse ter tido dez, quinze minutos que fosse para si próprio antes de entrar no veículo.

– Olha, já entramos na faixa de alcance do Tubo – disse ela, após um longo silêncio.

Ele olhou para ela sem entender nada, como se ela tivesse acabado de falar em código.

– O Tubo. O sistema de comunicação – disse ela. – Você pode ver se chegou alguma coisa da sua mulher.

Ainda não, pensou ele. *Ainda não.*

Ele pensou em dizer: "Obrigado, mas acho que vou esperar até ter tomado banho, trocado de roupa, relaxado um pouco..." Estaria dizendo a verdade. Mas essa verdade o faria parecer, aos olhos de Grainger, alguém sem a menor vontade de saber como estava indo a sua esposa. E, além do mais, Grainger estava demonstrando sensibilidade para com as suas necessidades, ou o que achava serem essas necessidades. Ela devia ser recompensada por isso.

– Sim, por favor – disse ele. Os limpadores de para-brisa gemiam em contato com o vidro: o céu estava limpo. Peter torceu o corpo para ver o panorama do que o veículo estava deixando para trás. As chuvas estavam a caminho da C-2. Logo estariam sobre o teto de sua igreja com seu suave sussurro.

– Ok, estamos conectados – disse Grainger. Com uma das mãos apoiadas no volante, ela usou a outra para deixar a tela do Tubo desdobrada sobre o colo dele, pronta para o uso.

Ele digitou a senha, seguindo as instruções de sempre. Havia pelo menos doze mensagens de Bea, talvez até mesmo vinte. Eram automaticamente rotuladas com datas, mas essas datas não faziam sentido para ele. Ele abriu a mais velha. Um polpudo bloco de texto compareceu à tela. Sua esposa estava lhe dizendo que o amava. "Peter, eu te amo", disse ela. Ele releu a saudação dela muitas vezes, não para saboreá-la, mas para esperar até as palavras se tornarem mais do que pixels configurados em uma tela de plástico, esperar até conseguir ouvir a voz dela.

Acabei de descobrir por que o supermercado estava fechado. Ele faliu! Incrível. E olha que é do Tesco que estamos falando, uma das maiores empresas do mundo! Tinham grandes fortunas com que brincar – e parece que foi isso o que os derrubou. Havia um relatório completo em um dos sites de notícias, uma espécie de obituário, que me fez perceber que ia acontecer de qualquer jeito – totalmente inevitável. É que o inevitável ainda assim pode ser uma surpresa, não pode? Grande parte do dinheiro do Tesco era ligado à ExxonMobil, que estava com problemas desde que os chineses pegaram os campos de petróleo no Iraque, no Irã e no Cazakstão (escrevi certo?). Também tinham grandes participações nas companhias de navegação, que foram massacradas pelo aumento generalizado da pirataria, e além disso boa parte do seu império se baseava na Tailândia até o golpe militar. Além disso, tiveram um grande revés quando o Barclays foi pelo ralo faz uns anos e levou o Tesco Stakeholder e o Tesco Swipe de enxurrada. Essas são as partes do programa de que me lembro, tinha muito mais coisa. A empresa tinha tentáculos por todos os lados, todo tipo de comércio que você nem pensaria enquanto está na gôndola procurando petiscos para Joshua, e de repente uma quantidade substancial desses comércios entraram pelo cano e *presto*, fim do Tesco. "O fim de uma era", nas palavras de um âncora de telejornal – um tanto pomposas, eu achei.

Você já percebeu como os âncoras de telejornal sempre concluem a notícia com uma frase bombástica? Até modulam a voz quando estão lendo as últimas linhas do roteiro. É uma música vocal muito específica que assinala: é o fim.

Desculpe por essas digressões. Geralmente sou eu quem pega no seu pé por causa desse tipo de ruminação, e agora eu mesma estou me esbaldando nelas. Talvez eu esteja tentando preencher o silêncio imitando a sua voz! Ou talvez seja verdade o que dizem, que quem se casa acaba tendo confusão de identidade com o parceiro, um terminando a frase do outro.

Hoje foi o dia em que a família Frame se mudou. Sheila deixou o Billy comigo, conforme o combinado. Eu o levei à exposição de gatos. Foi uma curtição e ele pareceu gostar bastante, apesar de ficar resmungando para mim que era tudo muito idiota e que os cuidadores eram todos ridículos. Mas, conforme eu esperava, o charme dos bichos acabou por conquistá-lo! E preciso admitir que eu estava vidrada naqueles bichanos diferentões também. Deus deve ter se divertido muito criando tantas variedades distintas de mamíferos peludos. (Embora talvez eu esteja demonstrando meus preconceitos. Talvez ele tenha se divertido ainda mais com os peixes e insetos e os demais.)

De qualquer forma, Billy e eu ficamos falando de coisas leves a maior parte do dia, mas pouco antes de a mãe dele vir buscá-lo, ele se abriu comigo. Perguntei o que ele achava de seu pai ir morar em outro país. Ele disse: "Meu pai disse que não existem mais países. Simplesmente não existem. A Inglaterra e a Romênia são simplesmente partes da mesma coisa." Por um momento pensei, que coisa bonita, Mark está ensinando ao filho que somos uma grande comunidade mundial. Mas não. Billy falou que Mark lhe pedira para visualizar o mapa-múndi como um saco plástico gigante boiando no mar, feito uma balsa, com uma porção de gente se equilibrando em cima dele. Às vezes, fica gente demais em cima de uma parte qualquer e ela começa a afundar. Você simplesmente corre para outra parte onde está melhor, disse ele. Então quando ESTA parte começa a afundar, você muda de lugar de novo. Sempre há lugares onde as coisas não estão tão ruins: moradia mais barata, comida mais barata, combustível mais barato. Você vai para lá e, por um tempo, fica tudo bem. Então deixa de estar tudo bem e você se manda dali. É isso que fazem os animais, disse ele. "Os animais não moram em países, e sim num território. Os bichos não querem saber se o lugar tem nome ou não. Nomes não querem dizer porra nenhuma." Foi essa a expressão que Billy usou, então presumo que seja essa a palavra que seu pai tenha usado. Um sermão geopolítico e tanto para obrigar um garoto tão novo a engolir! E é claro que a parte que Mark deixou de fora de sua análise foi aquela sobre estar se juntando com uma produtora de shows de 27 anos de idade chamada Nicole. Que, por acaso, é romena. Mas chega de falar disso.

Estou digitando isso com um cobertor em cima do joelho. Você deve estar morrendo de calor, mas aqui está um gelo e estou sem gás em casa já faz uma semana. Não por causa de qualquer acidente ou problema no fornecimento, mas por pura insânia burocrática. A nossa companhia de gás – ex-companhia de gás – estava sendo paga em débito automático na nossa conta no Barclays. Mas quando o Barclays faliu e mudamos para o Banco da Escócia, algo deu errado com a transferência do débito automático. Algum bug de computador. E do nada chegou esse "último aviso". Tentei pagar, mas aí, veja só que loucura – eles se recusaram a falar comigo, porque não sou o "titular da conta". Eu continuei me oferecendo para pagar, e eles continuaram dizendo, "Desculpe, senhora, mas precisamos falar com o titular da conta", quer dizer, você, Peter. Devo ter passado horas no telefone por causa disso. Pensei em pedir ao vizinho para vir aqui e falar no telefone com voz grossa, o que estaria errado moralmente falando, é claro, mas provavelmente teriam perguntado a ele o nome de solteira da sua mãe. No fim das contas, tive que admitir que simplesmente não era possível resolver aquilo. Vou esperar até nos acionarem judicialmente e aí esperar que a coisa se ajeite. Nesse meio-tempo, contratei outra companhia de gás, mas vai demorar uns dias até eles poderem vir ligar o gás. Estão dizendo que esse tempo maluco por toda a Inglaterra tem feito os serviços essenciais darem pau e (para citar o técnico com que falei) "os técnicos estão correndo por todos os lados que nem barata tonta". Por que não dão um emprego de porta-voz para esse homem?

Você se lembra do Archie Hartley? Outro dia topei com ele no refeitório do hospital e ele

Ele descansou de novo a cabeça no encosto do banco, inspirando profundamente. Apesar da secura gelada do ar-condicionado, ele suava. Gotículas percorriam sua testa e entravam nas suas sobrancelhas.

– Já acabou? – disse Grainger.

– Hã... só um minuto... – Ele estava achando que talvez fosse desmaiar.

– Más notícias?

– Não, eu... não diria isso. É só que... é muita coisa em que me atualizar...

– Peter, me escute bem – disse Grainger, infundindo cada palavra com uma ênfase grave. – Isso acontece. Acontece com todo mundo.

– Como assim?

– Você está aqui. Ela está lá. É natural.

– Natural?

– A distância – disse ela. – A distância só aumenta. Aumenta e aumenta, até que... é grande demais para atravessar. É como...

As palavras lhe escaparam, e portanto ela recorreu a um gesto. Soltando o volante por alguns segundos – um risco bem baixo, já que o terreno era plano e não havia nada visível em qualquer direção com que colidirem –, ela ergueu as mãos com as palmas paralelas, separadas por alguns centímetros, como se estivesse prestes a juntá-las numa prece medieval. Mas em vez de fazer isso, ela as separou ainda mais, deixando os dedos se espraiarem languidamente para fora, como se cada uma das mãos estivesse sendo derrubada de um eixo, despencando pelo espaço.

17

Ainda estava piscando sob a palavra "aqui"

Sem Peter dentro, a túnica parecia um fantasma pendurado no teto. Suas pontas esfiapadas foram pouco a pouco inchando com água e as mangas e a barra começaram a gotejar devagar, feito lágrimas melancólicas, embora Peter tivesse torcido o tecido o máximo que conseguiu. Não fazia mal: logo estaria seco. Ele ajustara o ar-condicionado de seus aposentos, permitindo à temperatura se igualar à do ar lá de fora. Era assim que ele queria, mesmo que não tivesse roupas a secar. Já se sentia desorientado o suficiente com essa volta ao ambiente da USIC sem mais uma sensação para confundi-lo: a de estar preso em uma bolha artificial de oxigênio resfriado.

Sua túnica – agora limpa, fora a mancha de tinta que havia se desbotado para um lilás esfumado – estava suspensa em um varal de quarto operado por uma simples polia mecânica. Mais uma vez, Peter ficou impressionado pela aparente preferência da USIC por soluções tecnológicas simples. Sua expectativa era a de um secador elétrico com um menu computadorizado cheio de alternativas; um milhão de megawatts de energia a seu dispor só para secar o suor de um par de meias. Até mesmo a máquina de lavar – que ele ainda não utilizara – tinha um aviso pregado na tampa que dizia: POUPE ÁGUA. É POSSÍVEL LAVAR A ROUPA À MÃO? Ao que um ex-hóspede do quarto replicara, com hidrográfica: VAI ME DAR UMA MÃOZINHA, MOÇA?

Quem será que escrevera aquilo? Um dos funcionários sem nome que não tinham durado mais de duas semanas antes de ficar maluco? Mas, pensando bem, a forma como Grainger olhara para ele quando o pegara, estava claro que ficara imaginando se ele também não estaria enlouquecendo. Ou se ele estava prestes a desaparecer da mesma maneira que Tartaglione e Kurtzberg.

Ainda nu após o banho, Peter postou-se em frente ao espelho e examinou as mudanças que sua permanência entre os oasianos haviam forjado em seu corpo. Era verdade que as pontas de suas orelhas estavam queimadas. Também havia sulcos crestados pelo sol ao longo das rugas de sua testa. Nada de mais. No todo, sua pele estava bronzeada, com aspecto saudável. Tinha perdido peso, e suas costelas estavam aparecendo. Tinha acabado de fazer a barba e percebeu que a ligeira papada sob o seu queixo havia desaparecido, conferindo-lhe um rosto mais afilado, um visual menos educado. Aquele visual sempre fora uma enganação, mesmo. Na sua época de sem-teto, ele explorara ao máximo aquele rosto de bebê, irradiando um ar de decência burguesa para fazer os outros acharem seguro deixá-lo a sós em sua cozinha ou no banco de trás do carro por dez minutos. Durante os quais ele roubava suas câmeras, seus celulares, joias, o que quer que estivesse à mão. E uma hora depois ele estaria vendendo tudo, e meia hora depois *disso* estaria cheirando ou engolindo a féria.

Porque todos pecaram e destituídos estão da glória de Deus. Fora este um dos principais versículos que o salvara, no fim das contas: um daqueles lemas bíblicos que todos conhecem, mas ninguém entende de verdade até estar se degradando pela última vez, se sufocando até a morte com a própria sujeira.

Ele polvilhou as dobras da virilha com talco, já que estavam um tanto doloridas. Seu saco tinha algumas casquinhas na pele sensível – por ter sido coçado, óbvio, embora ele não conseguisse lembrar de ter se ferido. As casquinhas estavam pretas e lisas. Dentro de um ou dois dias, desapareceriam. As pontas de suas orelhas e a pele da testa haveriam de se descascar, tiras de epiderme branca feito gaze revelando um rosa forte por baixo. O côncavo do estômago se preencheria assim que ele fizesse algumas refeições substanciosas. O fungo que crescera entre seus dedos dos pés desapareceria após algumas aplicações da loção que Grainger lhe dera. As bolsas de inchaço no joelho e tornozelo murchariam.

Se Bea o visse agora, ficaria alarmada com o seu estado. Ela tinha ojeriza a qualquer ruptura em sua pele; fazia um estardalhaço pelo menor dos arranhões na mão dele, insistindo em colar um Band-Aid em cortes que estariam praticamente curados ao fim do dia. Um dos lugares preferidos para ela o beijar era na ponta dos dedos, sempre que ele tivesse roído uma unha até o sabugo. Ela teria muito o que beijar se o visse agora.

Ainda não tinha escrito para ela. Havia pelo menos vinte e cinco mensagens acumuladas. Três ou quatro deviam ter chegado nas últimas horas, já que Bea devia ter calculado que ele estava de volta. Ainda não estava pronto para enfrentá-la, nem mesmo através da veladura da escrita. Precisava se reaclimatar à vida fora do assentamento oasiano. Precisava se reajustar à miscelânea complicada que eram as relações humanas.

– E aí, como estava o povo em Monstrópolis?

Tuska falou sorrindo, para demonstrar que não queria ofender. Agora estava com uma barba grande, na maior parte grisalha, o que o deixava com aspecto de mais velho, e seu pescoço estava avermelhado por ter sido coçado onde os pelos duros pinicavam a pele. Peter viu logo de cara que aquela barba estava com os dias contados: muito em breve Tuska a rasparia. Por que será que os seres humanos tinham aquela compulsão em mudar sua aparência externa, só para depois voltar ao que lhes caía melhor? De que servia uma coisa daquelas?

– Hã... estava ótimo – respondeu ele, com alguns segundos de atraso. – São boa gente.

– É? – disse Tuska. – Como é que você sabe?

Estavam sentados em uma mesa no refeitório da USIC. Tuska estava atacando um espaguete à bolonhesa (espaguete de flor branca, "picadinho" de flor branca, molho de tomate importado, ervas importadas) e Peter estava comendo uma panqueca (100% local). A atmosfera era barulhenta: o som da chuva metralhando ritmadamente contra as vidraças, o burburinho das conversas misturadas de outros funcionários, portas se abrindo e fechando, e Frank Sinatra cantando "My Funny Valentine". A Peter tudo aquilo estava parecendo um excesso grosseiro de alvoroço, mas ele sabia que o problema estava em sua percepção, e precisava tentar pegar o ritmo de novo. O ritmo metafórico, claro: nenhum esforço humano seria capaz de conciliá-lo com Frank Sinatra.

Um par de dedos estalou perto de sua cara.

– Peter? Tem alguém em casa? – disse Tuska.

– Desculpe. É que não gosto nada desse tipo de música.

Era uma evasiva, mas era verdade. O gorjeio autocongratulatório de Sinatra, amplificado para ser audível sobre o vozerio, o estava empurrando para o lado de lá do limite da tolerância, feito repetidas cutucadas na costela desferidas por algum engraçadinho.

– Eu não ligo – desdenhou Tuska. – São só ondulações na atmosfera, Peter. Moléculas se excitando por alguns segundos e depois se acalmando. Nada que valha se revoltar.

"*Each day is Valentine's Day*", gemeu Sinatra, enquanto Tuska ajuntava outra gorda garfada de espaguete.

– Tem alguém aí falando mal do velho Olhos Azuis? – Uma mulher que estava sentada numa mesa próxima se aproximou, sorrateira, carregando sua tigela de sobremesa. Ela era colega de BG; tinham um físico parecido, embora ela fosse branca e loura. Ela encarou Peter com uma expressão de censura fingida no rosto. – Ouvi você blasfemando contra o deus Frank?

– Perdão – disse ele. – Eu devia tomar jeito.

– A pérola do cancioneiro americano – informou-lhe ela numa voz sem tom. – Inigualável. Uma das maiores realizações da humanidade.

Peter assentiu humildemente:

– Talvez eu não tenha a idade certa para gostar desse tipo de música.

– Quantos anos você tem?

– Tenho 33.

– Eu tenho 32!

– Bem, sou inglês, isso é outro problema...

– Al Bowlly, Noël Coward, Shirley Bassey? – Ela recitou os nomes como se qualquer pessoa nascida em solo britânico fosse explodir de orgulho só de ouvi-los.

– Ai – suspirou Peter. – Estou... começando a ficar sem resposta.

Houve uma pausa, durante a qual Frank Sinatra teceu observações sobre uma velha formiga e uma planta de plástico.

– Tudo bem – disse a mulher, indulgente. – Tudo bem. Nem todo mundo precisa gostar das mesmas coisas. Não é contra a lei.

Agora ele lembrava do nome dela: Iris. Iris Berns. Ela vinha de uma família de evangélicos pentecostais e era ateia. Gostava de jogar cartas, tinha uma irmã que morrera afogada em uma piscina de fundo de quintal, tinha uma piada recorrente com o BG sobre força centrífuga, e era heterossexual, apesar da aparência masculinizada. Nenhuma dessas informações se encaixaria bem em qualquer tipo de observação que Peter pudesse tencionar fazer naquele momento. Até mesmo chamá-la de Iris poderia passar a impressão de tentativa de jogar na cara um dado que lembrara tarde demais, e, de qualquer modo, ela provavelmente preferiria ser chamada de Berns, como todos os demais.

Por que será que até mesmo a mais simples conversa entre seres humanos era tão crivada de arapucas e calibragens hipersensíveis? Por que as pessoas não podiam ficar de boca fechada até terem algo de relevante a dizer, como os oasianos?

– Dá um desconto pra ele – disse Tuska. – Ele acabou de voltar de uma boa temporada em Monstrópolis.

– É mesmo? – disse Berns, plantando sua guloseima em cima da mesa e se sentando. – Da próxima vez, não esquece de levar o filtro solar.

– Não vou esquecer – disse Peter. Ele sabia que sua cara parecia mais vermelha do que precisava parecer, porque ele ingenuamente pusera um suéter por cima da camiseta. Parecera-lhe uma boa ideia na hora: um sinal de que era um cara urbano e normal, e não um doido que morava no deserto.

– Estou surpreso por você ter pego tanto sol – disse Berns, misturando uma pitada de calda vermelho-escura à substância similar a iogurte em sua tigela até o branco ficar rosa. – Eles não são muito de ficar ao ar livre, não é?

Peter puxou a gola do suéter para baixo para deixar o ar entrar.

– Eles trabalham ao ar livre quase todo dia – disse ele.

– É mesmo?

– É.

– Fazendo o quê?

– Cultivando e colhendo alimentos para nós.

Berns comeu algumas colheradas da sobremesa.

– Sabe de uma coisa, já dei mil voltas de carro ao redor desse assentamento, e nunca vi nenhuma plantação, nem estufa, nem nada.

– É porque elas ficam bem no meio.

– No meio?

– Do assentamento. – Peter inspirou fundo. Sua testa pinicava de transpiração. – Já não conversamos sobre isso antes?

– Deve ter sido com outra mulher, querido.

– Não o chame de querido – disse Tuska. – Ele é pastor.

– Os campos ficam dentro do assentamento – explicou Peter. – As casas são construídas num círculo em volta deles.

– Não é de admirar – disse Berns.

– Não é? Por quê?

– Eles são cheios de segredos.

Peter enxugou a testa com a manga.

– Não é que... – Ele falou baixo demais. Uma frota de crianças se juntara a Sinatra no refrão de "High Hopes". A motivação de Peter para explicar a relação dos oasianos com a agricultura vacilou sob aquele ataque.

Berns ficou de pé e gritou para o outro lado do salão:

– Ô, Stanko! Vê se bota algo instrumental? Nosso pastor aqui não está conseguindo falar!

– Não precisa – protestou Peter, enquanto os olhares de todos naquele refeitório se voltavam para ele. – Sério, não é... – Mas ficou aliviado quando as vozes de Frank e do coral escolar emudeceram no meio de uma sílaba e foram substituídas por um dedilhar de piano e umas maracas langorosas.

Berns sentou-se de novo e comeu de sua tigela de sobremesa até ela estar reluzente de limpa. Tuska terminou seu macarrão. Peter consumira apenas alguns bocados de sua panqueca, mas já se sentia abarrotado. Recostou-se em sua cadeira, e a conversa amena entre as outras pessoas ruflava junto de sua orelha, um burburinho suave de jargão de engenharia, comentários sobre a comida, discordâncias educadas sobre soluções para problemas práticos, e a mixórdia disparatada de palavras e expressões entreouvidas, tudo isso entrelaçado a um samba brasileiro.

– De que tipo de música você gosta, Peter? – disse Berns.

– Hã... – Deu-lhe um branco só. Os nomes que normalmente saberia citar estavam fora do seu alcance mental. – Para ser sincero – disse ele, depois de inspirar fundo –, não sou grande fã de música gravada. Prefiro música ao vivo e comigo perto, presente. Assim, parece menos com essa expectativa de se apreciar um *objeto*, e mais com uma celebração do momento, de pessoas fazendo algo juntas em público. É algo que *poderia* dar muito errado, mas por uma combinação de talento, confiança e entusiasmo, o resultado é sublime.

– Bem, você deveria entrar para o nosso coral – disse Berns.

– Coral?

– Tem um grupo onde a gente canta. A cada cento e oitenta horas nos encontramos e cantamos todos juntos. É bem informal. Você ia adorar. Você é tenor?

– Acho... que sim.

– O BG é o barítono mais grave que você já ouviu em toda a sua vida. Você tem que ouvi-lo cantar.

– Seria legal.

– Não cantamos nada do Sinatra.

– Assim fico mais tranquilo.

– Bem, espero que sim. – O tom dela era sincero. De repente, ele percebeu que ela estava tentando impedi-lo de se distanciar do seio daquela comunidade, impedi-lo de se converter em nativo.

– Qual o tamanho do grupo? – perguntou ele.

– Depende da nossa carga de trabalho. Nunca são menos que seis. Às vezes chega a dez. Todos são bem-vindos, Peter. Faz bem para a alma. Se não se importa de eu dizer isso.

– O Tuska canta com vocês?

Tuska casquinou:

– Sem chance. Minha voz parece um exaustor. Um exaustor *com defeito*.

– Todo mundo é capaz de cantar – insistiu Berns. – Só precisa treinar. E ter confiança.

– Ah, confiança eu tenho de sobra – disse Tuska. – E uma voz igual a um exaustor.

Berns lançou-lhe um olhar de pena:

– Tem molho na sua barba, querido.

– Ih, que merda. Perdão. – Tuska pateou a barbicha com os dedos. – Já chega: essa barba vai rodar.

– Você fica melhor sem barba, Tuska – disse Berns, limpando a boca com um guardanapo. (Guardanapo de linho: a USIC rejeitava papel descartável.)

Depois, para Peter: – Mas a *sua* barba estava legal. Eu te vi quando a Grainger te trouxe de volta. Ficou estiloso.

– Obrigado, mas... é que não tive chance de me barbear enquanto estava fora. Meu barbeador é elétrico, né, e lá não tinha... hã...

Estou falando um monte de besteira, pensou ele. *Isso é o melhor em que consegui pensar?*

– Então – disse Berns –, as condições na C-2 são mesmo tão primitivas como dizem?

– Quem disse que são primitivas?

– Todo mundo que já esteve lá.

– Quem esteve lá?

– Grainger...

– A Grainger nunca se aventura além do perímetro. – Já enquanto falava, ficou alarmado com a própria incapacidade de livrar a voz daquele tom de crítica. – Acho que ela nunca pôs o pé numa casa oasiana.

Berns ergueu uma sobrancelha ao ouvir a palavra "oasiana", mas logo entendeu o que era.

– Então *como* é? *Como* eles vivem, afinal?

– Bem, o espaço deles é um bocado... minimalista. Eu não usaria a palavra primitivo. Acho que é assim que preferem.

– Então nada de eletricidade.

– Eles não precisam dela.

– O que fazem o dia inteiro?

Foi preciso recorrer a todo o seu foco para esconder de Berns o quanto aquela pergunta o exasperava.

– Trabalham. Dormem. Comem. Conversam entre si. A mesma coisa que nós fazemos.

– *Do que* eles costumam falar?

Ele abriu a boca para responder, mas descobriu que a parte do seu cérebro onde pretendia buscar as respostas estava repleta de balbucios ininteligíveis, cochichos abstratos em um idioma estrangeiro. Que estranho! Quando estava com os oasianos e por acaso os escutava conversar, de tão acostumado com sua linguagem corporal, ele quase chegava a achar que estava entendendo o que diziam.

– Não sei.

– Você sabe dizer "Olá, prazer em conhecê-lo" na língua deles?

– Desculpe, não sei.

– Tartaglione sempre tentava fazer essa colar com a gente...

Tuska soltou um ronco de desdém:

– Isso é o que ele *pensava* que queria dizer. Ele só estava repetindo o que eles diziam quando o conheciam, certo? Porra, podia ser: "Chega mais, amizade, faz um tempão que não comemos comida italiana!"

– Que é isso, Tuska – disse Berns. – Dá pra parar com as piadinhas de canibal? Eles são totalmente inofensivos.

Tuska se debruçou sobre a mesa, olhar fixo em Peter:

– O que me lembra: você não respondeu minha pergunta. Aquela, sabe, antes do mal-educado do Frank Sinatra nos interromper.

– Hã... refresca a minha memória?

– Como é que você sabe que esses caras são "boa gente"? Quer dizer, o que é que eles fazem que é tão bom assim?

Peter ficou ponderando sobre aquilo. O suor escorria pela sua nuca abaixo, fazendo cócegas.

– É mais que não fazem nada de mau.

– É mesmo? Então qual é o seu papel?

– Meu papel?

– Sim. Um pastor existe para ligar as pessoas a Deus, não é? Ou a Cristo, Jesus, o que seja. Porque as pessoas cometem pecados e precisam ser perdoadas, certo? Então... que pecados esses sujeitos estão cometendo?

– Nenhum que eu esteja vendo.

– Então... não me entenda mal, Peter, mas... qual é o lance aí?

Peter enxugou de novo a testa.

– O cristianismo não significa só perdão. Também significa uma vida plena, realizada. O negócio é que Jesus é a dose mais forte: é isso que muitos não entendem. É um prazer, uma satisfação profunda. Toda manhã você acorda animado pensando em cada minuto que tem pela frente.

– Sei – disse Tuska, monotonamente. – Dá pra ver isso só de olhar pro pessoal de Monstrópolis.

Berns, preocupada que os homens fossem começar uma violenta altercação, tocou o braço de Peter e apontou-lhe o prato onde estava sua refeição:

– Sua panqueca está esfriando.

Ele olhou para o rolo de massa. Havia secado bastante, e mais parecia um osso de borracha para cachorro.

– Acho que hoje não vou limpar o prato – disse ele. Ficou de pé, notando na mesma hora que estava sonolento até mais não poder, e que tinha errado ao pensar que estivesse minimamente apto a socializar. Demandou-lhe um esforço sobre-humano fazer movimentos fluidos em vez de bruscos, de bêbado. – Acho que preciso dormir um pouco. Me deem licença.

– Hora da folga – disse Tuska, com uma piscadinha.

– Vá descansar – disse Berns. E, quando ele já se encaminhava para a saída, aos trancos e barrancos: – Vê se não some.

De volta aos seus aposentos, ele desabou na cama e dormiu por cerca de meia hora, e aí acordou com uma grande ânsia de vômito. Ele deitou fora a panqueca não digerida no vaso sanitário, bebeu um pouco d'água e se sentiu melhor. Quisera ter um talo de  para mastigar, para conservar bom hálito sem precisar beber água. No assentamento, acostumara-se a ingerir pouco líquido, provavelmente menos de um litro por dia, apesar do calor. Beber mais do que isso lhe parecia excessivo, como despejar um balde d'água em um pequeno frasco. Seu corpo não era grande o bastante para segurar aquela água toda; seu sistema seria impelido a encontrar um jeito se de livrar dela.

A túnica ainda estava úmida, mas secando rápido. A expectativa de vesti-la de novo o fez se despir até ficar só de cueca. Depois, passados alguns minutos, ele a tirou também. Ela o irritava.

Peter, por que você não tem escrito para mim?, perguntava Bea na sua mensagem mais recente, recém-chegada. Sei que você deve estar muito ocupado, mas as coisas aqui estão difíceis e estou achando difícil lidar com elas sem seu apoio. Simplesmente não estou acostumada a passar dias e dias sem nenhum contato. Não vou negar que estar grávida deve estar me deixando especialmente vulnerável e não quero soar como uma mulherzinha cheia de vontades hormonais, mas por outro lado você está me submetendo a um silêncio ensurdecedor.

Ele sentiu o sangue lhe subir ao rosto, até às pontas das orelhas. Estava falhando com sua mulher, estava falhando com ela. Tinha prometido lhe escrever todos os dias. Andava muito ocupado e atônito e Bea entendia isso, mas... descumprira sua promessa e continuava a descumpri-la, todo dia, sem parar. E agora, de tão pressionada pela angústia que ele lhe causara, ela resolvera falar na sua cara.

Se ao menos ela tivesse lhe enviado só aquele primeiro parágrafo – uma mensagem de cinco linhas – talvez ele pudesse ter lhe devolvido uma mensagem também de cinco linhas, instantânea. Uma rápida dose de tranquilidade. Mas tinha mais. Muito mais.

Não estou trabalhando, dizia ela. Minha mão direita está enfaixada e, além da questão da higiene, não posso trabalhar na enfermaria com uma mão só. Não é nada sério, mas vai demorar um pouco para sarar. A culpa foi dessa idiota que te escreve. A janela do banheiro está quebrada, como você sabe, e Graeme Stone disse que vinha consertar, mas como passaram dias e ele não apareceu, liguei para ele e ele ficou morto de vergonha – pois se mudou. Para Birmingham. "Mas que repentino", comentei. Acontece que a casa da mãe dele foi saqueada por uma gangue semana passada e deixaram a velhinha toda quebrada. Então ele se mudou para a casa da mãe. Diz ele que vai cuidar dela e aproveitar para consertar a casa também. De qualquer forma, liguei para uma vidraçaria para consertarem minha janela, mas disseram que tem uma quantidade insana de serviço acumulado por causa das tempestades e vandalismos recentes, e poderia demorar muito até me atenderem. Nosso banheiro está imundo, com lama por toda parte, gelado demais para tomar banho lá, tenho me lavado na pia da cozinha, e o vento fica batendo portas pela casa. Além disso é perigoso, alguém pode invadir a casa por ali. Então pensei em substituir a janela quebrada por um plástico grosso com fita isolante e quando vi, tinha aberto um talho na minha mão. Saiu muito sangue, cinco pontos. Hoje de manhã tomei banho com a mão esquerda na pia da cozinha enquanto o vento uivava pela casa e as janelas que sobraram chacoalhavam e a porta do banheiro não parava de bater. Admito que chorei um pouquinho. Mas então me lembrei de todo o sofrimento e dor extremos espalhados pelo mundo.

Você não deve ter ouvido falar, mas uma erupção vulcânica destruiu uma das cidades mais populosas da Guatemala, não vou nem tentar escrever o nome mas parece o de uma divindade asteca. De qualquer forma, um vulcão chamado

Santa Maria levantou fervura e cuspiu cinzas e lava por um raio de centenas de quilômetros. As pessoas foram avisadas com 24 horas de antecedência, o que só piorou as coisas. Um zilhão de veículos atochou as estradas, todo mundo tentando fugir com o máximo de pertences que conseguisse carregar. Cada carro com meia casa equilibrada em cima, bicicletas carregando berços com bebês, loucuras desse tipo. Teve carro tentando usar interior de loja como atalho, carro tentando passar por cima de outro carro, motorista preso partindo as janelas do carro para fugir porque não conseguia abrir a porta, o exército querendo demolir uns prédios para melhorar o escoamento de tráfego, mas o excesso de gente na área atrapalhou. Não tinha lugar para os aviões pousarem nem decolarem, a região inteira virou uma grande vala coletiva. Pessoas a que restavam segundos de vida filmaram a lava com o celular e mandaram para os parentes do outro lado do mundo. E sabe da maior? NÃO HÁ TENTATIVAS DE RESGATE. Dá para imaginar? Não há nada nem ninguém a resgatar. A cidade deixou de existir, simplesmente se aglutinou ao vulcão, virou um acidente geológico. Onde foi parar toda aquela gente com todas as suas razões para viver? Numa grande poeira química.

A nuvem de cinzas é colossal e está impedindo os aviões de voar não apenas sobre a América Central, como também por todo o mundo. Os aviões tinham acabado de voltar a voar depois do atentado a bomba no aeroporto de Lahore e agora estão vetados de novo. A companhia aérea que te levou aos EUA acabou de falir. Senti uma pontada de angústia tão grande quando ouvi isso que me revirou o estômago. Lembro de ficar olhando os aviões decolarem em Heathrow e imaginando qual deles seria o seu e já não via a hora de você voltar. A companhia aérea ir à bancarrota me pareceu simbólico. Me pareceu um sinal de que você não vai conseguir voltar.

As coisas têm entrado em colapso por toda a parte. Instituições que nos acompanhavam desde sempre estão caindo por terra. Sei que estamos acompanhando esse processo há anos, mas agora de repente tudo se acelerou. E, dessa vez, não são só os pobres coitados que estão penando enquanto as elites continuam numa boa. As elites estão sofrendo também e com a mesma intensidade. E não estou falando só de falência. Algumas das pessoas mais ricas dos Estados Unidos foram assassinadas na semana passada, arrastadas para fora de suas mansões e espancadas até a morte. Ninguém sabe muito bem o porquê, mas aconteceu durante um apagão em Seattle que durou quatro dias. Todos os sistemas que faziam a cidade funcionar entraram em pane. Nada de cheque, caixa eletrônico, máquinas registradoras, travas eletrônicas, TV, sinais de trânsito, nem gasolina (eu não sabia que bombas de abastecer precisam de eletricidade para funcionar, mas parece que sim). Em 48 horas começaram saques generalizados e depois um começou a matar o outro.

A situação aqui em solo britânico também não é lá muito estável. Só fez piorar, e muito, desde que você se foi. Às vezes fico pensando que foi a sua partida que fez as coisas degringolarem de vez!

E havia mais. E, nas mensagens anteriores acumuladas, mais ainda. Um compêndio de coisas dando errado na casa. Queixas sobre a comunicação farsescamente difícil com empresas de prestação de serviços. A súbita impossibilidade de se conseguir ovos frescos. Levantes em Madagascar. Joshua fizera xixi na cama; a máquina de lavar era pequena demais para um edredom *queen*; a lavanderia do bairro tinha fechado. O cancelamento da creche que a igreja oferecia todo sábado de manhã. Lei marcial na Geórgia. (A Geórgia na Federação Russa ou a Geórgia dos EUA? Ele não conseguia lembrar se Bea tinha esclarecido isso ou não, e não estava com vontade de esquadrinhar aqueles compêndios todos de novo só para descobrir.) Mirah emigrando com o marido para o Irã, sem quitar a dívida de £300 com Bea. Um pico de luz que estourou todas as lâmpadas na casa. "Renomados nutricionistas" pagos pelo governo defendendo aumentos severos no preço do leite integral. Janelas quebradas e placas de "à venda" no restaurante indiano do outro lado da rua. Os enjoos matinais de Bea e o que ela estava tomando para suprimi-los. A destituição de um eminente ministro do Reino Unido que, numa entrevista a um jornal, descrevera a Grã-Bretanha como "totalmente fodida". Os desejos não atendidos de Bea: torta de queijo caramelada e momentos íntimos com seu marido. Notícias sobre conhecidos mútuos de cujos rostos Peter não conseguia se lembrar.

Mas, perpassando tudo, a mágoa de não entender por que ele não estava falando com ela.

Hoje de manhã fiquei tão desesperada por sua causa que cheguei a ter certeza de que você tinha morrido. Fiquei contando as horas até você voltar do assentamento e, assim que percebi que você já tinha voltado, fiquei vendo se tinha mensagem sua a cada dois minutos. Mas... nada. Tive visões de você morrendo com uma doença exótica por ter comido algo venenoso, ou sendo assassinado pelos membros de sua congregação. É assim que a maioria dos missionários morre, não é? Não consegui pensar em nenhum outro motivo por que você fosse me deixar no escuro por tanto tempo. Por fim cedi e escrevi àquele cara da USIC, Alex Grainger – e recebi uma resposta quase imediata. Ele diz que você vai bem, disse que agora está com barba. Dá para imaginar como me senti, implorando a um desconhecido por indícios do paradeiro do meu marido? Já sofri muita humilhação nessa vida, mas essa foi difícil de engolir. Tem certeza de que, no fundo, não está um pouco zangado comigo por eu ter engravidado? Foi errado da minha parte parar de tomar a pílula sem te falar, eu sei. Por favor, me perdoe. Fiz porque te amo e por medo de que você morresse e não sobrasse nada de seu para contar a história. Não foi um ato egoísta, você tem que acreditar em mim. Eu orei e orei a respeito disso, pedindo sabedoria para distinguir se eu não era apenas uma mulher com muita vontade de procriar. Mas, de todo o coração, não acho que eu seja. Só vejo que eu te amo e amo esse bebê que vai levar um pouco de você para o futuro. Sim, sei que desrespeitei o nosso acordo de que iríamos esperar, e isso é errado, mas lembre-se de que também tínhamos um acordo de que você nunca mais ia beber e mesmo assim você sumiu da Pentecost Powerhouse de Salford e eu precisei segurar a barra. Eu compreendo por que você perdeu o controle e já superamos isso, são águas passadas, e estou orgulhosa de você, mas a questão é que você me jurou solenemente e descumpriu, e a vida seguiu em frente como deveria ter seguido. E embora eu deteste dar a impressão de que esteja disputando um campeonato de moralidade, você ter saído para a farra em Salford não foi por amor, enquanto eu engravidar foi.

Bem, chega de falar disso. Minha mão está doendo de tanto digitar e sua cabeça deve estar doendo de tanto ler. Me perdoe. Eu devia me acalmar e levar as coisas com mais leveza. Um homem da vidraçaria está fazendo uma barulheira danada lá embaixo para consertar o banheiro. Eu já tinha perdido as esperanças; admito envergonhada que tinha até desistido de orar por isso. Afinal, tinham me dito que ia demorar semanas até poderem nos atender. Mas quem diria: hoje de manhã cedo apareceu esse cara dizendo que seu chefe mandara nos passar na frente e deixar o resto do serviço para depois. Deus não esquece de nós!

Meu querido Peter, me escreva, por favor. Não precisa ser o balanço definitivo sobre tudo. Umas poucas linhas já me deixariam tão feliz. Até mesmo uma. Basta me dar um oi.

De sua esposa que te ama,

Bea

Ele se sentia febril e desidratado. Andou até a geladeira e bebeu longamente da garrafa d'água, depois passou um minuto com a testa quente pressionada contra a carcaça gelada do aparelho.

Sentou-se na beira da cama. A seus pés jaziam as páginas soltas de um capítulo da Bíblia que estava adaptando para o seu rebanho. *Lucas 3*. João Batista anunciando que logo viria alguém "a quem não sou digno de desatar a correia das sandálias". Ah, essa palavra complicada, "correia". E suas alternativas tão complicadas quanto, "tira" e "cadarço". Estava pensando em usar "tira de couro", para ser mais preciso, mas de qualquer modo havia outro problema: os calçados dos oasianos não tinham tiras nem cadarços e o conceito talvez precisasse de uma explicação a mais, o que poderia criar problemas maiores do que o necessário, teologicamente falando. Se ele conseguisse pensar em um detalhe equivalente pelo qual substituir essa história das sandálias... "a quem eu não sou digno de (tal e tal) o/a (tal e tal)"... Obviamente, ficar bulindo com as metáforas e símiles de Jesus era inaceitável, mas dessa vez era João, um mero mortal, não mais divino que qualquer outro missionário, suas preleções não mais sagradas que as do próprio Peter. Será que não eram mesmo? Os oasianos haviam deixado claro que preferiam suas Escrituras tão literais quanto possível, e sua tentativa malparada de traduzir "maná" como "flor branca" tinha provocado murmúrios de...

– QUE MERDA É ESSA QUE VOCÊ ESTÁ FAZENDO?

Ele se encolheu todo. A voz – grave, masculina e possante – tinha falado bem junto de sua orelha. Deu meia-volta na cadeira giratória. Ninguém mais no recinto. E, certamente, Deus não se expressava com palavrões.

Querida Bea, escreveu ele,

Desculpe pelo meu silêncio. Tenho andado ocupado, é verdade, mas não é esse o motivo pelo qual não tenho falado com você. O verdadeiro motivo é difícil de explicar, mas com certeza não tem a ver com estar zangado contigo e COM TODA A CERTEZA não é porque eu não te amo.

Esta missão tem se mostrado muito diferente do que previ. As coisas com que eu esperava ter problemas andaram notavelmente bem mas tenho me sentido perdendo o pé de outras maneiras que nunca imaginei. Presumi que travaria uma batalha árdua para falar de Jesus aos oasianos e que ia levar semanas, provavelmente meses, para construir mesmo a ponte mais frágil e provisória entre essas mentes/corações tão alienígenas e o amor de Deus que os aguardava do outro lado. Mas o que vem me testando de verdade além da minha capacidade é o abismo que se abriu entre mim e você. Não falo de um abismo emocional, não é que meus sentimentos por você tenham mudado. Falo de uma barreira que as circunstâncias inseriram entre nós. Claro, fisicamente, estamos a uma distância extrema um do outro. Isso não ajuda. Mas o principal problema que estou tendo que enfrentar é que nossa relação, até hoje, tem dependido inteiramente de estarmos juntos. Sempre vimos e fizemos coisas a dois e debatíamos tudo assim que acontecia, dia a dia, minuto a minuto - até mesmo segundo a segundo. De repente, nossos caminhos ficaram diferentes. E o seu enveredou por uma direção muito estranha, assustadora.

Todos esses desastres que têm se abatido sobre o mundo - os tsunamis e terremotos e colapsos financeiros e sei lá mais o quê - são tão distantes da minha vida aqui. Não consigo senti-los como realidade. Tenho vergonha de admitir isso porque obviamente, para aqueles que sofrem com eles, são muito reais, mas estou sentindo extrema dificuldade em fazê-los entrar na minha cabeça. E cheguei muito rápido a um ponto onde fico pensando "se ela me contar mais um desastre que seja minha cabeça vai explodir". É claro que essa falta de compaixão me horroriza, mas quanto mais me esforço para superá-la, mais ela se intensifica.

Outro problema é que estou achando quase impossível conversar sobre os oasianos com qualquer pessoa que não os conheça. Não só com você, como também com o pessoal da USIC. Minha comunhão com meus novos irmãos e irmãs em Cristo parece que se dá em outro plano, como se eu estivesse falando a língua deles, embora não esteja. Tentar descrever depois parece tentar explicar como é o aspecto de um cheiro ou o gosto de um som.

Mas preciso fazer uma tentativa.

O básico: o templo está pronto. Nele, temos feito reuniões de louvor frequentes. Ensinei aos oasianos versões adaptadas de hinos que conseguem cantar sem grandes dificuldades. (O interior de seus rostos não é como os nossos; eles têm gargantas mas não estou convencido de que tenham línguas.) Leio para eles da Bíblia, que eles insistem em chamar de Livro das Coisas Estranhas. Têm uma preferência acentuada pelo Novo Testamento. Histórias empolgantes do AT como Daniel na cova dos leões, Sansão e Dalila, Davi & Golias etc. não os interessam nem um pouco. Eles fazem perguntas de "compreensão de texto", mas dá para ver que mesmo no nível da "ação" eles não entendem muito bem a graça da história. Gostam mesmo é de Jesus e perdão. São o sonho de todo evangelista.

É um povo dócil, bondoso, humilde, trabalhador. É um privilégio conviver com eles. Eles se chamam de Adorador de Jesus 1, Adorador de Jesus 2 etc. Adorador de Jesus 1 foi o primeiro a ser convertido, logo nos primeiros dias após a chegada de Kurtzberg. Queria poder te mostrar fotos porque sou incapaz de descrevê-los. O comportamento de cada um não é tão característico assim quando comparado ao nosso, quer dizer, não chamaria uns deles de extrovertidos & outros de introvertidos, uns de bem-humorados & outros temperamentais, uns equilibrados & outros maluquinhos etc. São todos bem retraídos e as diferenças entre eles são bastante sutis. Eu precisaria ter um dom de romancista para exprimir essas nuances todas em palavras e, descobri, para minha vergonha, que não tenho nada parecido com isso. Além disso, fisicamente se parecem muito entre si. Uma linhagem genética pura, sem adulterações. Nunca tinha pensado nisso até vir para cá, mas quando nós precisamos apontar a diferença entre uma e outra pessoa, nos ajuda muito toda a hibridação e migração que aconteceram durante a história humana. Isso nos concede um verdadeiro bufê de tipos físicos bem diferentes – praticamente caricaturas. Com esse "nós" me refiro, é claro, às pessoas do Ocidente cosmopolita. Se morássemos na China rural, e alguém nos pedisse para descrever outra pessoa, nós não diríamos, "ela tem cabelos pretos, lisos, olhos castanho-escuros, e deve ter algo como um metro e sessenta", nada disso. Teríamos que prestar mais atenção às nuances. Enquanto no Ocidente há tanta diversidade que podemos dizer, "Ele tem um metro e oitenta e sete, cabelo louro crespo e olhos azul-claros", e isso basta para encontrá-lo imediatamente numa multidão. Bea, estou falando pelos cotovelos aqui, mas eis onde quero chegar: os Adoradores de Jesus pareceriam todos iguais para você exceto pelas cores de seus mantos. "Por seus frutos os conhecereis", não é? Em uma próxima carta vou lhe contar sobre as contribuições que alguns dos Adoradores de Jesus fizeram à igreja.

Ele fez uma pausa; compreendeu que Bea poderia ter motivos para duvidar de que ele fosse cumprir sua promessa. Quebrou a cabeça para pensar em algo.

Por exemplo, prosseguiu ele, a Adoradora de Jesus 5 finalmente entregou sua tela para ser pendurada no teto junto às outras. (Meu maior desejo era você poder vê-las.) A pintura dela mostra Salomé e as duas Marias do lado de fora da tumba de Jesus, com o Cristo ressurrecto se identificando para elas. Ele está com os braços abertos e parece que é feito de luz. É deslumbrante. Não sei como ela conseguiu fazer isso só com tinta e pano; a tela perfura a sua retina como faróis de milha à meia-noite. Você olha de relance para o teto enquanto está cantando ou pregando e vê essa criatura em forma de cruz lá no alto, brilhante em meio ao lusco-fusco. Eis a Adoradora de Jesus 5. Uma moça de muito talento (ou moço - ainda não tenho 100% de certeza).

Que mais posso lhe contar? Estou fazendo força para pensar em alguma coisa, o que é incrível dadas as tantas coisas importantes e belas que têm acontecido nessa missão e as tantas provas da graça de Deus que vejo a cada hora que passo na companhia dessas pessoas. Tantos momentos em que, caso você pudesse ter estado ao meu lado, certamente trocaríamos aquele olhar de "Sim! Deus está operando aqui".

Ele parou de escrever e se espreguiçou. Estava coberto de suor, desde a testa untuosa até a ponta dos dedos do pé. Suas nádegas nuas rangiam no banco de vinil. Talvez tivesse sido um erro desligar o ar-condicionado e deixar aquela estagnação se instalar. Ele se levantou e andou até a janela. Outra chuva já vinha rolando feito bola de feno, lá do agreste, em direção à base. Dentro de cinco minutos estaria ali, escorrendo pela vidraça. Ele torceu para esse momento chegar logo. Embora fosse um tanto melancólico desfrutar da chuva do outro lado de uma barreira envidraçada. Ele deveria estar lá fora.

Cansado, deixou-se cair na cama por um minuto. A túnica pendia entre ele e a janela, uma silhueta contra o brilho do dia. Ele protegeu os olhos com as mãos, blindando sua visão periférica para poder enxergar a túnica sem o clarão nas laterais; a roupa mudou de cinza-escuro para branca. Ilusões de ótica. A realidade sendo subjetiva.

Ele pensou no vestido de noiva de Bea. Ela insistira em casar de branco, em uma igreja, com ele de terno branco. Uma decisão estranha para duas pessoas que geralmente evitavam ostentação e formalidade. Além disso, a recepção teria bebidas alcoólicas. Ele sugeriu se quem sabe não seria melhor simplesmente darem um pulo no cartório em trajes civis mesmo. De jeito nenhum, disse Bea. Casar no cartório seria assumir ter vergonha do passado. Como se dissessem: um sujeito que já rastejou por banheiros públicos salpicados de merda não tem direito a se revestir com um terno imaculado; uma mulher com a história familiar de Bea não deve nem pensar em se apresentar de cabeça erguida e de branco numa igreja. Jesus morreu na cruz justamente para limpar esse tipo de vergonha. Era como o anjo de *Zacarias 3:2-4* despindo as roupas sujas do sacerdote. *Eis que tirei de ti a tua iniquidade e te vestirei com trajes de festa*. Um novo começo. E não tinha maneira mais ousada de celebrar um novo começo do que o casamento de Peter e Beatrice.

E, no fim das contas, muitos dos convidados ficaram de pileque, mas Peter não consumiu uma gota. E todos leram os seus discursos pré-preparados e ele não escrevera nada mas quando chegou a hora Deus o inspirou e ele falou de seu amor por Beatrice em frases fluentes e elegantes que fizeram as pessoas chorar.

Então ele e sua esposa foram para casa e Beatrice se deitou na cama ainda de vestido branco, e ele pensara que ela estava descansando antes de se trocar, mas logo ficou óbvio que ela o estava convidando a ir para junto dela. "Vai sujar o vestido", disse ele, "e foi tão caro." "É por isso mesmo", disse ela, "que não podemos metê-lo numa caixa com naftalina depois de usá-lo só por um dia. É um vestido tão bonito. Tão macio..." E guiara a mão dele.

Ela deve ter usado aquele vestido umas vinte, trinta vezes depois disso. Sempre dentro de casa, sempre sem o menor floreio cerimonial nem alusão ao seu simbolismo: como se fosse um mero capricho, uma vontade trivial, de usar um vestido branco naquela noite em vez de um verde; um corpete brocado em vez de um abrigo com gola em V. Já ele nunca mais usara seu terno de casamento.

Por fim, a chuva atingiu a janela. Peter ficou deitado na cama sentindo o sêmen esfriar sobre o ventre. Depois levantou, tomou outro banho, e voltou ao Tubo. O cursor na tela ainda estava piscando sob a palavra "aqui".

18

– Preciso conversar com você – disse ela

A notícia de que o dr. Matthew Everett falecera nada significava para Peter. Nem chegara a conhecê-lo. Ia a médicos o menos possível e, antes dos testes obrigatórios que lhe atribuíram saúde perfeita para a missão em Oásis, fazia séculos que não pisava em uma clínica. Certa vez, um médico o ameaçara dizendo que, se continuasse bebendo daquele jeito, estaria morto em três meses. Ele continuara bebendo daquele jeito por anos. Outro médico, que de alguma forma estava associado à polícia, o rotulara de psicopata e estava doido para interná-lo em algum hospício. Por fim, teve o especialista no hospital de Bea que lhe criara problemas quando ela "desenvolvera um apego antiprofissional a um paciente com histórico de abuso de substâncias e comportamento manipulador".

Não, médicos e Peter nunca haviam se dado bem. Nem mesmo depois de ele se tornar cristão. Quando os médicos ficavam sabendo da sua crença, não reagiam como a maioria das pessoas – que a achavam excêntrica ou desprezível, prontas a iniciar uma discussão aguerrida de se-Deus-é-bom-por-que-existe--sofrimento? Mas os médicos não. O rosto deles ficava impassível, a conversa evasiva, e você sentia que estavam era tomando notas profissionais sobre a sua saúde mental: *crenças religiosas irracionais*, logo abaixo de *blefarite* e *rosácea*.

"Você devia ir ver o dr. Everett", haviam lhe dito várias pessoas da USIC desde que ele chegara. O que queriam dizer com isso: verifique se voltou mesmo à forma após o Salto, ou, vá se tratar dessa pele esturricada de sol. Ele assentira com toda a educação e seguira com a vida. E agora o dr. Everett estava morto.

A fatalidade acontecera sem aviso e reduzira o corpo médico da USIC de seis para cinco: dois paramédicos, uma enfermeira chamada Flores, um cirurgião chamado Austin, e Grainger.

– É uma péssima notícia – disse Grainger quando Peter foi encontrá-la do lado de fora da farmácia. – Péssima.

Ela não estava de xale hoje, e seu cabelo estava lustroso e molhado, recém-lavado. Isso realçava seus traços, acentuava a cicatriz em sua testa. Ele imaginou uma Alexandra Grainger mais nova, podre de bêbada, tombando para a frente, sua cabeça se arrebentando numa torneira de metal, sangue por toda a pia, sangue por todo o chão, sangue por toda a parte a ser enxugado depois que ela fosse levada embora. *Você já esteve lá*, pensou ele. *Lá onde eu estive*. Beatrice, não obstante o quanto ele a amasse, nunca tinha estado lá.

– Vocês eram próximos? – perguntou ele.

– Ele era legal. – Sua testa franzida e tom preocupado sugeriam que seu relacionamento pessoal com Everett era irrelevante frente ao acontecimento terrível que era uma morte. Sem mais conversa, ela escoltou Peter da farmácia a um corredor que levava ao centro médico.

O centro médico era surpreendentemente grande para o número de pessoas que atendia. Tinha dois andares e muitos quartos, alguns dos quais mobiliados apenas pela metade e aguardando serem fornidos de equipamentos. Duas das três mesas de operação na sala de cirurgia estavam com embalagem plástica. Um espaço especialmente amplo em cujo interior Peter espiou ao passar tinha sido pintado de um amarelo cheguei e estava inundado de sol ofuscante que o invadia pelos janelões. Estava totalmente vazio exceto por algumas caixas ordenadamente empilhadas que diziam NEONATAL.

O necrotério dava a mesma impressão de espaço exagerado e raramente usado que praticamente todo o centro médico, embora devesse estar mais movimentado do que jamais estivera: com Grainger lá dentro, eram três dos cinco membros do corpo médico ali reunidos, e Peter foi apresentado com toda a formalidade – firmes apertos de mão, assentimentos – ao dr. Austin e à enfermeira Flores.

– Prazer em conhecê-lo – disse Flores com sua cara simiesca, sem um pingo de prazer na voz, sentando-se de volta na cadeira na mesma hora, braços cruzados sobre o uniforme mal-ajambrado. Peter ficou imaginando qual seria a sua nacionalidade. Ela tinha menos de um metro e cinquenta, e parecia que sua cabeça tinha sido encolhida. Qualquer que fosse o código genético que a produzira, era bem diferente do código que o produzira. Sua aparência era quase tão alienígena quanto a dos oasianos.

– Sou da Inglaterra – disse ele, sem ligar para o quanto soava deslocado. – E você, de onde vem?

Ela hesitou antes de responder:

– El Salvador.

– Isso não fica na Guatemala?

– Não, mas... pode-se dizer que somos vizinhos.

– Ouvi as notícias do vulcão na Guatemala. – Seu raciocínio disparou enquanto ele tentava lembrar detalhes suficientes da carta de Bea para estofar a futura conversa com Flores. Mas ela só fez erguer a mãozinha raquítica e dizer:

– Me poupe.

– Que horror, e pensar que... – começou ele.

– Não, é sério: me poupe – disse ela, e a conversa acabou aí.

Por alguns segundos, o necrotério caiu no silêncio, fora pelo grunhido ritmado que não era de origem humana. O dr. Austin explicou que aquele barulho vinha das geladeiras, pois haviam sido ligadas há pouco tempo.

– Simplesmente não fazia sentido deixar uma sala cheia de geladeiras funcionando sem nada dentro, por anos e anos a fio – elucubrou ele. – Especialmente antes de ajustarmos melhor nosso uso de energia.

Pelo sotaque, Austin era australiano, ou quem sabe neozelandês; atlético, musculoso, com aparência de galã de cinema, fora pela cicatriz irregular no queixo. Ele e Flores não tinham ido ao funeral de Severin, pelo que Peter lembrava.

– Você fez muito bem, durando tanto tempo – disse Peter.

– Durando?

– Não precisando ligar as geladeiras. Até agora.

Austin deu de ombros.

– Aos poucos, conforme essa comunidade for crescendo, certamente vamos precisar de um necrotério. Um dia, provavelmente teremos assassinatos, envenenamentos, todas essas grandes emoções que surgem quando a população ultrapassa um certo tamanho. Mas agora estamos só no começo. Ou estávamos.

As geladeiras continuaram a resmungar.

– Bem... – suspirou Austin, e destravou a gaveta que continha o falecido, como se Peter tivesse finalmente pedido para ver o dr. Everett e não fosse possível deixá-lo esperando. Austin puxou a maçaneta e o berço de plástico deslizou para fora, expondo o corpo nu até o umbigo. A cabeça de Matthew Everett estava aninhada em um travesseiro lavável e seus braços estavam apoiados em almofadas em forma de banana. Era um homem de meia-idade bem apresentável, com cabelo grisalho, uma ruga vertical permanente riscada em sua testa, e covinhas nas bochechas. Seus olhos estavam quase, mas não completamente, fechados, e sua boca estava aberta. Havia uma fina camada de gelo em cima de sua língua e discretos cristais de gelo pontilhando a pele pálida. Fora isto, ele parecia bem.

– É claro que tivemos uma ou outra morte no decorrer dos anos – admitiu Austin. – Não muitas, bem abaixo da média para uma comunidade deste tamanho, mas... acontece. As pessoas têm diabetes, problemas cardíacos... Sua patologia preexistente acaba pegando elas pelo pé. Mas o Matt era forte como um cavalo.

– O meu cavalo morreu – disse Grainger.

– Como é que é? – disse Austin.

– Eu tinha um cavalo quando era criança – disse Grainger. – Um bicho esplêndido. Morreu.

Não havia nada a responder a uma coisa dessas, de forma que Austin deu um empurrão para fechar a gaveta e depois a travou de novo. Mais uma vez, Peter se impressionou com a simplicidade da tecnologia: nenhum sistema de travamento computadorizado a ser acionado por teclado ou cartão magnético, mas simplesmente uma gaveta dotada de algumas maçanetas. De repente, ele percebeu que aquele design simplificado não era fruto de pão-durismo e improviso, uma estranha contradição entre a opulência da USIC e a predileção por aparelhos ultrapassados de segunda mão. Não, aquelas geladeiras eram novas. Não apenas novas, como feitas sob encomenda. Algum projetista obstinado pagara a mais pela praticidade do século XIX, subornara alguma fábrica para deixar de fora os sensores computadorizados, os programas microchipados, as luzes piscantes e as opções inteligentes que uma geladeira de necrotério atual incluiria normalmente.

O dr. Austin lavou as mãos na pia, empregando um sabonete de cheiro adstringente. Secou-as em uma simples toalha limpa, depois desembrulhou um chiclete e colocou-o na boca. Estendeu o pacotinho a Peter: um gesto generoso, sendo chiclete um artigo importado.

– Não, obrigado – disse Peter.

– Só Deus sabe por que eu continuo comendo isso – disse Austin, pensando alto. – Zero valor nutricional, uma injeção de açúcar que dura dez segundos, e suas glândulas salivares enviam ao seu estômago a mensagem de que tem comida a caminho quando não tem. Total perda de tempo. E aqui é caro pra caramba. Mas estou viciado.

– Você devia experimentar  – disse Peter, recordando-se da agradável sensação dessa planta entre seus dedos, a seiva doce irrompendo em sua língua da primeira vez que seus dentes perfuraram sua casca dura, a polpa deliciosa que ainda dava indícios de sabor mesmo após meia hora de mastigação. – Você nunca mais iria querer chiclete.

– Como é que é?

– .

Austin assentiu, tolerante. Devia estar acrescentando *Língua presa* ao seu arquivo mental dos problemas de saúde do pastor.

Caiu o silêncio, ou o que era interpretado como silêncio no necrotério da USIC. Peter pensou que as geladeiras estavam resmungando um pouco mais baixo do que antes, mas talvez ele só estivesse se acostumando com o barulho.

– O dr. Everett tinha família? – perguntou ele.

– Não sei dizer – disse Austin. – Ele não falava disso.

– Ele tinha uma filha – disse Grainger baixinho, quase de si para si.

– Eu não sabia – disse Austin.

– Eles não se falavam – disse Grainger.

– Acontece – disse Austin.

Peter ficou imaginando por que – dado que aquela reunião não estava exatamente efervescente em matéria de bate-papo – alguém simplesmente não lhe entregava a pasta com o arquivo sobre Everett e marcava a data do funeral.

– Então imagino que eu vá fazer um funeral?

Austin piscou. O conceito o pegara de surpresa.

– Hã... talvez – disse ele. – Mas vai demorar um pouco. Por isso é que ele está abaixo de zero. Ou seja, congelado. Até chegar outro patologista. – Ele voltou o olhar para as gavetas do necrotério, depois para as janelas. – A nossa preocupação, claro, é se há alguma coisa nesse ambiente que possa fazer as pessoas adoecerem. Desde o começo isso foi uma preocupação. Estamos respirando um ar que nunca respiramos antes, ingerindo alimento totalmente novo para o nosso sistema digestivo. Até o momento, tudo indica que não há problema nenhum. Mas certeza mesmo só com o passar do tempo. Com o passar de muito tempo. E pode ser um péssimo sinal que esse homem sem o menor problema de saúde, sem motivos para isso, tenha morrido de repente.

Peter começou a tremer. Estava usando o máximo de roupas que conseguia tolerar atualmente, mesmo dentro da base da USIC – sua túnica, um suéter folgado, calça de moletom, tênis –, mas elas não eram suficientes para suportar o frio do necrotério. Queria poder abrir a janela e deixar a atmosfera cálida e reconfortante penetrar no ambiente.

– Você fez a... hum... – A palavra se evaporara de seu vocabulário. Sem nem pensar no que estava fazendo, ele fez o gesto de cortar o ar com um bisturi invisível.

– Autópsia? – Austin fez que não com a cabeça, desolado. – O Matt é que era o especialista dessa área. É por isso que temos que esperar. Quer dizer, eu *sei* fazer autópsia se for um caso simples. Eu poderia ter descoberto a causa da morte de Severin; ali, não tinha mistério. Mas, se você não tem nenhuma pista, melhor confiar num especialista. E o especialista que tínhamos era o Matt.

Por um minuto, ninguém disse nada. Austin parecia perdido em seus pensamentos. Grainger ficou olhando duro para seus sapatos enquanto batucava o chão com eles sem parar. Flores, que não dera um pio depois de se apresentar, olhava para fora pela janela. Talvez estivesse calada de tristeza.

– Bem... – disse Peter. – Há alguma coisa que eu possa fazer para ajudar?

– Não consigo pensar em nada assim, de repente – disse Austin. – Na verdade, estávamos pensando que talvez *nós* pudéssemos te ajudar.

– Me ajudar?

– Não com a sua... hum... evangelização, claro – sorriu o médico. – Digo em questões de medicina.

Os dedos de Peter foram para a testa, onde tocaram a pele que descamava.

– Prometo que vou ter mais cuidado da próxima vez – disse ele. – A Grainger me deu um ótimo bronzeador.

– Protetor solar – corrigiu Grainger, irritada. – Fator 50.

– Na verdade, eu estava falando dos nativos – disse Austin. – Dos oasianos, como você os chama. Temos fornecido remédios básicos a eles praticamente desde que chegamos aqui. Parece que é a única coisa que querem de nós. – Ele sorriu em deferência à missão de Peter. – Bem, *praticamente* a única coisa. Mas sabe, nenhum deles jamais veio aqui procurando tratamento. Nem unzinho, nunca! Isso quer dizer que nenhum deles jamais foi devidamente examinado ou diagnosticado. E adoraríamos saber o que eles têm.

– O que eles têm? – ecoou Peter.

– O que eles têm de mal – disse Austin. – Do que estão morrendo.

Peter teve uma vívida imagem mental da sua congregação toda colorida, cantando hinos e balançando, ombro a ombro.

– Aqueles com que tenho convivido me parecem bem saudáveis – disse ele.

– Você sabe que remédios eles andam tomando? – insistiu Austin.

A pergunta irritou Peter e ele tentou não demonstrar.

– Não sei se estão tomando algum ou não. Um dos Adoradores de Jesus, dos que participam da minha congregação, tinha um parente próximo que morreu faz pouco tempo. Não cheguei a conhecê-lo. Outra tinha um irmão, ou talvez irmã, que pelo que me conta está sempre com dor. Imagino que seja para eles que os analgésicos estejam indo.

– Sim, é de se imaginar. – O tom de Austin era neutro; até mesmo irrefletido. Porém, mais uma vez, Peter sentia que sua amizade com os oasianos estava sendo avaliada com preconceito. A intimidade que partilhava com os Adoradores de Jesus era profunda, baseando-se em um alicerce de milhares de problemas resolvidos, mal-entendidos desfeitos, uma história que viveram juntos. Mas, do ponto de vista dos funcionários da USIC, sua intimidade com os habitantes de Monstrópolis não tinha nem mesmo dado a partida. Aquele cristão excêntrico não tinha nada a mostrar de seu trabalho que uma pessoa racional pudesse respeitar. Gente como Austin tinha uma lista de perguntas que presumiam carecer de respostas antes de sequer pronunciar a palavra "progresso".

Mas era essa mesmo a especialidade dos descrentes, não é? Perguntar a coisa errada, procurar sinais de progresso no lugar errado.

– Entendo a sua curiosidade – disse Peter. – É que os oasianos que vejo todos os dias não estão doentes. E os que estão doentes não vêm à nossa igreja.

– Você não... hum... – Austin agitou vagamente uma das mãos pelo ar para simbolizar evangelização de porta em porta.

– Normalmente eu faria isso – disse Peter. – Digo, assim que cheguei, presumi que ia justamente visitar as casas, procurar meios de fazer contato. Mas eles é que têm vindo a mim. Cento e seis deles, da última vez que nos encontramos. É uma congregação grande para um pastor só, sem reserva, e vem crescendo. Tenho lhes dado toda a minha atenção, toda a minha energia, e ainda resta muito por fazer, caso eu tivesse tempo... e isso antes mesmo de *pensar* em bater nas portas daqueles que têm ficado de fora. Não que eles *tenham* portas...

– Bem – disse Austin –, se você tiver contato com algum que esteja doente e disposto a vir aqui e, quem sabe, nos deixar fazer uns exames nele... ou nela...

– Ou no que seja – disse Flores.

– Vou fazer o melhor possível – disse Peter. – O problema é que não tenho o menor conhecimento de medicina. Não sei nem se conseguiria reconhecer uma doença específica... em um de *nós*, imagine em um oasiano. Digo, os indícios e sintomas.

– Não, é claro que não – suspirou Austin.

A enfermeira Flores falou de novo, seu rosto simiesco inesperadamente iluminado por uma inteligência aguda:

– Então, aqueles com quem você tem contato poderiam estar doentes e você não teria como saber. Pode ser que todos estejam doentes.

– Acho que não – disse Peter. – Estabelecemos um bom nível de confiança. Eles costumam me dizer o que vai na cabeça deles. E trabalho ao lado deles, vejo como são seus movimentos. São lentos e cuidadosos, mas é o normal neles. Acho que eu seria capaz de notar se algo estivesse muito errado.

Flores assentiu, pouco convencida.

– Minha esposa é enfermeira – disse Peter. – Queria que ela estivesse aqui comigo.

A sobrancelha de Austin foi lá em cima:

– Você é casado?

– Sim – disse Peter. – Ela se chama Beatrice. – Falar o nome dela por algum motivo lhe pareceu sinal de desespero, uma tentativa de torná-la um indivíduo para aqueles desconhecidos, coisa que na verdade nunca poderia ser.

– E ela está... – Austin hesitou. – Vocês estão juntos mesmo?

Peter pensou um segundo; lembrou de sua conversa com Tuska: *Tem alguém especial na sua vida? Não, eu diria que não.*

– Sim – respondeu.

Austin reclinou a cabeça de lado, intrigado.

– Não é muito comum recebermos aqui alguém que tenha... um cônjuge esperando por eles do outro lado do universo. Digo, um cônjuge que esteja...

– Junto mesmo.

– Isso.

– Ela teria adorado vir para cá – disse Peter. Pela primeira vez em muito tempo, ele obteve uma vívida e completa imagem mental recente de Beatrice, sentada a seu lado no escritório da USIC, ainda com o uniforme de enfermeira, seu rosto reagindo ao gosto ruim do chá incrivelmente forte que havia ganhado ao chegar. Em um microssegundo, ela já modificara a expressão para denotar que o chá estava simplesmente quente demais, voltando-se para os examinadores da USIC com um sorriso. – Teria feito toda a diferença do mundo – continuou Peter. – Para mim e para o projeto como um todo. A USIC achou que não.

– Bem, ela não deve ter passado nos testes de adequação – disse Austin, com um ar de comiseração.

– Ela não foi testada. A USIC nos entrevistou juntos algumas vezes, até que deixou claro que o resto das entrevistas seria só comigo.

– Pode acreditar em mim – disse Austin. – Ela não passou no ESST. Ella Reinman estava lá, nessas entrevistas? Uma mulher magra e baixinha, com cabelo grisalho e bem curto?

– Sim.

– É ela que aplica os ESST. É para isso que servem todas aquelas perguntas que ela faz. Sua esposa foi avaliada e desclassificada nessa hora, pode crer. O incrível é você não ter sido desclassificado também. Você deve ter dado respostas muito diferentes.

Peter sentiu que corava. De repente, sua roupa era quente o suficiente – até demais.

– Bea e eu fazemos tudo juntos. Tudo. Que nem um time.

– Sinto muito – disse Austin. – Digo, sinto muito ela não ter podido vir com você.

Ele se levantou da cadeira. Flores e Grainger também. Hora de deixar o necrotério.

Depois dessa, só lhe restava ir para o quarto, e seu quarto o deprimia. Ele não era, por natureza, depressivo. Autodestrutivo, sim; isso já fora, às vezes. Mas nunca melancólico. Havia alguma coisa no seu quarto na USIC que drenava sua energia e o deixava se sentindo encaixotado. Talvez fosse mera claustrofobia, embora nunca tivesse sido claustrofóbico antes, e certa vez tivesse até mesmo passado a noite dentro de uma caçamba de lixo industrial com a tampa fechada – e se sentindo muito feliz por ter encontrado aquele abrigo. Ainda lembrava de sua admiração quando, em algum momento da noite, o monte de lixo em que ele estava deitado começou a esquentar, envolvendo seu corpo quase congelado em um pouco de calor. Essa generosidade inesperada e improvável de um agente não humano foi uma amostra de como ele haveria de se sentir no seio de Cristo.

Mas seus aposentos na USIC não lhe davam esse conforto. O quarto era espaçoso e limpo, mas, ainda assim, lhe parecia lúgubre e aparatoso – mesmo quando a persiana estava aberta e a luz do sol deixava as paredes e mobília quase luminosas demais para encarar de frente. Como era possível um lugar ser banhado de sol e ainda assim ser lúgubre?

Ele também não estava conseguindo acertar a temperatura. Tinha cortado a refrigeração, porque ela literalmente lhe dava arrepios, mas desde que fizera isso, estava morrendo de calor. De nada servia ter aquele calor de Oásis sem a carícia compensadora das correntes de ar. Deus bem sabia o que estava fazendo quando criara aquele planeta, exatamente como sabia o que estava fazendo quando criou todos os demais. O clima era um sistema excepcionalmente bem pensado, perfeito, autoajustável. Brigar com ele era loucura. Mais de uma vez, Peter já se postara junto à janela de seu quarto, palmas pressionando o vidro, fantasiando empurrá-lo com tanta força que ele iria se partir e o quarto seria imediatamente invadido pela brisa cálida e suave.

A persiana permitia que ele pudesse simular algumas horas noturnas sempre que precisasse, o que não era possível no assentamento, onde o sol brilhava sobre sua cabeça mais de setenta horas por dia. Teoricamente, isso deveria significar um sono melhor na base da USIC, mas não, era pior. Ao acordar, estava sempre com uma dor de cabeça de ressaca e com um mau humor que o acompanhavam por pelo menos uma hora. Quando se livrava do mal-estar, trabalhava nas traduções da Bíblia e montava os livretos dos Adoradores de Jesus, mas descobriu que tinha menos energia do que no assentamento. Lá, ele conseguia se forçar a vencer a barreira da exaustão e continuar produzindo bem por dezoito, dezenove horas, às vezes até vinte, mas, no seu quarto da USIC, ele já estava caindo pelas tabelas depois de doze ou treze. Também não achava fácil adormecer. Estirava-se sobre seu colchão firme, de molas, e ficava olhando para o teto cinzento monótono, contando os furinhos, e a cada vez que começava a se deixar levar pela inconsciência, despertava com a cutucada da desconfiança: por que o teto estava nu? Onde tinham ido parar as pinturas tão lindas?

A única coisa para a qual a base da USIC era essencial era receber mensagens de Bea. Mesmo que não as tivesse respondendo com a devida frequência, ainda assim gostava de recebê-las. Quanto à sua lassidão, bem, ela se devia em parte à depressão que sentia nesses aposentos. Era óbvio que deveria estar escrevendo para Bea direto do assentamento, onde tudo acontecia. Quantas vezes não desejou ter mandado uma mensagem rápida para ela imediatamente após alguma experiência significativa com os oasianos, com o episódio ainda fresco na cabeça? Dezenas! Talvez centenas! E, ainda assim, suspeitava que a USIC deliberadamente planejara as coisas de forma a ele não poder fazer contato com ela em outro lugar que não ali. Mas por quê? Devia haver algum modo de instalar um gerador de eletricidade ou um retransmissor no assentamento oasiano! Essas pessoas sabiam construir centrífugas de chuva, ora bolas – tinham que ser capazes de resolver um desafio bobo daqueles. Teria que conversar sobre a parte prática com Grainger. Ela vivia dizendo que estava ali para ajudar. Bem, ela bem que poderia ajudar nisso.

Se pudesse se comunicar com Bea de lá, teria o melhor dos dois mundos. Em campo, suas ideias clareavam, ele ficava mais tranquilo. Além disso, em um nível prático, estaria fazendo melhor uso do tempo. Em sua missão, ele precisava, a intervalos regulares, admitir que o seu dia tinha chegado ao fim (não importa o quanto o sol estivesse brilhando), e sentar-se em sua cama atrás do púlpito, revisando os progressos recentes e se preparando para dormir. Às vezes ficava sentado sem fazer nada por horas, quando sua cabeça se recusava a desligar mas seu corpo estava cansado e os oasianos tinham todos ido para casa. Seria essa a hora ideal para escrever para Bea. Se ele pudesse fazer com que instalassem um Tubo em sua igreja, junto à cama, poderia escrever longas cartas para ela, todos os dias – quer dizer, a cada período de vinte e quatro horas. Ou até mesmo com mais frequência. A comunhão deles ficaria mais parecida com uma conversa e menos com... com seja lá que coisa estivesse ameaçando se tornar.

Querido Peter

Foi um grande alívio e prazer receber sua carta. Tenho estado com tanta saudade de você. Mais ainda porque tenho percebido como é incrivelmente raro – e, no entanto, como é incrivelmente NECESSÁRIO – ter contato com pelo menos uma pessoa que amamos e em quem confiamos nessa vida. Claro, claro, conversamos com colegas de trabalho e fazemos coisas pelos necessitados e batemos papo com desconhecidos e lojistas e "amigos" que conhecemos há anos, mas de quem ainda não nos sentimos íntimos. Nada de errado com essas conversas na medida do que se propõem, mas às vezes sinto como se faltasse metade da minha alma.

Por favor, não se perturbe com o que você TEM que escrever – simplesmente ESCREVA. Não se bloqueie! Toda vez que você decide não mencionar um incidente, ele se torna invisível e eu fico no escuro. Para mim, cada detalhezinho que você descreve é um precioso vislumbre de você.

Pelo que você me escreve, aí está tudo muito fascinante e empolgante. E intrigante. Será que os oasianos são mesmo tão benignos quanto você achou? Não têm nenhum lado sombrio? Eu desconfiaria que estão loucos para deixar uma boa impressão em você, mas quem sabe o que irá surgir quando relaxarem e se soltarem. Sei que você vai acabar descobrindo que são mais individualizados e excêntricos do que parecem. Todas as criaturas são. Até mesmo gatos que são da mesma raça e parecem completamente idênticos revelam todo tipo de peculiaridade quando você os conhece melhor.

E por falar em gatos... Joshua está ficando MUITO neurótico. O período em que a janela do banheiro estava quebrada e todas as portas ficavam batendo com o vento não fez nem um pouco bem a ele. Agora ele se sobressalta ao menor ruído desconhecido e começou a dormir embaixo da cama. Ouço-o roncando, se remexendo em meio aos sapatos e panos e despertadores enguiçados e seja lá o que mais houver lá embaixo. Tentei arrastá-lo para fora, mas ele volta correndo para lá na mesma hora. Está nervoso até quando come, parando para olhar para trás de tantas em tantas mastigadas. Consegui que ele ficasse no meu colo enquanto escrevo isso e estou morta de vontade de fazer xixi, mas não quero desalojá-lo porque pode ser que ele desapareça pelo resto da noite. Ontem eu estava na cozinha e me sentei para ler uma carta incompreensível do pessoal do gás, e Joshua pulou no meu colo. Fiquei parada por séculos sem nada para fazer e com meus pés congelando. Então passou aqui em frente uma ambulância com sirene ligada e ele saiu correndo do lugar. Será que eu o levo a um psiquiatra de gatos? Nesse momento, ele está ronronando. Queria que você pudesse ouvi-lo. Queria que ELE pudesse ouvir VOCÊ e assim entender que você não foi embora para sempre.

Ainda sobre a sua carta... vou tentar não falar mais tanto sobre as coisas horríveis que vêm acontecendo ultimamente. Compreendo que agora você está com coisas muito diferentes na cabeça, e deve ser difícil absorver todos os detalhes e implicações do que vem acontecendo aqui. Tudo bem, entenda apenas que também não é fácil para mim absorver isso tudo. Para mim também é assustador e incompreensível. E atemorizante.

Mas hoje o dia foi bom. Minha mão está melhor, sarando direitinho. Espero estar de volta ao trabalho na semana que vem. A casa está quase toda seca e o banheiro voltou ao normal. E chegou uma carta da companhia de seguros que, se interpretei aquela linguagem arcana corretamente, diz que vão cobrir nossos prejuízos. O que é uma grande surpresa, admito – graças a Deus! Os tabloides têm feito uma campanha denunciando as seguradoras que vêm negando indenizações – muitas reportagens fotográficas sobre gente trabalhadora, decente e obesa pagando a mensalidade do seguro a vida inteira de quem a seguradora puxa o tapete quando a casa é destruída por vândalos ou coisa assim. EPIDEMIA DE TRAIÇÕES, este é o título. Palavras tão compridas numa manchete do *Daily Express*! Fico pensando se será a primeira vez em que escrevem uma manchete usando duas palavras de várias sílabas. Onde é que esse mundo vai parar! (Desculpe, sei que prometi pegar leve com assuntos assim, não foi?)

Como você sabe, não costumo ler tabloides mas o *Daily Express* prometeu uma barra de Bounty para todos os leitores e tem muito tempo que não como uma. Chocolate (ou a falta dele) é um assunto premente na minha vida atualmente e acabei me tornando especialista em encontrá-lo. Chocolates à base de biscoito, como Twix e Kit Kats, são relativamente fáceis de encontrar, assim como clones de Snickers com letras árabes cobrindo todo o pacotinho. Mas tem algo no recheio das barras de Bounty – o sabor residual meio canforado que chega a penetrar pelos seios da face – que simplesmente não tem substituto à altura. Pelo menos não quando se está grávida. Mas, no fim das contas, a promoção "para todos os leitores" era uma fraude. No jornal vem um cupom que você precisa trocar pelo chocolate em uma rede de lojas que não existe nesta região.

Mas, chocolates à parte, a refeição que consegui hoje me deixou bem satisfeita. Acabei de me refestelar com uma fritada generosíssima com ovos, cogumelos em lata e bacon. Os ovos e o bacon vieram de uma barraquinha de rua, uma espécie de feira livre que apareceu no estacionamento onde ficava o Tesco. Os ovos não têm carimbo, nem data, nem nada. São recentes, deliciosos, e duvido muito que esses fazendeiros tenham autorização legal para vendê-los diretamente ao consumidor. E o bacon estava embrulhado só com papel e fatiado de forma irregular – fatiado à faca pelo próprio fazendeiro! O que também deve ser ilegal. A feira estava vendendo muito bem mesmo sem ter sido anunciada. Os fazendeiros reabasteciam as barracas diretamente de seus furgões, onde já não restava muita coisa. Desejo-lhes sinceramente boa sorte. Talvez o colapso das grandes corporações não vá resultar tão desastroso quanto tem se falado. Talvez as pessoas comuns simplesmente passem a trocar e vender seus produtos em âmbito local – do jeito que DEVERÍAMOS estar fazendo desde sempre. Sempre pensei que comprar bacon vindo da Dinamarca era uma loucura mesmo.

Eu não deveria estar comendo bacon nenhum, acho eu. Billy me passou um sermão sobre carne quando estávamos a caminho da exposição de gatos. Ele é vegetariano. Rachel também era, mas teve uma recaída. Foi esse o termo que Billy usou. Ele e a irmã têm brigado muito – talvez seja um dos motivos por que Billy anda tão deprimido. Sheila disse que ele se alimenta de feijão cozido, torrada e banana, porque, no fundo, não é grande fã de verduras. Um vegetariano bem inglês, portanto! Mas ele tem razão quanto ao sofrimento dos animais criados para abate.

É tão complicado, não é? Os animais sofrem, mas Jesus comia carne, e vivia andando junto com pescadores. Tenho andado com desejo de peixe – devo estar com deficiência de vitamina D – e não sinto nenhuma culpa ao esmigalhar sardinhas em cima de uma torrada, mesmo com os olhinhos delas me encarando. Estão alimentando nosso filho, é assim que racionalizo.

Você não falou muito sobre o pessoal da USIC. Ainda está dando aconselhamento espiritual para eles, ou está se concentrando só nos oasianos? Lembre-se de que quem demonstra má vontade e parece desinteressado tem o mesmo valor do que os que já entregaram o coração a Deus. Imagino que existam problemas sérios no seio da comunidade da USIC, trabalhando tão longe de casa no que suponho serem condições bem difíceis. Há muito alcoolismo? Drogas? Jogatina? Assédio sexual? Imagino que sim.

Telefonei para Rebecca para combinar quando vou voltar ao trabalho, e ela contou que tem trabalhado quase que só na Emergência e que tem havido um aumento escandaloso na violência e nos ferimentos relacionados ao álcool. Desculpe, será que isso conta como falar das calamidades que têm acontecido no mundo? Não é nada na escala de um terremoto nem de megaempresas falindo. Mas é bem perceptível nas ruas da nossa cidade quando saio para caminhar de manhã cedo. Estou razoavelmente certa de que não costumava ter vômito em TODAS as esquinas. Queria que as crianças e os idosos não tivessem que ver uma coisa dessas. Pensei seriamente em pegar um balde e um escovão e dar uma geral aqui pelo bairro eu mesma. Ontem cheguei a encher um balde com água e sabão, mas quando tentei levantá-lo, percebi que não ia conseguir.

Então limpei só o vômito da nossa entrada da frente. Cada homem precisa levar o seu próprio fardo antes de levar o dos outros, como diz em *Gálatas*, ou algo parecido. Você deve saber o versículo palavra por palavra, é claro.

Sentado em frente ao Tubo, ele flexionou os dedos. Ligara novamente o ar-condicionado e o quarto se resfriara. Estava vestido com a túnica, meias e um pulôver, sentindo-se razoavelmente confortável, embora meio ridículo. Tinha orado. Deus confirmara que no momento não havia nada mais urgente nem importante do que travar contato com sua esposa. A missão estava indo bem; poderia ir ainda melhor caso ele lhe devotasse cada minuto de cada dia, mas Deus não desejava essa dedicação sobre-humana. Em outro lugar, longe deste, Deus unira um homem e uma mulher, e o homem se permitira negligenciar a mulher. Hora de consertar isso.

Querida Bea, escreveu ele.

Demorei muito para te escrever muito pouco. Me perdoe. Eu te amo muito. Queria que você estivesse aqui comigo. Hoje descobri que Ella Reinman - aquela mulher magricela nas reuniões com a USIC que parecia um suricate - era uma espécie de psicóloga que estava te avaliando, e que ela te achou inapta a vir para cá. Essa notícia me deixou extremamente chateado. Fiquei ofendido por você. Quem é ela para julgar se você é "adequada" ou não para uma missão como essa com base em um punhado de trechos de conversa? Ela só te viu poucas vezes e você tinha vindo direto do trabalho e sua cabeça ainda estava cheia. Você não teve nem tempo de relaxar. Ainda sou capaz de ver aquela Reinman nitidamente - a cabecinha esquisita dela despontando daquele cashmere de gola olímpica. Só te julgando.

O sol está se pondo aqui. Finalmente. É um momento lindo do dia e dura muitas horas.

Vou me esforçar para te deixar por dentro de tudo o que está acontecendo. Tem sido um choque para mim descobrir o quanto sou ruim em descrever coisas por escrito. É uma limitação que nunca tivemos que enfrentar antes, já que andamos sempre juntos todos os dias. Isso me fez ler as Epístolas com um olhar diferente. Paulo, Tiago, Pedro e João nunca disseram muita coisa sobre seu contexto, não é? Os estudiosos têm que escavar fundo nas entrelinhas para obter o mínimo indício sobre onde os apóstolos podem ter vivido naquela época. Se Paulo tivesse pelo menos gastado algumas palavras para descrever sua prisão...

Por falar nisso, meu quarto aqui está me deixando

Ele fez uma pausa, depois deletou a frase que ficara pela metade. Reclamar sobre suas condições para Bea, que andava sofrendo tantos incômodos e inconveniências, seria de mau gosto.

Por falar em Paulo, tentou ele de novo, o versículo a que você se referiu é um pouco diferente na forma integral e não tenho certeza de que o que *Gálatas 6:5* quer dizer é para cada um "carregar o seu próprio fardo primeiro". É um capítulo cheio de armadilhas, onde o foco muda de versículo para versículo, mas geralmente costumo achar que Paulo está falando sobre achar um equilíbrio entre tentar dissuadir os outros de pecar e ter em mente que somos pecadores também. Não é a passagem mais clara que ele já escreveu (e olha que essa foi escrita à mão, e não ditada como algumas das outras epístolas!) e preciso admitir que se eu estivesse tentando parafraseá-la para os oasianos eu estaria lascado. Felizmente, há muitas outras passagens na Bíblia cujo significado é bem mais transparente e que estou confiante que serão vívidas e significativas para meus novos irmãos em Cristo.

Mais uma vez ele fez uma pausa. Imagens. Bea precisava visualizar. Onde estão as imagens?

Estou sentado em frente ao Tubo vestindo minha túnica, o pulôver verde-oliva e meias pretas. Devo estar parecendo um idiota. Meu cabelo está crescendo sem parar. Pensei em cortá-lo mais curto eu mesmo com uma tesoura ou até mesmo ir ao barbeiro da USIC, mas resolvi deixá-lo crescer até estar de volta ao seu lado. Além do mais, é como se fosse um símbolo do que fazemos um pelo outro. Não quero perder esses pequenos rituais.

Ele pensou mais um pouco.

Feliz de saber que sua mão está ficando boa. Você precisa dessa mão, e não só para trabalhar! Queria poder senti-la apertando minha lombar. Sua mão é quentinha e está sempre tão seca. Não digo isso de forma negativa. É que nunca está suada, sempre macia e sequinha, feito couro de primeira qualidade. Feito uma luva cara sem nenhuma emenda. Caramba, que frase horrível. Não tenho futuro nenhum como poeta romântico metafísico, não é?

Sinto muito pelo que fiquei sabendo do Joshua. Pobrezinho, que situação. Só posso dizer uma coisa que nos dê esperança: embora os gatos sejam criaturas de hábito, esses hábitos não necessariamente permanecem os mesmos para sempre. Lembra de como o Joshua passou por uma fase de atacar/mastigar seus sapatos e de repente passou a atacar outras coisas? E lembra de quando tivemos o coitado do Titus, tão velhinho, até pensamos que teríamos que devolvê-lo para o abrigo de animais, porque ele passou por uma fase de uivar a noite toda e ficamos totalmente exauridos? E aí um dia ele simplesmente parou de fazer isso. Então não nos desesperemos a respeito do Joshua. A janela quebrada e o vento obviamente o assustaram, mas agora que a casa está quentinha e silenciosa de novo, sei que ele vai se acalmar. Acho uma boa você não o obrigar a sair de baixo da cama. Quando estiver pronto, ele mesmo vai sair. Também acho que não é nem um pouco necessário você ficar sentada toda nervosa quando ele subir no seu colo, com medo de se mexer para não espantá-lo. Ele vai sentir que você está ansiosa e isso pode reforçar mais ainda a ansiedade dele. Eu te aconselho o seguinte: faça um cafuné vigoroso nele assim que ele pular para o seu colo. Desfrute desse tempo que ele passar no seu colo. Então, quando quiser levantar para ir ao banheiro ou buscar alguma coisa em outro lugar, diga-lhe afetuosamente que agora precisa levantar, erga-o num movimento fluido e rápido e deposite-o no chão. Afague a cabeça dele uma ou duas vezes e aí saia andando. Treine-o para entender que essas interrupções são temporárias e não são nada de mau.

Meu papel pastoral aqui na base da USIC tem sido bem limitado, admito. Fiz um funeral, como você sabe, e depois tive uma boa conversa com algumas das pessoas que ficaram para trás, especialmente uma mulher chamada Maneely, que disse que sentiu a presença de Deus e parecia querer levar isso adiante. Mas não a vi mais, exceto por uma vez no corredor saindo do refeitório, onde ela me deu um "oi" num tom que dizia bom-te-ver-mas-não-me-detenha-tô-ocupada. Aqui todo mundo vive ocupado. Não de forma frenética, simplesmente resolvendo o que precisa resolver. Não são tão discretos quanto os oasianos, mas têm menos estresse do que o esperado.

Na verdade, tenho que admitir que o pessoal da USIC é uma turma incrivelmente tolerante e bem-comportada. Eles quase não brigam. Só há um pouco de provocação e implicância de baixa voltagem, de vez em quando, como é de se esperar em qualquer contexto onde um monte de gente muito diferente está tentando conviver. Pelo que sei – e acabei de perceber isso, conversando com você agora –, não existe força policial por aqui. E o mais estranho é que não parece estranho, entende? Minha vida inteira, seja andando na rua, seja no trabalho ou na escola, senti imediatamente como as pessoas – instintiva e INTENSAMENTE – se ressentem umas das outras. Todos estão permanentemente no limite da paciência, à beira de perder a calma. Você sente o potencial da violência. E assim o conceito de força policial parece lógico e necessário. Mas em um contexto onde todos são adultos e estão simplesmente cumprindo suas respectivas tarefas, quem precisa de uma porção de homens de uniformes circulando por aí? Parece absurdo.

É claro, parte do crédito deve-se ao fato de ser um ambiente livre de álcool. Teoricamente, há álcool disponível aqui – custa um valor exorbitante, um pedaço substancial do salário semanal do pessoal da USIC –, mas ninguém compra. Ocasionalmente, eles fazem piada sobre querer comprar bebida, um brinca com o outro sobre encher a cara da mesma maneira pelas quais as pessoas brincam sobre fazer sexo com pessoas com quem na verdade nunca fariam sexo. Mas, no fim das contas, não parecem precisar de bebida. Alguns dos homens também fazem referências a drogas. Mas, pelo que averiguei, parece só bravata para afirmar a macheza, ou talvez para afirmar uma identidade que já tiveram, muito tempo atrás. Sou capaz de farejar drogas a quilômetros de distância (modo de dizer) e aposto que aqui não tem nenhuma. Não que o pessoal da USIC seja obcecado por forma física ou hipersaudável – são uma mistura bem diversa de espécimes físicos, com alguns praticamente obesos, alguns baixinhos, e muita gente que parece que já se castigou muito nessa vida. Mas agora estão em outra fase. (Assim como Joshua logo estará, Deus queira!)

No que mais você falou? Ah, sim, jogatina. Também não vi indícios disso. Perguntei a muita gente como preenchem o tempo delas. "Trabalhando", me respondem. E quando especifiquei, "mas o fazem em suas horas de folga?", eles citam atividades inofensivas – leem livros sobre sua área de especialidade, folheiam revistas velhas, vão à academia de ginástica, nadam, jogam cartas (não por dinheiro), lavam roupa, tricotam rebuscadas capas de almofada, passam um tempo no refeitório e conversam sobre o trabalho com os colegas. Eu já ouvi debates dos mais extraordinários. Um nigeriano negro e um sueco louro branquíssimo sentados lado a lado, tomando café e trocando ideias sobre termodinâmica sem parar por uma hora, em um vocabulário que, de cada dez palavras, eu conhecia umas três (geralmente "e", "se" e "então"!). E no fim da hora, o sueco vai dizer, "então minha ideia morreu na praia, né?", e o outro cara vai dar de ombros e lhe mostrar um enorme sorriso. Isso é uma tarde de terça-feira normal por aqui! ("Terça-feira" é modo de dizer, claro. Não tenho mais a menor ideia de que dia seja.)

Ah, e outro lazer deles. Alguns também cantam em um coral. Músicas fáceis, antigas, populares. (Nada de Frank Sinatra, conforme me garantiu uma moça que me urgiu a participar, mas também nada melancólico nem difícil.) Não vi nenhum indício de que algum deles escreva histórias, pinte nem esculpa. São pessoas na média, não são nem um pouco artísticas. Bem, quando digo na média, não digo de intelecto mediano, porque obviamente têm grandes habilidades e inteligência. Quero dizer que só se interessam pelo lado prático.

Quanto a assédio sexual

Alguém estava batendo na porta. Ele salvou o que escrevera como rascunho e foi ver quem era. Era Grainger. Seus olhos estavam injetados e inchados pelo choro, e vê-lo ali metido numa túnica, de pulôver e meias não foi cômico o bastante para fazê-la sorrir. Ela parecia precisar desesperadamente de um abraço.

– Preciso conversar com você – disse ela.

19

Ele ia aprender nem que aquilo o matasse

Na cama de Peter jazia uma pilha de objetos que Grainger não estava conseguindo identificar direito. Ou, pelo menos, estava tendo óbvia dificuldade em imaginar que diabos aquilo estava fazendo ali.

– Deixe que eu ajudo – disse Peter com um sorriso. – São novelos de lã.

Ela não comentou e nem mesmo disse "aham", simplesmente se deixou ficar parada olhando a cama. Só havia três lugares possíveis onde uma visita poderia sentar nos aposentos de Peter – as duas cadeiras e a cama. Uma das cadeiras estava posicionada diante do Tubo, cuja tela exibia sua correspondência particular com sua mulher, a outra cadeira estava ocupada por uma grande pilha de papel, e a cama estava coberta com um monte de novelos multicoloridos. Lã roxa, amarela, branca, azul-bebê, escarlate, cinza, verde-limão e muitas outras. Cada um tinha uma grande agulha espetada, com o fio peludo passado pelo buraco.

– Estou fazendo livretos – explicou ele, apontando para a pilha de papel. Foi pegar um já terminado e o abriu ao meio em cima do próprio tórax, mostrando-lhe a costura em lã que atravessava a metade dobrada.

Ela piscou, achando engraçado.

– Podíamos ter emprestado a você um grampeador – disse ela.

– Tentei isso, mas descobri que os oasianos morrem de medo de se espetar com grampeadores. "Agulha-agulha escondida do dedo", dizem eles.

– Cola?

– Cola iria se dissolver nessa atmosfera aguada.

Ela continuava olhando. Ele supôs que ela estava pensando que haviam cores demais, lã demais, para aquele propósito.

– Dessa forma, cada Adorador de Jesus pode ter seu exemplar pessoal das Escrituras – disse ele. – Os fios de cores diferentes tornam cada um deles único. Isso, e minha... hã... técnica de costura desajeitada.

Grainger passou uma das mãos pelo cabelo, num gesto que sinalizava achar tudo estranho demais.

Peter atirou o livreto na pilha de lã e foi depressa retirar a pilha de Bíblias de impressora da cadeira. Com um gesto, convidou Grainger a sentar ali. Ela sentou. Descansou os cotovelos sobre os joelhos, entrelaçou as mãos, ficou olhando para o chão. Seguiram-se trinta segundos de silêncio, o que, naquelas circunstâncias, pareceu muito tempo. Quando por fim ela falou, foi em um tom embotado, sem inflexão, como se estivesse pensando de si para si.

– Sinto muito por Austin ter te mostrado aquele corpo. Não sabia que ele ia fazer isso.

– Já vi corpos antes – disse ele em tom suave.

– É horrível como eles ainda parecem a pessoa, mas a pessoa não existe mais.

– A pessoa nunca deixa de existir – disse ele. – Mas sim, é triste.

Grainger ergueu a mão até a boca e, com repentina veemência, feito um gato, mastigou a unha de seu dedo mindinho. Com a mesma falta de aviso, desistiu.

– Onde foi que você arrumou a lã?

– Um dos funcionários da USIC me deu.

– Springer?

– Claro.

– O cara é mais gay do que esmalte rosa.

– Aqui isso não é problema, imagino?

Grainger suspirou, cabisbaixa.

– Aqui nada é um problema. Não percebeu ainda?

Ele esperou mais meio minuto, mas era como se ela estivesse hipnotizada pelo carpete. Seus seios subiam e desciam. Ela estava usando uma blusa branca de algodão com mangas que não tinham comprimento suficiente para esconder as cicatrizes em seus antebraços. A cada vez que inspirava, seus seios se avolumavam sob o tecido fino da blusa.

– Você chorou – disse ele.

– Não chorei, não.

– Você chorou.

Ela ergueu a cabeça e olhou nos olhos dele.

– Tá bom – disse ela.

– Por que essa dor?

Ela conseguiu abrir um ligeiro sorriso.

– Você que *me* diga, doutor.

Ele ajoelhou junto dela e ajeitou-se para ficar confortável.

– Grainger, não sou nada bom nesse joguinho de gato e rato. Você veio aqui conversar comigo. Estou pronto. Seu coração está pesado. Me diga o porquê.

– Acho que é possível chamar de... problemas de família. – Ela ficava esfregando as pontas dos dedos. Ele percebeu que ela era ex-fumante e estava sentindo falta de um cigarro para se consolar, o que o fez perceber, além do mais, como era estranho que nenhum dos outros funcionários da USIC exibisse tais maneirismos, apesar da alta probabilidade de que alguns deles já tivessem fumado bastante em suas vidas passadas.

– As pessoas não param de me dizer que aqui ninguém tem família digna de mencionar – disse ele. – A Legião Estrangeira, segundo o Tuska. Mas sim, eu não esqueci. Oro todos os dias por Charlie Grainger. Como ele vai?

Grainger fez um muxoxo de desdém. Como chorara há pouco, seu nariz escorreu. Com um resmungo de irritação, ela limpou-o na manga.

– Deus não lhe diz?

– Me diz o quê?

– Se as pessoas por quem está orando estão bem.

– Deus não é... meu empregado – disse Peter. – Ele não tem nenhuma obrigação de me fazer relatório. Além disso, Ele está bem ciente de que eu não conheço seu pai de verdade. Sejamos francos: até você me contar mais, para mim Charlie Grainger é só um nome.

– Você está dizendo que Deus precisa de mais dados antes de poder...?

– Não, não, eu quis dizer que Deus não precisa que *eu* diga para *Ele* quem é Charlie Grainger. Deus conhece e entende o seu pai, conhece até... até as moléculas dos cílios dele. O objetivo da minha oração não é fazer Deus ter mais atenção para com o seu pai. É expressar... – A Peter escapava a palavra correta, mesmo já tendo tido essa conversa, mais ou menos, com muita gente antes. Cada vez parecia a primeira. – É para transmitir para Deus o meu amor por outra pessoa. É minha oportunidade de expressar solenemente minha preocupação por aqueles com quem me importo.

– Mas você acabou de dizer que meu pai não passa de um nome para você.

– Eu estava falando de *você*. É com *você* que eu me importo.

Grainger permaneceu rígida no lugar, mandíbula travada e olhos arregalados. As lágrimas brotaram, cintilaram e caíram. Por alguns segundos pareceu que ia começar a soluçar, mas aí ela se recompôs – e se aborreceu. O aborrecimento, conforme Peter estava percebendo, era seu mecanismo de defesa, uma espinheira que protegia a pele sensível que ficava embaixo, igual a um porco-espinho.

– Se orar é só uma forma de *expressar preocupação*, de que é que serve? É como os políticos expressando sua "*preocupação*" com a guerra, o desrespeito aos direitos humanos e outras coisas ruins, mas que vão ficar de braços cruzados deixando acontecer de qualquer jeito. Não passam de palavras vazias, não mudam porcaria nenhuma.

Peter sacudiu a cabeça. Parecia que fazia anos que não era questionado com tanta virulência, sendo que, em seu ministério terrestre, aquilo era quase diário.

– Entendo como você se sente – disse ele. – Mas Deus não é político. Nem policial. Ele criou o universo. Ele é uma força incrivelmente poderosa, um trilhão de vezes maior do que o sistema solar. E, é claro, quando as coisas vão mal na nossa vida, é natural ficar revoltado, querer apontar um responsável. Alguém que não seja nós mesmos. Mas daí a pôr a culpa em Deus... É como pôr a culpa nas leis da física por permitir o sofrimento, ou pôr a culpa de uma guerra na lei da gravidade.

– Eu não usei a palavra "culpa" – disse ela. – E você está distorcendo a questão. Eu nunca iria ajoelhar e rezar para as leis da física, porque as leis da física não podem me ouvir. Já Deus deveria estar cuidando de nós.

– Do jeito que você fala, parece que Ele é...

– Eu só queria mesmo que esse seu Deus *maravilhoso* e *estupendo* desse a mínima para a gente. – E, com um gemido sufocado, ela irrompeu num choro alto. Peter chegou para a frente, ainda ajoelhado, e envolveu a cintura dela com o braço, sentindo suas convulsões. O encaixe era esquisito, mas ela chegou para a frente na cadeira e encostou a cabeça no ombro dele. Seu cabelo dava cócegas no rosto dele, excitando-o e confundindo-o com sua maciez familiar e cheiro desconhecido. Ele pensou em Bea, sentindo um misto de saudade e aflição.

– Eu não disse que Ele não dá a mínima – murmurou ele. – Ele se importa e muito. Tanto que veio ser um de nós. Tomou forma humana. Dá para imaginar uma coisa dessas? O criador de todas as coisas, escultor das galáxias, se fez nascer como um bebê humano, e crescer em uma família pobre em um vilarejo do Oriente Médio.

Ainda soluçando, ela riu em seu pulôver.

– Você não acredita nisso a sério.

– Pode crer que acredito.

Ela riu de novo.

– Você é maluco mesmo.

– Acho que não mais que outras pessoas por aqui.

Ficaram quietos por um minuto. Grainger estava mais tranquila agora que desabafara. Peter achou reconfortante o contato com aquela pele quente – mais reconfortante do que esperara quando se mexera para tocá-la. Ninguém, desde que BG e Severin o içaram para fora de seu berço, fizera contato com sua pele, exceto para cumprimentar sua mão. Os oasianos não eram muito de pegar nos outros, nem mesmo em outros oasianos. Ocasionalmente, eles acariciavam o ombro uns dos outros usando suas luvas, mas nunca passava disso, e não tinham lábios com que beijar. Fazia muito tempo – tempo demais – que não tinha um contato como aquele com outra criatura.

Mas suas costas estavam doendo com aquela posição exótica; músculos que raramente usava estavam sendo forçados. Se não acabasse logo com aquele abraço, ficaria sem equilíbrio. O braço, que no momento enlaçava a cintura dela, demonstrando seu apoio, a empurraria com todo o peso do seu corpo.

– Me fale um pouco do seu pai – disse ele.

Ela recuou na cadeira, permitindo-o se afastar sem parecer que o fizera de propósito, bem como ele esperava. Com uma olhadela, confirmou que chorar não fizera nem um pouco bem a ela – seu rosto estava inchado, sarapintado, abrutalhado, e ela sabia muito bem. Ele fez a cortesia de olhar de soslaio enquanto ela pressionava os olhos com a manga, repuxava o cabelo com a ponta dos dedos, e tentava se recompor de forma geral.

– Não sei muita coisa sobre o meu pai – disse ela. – Não o vejo desde que mamãe morreu. Isso faz vinte e cinco anos. Eu tinha quinze anos.

Peter fez a conta. Não era o momento para elogiar, mas Grainger parecia ter bem menos que quarenta. Mesmo depois de um acesso de choro.

– Mas você sabe se ele está doente? – incitou ele. – Você me disse que ele ia morrer em breve.

– Acho que é verdade. Agora ele é um velhinho. Eu não deveria me importar. Ele viveu a vida dele. – Ela remexeu no maço de cigarros fantasma outra vez. – Mas é meu pai.

– Já que você não tem contato há tanto tempo, não é possível que ele já tenha falecido? Ou quem sabe ele está desfrutando da aposentadoria, tranquilo e saudável?

– Não.

– Não?

– Não. – Ela olhou desconfiada de relance para ele, depois relaxou, como se disposta a lhe dar mais uma chance. – Você já teve pressentimentos?

– Pressentimentos?

– Quando você sente que tem alguma coisa acontecendo naquele mesmo instante, e tecnicamente não há meios de você saber dela, mas você simplesmente *sabe*. E aí, pouco depois, você acaba descobrindo... você tem provas definitivas, vindas de outra pessoa, talvez, de que o que você achava que estava acontecendo *estava mesmo*, exatamente no momento em que você pensou, exatamente do jeito como você visualizou. Como se estivesse sendo projetado direto no seu cérebro.

Ele sustentou o olhar dela, resistindo ao reflexo de assentir. Não parecia haver nenhuma resposta aceitável à pergunta dela a não ser concordar e começar a trocar palpites sobre fenômenos que acabaram se provando reais. A verdade é que ele nunca tivera grande interesse por fenômenos paranormais, e ele e Bea muitas vezes percebiam que o tipo de pessoa que mais se fascinava com a ciência do sobrenatural era também o menos capaz de encontrar as razões gritantemente óbvias pelas quais suas vidas estavam um caos. Isso ele não podia dizer a Grainger, claro. Estava prestes a dizer algo diplomático sobre como a fé parecia intuição, só que sem depender de coincidências raras, quando ela voltou a falar:

– Bem, faz alguns meses que tive um pressentimento sobre o meu pai. Eu tive uma *visão* dele. Ele estava sendo empurrado pelo corredor de um hospital, numa maca, bem rápido, por um monte de médicos gritando: "*Sai da frente!*" Foi tão claro, foi como se eu estivesse correndo com eles, mais atrás. Ele estava consciente mas confuso, com o braço espetado por um soro, mas ficava remexendo no bolso da calça e procurando a carteira. "Eu tenho como pagar!" Ele sabia que estava fodido e estava aterrorizado com a possibilidade de lhe negarem tratamento. O rosto dele... não era como eu lembrava, estava irreconhecível, ele mais parecia um mendigo velho que acabaram de tirar da rua. Mas eu sabia que era o meu pai.

– E você já teve algum outro... pressentimento sobre ele desde então?

Ela fechou os olhos, cansada por ter revivido sua vidência, ou por causa de sua intimidade com ele.

– Acho que ele ainda está se aguentando. – Sua voz não continha nem um pingo de certeza.

– Bem – disse Peter. – Estou orando por ele.

– Mesmo que não faça diferença nenhuma para o criador das galáxias, né?

– Grainger... – começou ele, mas a formalidade do sobrenome o exasperou de repente. – Não posso chamá-la de Alex? Ou de Alexandra, se for esse seu primeiro nome inteiro?

Ela ficou branca como se ele tivesse enfiado a mão no meio das pernas dela.

– Como você...?

– Você escreveu para a minha esposa. Lembra?

Ela ficou pensando por um momento.

– Prefiro Grainger – disse ela, mas sem frieza. E então, diante da perplexidade dele, explicou: – Sobrenome simplesmente funciona melhor aqui. Acho que nos lembra que temos trabalho a fazer.

Ele sentiu que ela estava saciada daquele encontro. Já tinha tirado (ou deixado de tirar) dele aquilo que procurava. Ele só queria ter tido a chance de explicar melhor como funcionava a oração. Que não era uma questão de pedir coisas e ter o pedido aceito ou não, mas de acrescentar sua energia pessoal –

que sozinha era insignificante – à energia incomensuravelmente maior que era o amor de Deus. Na verdade, era uma afirmação de que se *fazia parte* de Deus, um aspecto de Seu espírito temporariamente abrigado dentro de um corpo. Um milagre similar, em princípio, àquele que conferira forma humana a Jesus.

– Belas palavras – disse ele. – Mas me diga uma coisa, Grainger: qual você acha que é o *meu* trabalho? – Ele pensava talvez ainda poder reorientar a conversa para questões de fé.

– Deixar os oasianos felizes para continuarem nos ajudando a tocar esse lugar. Ou, pelo menos, a não se meterem.

– Será que é só isso mesmo?

Ela deu de ombros.

– Melhorar o dia do Springer se interessando por aquela coleção ridícula de capas de almofadas de tricô?

– Que isso, ele é tão legal – protestou Peter. – Tão simpático.

Grainger se levantou para ir embora.

– Mas claro. Claro que é. Somos todos simpáticos, uns amores, não somos? Gatinhos de madame, como diz o Tuska. – Ela fez uma pausa de efeito, e depois, num tom claro e dissociado que o gelou até a alma, disse: – Gatinhos fodidos da cabeça. E capados.

Alguns minutos depois, sozinho e pouco à vontade, Peter continuou a escrever sua carta para Bea.

Quanto a assédio sexual, não parece ter nada disso por aqui também.

Ele ficou contemplando a tela por algum tempo, tentando decidir por onde continuar. Sentia compaixão por Grainger e queria ajudá-la, mas tinha que admitir que aquela luta renhida com o seu espírito perturbado o tinha exaurido completamente. Estranho, porque em seu ministério de origem enfrentava espíritos perturbados todos os dias, e isso nunca o exauria: na verdade, sempre o revigorava pensar que aquele encontro que estava tendo com uma alma revoltada e defensiva poderia levar a um grande avanço espiritual. Era algo que podia acontecer a qualquer tempo. Nunca se podia prever quando a pessoa finalmente seria capaz de enxergar que estava rejeitando o seu próprio Criador, lutando contra o Amor em pessoa. Muitos passavam anos tropeçando pela vida afora, vestindo uma armadura pesada que supostamente os protegeria do mundo e então um dia a viam pelo que era: uma bagagem irritante, um cárcere inútil, lançando-a fora e permitindo que Jesus entrasse em seus corações. Esses momentos faziam tudo valer a pena.

Acabei de passar um tempo com Grainger, escreveu ele, percebendo que deveria dividir a experiência com Bea enquanto ainda era recente. Que, ao contrário do que você presumiu em uma de suas mensagens, é mulher. Mas ela não me deixa chamá-la pelo primeiro nome. Ninguém aqui deixa. Até mesmo quem é muito simpático comigo prefere que eu use o sobrenome.

De qualquer forma, a Grainger é de longe a pessoa mais vulnerável que já conheci na base da USIC. Num segundo está no melhor dos humores e no próximo é como se você tivesse apertado o botão errado e ela está totalmente diferente. Não é uma pessoa desagradável, só irritadiça ou reservada. Mas hoje ela se abriu mais do que nas outras ocasiões. Ela guarda mágoas profundas e mal resolvidas, e sem dúvida demoraria uma eternidade para desenterrar todas elas. É espantoso que tenha sido escolhida para essa equipe, para falar a verdade. Deve ter passado uma imagem mais equilibrada e despreocupada nas entrevistas do que está passando agora. Ou talvez fosse MESMO mais equilibrada na época. Há momentos da vida em que nos sentimos indestrutíveis mesmo que muitas coisas estejam dando errado, e outros momentos em que tudo está indo bem, mas sentimos aflição e fragilidade desde que acordamos de manhã. Nem mesmo o cristão mais firme na fé está imune aos mistérios do equilíbrio. De qualquer forma, a maior fonte de tristeza da Grainger parece ser uma relação difícil com o pai, a quem não vê há vinte e cinco anos. Com isso sei que você pode se identificar! Na verdade, sei que você seria a pessoa ideal para tratar dessas coisas com ela, se estivesse aqui.

Por falar nisso, descobri o verdadeiro motivo de você NÃO estar aqui. Há algumas horas encontrei

Na pausa, durante a qual ele revirou o cérebro em busca do nome do dr. Austin, acabou lembrando que já escrevera a respeito disso no começo da mensagem, antes que Grainger o interrompesse. Deletou as palavras redundantes, sentindo-se mais cansado a cada segundo.

Agora vou me despedir e mandar essa carta. Ficou por terminar em estado de rascunho esse tempo todo que Grainger passou aqui e estou envergonhado de ter te deixado esperando tanto entre uma resposta e outra. Você tem razão em ralhar comigo por excesso de perfeccionismo. De agora em diante prometo fazer melhor! (Brincadeira.) Vou andar mais rápido com minhas respostas. Vou mandando essa daqui enquanto já trabalho na próxima.

Com amor,

Peter

Fiel à sua palavra, enviou a mensagem, depois abriu outra carta de Bea e se refamiliarizou com seu conteúdo. Dessa vez, abandonou a ideia de ter que responder quesito por quesito do que ela escrevera. Ela não precisava disso. Precisava de duas coisas simples: uma confirmação de que ele lera sua carta, e algum tipo de mensagem dele em resposta. Os olhos dele se iluminaram na parte onde ela descrevia o ferimento quase curado em sua mão: branco e rosa e meio polido por causa do enfaixado, mas com bom aspecto!.. Ele começou a redigir uma nova carta imediatamente.

Querida Bea,

Estou tão feliz de saber que sua mão está sarando bem. Fiquei apavorado quando soube que você se machucou e isso é um grande alívio. Por favor, não tenha pressa em voltar ao trabalho. Você precisa estar perfeitamente restabelecida para poder cuidar bem dos outros. Além disso há muito bichinho ruim à solta naquele hospital, conforme você sabe – e não estou só me referindo à

Ele ficou quebrando a cabeça por um ou dois minutos, tentando lembrar o nome que lhe fugia, mas não conseguiu recordá-lo, apesar de ele e Bea terem falado dessa pessoa praticamente todos os dias pelos últimos dois anos.

sua colega paranoica de cabelo encaracolado.

Apesar de estar fazendo um bom progresso por aqui, estou com saudades suas e sentindo muita falta da sua presença ao meu lado. Chateado por você não ter sido aprovada. Digo isso pelos meus próprios motivos egoístas, claro, mas também pensando no todo. Alguém como você é precisamente o que está faltando aqui. Esse ambiente todo é um tanto... como dizer? Excessivamente masculinizado. Claro, há bastante mulheres por aqui, mas elas não fazem grande diferença na atmosfera geral, no "*esprit de corps*", se pudermos chamar assim. É uma camaradagem que você associaria às Forças Armadas ou talvez a um grande projeto de engenharia (o que na verdade deve ser mesmo). As mulheres não fazem força do lado delas da corda, não tentam feminilizar o lugar, simplesmente ajustam suas naturezas para se encaixar.

Talvez essa seja uma generalização injusta. Afinal, mulher nenhuma tem obrigação de se adequar às ideias preconcebidas da minha cabeça. Mas, apesar disso, preciso admitir que essa base não é um ambiente em que eu me sinta confortável, e não consigo deixar de pensar que melhoraria muito caso colocassem algumas mulheres como você no corpo de funcionários.

Não quero dizer com isso que existam muitas mulheres como você pelo mundo! Existe uma só, é claro!

Quanto à política de gênero entre os oasianos, é uma questão difícil. Até agora ainda não consegui entender direito os sexos deles – eles não entendem minhas perguntas sobre esse tema e nem eu entendo as respostas deles! Pelo que observei, eles não têm genitais onde você espera que tenham. Eles têm filhos – não com muita frequência, pelo que vejo, mas acontece, então algumas das minhas Adoradoras de Jesus são mães. Eu não diria que as mães do grupo têm comportamento mais maternal do que as que não são. TODOS eles são muito zelosos e unidos. Do jeito deles. Estou gostando muito deles. Acho que você também gostaria, se pudesse ter dividido essa aventura comigo.

Outra coisa que eu deveria dizer sobre eles é que são muito gentis. Preocupam-se muito com o próximo. Não é evidente logo de cara para quem chega, mas um dia você percebe. Durante nossa reunião mais recente na igreja, estávamos todos cantando, e de repente uma das telas caiu do teto (não estava presa direito – é difícil quando não se podem usar pregos, parafusos nem nenhum outro objeto pontiagudo!). Caiu bem em cima da mão da Adoradora de Jesus 5. Todos levamos um grande susto. Felizmente, a tela não era muito pesada e a Adoradora 5 estava bem – nada quebrado, só um machucado. Mas a forma como os outros acorreram para ela foi extraordinária. Todos eles, um de cada vez, a abraçaram e acariciaram com uma ternura imensa. Eu nunca vi uma demonstração tão grande de amor e cuidado em uma comunidade. Ela ficou muito quieta – e olha que geralmente fala bastante! Ela é minha preferida.

Ele se deteve de novo. Elogiar outras mulheres – humanas ou não – talvez não fosse tão diplomático, caso sua mulher estivesse passando por um momento de insegurança. Ele e Bea sempre tiveram o tipo de relacionamento onde qualquer um deles tinha carta branca para comentar as características admiráveis de qualquer pessoa, não obstante o gênero, confiantes em que seu relacionamento era sólido como uma rocha. Mas mesmo assim... Ele deletou minha preferida e escreveu:

aquela com que melhor me comunico.

Ainda assim não soava exatamente ideal.

Mas é claro que nada disso importa para mim tanto quanto nosso relacionamento, que é raro e precioso, escreveu ele. Há pouco tempo tive uma lembrança vívida do nosso casamento. E do seu vestido de noiva, e de você o vestindo nos anos seguintes.

Por favor, volte a escrever logo. Sei que você já escreveu bastante e que eu fui negligente em responder, mas isso não quer dizer que não valorizo quando você faz contato. Estou sentindo demais a sua falta. E sinto muito se dei a entender que certos assuntos estão fora de questão. Escreva sobre o que bem entender, meu amor. Sou seu marido. Temos que um apoiar o outro.

Com amor,

Peter

Suas palavras eram sinceras, mas davam a impressão de serem meio forçadas. Quer dizer, ele as teria dito espontaneamente caso Bea estivesse aninhada em seus braços, a cabeça encaixada logo abaixo do seu ombro, mas... digitá-las em uma tela e enviá-las pelo espaço era outra coisa. Mudava a cor e o tom dos sentimentos, assim como a fotocópia barata de uma fotografia perdia em calor e detalhe. O amor que sentia por sua esposa estava sendo caricaturado e a ele faltavam os meios para representá-lo como a vívida pintura figurativa que deveria ser.

Abriu uma terceira carta de Bea, na intenção de disparar uma terceira resposta, mas já enquanto lia Querido Peter e já pensava no momento de digitar Querida Bea, se preocupou de ela pensar que ele só estivesse tentando mostrar serviço. Preocupou-se também porque talvez fosse verdade. Passou os olhos pela mensagem dela, bem longa. Havia algo no segundo parágrafo a respeito de um monte de cartas que chegara recentemente, inclusive uma carta da prefeitura intimando-o a se registrar de novo no tribunal eleitoral. Como será que eles sabiam? Bea não conseguia entender se aquela era uma campanha rotineira um pouco mais agressiva que o normal ou uma ameaça de verdade que poderia ter consequências reais. Mas o que ele poderia fazer a respeito? E de que importava? Será que ela achava que ele temia perder o direito a voto nas próximas eleições? Caso o burocrata estivesse de ovo virado no dia em que cuidasse do seu caso? Por que ela estava lhe contando uma coisa dessas?

Escreva sobre o que bem entender, meu amor, acabara de lhe dizer. Poderia muito bem ter acrescentado: *Exceto as coisas com que não quero lidar.*

De repente ele levantou da cadeira, ajoelhou-se, entrelaçou as mãos entre os joelhos e orou.

– Meu Deus, por favor, ajuda-me. Estou cansado e confuso, e nesse momento os desafios que estou enfrentando parecem estar além das minhas forças. Peço que me fortaleças, me dês clareza de propósito e... estabilidade emocional. Minha querida Bea está se sentindo sozinha e assoberbada: dá-lhe força e foco também. Obrigado, Senhor, por curares a mão dela. Obrigado também por revelares Tua presença à Adoradora de Jesus 14 quando ela precisou de Ti. Espero que ela esteja bem agora. Oro pelo Adorador de Jesus 37, cujo irmão ainda o rejeita por sua fé em Ti. Conforta-o, Senhor. Oro para que, no devido tempo, o irmão dele também venha a se juntar a nós. Por favor, torna afiados meus pensamentos e minha percepção quando eu estiver perto do Adorador de Jesus 8 da próxima vez. Há alguma coisa que ele quer de mim e é tímido demais para pedir e eu, obtuso demais para adivinhar. Oro por Sheila, Rachel e Billy Frame – especialmente Billy, que continua a sofrer pelo divórcio dos pais. Oro por Ray Sherwood, cuja doença de Parkinson vem piorando.

Ele hesitou. Talvez Ray já tivesse até morrido. Fazia muito tempo que não tinha notícias dele. Ray e seu Parkinson compareciam a suas orações há anos, pelo simples motivo de parecer feio parar de rezar simplesmente porque haviam perdido contato. Além disso, Peter ainda se importava com ele. O rosto de Ray, sorrindo mas matizado pelo medo do futuro ao qual ele e seu corpo traiçoeiro se encaminhavam, manifestou-se claramente em sua memória.

– Oro por Charlie Grainger – prosseguiu ele. – Oro para que ele possa ver sua filha um dia de novo. Oro pela Grainger. Sinto que ela corre o perigo de se envenenar com a própria amargura. E Tuska: uma vida inteira de desilusão deixaram-no de coração duro. Amacia esse coração, Senhor, se for da Tua vontade. Oro por Maneely. Oro para que o momento em que ela percebeu a sede que sentia por Ti não seja apenas um impulso passageiro. Que esse impulso se converta numa busca sincera por Cristo. Oro por Coretta, que batizou esse lugar e tinha tanta esperança de que sua vida fosse melhorar em vez de piorar. Torna melhor a vida dela, Senhor.

Seu estômago roncava. Mas ele sabia que ainda não tinha oferecido a Deus a sinceridade sem rodeios que Ele merecia. Se parasse de orar naquele ponto, seria uma oração um tanto ensaiada, até mesmo superficial.

– Oro pelo povo das Maldivas e da Coreia do Norte e... hã... da Guatemala. Não consigo tê-los em mente como indivíduos reais, e isso me causa muita vergonha. Mas para Ti eles são reais, Senhor. Me perdoa por... pela minha pequenez e meu egoísmo. Amém.

Ainda insatisfeito, ele pegou sua Bíblia e abriu-a ao acaso, permitindo que Deus decidisse qual página recairia sob seus olhos. Já fizera isso milhares de vezes, provavelmente fraturando a lombada de inúmeras Bíblias. Naquele dia, a página escolhida pelo Todo-poderoso fora a 1267, e as primeiras palavras que Peter viu foram: "*Faze a obra de um evangelista, cumpre plenamente o teu ministério.*" Era a exortação de Paulo a Timóteo em 68 d.C., mas também era o conselho de Deus a Peter agora. Cumprir plenamente o ministério dele? O que seria plenamente? Ele já não estava fazendo o máximo que podia? Evidentemente não, senão Deus não teria direcionado o seu olhar para aqueles versículos. Mas o que mais ele deveria ou poderia fazer? Fez uma varredura pelo restante da página em busca de pistas. A palavra "aprender" aparecia várias vezes. Ele olhou a página ao lado, a 1266. Outro versículo lhe saltou aos olhos: "*Estuda para apresentar-te aprovado diante de Deus.*" Estudar? Estudar a Bíblia? Ele dedicara inúmeras horas a isso. Então... o que Deus estava falando para ele estudar?

Andou até a janela e espiou pelo vidro. O sol despontara mas ainda ia baixo no céu, quase o cegando com seu brilho. Ele colocou a mão em pala sobre a testa. Lá fora, no asfalto deserto, viu uma ilusão de ótica de uma legião de corpos humanos caminhando a partir de uma longínqua ponta da base. Ele piscou para fazer a ilusão sumir. Ela não sumiu.

* * *

Alguns minutos depois, ele se juntava ao tropel de funcionários da USIC lá fora. Parecia que toda a população da base saíra do prédio para caminhar em grupo até o agreste depois do asfalto. O primeiro pensamento de Peter era de que se tratava de uma simulação de incêndio, ou que houvera algum tipo de acidente que enchera a base de gases tóxicos. Mas todos pareciam tranquilos e de bom humor. Alguns ainda seguravam canecas de café. Um homem negro sorriu e o cumprimentou com a cabeça; era o cara que lhe atirara um muffin no primeiro dia mas cujo nome (Rude? Rooney?) Peter não conseguia recordar com precisão. Duas moças a que nunca fora apresentado antes também lhe deram tchauzinho. Um murmúrio animado percorria a multidão. Era como se fosse a fila para entrar num parque de diversões ou num show de rock.

Peter se emparelhou com a pessoa mais próxima cujo nome conhecia, que por acaso calhou de ser Hayes, a engenheira explicadinha que discursara na inauguração oficial das Instalações de Força e Centrífuga. Já batera papo com ela algumas vezes desde então, e começava a se afeiçoar à sua chatice. Ela era tão integralmente chata que sua chatice transcendia, tornando-se uma espécie de excentricidade, e a total inconsciência dela a respeito disso era engraçada e até comovente. Ele já notara que outros funcionários da USIC também sentiam a mesma coisa em relação a ela. Seus olhos brilhavam mais forte enquanto ela fazia suas preleções.

– Por que viemos aqui para fora? – perguntou-lhe ele.

– Por que você veio, eu não sei – respondeu ela. – Só posso falar por mim e pelos outros.

Em qualquer outra pessoa, aquela fala seria sarcasmo ou sinal de aborrecimento. Nela, era uma determinação zelosa em se manter dentro dos limites do assunto sobre o qual tinha autoridade para falar.

– Tudo bem – disse ele, acertando o passo com o dela. – Por que vocês vieram aqui fora?

– A equipe da Mãe nos chamou – disse ela.

– Ah, é? – Demorou alguns segundos até ele entender que ela se referia ao Supersutiã. Ninguém a não ser ela o chamava de Mãe, mas ainda assim ela repetia o termo em cada oportunidade que surgia, torcendo para ele pegar.

– Nos disseram que tinha animais indo para aquele lado. Um bando. Ou talvez tenham dito “rebanho”. – Ela enrugou a testa, contrariada pela ambiguidade. – Bem, uma grande quantidade, de qualquer modo.

– Animais? Que tipo de animal?

Por um momento, ela voltou a consultar os parâmetros de seu conhecimento.

– Animais nativos – disse ela.

– Pensei que não houvesse nenhum!

Hayes tomou a empolgação dele por ceticismo.

– Tenho certeza de que nossos colegas na Mãe são testemunhas confiáveis – disse ela. – E não acho que eles fariam esse tipo de gracinha conosco. Já conversamos sobre brincadeiras como essa em reuniões da USIC, e concordamos que elas são contraproducentes e potencialmente perigosas.

Peter assentiu, sua atenção se deixando atrair pelo terreno à frente. A visibilidade era ruim, não apenas por causa do sol ofuscante, como também pela copiosa névoa que se evolava do solo, espalhada ao longo de centenas de metros feito um enxame de bolas de feno espectrais. O olho se deixava iludir: um objeto escuro parecia estar andando para a frente, em meio à neblina, apenas para se revelar, um momento depois, um mero tufo de vegetação prosaicamente enraizado no solo.

A tropa de seres humanos chegou ao fim do asfalto, e o novo chão que trilhavam se revelou macio. Peter inspecionou as primeiras fileiras para ver quem estava andando na frente. Era Stanko, o sujeito do refeitório. Seu talhe magricela se dava bem com o movimento; seus braços compridos balouçavam livres, casualmente. De repente ocorreu a Peter como era estranho, naquelas circunstâncias, Stanko não estar portando nenhuma arma. Na verdade... ninguém estava. Na verdade... na verdade, será que vira alguma arma desde que chegara a Oásis? Será que existiria uma coisa dessas? Se existisse, seria incrível... Mas, por outro lado, não era imprudência ser tão indiferente ao perigo? Não havia ocasiões em que era loucura sair por aí sem um rifle na mão? Quem é que autorizara aquela excursão armada apenas de curiosidade? Será que estavam andando para a morte certa, para serem esmigalhados ou destroçados por animais selvagens?

A resposta não demorou. Uma brisa afastou o véu de névoa de uma vasta área do agreste, revelando abruptamente o rebanho, ou bando, de criaturas em movimento – talvez oitenta ou cem ao todo. Os funcionários da USIC soltaram interjeições de surpresa, comemoraram e sussurraram, cada um segundo a sua índole. E depois não deu para segurar: gargalhadas. Os animais eram do tamanho de galinhas. Galinhas pequenas.

– Ora, ora, ora, vejam só – engrolou Stanko, com um sorriso de orelha a orelha.

As criaturas pareciam metade pássaro, metade mamífero. A pele sem penas era rosada e coriácea, mosqueada de cinza. A cabeça parecia de pato e acompanhava o ritmo do andar rebolativo. Havia asas minúsculas, vestigiais, nas laterais, sendo levemente sacudidas pelo movimento deles mas, de resto, flácidas, feito bolsos amarrotados puxados para fora das calças. Seus torsos eram notavelmente gordos – redondos feito chaleiras. O andar era solene e cômico.

– Me belisca que eu tô sonhando! – A voz de BG. Peter o procurou na multidão, mas havia uma dúzia de pessoas na frente e seria falta de educação cortar o caminho delas.

De comum e tácito acordo, todos pararam de caminhar para não assustar os bichos. O bando estava chegando cada vez mais perto, aparentemente sem se perturbar com a presença dos observadores alienígenas. Seus corpos rechonchudos mantinham o passo, fazendo progresso lento, mas inexorável. A distância, não ficara claro quantos membros cada criatura tinha sob a barriga, se dois ou quatro. Mais de perto, viu-se afinal que eram quatro: pernas curtas e grossas, musculosas, que em nada lembravam as de pássaros. Patas parecendo nadadeiras de um cinza bem mais escuro que o restante do corpo davam a impressão de estarem usando sapatos.

– Fofos à décima potência – disse alguém.

– Fofos à centésima potência – disse outra pessoa.

Vistas de perto, as cabeças dos bichos não lembravam tanto as de patos. Seus bicos eram mais carnudos, meio caídos, como focinhos de cachorro. Os olhos minúsculos e sem expressão eram muito juntos, dando-lhes um aspecto de imbecilidade total. Eles não olhavam para cima, para os lados, nem um para o outro, só para a frente. Pelo seu curso, eles iriam passar direto pela base da USIC a caminho de outro lugar. Não faziam outro som senão o suave e ritmado *tchuf-tchuf-tchuf-tchuf* de suas patas sobre o solo.

– Como é que vamos chamar esses bichos? – perguntou alguém.

– Galinha-d'oásis.

– Monstropatos.

– Que tal balofim?

– Klingonbúrguer.

– Xenomamíferos.

– Coelhígenas.

– Almoço!

Houve uma torrente de risadas, mas alguém bradou imediatamente:

– Pode esquecer, Powell.

– Não podemos provar nem unzinho? – protestou Powell.

– Eles podem ter grande inteligência.

– Você está de sacanagem.

– Eles podem ser considerados sagrados. Pelos nativos.

– Quem disse que são comestíveis? – gritou uma voz de mulher. – Eles podem ser supervenenosos.

– Estão indo na direção de Monstrópolis – comentou Stanko. – Se forem comestíveis e não tiver problema em comê-los, vamos acabar pegando alguns depois. Quer dizer, vamos ganhá-los. E vai ser tudo *kosher*.

– Como assim *kosher*?

– Eu não quis dizer... bem, não é nada de furtivo. Simplesmente eles vão fazer parte das nossas trocas de sempre.

– Estou achando essa ideia deplorável – comentou outra voz de mulher. – Como é que alguém pode pensar em comer esses bichinhos? São tão fofos.

– Fofos e tapados. Sente só esse olhar. Três neurônios, no máximo.

– Talvez eles mordam.

E assim ficaram ali, de pé, gracejando felizes feito crianças, enquanto a exótica procissão seguia em frente.

– E aí, Peter! Como vai essa força, bróder? – Era BG. Estava de bom humor, se bem que necessitado de um guardanapo. O passeio evidentemente o interrompera bem no meio de alguma refeição ou bebida branca e espumante, a julgar pelo bigode cremoso que adornava seu lábio superior.

– Vou bem, BG – disse Peter. – Meio cansado. E você?

– Tudo em cima, cara, tudo em cima. Não são umas peças? – Ele apontou para a horda de animais, cujos cem traseiros avantajados rebolavam em formação à medida que iam passando deles.

– Uma beleza – concordou Peter. – Estou feliz de não ter perdido. Ninguém me falou nada.

– Falaram no sistema de alto-falante. Alto e claro.

– Não no meu quarto.

– Ah, devem ter desligado pra você, cara. Por respeito. Você tem esses lances espirituais para se concentrar. Não vai querer que te amolem cinquenta vezes por dia, "Fulano pode vir à Sala 25, por favor?", "Funcionários disponíveis, favor comparecer ao setor de carga e descarga", "Cortes de cabelo daqui a uma hora na Sala 9", "Ô pessoal, todo mundo se mexendo e se mandando pela saída da Ala Leste, que tem um bando de galinha esquisita rebolando a bunda naquela direção!".

Peter sorriu, mas a notícia de sua exclusão do sistema de alto-falantes o incomodou. Ele já estava desconectado o suficiente da vida dos demais funcionários da USIC.

– Bem, eu teria detestado ter perdido essa.

– Mas não perdeu – disse BG, radiante. – Não perdeu. – Ele ergueu as sobrancelhas na direção do céu. – Você deve ter recebido um aviso, tô certo?

– Talvez tenha recebido. – Peter de repente se sentiu cansado, opresso pelo peso de sua roupa encharcada de suor e de sua sensação de inadequação ainda pendente. A enigmática orientação divina sobre estudar e cumprir plenamente o seu ministério rematerializou-se em sua mente.

BG enfim entrou no assunto, o motivo pelo qual ultrapassara seus colegas para chegar a Peter:

– E aí, como *você* os chamaria?

– Chamaria quem?

– Esses nossos amiguinhos aqui – disse BG, apontando para o exército que se retirava.

Peter pensou por um momento.

– Os oasianos devem ter um nome para eles.

– Não vai servir pra nós, cara. – BG contorceu o rosto e ficou dobrando a língua dentro e fora da boca como um idiota, emitindo um balbucio incompreensível. Um segundo depois, com a desenvoltura de um comediante profissional, já tinha recomposto o rosto em uma máscara de dignidade. – Sem o Tartaglione, ninguém aqui consegue entender os ruídos que esses caras fazem. Conhece a velha anedota do canguru, Peter?

– Não, BG, me conte a velha anedota do canguru.

A horda já tinha acabado de passar por inteiro, se aproximando pouco a pouco de seu destino. Alguns funcionários da USIC ainda estavam parados observando o enxame de corpos diminuir a distância, mas a maioria começava a andar aos poucos para a base. BG pôs um braço ao redor do ombro de Peter, numa indicação de que deveriam andar juntos.

– Havia um explorador desses, há muito tempo, chamado capitão Cook. A especialidade dele era aterrissar em terrenos virgens do outro lado do oceano e arrancá-los das mãos dos pretos que moravam ali. Bem, ele desceu lááá na Austrália. Sabe onde fica?

Peter fez que sim com a cabeça.

– Muita gente aqui esqueceu das aulas de geografia – disse BG. – Especialmente se nunca estiveram no lugar. Bem, aí esse capitão Cook chegou na Austrália e viu uns bichos *incríveis* pulando por ali. Uns filhos da puta peludos com patas de coelho gigante e uma bolsa na barriga que andavam em pé bem pra caralho. Aí ele perguntou pros pretos: "Como é que vocês chamam essa criatura?", e os pretos responderam: "Canguru."

– Aham – disse Peter, sentindo que o clímax da piada estava próximo.

– Anos depois, um sujeito estudou a língua dos pretos, e adivinha só? "Canguru" queria dizer "o que foi que você disse, cara?".

BG riu com estrépito, seu corpanzil ainda estremecendo de hilaridade enquanto escoltava o pastor de volta à civilização. Peter riu junto, mas enquanto sua boca se adaptava ao formato correto e sua garganta emitia os sons adequados, ele compreendeu o que Deus queria que ele fizesse. Ele ia aprender a língua dos oasianos. Ele ia aprender nem que aquilo o matasse.

20

Tudo ficaria bem se ela fosse capaz de fazê-lo

E assim começaram. De tão juntos e apertados, Peter e Beatrice não conseguiam mais ver um ao outro. Bocas coladas, olhos fechados com força, seus corpos poderiam ser os de quaisquer outras pessoas desde a criação do mundo.

Poucos minutos depois, ele acordou. Bea estava a mais de um bilhão de quilômetros de distância dele, e ele estava se arrastando até a máquina de lavar, segurando os lençóis manchados em forma de trouxa. Do lado de fora da janela, era ainda a mesma tarde ensolarada de quando ele começara a dormir. O quarto estava banhado de luz dourada exatamente como antes, como se o próprio tempo tivesse sido assado pelo sol, enquanto, em algum lugar distante, os dias e noites de sua esposa se acendiam e apagavam sem ele ver.

Peter empurrou a roupa de cama para dentro do tambor metálico. A placa dizendo POUPE ÁGUA. É POSSÍVEL LAVAR A ROUPA À MÃO? deixou sua consciência pesada, mas ele não lembrava de seu sêmen ter um cheiro tão forte assim antes e estava preocupado que, se tentasse lavar os lençóis à mão, o cheiro pudesse impregnar o recinto e fosse instantaneamente perceptível para um visitante. Grainger, por exemplo.

Ele catou alguns flocos de sabão do pote de plástico e jogou-os na máquina de lavar. Os flocos eram cerosos, como se tivessem sido raspados de uma barra de sabão feita à moda bem antiga. Decerto não era nenhum detergente químico. Seria ele feito de flor branca em uma das miríades de formas que assumia? Ele baixou o nariz até o pote e cheirou, mas o cheiro de seu próprio corpo o distraía. Fechou a tampa da máquina e a programou para começar.

Engraçado. Quando estava com os oasianos, nunca se masturbava nem tinha poluções noturnas. Era como se sua natureza sexual entrasse em hibernação. Ele era homem, o órgão masculino pendia de sua pelve, mas este simplesmente *ficava lá*, irrelevante feito um lóbulo de orelha. Só quando ele retornava à base da USIC sua sexualidade revivia. Também era só quando estava na base da USIC que sentia todo o peso da solidão.

Nu, ele parou junto ao Tubo. Sua tela estava fria e escura, embora não conseguisse se lembrar de tê-la desligado. Ela deve ter desligado sozinha durante seu sono, para conservar energia. Torceu para que, antes de o cansaço vencê-lo, tivesse conseguido enviar seja lá quais mensagens andara escrevendo para Bea. Estava tudo meio confuso em sua cabeça. O que ele dissera; o que ela dissera. Lembrava vagamente de algo a respeito dos carpetes da sala sendo retirados e jogados fora. Ou talvez tivessem sido as cortinas. E ratos. Algo sobre ratos. Ah, sim: Bea tinha ido até a calçada colocar mais um saco de lixo no latão já transbordante (a coleta de lixo andava irregular) e tomara o maior susto da sua vida quando um rato pulou do monturo, por pouco não atingindo seu rosto.

`O rato devia estar tão assustado quanto você`, assegurara ele. Ou algo parecido.

Trancado no boxe, ele se ensaboou até ficar limpo, enquanto seus lençóis batiam na máquina ali perto. Vestígios escaldados do seu DNA borbulharam e sumiram pelo ralo.

Sentado em frente ao Tubo, enxuto e limpo, ele estava se esticando para ver se Bea tinha mandado mais mensagens quando notou uma gotícula de sangue escorrendo pelo seu braço. Lavara o cabelo e, ao massagear o couro cabeludo, tirara a casquinha do alto de uma das orelhas. Suas queimaduras estavam sarando bem, mas a pele das orelhas era rica em vasos sanguíneos e precisava ser deixada em paz enquanto as células epidérmicas faziam o seu trabalho. Olhou em volta em busca do papel higiênico; lembrou que a USIC não o fornecia. Tinha Band-Aids em algum lugar, mas uma nova gotícula caiu no seu ombro e ele não estava com vontade de vasculhar a bolsa. Em vez disso, pegou um par de cuecas e aninhou-as sobre a cabeça de forma a estancar o sangramento da orelha.

Deus, por favor, não permita que a Grainger entre aqui de repente...

Mais uma vez ele se sentou diante do Tubo. Uma nova mensagem havia aparecido. Ele a abriu, já visualizando a palavra "querido" antes mesmo que ela se manifestasse na tela.

Peter

Estou tão brava, mas tão brava con você. Você é meu marido e eu te amo, mas estou magoada e furiosa.

Esse tempo todo em que estamos separados você não mnencionou UMA PALAVRA sobre o nosso filho. Você está tentando me dar uma lição ou simplesmente não liga para ele? Andei soltando umas indiretas te lembrando qeu estou grávida mas não forcei muito a barra porque cabe a você mesmo decidir se vai se envolver nisso ou não.

Antigamente, sempre que conversávamos sobre ter filhos, você sempre arranjava um motivo pra dizer não – "ainda não". Você sempre me garantiu que ADORARIA ter filho um dia e que só era uma questão da hora certa. Bom, desculpe se engravidei na hora errada mas fiquei apavorada de você nunca mais voltar e voc^e é o único homem com quem eu quero ter filhop. Sim sei que estou parecendo maluca mas não é possível que esteja tanto quanto você. Agora vejo como você tem eviutado evitado e evitado ser pai esses anos todos. É uma decisão que dá medo, todo mundo sabe disso mas as pessoas dão ese salto no escuro e é assim que a raça humana continua. Mas suas missões eram sempre m,ais instigantes do que isso, não é? Tantos desafios. Novo dia novo desafio. Desafios que no fundo não são tão difíceis assim. Porque podemos fazer o melhor possível para ajudar desconhecidos, mas nofim das contas esses desconhecidos são responsáveis por seus próprios destinos, não é? Se não podemos ajudá-los, é triste mas simplesmente seguimos com a vida e vamos ajudar outra psesoa. Mas com filho não é assim. Quando é nosso próprio filho, não é assim. Seu filho importa mais do que tudo. Você NÃO PODE SE DAR AO LUXO de fracassar mesmo sabeno que provavelmente vai, e é isso que assusta. Mas sabe de uma coisa? – por milhões de anos as pessoas têm sido imbecisd ou corajosas o bastante para tentar mesmo assim. Agora mesmo estou sentindo esse drama pois nosso bebê está dentro de mim.

E você visivelmente não quer saber dele.

Peter desculpe se parece que não estou sendo solidsária com as dificuldades que você sem dúvida está enfrentano na sua missão. Mas você não me falou nada sobre essas difculdades. Então só posso imaginar. Ou mais exatamente, NÃO imaginar. Pelo que entendi do pouco que você decidiu compartilhar comigo você está tendo grandes aventuras nesse planeta. Você está tendo a maior mordomia de toda a história da evangelização. Outros missionários foram jogados na masmorra, cuspidos, empalados, apedrekjados, ameaçados com facas e lanças, esquartejados, crucificados de ponta-cabeça. No mínimo dos mínimos, eles foram tratadso com frieza e tiveram todas as frustrações imagináveis. Pelo que me contou, você foi recebido como herói. A USIC te leva na porta dos oasianos e quando você fica cansadinho te traz de volta. Sua congregação inteira já ama Jesus e te acha o maioral, e só quer mesmo saber de estudar a Bíblia com você. Você supervisiona a obra e ainda pega um bronzeado, e, de vez em quando, alguém te traz uma tela pra você pendurar no teto. Parece que você está fazendo sua própria Capela Sistina por aí! E as últimas notícias que recebi é que você acabou de assistir um desfile de bichihos fofinhos.

Peter sei que você não quer ouvir isso mas ESTOU EM APUROS. As coisas estão indo pro buraco numa velocidade assustadora. Já contei um pouco para você mas muita coisa deixei de contar. Qualquer outro marido, me ouvindo falar do que tem acontecido aqui, já teria se oferecido pra voltar pra casa a essa altura. Ou pelo menos insinuado a ideia.

Estou escrvendo isso às 5 da manh]a depois de uma noite sem dormir e estou quase alucinando de tanto estresse e provavelmente vou me arrepender de ter te mandado isso assim qu tiver dormido um pouco. Mas antigamente você sempre ficou ao meu lado e agora está me magoando e n]ao sei mais para onde correr. Será que PASSOU PELA SUA CABEÇA como eu ia me sentir quando você me informasse que Grainger, a pessoa que parece ser a mais próxima de você aí, é mulher e que você acabou de "passar um tempo" com ela e que ela é muito "vulnerável" mas você tem o prazer de informar que ela "se abriu" mais com você hoje do que das outras vezes? Sei que vai ser uma enorme conqiuista pra você quando ela te deixar chamá-la pelo primeiro nome e você finalmente souber o verdadeiro motivo de ela estar sofrendo (talvez coincida com o dia afortunado em que essa outra mulher que voc~e tem aconselhado, essa tal de

Maníaca ou sei lá o quê, esteja pronta para "levar adiante" as coisas) - mas Peter será que não lhe ocorreu que eu talvez esteja me sentindo um pouquinho "vulnerável" também?!

Sei que voc~e me ama e sei que não está fazendo nada de mau con a Grainger mas queria que você pensasse com um pouco mais de cvuidado nas palavras que usa quando está falando de você com ela. Você devota tanto tempo e emnergia a ponderar e selecionar as palavras exatas nas suas paráfrases da Bíblia para os Adoradores de Jesus mas quando se trata de se comunicar comigo, sua inbfinita atenção a nuances some do mapa.

Que bom que você tem memo´rias tão vívidas de nosso casamento mas seria muito melhor para mim se você tivesse memórias vívidas da mulher que deixou para tr´as há poucos meses e das possíveis coisas de que ela precisa nesse momento.

Aos prantos,

Bea

Havia outra mensagem, enviada meros dois minutos depois. Ele a abriu, esperando que pudesse conter algum tipo de retratação ou suavização daquele baque – não exatamente um pedido de desculpas, mas um passo para trás, um pensar duas vezes, talvez uma admissão de que tinha bebido. Mas não, ela nem mesmo disse o nome dele.

Quanto ao rato, POR FAVOR sem palhaçada - ele NÃO estava tão asssustado quanto eu. Sei que ele devia estar simplesmente maravilhado com seu status de rato e feliz da vida pelo nosso bairrro estar quase transbordando de lixo. Simplesdmente não sei o que fazer. Muita gente tem levado seu lixo de carro a outras partes da cidade e largado onde acham que ninug´em vai pegá-los no flagra. Não me surpreendeira em nada se boa parte doi dejetos espalhados na nossa rua tiver sido desovada por carros de outros lugares. A polícia parece de mãos atadas quanto a isso. Parece de mãos atadas para muita coisa. Simplesmente ficam dando vboltinhas por aí nas suas patruhlas, tagarelando nos seus comunicadores. De que serve isso? Para que estamos pagando eles? Estão só nos olhando afundar.

* * *

A máquina de lavar gorgolejou alto deixando vazar a água do tambor e se preparando para depois enchê-lo de novo. Uma espuma densa se grudava ao lado de dentro da tampa transparente. Sabão demais. Falha sua.

Ele se levantou da cadeira e ficou dando voltas a esmo pelo quarto. Seu coração batia forte e os intestinos pesavam feito argila em seu ventre. Uma pilha de livretos da Bíblia jazia ao lado da cama, terminada, suas lombadas zelosamente costuradas com linha colorida, um trabalho de muitas horas durante as quais ele estivera beatamente à parte de qualquer pensamento ruim.

Querida Bea, escreveu ele,

Fiquei arrasado em receber sua carta e perdoe-me se te magoei tanto assim. Espero para o seu próprio bem – para o nosso bem – que a angústia violenta que você expressou na sua carta tenha se devido em parte a coisas de momento. Com aqueles erros de digitação todos (bem diferentes do seu padrão), fiquei até pensando se você não teria bebido. Com isso não quero invalidar sua aflição, apenas espero que você não esteja sentindo tanta dor e raiva o tempo inteiro.

Mas é minha a culpa, claro. Não posso justificar nem me escusar pelo jeito como tenho te tratado. O mais próximo que posso oferecer é dizer que essa viagem – a primeira vez em que nos afastamos por mais de alguns poucos dias – tem revelado um terrível defeito meu. Não estou falando de má vontade (embora obviamente você vá interpretar assim), e sim de um problema com o funcionamento do meu cérebro. Acho praticamente impossível manter a atenção em coisas que não estejam nas minhas imediações. Sempre levamos a vida lado a lado e creio que essa proximidade mascarou a minha deficiência. Quando você me conheceu, eu vinha bombardeando meu organismo com todas as substâncias químicas possíveis e imagináveis, e quando eu me livrei delas, presumi displicentemente que o álcool e as drogas não tinham infligido nenhum dano permanente, mas agora sou obrigado a admitir que talvez tenham sim. Ou talvez eu sempre tenha sido assim. Talvez tenha sido isso que me tirou dos trilhos. Sei lá.

Como posso deixá-la mais tranquila com relação ao nosso filho? É verdade que já me preocupei muito, antigamente, com a possibilidade de eu não servir para ser pai. É verdade que a responsabilidade assusta. Mas não é verdade que eu não queria ou nunca pretendia ter filhos com você. Quero e muito. Quando eu voltar para casa, suponho que você estará com a gravidez bem adiantada e espero que consinta em tirar uma licença do trabalho. Você não deveria estar levantando peso nem passando por todo o estresse de um hospital enquanto está gestando uma criança. Que tal tirar a licença-maternidade assim que eu voltar? Podemos descansar e preparar direito as coisas.

Uma coisa em que nenhum de nós tem falado ultimamente é dinheiro. Não foi o fator decisivo para nós quando apareceu esta missão – estávamos empolgados com o projeto em si. Mas, por outro lado, vou receber uma boa soma – mais do que qualquer um de nós já recebeu por qualquer trabalho. Antigamente, sempre que nossas despesas estavam quitadas, injetávamos o dinheiro que sobrava na obra de Deus. Financiamos coisas muito valiosas. Mas nosso filho também é algo valioso e sei que Deus vai entender se dermos um tempo nos outros projetos. Estou sugerindo o seguinte: vamos usar o dinheiro dessa missão para nos mudar. A julgar pelo que você me diz, está ficando desagradável, até mesmo perigoso, morar na cidade. Então vamos nos mudar para o campo. Seria um ambiente muito melhor para nosso filho em seus anos de formação. Quanto à nossa igreja, quando eu voltar eles terão se virado há seis meses sem mim e sei que Geoff vai adorar continuar como pastor, e, se ele não se animar, algum outro há de se candidatar. Nenhuma igreja deve se fixar demais na figura de um único pastor.

Conforme vou escrevendo isso, as coisas estão se esclarecendo na minha cabeça. No início, eu estava pensando que você deveria tirar uma licença-maternidade, mas, pensando melhor, faria muito mais sentido você se demitir logo de uma vez. Uma decisão que provavelmente já passou muito da hora de ser tomada. Os administradores desse seu hospital já te causaram tantas mágoas no decorrer dos anos e a coisa nunca melhora. Você pode lutar contra eles até suas últimas forças que vão continuar agindo igual. Bem, vamos deixá-los para lá. Vamos nos devotar a ser pais, e começar uma nova fase em nossas vidas.

Com todo meu amor,

Peter

* * *

– Oi – disse Maneely. – Sua orelha deve estar doendo.

– Está boa – disse ele. – Agora já formou casquinha.

Ela sentara-se com ele no refeitório, onde ele bebericava um chá e tentava se convencer a pedir alguma comida. Ele sorriu em sinal de boas-vindas, mas sabia que a náusea e a angústia deviam estar estampadas em sua cara. Ela, por sua vez, parecia animada e tranquila. Fizera um novo corte de cabelo que a favorecia. Talvez o tivesse até mesmo tingido, pois ele se lembrava de uma cor pardacenta e agora o cabelo estava louro cor de mel. Por outro lado, a iluminação do refeitório tinha uma tonalidade melíflua. Seu chá irradiava o laranja incandescente das cervejas de boa qualidade.

– Andei te evitando um pouco – disse Maneely. – Desculpe.

– Presumi que andasse ocupada – disse ele, diplomático. Será que era hoje que ela ia aceitar Jesus no coração? Porque ele não se sentia à altura.

Ela sorveu um gole do seu leite de soja sabor morango pelo canudinho antes de começar a enfrentar uma montanha de imitação de linguiça com purê de batata.

– Seu cabelo ficou bom – disse ele.

– Obrigada. Você não vai comer nada?

– Estou... meio devagar hoje.

Ela assentiu compreensiva, como se estivesse tolerando alguém com ressaca. Várias generosas fatias de linguiça desapareceram em sua boca e ela as empurrou para dentro com mais um gole de soja.

– Tenho pensado na nossa conversa depois do funeral do Severin.

É agora, pensou ele. *Senhor, dai-me forças.*

– Bem, você sabe que estou aqui para o que der e vier.

Ela sorriu com desdém.

– Exceto quando está em Monstrópolis fritando suas orelhas.

– Não é tão ruim – disse ele. – Só tenho que me cuidar mais.

Ela o olhou bem nos olhos, séria de novo.

– Olha, me desculpe pelo que eu disse.

– Pelo quê?

– Acho que eu te dei esperança.

– Esperança?

– O Severin era meio que meu amigo. Não tínhamos envolvimento romântico, mas a gente... resolvia muitos problemas juntos. Ou vários projetos. Quando ele morreu, fiquei abalada. Fiquei muito fragilizada. No funeral, você fez um discurso maravilhoso, e meio que quase cheguei a me convencer... você sabe... dessa coisa toda de Deus e Jesus. Mas não é comigo. Pensei bem, e isso simplesmente não é comigo. Me desculpe.

– Não precisa se desculpar. É como pedir desculpas para a gravidade ou para a luz. Deus simplesmente *existe*, a gente reconhecendo ou não.

Ela sacudiu a cabeça e comeu mais um pouco.

– Por um segundo pensei que você estivesse se comparando à força da gravidade e à luz.

Ele pestanejou:

– Às vezes eu não me expresso muito bem. Estou só... estou passando por... – A lembrança da raiva de Bea percorria suas veias feito uma infecção. Ele chegou a pensar que desmaiaria. – Tenho problemas como todo mundo.

– Espero que eles se resolvam – disse Maneely. – Você é um cara legal.

– No momento não me sinto tão legal.

Ela lhe concedeu a bênção de um sorriso fraternal.

– Que é isso, você logo vai estar melhor. É tudo questão de percepção. Até de química. Depressão, animação, é tudo cíclico. Um dia você acorda e tudo vai parecer diferente. Pode crer.

– Obrigado pela força – disse Peter. – Mas cuidar de problemas pendentes não é uma questão de... não se pode ser tão passivo. Existe uma coisa chamada responsabilidade. Temos que nos empenhar em melhorar as coisas.

Maneely sugou o último gole da soja e empurrou o copo de vidro para o lado.

– Isso é alguma coisa em casa, não é?

– Em casa? – disse Peter, engolindo em seco.

– Quando começo a me preocupar com coisas fora do meu controle – aconselhou Maneely –, costumo me lembrar de um antigo poema. Tem, tipo, centenas de anos. É assim: *Conceda-me serenidade para aceitar aquilo que não posso mudar, coragem para mudar aquilo que posso, e sabedoria para distinguir uma coisa da outra.*

– Escrito por um sujeito chamado Reinhold Niebuhr – disse Peter. – Só que na verdade ele escreveu “Conceda-me, *Senhor*”.

– É, talvez, mas funciona da mesma forma sem. – O olhar dela estava nivelado com o seu, vendo muito bem o que estava por trás de seu pedantismo. – Não se torture por coisas que estão em casa, Peter. *Sua* casa agora é aqui.

– Eu volto para lá em breve – protestou ele.

Ela deu de ombros.

– Então tá.

Ele passou as duas horas seguintes andando do lado de fora, em torno do complexo. Pensou em andar até chegar ao assentamento oasiano. Quanto tempo levaria? Talvez semanas. Era uma ideia maluca, completamente louca. Precisava estar ali para receber a próxima mensagem de Bea. Agora ela devia estar dormindo. E continuaria adormecida por horas. Deviam estar dormindo juntos, eles dois. Estarem separados era errado. Simplesmente deitar lado a lado fazia mais por um relacionamento do que palavras. Uma cama quentinha, um ninho de intimidade animal. Palavras geravam mal-entendidos, estar perto e se amando geravam confiança.

Ele voltou ao seu quarto e ficou parafraseando a Bíblia, sentindo-se miserável. A fome o devastava em ondas, intercalando-se com a ânsia de vômito. Horas se passaram. Por fim, depois de ter olhado o Tubo sem resultado pelo menos cem vezes, seu sofrimento foi abreviado.

Querido Peter

Sem tempo para escrever uma carta grande pois estou de saída para um funeral mas ainda estou muito nervosa e aborrecida com você. Porém estou me esforçando bastante para verificar minha ortografia para você não me acusar de estar bêbada. Na verdade, eu mal tinha me recuperado disso tudo quando de repente, olha só!, você sugere que eu vire uma dona de casa desempregada na roça!

Desculpe, sei que sarcasmo não ajuda em nada.

Depois que voltar do funeral eu escrevo mais. Mas posso ter que passar um tempo com a Sheila primeiro. A vida dela está um inferno.

Eu te amo, mesmo você sendo maluco.

Bea

* * *

Ele respondeu imediatamente:

Querida Bea

Me fez um bem enorme você dizer (escrever) para mim que me ama. Eu fiquei o dia todo descompensado de tanta aflição por essa briga que tivemos. Para mim, você é muito mais importante do que a minha missão.

Mesmo sem você dizer com todas as letras, me parece óbvio pela sua mensagem que Billy Frame cometeu suicídio, afinal de contas, apesar da preocupação que todos nós sentimos por ele e dos seus esforços recentes em lhe oferecer um ombro amigo. Ainda consigo vê-lo criança, todo orgulhoso pelo pôster que ele e os colegas tinham feito para nós. Sinto tanto pela Sheila. Mal posso imaginar como você deve estar aflita com tudo isso. O fato de você ter usado a palavra "Inferno" para denotar algo que não a separação eterna da presença de Deus é bem significativo.

Sinto muito você ter interpretado minha sugestão de nos mudarmos para o campo como uma tramoia para te transformar numa dona de casa desempregada na roça. Sei que lá vai haver empregos – até mesmo como enfermeira, menos horríveis (provavelmente) do que o seu agora. Também não estou sugerindo que eu vá passar o dia inteiro cortando lenha ou cuidando da horta (embora aqui eu tenha me descoberto um camponês muito bem-disposto). Pode ser que haja alguma igreja precisando de um pastor. Mas seja lá quais oportunidades de emprego existam (ou não), devemos entregar isso nas mãos do Senhor.

Perdoe-me pela forma insensata como andei falando sobre Grainger e Maneely. Sim, são mulheres, mas meu papel na vida delas é estritamente pastoral – ou seria caso estivessem dando espaço para o Senhor entrar em suas vidas, e não estão. Maneely acabou de me dizer na lata que não está nada interessada.

As palavras são minha profissão mas nem sempre as emprego com sabedoria, e nem sempre elas são a melhor forma de comunicar alguma coisa. Queria que fosse possível simplesmente te abraçar e te confortar. Já te decepcionei antes, de formas piores de como estou te decepcionando agora, e vencemos essas fases ruins juntos porque nos amamos. Esse amor se baseia em comunicação mas também em algo quase indescritível, uma sensação de estar no lugar certo quando estamos um com o outro, uma sensação de que só nos damos conta quando estamos perto de outras pessoas que não são as pessoas certas para nós. Estou com tanta saudade, meu amor.

Com todo o meu amor,

Peter

– Isso que você quer não vai ser fácil de arrumar – disse-lhe Grainger, pouco depois.

– Mas é possível?

Aquela pergunta tão simplória a aborreceu.

– Tudo é possível se você pegar trabalho e recursos suficientes e jogar em cima do problema.

– Eu não quero causar problemas para a USIC, mas isso é muito importante para mim.

– Por que você simplesmente não volta à base com mais frequência? Talvez estivesse em melhor forma se fizesse isso.

– Não daria certo. Os oasianos vivem num ritmo próprio. Preciso estar entre eles, compartilhar de suas rotinas. Não posso simplesmente dar um pulo lá e dar o fora em seguida. Mas se eu tivesse um Tubo lá no assentamento...

– ... talvez nunca mais o víssemos de novo.

– Por favor. Minha esposa precisa do meu apoio. Estou com saudade dela. E talvez o que quer que tenham de construir para fazer o Tubo funcionar acabe sendo útil para algum outro propósito. Quando estivesse instalado.

O olhar dela se crispou. Ele percebeu tarde demais que não tinha nem lhe perguntado como estava, nem lhe feito nenhum tipo de agrado simbólico antes de jogar aquele problema em cima dela.

– Vou ver o que podemos fazer – disse ela.

Querido Peter, leu ele assim que voltou.

Queria que você tivesse se oferecido para voltar para casa em vez de ficar me lembrando quanto dinheiro vamos ganhar se você ficar. Sim, sei que foi tremendamente trabalhoso e caro para a USIC te chamar. Se você tivesse se oferecido para voltar nesse momento, eu mesma provavelmente teria te dissuadido da ideia. Mas teria sido bom achar que você se preocupava comigo o bastante para considerar essa possibilidade. Já ficou claro que você está 100% determinado a cumprir seu tempo estipulado. Entendo: é uma oportunidade única.

Sua incitação a nos mudarmos para o campo me deixou perturbada porque é natural para alguém na minha situação ter uma ânsia desesperada de simplesmente escapar de todos os fiascos e começar do zero em um ambiente idílico. Mas aí meu bom senso entra em campo e fico exasperada com você. Você tem alguma noção real de como é a vida no interior do país? Você lê jornal, por acaso? (Pergunta retórica – sei que sou eu quem tem esse hábito sórdido.) O interior do país é uma terra de ninguém, cheia de fábricas decadentes, fazendas falidas, perpétuos desempregados, supermercados horrorosos e brechós de caridade. (Pensando aqui se esses supermercados ainda teriam algum estoque de chocolate. Aí sim vejo vantagem...) A soma que você vai receber pela sua missão para a USIC é substancial, mas não é uma fortuna e precisaríamos de uma verdadeira fortuna para nos estabelecer no campo. Ainda existem regiões pitorescas e seguras de classe média na Grã-Bretanha rural onde sei que nosso filho teria uma infância melhor do que na cidade mas são caríssimas. Se nosso filho acabar numa cidadezinha esquecida por Deus, onde metade da população é de alcoólatras e drogados, e as escolas estão cheias de alunos com baixo aproveitamento ou que carecem de uma assistente social, não teríamos nenhuma melhora em relação à cidade. Você diz para deixar tudo nas mãos do Senhor, mas de quem seria a decisão de se mudar para lá? Sua.

De qualquer modo, mesmo com toda a minha mágoa com a forma como o hospital funciona, ainda tenho um compromisso vigente com aquele lugar e sinto que ainda há o que eu possa fazer para ajudar. Também estou com medo de que se eu largar esse emprego não consiga encontrar outro, porque a taxa de desemprego tem crescido muito com a economia implodindo.

E por falar nisso: faltam só alguns dias para eu voltar ao trabalho quando pam!, chega uma carta do Goodman para mim. Mais uma vez, preciso assinalar que nunca em toda a história do mundo alguém teve um nome mais inadequado e que é um crime uma pessoa dessas estar encarregada de decidir como o nosso hospital aloca seus recursos. Bem, a carta é basicamente uma ameaça. Ele faz alusão a alguns episódios em que ajudei um paciente mais abertamente e insinua que "nas atuais circunstâncias", nosso hospital não pode se dar ao luxo de devotar "desproporcionalmente" a energia de sua equipe & seus recursos a "clientes que têm menor probabilidade de responder positivamente ao nosso tratamento". O que em jargão goodmaniano significa: não vamos perder nosso tempo com doentes mentais, pacientes rebeldes, velhos demais ou que tenham ferimentos graves/câncer demais para termos esperança de que vá apertar a mão do médico e dizer "Té mais & obrigado por tudo". Goodman quer mais é cirurgias de palato fendido, rapazes robustos com fraturas, crianças com queimaduras de 2º grau, mulheres semijovens extirpando nódulos etc. E ele quer que eu prometa que não vou criar problemas. E insinua que, se eu não prometer me comportar melhor, ele pode "reavaliar" se me deixa voltar ou não!

Peter, fico feliz de ter te feito bem dizendo que te amava, mas você está agindo como um menininho que acha que seu mundo caiu quando a mãe está zangada com ele, mas depois acha que está tudo bem de novo quando ela diz que o ama. É claro que eu te amo – são anos de compromisso e intimidade, de nós dois investindo na relação que passou a integrar nossas cabeças e nossos corações. Um pouco de tristeza não vai anular o nosso amor. Mas isso também não significa que o nosso amor consegue curar a tristeza. Eis a questão – agora tem coisas assustadoras e desanimadoras acontecendo na minha vida com as quais tenho lidado sozinha, em parte porque você não está aqui comigo mas em parte porque você também não está conseguindo ou querendo me dar apoio moral. Entendo o que você disse a respeito de ter usado muitas drogas, ter sequelas no cérebro, tal e coisa, e talvez você tenha razão – e nesse caso isso tem implicações para o nosso relacionamento que não me deixam exatamente feliz – mas outra possibilidade é que é uma desculpa bem conveniente para você, não é? Você bem que queria demonstrar interesse no que está se passando com a minha vida – ou com o resto do mundo, por sinal – mas você não é capaz porque seu cérebro é sequelado. Aí tudo bem então.

Perdão se pareço amargurada. É que estou com a cabeça muito, mas muito cheia. Que tal se nós dois pusermos a culpa em fatores físicos – você alega sequelas cerebrais e eu alego sobrecarga hormonal? Tenho me sentido mais vulnerável desde o momento em que engravidei. Mas é claro que vêm acontecendo coisas aflitivas que não têm nada a ver com os meus hormônios.

O que me leva ao funeral a que acabei de comparecer. A conclusão apressada que você tirou e chamou de "óbvia" – de que Billy cometeu suicídio – está errada, mas é compreensível. Concluí a mesma coisa quando Sheila me telefonou. Mas na verdade é pior. Foi a Rachel. A menina que pensávamos que estava bem. Não teve um sinal de alerta claro, ou se teve, Sheila não enxergou. Talvez estivesse preocupada demais com a depressão do Billy para perceber. Agora, é claro, está se dilacerando toda por causa disso, tentando lembrar cada detalhe do que Rachel andava fazendo e dizendo. Mas até onde sei, o comportamento de Rachel era perfeitamente normal para uma adolescente – ia à escola, implicava com o irmão, ouvia música pop ruim, se irritava por causa do cabelo, fazia dietas da moda, declarava que era vegana num dia e se empanturrava de frango frito no outro. É claro que agora Sheila está achando que todas essas coisas eram sinais de angústia mas como meninas de doze anos podem ser difíceis, acho que ela está sendo muito dura consigo própria. O que realmente estava passando pela cabeça de Rachel, nunca saberemos. Só sabemos que certa manhã ela simplesmente foi até um ferro-velho perto de casa, se esgueirou por um buraco na cerca de tela (o lugar estava abandonado) e se escondeu dentro de uma grande pilha de pneus. Tomou uma porção de bolas – os remédios para dormir da mãe, analgésicos, coisas que se encontram em qualquer casa mas em grande quantidade. E engoliu tudo com leite flavorizado e se aconchegou nos pneus e morreu e só foi encontrada três dias depois. Não deixou bilhete.

Billy está aguentando bem, acho eu. Meio que cuidando de Sheila.

Eu poderia escrever sobre o que está acontecendo no Paquistão, mas é um assunto longo e duvido muito que você queira ouvir algo sobre ele mesmo.

Joshua está todo encolhido embaixo da mesa como se achasse que eu sou capaz de chutá-lo. Queria que ele simplesmente se aninhasse na cesta dele e fosse dormir. Quer dizer, sendo bem franca, a vida não é tão ruim assim para um gato. Em vez de fazer isso, ele fica se esgueirando pelos cantos. E não dorme mais comigo, então não tenho nem o conforto da sua presença física.

Preciso descansar um pouco. Hoje o dia foi longo. Amanhã eu escrevo mais. E você?

Com amor,

Bea

* * *

Peter vomitou, depois orou. Com a cabeça limpa, suas tripas apaziguadas num torpor difuso, sua febre – que só agora ele reconhecia como uma febre – foi cedendo. Deus estava com ele. O que Bea estava enfrentando agora, haviam enfrentado juntos muitas vezes antes. Não aquelas circunstâncias exatas, mas a sensação de que a vida tinha ficado insuportavelmente complicada, uma rede toda emaranhada de problemas insolúveis, cada um requisitando que todos os demais fossem resolvidos antes que pudesse haver qualquer progresso. Era da natureza de qualquer alma inquieta acreditar que isso era a realidade objetiva, uma visão objetiva dos fatos desagradáveis que se revelava assim que se tiravam os óculos cor-de-rosa. Mas era uma distorção, uma concepção errônea. Era o frenesi da mariposa se batendo contra a lâmpada quando havia uma janela aberta logo ali. Deus era essa janela aberta.

As coisas que preocupavam Bea eram genuínas e terríveis, mas não estavam além das forças de Deus. Em sua vida juntos, Peter e Bea haviam tido que enfrentar abuso policial, falência, despejo, uma campanha de difamação por parte do pai de Bea, a oposição coordenada de conselhos locais, processos mal-intencionados, um surto de vandalismo, ameaças de gângsteres armados com facas, o roubo do seu carro (duas vezes) e um furto tão grande em sua casa que praticamente só lhes restaram seus livros e a carcaça de uma cama. Em todos os casos, haviam apelado à misericórdia divina. Em todos os casos, Ele havia desemaranhado o arame farpado dos problemas com Sua mão firme e invisível. A polícia repentinamente pedira desculpas, um doador anônimo os salvara da falência, a senhoria mudara de ideia, o pai de Bea morrera, um advogado cristão enfrentara o conselho em nome deles e vencera, as ameaças de processo se esfumaçaram, os vândalos foram pegos no flagra por Peter e acabaram entrando na igreja, os gângsteres foram presos por estupro, um dos carros roubados fora encontrado sem um arranhão e o outro foi substituído por um dos frequentadores, e, quando os ladrões fizeram a limpa em sua casa, a congregação se mostrara tão generosa que a fé de Peter e Bea na humanidade foi parar nas mais extasiadas alturas.

* * *

Querida Bea, escreveu ele.

Por favor, não use essa expressão "esquecida por Deus". Sei que você está nervosa e tem todo o direito de estar, mas precisamos honrar com nossa boca o fato de que na verdade Deus não se esquece de ninguém. Em sua grande aflição, fico com a sensação de que você não está se voltando para Ele com toda a fé de que é capaz. Lembre-se das centenas de vezes em que nos vimos totalmente sem saída e Ele nos salvou. Busque-O agora mesmo. Ele proverá. *Filipenses 4:6* nos garante: "Não vos inquieteis por coisa alguma (isto é, não ficar angustiado com nada), antes, as vossas preocupações sejam em tudo conhecidas diante de Deus, pela oração e súplicas, com ação de graças."

Desculpe não ter me oferecido para voltar logo para casa. Pensei nisso, sim, e fiquei muito tentado por essa ideia mas em vez de ventilá-la com você fiquei me debatendo com ela dentro da minha própria cabeça antes de te escrever. Mas independentemente de tudo isso eu não queria suscitar esperanças vãs caso a USIC me dissesse que não era possível. Já tem uma nave a caminho, creio eu, trazendo (sem dúvida entre outras coisas) outro médico para substituir um que morreu.

Não sou tão apegado à ideia de ficar aqui quanto você pensa. Se é verdade que esta missão é uma oportunidade extraordinária, a disseminação da palavra de Deus tem seu próprio ritmo e sua própria escala de tempo, e sei que os oasianos seriam capazes de fazer coisas maravilhosas por si sós, pelo que pude averiguar até agora. A realidade é que daqui a alguns meses vou ter de deixá-los mesmo, e ainda vai restar muito a fazer. A vida do cristão é uma jornada, não um projeto redondo e fechado. Estou dando tudo o que posso dar a essas pessoas, mas quando tiver de partir, vou partir, e então vou voltar o olhar para nossa vida aí em casa.

Por favor, tente se reconectar com o amor e a proteção que Deus já nos mostrou em ocasiões passadas e estão só à sua espera para protegê-la agora também. Busque por Ele. Você não vai esperar muito até ver um indício da Sua ação em sua vida. E se, em alguns dias, você ainda estiver se sentindo aflita, vou fazer todo o possível para voltar para você e para casa, mesmo se isso significar renunciar a parte do meu pagamento. Seja como for, estou confiante de que serei tratado de forma justa. Essas pessoas são boas, bem-intencionadas. Meus instintos dizem coisas boas sobre elas.

Quanto ao campo, sim, admito minha ignorância. Mas como cristãos – e, mais uma vez, com a ajuda de Deus – temos poder para afetar o *ethos* de um lugar. Não estou dizendo que não haverá problemas mas tivemos grandes problemas na cidade e atualmente você está passando por um período bem espinhoso, então será que vai ser tão pior assim? Tenho passado a maior parte do meu tempo aqui ao ar livre e digo que tem algo de relaxante. Eu adoraria andar com você ao sol, respirando ar puro. E pense só em como Joshua iria adorar!

Quando você ler isso, será de manhã para você. Espero que tenha dormido bem.

Com amor,

Peter

Enviada a mensagem, Peter sentiu como estava pegajoso de suor. E morto de fome. Tomou uma chuveirada e colocou calça e camiseta limpas. Então foi ao refeitório e pediu as linguiças com purê.

Quando voltou, retomou o trabalho nos livretos da Bíblia. Vários Adoradores de Jesus haviam lhe perguntado sobre a parábola do Bom Pastor, do Mercenário e das Ovelhas. Delicadamente, ele sugerira que estudassem algum outro episódio, porque este era sobre lobos e ovelhas, criaturas que nunca haviam visto na vida, e, além do mais, estava cheio de letras sibilantes. Mas eles insistiram, como se estivessem preocupados que suas limitações naturais pudessem impedi-los de compreender algo essencial. Então ele estava vendo o que dava para fazer. No lugar das ovelhas, ele podia colocar flor branca. Deus podia ser o Bom Fazendeiro, que fazia tudo para que a plantação fosse bem cuidada e colhida nas épocas certas; o Mercenário podia ser... o que poderia ser o Mercenário? Os oasianos nada sabiam sobre dinheiro e não reconheciam nenhuma diferença entre vocação e emprego. E quanto à conclusão da história, em que o Pastor dá sua vida pelas das ovelhas? Um fazendeiro não podia dar a sua vida por sua plantação. A parábola era completamente intraduzível. Ainda assim, os Adoradores de Jesus se recusavam a se contentar com pouco. Ele teria de lhes explicar o que eram ovelhas, lobos, pastores e mercenários. Era um desafio absurdo, embora pudesse valer a pena caso permitisse aos oasianos entender o conceito de Cordeiro de Deus.

Em uma folha de papel, ele experimentou desenhar uma ovelha. Ilustração não era um de seus pontos fortes. O animal que ele rabiscou tinha um corpo de ovelha digno de crédito mas sua cabeça mais parecia a de um gato. Ele fez força para lembrar se já vira alguma ovelha pessoalmente na vida, ou quem sabe em fotografias. Além de uma vaga impressão de redondeza felpuda, ele não conseguia invocar nenhum detalhe das orelhas, focinho, olhos e demais traços. Será que o queixo delas era visível? Talvez fosse encontrar algo na biblioteca da USIC. Sim, muitos dos livros tinham páginas arrancadas, mas ele imaginava que, caso houvesse alguma imagem de ovelha, ela estaria intacta.

Por hábito, sem pensar, ele conferiu se havia mensagens novas no Tubo. Uma de Bea imediatamente se manifestou. Ela não tinha ido dormir, afinal de contas.

Peter, POR FAVOR PARE DE BUZINAR NO MEU OUVIDO ESSA FANTASIA NO CAMPO que só está me fazendo me sentir ainda pior. Você simplesmente não parece ter a noção de quão rápido e assustadoramente e do QUANTO as coisas mudaram. O mercado imobiliário DESABOU. Como quase tduo o mais nesse país ele JÁ ERA. Não deu pra perceber? Não ficou óbvio por tudo que andei contando? Você acha mesmo que um casalzihno jovem vai aparecer aqiu em casa com um tal]ao de cheques na mão querendo comprá-la? Esse jovens casaizinhos britânicos estão todos paralisados de TERROR. Todo mubndo está bem quietinho, esperando por nenhum motvio que as coisas melhorem. Eu mesdma estou aqui paradinha, esperando que por fim passe um caminhão para levar embora o monturo de lixo que se acumulou na frente da nossa casa.

Quanto a usar a expressão esquecido por Deus, sei que Deus é capaz de me perdoar mas eu lhe pergunto, e você?

A veemência do golpe o surpreendeu. Nos minutos seguintes, seu cérebro se retorceu de mágoa, indignação, vergonha e medo. Ela estava errada, ele fora mal compreendido, ela estava errada, ele fora mal compreendido, ela estava com problemas, ele não podia ajudar, ela estava com problemas, ele não podia ajudar, ela fazia ouvidos moucos às suas juras de amor e promessas de apoio, ela falava num tom que ele não reconhecia. Será que era aquilo que a gravidez tinha feito com a cabeça dela? Ou será que ela andava guardando aquelas mágoas e frustrações há anos? Frases pela metade se autossugeriam, esboços de defesas e análises, formas de lhe demonstrar que ela não estava ajudando ninguém ao se comportar daquele jeito, formas de aludir aos efeitos desestabilizantes dos hormônios e da gravidez sem irá-la ainda mais.

Conforme ele foi pensando, no entanto, sua vontade de discutir foi passando e só sobrou amor. Não importava, por ora, que ela o julgasse mal. Ela estava com a cabeça cheia, estava aflita, precisava de ajuda. A questão não era estar certo ou errado. Fortalecê-la, eis o que precisava ser feito. Ele precisava deixar de lado sua tristeza por ela estar tão distante dele. O maior problema era que ela parecia estar distante de Deus. Uma tempestade de sofrimento durante uma época de solidão com que não estava acostumada havia enfraquecido sua fé. Sua cabeça e seu coração estavam fechados feito o punho de uma criança sentindo dor. Retórica e argumentação seriam inúteis e, naquelas circunstâncias, cruéis. Ele precisava se lembrar de que, quando estava no seu próprio fundo de poço, um só versículo da Bíblia bastara para içá-lo do abismo. Deus não desperdiçava palavras.

Bea, eu te amo. Ore, por favor. O que está acontecendo ao seu redor é terrível, eu sei. Mas, por favor, faça uma oração e Deus vai acudi-la. *Salmo 91:* "Dize ao senhor: 'Sois o meu refúgio, a minha fortaleza.' Ele te cobrirá com as Suas plumas, e sob Suas asas estarás seguro."

Pronto, enviado. Ele juntou as mãos e orou para que ela orasse. Tudo ficaria bem se ela fosse capaz de fazê-lo.

III

TAL COMO É

21

Deus não existe, escreveu ela

– S[…]t[…] – disse ele.

– […]2[…] – corrigiu ela.

– S[…]t[…] – tentou ele de novo.

– […]2[…] – corrigiu ela de novo.

– […]2[…] – disse ele.

Ao seu redor começou um ruído que parecia um bando de pássaros ruflando as asas. Não eram pássaros. Era o som de aplausos de dezenas de mãos enluvadas. Os oasianos – que ele não mais chamava de oasianos mas de […] – o estavam parabenizando pelo grande progresso em sua língua.

A tarde estava perfeita, simplesmente perfeita. A umidade do ar era a menor que ele já vira naquele planeta, ou talvez tivesse apenas se acostumado com o clima. Movia-se livre e desimpedido, como se seu corpo fizesse parte da atmosfera, sem divisória entre sua pele e o céu que o cercava. (Engraçado como ele sempre fora levado a pensar no céu como algo que começava em algum ponto acima dele, enquanto a palavra dos […] para céu – […] – reconhecia que ele se estendia até tocar o chão.)

Ele e os […] estavam sentados do lado de fora da igreja, conforme era costume deles quando estavam tratando de questões não estritamente ligadas à fé. A igreja era para cantar, proferir sermões (embora Peter não chamasse assim suas palestras sobre a Bíblia) e para contemplar as imagens que seus amigos haviam dedicado à glória de Deus. Lá fora, podiam conversar sobre outras coisas. Lá fora, podiam ser seus professores.

Naquele dia, havia uns trinta. Não porque os Adoradores de Jesus houvessem diminuído de número, mas porque apenas certos membros da congregação tinham a confiança para ministrar aulas ao seu pastor. Algumas das pessoas de que mais gostava não estavam ali, e ele estava forjando uma nova intimidade com outras que até então lhe pareciam um enigma. Por exemplo, o Adorador de Jesus 63 – tão tímido e embaraçado em muitos outros contextos – mostrava ter jeito para a solução de problemas linguísticos, ficando calado por longos períodos e depois, quando todos estavam ainda pensando, proferindo a palavra que procuravam. Por outro lado, o Adorador de Jesus 1 – o primeiro convertido a Cristo e portanto alguém de certo prestígio entre os crentes – declinara o convite de Peter a tomar parte nas aulas. Declinara? "Desdenhara" ou "rejeitara" descreveria melhor; o Adorador 1 se opunha a qualquer tentativa de Peter de diluir a estranheza do Livro das Coisas Estranhas.

– Esqueça o Livro por um momento... – dissera Peter, mas o Adorador 1 se pôs tão nervoso que, pela primeira vez, o interrompeu.

– E[glifo]que[glifo]er o Livro, nunca. Nunca, nunca. O Livro é a rocha, a fé, o que redime.

As palavras eram as do próprio Peter, especialmente escolhidas para serem de fácil pronúncia por aquele povo, mas quanto mais escutava os [glifo][glifo][glifo] dizendo palavras como "redimir", mais se perguntava o que realmente deviam achar que significavam.

– Eu não quis dizer... eu não disse que... – hesitou Peter. E por fim: – Só quero conhecer *vocês* melhor.

– Vo[glifo]ê conhe[glifo]e o bas[glifo]an[glifo]e – disse o Adorador 1. – Nó[glifo] é que devemo[glifo] conhe[glifo]er mai[glifo] da palavra de Jesu[glifo]. A palavra de Jesu[glifo] é boa. No[glifo]a palavra não. – E nenhuma das suas garantias foi capaz de convencê-lo do contrário.

Então ali estavam, uma congregação dentro de outra, envolvidos numa atividade de status um pouco controverso – o que lhe conferia ares de maior importância, é claro. Estavam num lugar que tinha sombra quando sentaram, mas não mais. Há quantas horas estariam sentados ali? Ele não sabia. O bastante para o sol andar uma boa distância pelo céu. O nome do sol, aprendera ele, era [glifo]. Lá na base da USIC, enfiado em uma gaveta do quarto de Peter, havia um impresso que algum cientista bem-intencionado preparara para ele, com um diagrama do nascer e do pôr do sol no ciclo diurno de 72 horas. O firmamento era reduzido a uma grade geométrica com a USIC no centro; as horas do dia eram representadas como números incompreensíveis de vários dígitos, e nem sequer haviam se dignado em dar um nome para o sol. Típico.

No momento, sob aquele sol, ele estava na companhia de seus irmãos no dia mais ameno e bonito até então. Imaginou a cena vista de cima – não muito de cima, mas da altura de uma torre de salva-vidas de praia. Um homem magrelo, bronzeado e louro, de branco, agachado na terra marrom, cercado por pequenos seres de mantos em todas as cores do arco-íris. Todos ligeiramente inclinados para a frente, atentos, ocasionalmente passando um frasco d'água de mão em mão. Uma comunhão das mais simples.

Ele não se sentia assim desde que fora levado pelos pais às dunas de Snowdonia, aos 6 anos de idade. Aquele verão fora o mais feliz da sua vida, e ele se deleitara não apenas com o clima quente como também com a reconciliação de seus pais, cheios de arrulhos, abraços e palavras macias. Até mesmo o nome "Snowdonia" parecia mágico, como se fosse o de um reino encantado e não de um parque nacional do País de Gales. Ele passara horas e horas sentado nas dunas, embebendo-se de calor e da união de seus pais, ouvindo suas conversas bobas e inofensivas, espiando as ondas do mar baterem por baixo da aba de seu chapelão de palha. A infelicidade era um teste pelo qual você tinha de passar, e ele passara, e agora ficaria tudo bem para todo o sempre. Ou assim ele pensara, até o divórcio dos pais.

A língua dos  era um inferno de pronunciar, mas simples de aprender. Seu palpite era de que só existiam uns poucos milhares de palavras em seu vocabulário – certamente bem menos do que as mais de 250 mil da língua inglesa. A gramática era lógica e transparente. Nenhuma excentricidade, nenhuma armadilha. Não havia declinações, nenhuma distinção entre singular e plural, nenhum gênero, e só três tempos verbais: passado, presente e futuro. E mesmo chamá-los de tempos já era um certo exagero: os  não pensavam dessa forma. Classificavam as coisas como não estando mais lá, estando lá, ou esperando que viessem.

– Por que vocês saíram do assentamento antigo? – perguntou ele a certa altura. – O local onde vocês estavam morando quando a USIC chegou. Vocês o abandonaram. Deu algo errado entre vocês e a USIC?

– Eamo aqui agora – responderam. – Aqui bom.

– Mas houve algum problema?

– Problema nenhum. Agora estamos aqui.

– Deve ter sido muito difícil reconstruir tudo de novo, a partir do zero.

– Construir não é problema. Todo dia mais um pouco de obra, obra pequena sobre obra pequena, dia após dia, aí obra concluída.

Ele tentou por outro ângulo.

– Se a USIC nunca tivesse vindo, vocês ainda estariam morando no assentamento original?

– Aqui bom.

Evasivas? Ele não sabia. A língua ᔕᕦᐃᔑ não parecia ter nenhuma condicional. Nenhum "se".

Na casa de meu Pai há morada, morada e morada, dizia uma de suas paráfrases bíblicas, cuidadosamente refeita para evitar plurais sibilantes. Quanto ao próximo trecho de João, "se não fosse assim, eu vos teria dito", ele o desprezara e seguira direto para *vou preparar o lugar* – o que em retrospecto era uma decisão mais sábia do que ele percebera na época, porque os ᔕᕦᐃᔑ não teriam entendido o que a afirmação "se não fosse assim" deveria significar. Ali, um dos apartes mais diretos e francos de toda a Bíblia era um disparate enigmático.

E ainda assim, seja lá quantos problemas os ᔕᕦᐃᔑ pudessem ter com a língua inglesa, ficou combinado que Peter continuaria a falar de Deus e de Jesus em sua própria língua. Seu rebanho não queria outra coisa. O Livro das Coisas Estranhas era intraduzível, eles sabiam muito bem. Naquelas frases estrangeiras residia um poder exótico.

Mas havia mais coisas na vida fora Deus e Jesus, e Peter queria participar da realidade cotidiana daquelas pessoas. Apenas alguns dias depois de começar a aprender a língua deles, entreouviu a conversa de dois Adoradores de Jesus e comprazeu-se ao distinguir, entre os sussurros sem sentido, uma referência a uma criança recusando o café da manhã, ou talvez não recusando, mas fazendo algo com ou durante o café da manhã que os adultos reprovavam. Era um detalhe trivial, e ele o compreender não fazia diferença alguma, mas ainda assim fazia uma grande diferença na forma como ele se sentia. Nesse modesto momento de compreensão, ele se tornou um pouco menos alienígena.

"Café da manhã" era "ᐃᒪᔕᑯ–ȣᑕᐃ–ᐃᐃᐱᑐ" – literalmente, "primeira comida após sono". Muitas palavras ᔕᕦᐃᔑ eram compostas de outras. Ou talvez fossem expressões, era difícil saber. Os ᔕᕦᐃᔑ não faziam distinção entre ambas. Será que isso significava que eram vagas? Bem, sim e não. Ele estava com a impressão de que havia uma palavra para cada coisa – mas só uma. Poetas ali teriam que cortar um dobrado. E uma palavra sozinha podia se referir a uma atividade, um conceito e um lugar ao mesmo tempo, como em [illegible], que se referia aos campos de flor branca, à flor branca em geral, e ao cultivo da plantação. Pronomes não existiam; você simplesmente repetia o substantivo. Você repetia muitas coisas.

– [illegible]? – ele perguntou certo dia à Adoradora de Jesus 28, orgulhoso por conseguir dizer "Seu filho?" na língua [illegible]. Uma pessoinha claramente ainda imatura perambulava perto da igreja, esperando a mãe terminar de louvar para voltar para casa.

– [illegible] – confirmou ela.

Observando a criança, ele ficou triste de não haver crianças em sua congregação. Os Adoradores de Jesus eram todos adultos.

– Por que você não o chama para o seu lado? – perguntou ele. – Ele é bem-vindo entre nós.

Dez, vinte, trinta segundos se passaram enquanto eles continuaram parados ali, observando a criança observá-los. Uma brisa tremulou o capuz do menino, e ele ergueu as mãozinhas para ajustá-lo.

– Ele não ama Jesu[illegible] – disse a Adoradora 28.

– Ele não precisa – disse Peter. – Ele poderia apenas ficar sentado com a gente, ouvindo o coral. Ou dormir.

Mais tempo se passou. O menino ficou olhando para suas botas, trocando o peso de pé sucessivamente.

– Ele não ama Jesu[illegible] – disse a Adoradora 28.

– Talvez no futuro.

– [illegible]alve[illegible] – disse ela. – A[illegible]im e[illegible]pero.

E ela saiu da igreja e foi para o calor cintilante. Mãe e filho começaram a andar juntos sem uma palavra. Não se deram as mãos, mas raramente os [illegible] faziam isso.

Até que ponto a falta de participação cristã do menino a entristecia? Até que ponto o menino tolerava ou desprezava a fé materna? Peter não sabia dizer. E perguntar isso à Adoradora 28 provavelmente não jogaria muita luz sobre a questão. A falta de autorreflexão dessas pessoas que ele notara logo no começo estava profundamente entranhada na própria linguagem: não havia palavras para a maioria das emoções que os seres humanos devotavam infinita energia a descrever. Aquele tipo de confabulação íntima a que velhas amigas se entregavam, analisando se um sentimento era Amor Verdadeiro ou simplesmente luxúria, afeição, paixão, hábito, disfunção etc., ali era inconcebível. Ele não conseguia nem sequer ter certeza se existia uma palavra para raiva, ou se "ᘔᒷᑢᐃ" denotava simplesmente decepção, ou um reconhecimento neutro de que a vida não estava saindo como o planejado. Quanto a "ᕼᒍᑢᐃ", a palavra para fé... seu significado não era o que se poderia chamar de preciso. Fé, esperança, intenção, objetivo, desejo, plano, vontade, o futuro, o caminho a ser percorrido... todas essas palavras eram aquela, parece.

Aprendendo a língua, Peter entendeu melhor como as almas de seus novos amigos operavam. Eles viviam quase completamente no presente, concentrados nas tarefas à mão. Não havia nenhuma palavra para ontem, exceto "onᘔem". Isso não significava que os ᕲᑎᐃᕼ tivessem memória fraca; simplesmente tinham outra relação com a memória. Se alguém deixasse um prato cair e quebrar, eles se lembravam no dia seguinte de que o prato quebrara, mas em vez de ficar revivendo o incidente em que o prato caiu, eles se preocupavam com a necessidade de fabricar um prato novo. Localizar um acontecimento passado em termos de tempo mensurável era algo possível para eles, mas era um favor especial realizado com grande esforço, e Peter via que eles não viam necessidade daquilo. Por que importava exatamente há quantos dias, semanas, meses ou anos um parente falecera? Uma pessoa ou estava vivendo entre eles, ou estava na terra.

– Você sente saudade do seu irmão? – perguntou ele à Adoradora de Jesus 5.

– Irmão aqui.

– Estou falando do que morreu. O que está... na terra.

Ela permaneceu perfeitamente imóvel. Ele suspeitou que, caso soubesse reconhecer algo como olhos nela, ela o estaria olhando inexpressivamente.

– Você sente dor por ele estar na terra?

– Ele não ᘔem dor na ᘔerra – disse ela. – Anᘔeᕲ de ir para a ᘔerra, ᘔinha dor. Dor grande, bem grande.

– Mas e você? Tem dor? Não em seu corpo, mas em seu espírito? Pensando nele, por estar morto?

Ela deu uma leve estremecida.

– Tenho dor – admitiu ela passado um minuto ou coisa assim. – Tenho dor.

Foi quase um triunfo culpado ter extraído tal confissão dela. Ele sabia que os Oasis sentiam emoções profundas, inclusive dor; ele as pressentia. Não eram organismos puramente práticos. Não poderiam sê-lo, ou não teriam uma necessidade tão intensa de Cristo.

– Você já desejou morrer, Adoradora de Jesus 5? – Agora ele sabia seu nome verdadeiro, e inclusive tinha como tentar pronunciá-lo com boa chance de sucesso, mas ela lhe dissera que preferia que ele a chamasse pelo seu honorífico cristão. – *Eu* já – prosseguiu ele, na tentativa de obter um avanço marcante em matéria de intimidade. – Em muitas ocasiões ruins na minha vida. Às vezes a dor é tão grande, que pensamos que seria melhor não estar vivo.

Ela ficou calada por um bom tempo.

– Melhor ficar vivo – disse ela, contemplando fixamente uma de suas mãos enluvadas como se ela guardasse um complexo segredo. – Morrer é ruim. Viver é bom.

Engalfinhar-se com aquela língua não o deixou mais próximo de compreender a origem da civilização Oasis. Os Oasis nunca aludiam ao que acontecera em seu passado coletivo e não pareciam ter conceito de Antiguidade – nem a deles, nem a de mais ninguém. Por exemplo, ou não entendiam, ou consideravam irrelevante o fato de que Jesus vivera sobre a terra há vários milhares de anos; poderia muito bem ter sido semana passada.

E com isso estavam sendo, é claro, excelentes cristãos.

– Me falem sobre Kurtzberg – perguntou a eles.

– Kurtsberg se foi.

– Alguns funcionários da USIC dizem coisas ruins a respeito disso. Acho que não estão falando sério, mas não consigo ter certeza. Dizem que vocês mataram ele.

– Mataram ele?

– Fizeram com que ele morresse. Assim como os romanos fizeram Jesus morrer.

– Jesus não morto. Jesus vive.

– Sim, mas o mataram. Os romanos o espancaram e o pregaram na cruz e assim ele morreu.

– Deus é milagroso. Jesus não mais morto.

– Sim – concordou Peter. – Deus é milagroso. Jesus não mais morto. Mas o que aconteceu com Kurtzberg? Ele também está vivo?

– Kurtsberg vivo. – Uma delicada mão enluvada fez um gesto em direção à paisagem vazia. – Andando. Andando, andando, andando.

Outra voz falou:

– Ele nos deixou com falta dele.

Outra voz falou:

– Vosê não nos deixe.

– Vou ter que ir para casa um dia – disse ele. – Vocês entendem.

– Casa aqui.

– Minha esposa me espera.

– Sua esposa Bea.

– Sim – disse ele.

– Esposa Bea: uma. Nós muitos.

– Um comentário digno de John Stuart Mill. – Ao ouvir isso, os ombros deles fisgaram de aflita incompreensão. Ele devia ter se policiado para não falar aquilo. Os [glyph] não entendiam nem "faziam" chistes ou ironia. Então por que ele se dera ao trabalho de falar aquilo?

Talvez estivesse dizendo aquilo para Bea, caso ela estivesse ali para ouvi-lo.

A verdade verdadeira: se Bea não estivesse bem, ele não teria vindo. Teria adiado sua visita, permanecido na base. A decepção que seu rebanho pudesse sentir era algo bem menos sério do que a aflição da mulher que ele amava. Mas, para seu enorme alívio, ela ouvira seus apelos e orara.

E, é claro, Deus correra a acudi-la.

Fui para a cama assustada, zangada e solitária, devo confessar, escrevera-lhe ela. Estava esperando acordar em um estado de pânico mal controlado, como sempre, meus braços envolvendo o rosto numa tentativa de me proteger de qualquer surpresa ruim que o dia pudesse me reservar. Mas, na manhã seguinte, o mundo era outro.

Sim, era assim que Deus era capaz de agir. Bea sempre soubera disso, mas se esquecera, e agora estava novamente a par.

Posso ter falado (mas acho que não), prosseguia sua carta pós-oração-da--manhã-seguinte, que o aquecimento central tem estado engasgando/latejando/tiritando dia & noite há semanas, e de repente a casa ficou em silêncio. Imaginei que o boiler tivesse enfim esticado as canelas, mas não, estava tudo bem. Tudo funcionando perfeitamente. Como se Deus tivesse encostado um dedo nele e dito: "Comporte-se." Joshua parecia mais à vontade, roçando nas minhas canelas feito antigamente. Fiz um chá e percebi que não estava sentindo enjoo matinal. Aí ouvi alguém bater à porta. Pensei que fosse o carteiro, mas aí lembrei que as entregas têm sido feitas à tarde, isso quando são feitas. Mas eram quatro rapazes, de uns vinte e poucos anos talvez, uns tipos bem machões. Por um momento tive medo de que tencionassem me estuprar e roubar. Isso tem acontecido muito ultimamente. Mas adivinhe só? Queriam levar embora as pilhas de lixo fedorento! Estavam com um veículo 4x4 e um trailer. Creio que os sotaques deles eram do Leste Europeu. Estavam dirigindo pelo bairro e oferecendo o serviço.

– O sistema foi pro inferno! – disse um deles, com um baita sorrisão. – A gente é o novo sistema!

Perguntei quanto eles cobravam. Esperei que dissessem 200 pratas ou coisa assim.

– Dá 20 libras!

– E uma garrafa de coisa boa!

Disse a eles que não tinha nenhum álcool em casa.

– Então dá... 30 libras!

– E pense bem na sua cabeça que somos caras fortes, maravilhosos e incríveis!

Eles limparam o lixo todo em dois minutos, sério. Ficaram se exibindo, jogando sacos pesados no trailer com só uma das mãos, pulando carniça na lixeira, coisas assim. O tempo estava horrível, eu estava tremendo mesmo metida num casaco acolchoado, e esses caras estavam de moletom fininho, justo no corpo para realçar bem os músculos.

– A gente te salvou, hein?

– Todo dia você pensando, Quando é que alguém vai vir, e hoje... a gente vem!

– Não confie no governo, é balela. Dizem, Você quer que a gente limpe a sujeira, mas dá muito trabalho. Conversa! Trabalho nenhum! Cinco minutos resolve! Homens fortes! Pronto! – Ele estava todo sorridente e suado, parecia perfeitamente aquecido.

Dei-lhes uma nota de 50 libras, me deram 20 de troco e foram embora com o lixo, dando tchauzinho. A rua estava com cheiro e aparência civilizados pela primeira vez em semanas.

Eu queria contar a alguém o que acontecera, então telefonei para Claire. Quase não telefonei – faz tempo que mal tenho usado o telefone, a linha tem estado com uns estalidos altos que mal dá para ouvir a outra pessoa. Mas desta vez estava totalmente silenciosa. Mais uma vez pensei que tinha quebrado, mas estava simplesmente funcionando do jeito normal. Claire não se surpreendeu com a minha novidade; já tinha ouvido falar naqueles caras. Tiram uma fortuna, diz ela, porque visitam umas quarenta casas por dia a £20 cada. Engraçado como um serviço pelo qual você está acostumada a pagar uns poucos centavos (em impostos) de repente parece barato a cem vezes o preço.

Bem, é aí que a história fica boa. Claire disse que minha imagem ficou na cabeça dela desde ontem à noite na hora de ir para a cama – "como se alguém a tivesse projetado na minha cabeça", disse ela. Ela e Keith estão se mudando para a Escócia (receberam um terço do que tinham pago originalmente pela casa e acharam uma sorte ter conseguido vendê-la) para um lugar muito menor, uma verdadeira espelunca (palavras de Claire), porque pelo menos lá eles têm uma rede de apoio. Bem, então eles fizeram as malas e Claire resolveu que não precisa de metade das roupas que acumulou ao longo dos anos. Então, em vez de metê-las em algum cesto de coleta de doações, o que hoje em dia é um risco pois as pessoas os têm usado como lixeira, ela me trouxe três sacos de lixo cheios de roupa. "Pegue o que quiser para você, Beebee, o resto pode ir para a igreja", disse ela. Quando abri os sacos, eu quase chorei. Claire é exatamente do meu tamanho, se você se lembra (provavelmente não), e sempre adorei o gosto dela para roupas. Não sou uma pessoa invejosa, mas havia coisas naqueles sacos que eu via Claire usando e era doida para ter igual. Bem, agora mesmo estou usando uma delas! – um pulôver de cashmere lilás tão macio que você tem que tocar toda hora para se convencer de que é de verdade. Deve ter custado 10x mais do que qualquer coisa que já coloquei sobre a minha pele, exceto pelo meu vestido de noiva. E tem leggings chiques também – com um bordado lindo, uma verdadeira obra de arte. Se você estivesse aqui eu te faria um desfile de moda. Você ainda se lembra da minha aparência? Pensando bem, não responda.

Amanhã volto a trabalhar. Rebecca me contou que Goodman está de férias! Que ótima notícia! E minha mão terminou de cicatrizar perfeitamente. Antes ainda restava um formigamento nos nervos, mas agora passou completamente.

Hoje saí para ir ao supermercado e faz tempo que eu não via as gôndolas tão abastecidas. Comentei isso com o gerente e ele me abriu um grande sorriso. "Servimos bem para servir sempre", disse ele. De repente percebi por que pesadelo ele devia estar passando; é só um supermercado fuleiro mas é dele, como um filho. E por falar nisso – eu já falei que Nada de Enjoo Matinal? Só desejos, desejos e mais desejos. Mas, no mercado, consegui arrumar – atenção, atenção! – uma sobremesa de chocolate! Acho que é um pouco insignificante alegar que Deus te dá chocolate quando você está com muita, mas muita vontade. Mas talvez ele o faça.

Chocolate e pulôveres de cashmere. Pareciam-lhe coisas estranhas e exóticas aqui, sob o céu amplo de Oásis, observando o progresso incremental do  de horizonte a horizonte. Claro que ler a carta de Bea o fizera se recordar de *Mateus 6:25*. Mas sabia que ela andava sensível além da conta ultimamente e poderia não gostar de ser lembrada de que Jesus alertara para não nos apegarmos muito a roupas e comida. O mais importante era que ela se sentia encorajada e restaurada. Andara correndo o risco de se desviar da égide de Deus e agora estava de volta à sua proteção. *Obrigado, obrigado, obrigado, Senhor*, orou ele. Acreditava que ela estava fazendo a mesma coisa.

A USIC prometera construir um transmissor para acesso do Tubo bem do lado de sua igreja muito em breve, talvez até mesmo antes de sua próxima visita ao C-2. Então essa seria a última vez em que sairia a campo sem poder compartilhar suas impressões cotidianas com Bea. Uma vez que o Tubo estivesse em seu lugar, nenhum deles estaria mais fora de alcance.

Bea ter mencionado Claire e Keith o deixou um pouco perturbado. Não conseguia se lembrar nem sequer de tê-los conhecido. Será que eram membros da igreja, ou conhecidos de algum outro lugar? Pessoas do hospital de Bea? Ela falava como se suas identidades não precisassem de maiores explicações. Parecia que Claire tinha um corpo praticamente idêntico ao de Bea. Ele fez força para se recordar de sua esposa de pé ao lado de outra mulher de aparência semelhante. Uma mulher de pulôver de cashmere lilás. Não veio nada.

A Adoradora de Jesus 9 veio caminhando na direção dele, uma panelinha de tira-gostos de flor branca aninhada nos braços. Ela inclinou a panela para a frente, como quem diz: *coma alguns*. Ele pegou um. Estava delicioso mas marinado em uma pasta temperada que deixava marcas castanho-escuras nos dedos. As luvas da Adoradora 9 estavam imundas; precisariam ser lavadas quando chegasse em casa. Seu manto estava emporcalhado também. Muitos dos  estavam um pouco sujos, porque antes da aula de idiomas tinham cavado um buraco para o transmissor.

Nem mesmo Salomão, em toda a sua glória, se vestiu como qualquer deles, pensou.

A comunhão chegou ao fim, os  voltaram às suas casas, e Peter entrou em sua igreja e dormiu por um tempo. Quanto tempo? Um bom tempo. Ele perdera qualquer noção de se tecnicamente era dia ou noite ou "2200 mais" ou sabia lá qual fórmula idiota as pessoas da USIC esperavam que ele usasse, mas agora ele estava afinado com o ritmo dos  e quando acordou teve a sensação de que devia ser de manhã bem cedo e devia ser mesmo.

Um raio de luz iluminava a parte de baixo do seu corpo, realçando os contornos saltados de sua pélvis e o vale côncavo sob suas costelas. Estava pele e osso, feito um dançarino ou um prisioneiro de campo de concentração. Sua pele tesa pulsava junto com o coração. Mas não estava com fome. Só com sede. A luz em seu abdômen bruxuleava. Por que bruxuleava tanto? Devia estar vindo um temporal. Resolveu deixar a garrafa de água junto ao travesseiro intocada e simplesmente esperar as comportas do céu se abrirem.

Lá fora, nu, ele ficou de guarda, seu cabelo chicoteando o rosto sob a força do que se aproximava. Seria uma tromba d'água particularmente forte, pelo que ele estava vendo. Quatro gigantescas massas de água, empilhadas em uma ampla formação piramidal, rolavam pelo céu, ameaçando constantemente se aglutinar em uma, mas por algum motivo permanecendo distintas. Três delas espiralavam lenta e ordenadamente e a quarta girava com um frenesi centrífugo. Melhor se agarrar a alguma coisa. Ele se escorou na parede.

Quando o dilúvio chegou, foi divertido, mas também assustador. O forte vento passava por ele e atravessava a igreja, e ele ouvia os baques e o clangor de objetos soltos sendo arremetidos. Uma rajada quase o tirou do chão. Mas a chuva era gelada, limpa e abundante. Ele abriu a boca e a deixou entrar de roldão. Sentia-se como se estivesse mergulhando e nadando – e emergindo, sempre emergindo – sem ter que mexer um músculo.

Quando acabou, estava atordoado e cambaleando. Uma inspeção visual do interior da igreja não denunciou nenhum estrago sério. A tela da Adoradora de Jesus 17, um acréscimo recente que ele ainda não tivera tempo de afixar no teto, fora arremetida pelo salão e as beiradas de seu tecido estavam esgarçadas, mas a imagem estava intacta. Uma natureza-morta expressionista de uma flor, pensara ele a princípio, mas estava enganado: o que interpretara como pétalas era um círculo de figuras de manto inclinadas para trás de assombro, e o que percebera como estame era um homem brotando do chão: Lázaro.

Ele guardou a tela de volta onde estava, atrás do púlpito, pronta a ser pendurada. A chuvarada o deixara agradavelmente saciado, e sua inclinação natural era se deitar e deixar sua pele pinicar por algum tempo. Mas sabia que havia trabalho a fazer. Não a obra do Senhor, mas trabalho braçal. Os campos de flor branca estavam encharcados, e dentro de algumas horas muitas das plantas teriam inchado e ficado maduras, enquanto outras estariam correndo risco de se desmanchar e virar suco. Agora era hora de agir.

– Deu▯ aben▯oe no▯o encon▯ro, pa▯▯or Pe▯er.

Ele o cumprimentou com um aceno, mas não perdeu tempo cumprimentando a todos os que conhecia. Muitos dos ▯▯▯ ali reunidos para a colheita não eram Adoradores de Jesus, e ainda estavam por aceitá-lo plenamente em seu meio. Seria diplomático deixar a conversa para depois. Ele se agachou e em segundos estava coberto de lama até o cotovelo.

A plantação tornara-se um grande pântano, feito uma criação de porcos. Ali o solo retinha mais umidade do que no agreste aberto, e também havia um monte de flores brancas em decomposição espalhadas pelo solo, resquícios das plantas arrancadas da última vez. Uma névoa fina, quase imperceptível, começou a se desprender do chão, tornando tudo ligeiramente indistinto. Não importava. A planta à frente: eis tudo o que se precisava enxergar.

Peter gostava de trabalhar no campo. Aquilo o levava de volta a sua juventude, à colheita de morangos em troca de dinheiro vivo, exceto que dessa vez era trabalho honesto e ele não estava participando por estar se escondendo de colegas de vício a quem tinha roubado. E nem era algo automático e enfadonho, porque você precisava avaliar cada planta para decidir se a deixava em paz, arrancava pedaços, a espremia, ou colhia.

Os [illegible] colhiam paciente e determinadamente, em silêncio, mais como jardineiros do que como servos explorados. Estavam de luvas, como sempre. Sempre que elas ficavam muito enlameadas, eles paravam um pouco para limpá-las do excesso de terra ou ajustá-las nos dedos. Às vezes se sentavam e descansavam por alguns minutos. Quando já haviam acumulado um cesto inteiro de plantas, carregavam-no para a beira do campo, onde havia meia dúzia de redes estendida. Nessas redes, eles distribuíam as diferentes partes das plantas, cada parte segundo o seu destino. Peter demorara um bom tempo até entender direito quais partes iam para qual pilha, mas agora ele achava que pegara o jeito. Deixara de ser um estorvo; tornara-se um colega de trabalho. E trabalhava com mais empenho e rapidez do que qualquer um deles.

Depois de uma ou duas horas, apesar de ainda haver muitas plantas moribundas escondidas em meio às resilientes, os trabalhadores – ciosos de sua energia limitada – passavam à próxima fase. Era dessa parte que Peter mais gostava, porque requeria de fato muito vigor e resistência física – qualidades que os [illegible] não tinham de sobra. Não tinham problemas em carregar a produção dos campos até o assentamento, porque cada rede podia ser carregada tão lenta e pausadamente, e por tantas pessoas, quanto o peso de seu conteúdo pedisse. Mas havia uma tarefa que não admitia moleza: a fabricação de carne. Bife, cordeiro, bacon, vitela: os habilidosos simulacros deles eram os preferidos dos funcionários majoritariamente carnívoros da USIC, mas não eram fáceis de criar. Exigiam um esforço violento – não a matança de algum animal, mas a sova incansável de flores brancas que estivessem à beira da morte. Somente os espécimes mais inchados e senis eram selecionados. Quando a matéria encharcada era batida com uma pedra, os capilares fragilizados da planta difundiam um sabor característico em meio à gosma suculenta. Com cada pancada, a gosma ficava mais elástica e homogênea, até que podia ser deixada em paz para solidificar, virando uma pelota densa que, quando trinchada e temperada, tinha aparência e sabor incrivelmente parecidos com o da carne. Os  sovavam delicadamente, uma ou duas pancadas de cada vez. Peter sovava feito uma máquina.

Tão absortos estavam Peter e os  em seu trabalho que não notaram, até ser tarde demais, a chegada do enxame.

Um dos  gritou alguma coisa. Peter não entendeu direito, porque continha o mesmo radical que a palavra para “estrangeiro/alienígena/inesperado/estranho” que havia no Livro das Coisas Estranhas. Sorrindo, feliz com seu progresso no aprendizado da língua, ele olhou para onde a pessoa apontava. No perímetro da plantação, mal discernível como algo além de uma névoa baixa róseo-acinzentada, estava a horda de criaturas parecidas com aves que Peter vira marchando perto da base da USIC.

Seu primeiro impulso foi dar um grito de empolgação e convocar seus amigos a desfrutar do espetáculo. Mas os  estavam visivelmente alarmados – e por um bom motivo. As criaturas entraram no campo bamboleando silenciosamente e em segundos toda uma extensão estava encoberta por seus corpos tremelicantes. Peter correu pelo campo para olhar mais de perto, mas ele sabia, ele já sabia. Aqueles animais, aquelas criaturas adoráveis, aquelas galinhas-d’oásis, monstropatos, coelhígenas, ou seja lá o nome que viessem a receber, eram pragas vorazes e estavam ali para devorar a plantação.

Estúpidos feito vermes, abocanhavam as flores suculentas, sem fazer distinção entre plantas jovens e velhas, botões duros e folhas flácidas, flor ou talo. Em suas cabecinhas cinzentas e felpudas, os músculos pulsavam no ritmo da mastigação e deglutição. Seus corpos esféricos fremiam e inchavam sem se dar por satisfeitos.

Instintivamente, ele desceu a mão e agarrou o mais próximo e o arrebatou de seu banquete. Imediatamente, seu braço levou um choque elétrico. Ou foi assim que pareceu quando a criatura frenética avançou e travou as presas em sua carne. Ele a jogou longe, traçando um arco de seu próprio sangue. Tentou chutar as criaturas, mas estava com as pernas expostas a não ser por suas sandálias, e uma mordida maldosa em sua panturrilha o fez recuar para longe, cheio de dor. Havia muitos deles, de qualquer forma. Se tivesse um porrete, ou uma arma… uma metralhadora, ou a porra de um lança-chamas! A adrenalina o conectou a um Peter mais jovem e mais irascível, um Peter pré-cristianismo, que era capaz de socar um homem no nariz até esfarelá-lo, capaz de espatifar o para-brisa de um carro, capaz de varrer com a mão uma longa fileira de quinquilharias frágeis de cima de uma lareira num acesso de raiva convulsiva, exceto que agora ele não era capaz de coisa alguma, e sua adrenalina era inútil, porque tudo o que conseguia era recuar e contemplar a horda consumir os frutos do trabalho do seu povo.

Os  que não eram Adoradores de Jesus tinham coisa melhor a fazer do que ficar só olhando. O destino de sua plantação era óbvio. Correram até as pilhas de flor branca já colhida e alçaram as redes aos ombros, tirando-as do chão com algum esforço. Sabiam que as pragas comeriam sistematicamente de uma ponta a outra do campo, de forma que ainda havia tempo para levar embora o que já colhido. Os Adoradores de Jesus se agitavam de um lado para o outro, aflitos, divididos entre sua necessidade de salvar o pouco que era possível da colheita e sua preocupação com Peter. Ele se aproximou, na intenção de ajudá--los a carregar a rede, mas eles se encolheram e se agitaram ainda mais. Um som esquisito e perturbador saía de suas cabeças, um som que Peter ainda não ouvira. Ele intuiu que era um som de lamento.

Seu braço, esticado na direção deles, pingava sangue no solo. A mordida não era uma mera perfuração: levantara uma aba de pele. Sua perna também estava pavorosa.

– Vai morrer, vai morrer! – gemeu a Adoradora de Jesus 5.

– Por quê? Essas coisas são venenosas?

– Vai morrer, vai morrer!

– Vai morrer, vai morrer!

– Vai morrer, vai morrer!

Vários Adoradores de Jesus vieram gemer junto com ela. Suas vozes misturadas e elevadas, tão diferentes do seu tom geralmente calmo que nunca interrompia ninguém, o enervaram.

– Veneno? – perguntou ele em voz alta, apontando para o enxame de pragas. Quisera saber a palavra para “veneno”. – Remédio ruim?

Mas eles não responderam. Em vez disso, se apressaram com a rede. Somente a Adoradora 5 hesitou. Agira de forma estranha durante toda a colheita, mal trabalhando, quase que só assistindo, ocasionalmente dando apenas uma mão – a esquerda – para tarefas simples. Agora ela estava se aproximando, caminhando como se estivesse bêbada ou tonta. Ela pôs as mãos – uma luva melada, outra limpa – nos quadris dele, e então pressionou o rosto com força na sua virilha. Não havia nenhuma intenção sexual da parte dela; ele duvidava que ela sequer soubesse onde estavam ou o que eram os seus genitais. Ele achou que ela estivesse dizendo adeus. E logo ela estava correndo atrás dos demais.

Em minutos, ele estava sozinho nos campos de flor branca, seu braço e perna feridos pinicando e queimando, seu ouvido cheio do ruído horroroso de centenas de bocas roedoras mordiscando uma polpa gosmenta que, há apenas poucos minutos, estivera destinada a ser transformada em pão, cordeiro, canela, ravióli, cogumelo, ꙍebola, paꙍȣa de amendoim, chocolaȣe, ꙍopa, ꙍardinha, queijo de ꙍoja e uma porção de outras coisas.

Enquanto Peter mancava na direção de seu templo, encontrou uma picape estacionada do lado de fora e um funcionário da USIC chamado Conway bebericando um refrigerante de $50. Careca e baixinho, vestido com um imaculado macacão verde-limão e botas pretas engraxadas, ele fazia um contraste marcante com a imundície de Peter, todo sujo de sangue.

– Você está bem? – disse Conway, e em seguida riu do absurdo da própria pergunta.

– Me morderam – disse Peter.

– Quem?

– Hã... não sei por qual palavra vocês acabaram decidindo. Coelhígenas? Galinhas-d'oásis? Sei lá.

Conway passou uma das mãos pelo cabelo inexistente. Ele era engenheiro eletricista, não médico. Apontou para trás da igreja, para uma estrutura nova em folha que parecia uma máquina de lavar com uma Torre Eiffel em miniatura pregada em cima.

– Seu retransmissor do Tubo – explicou ele.

Em circunstâncias normais, inúmeras reiterações de agradecimento e admiração seriam proferidas, e Peter estava vendo que Conway estava tendo dificuldade em abdicar de seus merecidos louros.

– Acho melhor eu ir tratar disso aqui – disse Peter, mostrando seu braço mastigado.

– Também acho – concordou Conway.

Quando conseguiu chegar à base da USIC, horas depois, o sangramento cessara mas a pele ao redor de suas feridas estava ficando azul-escura. Necrose? Provavelmente só sangue pisado. A mandíbula do bicho o perfurara com a força de uma furadeira. Durante o percurso, ele tivera muito tempo para examinar seu braço e não conseguiu ver nenhum osso à mostra, então supôs que o ferimento pudesse ser classificado como superficial. Ele colocara a aba de pele solta de volta no lugar, mas supôs que ela precisaria de pontos para continuar lá.

– Ganhamos um médico novo – disse Conway. – Acabou de chegar.

– Ah, é? – disse Peter. Estava perdendo a sensibilidade na perna lacerada.

– Cara legal. E bom no que faz, também. – Parecia uma observação vazia a se fazer: todo mundo que a USIC escolhia era legal e bom no que fazia.

– Bom saber.

– Então vamos vê-lo – insistiu Conway. – Agora mesmo.

Mas Peter se recusou a ir direto à enfermaria, insistindo que deveria primeiro passar no seu quarto. Conway não gostou da ideia.

– Sua roupa não vai fazer diferença alguma para o médico – assinalou ele. – E vão te limpar com desinfetante e tudo o mais.

– Eu sei – disse Peter. – Quero ver se tem mensagens da minha esposa.

Conway pestanejou, contrariado.

– Não dá para esperar?

– Não, não pode – disse Peter.

– Tudo bem – disse Conway, dando uma discreta guinada no volante. Diferentemente de Peter, que não conseguia distinguir uma fachada de concreto da outra, ele sabia muito bem aonde ir.

Assim que Peter entrou no prédio da USIC, foi tomado por uma tremedeira. Seus dentes batiam enquanto Conway o escoltava aos seus aposentos.

– Você não vai cair duro aqui, vai?

– Estou bem. – A atmosfera dentro do complexo era glacial, um vácuo batizado com oxigênio estéril e frio sem qualquer dos demais ingredientes naturais que compõem o verdadeiro ar. Cada inspiração feria os seus pulmões. A luz parecia insuficiente como a de um *bunker*, fantasmagórica. Mas não era sempre assim que se sentia, sempre que tinha passado algum tempo em campo? Sempre precisava se reaclimatar.

Quando finalmente chegaram ao seu quarto, Conway estava visivelmente aflito:

– Vou ficar aqui fora esperando – disse ele. – Tente andar rápido. Não quero um pastor morto na minha consciência.

– Vou fazer o melhor possível – disse Peter, e pôs uma porta fechada entre os dois. A febre, ou algum outro desarranjo, estava inchando os vasos sanguíneos em sua cabeça, e seus dentes ainda batiam com tanta força que suas bochechas e mandíbulas doíam. Ondas de tontura e letargia o acometiam, tentando derrubá-lo no chão.

Enquanto ligava o Tubo, ele ficou pensando se não estaria desperdiçando segundos preciosos nos quais sua vida poderia ser salva. Mas ele duvidava. Se a mordida o tivesse envenenado, a clínica médica da USIC dificilmente teria um antídoto. O veneno faria o que quer que tivesse que fazer, e o desenlace ia acontecer quer com um monte de rostos preocupados em cima dele, quer na privacidade do seu espaço pessoal. Talvez só lhe restassem horas de vida. Talvez ele fosse se tornar o primeiro desafio do novo patologista, um cadáver cheio de veneno alienígena.

Se fosse este o caso, queria, antes de perder a consciência, ler só mais uma vez que Bea o amava e que estava bem. O Tubo iluminou-se de vida e uma luz verde próxima à base da tela acendia e apagava, indicando que uma rede invisível estava varrendo o universo em busca de alguma palavra que pudesse ser de sua mulher.

A mensagem dela, quando veio, foi breve.

Deus não existe, escreveu ela.

22

Sozinha com você ao meu lado

– Carpinteiro – disse uma voz flutuando acima dele.

– Hum? – respondeu ele.

– Quando eu era criança, achavam que eu seria carpinteiro. Eu tinha talento para a coisa. Mas sabe... isso tudo é enganação.

– Enganação?

– Esse ar de sofisticação em que se embala a medicina. O doutor como mágico, o grande mestre cirurgião. Balela. Consertar o corpo humano não requer tanta finesse assim. Vou te dizer do que precisa..., basta saber carpintaria, hidráulica, costura...

O dr. Adkins provava sua tese transpassando a pele de Peter com uma agulha para acrescentar mais uma volta de fino fio negro à fileira já formada. Ele estava quase terminando. Os pontos formavam um desenho elegante, feito a tatuagem de uma andorinha em pleno voo. Peter não sentia nada. Fora generosamente dopado com analgésicos, além de ter sido injetado com duas marretadas de anestesia local, e isso, conjugado com a exaustão, o deixava além do alcance da dor.

– Você acha que fui envenenado? – perguntou ele. A sala de cirurgia parecia estar se expandindo e contraindo, no ritmo da sua pulsação.

– Nada no seu sangue sugere isso – disse Adkins, dando o último nó.

– E quanto ao... hã.. esqueci o nome dele. O médico que você veio aqui para... hã... o que morreu...

– Everett.

– Everett. Você já descobriu o que o matou?

– Sim. – Adkins atirou a agulha na bandeja com material de sutura, que foi imediatamente levada pela enfermeira Flores. – A morte.

Peter cruzou seu braço bordado sobre o guardanapo de linho branco que cobria seu tórax. Sua vontade era dormir naquele mesmo instante.

– Mas a causa?

O dr. Adkins apertou os lábios.

– Um acidente cardiovascular. E enfatizo o "acidente". Parece que o avô dele morreu disso também. Acontece. Você pode ter uma alimentação saudável, se exercitar, tomar vitaminas... Mas, às vezes, você simplesmente morre. Sua hora chegou. – Uma de suas sobrancelhas foi lá no alto. – Acho que *você* chamaria isso de encontro marcado com Deus.

Peter flexionou os dedos, admirou outra vez sua tatuagem de pontos.

– Pensei que tinha chegado a *minha* hora.

Adkins riu.

– Você vai rezar muito mais ainda nessa vida. E quando voltar para lá, se por acaso esbarrar de novo com um daqueles bichos horríveis, te dou um conselho. – Ele colou as duas mãos, fazendo a mímica de uma forte tacada. – Leve um taco de golfe.

Peter estava dopado demais para ir andando, de forma que saiu da cirurgia com alguém o empurrando em uma cadeira de rodas. Duas mãos pálidas apareceram de trás dele e cobriram seus joelhos com uma manta de algodão, prendeu-a sob o seu corpo, depositou um saco plástico transparente contendo suas sandálias em seu colo.

– Obrigado, seja você quem for – disse ele.

– Claro. De nada – disse Grainger.

– Ah, puxa vida – disse Peter. – Não vi você na sala de cirurgia.

Ela o empurrava retilínea e uniformemente pelo corredor ensolarado na direção da enorme porta dupla.

– Eu fiquei na sala de espera. Não gosto de sangue.

Peter ergueu o braço e exibiu a bandagem branca imaculada.

– Tudo devidamente estancado.

Mesmo antes de ela responder, ele percebeu que não a havia impressionado. Seus pulsos, que seguravam as manoplas da cadeira, estavam tensos – mais tensos do que o necessário.

– Você não se cuida quando vai para lá – disse ela. – Pelo amor de Deus, você está pele e osso. E sim, sei que estou blasfemando. Mas olha só para você.

Ele baixou os olhos e mirou o próprio pulso, que sempre tinha sido ossudo, achava ele. Bem, talvez não *tão* ossudo. A bandagem fazia seu braço parecer ainda mais esquálido. Será que Grainger estava muito zangada? Ou estava só um pouco irritada? Furiosa? A distância entre o centro médico e os seus aposentos demoraria minutos para ser vencida, o que era um tempo bem longo quando se estava nas mãos de alguém aborrecido com você. Enfraquecido pelos analgésicos e pelo choque da mensagem de Bea – que rondava a sua mente sem cessar feito uma onda de náusea –, ele foi repentinamente tomado por uma crença de que vários outros homens já haviam lhe falado quando lhes prestara aconselhamento espiritual – uma convicção profunda e desanimada de que, não importa o que fizesse, estava condenado a decepcionar dolorosamente todas as mulheres.

– Olha, eu fiz um esforço para não deixar minhas orelhas se queimarem tanto dessa vez – disse ele. – Mereço alguns pontos de crédito.

– Não seja condescendente.

Grainger o empurrou pela porta dupla, deu uma guinada para a direita.

– Com o Kurtzberg foi igualzinho – observou ela. – E com o Tartaglione. No fim, pareciam esqueletos.

Ele suspirou.

– No fim, todos parecemos esqueletos.

Grainger deu um resmungo de irritação. Ainda não tinha acabado de lhe passar sermão.

– Qual é o problema de Monstrópolis? É você ou são eles? Eles não te dão comida, é isso? Ou são eles que não comem e pronto?

– Eles são muito generosos – protestou Peter. – Eles nunca... nunca senti que eu estivesse passando fome. É que eles mesmos não são de comer muito. Acho que a maior parte do que cultivam e... hã... processam... é separada para alimentar o pessoal da USIC.

– Ah, que ótimo! Então agora estamos explorando eles? – Grainger o girou para dobrar outro corredor. – Eu só te digo que estamos cortando um dobrado aqui. Cortando um baita dobrado. Tem muita coisa dependendo disso para fodermos tudo com um fiasco imperialista.

Peter preferia que tivessem tido essa conversa antes, ou que pudessem ter deixado para depois – em qualquer momento que não aquele.

– Hã... o que está dependendo disso? – perguntou ele, lutando para continuar aprumado na cadeira.

– Ah, pelo amor de Deus. Não é óbvio? Será que você é tão inocente assim?

Eu só faço a obra de Deus; é a minha esposa que faz as perguntas sagazes, ele esteve prestes a dizer. Era verdade. Bea era sempre quem precisava saber *por quê*, que tentava enxergar o que havia por baixo das palavras bonitas, que se recusava a participar do jogo que todos os demais estavam jogando. Era ela que lia as letras miúdas dos contratos, era ela que lhe explicava por que uma oportunidade aparentemente maravilhosa estava cheia de arapucas, era ela que conseguia deslindar um golpe, mesmo que ele viesse disfarçado de empreendimento cristão. Grainger tinha razão: ele era um inocente.

Não nascera assim, é claro. Transformara-se em inocente por força de vontade. Havia muitas formas de tornar-se cristão, mas a que funcionara para ele fora desligar sua capacidade de ser cínico, desligá-la feito uma lâmpada. Não, essa comparação estava errada... ele... ele *ligara* a luz da confiança. Depois de tantos anos de joguinhos, de explorar a todos os que conhecia, roubando, mentindo e coisas piores, ele se refizera na inocência. Deus lhe permitira virar a página. O homem que antes poluía sua conversa com palavrões e expressões como "pro diabo que te carregue" se tornara um homem que dizia "puxa vida". Não tinha jeito. Ou você era um alcóolatra inveterado ou nem chegava perto de um copo. Mesma coisa o cinismo. Bea conseguia lidar com o cinismo – moderadamente. Ele não.

Mas e o "Deus não existe"? O de Bea? Por favor, meu Deus, não. Não Bea.

Bea também o empurrara numa cadeira de rodas uma vez, no hospital em que se conheceram. Exatamente como Grainger o empurrava agora. Ele quebrara os tornozelos ao pular pela janela de um galpão e passara vários dias na enfermaria de Bea com as pernas penduradas no alto. Certa tarde, ela o tirou de seus grilhões, sentou-o em uma cadeira de rodas e o empurrou para a seção de raio X para uma avaliação pós-operatória.

– Tem como você me deixar um minutinho nessas saídas laterais para eu poder fumar um cigarro? – pedira ele.

– Você não precisa de nicotina, bonitão – respondera ela, em algum ponto perfumado atrás dele. – Você precisa é mudar de vida.

– Bem, chegamos – disse Grainger. – Sua casa fora de casa.

Haviam chegado à porta com os dizeres “P. LEIGH, PASTOR”.

Enquanto Grainger o ajudava a se levantar, um dos eletricistas da USIC, Springer, por acaso passou por ali.

– De volta, hein, pastor? – bradou ele. – Precisando de mais lã, estou às ordens! – E continuou andando malemolente até o fim do corredor.

A boca de Grainger estava perto do ouvido de Peter ao dizer baixinho:

– Meu Deus, como odeio este lugar. E todo mundo que trabalha aqui.

Mas não me odeie, por favor, pensou Peter quando abriu a porta e entrou, com ela junto. A atmosfera os saudou com um cheiro de mofo e azedo devido às semanas passadas sem ar-condicionado. Flocos de poeira, incomodados com a intrusão, revolveram-se em um feixe de luz. A porta se fechou.

Grainger, que estava com um braço às suas costas para o caso de ele perder o equilíbrio, jogou o outro ao redor dele também. Confuso como estava, ele demorou a perceber que ela o estava abraçando. E não apenas isso: era um abraço diferente do que tinham dado antes. Neste, havia desejo e carência feminina.

– Eu gosto de você – disse ela, enterrando sua testa no ombro dele. – Não vá morrer.

Ele a acariciou, sem jeito.

– Não pretendo fazer isso.

– Você vai morrer, sim, e eu vou te perder. Você vai ficar esquisito e distante e aí um belo dia você vai desaparecer. – Agora ela chorava.

– Não vou. Juro.

– Filho da puta – exclamou ela baixinho, apertando-o ainda mais. – Canalha, mentiroso...

Ela interrompeu o abraço. O pano claro de sua roupa estava manchado com a terra das plantações dos .

– Nunca mais vou te levar para ver aqueles monstros – disse ela. – Que outra pessoa faça isso.

– Me perdoe – disse ele. – Como você quiser.

Mas ela já não estava lá.

Não havia nenhuma outra mensagem de Bea. A um comando seu, uma rede de engenhosa tecnologia vasculhou o cosmo em busca dos pensamentos dela e nada encontrou. Apenas aquele último grito de desespero, ainda brilhando na tela, aquelas três palavras pairando sobre um vazio cinzento sem contexto. Sem nome anexo – nem o dela, nem o dele. Apenas aquela frase crua.

Ele sentou-se diante do Tubo e orou pedindo força. Sabia que, se não respondesse agora e fosse bem objetivo, estava arriscado a tombar inconsciente ali mesmo.

Seus dedos desajeitados estavam prontos a digitar o *Salmo 14:1: Disse o néscio em seu coração: Não há Deus*. Mas então Deus entrou no coração de Peter e o alertou de que isso seria uma estupidez. Seja lá o que tivesse acontecido a Bea, não era de críticas que ela precisava.

Talvez tivesse ocorrido outro desastre natural? Algum infortúnio terrível em outro país que atravancara a cabeça de Bea com o peso da empatia impotente? Ou talvez tivesse acontecido mais perto dela, na Grã-Bretanha? Uma catástrofe que deixara centenas de pessoas desabrigadas, devastadas e chorosas?

Os *Salmos* vieram em seu socorro outra vez: *Não temerás os terrores da noite, nem a flecha que voa de dia, nem a peste que se move nas trevas, nem a mortandade que assola ao meio-dia. Mil cairão ao teu lado, dez mil à tua direita, mas nada te atingirá.*

Mas e se... e se Bea *tivesse* sido atingida? E se tivesse sido vítima de um terremoto ou uma enchente? E se, naquele momento mesmo, ela estivesse desamparada e confusa, acampada nas ruínas de sua casa? Mas não, não, que falta de lógica, a casa deles devia estar intacta, ou senão ela não teria conseguido escrever para ele. A USIC lhes dera um Tubo e ele estava instalado no escritório do andar de cima, conectado a um mainframe do tamanho de um arquivo de metal. A existência da mensagem de Bea comprovava sua segurança. Exceto que uma pessoa distante de Deus nunca estava realmente em segurança.

À medida que a di-hidromorfina, a cloroprocaína e o cansaço o puxavam com cada vez mais insistência para o sono, ele começou a entrar em pânico. Precisava escrever, e ainda assim não conseguia. Precisava dizer alguma coisa, quebrar o silêncio, e, no entanto, se escolhesse a palavra errada, haveria de se lamentar para sempre.

Por fim, ele renunciou a qualquer intuito de citar versículos bíblicos ou de dar conselhos. Ele era marido dela, e ela sua esposa: eis a única coisa de que era capaz de ter certeza.

Bea, não sei o que te levou a esse ponto, mas eu te amo e quero te ajudar se puder. Por favor, me diga o que houve de errado e, por favor, me perdoe se é algo que eu já devesse saber. Acabei de sair do hospital. Nada sério, só uns pontos. Fui mordido em campo. Depois te explico. Vou dormir um pouco agora, mas, por favor, estou preocupado com você, eu te amo, sei que vai soar absurdo mas estou ao seu lado, de verdade.

Ele enviou a mensagem e desmaiou na cama.

Pouco depois, sem palavras, Grainger veio deitar ao seu lado. Ela descansou a cabeça em seu peitoral nu, e seu ombro estava em uma posição tal que teria sido desconfortável não aninhá-lo em sua mão. Então ele aninhou. Ela se aconchegou mais, permitindo que ele sentisse o calor do seu corpo. Seus dedos finos acariciaram seu abdômen, sua palma encontrou o oco onde começavam as costelas. Então ela segurou seu pênis, já ereto. Antes que ele pudesse dizer qualquer coisa, Bea estava lá com eles, garantindo-lhe com o olhar que estava tudo bem. Grainger levantou sua túnica. Seus seios pálidos eram sardentos. Ele beijou um deles enquanto Bea terminava de se despir e entrava na cama. Grainger segurou seu pênis de forma que Bea pudesse se sentar sobre ele. Ele ejaculou no instante em que a penetrou.

Assim que acordou, sentiu o cheiro da traição. Tinha cometido adultério em seu coração e pior: arrastara a esposa para sua fantasia desleal, tornando-a cúmplice. Ele e Bea sempre foram fiéis um ao outro; ele nunca abusara da confiança das moças fragilizadas que passaram pelo seu ministério. Ele era homem de uma mulher só e Bea era a sua mulher. Ou não era?

Ele continuou deitado por algum tempo, protegendo os olhos do sol com o braço bom. Uma dor de cabeça de ressaca latejava em suas têmporas. Sua língua e lábios estavam ressecados. Seu braço machucado parecia bem – só meio dormente –, mas a canela doía feito uma queimadura. Não tinha ideia de quanto tempo dormira: se quinze minutos ou quinze horas. A lembrança do sonho perdurava, tentando-o com seu fantasma de amor, sua miragem encantada em que toda dor, mágoa e distância eram dissolvidas através do desejo.

A sede o fez ficar de pé. Bebeu água avidamente direto da torneira, ruidoso feito um cão, até seu estômago marulhar. O médico dera-lhe sinal verde para tomar banho, passar água e sabão em suas feridas, mas o proibira de coçar os pontos caso houvesse coceira; eles se desmanchariam sozinhos quando sua função tivesse se cumprido. Peter soltou e desenrolou a bandagem, revelando a pele remendada por baixo. O algodão branco e macio mal estava manchado, os ferimentos limpos. Ele tomou banho, se enxugou bem com a toalha, reenfaixou o braço com cuidado. Vestiu jeans e uma camiseta laranja desbotada com os dizeres AUXÍLIO COMUNITÁRIO BASILDON. As duas peças pareciam frouxas no corpo. Ele remexeu na mochila em busca de meias, puxou um pequeno saco plástico de conteúdo molengo que, de início, não conseguiu identificar. Era o resquício de uma refeição que ganhara dos  há muito tempo, antes de ter se acostumado com a comida deles: um tijolo de matéria gordurosa que tinha gosto de vinagre. Com medo de ofendê-los, ele alegara estar sem fome e dissera que depois o comeria. A sacola fazia um peso pegajoso em sua mão, feito um órgão de animal extraído da carcaça. Ele olhou ao redor procurando um lugar à vista para colocá-lo, de forma a não esquecer de novo.

Na mesa junto à geladeira, viu um objeto que não conhecia. Um frasco de remédio plástico e um bilhete escrito à mão. TOME 2 A CADA 4 HORAS SE NECESSÁRIO. G.

Será que Grainger estivera lá enquanto ele dormia? Ou será que trouxera o frasco consigo quando viera depois da cirurgia? Ele não conseguia lembrar dela fazendo qualquer outra coisa no quarto dele senão abraçá-lo. Mas talvez ela já tivesse deixado o remédio antes, enquanto ele estava sendo atendido pelo dr. Adkins. Para já ir adiantando.

Ele pegou o frasco, leu o rótulo. Eram pílulas mais fortes do que qualquer coisa que você conseguia sem receita em uma farmácia inglesa. Mas a dor que ele sentia não era na carne.

Ele foi ver se tinha chegado alguma mensagem de Bea. Nenhuma.

O fantasma de Bing Crosby estava falando quando Peter entrou no refeitório. Membranas mucosas em uma laringe que certa época habitou uma garganta humana há muito desfeita no solo do cemitério Holy Cross, em Los Angeles, produziram certos sons que foram capturados em fita magnética em 1945, e esta fita, digitalizada e reconfigurada com todo o cuidado, estava sendo transmitida pelo sistema de alto-falantes do refeitório. O grupo de cerca de uma dezena de funcionários da USIC espalhado pelas poltronas e mesas nem dava pela música, continuando com suas conversas ou simplesmente concentrando-se em sua comida ou bebida. A voz incorpórea de Judy Garland – membranas mucosas menores, vibrando mais excitadamente – uniu-se à de Crosby em um discurso pseudoimprovisado sobre experimentar chapéus, que pretendia sintetizar o abismo que existe entre homem e mulher. Stanko, atrás da cafeteria, ligou a máquina de fazer frapê, enterrando as vozes anciãs sob um zunido de gelo batido sabor café.

– O que tem de bom para hoje, Stanko? – perguntou Peter quando chegou sua vez.

– Panquecas.

Bing Crosby, tendo interrompido a tagarelice de Garland, começara a cantar: "*When I've got my arm around you and we're going for a walk, must you yah-ta-ta, yah-ta-ta, yah-ta-ta, yah-ta-ta, talk, talk, talk...*"*

– Tem algo menos sem sal?

Stanko levantou a tampa de um caldeirão de metal, liberando um cheiro substancioso.

– Estrogonofe de carne.

– Vou querer isso. E uma caneca de chá.

---

* "Quando ponho meu braço em torno de você para darmos uma volta, você tem que blá-blá-blá, blá-blá-blá, blá-blá-blá, falar, falar, falar...?" (N. da T.)

"*Aristotle, mathematics, economics, antique chairs*", gorjeava Bing. "*The classics, the comics, darling, who cares?*"*

Stanko deu a Peter um prato de plástico de comida fumegante e de cor forte, um copázio de plástico com água quente, um sachê de papel de leite em pó e um saquinho de chá com uma minúscula ilustração do Palácio de Buckingham no rótulo.

– Obrigado – disse Peter.

– Bom apetite.

– Está com uma cara boa.

– Melhor estrogonofe do mundo – afirmou Stanko monotonamente. Sarcasmo? Talvez estivesse sendo franco. No momento, Peter duvidava da própria capacidade de avaliação.

Andou até uma mesa livre – só restava uma – e sentou-se com sua comida. Enquanto Bing Crosby fingia amolar Judy Garland com um papo-furado sobre golfe, Peter começava a comer sua carne, que sabia ser de flor branca sovada com pedras, depois secada e frita. O molho estava ruim – doce demais, enjoativo. Fragmentos de flor branca jovem tinham sido tingidos de laranja vivo para parecer cenoura, e lascas alvejadas de jovens flores brancas eram para ser cebolas. Ele pensou que a USIC bem que poderia abandonar aquelas misturas falsificadas e simplesmente comer a flor branca à maneira dos . Havia tantas receitas gostosas e saudáveis não sendo utilizadas naquela base.

"*When there's music softly playing*", entoava Judy Garland, "*and I'm sitting on your lap, must you yah-ta-ta, yah-ta-ta, yah-ta-ta, yah-ta-ta, yap, yap, yap...*"**

– Posso sentar aqui? – Uma voz feminina presente e real viera competir com a voz da morta.

Ele levantou os olhos. Era Hayes. Ele fez um gesto para ela ficar à vontade, apreensivo de que ela lhe perguntasse como estava, uma pergunta que não estava certo de ser capaz de responder sem sucumbir e contar tudo por que estava passando. Mas, assim que Hayes sentou, ficou claro que só estava interessada

* "Aristóteles, matemática, economia, cadeiras antigas. Os clássicos, quadrinhos, querida, quem se importa?" (N. da T.)

** "Quando a música toca baixinho e estou sentada no seu colo, você tem que blá-blá-blá, blá-blá-blá, blá-blá-blá." (N. da T.)

na superfície da mesa, na qual pousou um livro grosso. Vendo as páginas de relance enquanto comia, Peter identificou pelos padrões que eram Sudokus, Kakuros, Hitori, Fillomino e outros jogos matemáticos, ordenadamente preenchidos a lápis. Hayes se curvou sobre o livro com uma borracha entre o dedão e o indicador. Com imenso cuidado, ela começou a apagar os traços a lápis.

"*It's so nice to close your lips with mine*",* arrulhavam Bing e Judy em harmonia perfeita.

Cinco minutos depois, o prato de Peter estava vazio e o café gelado de Hayes estava intocado, esquecido. Ela estava toda encurvada, totalmente absorta na tarefa. Com a boca entreaberta, seus olhos baixos exibiam cílios longos e finos; ela impressionou Peter ao parecer mais bela e mais nobre do que achara antes. De repente, ele se vira profundamente afetado, profundamente *comovido*, por aquele empenho altruísta.

– É muita consideração da sua parte – ouviu a si próprio dizer.

– Como?

– Você é alguém que pensa na comunidade.

Ela o olhava fixamente, sem entender.

– Apagar o que foi escrito a lápis – explicou ele, se arrependendo de ter aberto a boca. – Assim, outras pessoas têm a chance de resolver os problemas.

Ela franziu a testa.

– Não é para os outros que estou apagando. Eu mesma vou fazer de novo os quebra-cabeças. – E retomou o trabalho de onde tinha parado.

Peter recostou-se na cadeira e tomou seu chá. A concentração serena de Hayes não mais lhe parecia atraente. Agora, chegava a lhe parecer sinistra. Ele não era muito fã de quebra-cabeças como aqueles, de forma que o apelo de preencher aqueles quadrados já lhe parecia misterioso, mas entendia que representavam um desafio agradável para outras mentes. Agora, ficar fazendo o mesmo quebra-cabeça tantas vezes sem cessar...

Uma irrupção de risadas do outro lado do salão foi incapaz de atrapalhar a concentração de Hayes. Tinha vindo de Tuska, Maneely e do sujeito que trouxera Peter do assentamento, qual era o nome dele mesmo? – Conway. Pa-

* "É tão bom colar meus lábios nos seus." (N. da T.)

reciam estar brincando de alguma mágica rudimentar com três copos plásticos e um rebite.

– Como é que você fez isso? Como é que você fez isso? – repetia Conway, para deleite de Tuska.

No resto do salão, os funcionários da USIC relaxavam em poltronas, lendo *Fly Fishing*, *Classic Cartoons*, *Vogue* e *The Chemical Engineer.* Peter lembrou-se da conversa de Tuska sobre a Legião Estrangeira: *Funciona melhor se você tiver uma equipe de indivíduos que entendem como é estar permanentemente... no limbo. Gente que não vá surtar.* Talvez Hayes fosse um excelente exemplo de pessoa que nunca ia surtar. Fazia seu trabalho, não causava problemas maiores do que algumas páginas arrancadas de uma revista pornô lésbica, e, quando ia para o quarto, conseguia fazer passar as horas e dias e meses com quebra-cabeças eternamente apagados.

– ...da famosa modéstia de Crosby ao ser capaz de descrever uma obra tão sublime como "fofa" e "uma brincadeira" – entoava o DJ. – Agora vamos ouvir outro *take* que nem chegou a ser lançado. Ouçam bem como Bing tropeça na palavra "*annuity*" e como há outros indícios de ensaio insuficiente. Vale a pena, porém, pela proximidade um pouco maior de Garland do microfone, permitindo-nos fantasiar que ela está ao nosso lado, bem pertinho...

– Perdoe-me por te interromper de novo – disse Peter.

– Tranquilo – disse Hayes, terminando de apagar só mais um numeral antes de olhar para ele.

– Estava pensando nesses programas de música. São antigos?

Ela pestanejou, depois abriu bem os ouvidos para registrar o som.

– Muito antigos – disse ela. – Esses cantores, acho que nem vivos estão mais.

– Não, quis dizer, será que esses programas, com os anúncios de músicas e tal, são feitos por alguém aqui na USIC, ou já existiam antes?

Hayes deu uma olhada geral no refeitório.

– Quem os faz é o Rosen – disse ela. – Ele não está aqui no momento. Ele é agrimensor e projetista. Você deve ter visto os desenhos dele das Instalações de Força & Centrífuga expostos no Salão de Projetos. Um trabalho incrivelmente preciso. Ainda paro para ficar olhando às vezes. – Ela deu de ombros. – Quanto à música dele, para mim não fede nem cheira. Para mim é ruído de fundo. Fico feliz de ele gostar tanto assim. Todo mundo tem que gostar de alguma coisa, acho. – Não soou muito convencida.

Uma nova descarga de dor percorreu Peter inteiro – a lembrança da mensagem de Bea outra vez.

– A Mãe – disse ele, tentando se aferrar à realidade.

– Como é?

– O apelido que você sugeriu para a Instrumentação de Força & Centrífuga.

– Instalação – corrigiu ela com um sorriso. Ela fechou seu livro de quebra-cabeças e deslizou a borracha para dentro do bolso da camisa. – Ninguém a chama de Mãe. Eu sei. Ainda a chamam de Supersutiã. Ou melhor, de SS. – Preparando-se para ir embora, ela abraçou o livro junto ao peito. – Não tem por que se chatear. Como dizia minha mãe: não se preocupe com coisas sem importância.

Está em xeque? Não se obceque, estenda a mão. O lema de Bea. O lema deles como casal, aliás.

– Você tem saudade da sua mãe?

Hayes abraçou seu livro, pensativa.

– Acho que sim. Ela faleceu faz muito tempo. Estaria orgulhosa de mim, disso eu sei, por eu ter sido escolhida para esta missão. Mas eu já tinha um bom emprego quando ela morreu, então ela já estava orgulhosa. Não é como se eu não tivesse onde cair morta.

– Eu já não tive onde cair morto – disse Peter, mantendo contato visual. – Alcoólatra. Drogado. – Hayes era a pessoa errada com quem dividir essas intimidades, ele sabia, mas não conseguia se controlar. Percebia agora, com atraso, que não tinha a menor condição de estar ali, entre aquela gente. Devia estar inconsciente, ou em meio aos .

– Isso não é crime – disse Hayes em seu tom apático e nada empático. – Não sou de julgar ninguém.

– Eu cometi crimes – disse Peter. – Crimes leves.

– Há quem tenha passado por isso antes de tomar jeito. Isso não faz com que sejam pessoas ruins.

– Meu pai ficou decepcionado comigo – insistiu Peter. – Morreu com o coração alquebrado.

Hayes fez que sim com a cabeça.

– Acontece. Quando você trabalha aqui faz tempo, você acaba sabendo que muitos colegas têm histórias de vida tristes para contar. Outros não. Não tem duas que sejam iguais. Não faz mal. Todos nós acabamos fazendo a mesma coisa.

– E que coisa é essa?

Ela ergueu o punho em um gesto triunfante, se é que "triunfante" descrevia bem um punho tão frouxamente fechado, tão brandamente erguido, tão improvável de ser notado no contexto daquele refeitório tão socialmente fervilhante:

– Trabalhar em prol do futuro.

Querido Peter, escreveu Bea por fim, depois que ele tinha passado uma aparente eternidade se preocupando e orando.

Perdoe eu ter passado tanto tempo sem responder. Não quero falar sobre o que aconteceu mas devo-lhe alguma explicação. Obrigada por me estender a mão. Isso não muda o jeito como as coisas estão, e não acho que você seja capaz de entender aquilo por que estou passando, mas estou grata por isso.

Muitas coisas me levaram a isto. Nossa igreja está com problemas, para usar de um eufemismo. Geoff fugiu com todo o dinheiro. Ele e a tesoureira estavam tendo um caso e deram no pé juntos, ninguém sabe para onde. Levaram até as sacolinhas com as ofertas. Lembra de quando oramos para Deus nos orientar na tarefa de escolher seu substituto? Bem, o escolhido foi Geoff. Interprete como quiser.

As opiniões estão divididas quanto ao que fazer agora. Algumas pessoas querem reorganizar a igreja e tentar tocá-la adiante e outras preferem que comecemos uma igreja nova. Me pediram até para ser a pastora! Que ótimo senso de oportunidade, hein?

Dois dias antes desse fiasco, eu voltei ao trabalho. Pensei que seria moleza sem o Goodman por perto. Mas o lugar mudou muito. Para começo de conversa, está imundo. O chão, as paredes, as privadas. Nada de equipe de limpeza e nenhuma perspectiva de conseguir outra. Peguei um esfregão e comecei a dar uma geral num dos banheiros e aí Moira quase deu na minha cara. "Somos enfermeiras, não estamos aqui para esfregar o chão", disse ela. Falei: "E infecção hospitalar? E feridas abertas?" Ela simplesmente continuou me olhando feio. E talvez ela tenha razão – a carga de trabalho já está de amargar. O pronto-socorro está um pandemônio. Pessoas correndo de um lado pro outro sem ninguém tomando conta, gritando, se engalfinhando com os auxiliares, tentando empurrar as cadeiras de rodas de suas mães e pais e filhos para as enfermarias antes que tenhamos feito a triagem.

Agora todos os pacientes são pobres. Não há sequer um espécime bem-educado de classe média entre eles. Moira disse que todo mundo com um mínimo de dinheiro abandonou totalmente o serviço público de saúde. Os ricos fogem para a França ou o Qatar, os remediados vão em alguma bela clínica sem hora marcada em que se paga pelo serviço (há centenas delas brotando por toda a parte – há novas comunidades inteiras se formando ao redor delas). E nosso hospital fica com o refugo. Foi a Moira que chamou assim, mas para falar a verdade é isso mesmo que eles são. Burros, grossos, barraqueiros, feios e muito, mas muito assustados. Nem me fale em caridade – é uma batalha sequer manter a calma quando tem um boçal bêbado com tatuagens borradas gritando bem na sua cara e te cutucando o ombro com um dedo manchado de nicotina. É um desfile sem fim de olhos injetados, acne, narizes esmigalhados, rostos lanhados, costelas quebradas, bebês escaldados, tentativas de suicídio fracassadas. Sei que eu costumava reclamar de Goodman tentar encher o hospital de casos fáceis, mas há uma diferença entre permitir que todos os níveis da sociedade tenham acesso a serviços médicos e consentir que um hospital inteiro seja infestado por uma multidão de porcos ignorantes.

O tempo acabou para mim, são 6h30, preciso ir trabalhar agora. Nem contei o que aconteceu para me fazer surtar de vez mas para mim mesma está difícil de encarar e escrever demora muito e eu não sabia que ia escrever tanto assim sobre outras coisas. Pensei que simplesmente ia chegar e te contar, mas sei que isso vai te causar muita dor e eu queria muito poder poupá-lo dessa dor para sempre. Agora preciso ir.

Com amor,

Bea

Ele respondeu na mesma hora:

Querida Bea,

Estou tão preocupado com você, mas aliviado em ouvir a sua "voz". É verdade que todos nós entendemos mal os outros – somente Deus tem a compreensão perfeita –, mas não devemos deixar a dor dessa frustração nos fazer desistir. Meu trabalho com os oasianos não para de confirmar isso.

A notícia sobre Geoff e a nossa igreja é lamentável, mas a igreja não consiste do Geoff nem da tesoureira nem de um prédio em particular. Esse revés pode acabar se revelando uma bênção. Se estamos devendo dinheiro podemos pagá-lo um dia e, mesmo se não pudermos, é apenas dinheiro. O que acontece nos corações e almas dos seres humanos é o que importa. É reconfortante que nossa congregação queira recomeçar do zero em outra igreja. Geralmente, as pessoas morrem de medo de mudanças, então esse é um exemplo incrível de coragem e pensamento positivo. Por que não começar um simples grupo de oração na sala de estar de alguém? Exatamente como os primeiros cristãos. Infraestrutura complicada é um luxo, essenciais mesmo são amor e oração. E acho ótimo que queiram você como pastora. Não fique zangada. Acho que você faria um excelente trabalho.

Seus comentários sobre as mudanças no hospital são naturais dado o aumento de estresse mas confirmam minha sensação de que talvez este não seja o melhor momento para você estar trabalhando. Há um bebê crescendo dentro de você. Ou pelo menos assim espero – será que você teve um aborto espontâneo? Foi isso que abalou sua fé em Deus? Estou morto de preocupação. Por favor, me diga o que foi.

Seja lá o que tenha sido, afetou muito o seu lado espiritual. Estas pessoas "porcas" e "ignorantes" que estão lotando o seu hospital são todas almas preciosas. Deus não liga se alguém tem espinhas ou dentes podres ou pouca educação formal. Lembre-se de que quando você me conheceu eu era um desperdício de espaço alcoólatra. Não tinha onde cair morto. Se você tivesse me tratado com o desprezo que eu merecia, eu jamais teria sido salvo, teria só piorado, "provando" que tipos como eu não têm conserto. E, quem sabe, algumas das mulheres que você está vendo nas enfermarias podem ter traumas de família não muito diferentes do que te aconteceu. Então, por favor, não importa o quanto seja difícil, tente continuar sendo compassiva. Deus pode operar milagres nesse seu hospital. Você mesma está dizendo que as pessoas estão assustadas. Bem lá no fundo, elas sabem que precisam de alguma coisa que a medicina não pode lhes dar.

Escreva assim que possível, eu te amo,

Peter

* * *

finalmente estava se pondo, ornando o horizonte com um tom de caramelo dourado. Haveria um longo entardecer de beleza quase enjoativa e então ficaria de noite por muito, mas muito tempo. Peter guardou a comida oasiana putrescente em sua mochila e saiu do complexo.

Caminhou por cerca de um quilômetro e meio, na esperança de que a base da USIC sumisse de vista – ou melhor, que ele sumisse da vista de qualquer pessoa da USIC que pudesse tê-lo visto sair. Mas o terreno plano e indiferenciado significava que os prédios continuavam obstinadamente visíveis, e uma ilusão de perspectiva os fazia parecer mais próximos do que estavam. Racionalmente, ele sabia que era altamente improvável estar sendo observado, mas instintivamente se sentia sob constante vigilância. Continuou andando.

A direção que escolhera fora a oeste, deserto adentro – ou seja, nem para o lado do assentamento oasiano, nem para o lado do Supersutiã. Fantasiou que, se caminhasse o bastante, acabaria por encontrar montanhas, riachos, ou pelo menos alguma colina rochosa ou pântano lamacento que lhe permitisse saber que estava em outro lugar. Mas a tundra não acabava mais. Terra marrom uniforme, ocasionalmente adornada por um grupo de flores brancas cintilando ao poente, e, sempre que se virava para trás, a lúgubre miragem em concreto que era a base da USIC. Cansado, ele se sentou e esperou o afundar na terra.

Ele não soube dizer quanto tempo esperou. Talvez duas horas. Talvez seis. Sua consciência se destacou de seu corpo, pairando acima dele, em algum ponto do . Ele esqueceu do motivo que o levara a sair. Será que decidira que seria incapaz de passar a noite em seus aposentos, e optara por dormir ao ar livre? Sua mochila podia servir como travesseiro.

Quando já estava quase escuro, sentiu que não estava mais sozinho. Espreitou o lusco-fusco e localizou uma criatura pequena e pálida a uns cinco metros dele. Era uma das pragas em forma de ave que comera a plantação de flor branca e o mordera. Apenas uma, separada do resto do bando. Em seu andar gingado, o bicho circundava Peter cautelosamente, num círculo amplo, balançando a cabeça. Depois de um certo tempo, Peter percebeu que ele não estava balançando a cabeça e sim farejando comida.

Peter se lembrou do momento em que a pele do seu braço esguichou sangue, recordou-se da dor nauseante da mordida na perna. Uma convulsão de raiva transtornou sua tristeza entorpecente. Considerou a possibilidade de matar aquela horrível criatura, pisoteando seu corpo, esmigalhando seu pequeno crânio e todos os seus dentes pontiagudos na sola do sapato – não por vingança mas em autodefesa, ou assim fingiria ser. Mas não. Era um bicho ridículo, cômico, hesitava no escuro, vulnerável por estar sozinho. E a comida que farejava não era a carne de Peter.

Devagar, sem alarde, Peter extraiu a guloseima de sua mochila. A criatura parou de se mexer. Peter deixou o saco plástico no chão e se encolheu para trás. A criatura avançou e perfurou o saco com os dentes, deixando escapar um fedor adocicado. Então ela devorou o conteúdo, com restos de plástico e tudo. Peter ficou imaginando se, por causa disso, a criatura acabaria morrendo uma morte mais horrível ainda do que se ele tivesse pisoteado sua cabeça. Talvez fosse isso que os hindus chamavam de carma.

Depois que o animal satisfeito foi embora, Peter pôs-se a observar as luzes distantes da base, sua "casa fora de casa", como chamara Grainger. Ele ficou olhando até as luzes se tornarem abstratas em sua cabeça, até poder ser capaz de imaginar o sol nascendo na Inglaterra, e Bea correndo pelo estacionamento de seu hospital em direção ao ponto de ônibus. Então imaginou Bea entrando nesse ônibus e tomando assento entre uma variedade heterogênea de seres humanos, alguns cor de chocolate, outros amarelados, outros bege ou rosa-claros. Imaginou o ônibus trafegando por uma rua cheia de veículos, até parar em frente a uma loja que vendia quinquilharias domésticas, brinquedinhos vagabundos e outras pechinchas por 99 centavos de libra, perto de uma esquina que abrigava uma lavanderia, e a cento e cinquenta metros dessa esquina ficava uma casa geminada sem cortinas nas janelas da frente, e uma escadaria interna forrada por um carpete castanho bem gasto, que levava a um quarto no qual havia uma máquina na qual Bea poderia, quando estivesse pronta, digitar as palavras "Querido Peter". Ele se pôs de pé e começou a andar de volta.

* * *

Querido Peter

Não, eu não tive um aborto e, por favor, pare de me passar sermão sobre compaixão. Você simplesmente não entende como as coisas se tornaram impossíveis. Trata-se da escala do problema e da energia disponível para lidar com ele. Quando alguém tem a perna arrancada por uma bomba, você corre com ele para o hospital, trata do cotoco, encaixa uma prótese, dá fisioterapia, terapia, tudo o que ele precisar, e um ano depois, talvez ele esteja correndo a maratona. Se uma bomba explode seus braços, pernas, genitália, intestinos, bexiga, fígado e rim, É BEM DIFERENTE. É preciso que certa proporção de coisas esteja bem para podermos ser capazes de lidar com outras dando errado. Seja um corpo humano ou piedade cristã ou a vida em geral, não somos capazes de continuar batalhando se muita coisa necessária foi tirada de nós.

Não vou contar das outras coisas que vinham me fazendo surtar na última semana ou duas. São notícias que só vão aborrecê-lo. Novas guerras na África, matança sistemática de mulheres e crianças, milhões morrendo de fome na China rural, repressão violenta aos manifestantes na Alemanha, o escândalo do Banco Central Europeu, meu fundo de pensão totalmente zerado, coisas assim. Nada disso vai parecer real para você aí tão longe. Você está dando versículos bíblicos na boca de oasianos famintos, entendo.

Bem, o que você precisa saber é que, na semana passada, por diversos motivos, eu estava estressada e, como sempre acontece quando estou estressada, o Joshua capta minhas vibrações. Ele estava encolhido embaixo dos móveis, correndo de um cômodo a outro, miando alto, dando voltas e mais voltas ao redor das minhas canelas, mas sem me deixar pegá-lo nem fazer carinho. Era a última coisa de que eu precisava e estava me deixando com raiva. Simplesmente tentei ignorá-lo, fui cuidar de umas pendências. Comecei a passar meu uniforme. A tábua de passar estava num ângulo ruim e o fio não tinha extensão suficiente e eu estava cansada e aborrecida demais para mudar de posição então simplesmente aturei daquele jeito. Em dado momento, pousei o ferro de passar e ele caiu da borda da tábua. Instintivamente, dei um pulo para trás. Meu calcanhar pisou com força em alguma coisa, ouvi um barulho horrível de coisa quebrando e estalando e Joshua deu um berro, juro que deu um berro. E aí sumiu de vista.

Fui encontrá-lo embaixo da cama, tremendo e ofegando. Olhos arregalados de dor e terror. Eu tinha quebrado sua pata traseira. Dava para ver. Não tinha o menor vestígio de confiança nos olhos dele, e quando falei com ele, ele se crispou todo. Eu era uma inimiga. Fui buscar as luvas de jardinagem para ele não me arranhar nem morder e segurei-o pelo rabo e puxei para fora. Foi o único jeito. Levei-o para a cozinha, coloquei-o sobre a mesa e pus a guia na coleira dele. Ele estava calmo. Pensei que estivesse em choque, talvez com dor demais para fazer outra coisa que não ficar parado ali, ofegante. Peguei o telefone para ligar para o veterinário. A janela da cozinha estava aberta, como sempre. Joshua voou por ela como se tivesse sido disparado por um canhão.

Procurei-o por horas. Fiquei passando pelos mesmos lugares até estar tudo um breu e eu não conseguir mais andar. Então precisei ir trabalhar (turno da noite). Foi um inferno. Não diga nada, foi um inferno. Às 4 da manhã eu estava usando duas camisolas de hospital porque meu uniforme estava coberto de fezes. Um obeso demente ficou atirando suas fezes para fora da cama, esfregando--as nos gradis, berrando o tempo todo. Os auxiliares não estavam trabalhando, éramos só eu, a pequena Oyama e uma menina nova que era um doce, mas não parava de sumir. A mãe do atirador de cocô ficou acampada a noite toda na sala de visitas – ninguém conseguira expulsá-la. Ela ficou lá com seis latas de Pepsi e uma refeição para viagem comida pela metade (e isso era para ser um hospital!) e de vez em quando ela enfiava a cabeça lá dentro para ter certeza de que estávamos cuidando bem do seu filhinho. "Ô, filha da puta!", ela berrava para mim. "Sua cruel! Chamo a polícia! Tu não é enfermeira de verdade! Cadê a de verdade?" E repetia e repetia e repetia sem parar.

De manhã, estou indo para casa, ainda usando as duas camisolas com o cardigã por cima. Devia estar parecendo uma louca que fugiu do hospício. Desço do ônibus dois pontos antes para cortar caminho pelo parque e ver se acho Joshua por lá. É uma pequena chance e na verdade não tenho lá muita esperança de encontrá-lo. Mas encontro.

Ele está pendurado pelo rabo em uma árvore. Vivo. Dois garotos de uns doze anos estão içando o gato com uma corda, fazendo-o rodopiar, dando puxões repentinos para ele se contorcer. Eu só sei que vi tudo vermelho. Não sei o que aconteceu depois, o que fiz com aqueles meninos, minha memória está em branco. Só sei que não os matei porque não estavam mais lá quando acordei do transe. Vejo sangue nas minhas mãos, embaixo das unhas. Queria ter matado eles. Sim, sim, sim, eu sei – garotos desfavorecidos, tiveram uma educação podre, careciam terrivelmente de amor e clemência, por que não vêm conhecer nosso programa comunitário blá-blá-blá – AQUELES FILHOS DA PUTA ESTAVAM TORTURANDO O JOSHUA!

Eu o pego do chão. Ele ainda está respirando, mas mal. O rabo está em frangalhos e um dos olhos pendendo para fora, mas ele está vivo e acho que me reconheceu. Dez minutos depois, estou no veterinário. Ainda não é hora de abrir, mas devo ter chutado e gritado tanto que abriram a porta para mim. Ele tira Joshua dos meus braços e lhe dá uma injeção.

– Pronto, acabou – diz ele. – Você quer levá-lo para casa ou deixá-lo aqui?

– O que quer dizer com levá-lo para casa? Você não vai fazer nada por ele?

– Acabei de fazer – diz ele.

Depois disso, ele me contou que não tinha como adivinhar que eu estava disposta a pagar qualquer valor que fosse por uma cirurgia. "Hoje em dia ninguém está se dando a esse trabalho. Fico cinco, seis horas sem ninguém aparecer, e aí quando alguém enfim entra pela porta com um bicho doente, só querem mesmo é que eu o sacrifique." Ele põe Joshua em um saco plástico para mim. "Não vou te cobrar", diz ele.

Peter, vou dizer isso para você uma vez só. Esta experiência não foi educativa. Não foi instrutiva. Não foi Deus escrevendo certo por linhas tortas, não foi Deus planejando com precisão qual propósito último e sublime poderia ser atendido pela minha pisada no rabo de Joshua e tudo que se passou depois. O Salvador em que eu acreditava se interessava pelo que eu fazia e em como eu me portava. O Salvador em que eu acreditava fazia as coisas acontecerem e impedia as coisas de acontecerem. Eu estava me iludindo. Estou sozinha, assustada e casada com um missionário que vai me dizer que os néscios disseram em seu coração que não há Deus, e se você não disser vai ser só porque está sendo diplomático, só porque no fundo está convencido de que eu fiz isso acontecer porque vacilei na fé, e com isso fico me sentindo ainda mais sozinha. Porque você não vai voltar para mim, não é? Você gosta daí. Porque você está no Planeta Deus. De forma que, mesmo que você voltasse para mim, ainda assim não estaríamos juntos. Porque seu coração ainda estaria no Planeta Deus, e eu estaria a um trilhão e meio de quilômetros de você, sozinha com você ao meu lado.

IV

NO CÉU

23

Bebe comigo

As mordidas eram venenosas, sim. Ele tinha certeza. Sob as bandagens, os ferimentos pareciam limpos, mas o estrago estava feito. A rede de veias e artérias dentro de sua pele estava industriosamente poluindo todos os seus órgãos com sangue infectado, alimentando seu cérebro com veneno. Era só questão de tempo. Primeiro entraria em delírio – já o sentia começar – e depois seu organismo pararia de funcionar, rins, fígado, coração, estômago, pulmões, todos aqueles glóbulos de carne misteriosamente interdependentes que precisavam de combustível sem veneno para continuar a funcionar. Seu corpo ia expelir sua alma.

Ainda sentado diante do Tubo, ele ergueu o rosto para o teto. Passara tanto tempo olhando as palavras de Bea que elas haviam se gravado em sua retina e agora reapareciam à sua frente, ilegíveis feito fungos. A lâmpada pendurada acima de sua cabeça era uma dessas econômicas, espiralada como um segmento de intestino radioativo pendendo de um fio. Acima dela, uma fina camada de teto e laje, e acima disso... o quê? Onde estava Bea no universo? Será que estava acima dele, abaixo dele, à esquerda ou à direita? Se ele pudesse voar, se pudesse se projetar pelo espaço mais velozmente que a luz, de que isso lhe serviria? Não sabia para onde ir.

Não podia era morrer naquele quarto. Não, não, não naquele cubículo estéril, vedado no interior de um armazém de concreto e vidro um pouco melhorado. Ele iria... lá para fora. Para os . Talvez eles tivessem uma cura. Algum remédio caseiro. Provavelmente não, dado o quanto haviam lamentado ao vê-lo morto. Mas ele deveria morrer na companhia deles, não ali. E não devia nem ver Grainger; teria de evitá-la a todo custo. Ela iria desperdiçar o pouco tempo que lhe restava, tentando obrigá-lo a ficar na base, tentando arrastá-lo para a enfermaria onde ele morreria sob inútil observação e depois se reduziria a um problema de armazenamento, enfiado em uma gaveta da geladeira do necrotério.

Quanto tempo me resta, Senhor?, orou ele. *Minutos? Horas? Dias?* Mas certas perguntas não deviam ser feitas a Deus. Certas dúvidas a pessoa precisava encarar sozinha.

– Oi – disse ele à gorducha com tatuagem de cobra, a vigia do portão que levaria a sua fuga. – Acho que você nunca me disse seu nome. Mas é Craig, não é? "B. Craig", como diz a plaqueta na sua porta. Bom te ver de novo, B.

Ela olhou para ele como se ele estivesse coberto das mais purulentas feridas.

– Você está bem?

– É só que... dormi mal – disse ele, de olho nos veículos estacionados atrás dela. Havia meia dúzia deles, incluindo o que Grainger usava para entregar os remédios. Torceu para que Grainger estivesse no sétimo sono, babando no travesseiro, com aqueles belos braços cheios de cicatrizes embaixo do lençol. Não gostaria que ela se sentisse responsável pelo que ele estava prestes a fazer. Melhor pôr esse peso sobre Craig, que, como todos os demais naquele lugar, seria indiferente à morte dele. – O seu "B" significa o quê? – perguntou ele.

A mulher franziu a testa.

– Posso ajudar?

– Eu gostaria... ééé... de requisitar um veículo. – Dentro de sua cabeça, enfileirados em sua língua, ele tinha uma artilharia de argumentos pronta para debelar qualquer objeção que ela lhe interpusesse, para passar com um rolo compressor por cima de sua relutância. *Faça o que eu quero. Faça o que eu quero. Você foi informada desde o princípio de que eu requisitaria um veículo; agora está acontecendo precisamente o que você estava avisada que aconteceria, então não seja difícil, não ofereça resistência, basta me dar um sim.* – Só por uma ou duas horas.

– Claro. – Ela fez um gesto na direção de uma perua que a Peter lembrou um carro funerário. – Que tal esse? Kurtzberg o usava toda hora.

Ele mudou o pé em que se apoiava. Aquela vitória fora fácil demais; tinha que haver algum entrave.

– Por mim, tudo bem.

Ela abriu a porta e deixou-o entrar. A chave já estava na ignição. Ele achava que ia ter que assinar papéis, mostrar uma habilitação de motorista, ou pelo menos exercer uma séria pressão psicológica. Talvez Deus estivesse derrubando os obstáculos para ele. Ou talvez fosse só a forma como as coisas funcionavam por ali.

– Se você dormiu pouco – disse Craig – talvez não seja bom dirigir.

Peter deu uma olhada por cima do ombro. A cama de Kurtzberg – na verdade um pequeno colchonete com uma coberta floral e travesseiro combinando – estava logo atrás dele.

– Logo, logo vou poder dormir o quanto eu quiser – garantiu-lhe ele.

Ele saiu dirigindo pelo deserto, na direção... de Monstrópolis. No momento, o nome oficial lhe escapava. Peterville. Novo Sião. Oskaloosa. Por favor, livra a Coretta do perigo, Senhor. Que sua presença seja sentida nas Maldivas.

Seu cérebro parecia inchado, pressionando seus globos oculares. Ele fechou as pálpebras com força, tentando segurar os olhos no lugar. Não havia nenhum problema em fazer aquilo dirigindo. Não havia nada contra o que colidir, nenhuma estrada na qual se manter ou não desviar. Somente a direção geral era importante. E ele não tinha nem certeza de que estava indo para o lado certo. Aquele veículo tinha o mesmo sistema de navegação que o de Grainger, mas ele não tinha a menor ideia de como usá-lo, de que botões apertar. Bea teria conseguido descobrir, caso tivesse tido a chance de...

Ele pisou fundo no acelerador. Vamos ver até que velocidade aquela coisa chegava. Havia tempo de se ir com calma e tempo de andar rápido.

Será que ele estava andando mesmo? Era difícil de distinguir naquele breu. Os faróis iluminavam apenas uma faixa abstrata de terreno e não havia qualquer marco para se orientar. Ele podia estar viajando a uma velocidade vertiginosa ou atolado no solo, pneus trabalhando sem cessar, sem chegar a lugar algum. Mas não: ele via aglomerados de flor branca zunirem por sua janela feito faixas reflexivas de rodovia. Estava avançando. Distanciando-se da base da USIC, pelo menos – não podia ter certeza de que estava chegando mais perto do assentamento .

Ah, se aquele veículo fosse uma criatura viva, como um cavalo ou um cão... sem dúvida farejaria certeiro o caminho de volta ao local que Kurtzberg tantas vezes visitara antes. Exatamente como Joshua quando ele...

Um som medonho o assustou. Era um uivo humano, bem ali no veículo com ele. Era a sua própria voz. Era o seu próprio choro. Ele bateu no volante com os punhos cerrados, deu repetidas cabeçadas no encosto do banco. Teria sido melhor numa parede de tijolo.

Enxugou os olhos e espiou pelo para-brisa. A distância, vagamente, ele já via algo assomando em meio à tundra. Era alguma arquitetura. Só estava dirigindo havia alguns minutos, de forma que ainda não podia ser o assentamento. A não ser que, em seu delírio, o tempo tivesse se achatado, que dirigira por horas achando que tinham sido segundos, ou a não ser que tivesse dormido ao volante. Mas não. O que assomava eram duas enormes estruturas esféricas: o Supersutiã. Ele estava indo na direção errada.

– Jesus Cristo! – Era a voz dele de novo. Tivera um lapso e se esquecera de substituir "Jesus Cristo" por "JC". Precisava se acalmar. Deus estava no controle.

Ele apertou um botão na tela de navegação. Ela ficou mais clara, como se alegre por ter sido tocada. As palavras INST FORÇA CENTR se manifestaram perto do topo, com uma seta que simbolizava seu veículo pulsando logo abaixo. Ele apertou mais alguns outros botões. Nenhum outro destino aparecia; recebeu, em vez disso, vários dados sobre temperatura, nível da água, do óleo, velocidade, consumo de combustível. Com um resmungo de frustração, ele girou o volante noventa graus, fazendo uma cascata de solo úmido voar. O Supersutiã, a Centrífuga, a Mãe, fosse qual fosse o nome daquela merda, recuou para a escuridão à medida que ele acelerava na direção do desconhecido.

Dali a alguns minutos, ele viu as formas e cores do assentamento oasiano. Não era possível, simplesmente não era possível, deveria demorar uma hora até ele chegar lá, e ainda assim... a arquitetura quadradona, uniforme, os telhados planos, a ausência de pináculos ou torres de qualquer tipo, o brilho âmbar... Conforme foi se aproximando, os faróis de seu veículo foram revelando a forma losangular dos tijolos. Inconfundíveis. O veneno devia ter prejudicado sua sensação de passagem do tempo.

Ele estava se aproximando de um ângulo diferente do habitual e não conseguia se orientar. O ponto de onde Grainger costumava chegar era junto à casa com a estrela branca e com o resíduo ilegível do BEM BEM-VINDO grudado à sua parede externa feito titica de pombo. Mas agora ele não estava com Grainger. Não importa: sua igreja era o verdadeiro marco por ali. Afastada da aldeia, ela haveria de se destacar naquela planície nua, energizada e hologramada pelos faróis do carro.

Ele fez o veículo traçar o perímetro do assentamento em busca de sua igreja. Dirigiu e dirigiu. Seu farol alto não revelou nada mais substancial do que pálidas moitas de flores brancas. Por fim, viu marcas de pneus no chão: as suas próprias. Dera a volta completa e não vira igreja nenhuma. Seu templo havia sumido; fora destruído e todos os seus rastros apagados como se nem sequer tivesse existido. Aquela gente o havia rejeitado, descartado, em um desses inexplicáveis surtos de antipatia de que a história dos missionários estava repleta – cruéis rupturas sem indícios prévios, revelando que toda a intimidade que você pensava ter cultivado não passava de uma ilusão, uma igreja construída sobre areia movediça, uma semente plantada em um solo superficial castigado pela ventania.

Ele parou o veículo e desligou o motor. Seu plano era andar pelo assentamento, perdido e confuso, e tentar encontrar alguém que conhecia. Ele gritaria por “Adorador de Jesus...” – não, isso seria ridículo. Gritaria por... “”. Sim, chamaria “”, chamaria “”, chamaria todos os nomes  que conseguisse recordar. E por fim alguém – um Adorador de Jesus ou mais provavelmente um não Adorador – ficaria intrigado com aquela gritaria e viria até ele.

Abriu a porta do carro. Saiu tropeçando pela noite escura. Não havia luz no assentamento, nenhum sinal de vida. Com seus passos incertos, ele caiu de lado, quase dando com o ombro na parede da casa mais próxima. Apoiou a palma da mão nos tijolos polidos, recobrando o equilíbrio. Como sempre, os tijolos estavam mornos, pareciam vivos. Não vivos como um animal, mas como uma árvore, como se cada tijolo fosse uma bolha de seiva endurecida.

Só caminhara alguns poucos metros quando de repente sua mão mergulhou no vazio. Um umbral. Nenhuma cortina de contas pendurada nele, que estranho. Apenas um grande rombo retangular no meio da edificação, com nada para se ver lá dentro a não ser o escuro. Ele avançou para o interior, sabendo que na outra ponta do cômodo haveria outra porta que daria para uma rede de vielas. Ele atravessou rapidamente a escuridão claustrofóbica, aventurando um passo curto de cada vez para não dar de cara com uma parede interna, nem ser segurado por mãos enluvadas, nem tropeçar em qualquer outro obstáculo. Mas ele chegou ao outro lado sem nada encontrar; o cômodo parecia estar totalmente vazio. Encontrou a porta dos fundos – de novo, apenas um buraco sem cortina – e saiu na viela.

Mesmo de dia, todas as vielas dos  pareciam iguais; ele nunca as enfrentava sem um guia a seu lado. No escuro, mais pareciam túneis do que vias, e ele avançava lenta e dolorosamente com as mãos estendidas, feito um homem que ficara cego há pouco tempo. Os  não tinham olhos, mas certamente tinham alguma outra coisa que lhes permitia andar com confiança por aquele labirinto.

Ele limpou a garganta, tomando coragem para bradar nomes em uma língua alienígena que imaginava ter aprendido bem, mas que agora percebia que estava muito longe de dominar. Em vez disso, lembrou-se do *Salmo 23*, de sua própria paráfrase dele, cuidadosamente concebida para facilitar aos . Ele tinha dado o sangue naquilo e agora, por algum motivo, era aquilo que lhe ocorria.

– "O Senhor é Aquele que cuida de mim" – recitou ele enquanto se arrastava pela escuridão. – "Nada me faltará." – O tom era o mesmo que usava para pregar: não exatamente estridente, mas bem alto e com cada palavra articulada com clareza. A umidade na atmosfera engolia os sons antes que tivessem chance de chegar muito longe. – "Em verde prado Ele me deixa repousar. Ele me leva ao rio que não afoga ninguém. Ele refrigera a minha alma. Ele me leva pelo caminho do Bem. Por amor do Seu nome. Ainda que eu ande pelo vale de penumbra da morte, não vou ficar com medo do mal, porque o Pai vai comigo. O cajado dele me faz confiar. Ele me dá de comer ainda quando o inimigo olha com inveja. Unge-me com o óleo da cura. O meu copo derrama. A bondade e a piedade vão me acompanhar pela vida, a cada dia. E morarei na casa do Senhor para sempre."

– Ei, isso é bom! – gritou uma voz desconhecida. – É *muito bom*!

Peter girou nos calcanhares no escuro, quase perdendo o equilíbrio. Apesar de aquelas palavras serem amigáveis, ele estava adrenalizado por um medo instintivo: lutar ou fugir. A presença de outro homem (pois era uma voz definitivamente masculina), de um macho de sua própria espécie, em algum lugar bem próximo mas ainda assim invisível, parecia uma ameaça à vida tão séria quanto um cano de arma colado à têmpora ou uma faca junto da barriga.

– Tiro o meu chapéu para você! Se eu tivesse a porra de um chapéu! – acrescentou o desconhecido. – Que profissional, que classe! *O Senhor é o meu pastor* sem uma porra de pastor à vista. Quase sem "tês" e "esses" na porra toda! – Palavrões à parte, a sinceridade da admiração estava clara. – Você escreveu isso para os , não é? Tipo, abram-se para Jesus, não vai doer nada. Um banquete totalmente desossado, uma refeição num milk-shake, um dicionário em forma de semolina. Bravo!

Peter hesitou. Uma forma viva se materializara da penumbra atrás dele. Pelo que ele pôde averiguar, era humana, peluda e pelada.

– Tartaglione?

– Opa, acertou de primeira! Toca aqui, meu louro! *Come va?* – A mão ossuda apertou a de Peter. Extremamente ossuda. Os dedos, embora fortes, eram esqueléticos, penetrando na mão macia de Peter com falanges que pareciam estacas.

– O que você está fazendo aqui? – perguntou Peter.

– Ah, sabe como é – veio a resposta, arrastada. – Estou de bobeira, pensando na morte da bezerra. Assistindo à grama não crescer. Admirando a natureza. E *você*, o que está fazendo aqui?

– Eu... eu sou o pastor – disse Peter, tirando sua mão da do desconhecido. – Pastor dos ... A gente construiu uma igreja... Estava bem aqui...

Tartaglione deu uma gargalhada, depois começou a tossir enfisemicamente.

– Discordo, *amico*. Aqui só tem nós e as baratas. Não tem gasolina, não tem comida, não tem mulé, nem cabaré. *Nada*.

A palavra foi libertada feito um morcego na noite úmida, e logo desapareceu no ar. De repente, uma lâmpada se acendeu no cérebro de Peter. Ele não estava no C-2: estava no assentamento que os  haviam abandonado. Não restava nada ali senão ar e paredes de tijolo. E um louco nu que escapara às malhas da rede civilizatória humana.

– Eu me perdi – explicou Peter, fracamente. – Estou doente. Acho que fui envenenado. Acho que... acho que estou morrendo.

– Tá falando sério? – disse Tartaglione. – Então vamos nos embebedar.

O linguista o guiou pela escuridão até chegarem a uma escuridão ainda mais escura, depois por uma porta que dava em uma casa onde foi instruído a se ajoelhar e ficar à vontade. Havia almofadas pelo chão, almofadas gordas e grandes que talvez tivessem sido canibalizadas de um sofá ou poltrona. O tato revelou que estavam mofadas, parecendo mais a casca de uma laranja ou limão. Quando Peter sentou nelas, elas suspiraram.

– Minha humilde morada – disse Tartaglione. – *Après* o êxodo, *moi*.

Peter ofertou-lhe um resmungo de gratidão, e tentou respirar pela boca em vez de pelo nariz. O interior de uma casa oasiana geralmente não cheirava a nada a não ser comida e correntes de ar que fluíam continuamente pelas janelas e se esbarravam pelas paredes, mas aquele cômodo conseguia a proeza de unir os cheiros de imundície humana com o da fermentação alcoólica. No centro do cômodo ficava um objeto grande que a princípio ele achou que fosse um berço oasiano, mas que agora identificara como a fonte do cheiro de bebida alcoólica. Talvez *fosse mesmo* um berço oasiano, mas estava servindo de tonel.

– Não tem nenhuma luz por aqui? – perguntou Peter.

– Trouxe uma lanterna, *padre*?

– Não.

– Então não tem luz.

Os olhos de Peter simplesmente não conseguiam se ajustar à escuridão. Ele via o branco – ou melhor, o amarelo – dos olhos do homem, um tufo de pelos faciais, uma impressão de pele emaciada e genitália flácida. Ficou pensando se Tartaglione teria desenvolvido, devido aos meses e anos em que morara nessas ruínas, algum tipo de visão noturna, feito a de um gato.

– O que há de errado? Está engasgado com alguma coisa? – perguntou Tartaglione.

Peter abraçou o próprio corpo para impedir o ruído que vinha do seu peito.

– Meu... meu gato morreu – disse ele.

– Você trouxe um *gato* pra cá? – admirou-se o outro. – A USIC anda permitindo *bichos de estimação*?

– Não, foi... aconteceu lá em casa.

Tartaglione deu dois tapinhas no joelho de Peter.

– Olha lá... Assim você não vai ser um bom escoteiro, nada de perder pontos de mérito. Não use esse palavrão com C. Esse palavrão com C é *verboten*! *È finito*! *Distrutto*! *Non esiste*!

O linguista fazia gestos teatrais com as mãos, enfiando a palavra *casa* de volta em seu buraquinho a cada vez que sua cabeça apontava. De repente, Peter o odiou, odiou aquele pobre coitado demente, sim, ele o odiava. Fechou os olhos com força e depois os reabriu, e ficou amargamente decepcionado que Tartaglione ainda estivesse ali, que a escuridão e o fedor de álcool ainda estivessem ali, quando o que *deveria* estar ali quando abrisse os olhos era o lugar de que jamais deveria ter saído, seu próprio espaço, suas próprias coisas, Bea. Ele deu um gemido de tristeza.

– Estou com saudade da minha mulher.

– Para com isso! Para com isso já! – pululou Tartaglione, agitando os braços na frente dele. Seus pés descalços batiam no chão num ritmo insano e, enquanto dançava, ele emitia um bizarro "*sh!-sh!-sh!-sh!*". Este esforço ocasionou um longo ataque de tosse. Peter imaginou lascas de pulmão expelido flutuando pelo ar feito confete de casamento.

– É claro que você sente falta da sua mulher – murmurou Tartaglione quando se acalmou um pouco. – Você sente falta de tudo quanto é coisa. A lista daria um livro. Você tem saudade de dentes-de-leão, saudade de bananas, saudade de montanhas, libélulas, trens, rosas e... e... até das merdas de malas diretas que vinham pelo correio. Saudade da ferrugem dos hidrantes, do cocô de cachorro na calçada, do pôr do sol, do seu tio imbecil com camisetas horrorosas e dentes amarelados. Você tem vontade de pegar seu tio babaca pelo ombro e dizer: "Tio, que camisa linda, que loção pós-barba cheirosa, me mostra aquela sua coleção de sapos de porcelana, e depois vamos dar uma voltinha aqui pela vizinhança, só eu e você, o que me diz?" Saudade da neve. Saudade do mar, *non importa* se poluído, se com petróleo derramado, ácido, camisinha usada, garrafa quebrada, pode vir assim mesmo, e daí?, pelo menos ainda é o mar, o oceano. Você sonha... sonha com gramados recém-aparados, com o cheiro da grama aparada, você jura que daria dez mil pratas ou um rim só para sentir um bafejozinho de cheiro de grama pela última vez.

Para enfatizar seu argumento, Tartaglione fungou profundamente, uma fungada teatral, uma fungada tão agressiva que parecia ser capaz de danificar seu cérebro.

– Todo mundo na USIC está... preocupado com você – disse Peter com todo o cuidado. – Você pode ser levado de volta para casa.

Tartaglione produziu um ronco de desdém.

– *Lungi da me, satana! Quítate de delante de mí!* Você não leu o contrato da USIC? Talvez precise de ajuda para traduzir o jargão? Bem, por acaso eu sou perfeito para o serviço. Querido desajustado de grande competência técnica: esperamos que goste de sua estada em Oásis. Hoje temos frango! Ou algo do gênero. Então acomode-se, não conte os dias, pense no longo prazo. A cada cinco anos, ou talvez mais cedo se você conseguir provar que ficou louco de pedra, você pode ganhar uma viagem de volta ao buraco purulento de onde saiu. Mas preferimos que você não faça isso. Por que você quer tanto voltar? Vai servir de alguma coisa? Seu tio e sua maldita coleção de sapos logo vão ser coisa do passado. Tudo logo vai ser coisa do passado. Até o *passado* vai ser coisa do passado. – Ele ficou dando voltas e mais voltas na frente de Peter, os pés levantando poeira do chão. – A USIC, preocupada comigo. Ah, tá bom...! Aquele china gordo, esqueci o nome dele, bem o vejo acordado de noite pensando: *Nossa, será que o Tartaglione está legal? Será que está tomando todas as vitaminas? Será que tive um mau presságio, será que um torrão de terra foi levado pelo mar, será que um pedaço do continente sumiu, será que estou me sentindo um pouco degradado pra caralho por aqui?* Sim, estou sentindo que ele me ama. Quem está encarregado da distribuição de amor hoje?

Por um ou dois segundos, Peter teve um apagão de consciência. A pele que envolvia sua testa se contraía, apertando o seu crânio, encolhendo-se. Lembrava de certa vez ter tido uma febre, algum tipo de gripe de quarenta e oito horas, e ficar desacordado na cama enquanto Bea estava no trabalho. Acordando no meio do dia fora de si, seco de sede, descobriu confuso que uma mão dava apoio para sua cabeça, levantando-a do travesseiro, e um copo de água gelada era levado aos seus lábios. Bem mais tarde, melhor da gripe, descobrira que Bea viera até em casa só para lhe dar aquela água, voltando logo em seguida para o hospital, durante o que deveria ter sido o seu horário de almoço.

– Eu teria sobrevivido – protestara ele.

– Eu sei – disse ela. – Mas eu te amo.

Quando Tartaglione voltou a falar, seu tom era filosófico, quase um pedido de desculpas:

– De nada vale chorar o leite derramado, meu amigo. Deixe ele ficar rançoso e viva para *mañana*. É o lema secreto da USIC, sábias palavras, sábias palavras, dignas de serem tatuadas em tudo quanto é testa. – Uma pausa. – Que diabos, esse lugar não é tão ruim assim. Digo este lugar mesmo, este bem aqui: *casa mia*. De dia é mais alegre. E, se eu soubesse que você viria, teria tomado banho, sabe. Talvez aparado um pouco essa velha barba. – Ele suspirou. – Já tive de tudo aqui. *Tutte le comodità moderne. Todo confort*. Lanternas, pilhas, barbeador para minha carinha linda, papel para limpar a bunda. Canetas também. Óculos de grau com ampliação de 3,5. Eu tinha o mundo na mão.

– O que aconteceu?

– Umidade – disse Tartaglione. – Passagem do tempo. Desgaste pelo uso. A total ausência de uma multidão de pessoas trabalhando o tempo inteiro para me manter abastecido de coisas. Porém! – Ele remexeu aqui e ali, e ouviu-se o estrépito de plástico batendo, seguido por um generoso mergulho no berço cheio de líquido. – Porém, antes de sumirem, as fadinhas de roupão de banho me ensinaram um de seus segredos. O segredo mais importante de todos, sabe? A *alquimia*. Transformar plantinhas insípidas em birita.

Outro mergulho borbulhante. Tartaglione entregou uma caneca a Peter, sorveu um gole da sua, e continuou a delirar.

– Sabe a coisa mais doida nessa base da USIC? A coisa que, isoladamente, é a mais sinistra de todas? Eu já te digo: lá não tem destilaria. E nem puteiro.

– Isso são duas coisas.

Tartaglione o ignorou, já ficando alto.

– Eu não sou nenhum gênio, mas compreendo algumas verdades. Entendo substantivos e verbos, entendo a fricativa labial, entendo a natureza humana. E você sabe o que é que as pessoas imediatamente começam a procurar, cinco minutos depois de chegar a qualquer lugar novo? Sabe o que lhes passa pela cabeça? Já te digo: como é que vão conseguir trepar, e onde vão encontrar algumas substâncias para alterar a mente. Isso, se forem normais. Então o que a USIC decidiu fazer, em sua infinita sabedoria? O que é que faz a USIC? Esquadrinha o mundo inteiro para desencavar gente que não precisa dessas coisas. Talvez já tenham precisado delas *um dia*, *lá atrás*, mas hoje em dia não precisam mais. Claro, soltam umas piadinhas aqui e ali sobre cocaína e bocetas. Você já deve ter conhecido o BG?

– Já conheci o BG.

– Cento e trinta quilos de puro blefe. Esse cara já suprimiu toda necessidade e desejo natural que a humanidade já conheceu. Ele só quer mesmo é um emprego e meia hora embaixo do guarda-chuva amarelo gigante para mostrar o muque. E os outros, Mortellaro, Mooney, Hayes, Severin, ando esquecendo a porra dos nomes deles todos, mas e daí?, são todos iguais mesmo. Você acha que sou *eu* o estranho? Você acha que sou *eu* o doido? Olha bem para aqueles zumbis, cara!

– Eles não são zumbis – disse Peter, baixo. – São gente boa, decente. Estão dando o melhor de si.

Tartaglione cuspiu suco de flor branca fermentado no espaço entre ambos.

– O melhor? O *melhor*? Baixe esses pompons de líder de torcida aí um instantinho, *padre*, e olhe bem para o que a USIC fez aqui. Quanto está marcando o medidor de vibração? Dois e meio em dez? Dois? Alguém já te ofereceu uma aula de tango ou te mandou uma carta de amor? E como está indo a ala da maternidade da USIC? Algum sinal de *piccoli piedi* dando seus primeiros passinhos?

– Minha mulher está grávida – Peter se ouviu dizer. – Não a deixaram vir.

– É claro que não! Só aceitamos zumbis por aqui!

– Eles não são...

– *Cáscaras*, invólucros vazios, todos eles! – declarou Tartaglione, erguendo--se com tanta veemência que soltou um peido. – Este projeto inteiro é... *nefasto*.

Você não é capaz de criar uma comunidade florescente, quanto mais uma nova civilização, juntando uma porção de gente que simplesmente não dá porra de problema nenhum! *Scuzi*, me perdoe, mamãe, mas não dá. Se você quer o Paraíso, precisa construí-lo com guerra, com sangue, com inveja e ambição deslavadas. As pessoas que o construírem precisam ser ególatras e lunáticas, têm que querer tanto construí-lo que vão pisar na sua cabeça se preciso for, precisam ser carismáticas e charmosas e precisam ser capazes de roubar sua mulher na sua cara e depois ainda te arrancar um empréstimo de dez pratas. A USIC acha que pode montar o time dos sonhos, bem, *sim*, *de fato* é um sonho, e eles precisam acordar e sentir o cheiro do lençol molhado. A USIC acha que pode peneirar milhares de candidatos para extrair o *único* homem e a *única* mulher que vão se dar bem com todos os demais, que vão trabalhar direitinho sem dar no saco, que não vão fazer escândalo nem ficar deprimidos nem surtar e estragar tudo. A USIC está procurando gente que consiga se sentir em casa em qualquer lugar, mesmo nesse cu de mundo do caralho, gente que não seja enjoadinha, que não esquente a cabeça, que fique fria, "eu vou, eu vou, pra mina agora eu vou", porque quem precisa de uma casa, quem se importa se a casa em que você cresceu está em chamas, quem se importa se seu antigo bairro está debaixo d'água, quem se importa se seus pais estão sendo assassinados, quem se importa se uma dúzia de calhordas estão currando a sua filha, todo mundo tem que morrer algum dia, não é?

Tartaglione ofegava. Suas cordas vocais não estavam prontas para serem tão abusadas.

– Você acredita mesmo que o mundo está acabando? – disse Peter.

– Deus do céu, *padre*, porra, que tipo de cristão você é? Cacete, não é nisso que vocês acreditam? Não é por isso que vêm esperando há milhares de anos?

Peter recostou-se, permitindo a seu corpo exausto afundar nas almofadas apodrecidas.

– Não estou vivo há tanto tempo assim.

– Uuuuh, isso foi um cala-boca? Detectei você querendo me colocar no meu lugar? O padreco ficou enfezado, é isso?

– Por favor... não me chame de padreco.

– Você é um desses cristãos descafeinados, *padre*? Só papa a hóstia se for dietética? Isenta de doutrina, com redução de culpa, baixo teor de Juízo Final, 100% a menos de Segunda Vinda de Cristo, sem adição de Armagedom? Pode conter pequenos traços de judeu crucificado? – O desprezo respingava da voz de Tartaglione. – Marty Kurtzberg; *este sim* era um homem de fé. Orava antes de comer, "Castelo forte é o nosso Deus", sem essa babaquice de *Krishna-também-é-sábio*, sempre usando paletó e calça bem-passada e sapatos engraxados. E se você falasse bem direitinho com ele, ele te dizia: "Estes são os últimos dias."

Peter engoliu com força algo que tinha gosto de bile. Mesmo se estivesse para morrer, ele não achava que aqueles eram os últimos dias do mundo. Deus não abriria mão do planeta que amava tão facilmente. Afinal de contas, dera Seu único filho para salvá-lo.

– Eu só estou tentando... tentando tratar as pessoas como Jesus talvez tivesse tratado. Para mim, isso é o cristianismo.

– Ora, tudo muito bem com isso. *Molto ammirevole!* Eu tirava meu chapéu para você, se tivesse um. Vamos lá, padreco, toma um pouco desse *mé*, que está ótimo.

Peter fez que sim, fechou os olhos. A arenga de Tartaglione sobre a USIC estava começando a penetrar em seu entendimento.

– Então... o motivo por que vocês todos estão aqui... a missão da USIC... não é tentar extrair... não é... hã... encontrar novas fontes de... hã...

Tartaglione mostrou seu desdém expelindo mais fragmentos de pulmão no ar.

– Isso tudo *já era*, lourinho! *Já era!* Temos caminhão, mas não temos depósito, *capisce*? Temos navios, mas nada de porto. Temos o pau duro pronto pra esporrar, mas a mulher *tá morta*. Logo, logo, todas as mulheres vão estar mortas. A Terra *já deu*! Mineiramos todas as minas, exploramos tudo o que dava para explorar, comemos tudo que tinha para comer. *È finito!*

– Mas e quanto a Oásis? O que é que é para acontecer aqui?

– Aqui? Você não ganhou sua camiseta de Pioneiro Feliz? *Supostamente*, éramos para estar criando um ninho, uma incubadora, um lugar onde a porra toda pode começar de novo. Você já ouviu falar no Arrebatamento? Você é um padreco pró-Arrebatamento?

Peter ergueu o copo ao rosto de novo. Lutava para permanecer acordado.

– Na verdade, não – suspirou ele. – Acho que é baseado numa leitura equivocada da Bíblia...

– Bem, este projeto aqui – declarou Tartaglione, com um desprezo imperioso – é como se fosse o Arrebatamento por comitê. Arrebatamento S.A. Departamento de Arrebatamento. Preocupado com o estado do mundo? Sua cidade natal acaba de ser varrida do mapa por um furacão? A escola dos seus filhos está cheia de gângsteres e aviõezinhos do tráfico? Sua mãe acabou de morrer atolada na própria merda enquanto as enfermeiras dividiam a morfina entre si? Não tem gasolina pro seu carro e as lojas estão com uma cara meio zen? Acabou a luz e a descarga do vaso não funciona mais? O futuro está parecendo distintamente uma *caca*? Ei, *non dispera*! Tem escapatória. Venha para o belo planeta Oásis. Zero crime, zero loucura, zero qualquer coisa de mau, um novo lar, uma casa no pasto, sem cervo nem antílope, mas oras, pense positivo, lá nunca se ouve uma palavra ruim, ninguém te estupra nem tenta relembrar como era Paris na primavera, para que ficar cheirando esse vômito velho, hein? Corte esses laços, apague esse quadro-negro, deixe pra lá Auschwitz e a Batalha do Álamo e... e a porra dos *egípcios*, pelo amor de Deus, quem é que precisa disso, quem se importa, foco no amanhã. Para a frente e para o alto. Venha para o belo planeta Oásis. Tudo é sustentável, tudo funciona. Tudo está pronto e em seu lugar. Agora só falta *você*.

– Mas... tudo isso para *quem*? Quem é que vai vir?

– Arrá! – Agora Tartaglione já atingira um êxtase de desdém. – Esta é a pergunta de cinco bilhões de rublos, não é? Quem será que vai vir... quem será. *Muy interesante!* Não podemos colocar víboras no nosso ninho, não é? Nada de loucos, parasitas e sabotadores. Somente pessoas boazinhas e bem ajustadas devem se inscrever. Exceto que – veja bem – você vai ter que pagar passagem. Afinal, há tempo de plantar e tempo de colher, não é? A USIC não pode investir para sempre; hora de ganhar dinheiro. Então quem é que vai vir? O pobre coitado que trabalha na loja de conveniência? Acho que não. A USIC vai ter que trazer ricaços muito cheios da nota, mas não os babacas e as prima-donas, não não não, mas os bonzinhos com valores bem pé no chão. Multimilionários que cedem seu lugar no ônibus. Magnatas que não se opõem a lavar suas camisetas à mão porque, sabe, não vão querer desperdiçar eletricidade. Sim, já estou até vendo. Chega mais, reserve agora mesmo sua passagem pra porra da Arrebatolândia.

O cérebro de Peter estava querendo encerrar atividades, mas, justo quando estava prestes a perder a consciência, lembrou dos corredores imaculados do centro médico da USIC, o equipamento cirúrgico ainda embrulhado em plástico, a sala amarela coalhada de caixas rotuladas como NEONATAL.

– Mas quando... quando é para isso acontecer?

– Qualquer dia desses! Nunca! Porra, quem sabe? – gritou Tartaglione. – Assim que construírem um estádio de beisebol? Assim que descobrirem como fazer sorvete de pistache com restos de unha do pé? Assim que conseguirem fazer brotar um narciso? Assim que Los Angeles afundar no Pacífico? Sei lá. *Você* gostaria de morar aqui?

Peter se visualizou sentado de braços cruzados próximo a sua igreja, com os Adoradores de Jesus agrupados ao seu redor, todos eles segurando seus livretos bíblicos bordados, abertos em uma parábola. A tarde prosseguia indefinidamente, todos estavam leves de felicidade, e a Adoradora 5 estava trazendo comida de presente para o mais novo componente de sua comunidade – Bea, esposa do pastor Peter, sentada a seu lado.

– Eu... dependeria... – disse ele. – É um lugar bonito.

O recinto ficou em silêncio. Depois de algum tempo, a respiração de Tartaglione foi ficando cada vez mais alta e ritmada, até Peter perceber que ele dizia sem parar:

– Aham. Aham. Aham. – Depois, com uma voz carregada de desdém, acrescentou: – Certo. Bonito.

Peter estava cansado demais para discutir. Sabia que ali não havia florestas tropicais, nem montanhas, nem cachoeiras, nem jardins exaustivamente esculpidos, nem paisagens urbanas de tirar o fôlego, nem catedrais góticas, castelos medievais, bandos de gansos, girafas, leopardos-das-neves, sei lá, todos aqueles animais de cujos nomes não conseguia recordar, todos aqueles destinos turísticos que vira outras pessoas tão ávidas para visitar, todas as atrações da vida na Terra que ele, francamente, nunca experimentara. A glória de Praga para ele não passava de uma lembrança obscura de uma fotografia; flamingos eram só um vídeo; ele nunca fora a lugar nenhum; nunca vira nada; Oásis era o primeiro lugar com que já se permitira ter ligação. O primeiro lugar que ele viera a amar.

– Sim, é lindo – suspirou ele.

– Você está totalmente louco, *padre* – disse Tartaglione. – Doente da cabeça. *Loco-loco-loco*. Este lugar é belo como uma sepultura, belo como vermes. O ar está cheio de vozes, já notou? Minhocas no seu cérebro, elas escavam lá dentro, fingem ser só oxigênio e umidade mas é mais do que isso, é mais do que isso. Desligue o motor do carro, desligue sua conversa, desligue a porra do Bing Crosby, e o que é que você ouve, em vez de silêncio? As vozes, cara. Elas nunca param, são líquidas, uma língua líquida, sussurrando, sussurrando, sussurrando, entrando nos seus canais auditivos, pela sua garganta adentro, até pela sua bunda. Ei! Você está querendo dormir? Não morre aqui não, amigo, a noite é longa e eu gosto de companhia.

O cheiro pungente da solidão de Tartaglione dispersou um pouco o sono no cérebro de Peter. Ele pensou numa pergunta que deveria ter feito antes, uma pergunta que sem dúvida teria ocorrido imediatamente a Bea.

– O Kurtzberg está aqui?

– O quê? – É claro que o linguista se alarmou, arrancado ao fluxo de sua arenga.

– O Kurtzberg. Ele também está morando aqui? Com você?

Houve um minuto inteiro de silêncio.

– Tivemos um desentendimento – disse finalmente o linguista. – Pode-se dizer... um desentendimento filosófico.

Peter não conseguia mais falar, mas emitiu um ruído de incompreensão.

– Foi por causa dos  – explicou Tartaglione. – Por causa daqueles vermes bizarros, insípidos e sem pinto. Daquele bando de puxa-sacos em tom pastel. – Uma sorvida no copo, uma golada passando na goela. – Ele os adorava.

Mais tempo correu. O ar sussurrou macio, fazendo seu reconhecimento sem fim das fronteiras e vazios do cômodo, testando o teto, cutucando as quinas das paredes, roçando o chão, medindo corpos, penteando cabelos, lambiscando as peles. Dois homens respiravam, um deles com grande esforço, o outro quase não mais. Parecia que o linguista tinha dito tudo o que tinha para dizer, e agora estava perdido em seu próprio desespero estoico.

– Além disso – acrescentou ele, no último segundo antes de Peter perder a consciência –, não suporto gente que não bebe comigo.

24

A Técnica de Jesus

A noite era para ter durado mais. Muito, muito mais. A escuridão deveria tê-lo mantido cativo por centenas, até mesmo milhares de anos até chegar o dia da Ressurreição e Deus levantar todos os mortos do chão.

Foi isso que o confundiu ao abrir os olhos. Era para estar embaixo da terra, ou escondido sob um cobertor em uma casa às escuras em uma cidade abandonada, nem mesmo decomposto ainda, apenas uma massa inerte incapaz de ver ou sentir. Não devia haver luz. Especialmente não uma luz tão branca e ofuscante assim, mais brilhante do que a do céu.

Não era a luz do Além; era a luz de um hospital. Ah, sim, estava lembrado. Tinha quebrado os tornozelos fugindo da polícia, e fora levado ao hospital e injetado com um monte de analgésicos para que misteriosas figuras de máscara pudessem remendar seus ossos estilhaçados. Chega de fugir; ele teria que aceitar o que quer que lhe estivesse reservado. Um rosto de mulher flutuava acima do seu. O rosto de uma linda mulher. Debruçada sobre ele como que sobre um bebê no berço. Afixada a seu seio, uma identificação dizia: Beatrice. Era a enfermeira. Ele gostou dela instintivamente, como se estivesse esperando por ela a vida toda. Talvez até mesmo se casasse com ela um dia, caso ela dissesse sim.

– Bea – sussurrou ele.

– Errou – disse a mulher. O rosto dela se arredondou, seus olhos mudaram de cor, seu pescoço encolheu, seu cabelo se rearranjou num corte de menino.

– Grainger – disse ele.

– Acertou – disse ela, cansada.

– Onde estou? – A luz machucava seus olhos. Ele virou a cabeça para o lado, encontrando um travesseiro de algodão verde-claro.

– Na enfermaria – disse Grainger. – Opaaa. Calma lá com esse braço, ele está com soro.

Ele obedeceu. Um tubo fino balançava junto à sua face.

– Como eu vim parar aqui?

– Eu falei que sempre ia cuidar de você, não falei? – disse Grainger. E depois de uma pausa: – O que é mais do que posso dizer a respeito de Deus.

Ele deixou seu braço ancorado descansar novamente na coberta e sorriu.

– Talvez Deus esteja operando através de você.

– É mesmo? Bem, não sei se você sabe que existem remédios para pensamentos como estes. Lurasidona. Asenapina. Posso receitá-los assim que você estiver pronto para tomá-los.

Ainda estreitando os olhos devido à luz, ele girou a cabeça para olhar para a bolsa que alimentava seu soro. O líquido era transparente. Glicose ou soro fisiológico, e não sangue.

– E com o veneno? – disse ele. – O que aconteceu?

– Você não foi envenenado – disse Grainger, com um traço de exasperação na voz. – Só ficou desidratado, só isso. Não andava bebendo água suficiente. Podia até ter morrido.

Ele deu uma risada, e a risada foi se transformando em soluços. Colocou os dedos sobre o peito, mais ou menos onde o crucifixo de tinta estava ou estivera. O tecido estava gelado e melado. Ele tinha cuspido o horrível álcool de Tartaglione queixo abaixo e o deixara escorrer pelo peito, fingindo bebê-lo. Ali, naquele estéril ar-condicionado, seu cheiro fermentado e doce era tão ruim que dificultava a respiração.

– Você trouxe o Tartaglione para cá? – perguntou ele.

– Tartaglione? – A voz de Grainger foi engrossada por leves interjeições de surpresa vindas de outros pontos da enfermaria: eles não estavam a sós.

– Você não o viu? – disse Peter.

– Ele estava lá?

– Sim, estava lá – disse Peter. – Ele mora lá. No meio dos escombros. Ele não está bem, não. Provavelmente precisa ir para casa.

– Casa? Ora, imagine só. – Grainger soava amargurada. – Quem diria uma coisa dessas.

Saindo de seu campo de visão, ela fez algo que ele não conseguiu identificar, algum gesto enfático ou até mesmo violento que causou um grande estrépito.

– Tudo bem com você, Grainger? – Uma voz masculina, metade simpática, metade advertindo. O médico da Nova Zelândia. Austin.

– Não encoste em mim – disse Grainger. – Estou ótima. Óóótima.

Peter percebeu de repente que o cheiro de álcool que sentia não exalava apenas de suas próprias roupas. Havia algo extra no ar, um cheiro penetrante, cheiro de álcool destilado, que talvez pudesse ter surgido devido à abertura de várias dezenas de pacotes de lenços umedecidos, mas tinha a mesma probabilidade de ter vindo de algumas doses de uísque. Uísque consumido por Alex Grainger.

– Talvez Tartaglione esteja feliz onde está. – Agora uma voz feminina. Flores, a enfermeira. Ela falava calmamente, como se falasse com uma criança, como se um gato tivesse sido visto em uma árvore e um menino ingênuo estivesse insistindo para alguém ir subir lá e resgatá-lo.

– Ah, sim, ele deve estar feliz que nem pinto no lixo – redarguiu Grainger, seu sarcasmo atacando tão rápido que Peter não teve mais qualquer dúvida de que ela se encontrava desinibida pelo álcool. – O que você acha, Peter? Hein?

– Melhor deixar nosso paciente se recuperar mais um pouco – sugeriu Austin.

Grainger o ignorou.

– Vocês sabiam que o Tartaglione era italiano mesmo? De verdade. Ele cresceu em Ontário, mas nasceu em... esqueci o nome do lugar... ele me disse uma vez...

– Talvez não seja tão relevante para o nosso trabalho aqui no momento – sugeriu Austin. Embora ainda masculina, sua voz adquirira um leve tom birrento. Ele não estava acostumado a lidar com colegas de trabalho irracionais.

– Tá certo, tá certo – disse Grainger. – Nenhum de nós vem de lugar nenhum. Esqueci, desculpe. Somos a porra da Legião Estrangeira, como o Tuska vive dizendo. E, caramba, quem é que quer ir pra casa? Quem quer ir pra casa quando lá é aquela *merda* e aqui tudo é tão *fantástico*? Só se for maluco, não é?

– Por favor, Grainger – avisou Flores.

– Assim você vai se prejudicar – disse Austin.

Grainger começou a chorar.

– Caralho, vocês não são gente. Não têm coração.

– Que desnecessário – disse Flores.

– Você não entende porra nenhuma de necessidade! – gritou Grainger, histérica. – Tira a mão de mim!

– Não estamos encostando em você, nem vamos encostar – disse Austin.

Outro alarido, outro equipamento derrubado: talvez uma haste de suporte para soro.

– Cadê o meu pai? – soluçou Grainger, tropeçando porta afora. – Quero ver papai!

Depois que a porta bateu, a enfermaria ficou em silêncio. Peter nem sequer tinha certeza de que Austin ainda estava por perto, mas imaginou que ouvia Flores trabalhar ao seu redor, fora de seu campo de visão. Seu pescoço estava duro e ele sentia uma dor de cabeça latejante. O líquido na bolsa de soro intravenoso pingava sem pressa para a sua veia. Quando acabou, a bolsa pendendo flácida e enrugada feito uma camisinha, ele pediu para receber alta.

– O dr. Austin quer conversar com você – disse Flores, retirando o soro. – Ele volta logo, logo.

– Talvez mais tarde – disse Peter. – Preciso mesmo ir embora agora.

– Melhor você não ir.

Ele flexionou o pulso. Do furo de onde a cânula acabara de ser removida manava um sangue vermelho.

– Pode me dar um band-aid para isso?

– Claro – disse Flores, remexendo dentro de uma gaveta. – O dr. Austin disse que você ficaria muito... ah... ansioso para confabular com ele. Sobre outro paciente daqui.

– Quem é? – Peter ardia de vontade de ir embora; queria escrever para Bea assim que possível. Deveria ter escrito para ela há muitas horas, em vez de ensaiar aquele adeus melodramático.

– Não sei quem é – disse Flores, franzindo a testa. – Se você tiver paciência de esperar...

– Desculpe – disse Peter. – Eu volto logo, juro. – Ao pronunciar aquelas palavras, ele já sabia que poderiam ser mentira, mas elas surtiram o efeito desejado: a enfermeira Flores afastou-se e ele saiu dali.

Com nada a denunciar o mau pedaço por que passara exceto por um curativo no pulso, ele andou até seus aposentos com passos incertos, mas teimosamente vivo. Vários funcionários da USIC passaram por ele nos corredores, olhando de esguelha para sua aparência medonha. Apenas alguns metros antes de seu quarto, encontrou Werner.

– Oi – disse Werner, apontando dois dedos gorduchos para o alto enquanto passava por ele. Era um gesto que poderia ter uma porção de significados: um tchauzinho preguiçoso demais para usar a mão inteira, uma aproximação casual do símbolo da paz, um eco inconsciente de uma bênção cristã. Provavelmente, não significava nada além da determinação de Werner em continuar com sua engenharia ou hidráulica ou sei lá o quê, sem ter que se preocupar com esquisitões com cara de desespero.

"Que Ele te abençoe *também*, colega", pensou Peter em gritar para o chinês já longe. Mas se gritasse isso, seria sarcasmo. Tinha que evitar essas coisas, era um pecado sequer ter passado pela sua cabeça, uma apostasia, uma vergonha. Precisava se aferrar a sua sinceridade. Era só o que lhe restava. Não podia haver maldade em sua alma, nem veneno em sua língua. Amar sem discriminar, querer o bem de toda criatura, mesmo o de um cão raivoso feito Tartaglione, mesmo o de um desperdício de espaço feito Werner: era este seu dever sagrado como cristão, e sua única salvação como pessoa. Enquanto abria a porta do seu quarto, aconselhou a si próprio a expurgar toda antipatia por Werner de seu coração. Werner era uma ovelha inocente, preciosa aos olhos do Senhor, um homem bisonho e sem encantos que não podia fazer nada quanto a ser bisonho e sem encantos, um nerd órfão que evoluíra para uma forma especializada de sobrevivente. Todos nós somos formas especializadas de sobreviventes, lembrou-se Peter. A nós nos falta aquilo que desejamos e ainda assim seguimos em frente, escondendo atabalhoadamente nossas feridas, disfarçando nossa inépcia, blefando como se não tivéssemos qualquer fraqueza. Ninguém deveria perder de vista essa verdade – especialmente se fosse pastor. O que quer que fizesse, o quanto decaísse, jamais poderia deixar de crer que todos os homens eram seus irmãos.

E todas as mulheres.

E todos os .

Querida Bea, escreveu ele,

Não há nada que eu possa dizer que vá apaziguar a grande sensação de injustiça a respeito do que aconteceu com Joshua. Ele era um ser maravilhoso, encantador, e dói demais saber que está morto, tanto mais pela forma como morreu. É terrível ser lembrado de forma tão brutal de que cristãos não têm nenhuma imunidade mágica às maldades perpetradas por gente de coração ruim. Nossa fé em Cristo nos cobre de bênçãos e golpes de sorte, conforme observamos juntos tantas vezes, mas o mundo continua sendo um lugar perigoso e nós continuamos - pelo mero fato de sermos humanos - vulneráveis aos horrores perpetrados por outros humanos.

Também estou com raiva. Não de Deus, mas dos desgraçados que torturaram Joshua. Eu sei que deveria amá-los, mas quero matá-los, mesmo sabendo que matá-los não trará Joshua de volta. Preciso de tempo para trabalhar meus sentimentos mais instintivos e sei que você também. Não vou dizer para você perdoar aqueles garotos porque eu mesmo ainda não consigo perdoá-los. Só Jesus era capaz desse nível de perdão. Só digo uma coisa: eu causei muita dor a outras pessoas e fui perdoado. Uma vez roubei uma casa que tinha caixas de remédios para câncer no quarto, pilhas e mais pilhas. Sei que eram remédios de câncer porque vasculhei as caixas em busca de algo que fosse me servir. Roubei uma caixa de analgésicos e deixei o resto espalhado pelo chão. Desde então, volta e meia penso no efeito que isso deve ter tido naquelas pessoas quando chegaram do hospital ou seja lá onde é que foram naquele dia. Não digo isso pelos analgésicos - eles eram de fácil substituição, pelo menos é o que eu espero. Digo isso pelo fato de terem sido roubados além de tudo o mais que estava acontecendo com eles, por não ter havido piedade, nem nenhum desconto em respeito a suas circunstâncias já extraordinariamente difíceis. Os meninos que torturaram Joshua fizeram isso com a gente. O que posso dizer? Não sou Jesus.

Mas ainda sou seu marido. Passamos por tanta coisa juntos. Não apenas como marido e mulher cristãos, mas como dois animais que confiam um no outro. Sempre que penso no abismo que surgiu entre nós dois, fico doente de tristeza. Por favor, aceite o meu amor. Algumas vezes, em sermões, eu disse às pessoas que o que me encantou naquela ala de hospital em que nos conhecemos foi a luz de Cristo que emanava de você. Eu acreditava nessas palavras quando as pronunciei, mas agora já não estou tão certo. Talvez eu tenha te desvalorizado só para poder marcar um ponto como evangelista. Você emana uma luz intrínseca a quem você é, um espírito maravilhoso que a habitaria mesmo se você não fosse cristã, e por isso você vai continuar especial mesmo se sua rejeição a Deus venha a se comprovar permanente. Eu te amo e te quero não importa a sua fé. Eu te amo. Não desista de mim.

Desculpe se dei a impressão de não estar interessado no que vem acontecendo com o mundo – falo do nosso mundo. Por favor, fale mais. Sobre tudo em que você conseguir pensar, qualquer coisa que lhe venha à cabeça. Aqui não há nenhum tipo de notícia – nenhum jornal, nem mesmo velhos, nenhum acesso a qualquer informação, nenhum livro de história nem nenhum outro tipo de livro, só livros de quebra-cabeças e revistas lustrosas sobre hobbies e assuntos profissionais. E até mesmo elas vêm censuradas. Sim, há um diligente censorzinho da USIC escrutinando todas as revistas e arrancando toda e qualquer página que não seja do agrado deles!

Finalmente conheci o Tartaglione, o linguista que sumiu do mapa. Ele é um sujeito muito sequelado, mas me contou a verdade sobre os planos da USIC. Ao contrário de nossas suspeitas, eles não estão aqui por motivos imperialistas ou comerciais. Eles pensam que o mundo está acabando e querem recomeçar do zero em Oásis. Estão preparando o lugar. Para quem, eu não sei. Não é para o seu bico, evidentemente.

Ele se deteve em meio à digitação, releu o que escrevera, pensou em deletar tudo depois de "Não desista de mim". No fim, ele apagou "Não é para o seu bico, evidentemente", acrescentou "Com amor, Peter" e apertou o botão de transmitir.

Pelos vários minutos de sempre suas palavras tremularam na tela, esperando para serem libertadas. Então, superposto ao texto feito uma marca de ferro em brasa, um aviso sucinto se manifestou em letras lívidas:

NÃO APROVADO – PROCURE UM FUNCIONÁRIO.

* * *

Ele foi até a porta de Grainger e bateu.

– Grainger! – gritou ele. – Grainger! Abra, sou eu, Peter! – Nenhuma resposta.

Sem nem verificar se havia alguém passando no corredor para observá-lo, ele abriu a porta e invadiu o quarto de Grainger. Se ela estivesse dormindo, ele a arrancaria da cama. Não violentamente, claro. Mas ela precisava ajudá-lo.

O layout dos aposentos dela era idêntico ao dos dele; seu espaço igualmente espartano. Ela não o ocupava no momento. Sua cama estava feita, mais ou menos. Um xale branco pendia do varal, içado até o teto. Uma constelação de gotas d'água cintilava no interior do boxe do banheiro. Sobre a mesa, uma garrafa de uísque pela metade, rotulada simplesmente como BOURBON em letras de imprensa vermelhas sobre fundo branco, e com o preço de $650. Também sobre a mesa, um porta-retratos com a fotografia de um homem de meia-idade de rosto sulcado vestindo pesadas roupas invernais e abraçado a uma espingarda. Atrás dele, sob um céu cinzento tenebroso, a fazenda da família Grainger aparecia coberta de neve.

Dez minutos depois, ele encontrou a filha de Charlie Grainger na farmácia, um lugar onde não deveria se espantar de encontrá-la, já que ela era, afinal de contas, a farmacêutica da USIC. Estava sentada atrás de um balcão, vestida do mesmo jeito de sempre, seu cabelo liso e ainda um pouco úmido. Quando ele entrou, ela estava escrevendo em um fichário à moda antiga, com um lápis apertado entre seus dedos curtos. Prateleiras modulares em forma de favo de mel, a maioria delas vazia mas pontuadas aqui e ali por pequenas garrafas plásticas e caixas de papelão, dominavam o ambiente. Ela parecia calma, mas suas pálpebras estavam vermelhas de chorar.

– Eu não estava falando sério sobre os remédios antidelirantes – brincou ela enquanto ele se aproximava. *Nem mencione o que aconteceu na enfermaria*, pedia ela com os olhos.

– Preciso da sua ajuda – disse ele.

– Você não vai a lugar nenhum – disse ela. – Pelo menos, não comigo.

Passou-se um momento antes que ele percebesse que ela se referia a levá-lo de carro, a ser sua motorista até um destino que não lhe faria nada bem à saúde.

– Acabei de tentar mandar uma mensagem para a minha mulher – disse ele –, e ela foi bloqueada. Preciso que ela passe. Por favor.

Ela depôs o lápis, fechou o fichário.

– Não se preocupe, Peter, eu dou um jeito – disse ela. – Provavelmente. Depende do quão mal você se comportou.

Ela ficou de pé, e ele percebeu mais uma vez como ela não era lá muito alta. Ainda assim, naquele momento, ele sentiu-se menor; ele era o garotinho que tinha deixado roubarem sua bicicleta nova, ele era o vexame deplorável desabado sobre um sofá sujo de vômito na Pentecost Powerhouse de Salford, ele era o missionário desastrado que já não sabia mais o que fazer – e cada um desses Peters só podia mesmo era se abandonar à piedade de uma mulher sofrida, uma figura maternal que pudesse lhe garantir que ele valia mais do que qualquer presente caro, uma esposa que pudesse lhe assegurar que ele podia quebrar uma promessa sagrada e ainda assim merecer seu amor, uma amiga que pudesse ser capaz de resgatá-lo da sua mais recente crise. No fim das contas, não era à clemência de Jesus mas à dessas mulheres que ele se entregava, e era a elas que cabia decidir se ele finalmente fora longe demais.

O seu quarto, quando entraram nele juntos, estava uma bagunça. Sua mochila, imunda de suas viagens ao deserto, jazia no meio do quarto, cercada de novelos de lã que haviam rolado da cadeira. Comprimidos soltos estavam espalhados pela mesa junto ao frasco de remédio caído e ao bilhete de Grainger sobre o que tomar caso necessário, o que era estranho, pois não se lembrava de ter aberto o frasco. Sua cama estava uma vergonha: os lençóis tão embolados que ele parecia ter lutado em cima deles.

Grainger ignorou o caos, sentou na cadeira dele e leu a carta que ele escrevera para Bea. Seu rosto não traiu qualquer emoção, embora os lábios dela tenham se contraído uma ou duas vezes. Talvez não fosse boa em leitura e estivesse tentada a mover os lábios enquanto lia? Ele ficou ao seu lado, esperando.

– Vou precisar da sua autorização para alterar isso aqui – disse ela ao terminar.

– Alterar?

– Tirar algumas... declarações problemáticas. Para poder passar pelo Springer.

– Pelo *Springer*? – Peter presumira que o que quer que tivesse bloqueado sua mensagem era algo automático, algum tipo de programa de computador que peneirava os textos sem entendê-los. – Você está dizendo que o Springer tem lido todas as minhas cartas?

– É o trabalho dele – disse Grainger. – Um dos trabalhos dele. Somos multitarefa por aqui, conforme você deve ter percebido. Há vários funcionários que cuidam dos Tubos. Tenho quase certeza de que no momento é o Springer.

Ele ficou olhando duro para ela. No rosto cansado de Grainger não havia qualquer traço de vergonha, culpa ou defensiva. Ela estava só lhe informando um detalhe sobre a escala de trabalho da USIC.

– Vocês *se revezam* lendo minhas cartas particulares?

Só agora ela pareceu entender que, no universo de algumas pessoas, isso poderia soar estranho.

– Qual é o problema? – atreveu-se ela. – Deus já não lê seus pensamentos?

Ele abriu a boca para protestar, mas não conseguiu falar.

– Bom – continuou ela, em tom pragmático. – Você quer que essa mensagem passe. Então vamos cuidar disso. – A tela rolou pelas suas palavras. – A parte sobre a USIC censurar as revistas precisa sair – disse ela, cutucando o teclado com suas unhas tão curtas. Letra por letra, as palavras "E até mesmo elas vêm censuradas", e as outras que as sucediam, foram sumindo da tela. – Idem a coisa do mundo estar acabando. – Mais catadas de milho. Uma ou duas palavras a mais chamaram sua atenção e foram eliminadas. Seus olhos estavam injetados e ela parecia tristonha demais para a idade que tinha. – Nada de fim do mundo – murmurou ela, em um leve tom de censura. – Hã-*hã*.

Satisfeita com o trabalho, ela apertou o botão para transmitir. O texto tremulou na tela enquanto, em alguma outra parte do complexo, outro par de olhos cansados o examinava. Então ele sumiu.

– Lá se vão mais cinco mil pratas pro espaço – disse Grainger, dando de ombros.

– Como é que é?

– Cada mensagem que você manda pelo Tubo custa uns cinco mil dólares – disse ela. – E as que sua esposa manda também, é claro, custam isso para você receber. – Ela enxugou o rosto com as mãos, respirando fundo, tentando absorver um pouco da energia de que tanto precisava das próprias palmas. – É mais um motivo pelo qual o pessoal daqui não tem se comunicado diariamente com uma porção de amigos em casa.

Peter tentou fazer um cálculo mental. Matemática não era o forte dele, mas ele entendeu que o número era espantosamente grande.

– Ninguém me disse isso – disse ele.

– Nos mandaram não te contar – disse ela. – Não poupamos despesas para o nosso missionário.

– Mas por quê?

– A USIC queria muito você – disse Grainger. – Você foi, tipo, nosso primeiro VIP.

– Nunca pedi para...

– Não precisava pedir. Minha... orientação foi dar tudo o que você quisesse. Dentro do razoável. Porque, sabe, antes de você chegar, as coisas estavam ficando um pouco... difíceis.

– As coisas? – Ele não conseguia imaginar que coisas. Uma crise espiritual entre os funcionários da USIC?

– Nosso suprimento alimentar foi cortado por algum tempo. Nada de flor branca dos nossos amiguinhos. – Grainger deu um sorriso amargo. – Eles dão a impressão de serem tão humildes e bonzinhos, não é? Mas quando querem, são bem determinados. Prometemos um substituto para o Kurtzberg, mas eles acharam que estava demorando demais. Acho que Ella Reinman devia estar debulhando milhares de padres e pastores, abrindo-os ao meio para ver o que tinha dentro, e reprovando um por um. Próximo pastor, faz favor! Qual é sua bebida favorita? O quanto você sentiria a falta da Filadélfia? Fritar patinhos vivos – tudo bem ou não? O que te faria perder a paciência com minhas perguntas idiotas e torcer meu pescocinho fino? – As mãos de Grainger imitaram o ato, seus polegares esmagando a traqueia de sua interrogadora. – Enquanto isso, em Monstrópolis, nossos amiguinhos cansaram de esperar. Usaram a única influência que tinham para obrigar a USIC a se mexer e te encontrar logo. –

Vendo a confusão em seu rosto, ela assentiu uma vez, para dar a entender que era melhor ele parar de desperdiçar energia sendo incrédulo e simplesmente acreditar.

– Foi muito ruim? – disse Peter. – Digo, vocês passaram fome?

A pergunta deixou Grainger irritada.

– É claro que não passamos fome. As coisas só ficaram... *caras* por algum tempo. Mais caras do que você gostaria de pensar.

Ele tentou pensar a respeito e descobriu que Grainger tinha razão.

– Esse impasse não teria sido tão ruim assim se nós mesmos pudéssemos cultivar plantas. Só Deus sabe como tentamos. Trigo. Aveia. Milho. Cânhamo. Toda semente que o homem já conheceu foi testada neste solo. Mas não nasce nada expressivo. Agricultura ornamental, pode-se chamar assim. E é claro que tentamos cultivar também a flor branca, mas deu no mesmo. Alguns bulbos aqui, outros ali. Era como cultivar orquídeas. Simplesmente não conseguimos entender como esses sujeitos conseguem fazer essa coisa crescer em tamanha quantidade. Com que diabos fertilizam as plantas? Deve ser com pó de pirlimpimpim.

Ela caiu no silêncio, ainda sentada diante do Tubo. Falara em um tom embotado e débil, como se o assunto fosse infrutífero, ou uma humilhação patética e tediosa demais para ser revisitada de novo. Contemplando o seu rosto, ele pensou quanto tempo devia fazer – quantos anos – desde a última vez que ela sentira alguma felicidade verdadeira.

– Muito obrigado por você ter me ajudado – disse ele. – Eu estava... péssimo. Não sei o que teria feito sem você.

Ela não tirou os olhos da tela.

– Fiz outra pessoa te ajudar, acho.

– Não falo só da mensagem. Falo de ter ido me procurar lá. Você disse bem, eu poderia ter morrido.

Ela suspirou.

– Na verdade, é preciso muita coisa para alguém morrer. O corpo humano é feito para não jogar a toalha. Mas sim, eu estava preocupada com você, saindo de carro por aí doente daquele jeito.

– Como você me achou?

– Essa parte não foi difícil. Todos os nossos veículos têm sininho na coleira, se é que você me entende. A parte difícil foi enfiá-lo no carro, já que você não estava acordando. Tive que enrolá-lo num cobertor e arrastá-lo pelo chão. E não sou uma pessoa forte.

A visão do que ela fizera por ele se acendeu em sua cabeça, embora ele não tivesse lembrança do acontecimento. Bem que queria ter uma lembrança.

– Oh, Grainger...

Ela se levantou bruscamente.

– Você a ama mesmo, não ama? – disse ela. – Sua esposa.

– Sim. Amo mesmo.

Ela assentiu.

– Foi o que pensei.

Ele queria lhe dar um abraço, hesitou. Ela lhe deu as costas.

– Escreva para ela o quanto quiser – disse ela. – Não se preocupe com o preço. A USIC pode pagar. E, de qualquer forma, você salvou a nossa pele. E nosso frango, nosso pão, nosso creme custard, nossa canela et cetera, et cetera, et cetera.

Por trás dela, ele depositou as mãos sobre seus ombros, doendo de vontade de lhe transmitir o que sentia. Sem olhar para trás, ela segurou nas mãos dele, e as puxou com força para o tórax, não tão baixo que tocassem o seio, mas próximo ao esterno, onde seu coração batia.

– Lembre-se – disse ela. – Quando falar na USIC, fale bem. Nada de acusações, nem de mundo acabando.

Volto logo, dissera ele a Flores, só para calar sua boca, só para facilitar sua fuga, mas agora que tivera a chance de pensar melhor, promessa é dívida. Grainger já tinha ido embora, a mensagem para Bea já havia sido enviada. Ele deveria descobrir o que o dr. Austin tinha em mente.

Tomou banho, lavou o cabelo, massageou o couro cabeludo cheio de cascas. A água rodopiando a seus pés era amarronzada, gorgolejando pelo buraco feito chá. Em suas duas entradas na enfermaria da USIC ele devia ter levado consigo mais bactérias para o ambiente esterilizado do que todas as que foram encontradas nos anos anteriores, somadas. Era de se admirar não o terem mergulhado numa tina de desinfetante do tamanho da banheira de Tartaglione antes de admiti-lo para tratamento.

Banho tomado, ele se secou atentamente. O furo da cânula já havia sarado. Vários arranhões anteriores já tinham formado casquinha. A marca da mordida em seu braço estava melhorando; a da perna pinicava um pouco, e parecia meio inchada, mas, se piorasse, uma rápida rodada de antibióticos resolveria. Ele enrolou de novo as bandagens e pôs um jeans e camiseta. Sua túnica estava tão malcheirosa por causa da bebida de Tartaglione que pensou em desistir da roupa, mas, em vez disso, enfiou-a na máquina de lavar. A plaqueta de POUPE ÁGUA. É POSSÍVEL LAVAR A ROUPA À MÃO? ainda estava no lugar, com o adendo VAI ME DAR UMA MÃOZINHA, MOÇA? e tudo. Ele quase esperava que o grafite tivesse sido apagado por algum intruso de rotina, algum engenheiro ou eletricista multitarefa designado para inspecionar o quarto de todos em busca de coisas que pudessem ofender o *ethos* da USIC. Agora nada mais o surpreenderia.

– Bom te ver – disse Austin, avaliando a vestimenta tradicional de Peter com evidente aprovação. – Você está parecendo muito melhor.

– E devo estar *cheirando* muito melhor – disse Peter. – Desculpe por empestear sua enfermaria.

– Não tem problema – aliviou o médico. – Álcool é coisa do mal. – Era o mais próximo que ele ia chegar de mencionar o porre antiprofissional de Grainger. – Você está andando um pouco duro – observou ele, enquanto os dois passavam da porta ao consultório. – Como vão os machucados?

– Estão melhores. É que não estou mais acostumado a usar roupas. Esse tipo de roupa.

Austin deu um sorriso falso, sem dúvida reajustando sua avaliação profissional do quanto Peter estava bem.

– Sim, há dias em que quase resolvo vir trabalhar pelado – brincou ele –, mas a vontade acaba passando.

Peter retribuiu com um sorriso. De repente, veio-lhe um de seus lampejos de instinto pastoral, como aquele que tivera sobre a tristeza inconsolável do Adorador 1: aquele médico, aquele neozelandês robusto e bonito, aquele homem chamado Austin, nunca tivera uma relação sexual com ninguém.

– Quero te agradecer – disse Austin – por levar a sério a nossa conversa.

– Conversa?

– Sobre a saúde dos nativos. Sobre falar com eles para vir a nós para fazermos exames e diagnosticarmos do que andam morrendo. Obviamente você deu uma palavra com eles. – E ele sorriu de novo, admitindo o duplo sentido não proposital em sua frase. – Depois de tanto tempo, finalmente um deles veio.

Depois de tanto tempo. Peter pensou na distância entre a base da USIC e o assentamento , o tempo que durava o trajeto de carro até lá, o tempo que demoraria para vir andando.

– Ah, meu... puxa vida – disse ele. – É tão *longe*.

– Não, não – tranquilizou-o Austin. – Lembra do Conway? O seu Bom Samaritano? Parece que ele não estava satisfeito com a força do sinal de alguma engenhoca que havia instalado na sua igreja. Então foi até lá e voltou com um passageiro. Acho que... amigo seu.

– Amigo?

Austin estendeu a mão, fez um gesto indicando o corredor.

– Venha comigo. Ele está na UTI.

O termo foi como uma agulhada fria nas entranhas de Peter. Ele acompanhou Austin, saindo da sala, descendo um pouco o corredor, e entrando em outra sala marcada como UTI.

Havia somente um paciente deitado no imaculado centro, composto de doze leitos. Longos suportes para soro, novos em folha e com plásticos transparentes ainda envolvendo suas hastes de alumínio, montavam sentinela junto a todos os leitos vazios. O paciente solitário não estava ligado a um soro, nem afixado a nenhum outro tentáculo de tecnologia médica. Estava sentado ereto apoiado em travesseiros, coberto até a cintura por lençóis brancos de puro linho, sua calva de noz partida ao meio em exposição, sem capuz. No enorme colchão retangular, projetado para acomodar corpos americanos do tamanho do de BG, ele parecia pateticamente minúsculo. Seu manto e luvas tinham sido substituídos por uma camisola hospitalar de algodão fino, de um verde-acinzentado pálido feito brócolis podre, a cor que Peter associava ao Adorador de Jesus 23, mas isso não queria dizer que *fosse* de fato o Adorador de Jesus 23. Com uma vergonha tão intensa que se aproximava do pânico, Peter percebeu que não tinha meios de saber de quem se tratava. Ele só sabia que a mão direita do [glyph] estava embrulhada em uma luva gorducha de gaze branca. Na mão esquerda, ele segurava com força um *nécessaire* velho e surrado – não, não era um *nécessaire*, era... um livreto da Bíblia, um dos que Peter fizera à mão. O papel fora umedecido e secado tantas vezes que ficara com textura de couro; os fios soltos de lã eram amarelos e rosa.

Ao ver Peter entrar, o [glyph] inclinou a cabeça para um dos lados, como se estivesse intrigado pela bizarra veste desconhecida do pastor.

– Deu[glyph] aben[glyph]oe no[glyph]o encon[glyph]ro, pa[glyph][glyph]or Pe[glyph]er.

– Adoradora 5?

– [glyph]im.

Peter se voltou para Austin:

– O que ela tem? Por que está aqui?

– Ela? – Piscou o médico. – Com licença. – Ele pegou uma prancheta que continha uma única folha de papel, e, com um risco da caneta, corrigiu o gênero do paciente.

– Bem, como você está vendo pela atadura – continuou ele, levando Peter para a lateral da cama da Adoradora 5 –, ela sofreu um ferimento na mão. Um ferimento bem sério, devo dizer. – Ele apontou para a luva de gaze. – Posso? – Esta última pergunta se dirigia à paciente.

– [glyph]im – disse ela. – Mo[glyph][glyph]re.

Enquanto as ataduras eram desenroladas, Peter se lembrou do dia em que a Adoradora 5 se ferira: a tela caindo do teto, o machucado em sua mão, a ardorosa solidariedade oferecida pelos demais [glyph]. E como, desde então, ela protegera aquela mão como se a memória daquele ferimento se recusasse a desaparecer.

A luva branca foi diminuindo de tamanho até Austin ter removido toda a gaze. Um cheiro doce e fermentado se espalhou pelo recinto. A mão da Adoradora 5 não era mais mão. Os dedos haviam se fundido em uma barafunda podre azul-acinzentada. Mais parecia uma maçã machucada e deixada ao relento por semanas.

– Oh, meu Deus – ofegou Peter.

– Você fala a língua dele... dela? – disse Austin. – Porque não sei bem como conseguir o devido consentimento nesse caso. Digo, não que haja qualquer alternativa à amputação, mas até mesmo explicar o que é uma anestesia geral...

– Oh... meu... Deus...

A Adoradora 5 ignorou a conversa dos homens, ignorou a podridão pendurada no fim de seu pulso. Com sua mão boa, ela abriu seu livreto bíblico, usando agilmente três dedos para chegar até uma determinada página. Em uma voz límpida e desobstruída (graças ao seu pastor) por sons impossíveis, ela recitou:

– "*Na enfermidade, o Pai lhe dará pleno amparo; e do mal o curará.*" – E, da mesma página de seleções inspiradoras de *Salmos* e *Lucas*: "*O povo aprendeu a boa-nova e o acompanhou. Ele o recebeu e lhe falou do Pai, e curou a enfermidade em meio ao povo.*"

Ela ergueu a cabeça para fixar sua atenção em Peter. Em seu rosto, os bojos que pareciam joelhos de fetos pareciam brilhar.

– Pre[illegible]iso me curar – disse ela. – Ou eu morro. – E, depois de um breve silêncio, para o caso de haver qualquer ambiguidade que merecesse esclarecimento: – Quero viver, por favor.

– Meu Deus... meu Deus... – dizia Peter sem cessar, já dez metros de corredor depois, enquanto Austin se apoiava na beira da escrivaninha de seu consultório, braços constrangidamente cruzados. O médico seria tolerante para com a incontinência emocional do pastor – nem em sonho lhe diria que de nada servia ficar gemendo, cerrando os punhos e passando as mãos tantas vezes pelo rosto. Mesmo assim, conforme passaram os minutos, ele foi tentando levar a conversa para o lado prático.

– Ela vai ter tudo do bom e do melhor – garantiu ele a Peter. – Temos de tudo por aqui. Não gosto de cometer autoelogio, mas sou muito bom cirurgião. E o dr. Adkins é melhor ainda. Lembra do excelente trabalho que ele fez em você? Se for te tranquilizar, ele pode tratar dela também. Na verdade, sim, vou te garantir que será ele que cuidará do caso dela.

– Mas você não percebe o que isso significa? – gritou Peter. – *Caralho*, você *não percebeu* o que isso significa?

O médico crispou o rosto perante o palavrão inesperado de um homem que era, até onde ele tinha ouvido falar, um legítimo pastor cristão.

– Bem, entendo que você esteja abalado – observou ele, cuidadoso. – Mas acho que não devemos tirar nenhuma conclusão pessimista apressada.

Peter piscou para expulsar as lágrimas da vista, permitindo-se ver o rosto do médico em foco. A cicatriz irregular no queixo de Austin era evidente como, sempre, mas agora, em vez de ficar pensando em como Austin a havia adquirido, Peter se deixou impressionar pela natureza essencial da cicatriz: não era uma deformação, era um milagre. Todas as cicatrizes já sofridas por todas as pessoas em toda a história da humanidade não eram sofrimento, e sim triunfo: triunfo sobre a deterioração, triunfo sobre a morte. Os ferimentos no braço e na perna de Peter (ainda sarando), as casquinhas em suas orelhas (já sumidas), todo mínimo arranhão e queimadura e erupção e hematoma, milhares de ferimentos desde que nascera, contando os tornozelos que fraturara uma semana antes de conhecer Bea, seus joelhos ralados quando caiu da bicicleta quando criança, a assadura de fralda que provavelmente tivera quando bebê... nenhum deles o impedira de estar ali agora. O sulco no queixo de Austin, que devia ter sido uma nojeira ensanguentada na hora em que se abriu, não transformara sua cabeça inteira em uma polpa gosmenta; transformara-se magicamente em carne rósea nova.

Nada vos fará dano algum, dizia Lucas. *Quando passares pelo fogo, não te queimarás*, dizia Isaías. *O Senhor sara todas as tuas enfermidades*, dizia um *Salmo*. Lá estava: lá estava, evidente como a cicatriz na cara desse médico convencido: a perpétua dilação de sentença que os oasianos chamavam de a Técnica de Jesus.

25

Tem gente querendo trabalhar

Lá fora, o céu ficou escuro, embora fosse dia. Nuvens massudas e tenebrosas haviam se formado, às dezenas, quase perfeitamente circulares, feito luas de vapor gigantes. Peter as ficou observando pela janela de seu quarto. Certa vez, o Adorador 1 lhe garantira que não havia tempestades em Oásis. Parecia que aquilo estava prestes a mudar.

Os globos de umidade gigante, conforme iam avançando, se tornavam a um tempo mais familiares e mais assustadores. Eram redemoinhos de chuva, simples chuva, nada diferentes em seu movimento das chuvas rolantes que ele já observara tantas vezes. Mas seu relacionamento com o céu ao seu redor não era tão sutil e livremente cambiante quanto era antes; era como se cada congregação de gotículas de água estivesse sendo controlada por uma força gravitacional interna, sua integridade mantida feito a de um planeta ou corpo celeste gasoso. E as esferas eram tão densas que tinham perdido parte de sua transparência, jogando uma opressiva cortina de fumaça por cima do que fora uma manhã iluminada.

"Há nuvens de chuva se aproximando", pensou ele em escrever para Bea, e foi acometido por uma aflição dobrada: a lembrança do estado em que Bea estava, e uma profunda vergonha de como suas cartas para ela eram inadequadas, do quanto tinham sido inadequadas desde o começo. Se ele tivesse sido capaz de descrever melhor suas experiências, ela poderia não ter se sentido tão distante dele. Ah, se a língua que Deus lhe concedia quando ele era chamado a falar em público a desconhecidos pudesse ter vindo em seu auxílio quando estava escrevendo cartas particulares para sua esposa!

Ele sentou-se diante do Tubo e verificou se havia mensagens. Nenhuma.

A verdade era tão evidente quanto uma tela mortiça e em branco onde antes palavras haviam cintilado: ela não via por que lhe responder agora. Ou então não estava podendo responder – ocupada demais, ou aborrecida demais, ou com problemas demais. Talvez ele devesse escrever de novo de qualquer modo, não ficar esperando resposta, simplesmente continuar mandando mensagens. Assim como *ela* fizera com ele no começo da viagem, mensagens e mais mensagens que ele deixara sem resposta. Ele vasculhou a própria mente atrás de palavras que poderiam lhe dar esperança, talvez alguma coisa na linha: "A esperança é uma das coisas mais fortes no universo. Impérios caem, civilizações desaparecem e viram pó..." Mas não: a retórica de um sermão era uma coisa; a realidade sinistra que sua mulher estava enfrentando era outra. Civilizações não desapareciam suave e tranquilamente; impérios não se punham feito sóis: impérios desabavam com caos e violência. Gente de verdade era empurrada, surrada, roubada, deixada à míngua. Vidas de verdade desciam pelo ralo. Bea estava assustada e magoada, e não precisava ouvir sermão nenhum.

Bea, eu te amo, escreveu ele. Estou tão preocupado com vc.

Seria correto gastar cinco mil dólares do dinheiro da USIC para enviar essas nove palavrinhas impotentes pelo espaço? Após um mero momento de hesitação, ele apertou o botão de transmissão. As letras tremeram na tela por dois, três, de repente quatro minutos, deixando Peter com medo de que seus sentimentos tivessem sido julgados por algum funcionário cínico responsável por aquele turno, em algum lugar daquele prédio, de ter fracassado em algum teste, de ter pecado contra o *ethos* da USIC, de ter tentado sabotar a grande missão. Olhando fixamente para a tela, suor porejando em sua testa, ele notou o erro de digitação tarde demais – a falta de acento circunflexo no "você". Ele ergueu a mão para consertá-lo, mas as palavras se evaporaram.

APROVADO, TRANSMITIDO, piscou a tela.

Deu graças a Deus por isso.

Do lado de fora do complexo, um trovão rugiu.

Peter orou.

Na vida de todo cristão há um momento em que ele ou ela precisa saber quais são as circunstâncias precisas em que Deus está disposto a curar um doente. Peter chegara a essa encruzilhada naquele momento. Até então, ele seguira em frente aos trancos e barrancos com a mesma caldeirada de fé, medicina e senso comum em que provavelmente todos os demais membros de sua igreja na Inglaterra se apoiavam: dirija com cuidado, tome os remédios conforme diz o rótulo, quando se queimar derrame água fria em cima, tire o cisto com um cirurgião, entenda que diabéticos cristãos precisam de tanta insulina quanto diabéticos ateus, entenda um ataque cardíaco como um alerta, lembre-se de que todos os seres humanos são mortais, mas lembre-se também de que Deus é misericordioso e pode arrancar sua vida das mandíbulas da morte se... se o quê? Se o quê?

A algumas centenas de metros dali, confinada em um catre de metal, jazia a Adoradora 5, tão pequena e indefesa naquele espaço enorme e vazio chamado de UTI. Nada que os médicos da USIC tinham a oferecer poderia estancar a podridão em sua carne. Amputar sua mão seria como cortar a parte podre de uma maçã; era apenas um ajuste cosmético na fruta que morreria do mesmo jeito.

Mas Deus... Deus poderia... Deus poderia o quê? Deus poderia curar o câncer, isso fora comprovado várias vezes. Um tumor inoperável podia, pelo poder da fé, encolher miraculosamente. Sentenças de morte podiam ser adiadas por anos, e, embora Peter reprovasse curandeiros charlatães, já vira gente despertar de comas supostamente fatais, vira bebês desesperançosamente prematuros sobreviverem, vira até mesmo uma cega voltar a enxergar. Mas por que Deus fazia isso por alguns cristãos e não por outros? Uma questão tão básica, simplória demais para os teólogos se incomodarem em discuti-la em seus sínodos. Mas qual seria a resposta? Até que ponto Deus se sentia compelido a respeitar as leis da biologia, permitindo que ossos calcificados ruíssem, fígados envenenados sucumbissem à cirrose, artérias cortadas esguichassem sangue? E se as leis da biologia em Oásis fossem tais que os  fossem incapazes de se curar, que o mecanismo de cura nem sequer existisse, haveria por que rezar a Deus pedindo ajuda?

Querido Deus, por favor não deixe a Adoradora 5 morrer.

Era uma oração tão infantil, uma que um menino de 5 anos poderia fazer. Mas talvez essas fossem as melhores.

* * *

Com o trovão no céu lá fora e o rugido da preocupação em sua cabeça, foi difícil para ele entender aquele barulho como uma batida em sua porta. Demorou, mas ele acabou abrindo.

– Como está se sentindo? – disse Grainger, vestida para sair.

Uma merda, ele quase respondeu.

– Estou muito aborrecido e preocupado com a minha amiga.

– Mas fisicamente?

– Fisicamente?

– Você tem disposição para sair comigo? – Sua voz era firme e digna; ela já estava completamente de volta ao normal. Seus olhos estavam límpidos, as bordas não mais vermelhas; ela não cheirava mais a álcool. Na verdade, estava linda, mais linda do que ele jamais acreditara que ela pudesse ser. Além do xale que sempre usava para dirigir, ela usava uma túnica branca com mangas soltas que mal passavam dos cotovelos, expondo a miríade de cicatrizes em seus pálidos braços à visão de todos. *Aceite-me como sou* era a mensagem.

– Não podemos deixar o Tartaglione na rua da amargura – disse ela. – Precisamos trazê-lo de volta.

– Ele não quer voltar – disse Peter. – Ele tem o maior desprezo por todo mundo aqui.

– Isso é só da boca pra fora – disse Grainger, crispando-se de impaciência. – Eu conheço ele. A gente conversava. Ele é um cara muito interessante, muito inteligente e charmoso. E sociável. Sozinho lá, ele vai ficar maluco.

Um bicho-papão nu de ilustrações medievais sobre os condenados saltitou pela memória de Peter.

– Ele já está maluco.

Os olhos de Grainger se estreitaram.

– Por que você acha que pode julgar?

Peter desviou o olhar, sobrecarregado demais pela preocupação para discutir. Fingiu se ocupar em tirar a roupa limpa da máquina de lavar, sem enganar ninguém.

– De qualquer modo – disse Grainger –, deixe que *eu* falo com ele. *Você* não vai ter que falar com ele. Só preciso que você o atraia para fora do esconderijo. Seja lá o que tenha feito da última vez, repita.

– Bem, eu estava tropeçando no escuro, delirante, convencido de que estava morrendo, recitando alto uma paráfrase do *Salmo 23*. Se é isso que é preciso, não sei se eu seria capaz de... hum... reproduzir as condições.

Ela pôs as mãos nos quadris, provocando-o.

– Isso quer dizer então que você não quer nem arriscar?

E assim, eles partiram. Não no jipe que Grainger preferia usar para suas entregas de remédios e alimentos, mas na perua com cara de carro funerário que Peter havia requisitado, a que tinha uma cama atrás. Grainger demorou um pouco para se acertar com a direção dela, inspirando fundo seus cheiros desconhecidos, bulindo com seus controles desconhecidos, ajeitando suas nádegas no banco de formato desconhecido. Ela era uma escrava da rotina. Todo o pessoal da USIC era escravo da rotina, ele percebia agora. Não havia um aventureiro temerário entre eles: o processo seletivo de Ella Reinman determinava que assim fosse. Talvez ele, Peter, fosse o mais próximo de um aventureiro que permitiram se aproximar daquele lugar. Ou talvez fosse Tartaglione o mais próximo. E talvez fosse por isso que tivesse ficado maluco.

– Acho que deve ser mais fácil de ele aparecer – explicou Grainger – se for o mesmo veículo. Ele deve ter te avistado muito antes de você chegar perto.

– Estava de noite.

– O veículo se acende sozinho. Ele pode ter avistado você a mais de um quilômetro de distância.

Peter pensou que achava difícil aquela possibilidade. Tendia a achar que Tartaglione estava era contemplando sua cintilante banheira de álcool, observando suas lembranças bolorentas se deteriorarem aos poucos dentro de sua cabeça.

– E se não o encontrarmos?

– Nós vamos encontrá-lo – disse Grainger, olhos focados na paisagem indistinta.

– Mas e se não o encontrarmos?

Ela sorriu e disse:

– Tenha fé.

Os céus retumbaram.

* * *

Alguns minutos depois, Peter disse:

– Posso ver o Tubo?

Grainger remexeu no painel, incerta quanto à localização do Tubo naquele veículo. Uma gaveta pulou para fora feito uma língua, oferecendo dois objetos repulsivos que pareciam grandes lesmas mumificadas mas, à segunda vista, se revelaram charutos mofados. Outra gaveta revelou algumas folhas de papel impresso que haviam adquirido as cores do arco-íris e se transformado em uma frágil película enrugada à maneira de folhas outonais. Era visível que nenhum funcionário da USIC usara o carro funerário de Kurtzberg desde que ele desaparecera, e, se usara, fora pouco. Talvez pensassem que o veículo estava amaldiçoado e trazia má sorte, ou talvez tivessem tomado uma decisão consciente de deixá-lo exatamente como estava, caso o pastor algum dia voltasse.

Os dedos de Grainger por fim encontraram o Tubo e deslizaram-no para o colo de Peter. Ele o ligou: tudo nele parecia e reagia normal. Viu se tinha mensagens de Bea. Nenhuma. Talvez aquela máquina específica não estivesse configurada como as outras. Talvez sua promessa de conexão fosse ilusória. Ele conferiu outra vez, ponderando que, se Bea tivesse mandado alguma mensagem, uns poucos segundos a mais poderiam fazer toda a diferença entre não ter chegado ainda e já ter chegado.

Nada.

O céu continuava escurecendo à medida que iam avançando no deserto. Não exatamente negro feito carvão, mas definitivamente tenebroso. O trovão ribombou mais uma vez.

– Nunca vi isso assim – disse ele.

Grainger olhou para o lado só para constar.

– Eu já – disse ela. Então, sentindo o ceticismo dele, ela acrescentou: – Moro aqui há mais tempo do que você. – Ela fechou os olhos e inspirou fundo. – Tempo demais.

– O que acontece?

– Acontece?

– Quando fica escuro assim?

Ela suspirou.

– Chove. Só chove. O que você esperava? Este lugar é o maior anticlímax.

Ele abriu a boca para falar. Se para defender as incríveis belezas daquele planeta ou para fazer algum comentário sobre o projeto da USIC, ele jamais saberia, porque, assim que abriu a boca, um relâmpago partiu o céu ao meio, as janelas espocaram com um lampejo ofuscante e o veículo foi atingido de cima para baixo como que por um imenso punho.

Ainda tremendo do impacto, o carro foi perdendo velocidade até parar.

– *Deeeeus* do céu! – gritou Grainger. Ela estava viva. Estavam vivos, os dois. E não só isso: estavam um segurando o braço do outro, apertado. Instinto animal. Embaraçados, eles se soltaram.

Nenhum mal lhes sobreviera, nem mesmo um fio de cabelo de sua cabeça fora chamuscado. O Tubo sobre o colo de Peter tinha se apagado, a tela refletindo seu rosto branco feito cera. No painel à sua frente, todas as palavras e símbolos reluzentes haviam sumido. Grainger estendeu a mão para ligar a ignição, e ficou exasperada ao descobrir que o motor não obedecia.

– Não era para acontecer isso – disse ela. Os olhos dela estavam meio desvairados; parecia em choque. – Tudo devia estar funcionando perfeitamente. – Ela continuava ligando a ignição, sem resultado. Gordas gotas de chuva começaram a se espatifar contra as janelas.

– O relâmpago deve ter queimado alguma coisa – disse Peter.

– Impossível – disse Grainger. – De jeito nenhum.

– Grainger, já é um assombro termos sobrevivido.

Ela não queria saber de nada.

– Um carro é o lugar mais seguro para se ficar durante um temporal – insistiu ela. – A carcaça metálica age como uma gaiola de Faraday. – Vendo a incompreensão no rosto dele, ela acrescentou: – Aula de ciências do primário.

– Acho que eu faltei à aula nesse dia – disse ele, enquanto ela examinava, cutucava e massageava controles e medidores que claramente tinham morrido. O cheiro de circuito incinerado começou a penetrar na cabine. O toró metralhava as janelas, que foram se embaçando até que Peter e Grainger se viram dentro de um caixão opaco.

– Não *acredito*! – disse Grainger. – Nossos veículos são todos projetados para usar e abusar. São feitos à moda antiga, como todo carro era feito antes de começarem a nos empurrar um monte de tecnologia burra que só faz dar defeito o tempo todo. – Ela arrancou a echarpe do pescoço. Seu rosto estava afogueado, o pescoço úmido de suor.

– Precisamos pensar no que fazer – falou Peter com toda a suavidade possível.

Ela se recostou no banco, olhando para o teto. A chuva batucava num ritmo militar, como soldados de um milênio há muito passado marchando para a batalha com seus taróis pendurados junto ao quadril.

– Só dirigimos por alguns minutos – disse Grainger. – A base ainda pode estar à vista. – Relutante em sair do veículo e ficar toda encharcada, ela girou no assento e tentou olhar pela janela de trás. Não havia nada a ser visto a não ser o vidro embaçado e a cama. Ela abriu a porta de um só empurrão, deixando entrar uma bem-vinda lufada de ar úmido, e se meteu na chuva. Ficou junto ao carro por vinte segundos ou mais, sua roupa tremulando conforme ia sendo atingida pela chuva. Depois, ela sentou de novo e fechou a porta.

– Nada à vista – disse ela. Sua túnica estava ensopada, transparente. Peter via o contorno de seu sutiã, as pontas de seus mamilos. – E nem sinal do C-1 também. Devemos estar exatamente na metade. – Ela alisou o volante, frustrada.

A chuva passou. O céu clareou, jogando-lhes uma luz perolada. Anéis de ar subiam pelas mangas de Grainger, erguendo visivelmente o tecido encharcado, viajando por baixo dele como se fossem veias inchadas. Também entraram pelas roupas de Peter, deslizando por dentro de sua camiseta, das pernas de sua calça e fazendo cócegas atrás de seus joelhos. Estavam especialmente empenhados em ultrapassar a forte barragem de jeans ao redor de seus genitais.

– Voltar andando vai nos custar uma hora – disse Grainger. – No máximo, duas.

– Os pneus deixaram marcas na terra?

Ela saiu de novo para conferir.

– Sim – disse ela, ao voltar. – Bem nítidas.

Mais uma vez ela tentou ligar a ignição, casualmente e sem olhar para ela, como se quisesse pegar de surpresa o motor que não estava a fim de trabalhar.

– Pelo visto, Tartaglione deve ter feito um trato com Deus – disse ela.

* * *

Eles se prepararam cuidadosamente para a jornada. Grainger encheu uma bolsa com material de primeiros socorros. Peter encontrou uma velha pasta mofada de Kurtzberg, retirando dela um Novo Testamento que se fundira em um bloco sólido, e substituiu-o por um par de garrafas de água plásticas de dois litros.

– Queria que isso tivesse uma alça de ombro – disse ele, testando o peso da pasta na mão. – Essas garrafas são pesadas.

– Vão ficar mais leves à medida que bebermos – disse Grainger.

– Vai chover de novo, duas vezes, antes de chegarmos à base – profetizou Peter.

– E de que nos serve isso?

– Basta levantar a cabeça e abrir a boca – disse ele. – É assim que os ... os nativos... fazem.

– Se você não se importa, prefiro não fazer igual a eles.

O exterior do veículo, notaram eles, estava desfigurado de tão chamuscado. Uma teia de estragos tatuava as calotas, e todos os quatro pneus haviam se esvaziado. O veículo deixara de ser um veículo e já começava a se metamorfosear em outra coisa.

Peter e Grainger seguiram o rastro dos pneus na direção do complexo da USIC. Grainger era boa de caminhada, pernas mais curtas que as de seu companheiro, mas com um ritmo forte o bastante para ele não precisar atrasar suas passadas. Cobriram uma distância decente em pouco tempo, e, apesar da planura do terreno, o veículo foi ficando cada vez menor lá atrás até desaparecer completamente. Conforme iam avançando, as marcas dos pneus foram ficando mais difíceis de discernir em meio ao solo amaciado pela chuva; os motivos estampados pela natureza e os feitos pelo homem se confundiam, ambíguos. O lúgubre véu celestial evaporou-se e o sol passou a brilhar forte e constante. Grainger dava goladas em uma das garrafas de água; Peter estava bem o suficiente para esperar. Estava mais com fome do que com sede. Na verdade, o apetite mordente o distraía da caminhada.

Aquele chão não era o melhor para ser trilhado a pé, mas eles cobriram pelo menos três quilômetros na primeira hora. Na segunda, talvez a mesma coisa. A base da USIC recusava-se obstinadamente a se manifestar no horizonte. Todos os vestígios de sua viagem de vinda tinham desaparecido totalmente do solo. Estavam completamente perdidos.

– Se voltarmos até o carro, a USIC talvez mande alguém para ver o que houve – sugeriu Peter –, passado um tempo.

– É – disse Grainger. – Passado um tempo. Quando tivermos morrido.

Os dois ficaram chocados em ouvir as próprias vozes falarem em morte logo assim de cara. Embora o erro cometido pairasse bem óbvio sobre eles, ainda havia uma etiqueta de otimismo a ser observada.

– *Você* veio me buscar – recordou-lhe Peter.

Ela riu alto daquela ingenuidade.

– Isso foi minha própria iniciativa, não teve nada a ver com a USIC. Aqueles caras não resgatariam nem a própria mãe. E digo literalmente. Por que acha que vieram pra cá, afinal de contas? São tão indiferentes que podiam até ter MERDAS ACONTECEM tatuado na testa.

– Mas vão perceber que você sumiu.

– Ah, sim. Alguém vai à farmácia em busca de um removedor de verrugas e eu não vou estar lá, e eles vão pensar: "Ah, que é isso, umas verruguinhas não incomodam tanto." E quando eu não aparecer para testar a comida de amanhã: "Ah, isso é só uma formalidade, vamos comer mesmo assim." Talvez mencionem isso na próxima reunião.

– Não acredito que ficariam tão indiferentes – disse Peter, mas sua voz saiu enfraquecida pela dúvida.

– Eu conheço esses caras – disse Grainger. – Sei como pensam. Eles perceberam que o Kurtzberg e o Tartaglione tinham desaparecido depois de só Deus sabe quanto tempo. O que fizeram? Despacharam veículos em todas as direções, dirigindo noite e dia até esquadrinharem cada centímetro num raio de oitenta quilômetros? Esquece, querido. Relaxa, leia uma revista. Trabalha esse bíceps. A porra do mundo desabando e ainda assim não conta como emergência. Você acha mesmo que eles vão entrar em pânico por nossa causa?

– Eu espero que sim – disse Peter.

– Bem, a esperança é uma bela palavra – suspirou ela.

Andaram mais e começaram a cansar.

– Talvez devêssemos parar de andar – disse Peter.

– E fazer o que em vez disso?

– Descansar um pouco.

Sentaram-se na terra e descansaram um pouco. Dois mamíferos rosados, embrulhados em algodão, isolados do mundo em meio a um oceano de solo negro. Aqui e ali, cresciam algumas pequenas moitas de flor branca, suarentas ao sol. Peter alcançou uma próxima a seu pé, arrancou um naco e colocou na boca. O gosto era ruim. Como era estranho que uma substância que, uma vez engenhosamente processada, cozinhada e temperada, era deliciosa de tantas formas diferentes fosse tão desagradável em sua forma original.

– Está gostoso? – perguntou Grainger.

– Não muito – disse ele.

– Prefiro esperar até termos voltado à base – disse ela, em tom leve. – O cardápio hoje é bom. Frango ao curry e sorvete. – Ela sorriu, instando-o a perdoar seu lapso de moral anterior.

Não muito descansados após a pausa, eles andaram mais. E mais. Grainger já havia bebido meia garrafa de água, e Peter bebia sua cota diretamente do céu quando, exatamente como ele previra, outra chuvarada decidiu encharcá-los.

– Ei! – bradou Grainger enquanto ele caminhava ereto e desengonçado, a cabeça jogada para trás, pomo de adão pululando, boquiaberto para receber a chuva direto na goela. – Você tá parecendo um peru!

Peter sorriu na hora, já que o comentário de Grainger claramente fora feito para diverti-lo, mas sentiu seu sorriso vacilar assim que percebeu que se esquecera da aparência física de um peru. A vida inteira ele soubera como era um, desde que seus pais lhe mostraram uma imagem da ave num livro. Mas naquele momento, no depósito de seu cérebro, onde tantas passagens bíblicas jaziam abertas e iluminadas, prontas para serem citadas, ele buscou uma imagem que representasse um "peru" e não encontrou nenhuma.

Grainger percebeu. Percebeu e não ficou feliz.

– Você não se lembra, não é? – disse ela, enquanto se sentavam juntos mais uma vez. – Você se esqueceu de como é um peru.

Ele assentiu, confessando, pego no flagra feito uma criança levada. Até aquele momento, Bea fora a única pessoa capaz de adivinhar os seus pensamentos.

– Deu um branco – disse ele.

– É isso que acontece – disse Grainger, solene e intensa. – É isso que esse lugar faz, é assim que ele funciona. É como uma enorme dose de Propanolol, vai apagando tudo o que sabíamos. Você não pode deixar isso te vencer.

A súbita veemência dela o desconcertou.

– Eu só... estou só... com a cabeça longe.

– É nisso que você tem que prestar atenção – disse ela, abraçando os joelhos, contemplando a tundra à frente deles. – A ausência. Esse lento e insidioso... *descarte* de tudo. Olha, quer saber o que foi debatido na última reunião de funcionários da USIC? Além de assuntos técnicos e do cheiro ruim da área de carga e descarga atrás da ala H? Vou te contar. Queriam saber se precisamos mesmo daqueles pôsteres todos pendurados nos corredores. Só servem para juntar poeira, não é? Uma antiga foto de alguma cidade em algum lugar da Terra, há muito tempo, com uma porção de operários almoçando sentados em uma viga de metal, é bonitinha mas já passamos por ela e a vimos um milhão de vezes, cansou, e de qualquer modo esses sujeitos estão todos mortos, é quase como ser obrigado a olhar para um monte de gente morta, então vamos parar com isso. Paredes em branco: limpas e funcionais: fim de papo.

Grainger passou os dedos pelo cabelo molhado: um gesto de irritação.

– Então... Peter... Deixe-me lembrá-lo de como é um peru. É uma ave. Ele tem uma espécie de penduricalho de carne embaixo do bico, parece uma enorme meleca pendurada ou... ééé... uma camisinha. A cabeça dele é vermelha com carocinhos, feito pele de lagarto, e sua cabeça e pescoço são em forma de S, e fazem assim... – Com a própria cabeça e pescoço, ela imitou o movimento desgracioso do pássaro. – E daí essa cabeça e pescoço que mais parecem uma cobra magricela estão grudados num corpo enorme de gordo, bem felpudo e cinza. – Ela olhou no olho de Peter. – E aí, lembrou?

– Sim, você... hum... reviveu o peru na minha mente.

Satisfeita, ela se permitiu relaxar.

– Isso mesmo. É isso mesmo que temos que fazer. Manter viva a nossa memória. – Ela se posicionou mais confortavelmente no chão, esticando-se como se estivesse pegando sol, usando a bolsa como travesseiro. Um inseto verde brilhante pousou em seu ombro e começou a flexionar sua traseira. Ela parecia nem tê-lo notado. Peter pensou em espantá-lo, mas deixou pra lá.

Uma voz em sua cabeça disse: *Você vai morrer aqui, no meio desse deserto. Você nunca mais vai ver Beatrice. Este terreno plano, essas moitas esparsas de flor branca, este céu alienígena, estes insetos aguardando para pôr ovos de larva na sua pele, esta mulher ao seu lado: é neles que sua vida vai consistir em seus últimos dias e horas.* A voz falou com toda a clareza, sem sotaque nem gênero: ele já a ouvira muitas vezes antes, e sempre tivera certeza de que não era dele mesmo. Quando criança, ele pensava que fosse a voz da consciência; quando cristão, confiava que fosse a voz de Deus. Seja lá o que fosse, ela sempre lhe dissera exatamente aquilo que ele precisava ouvir.

– Qual é a lembrança mais antiga que você tem? – perguntou Grainger.

– Não sei – respondeu ele, depois de pensar bem. – Minha mãe me prendendo em uma cadeirinha de bebê plástica em um restaurante turco, acho. É difícil saber o que é lembrança de verdade e o que é alguma coisa que você constrói depois a partir de fotos antigas e histórias de família.

– Ah, não diga uma coisa dessas – disse ela, num tom que poderia ter usado caso ele tivesse declarado que o amor não passava da união do espermatozoide com o óvulo. – O Tuska é desses que acredita nisso. Não existe isso de memória de infância, diz ele. Estamos só brincando com nossos neurônios todos os dias, arremessando-os pelo hipocampo, montando breves contos de fada cujos personagens não por acaso têm os nomes de pessoas com quem já convivemos. "O seu pai não passa de uma onda de atividade molecular no seu lobo frontal", diz ele, dando aquele sorrisinho cheio de empáfia. Babaca.

Ela estendeu a mão. Peter não entendeu direito o que ela queria que ele fizesse. Então lhe entregou a garrafa de água. Ela bebeu. Já não restava muito líquido.

– Meu pai – continuou ela – tinha quase sempre cheiro de pólvora. Morávamos em uma fazenda no Illinois. Ele estava sempre atirando em coelhos. Para ele, não passavam de pragas grandes e peludas. Eu saía para dar uma volta de bicicleta e topava com coelho morto por toda parte. Então, mais tarde, ele me pegava nos braços e eu sentia o cheiro de pólvora na camisa dele.

– Uma lembrança com muitas... hã... emoções misturadas – disse Peter, cuidadoso.

– É uma lembrança *real*, isso é que importa. A fazenda era real, os coelhos mortos eram reais, o cheiro na camisa do meu pai era de pólvora e não de cigarro, tinta ou loção pós-barba. Eu sei porque estava lá. – Seu tom era desafiante, como se tivessem duvidado que ela tivesse estado lá, como se houvesse uma conspiração do pessoal da USIC para reinventá-la como uma menina urbana de Los Angeles, filha de um dentista ucraniano, um sino-germânico. Mais dois insetos haviam se acomodado nela, um em seu cabelo, outro em seu seio. Ela não lhes deu a mínima.

– O que aconteceu com a sua fazenda? – perguntou Peter, por educação, quando ficou bem claro que a conversa tinha morrido.

– Sai fora, porra! – exclamou ela, estapeando os olhos com a mão.

Ele recuou bruscamente, pronto a pedir desculpas por seja lá o que tivesse feito para irá-la, mas não era com ele que ela falava. Não era nem mesmo com os insetos que ela falava. Com um gemido enfastiado, ela primeiro jogou longe uma partícula cintilante tirada de um olho, depois do outro. Suas lentes de contato.

– Essa merda desse *ar* – disse ela – estava tentando entrar embaixo das minhas lentes, forçando as bordas. Me deu nervoso. – Ela piscava os olhos. Uma das pétalas de hidrogel descartada estava grudada em seu sapato, a outra caída na terra. – Eu não devia ter feito isso, não enxergo bem. Você pode acabar tendo que me levar pela mão. Onde é que estávamos mesmo?

Com algum esforço, Peter retomou o fio da narrativa.

– Você ia me contar o que aconteceu com a fazenda.

Ela esfregou os olhos, experimentou enxergar com eles de novo.

– A gente faliu. Vendemos a fazenda e nos mudamos para Decatur. Antes, estávamos em Bethany, não estávamos tão longe assim, mas arrumamos uma casinha na cidade, bem perto do rio Sangamon. Bem, não era perto a pé nem nada. Mas de carro era perto.

– Aham – disse Peter.

Ele percebeu, com uma pontada funda de melancolia, que não estava nem um pouco interessado. Adeus, cara que gostava de gente... Se acaso sobrevivesse, se voltasse à civilização, sua carreira de pastor estava acabada. As minúcias das vidas humanas – os lugares em que haviam morado, os nomes dos parentes, os nomes dos rios dos quais haviam sido vizinhos, as complexidades mundanas dos empregos que tiveram e dos quebra-paus que enfrentaram em casa – haviam deixado de ter qualquer sentido para ele.

– Decatur é um lugar meio chato hoje em dia – refletiu Grainger. – Mas a história de lá é incrível. Antigamente era chamada de Capital Mundial da Soja. Já ouviu falar de Abraham Lincoln?

– Claro. O presidente americano mais famoso.

Ela exalou agradecida, como se tivessem marcado um ponto contra a ignorância juntos, como se fossem os dois únicos instruídos em meio a uma colônia de boçais.

– Lincoln morou em Decatur, lá pros anos de 1700 e tal. Ele era advogado nessa época. Só depois virou presidente. Há uma estátua dele descalço com o pé em cima de um toco de árvore. Quando eu era pequena, uma vez sentei nesse toco. Não achei que foi desrespeito nem nada. Só estava cansada.

– Aham – disse Peter. Agora os insetos também estavam pousando nele. Em uma semana ou coisa assim, talvez em poucos dias, os dois já teriam virado viveiros. Talvez, quando chegasse seu último suspiro, eles devessem estar deitados um nos braços do outro.

– Adorei o que você disse no funeral – disse ela.

– Funeral?

– O funeral do Severin. O que você disse o transformou numa pessoa real. E eu nem sequer gostava dele.

Peter esforçou-se para lembrar do que dissera sobre Severin; esforçou-se para lembrar do próprio Severin.

– Eu não tinha a menor ideia de que você tinha gostado.

– Foi lindo. – Ela se banhou na luz póstuma da compaixão dele por alguns segundos. Depois sua testa franziu. – Lindo demais para aqueles... babaquaras, isso é verdade. Depois fizeram uma reunião a respeito, e todos concordaram que você tinha passado dos limites, e que, caso viesse a acontecer mais alguma morte de funcionários da USIC, seria melhor se você ficasse de fora. – Os insetos estavam voltando a sondar o terreno agora. Um bem lustroso, cor de jade, pousou bem na testa dela. Ela nem percebeu. – Eu te defendi – disse ela, olhando para o céu.

– Obrigado.

Descansando sobre um dos cotovelos, ele a contemplou. Seus seios subiam e desciam no ritmo da respiração, apenas duas pelotas de tecido adiposo em cima das costelas, dois sacos de leite projetados para alimentar filhos que ela nunca teria. Ainda assim, aquele seio era para ele uma maravilha estética, uma delícia intoxicante de se contemplar, e suas infladas periódicas faziam com que ele a desejasse. Tudo nela era um milagre: a penugem do cabelo curto atrás da orelha, a simetria de suas clavículas, seus lábios suaves e vermelhos, até mesmo as cicatrizes em seus braços. Ela não era sua alma gêmea: disso ele não tinha ilusões. As intimidades que partilhara com Bea seriam impossíveis com ela; ela logo o estaria achando ridículo, e ele a estaria achando problemática demais. Na verdade, como a maioria dos homens e mulheres que haviam feito sexo desde o início dos tempos, não tinham quase nada em comum. Exceto pelo fato de serem macho e fêmea, reunidos pelas circunstâncias e, pelo menos naquele momento, vivos. Ele ergueu a mão, susteve-a no ar, pronto a baixar sua palma, suavemente, sobre o seio dela.

– Me fale de sua esposa. – Os olhos de Grainger estavam fechados agora. Ela estava cansada, entorpecida pelo calor e um tanto embriagada pelo licor da reminiscência.

– Ela se virou contra mim – disse Peter, recolhendo a mão. – Nós nos distanciamos. – Embora sua intenção fosse simplesmente afirmar alguns fatos, suas palavras soaram rabugentas, covardes, a queixa clichê de todo adúltero. Dava para ele fazer melhor do que isso. – Ela tem passado por coisas horríveis lá em casa, está tudo indo de mal a pior, vários tipos de desastres, e ela... ela perdeu a fé em Deus. Nosso gato, Joshua, foi morto, torturado, e acho que isso foi a gota d'água para ela. Está sozinha e assustada. Não tenho sido capaz de dar o apoio que ela merece.

Grainger mudou a posição do seu corpo para ficar mais confortável. Um dos braços segurava sua cabeça, o outro estava jogado por cima de seu seio. Ela não abriu os olhos.

– Você não está me falando nada da Bea – disse ela. – Você só está me contando o que está acontecendo entre vocês dois. Quero ouvir falar dela. Como ela é. A cor dos olhos. A infância dela, essas coisas.

Ele deitou junto dela, apoiou a cabeça nos braços.

– O nome dela é Beatrice. Ela é alguns anos mais velha do que eu, tem trinta e seis anos. Ela não se importa de as pessoas saberem sua idade. Ela é a mulher mais... sem vaidade que já conheci em toda minha vida. Não digo em termos de aparência. Ela é linda e se veste com estilo. Mas não liga para o que as outras pessoas pensam. Tem orgulho de ser quem é. Não que seja convencida, é só... autoestima. É tão raro. Raro demais. A maioria das pessoas é um destroço ambulante, sabe. E a Bea tinha tudo para ser uma delas, com a infância que teve. O pai dela era abusivo, totalmente maníaco por controle. Várias vezes ele tocou fogo em tudo o que ela possuía, todos os pertences dela, digo tudo mesmo, não só brinquedos, livros e objetos queridos, mas tudo mesmo. Ela se lembra de ir uma vez ao Tesco, um supermercado no parque industrial que ficava aberto a noite toda, com a mãe. Eram cerca de duas da manhã, Bea tinha uns nove anos de idade, estava de pijama, descalça e com os pés azuis, porque era janeiro, nevava e ela precisou andar do carro até a loja. E a mãe dela a levou para a seção infantil feminina e lhe comprou calças, meias, camisetas, sapatos, calças, tudo a que tinha direito. Isso aconteceu mais de uma vez.

– Nossa – disse Grainger, sem parecer impressionada de verdade. Peter conjecturou que ela estivesse comparando os sofrimentos de formação de Bea aos próprios e julgando que não eram grande coisa. É isso que as pessoas, menos os , costumavam fazer.

– Como ela é fisicamente? – disse Grainger. – Descreva-a para mim.

– Ela tem cabelo castanho – disse Peter. – Avermelhado. – Foi uma luta para conjurar uma imagem do cabelo de Bea como ele era de fato; talvez só estivesse se recordando de ter mencionado a cor dele em outras conversas. – Ela é alta, quase da minha altura. Olhos castanhos, magra. – Eram detalhes genéricos, nada evocativos; serviriam para um milhão de mulheres. Mas o que ele podia fazer? Descrever a pinta que ela tinha sob o mamilo esquerdo? O formato preciso do seu umbigo? – Ela está bem em forma, é enfermeira. Nos conhecemos no hospital em que ela trabalhava. Eu tinha quebrado os tornozelos depois de pular de um parapeito.

– Ai. Você estava tentando se suicidar?

– Não, eu estava tentando fugir da polícia. Nessa época eu era um drogado, vivia assaltando casas. Naquele dia, dei azar. Ou melhor, acho que dei sorte.

Grainger resmungou em concordância.

– Ela perdeu o emprego por sua causa?

– Como sabe disso? – Ele nunca dividira isso com ela, tinha certeza.

– Fácil de adivinhar. Enfermeira se envolve com paciente. Que é drogado. E ladrão. Não parece uma boa. Você já foi preso?

– Não exatamente. Fiquei detido em delegacias, certa vez por duas semanas quando eu estava esperando julgamento e ninguém pagava a minha fiança, só isso. – Só agora percebia como tinha sido agraciado com uma leniência muito além do normal.

– É de se imaginar – disse Grainger num estranho tom filosófico.

– Por que é de se imaginar?

– Você é um cara sortudo, Peter. Nasceu virado para a lua.

Por algum motivo, aquilo o magoou. Queria que ela visse que ele tinha sofrido como todo mundo.

– Morei na rua por alguns anos. Apanhei e tudo. – Ele torcia para estar falando com uma dignidade discreta e não em tom de lamúria, mas suspeitava que não.

– Tudo faz parte da grande aventura da vida, não é? – disse Grainger. Não havia sarcasmo na voz dela, apenas uma tristeza cansada e tolerante.

– O que quer dizer com isso?

Ela suspirou.

– Tem gente que passa por coisas terríveis. Lutam na guerra. Vão parar na cadeia. Abrem uma loja e ela é fechada por gângsteres. Acabam ralando pra caralho em algum país estranho. É uma grande lista de reveses e humilhações. Mas nada disso as afeta, não pra valer. Estão numa grande aventura. Com elas, parece que é assim: e agora, o que será que vai ser? E tem outras pessoas que simplesmente estão tentando viver em paz, ficam longe de encrencas, e estão com dez anos de idade, ou com quatorze anos de idade, e certa sexta-feira às 9h35 da manhã alguma coisa acontece com elas, algo particular, mas algo que parte seu coração. Para todo sempre.

Ele ficou em silêncio absorvendo o que ela dissera.

– Eu me senti assim – disse ele por fim – quando Bea me disse que estava tudo acabado entre nós.

Começou a chover de novo. Sem abrigo, eles não tiveram escolha senão deitar onde estavam e ficar completamente encharcados. Grainger simplesmente fechou os olhos. Peter observou seu sutiã se materializando novamente sob sua túnica, observou o contorno dos seus seios tomarem forma. Ela puxou as mangas braços acima, deixou as velhas feridas respirarem. A cada vez que passava algum tempo junto de Grainger, ele ficava pensando se algum dia surgiria uma oportunidade de lhe perguntar sobre sua automutilação. Jamais haveria melhor oportunidade do que aquela. Ele tentou formular a pergunta, mas nenhuma das palavras mais óbvias – os *porquês* e os *quandos* – queria passar do seu cérebro para sua língua. Ele percebeu que não estava mais com vontade de saber o que tinha causado aquelas cicatrizes. A dor de Grainger eram águas passadas, não havia por que revisitá-la. Naquele dia, naquele lugar, deitada a seu lado, ela era uma mulher com leves sulcos espalhados pelo braço: se ele o acariciasse devagar, sentiria seus contornos. E nada mais.

Quando a chuva já passara e o sol voltava a esquentá-los, Grainger disse:

– Você se casou em uma igreja ou num cartório?

– Numa igreja.

– Foi um casamento chique, dos grandes?

– Não muito. Nenhum pai, mãe nem parente de nenhum dos dois, por motivos diversos. Algumas pessoas da igreja que Bea frequentava, que depois acabou virando a minha igreja também. – Na verdade, ele não se recordava de muita coisa da cerimônia, mas lembrava da luz irradiando janelas adentro, da forma como uma tarde cinzenta de novembro fora inesperadamente transformada por alguns raios de sol. – Foi legal. Acho que todo mundo se divertiu. E teve álcool a dar com pau e eu não bebi, nem sequer fiquei tentado. O que foi uma façanha no meu caso, porque, sabe... eu sou alcoólatra.

– Eu também – disse ela.

– É uma coisa que nunca nos abandona – disse ele.

Ela sorriu.

– Que nem Deus, né? Mais leal do que Deus.

Ficaram quietos por algum tempo. Dois pequeninos insetos da mesma espécie se encontraram na barriga de Grainger e começaram a cruzar.

– Aposto que Ella Reinman gosta de encher a lata às escondidas.

– Como é que é?

– Encher a lata, encher a cara. Gíria para beber demais. Pensei que essa você sabia.

– Nunca é tarde demais para ampliar o vocabulário – disse ele.

– Ela pensa que é a dona da verdade – resmungou Grainger. – Pensa que é capaz de olhar no cerne do seu ser e distinguir se você vai voltar a beber algum dia ou não. Bem, com a gente ela errou, não foi?

Peter ficou quieto. Não havia nenhuma vantagem em contar a ela que o cheiro de álcool que ela sentira ao resgatá-lo do covil de Tartaglione não passava de bebida derramada. Que ela seguisse pensando que tinham descarrilado juntos. Que ela seguisse pensando que ele rompera sua promessa sagrada, que pensasse que ele perdera seu último resquício de dignidade. Era uma questão de gentileza.

– Eu era muito diferente quando fiz aquela entrevista – disse ela. – Foi há um milhão de anos. As pessoas mudam.

– Sim, as pessoas mudam.

Os insetos tinham terminado e saíram voando.

– Me fale do vestido de noiva da sua mulher – disse Grainger.

– Era branco – respondeu ele. – Era exatamente a imagem mental padrão de um vestido de noiva, convencional, nada de incomum. Exceto que era uma declaração simbólica muito forte. Ele ser tão branco. Bea tinha um passado terrível, sexualmente falando. Ela foi... vamos dizer apenas que ela tenha sido usada e abusada. E ela se recusou a ser destruída por isso.

Grainger coçava os braços. As sucessivas chuvaradas haviam ativado alguma alergia nas suas cicatrizes.

– Não fale tanto do simbolismo. Me fale mais do vestido.

Ele projetou sua mente para o passado. Para o outro lado da galáxia, mirando no quarto de sua casa na Inglaterra.

– Ele... ele não era desses que têm uma cauda enorme toda cheia de babados – disse ele. – Era um vestido bem-feito, um vestido dentro do qual dava para você se mexer. Tinha mangas bufantes em cima, não infladas demais, só elegantes, e no resto dos braços era justo, com uma espécie de textura brocada, até os pulsos. Tinha brocado no... hã... abdômen também, e na gola, mas o peito era macio e sedoso. A saia ia até os tornozelos, não tocava o chão.

Grainger estava assentindo e fazendo hum-hum. Estava ouvindo o que tanto queria.

– Uma das coisas maravilhosas que a Bea fez foi usar esse vestido muitas vezes depois. Em casa. Só para nós dois.

– Isso é tão romântico. – Grainger tinha lágrimas nos olhos.

De repente, Peter se sentiu desconsolado. A lembrança da decepção amarga de Bea com ele era mais recente do que essas memórias ternas que estava compartilhando com Grainger.

– Acho que isso é só uma história que estou narrando para mim mesmo, como diz o Tuska – disse ele. – Uma história antiga. A vida mudou tudo. A Bea é uma pessoa diferente hoje em dia. Sabe de uma coisa? Algum tempo atrás escrevi para ela falando do vestido, sobre o quanto eu gostava de vê-la nele, e ela... ela disse que eu estava sendo sentimental à toa, me concentrando em uma lembrança sobre quem ela era antes, não sobre quem ela é agora.

Grainger balançou a cabeça.

– Papo furado – disse ela calmamente, e até mesmo com carinho. – Pode acreditar em mim, Peter, o coração dela transborda quando você fala nesse vestido. Ela ficaria destruída se soubesse que você esqueceu desse vestido. Você não está vendo? Todo mundo é sentimental, todo mundo. Só existem umas cinquenta pessoas no mundo inteiro que não são sentimentais. E todas estão trabalhando aqui.

Os dois riram.

– Devíamos tentar voltar para a base de novo – disse Peter.

– Tá bom – disse ela, e se pôs em pé. Seus movimentos eram mais rígidos do que antes. Os dele também. Eram formas de vida baseadas em carbono com o combustível chegando ao fim.

Cerca de uma hora depois, com a base da USIC ainda os eludindo, eles encontraram outro tipo de estrutura. Ela havia cintilado à frente deles por um longo tempo e, enquanto caminhavam até ela, ficaram debatendo se não seria uma miragem. Mas acabou se comprovando real: eram os resquícios esqueléticos de uma grande barraca de acampamento. Os suportes metálicos estavam intactos, demarcando o formato de uma casa, o tipo de casa que uma criança desenharia. A lona pendia em frangalhos.

Dentro da tenda, não havia nada. Nada de víveres, sacos de dormir ou utensílios. Um terreno quadrado, um painel em branco a ser preenchido pela sua imaginação.

Atrás da tenda, plantada no chão e apenas ligeiramente inclinada, uma cruz. De madeira, de escala bem modesta, batendo mais ou menos na altura do joelho. De onde viera aquela madeira? Não daquele mundo, isso é certo. Deve ter sido transportada, embarcada em uma nave juntamente com remédios, revistas de engenharia, passas e seres humanos, para bilhões de quilômetros de distância de seu lugar de origem. Apenas duas ripas de pinho, jamais pensadas para acabarem desse jeito, pregadas juntas, duas resistentes lascas de árvore envernizadas para parecerem ter sido feitas de carvalho ancestral. Dois pregos atravessavam o crucifixo: um para manter unidos os dois pedaços de cruz, e outro, mal pregado e torto, para prender ali dois pequenos aros de metal. De ouro. A aliança de casamento de Kurtzberg e a aliança da esposa que ele perdera em outra galáxia há muito, muito tempo.

Na ripa horizontal da cruz, o pastor havia esculpido uma mensagem, depois enegrecido cada uma das letras com a chama de um isqueiro ou algum instrumento parecido. Peter esperava um dito em latim ou uma alusão à fé, a Cristo, ao além.

POR TUDO O QUE TIVE E VI, ESTOU GRATO DE VERDADE, dizia a inscrição.

Eles ficaram de pé olhando aquela cruz por minutos a fio, enquanto os resquícios esfarrapados da tenda balançavam ao vento.

– Vou para casa – anunciou Grainger, em uma voz trêmula de lágrimas – encontrar o meu pai.

Peter envolveu os ombros dela com os braços. Aquele era o momento em que urgia ele dizer a coisa certa; nada além da coisa certa serviria. Como homem ou como pastor em nome de Deus, seu desafio era o mesmo: reconciliá-los com o destino que os esperava. Não havia casa para se voltar; não havia pai com que se reunir; estavam perdidos e logo estariam mortos. Um raio os abatera, e eles mesmo assim não tinham entendido a mensagem.

– Grainger... – começou ele, um branco na cabeça, confiando que a inspiração traria palavras à sua língua.

Mas, antes que ele pudesse continuar, o zumbido monótono que ambos haviam tomado pelo vento agitando os fiapos de lona da barraca ficou mais alto de repente, e um jipe de um verde-oliva militar passou por eles, perdeu velocidade e deu marcha a ré.

Uma cabeça marrom com olhos e dentes brancos apontou pela janela.

– E aí, já terminaram por aqui? – bradou BG, pisando no pedal. – Porque tem gente querendo trabalhar.

26

Só sabia que era preciso agradecer

Durante todo o trajeto de volta, Peter pôde ouvir – só ouvir, não ver – o choro e a respiração penosa e os acessos de raiva e ansiedade, às vezes incoerentes, às vezes lúcidos. Ele estava sentado no banco do carona junto de BG, quase ombro a ombro com o homenzarrão, embora seu próprio ombro parecesse esquálido em comparação com o bojudo e musculoso de BG. Invisível no espaço atrás deles, Alexandra Grainger enfrentava um inferno particular.

BG dirigia em silêncio. Seu rosto normalmente bondoso era uma máscara soturna, paralisada sob o lustro do suor, enquanto ele se concentrava, ou fingia se concentrar, na estrada à frente – a estrada que não era uma estrada. Só seus olhos traíam estresse.

– É bom eles não tentarem me impedir – dizia Grainger. – Não podem me obrigar a ficar. Não me importa quanto vai custar. O que é que vão fazer? Me processar? Me matar? Preciso ir para casa. Podem reter o meu salário. Quatro anos grátis. Isso nos deixa quites, não deixa? Têm que me deixar ir embora. Meu pai ainda está vivo. Eu sei disso. Eu sinto.

BG deu uma olhada no retrovisor. Talvez daquele ângulo ele pudesse ver melhor que Peter. Peter só conseguia enxergar um estreito retângulo de estofado preto que, pelo véu distorcido das correntes de ar presas na cabine, parecia pulsar e palpitar.

– Quatro anos de farmacêutica – discursava Grainger –, entregando remédios para aqueles monstros bizarros: quanto vale isso, BG? Será que vale uma carona na próxima nave?

BG fez uma careta. Não estava acostumado a lidar com crises de confiança.

– Se acalma, Grainger, taí o meu conselho – disse ele, pensativo. – O preço não é problema. Eu já voltei lá, o Severin voltou lá umas vezes, sei de outros caras que também deram um tempo. Ninguém saiu atrás deles com uma conta. Se você tem que ir, tem que ir. Nada de mais.

– Você acha mesmo? – A voz dela estava trêmula, a voz de uma menininha do Illinois envergonhada de estar desperdiçando milhões de dólares do dinheiro alheio só para aplacar a própria dor.

– Dinheiro não quer dizer porra nenhuma – disse BG. – A gente faz o joguinho deles: dez pratas por um chocolate, cinquenta pratas por uma Pepsi, deduzidas do teu salário, blá-blá-blá. É um jogo de tabuleiro, Grainger, tipo Banco Imobiliário, Go Fish, as crianças apostando com amendoins. O salário também é de brincadeira. Onde é que vamos gastar essa grana? Não vamos a lugar nenhum.

– Mas você *chegou* a ir para casa – disse Grainger. – Não faz muito tempo. Por quê?

A boca de BG se enrijeceu. Era evidente que ele não queria conversar sobre aquilo.

– Assuntos mal resolvidos.

– Família?

BG sacudiu a cabeça.

– Chamemos de... pontas soltas. Um cara que faz o meu tipo de trabalho tem que ter a cabeça tranquila. Então eu fiz o que tinha que fazer, tirei tudo da cabeça. Voltei pro trabalho um novo homem.

Isso aquietou Grainger por alguns segundos. Depois, ficou aflita de novo.

– Mas é isso aí, é exatamente isso. Você voltou, não largou o emprego. Eu preciso sair, entendeu? Preciso ir embora e nunca mais voltar. Nunca mais.

BG empinou o queixo.

– Nunca diga nunca, Grainger. Nunca diga nunca. Isso está em algum lugar da Bíblia, não é, Peter?

– Não sei – murmurou Peter. Sabia perfeitamente que a Bíblia não dizia nada do gênero.

– Tem que estar lá, bem no Capítulo 1 – afirmou BG. – O conselho de Deus a Moisés e à galera dele toda: "Bora aproveitar o dia! Cai em cima, cambada!"

Peter ficou olhando a mão direita de BG sair do volante e se fechar num punho triunfal no ar. Há muito tempo, em uma vida passada, BG sem dúvida estivera entre outras criaturas de pele escura em sua comunidade da Nação do Islã, todos igualmente erguendo os punhos. Hoje em dia, os slogans da igreja haviam se misturado, na cabeça de BG, com milhares de páginas soltas do Corão, da Bíblia, de livros de autoajuda variados, de revistas e programas de TV, formando uma espécie de húmus. Um húmus no qual sua autoestima crescia firme e forte.

A Bíblia armazenada no interior de Peter era pura e sem adulterações, sem nenhuma palavra de mais nada confundida com ela. E, ainda assim, pela primeira vez, ele estava envergonhado dela. O livro sagrado do qual passara um quinhão tão grande da vida pregando tinha uma falha cruel: não era muito bom em dar alento e esperança a quem não era religioso. *Para Deus nada é impossível*, dizia Lucas, e esta mensagem, que a Peter sempre parecera a mais alegre e positiva forma de tranquilizar alguém, agora se mostrava do avesso feito um inseto moribundo, se tornando *Sem Deus, tudo é impossível.* De que servia isso para Grainger? De que servia isso para Bea? Do jeito como as coisas saíram, elas poderiam ter que se virar sem um salvador; poderiam ser obrigadas a pilhar e mendigar para qualquer futuro que viessem a conseguir pelos próprios esforços. E em se tratando de Bíblia, uma vez que você pedisse um futuro sem fé, as Escrituras lavavam suas mãos. *Vaidade, tudo é vaidade.*

– Como estava lá, BG? – disse Grainger. – Vamos, me diz, o que está acontecendo com a nossa casa?

– *Aqui* é minha casa agora – alertou-lhe BG, indicando o próprio peitoral com os dedos. Talvez ele não estivesse se referindo a Oásis como seu lar, mas sim ao seu próprio corpo, seja lá onde ele estivesse localizado no espaço.

– Tá, tá, tudo bem – disse Grainger, mal dominando sua irritação. – Mas me diga assim mesmo, oras. Faz tanto tempo que saí de lá. Tudo deve ter mudado muito. Não fique me protegendo, BG, para com esse papo positivo, me dá a real. Como está lá?

BG hesitou, sopesando mentalmente se e como seria inteligente responder.

– Mesma coisa de sempre – disse ele.

– Não é verdade! – gritou Grainger, instantaneamente histérica. – Não minta para mim! Não seja condescendente! Eu sei que está tudo indo pro buraco!

Por que não pergunta para mim?, pensou Peter. Ela o estava tratando como se ele não existisse.

– Tudo *sempre esteve* indo pro buraco – afirmou BG calmamente. Seu tom não tinha o menor traço de defensiva: eram fatos óbvios demais para serem contestados. – O planeta Terra já está fodido há muuuuito tempo, desculpe o linguajar.

– Não é *disso* que estou falando – choramingou Grainger. – Estou falando... e o bairro onde você cresceu, seus parentes, sua casa...?

BG apertou os olhos para enxergar o grande nada além do para-brisa, depois conferiu a navegação no painel.

– Grainger, tenho outras sábias palavras para te dizer. Ouça bem: não se pode voltar para casa.

Thomas Wolfe, por volta de 1940, pensou Peter, sem poder evitar.

– Ah, é? Pois vamos ver – disse Grainger, se fazendo de valentona de tanto medo. – Vamos ver como é que eu me saio.

BG ficou em silêncio, obviamente julgando que Grainger estava próxima demais de um ataque de nervos para ser contrariada. Mas o silêncio a provocou da mesma forma.

– Sabe o que você é? – resfolegou ela, a voz embotada como se encharcada de álcool. – Você não passa de um criançāo. Fugindo de casa. Fortão, grandão, mas incapaz de encarar a realidade. Só faz fingir que não está acontecendo nada.

BG piscou devagar. Aquilo não feriu seus brios. Não tinha mais brios a serem feridos. Era essa a sua tragédia, e também a marca de sua dignidade.

– Eu já encarei toda a realidade que eu tinha pra encarar, Grainger – disse ele, sem altear a voz. – Você não sabe o que eu fiz nem o que deixei de fazer; você não sabe de onde eu vim nem por que fui embora; você não sabe quem eu magoei e quem me magoou; você não sabe qual o meu saldo na vida e não sou eu que vou te contar. Quer uma fofoca quente do meu pai? Ele morreu quando era exatamente da minha idade hoje. Uma artéria no coração dele ficou bloqueada: tchau, tchau, Billy Graham pai. E tudo o que você precisa saber de mim é que, se eu herdei essa artéria dele, e morrer na semana que vem... por mim tudo bem, sabe? – BG mudou de marcha, desacelerando o veículo.

Estavam se aproximando da base. – Nesse meio-tempo, Grainger, sempre que você precisar de uma carona pra te resgatar do deserto, pode contar comigo.

Depois disso, ela ficou quieta. Os pneus do veículo passaram a trilhar asfalto em vez de terra, dando a impressão de ter começado a voar. BG estacionou à sombra do complexo, bem à frente da entrada mais próxima dos aposentos de Grainger, depois contornou o carro e abriu a porta para ela: um perfeito cavalheiro.

– Obrigada – disse ela. Nem sequer acusara a presença de Peter durante todo o trajeto. Peter se torceu em seu banco para vislumbrá-la manobrar seu corpo exausto e rígido para fora do carro. O braço de BG se oferecia feito uma viga metálica; ela o segurou e se alavancou para ficar de pé. A porta bateu e Peter continuou observando pela janela embaçada: os dois funcionários da USIC todos de branco alternando entre reconhecíveis e irreconhecíveis, feito um vídeo danificado. Ele ficou imaginando se entrariam no prédio lado a lado, de braços dados, mas assim que Grainger se pôs de pé, descolou-se de BG e sumiu.

– Acho que foi o raio – disse BG quando voltou para o carro. – Não pode fazer bem a ninguém, tomar uma traulitada dessas. Com o tempo, ela vai superar.

Peter fez que sim. Mas não sabia nem se ele mesmo ia superar.

Foi o dr. Adkins quem encontrou Peter do lado de fora da unidade de tratamento intensivo, de joelhos. Ou talvez "encontrou" fosse a palavra errada: quase tropeçou nele. Imperturbado, o médico olhou para o corpo de Peter, avaliando em poucos segundos se qualquer parte dele estaria necessitada de intervenção médica urgente.

– Está tudo bem? – perguntou ele.

– Estou tentando orar – disse Peter.

– Ah... tudo bem – disse Adkins, olhando por cima do ombro de Peter para um ponto além no corredor, como quem diz: *Será que você podia fazer isso num lugar onde as pessoas não tropecem e quebrem o pescoço por sua causa?*

– Vim ver a Adoradora de Jesus 5 – disse Peter, erguendo-se do chão. – Você sabe como ela está?

– Claro. Ela é minha paciente. – O médico sorriu. – É legal ter um paciente de verdade, para variar. Em vez de alguém que pegou conjuntivite ou acertou o dedão com o martelo e vem te ver cinco minutos só.

Peter fitou o rosto do médico em busca de sinais de empatia.

– Estou com a impressão de que o dr. Austin não entendeu de verdade o que está acontecendo com a Adoradora 5. Tive a impressão de que ele achava que você poderia fazê-la melhorar.

– Vamos fazer todo o possível – disse Adkins, inescrutável.

– Ela vai morrer – disse Peter.

– Não vamos colocar o carro na frente dos bois.

Peter apertou uma das mãos dentro da outra, e descobriu que suas tentativas de orar ardorosamente haviam ferido a pele frágil entre os nós dos dedos.

– Você não entendeu que essas pessoas não saram? – disse ele. – Não têm a *capacidade* de se curar. Os nossos corpos... o seu corpo, o meu corpo... estamos vivendo um milagre. Nem falo em religião, somos um milagre da natureza. Podemos bater no nosso dedão com um martelo, podemos abrir um rombo na pele, nos queimar, quebrar, transbordar de pus, e pouco depois, está tudo novo! Novo em folha! É inacreditável! Impossível! Mas é verdade. Essa é a dádiva que recebemos. Mas os , os oasianos, eles não receberam essa dádiva maravilhosa. Eles têm só uma chance... uma única chance... que é o corpo com que nasceram. Fazem o melhor possível para cuidar dele, mas quando ele se danifica, é... é o fim.

O dr. Adkins assentiu. Era um homem bondoso, e tinha alguma capacidade intelectual. Ele pôs a mão no ombro de Peter.

– Vamos pensar nessa... moça um dia de cada vez. Ela vai perder a mão. Isso é óbvio. Depois disso... vamos fazer o melhor possível para descobrir algum jeito.

Os olhos de Peter ardiam de lágrimas. Ele queria tanto acreditar.

– Olha – disse Adkins –, você se lembra de quando eu estava te remendando e te falei que medicina não passa de carpintaria, hidráulica e costura? Sei que no caso dessa moça isso não se aplica, é claro. Mas esqueci de falar de uma coisa: além de tudo isso, é química. Essas pessoas tomam analgésicos, tomam cortisona, tomam vários outros remédios que nós fornecemos. Não os tomariam ano após ano se nenhum deles surtisse efeito.

Peter fez que sim, ou pelo menos tentou; o que saiu foi mais uma tremedeira facial, o queixo tiritando. O cinismo que ele pensava ter banido para todo sempre estava circulando pelo seu organismo. *Placebo*, *tudo placebo*. Engula os comprimidos e sinta-se revigorado enquanto as células morrem dentro de você. Aleluia, consigo andar com esses pés sépticos, a dor sumiu, mal se nota, é bem suportável, graças a Deus.

Adkins olhou para a palma da mão com que tocara o ombro de Peter não fazia nem um minuto, avaliou brevemente aquela palma como se houvesse um frasco de soro mágico nela.

– Esta sua... Adoradora 5, como você chama, é nossa pioneira. Nunca tivemos uma dessas pessoas para estudar antes. Vamos aprender muitas coisas, e rápido. Quem sabe conseguiremos salvá-la? Ou, se não conseguirmos salvá-*la*, podemos talvez conseguir salvar os filhos dela. – Ele fez uma pausa. – Eles têm filhos, não têm?

Dentro da cabeça de Peter se repetiu a visão do recém-nascido de pé feito um bezerro, a multidão comemorando, a cerimônia para vesti-lo, a estranha beleza do pequeno [illegible], dançando desajeitado no primeiro dia de sua vida, acenando com suas minúsculas mão enluvadas.

– Sim, têm sim.

– Bem, então é isso – disse Adkins.

A Adoradora 5, confinada ao leito de sua câmara de tratamento intensivo superiluminada, parecia tão sozinha e pequenina quanto antes. Ele quase desejava que houvesse algum funcionário da USIC deitado com a perna quebrada em um dos outros leitos, ou alguns [illegible] saudáveis por perto, conversando com ela em sua língua nativa, pois teria sido um pouco menos horrível. Mas horrível para quem? Peter sabia que era tanto em causa própria como em prol dela que ansiava por uma cruz mais leve. Em sua carreira de pastor, ele já visitara muitos hospitais, mas nunca, até agora, para encarar alguém cuja morte iminente lhe parecia responsabilidade sua.

– Deu[illegible] aben[illegible]oe no[illegible]o encon[illegible]ro, pa[illegible][illegible]or Pe[illegible]er – disse ela assim que ele entrou. Desde sua última visita, ela havia arrumado uma toalha de banho da USIC e a embrulhado habilmente em volta da cabeça feito um gorro improvisado. Dava-lhe uma aparência mais feminina, tal como um hijab ou uma peruca. Ela havia metido as pontas soltas sob a gola de sua camisola de hospital, e puxara os cobertores até as axilas. Sua mão esquerda ainda estava desnuda; a direita estava toda agasalhada e enfaixada com bandagem de algodão.

– Adoradora 5, eu sinto muito, mas muito mesmo – disse ele, a voz já falhando.

– Não precisa se desculpar – assegurou ela. A absolvição lhe custou um esforço imenso para ser pronunciada. Era como jogar sal na ferida.

– A tela que caiu na sua mão... – disse ele, agachando-se junto à beira da cama e à breve colina dos joelhos dela. – Se eu não tivesse pedido para...

Com sua mão livre, ela fez algo surpreendente, algo que ele nunca teria imaginado ninguém daquela espécie fazer: ela o silenciou pondo os dedos em seus lábios. Foi a primeira vez em que ele foi tocado pela pele nua de um [illegible], sem a mediação do tecido macio das luvas. Os dedos dela eram macios e mornos e tinham cheiro de fruta.

– Nada cai sem plano de Deus para cair.

Com toda a suavidade, ele fechou sua mão sobre a dela.

– Eu não deveria dizer uma coisa dessas, mas, de todas as pessoas do seu povo... é de você que eu gosto mais.

– Eu sei – disse ela, sem hesitar um segundo. – Mas Deus não tem preferidos. Deus gosta igual de todos.

As constantes alusões dela a Deus eram como uma lança atravessando sua alma. Ele precisava fazer uma grande confissão, sobre sua fé, sobre o que pretendia fazer a seguir.

– Adoradora 5... – começou ele. – Eu... eu não quero mentir para você. Eu...

Ela assentiu, lenta e enfaticamente, para sinalizar que ele não precisava completar o pensamento.

– Você sente... que Deus lhe falta. Que não pode mais ser pastor. – Ela virou para o lado, olhando para a porta pela qual ele entrara, a porta que levava ao mundo exterior. Em algum lugar naquela direção se encontrava o assentamento original onde ela aceitara Jesus no coração, o assentamento que agora jazia vazio e abandonado. – O pastor Kurtzberg acabou sentindo isso também – disse ela. – Ele ficou zangado, falou bem alto: não sou mais pastor de vocês. Procurem outro.

Peter engoliu em seco. O livreto da Bíblia que ele mesmo costurara tinha adquirido a forma de um caracol e jazia sobre o cobertor, perto de sua própria bunda inútil. Lá em seu quarto, ainda restavam tantos novelos de lã de cores vívidas a serem usados.

– Você é... – disse a Adoradora 5, e fez uma pausa para encontrar a palavra certa. – ... homem. Apenas homem. Deus é maior que você. Você carrega a palavra de Deus por um tempo, aí a palavra fica pesada para carregar e você tem que descansar. – Ela depositou a mão na coxa dele. – Eu entendo.

– Minha esposa... – começou ele.

– Eu entendo – repetiu ela. – Deus une você e esposa, os dois. E agora estão separados.

Em um flash, Peter se lembrou do dia de seu casamento, a luz entrando pelas janelas da igreja, o bolo, a faca, o vestido de Bea. Devaneios sentimentais, tão irrevogavelmente perdidos como um uniforme de escoteiro comido de traça, jogado em uma lixeira e levado embora pelos garis. Em vez disso, ele se forçou a pensar em sua própria casa como era agora, cercada de lixo e detritos, o interior mergulhado na escuridão, e, semioculta por essas sombras fantasmagóricas, a silhueta de uma mulher que ele não conseguia mais reconhecer.

– Não é que simplesmente estejamos separados – disse ele. – Bea está com problemas. Ela precisa de ajuda.

A Adoradora 5 assentiu. Sua mão enfaixada gritava bem mais alto do que quaisquer palavras recriminatórias que não podia haver problema mais sério do que aquele por que estava passando.

– Então – confirmou ela – você vai cumprir a palavra de Jesus. Lucas: vai deixar as 99 no deserto e vai procurar a que se perdeu.

Ele sentiu seu rosto avermelhar, pois a parábola acertara bem no alvo. Ela deve tê-la aprendido com Kurtzberg.

– Conversei com os médicos – disse ele, se sentindo desprezível. – Eles vão fazer o melhor que puderem, por você e pelos... pelos outros. Não vão poder salvar sua mão, mas podem ser capazes de salvar a sua vida.

– Fico feliz – disse ela. – Se for salva.

Ele se remexeu, desconfortável, em seu poleiro à beira do leito dela. Sua nádega esquerda estava dormente e suas costas estavam doloridas. Em alguns minutos, ele estaria fora daquele quarto e seu corpo voltaria ao normal, restaurando a circulação sanguínea como sempre, pacificando a atividade neurológica, aliviando músculos distendidos em excesso, enquanto ela ficaria ali, vendo o próprio corpo apodrecer.

– Tem alguma coisa que eu possa fazer por você agora? – disse ele.

Ela ficou alguns segundos pensando.

– Canȣar – disse ela. – Canȣe comigo.

– Cantar o quê?

– Noɷa música de boaɷ-vindaɷ ao paɷȣor Peȣer – disse ela. – Voɷê vai embora. Eɷpero que volȣe, em algum abenɷoado dia. E quando volȣar, canȣaremoɷ a música de novo. – Sem mais delongas, ela começou. – Óóó Graaaɷa ɷubliiiime....

Ele fez coro no mesmo instante. Sua voz, em geral rouca e baixa, era sonora ao ser convocada para cantar. A acústica da unidade de tratamento intensivo era, na verdade, melhor do que a da igreja, onde a atmosfera úmida e a presença dos muitos corpos sempre deixavam o som abafado; ali, naquela gélida caverna de concreto, que oferecia apenas leitos vazios, aparelhos adormecidos e suportes para soro como companhia, "Graça Sublime" reverberava alto e claro.

– *Estaaaando ceeeego* – entoava ele – *meeee fez veeeer...*

– Obrigado – disse a Adoradora 5. – Agora voɷê vai embora. Vou conȣinuar ɷendo para ɷempre... o ɷeu irmão.

Não havia mensagem de Bea.

Ela não queria mais nada com ele. Desistira.

Ou talvez... talvez tivesse cometido suicídio. O mundo naquele estado, a perda de Joshua, a perda da fé, o casamento abalado... eram dores terríveis de se enfrentar, e talvez ela simplesmente não tivesse conseguido enfrentá-las. Adolescente, ela tivera tendências suicidas. Ele quase a perdera nessa época, sem nem saber que ela existia para ser perdida.

Ele abriu uma página em branco no Tubo. Precisava ter fé de que ela ainda estava viva, ainda capaz de receber mensagens. A tela em branco parecia-lhe tão grande e ameaçadora: tanta brancura pronta a engolir seja lá qual sentido pretendesse imprimir a ela. Ele pensou em citar ou parafrasear o trecho de *2 Coríntios 5* sobre a casa "não feita por mãos" que nos aguarda caso nossa morada terrena seja destruída. Claro, era uma citação bíblica, mas talvez tivesse relevância em um contexto não religioso, feito BG cutucando o próprio peitoral para mostrar que um lar não era feito de cimento e tijolo, um lar podia estar em qualquer lugar.

Uma voz veio a ele e falou: *Não seja idiota.*

Vou voltar para casa, escreveu ele, e isso foi tudo.

Tendo prometido seu retorno, ele conscientizou-se de que não tinha ideia de como fazê-lo acontecer. Clicou no ícone de escaravelho verde e o Tubo revelou as três míseras opções em seu menu: *Manutenção (consertos)*, *Admin* e *Graigner*. Nenhuma lhe pareceu exatamente adequada. Clicou em *Admin* e escreveu:

Desculpem, mas preciso ir para casa. Assim que possível. Não sei se vou conseguir voltar para cá tão cedo. Se voltar, precisaria ser com minha esposa. Não estou tentando chantageá-los, só estou dizendo que é o único jeito de eu ser capaz de voltar. Por favor, me respondam e confirmem quando poderei viajar. Atenciosamente, Peter Leigh (Pastor).

Releu o que havia escrito, deletou tudo desde "Não sei" e "ser capaz de voltar". Palavras demais, explicações demais. A mensagem essencial, a que requeria atividade, era mais simples.

Ele se levantou, se espreguiçou. Uma dolorosa pontada em sua perna o fez se recordar do ferimento que havia lá. A ferida estava sarando bem, mas a pele estava justa ao longo do fio de sutura. Ele sempre teria uma cicatriz, e de vez em quando ela lhe doeria. Havia certos limites para o que o miraculoso organismo humano era capaz de reparar.

Sua túnica, pendurada no varal, já estava seca. As marcas borradas do crucifixo de tinta tinham sido praticamente obliteradas, desbotadas para o mais pálido lilás. A bainha estava tão esfiapada que mais parecia ter sido feita assim de propósito, com uma franja decorativa. "Você não achou feminina demais, achou?", lembrou-se de Bea dizendo, da primeira vez que tiraram a roupa de sua embalagem plástica. Não só se recordou das palavras, como também do som da voz de Bea, da expressão nos seus olhos, da iluminação na lateral do seu nariz: de tudo. E ela dissera: "Pode ficar pelado por baixo. Se quiser." Ela era sua mulher. Ele a amava. Certamente em algum canto do universo, com todo o devido respeito às leis do tempo e espaço e relatividade, devia haver algum lugar onde isso ainda fosse possível.

– Imagine que você está em um bote minúsculo, perdido no mar – sugerira-lhe Ella Reiman, durante aquelas intermináveis entrevistas no décimo andar do hotel de luxo. – Lá longe, a distância, há um navio. Você não consegue ver se ele está se aproximando ou se afastando. Você sabe que, se tentar ficar de pé e acenar, o bote vai virar. Mas se ficar sentado no lugar, ninguém vai vê-lo e você não vai ser resgatado. O que é que você faz?

– Fico no lugar.

– Tem certeza? E se o navio estiver mesmo se afastando de você?

– Eu aceitaria a consequência da minha escolha.

– Você simplesmente ficaria sentado vendo o navio ir embora?

– Eu oraria a Deus.

– E se não houvesse resposta?

– Sempre há uma resposta.

Sua calma os havia impressionado. Sua recusa em adotar gestos desmesurados e impulsivos o ajudara a passar no teste. Era a calma dos exilados, a calma dos . Sem saber, ele sempre fora um alienígena honorário.

Agora, ele dava voltas e mais voltas pelo quarto em frenesi, um animal enjaulado. Precisava estar em casa. Partir, partir logo de uma vez. A agulha na veia, a mulher dizendo *Isso vai dar um pouco de nervoso*, depois a escuridão. Sim! Andem logo! Cada minuto de espera era um tormento. Às voltas pelo quarto, ele quase tropeçou em um sapato jogado, agarrou-o e atirou longe. Talvez Grainger, no seu quarto, estivesse fazendo a mesma coisa. Talvez devessem perder o controle juntos, dividir aquele uísque. Ele estava louco por uma dose.

Deu uma olhada no Tubo. Nada. Quem é que ia ler a sua mensagem, afinal de contas? Algum técnico ou ajudante de cozinha deslocado da função principal? Que caralho de sistema era aquele, onde ninguém era o responsável, ninguém tinha um escritório que você pudesse invadir, ninguém podia ser agarrado pelo colarinho? Ele deu ainda mais voltas pelo quarto, a respiração excessivamente ruidosa. O chão, o teto, a janela, a mobília, a cama: tudo errado, tudo errado. Pensou em Tuska, com aquela lábia toda sobre Legião Estrangeira, aquelas histórias sobre pessoas infelizes que ficavam malucas, subindo pelas paredes, implorando para "ir pra "*caaa-sa*". Ainda sentia o travo do sarcasmo de Tuska em sua boca. Presunçoso! Filho da puta!

Dezoito minutos depois, surgiu, em seu Tubo, uma resposta da Admin.

E aí? Encaminhei seu pedido pro QG da USIC. Prazo padrão de resposta é de 24h (até os mandachuvas precisam dormir às vezes), mas prevejo que devem dizer sim. Por motivos diplomáticos, teria sido bom meter uma conversa de depois voltar pra cá e terminar sua missão mas né, não sou eu que vou te ensinar a fazer amigos & influenciar pessoas. Eu não tinha previsão de pilotar de novo até mês que vem mas foda-se, vou é aproveitar, quem sabe comprar tênis novos, tomar um sorvete, ir numa churrascaria. Ou num puteiro! Brincadeirinha. Sou um peregrino exemplar, você me conhece. Fique no aguardo e quando for a hora de ir embora eu aviso. Ô revuá, Tuska.

Assim que Peter terminou de ler aquelas palavras, ele pulou da cadeira, derrubando-a, e deu um soco no ar feito um atleta que acabava de vencer uma partida difícil. Teria gritado *Aleluia* também, não fosse pelo espasmo incapacitante que percorreu sua perna machucada. Gritando de dor, rindo de alívio, ele caiu no chão, encolhido feito um bicho moribundo, ou um ladrão que quebrara os tornozelos, ou um marido que estivesse abraçando o corpo da esposa e não o seu próprio.

Obrigado, suspirou ele, *obrigado*... mas a quem agradecia? Ele não sabia. Só sabia que era preciso agradecer.

27

Fique onde está

Seu nome era Peter Leigh, filho de James Leigh e Kate Leigh (nascida Woolfolk), neto de George e June. Nasceu em Horns Mill, Hertford, Hertfordshire. Os nomes de seus gatos, na ordem em que os tivera, eram Mokkie, Silkie, Cleo, Sam, Titus e Joshua. Quando voltasse para casa, teria outro gato, saído de um abrigo de animais, se tais lugares ainda existissem quando voltasse. Quanto ao seu filho, ou filha, ele lhe daria o nome que Bea quisesse. Ou talvez Kate. Conversariam quando chegasse a hora. Talvez pudessem esperar até o bebê nascer, e então ver como era sua personalidade. As pessoas eram únicas desde o primeiro dia.

Ele aprumou o máximo possível sua postura naquele quarto desanimador e avaliou-se no espelho da USIC. Era um homem de 33 anos, inglês, tão bronzeado como se tivesse passado longas férias em Alicante ou algum balneário mediterrâneo do gênero. Mas não parecia em boa forma. Seu queixo e clavículas despontavam preocupantemente, esculpidos por uma dieta inadequada. Estava magro demais para a túnica, mesmo que parecesse ainda pior nas roupas ocidentais. Havia cicatrizes em seu rosto, algumas datadas de sua época de alcoolismo, outras mais recentes e delineadas, com crostas bem formadas. Seus olhos estavam injetados e neles havia medo e dor. "Sabe o que ia te fazer tomar jeito?", dissera-lhe outro mendigo certa vez, enquanto esperavam juntos na chuva o abrigo para os sem-teto abrir as portas. "Uma mulher." Quando Peter lhe perguntara se ele falava por experiência própria, o velho bebum simplesmente sorriu e balançou a cabeça grisalha.

* * *

Os corredores da USIC que antes lhe pareciam um labirinto agora eram familiares – até demais. A familiaridade de uma prisão. Os pôsteres emoldurados estavam pendurados em seus devidos lugares, sinalizando seu avanço pela base. À medida que ia andando até o estacionamento, as imagens vítreas iam olhando para ele sem o ver: Rodolfo Valentino, a operária Rosie, o cachorro na cesta com os patos, a turma sorridente do piquenique de Renoir. Laurel e Hardy congelados, estoicos, para sempre interrompidos em sua vã tentativa de construir uma casa. E aqueles operários da construção civil suspensos no topo de Nova York... ficariam ali eternamente em suspenso, sem nunca terminar o almoço, sem nunca cair da viga, sem nunca chegar à velhice.

Ele empurrou a última porta que restava e foi saudado pelo cheiro de graxa de motor. Para sua última visita aos , ele queria viajar até o C-2 sozinho, e não como passageiro do carro dos outros. Deu uma olhada geral pelo estacionamento à procura do responsável daquele dia, esperando que fosse alguém a que nunca tivesse se apresentado antes, alguém que nada soubesse dele além de que era o missionário VIP que deveria receber o que pedisse, desde que fosse algo razoável. Mas a pessoa curvada em cima do motor de um jipe, encoberta pelo capô levantado, era imediatamente reconhecível pelas ancas. Era Craig de novo.

– Oi – disse ele, sabendo mesmo antes de abrir a boca que sua oratória de nada adiantaria.

– Oi – disse ela, mal olhando para ele e continuando a engraxar generosamente os meandros do motor com lubrificante.

A negociação foi breve e simpática. Ele não foi capaz de detestá-la por se recusar a entregar um veículo, dado o que acontecera da última vez. Talvez ela tivesse sido criticada por seus demais colegas da USIC por permitir que ele – quando claramente estava fora da casinha – dirigisse o carro funerário de Kurtzberg noite adentro, só para ter que ser resgatado às pressas depois, enquanto outra viagem tivera de ser feita para pegar o veículo de volta. Craig era toda sorrisos e agia com toda a naturalidade, mas o subtexto era: *Você é um pé no saco.*

– Tem uma troca de medicação por comida agendada para daqui a algumas horas – disse ela, limpando as mãos em um trapo. – Por que não pega uma carona?

– Porque é meu adeus. Vou me despedir dos .

– Se despedir dos quê?

– Dos oasianos. Do povo nativo. – *Dos monstros de Monstrópolis, balofa imbecil*, pensou ele.

Ela ponderou um pouco sobre o que ele dissera.

– Você precisa do seu próprio carro para poder se despedir?

Ele se pôs cabisbaixo, frustrado.

– Se eu estiver lado a lado com funcionários da USIC, pode parecer que estou usando vocês como... hã... guarda-costas. Guarda-costas emocionais, se é que você entende. – O olhar direto e, no entanto, desfocado de Craig lhe informou que não, ela não entendia. – Pode ficar parecendo que eu não queria encará-los sozinho.

– Então tá – disse Craig, coçando sua tatuagem de cobra de forma ausente. Segundos se passaram, deixando óbvio que seu "então tá" não significava "neste caso, vou te dar um carro". Não significava nem mesmo "entendo a sua preocupação". Significava "que seja".

– Além disso, não sei se a Grainger vai querer sair para ir ao assentamento hoje.

– Não vai ser a Grainger – disse Craig irrefletidamente, e consultou uma escala impressa. – A Grainger está de licença até... – Ela folheou as páginas, fazendo uma varredura em busca do nome dela. – Por tempo indeterminado – resumiu ela por fim, e retornou à página do dia. – Vai ser... o Tuska e a Flores.

Peter olhou por cima do ombro dela, verificando todos os veículos engraxados que poderia usar para sair dali não fosse por ela em seu caminho.

– A escolha é sua – disse ela com um ligeiro sorriso, e ele compreendeu que às vezes não há escolha alguma.

"Eu vejo você de pé à beira de um grande lago", dissera-lhe Bea, na última vez em que esteve em seus braços. "É de noite e o céu está todo estrelado." E ela contara a visão que tivera dele pregando para uma multidão de criaturas em barcos de pesca a distância, flutuando no mar. Talvez ambos soubessem que era um sonho, que na verdade nada parecido viria a acontecer. Era mais um dia de sol mormacento em Oásis, e os nativos cochilavam em seus leitos, ou estavam produzindo comida para seus hóspedes estrangeiros, ou lavando roupa, ou cuidando de suas crianças, torcendo para que sua pele sobrevivesse intacta a mais um dia de sol até estarem seguros em seus berços-casulo novamente. Talvez estivessem orando.

Para preencher o tempo enquanto não chegava a hora marcada para sua carona, Peter ficou pensando se levava algo para o assentamento e o quê. Uma pilha de livretos semiprontos jazia sobre a mesa, junto de alguns novelos de lã. Ele pegou o mais próximo, uma paráfrase do *Apocalipse*, Capítulo 21. Ele reduzira o número de sons sibilantes de "S" a quatro, e se livrara de todos os "tês": provavelmente era o melhor que conseguiria fazer.

E vi um novo paraíso e um novo chão, porque o primeiro paraíso e o primeiro chão acabaram. E ouvi palavras vindo do paraíso que diziam: Vejam, o Pai viverá com o povo d'Ele, que são vocês, o povo do próprio Deus. E não haverá finado, nem clamor, nem dor. E Aquele na cadeira de honra falou: Vejam, eu dou forma a qualquer nova realidade.

Para evitar a necessidade de explicações que talvez não levassem a nada, ele omitira Jerusalém, o mar, o tabernáculo, o apóstolo João, a esposa e o marido, os homens e algumas outras coisas. O Deus desse folheto não enxugava mais as lágrimas dos olhos, em parte porque "pranto" e "lamento" eram mais difíceis de pronunciar, em parte porque, mesmo depois desse tempo todo, ainda era um mistério se os  tinham olhos ou choravam. Peter lembrou de como tinha suado para achar alternativas para "céu" e "terra". Todo aquele trabalho e para quê? As únicas palavras que tinha a lhes oferecer agora eram "perdão" e "adeus".

– Dia lindo – disse Tuska, e estava mesmo. A atmosfera fazia um espetáculo para eles, como se homenageasse uma ocasião especial. Duas enormes colunas de chuva por cair, uma a oeste e outra a leste, seguiram uma em direção à outra e agora começavam a mesclar seus topos, formando um arco resplandecente no céu. O arco estava bem distante, provavelmente a quilômetros dali, mas dava a ilusão de que eles estavam prestes a passar por baixo de um colossal portal feito de nada mais substancial do que gotículas d'água.

– Preciso admitir que, em matéria de vista, é nota nove – disse Tuska.

– As janelas de trás estão fechadas, não é? – disse Flores. – Nada de remédio pegando chuva.

– Sim, estão fechadas – disse Peter. Tuska e Flores, sentados nos bancos da frente, mal lhe haviam dirigido a palavra desde que saíram do complexo. Isolado no banco de trás, ele se sentia uma criança que foi levada pelo simples motivo de não poder ser deixada sem alguém para tomar conta, e sem nada para fazer a viagem inteira a não ser torcer para os pais não brigarem.

O ambiente refrigerado hermético que Grainger conservava com um esforço tão diligente não fazia o gênero de Tuska. Ele dirigia de janelas escancaradas, permitindo que o ar tivesse livre acesso ao interior do veículo. As lânguidas agitações da atmosfera se faziam acompanhar de uma brisa artificial provocada pelo movimento do veículo.

– Onde está Grainger? – perguntou Peter.

– Está numa boa – respondeu Tuska, com apenas o ombro e o braço que guiava o carro visíveis para Peter.

– Bêbada e incapaz – disse Flores, inteiramente escondida.

– Ela foi uma excelente farmacêutica esses anos todos – disse Tuska.

– Há outros farmacêuticos – observou Flores.

– Bom, vamos ver o que o Papai Noel nos traz esse ano, não é? – disse Tuska, e Flores se calou.

O arco brilhante no céu não se aproximara nem um pouco deles, então Peter preferiu olhar pela janela. A paisagem, de que ele se acostumara a gostar, ainda tinha sua beleza austera, mas naquele momento ele enxergou sua simplicidade com olhos diferentes, e ela o perturbou. Dava para imaginar uma pessoa do campo como Grainger esquadrinhando o vazio sereno daquela paisagem, buscando em vão algum animal silvestre, alguma planta, qualquer tipo de vida que a lembrasse do seu habitat de infância.

– Grainger precisa ir para casa – disse ele, as palavras pulando de sua boca antes de sequer ter pensado em formulá-las.

– É – disse Tuska. – Acho que precisa, sim.

– E em breve – disse Peter, e se lembrou pela primeira vez em anos de que *Em breve* era o nome de um folheto das Escrituras que ele e Bea haviam feito há muito tempo para os adoradores de Jesus de Arunachal Pradesh. Um lampejo em seu cérebro mostrou suas mãos e as de Bea trabalhando juntas sobre a mesa da cozinha: as dele dobrando o folheto em três, com o título *Em breve* para cima; as mãos de Bea deslizando o papel para dentro de um envelope, selando-o, endereçando-o para algum adivasi montanhês com nome impronunciável. Caixas de papelão cheias de folhetos *Em breve* tinham sido enviadas ao exterior de seis em seis meses, uma despesa absurda em plena era eletrônica, mas nem todas as pessoas do mundo tinham computador e, além do mais, havia algo de especial em se ter versículos bíblicos à mão.

Quanto tempo fazia. Sua mão segurando um folheto chamado *Em breve*, estendendo-o por cima da mesa para a mão de Bea.

– Eu enviei a solicitação dela também – dizia Tuska. – Meu chute é de que vocês dois devem ir embora juntos. – Ele bocejou. – Duas deserções simultâneas do nosso belo paraíso! Será que vocês dois estão sabendo de alguma coisa que eu não sei? Hum, pensando bem, não precisa me contar.

– Não tem nada de mau neste lugar – disse Peter, olhando pela janela novamente. – Lamento se decepcionei todo mundo.

– Tem gente que aguenta, tem gente que não – disse Tuska com leveza. – Não dá para reutilizar um GFCBE.

– Como?

– Gerador de fluxo de compressão bombeado explosivamente.

Aquelas palavras, que a Peter pareciam tão estranhas e incompreensíveis quanto quaisquer Escrituras arcanas pareceriam a seus anfitriões, foram as últimas a serem pronunciadas por um bom tempo. A ilusão de que estavam prestes a passar sob uma enorme arcada cintilante gradualmente se desfez à medida que as duas colunas de água se afastavam e se transmutavam em formas diferentes e assimétricas. A chuva batia no para-brisa e no teto, com seu ritmo estranho de sempre, determinado por uma física além da compreensão humana. Depois o temporal passou e os limpadores de para-brisa ficaram rangendo aborrecidamente contra o vidro limpo até Tuska se lembrar de desligá-los. As fachadas cor de caramelo de Monstrópolis estavam agora a apenas uns poucos metros de distância, e Peter já estava conseguindo distinguir uma pequena silhueta parada no lugar combinado.

– Quando chegarmos – disse ele do banco de trás –, preciso só de uns dois minutos a sós com aquela pessoa.

– Ok – disse Tuska, mudando de marcha para o trecho final. – Mas nada de línguas.

O Adorador de Jesus 1 estava a postos em frente à casa com a estrela branca pintada. Assim que avistou Peter, seu corpo teve um reflexo súbito de surpresa, mas ele conseguiu se recompor nos poucos segundos passados entre a revelação e a descida de Peter do jipe.

– Vo◊ê e◊◊á vivo – disse ele.

– Espero que sim – disse Peter, arrependendo-se de imediato: os ◊◊◊◊ não faziam uso da irreverência, e a ironia só tornava ainda mais difícil para o Adorador 1 orientar-se no milagre que era Peter estar curado de seus ferimentos mortais.

– Ou◊ro◊ acham que vo◊ê morreu – disse o Adorador 1. – Eu acredi◊o que e◊◊á vivo. Eu ◊ozinho ◊enho fé.

Peter debateu-se para dar uma resposta adequada para aquilo. Um abraço afetuoso estava fora de questão.

– Obrigado – disse ele.

Atrás das cortinas de contas que velavam as entradas das casas, figuras encapuzadas se aglomeravam.

– ◊◊◊-◊◊ – gritou uma voz. Peter entendia o suficiente da língua para saber que aquilo significava: "A tarefa ainda dorme." Ou, parafraseando: *Anda logo com isso.*

O Adorador 1 despertou do transe e assumiu seu papel oficial. Voltou-se para o veículo prevendo encontrar a enviada da USIC, a mulher chamada Grainger, com sua echarpe, que o abominava e a todos de sua raça.

A enfermeira Flores saiu do veículo. Conforme ela foi se aproximando do oasiano, foi se tornando evidente que não havia muita diferença entre o tamanho deles. Por acaso, suas roupas – o uniforme dela, o manto dele – eram quase da mesma cor.

O Adorador 1 ficou visivelmente abalado com aquelas paridades inesperadas. Ficou avaliando Flores por vários segundos a mais do que permitiam as boas maneiras, mas ela o encarou de volta da mesma forma.

– VoᏊƯê e eu – disse o Adorador de Jesus 1. – Nunca anઠeᏊƯ de agora. – E ele estendeu o braço e tocou-a de leve no pulso com a ponta dos dedos.

– Ele quer dizer "Olá, ainda não te conheço" – explicou Peter.

– Prazer em conhecê-lo – disse Flores. Se, por um lado, talvez fosse um exagero dizer isso, por outro, ela parecia bem mais à vontade do que Grainger.

– ઠraᏊƯ remédioᏊƯ? – perguntou o Adorador 1.

– É claro – disse Flores, e foi para trás do veículo buscá-los. Vários outros oasianos se aventuraram para fora de seu esconderijo, depois mais alguns. Isso era raro: dois ou três tinham sido o máximo, pelo que Peter já vira até então.

Flores veio carregando a caixa com seus braços magricelas. A caixa parecia maior e mais cheia do que da última vez, talvez porque ela fosse menor do que Grainger. Ainda assim, ela a manejava sem grande esforço e a entregou a um dos oasianos com afável confiança.

– A quem devo dar as explicações? – disse ela.

– Eu enઠendo melhor – disse o Adorador 1.

– A você, então – disse Flores, em um tom simpático mas profissional.

A caixa, como sempre, estava abarrotada com uma mistura de remédios tanto de marca como sem marca. Flores extraía cada frasco plástico, caixa de papelão e tubinho, segurando-o estendido feito um martelo de leiloeiro enquanto descrevia a sua função, e depois o enfiava de volta no lugar.

– Não sou farmacêutica – disse ela. – Mas, de qualquer modo, está tudo escrito nos rótulos e nas bulas. O mais importante é vocês nos contarem o que está funcionando e o que não está. Desculpe dizer isso, mas tem havido mistério demais por aqui. Vamos deixar o assunto sem mistério, tentar uma abordagem mais científica. Será que vocês podem fazer isso?

O Adorador 1 ficou em silêncio por alguns segundos, simplesmente focado na criatura frente a frente com ele.

– GraઠoᏊƯ peloᏊƯ remédioᏊƯ – disse ele, por fim.

– Tudo bem – disse Flores sem inflexão. – Mas ouça bem: esta caixa aqui é de Sumycin. É um antibiótico. Se você ficar com infecção no sistema de água ou nas tripas, ele pode te curar. Mas se você já tomou muito Sumycin antes, pode não funcionar tão bem. Pode ser melhor tomar este aqui, Amoxicilina. Essas duas caixas de Amoxicilina são genéricos...

– Nome de onde vêm ðodoꙍ oꙍ ouðroꙍ nomeꙍ – disse o Adorador 1.

– Exatamente. Agora, Amoxicilina é ótima se você nunca a tomou, mas se o seu corpo ficou resistente a ela, é melhor tomar esse roxo aqui, Augmentin, que contém algo a mais para poder superar essa resistência. – Flores colocou o Augmentin de volta na caixa e coçou o nariz com seu dedo simiesco. – Olha, podemos ficar aqui de pé o dia inteiro falando dos prós e contras de cada um dos antibióticos dessa caixa. Mas precisamos mesmo é combinar cada remédio específico com um problema específico. Por exemplo, você. Você está doente?

– Graꙍaꙍ a Deuꙍ não – disse o Adorador 1.

– Bem, me traga alguém que *esteja* doente e vamos conversar.

Fez-se uma pausa.

– Graðoꙍ peloꙍ remédioꙍ – disse o Adorador 1. – ðem comida para voꙍêꙍ. – O tom era neutro, mas ainda assim obstinado e até ameaçador.

– Ótimo, obrigada, vamos tratar disso em um minuto – disse Flores, sem se deixar abalar. – Mas, primeiro, posso ver alguém que pensa que precisa de antibióticos? Como eu disse, não sou farmacêutica. Não sou médica. Só preferia conhecer vocês um pouco melhor.

Enquanto os dois mantinham as suas posições, mais oasianos iam saindo de seus esconderijos. Peter percebeu que eles sempre deviam ter estado ali, desde antes, sempre que aquelas entregas eram feitas, mas não tinham tido coragem de sair a público. O que será que Flores tinha? Será que era o cheiro dela? Peter se voltou para Tuska. Tuska deu uma piscadinha.

– Obedeçam à poderosa Flores – disse ele, debochado. – Senão...

Quando ficou claro que a entrega dos remédios ia demorar algum tempo, Peter pediu licença e começou a cruzar a tundra em direção a sua igreja. Era um dia de muito vento e sua túnica batia contra as suas canelas, mas a brisa tinha sua utilidade ao reduzir a umidade, produzindo a ilusão de oxigênio mais puro. Dentro das sandálias, seus pés já estavam escorregadios de suor. Ele olhou para os pés enquanto caminhava e lembrou da sensação de pisar em neve firme com botas de solado grosso em uma brutal manhã de janeiro em Richmond Park, com seu pai recém-divorciado fumando um cigarro em algum lugar ali perto. Mal vislumbrou a imagem e ela já se fora.

De pouco em pouco, enquanto cruzava a planície na direção do templo construído por ele e seu rebanho, ele olhava por cima do ombro, para o caso de o Adorador 1 o estar acompanhando. Mas o Adorador 1 não o acompanhara, e a visão de Peter das minúsculas silhuetas próximas ao veículo da USIC foi ficando indistinta em meio ao torvelinho das correntes de ar entrelaçadas.

Quando chegou a sua igreja, estendeu as palmas da mão e fez as portas se abrirem em par, na expectativa de encontrar o lugar vazio. Mas não. Havia cinquenta ou sessenta almas multicoloridas lá dentro, já sentadas nos bancos, como se tivessem feito um pacto rigoroso de estar ali. Não era a congregação inteira, mas um bom percentual de comparecimento – especialmente levando em conta que tinham se reunido para louvar sozinhos, sem pastor. Muitos deles estavam trabalhando nos campos de flor branca no dia em que acontecera aquela desgraça, e haviam testemunhado sua pele ser perfurada, as pragas fincando os dentes e mutilando-o de tal maneira que não poderia restar esperança de recuperação, nem mesmo com a Técnica de Jesus. Talvez aquele encontro fosse em memória do pastor Peter, e lá estava ele, entrando de penetra.

– Deus abençoe nosso encontro, pastor Peter – exclamaram eles, primeiro um por um, depois em coro. Cada voz só fazia agravar mais o pesar em seu peito. Sua fé havia acabado de ser alçada às alturas, e ele viera justamente para decepcioná-los.

As portas bateram atrás dele num movimento bem azeitado auxiliado pelo vento. Luz copiosa penetrava pelas janelas, iluminando as cabeças encapuzadas dos Adoradores de Jesus, fazendo com que brilhassem feito chamas em uma fileira de velas votivas. À medida que ia passando pelos bancos da igreja, mais a montagem surreal de telas no teto parecia lhe pesar sobre a cabeça. O Jesus rosa-choque do Adorador 12, de mãos dadas com um Lázaro de um cinza vívido, a Natividade azul e amarela do Adorador 14, a Maria Madalena do Adorador 20 cuspindo demônios ectoplásmicos, o Tomé do Adorador 63... e, é claro, a pintura da Adoradora 5, de Cristo ressuscitado e suas mulheres, agora segura em seu lugar, afixada com cuidado redobrado depois do incidente que a mutilara. Aquele espantalho coberto apenas por um pano, tão diferente do homem simpático e bondoso da tradição cristã, de repente lhe parecia aterrorizante. A explosão de luz onde Sua cabeça deveria estar e os buracos em forma de olho em Suas mãos abertas, que Peter já interpretara como prova de que Deus não podia ficar restrito à iconografia de uma só raça, agora o impressionavam como uma prova de um abismo intransponível.

Ele tomou seu lugar atrás do púlpito. Percebeu que os [illegible] haviam arrumado a sua cama, lavado, secado e dobrado o lençol, limpado as botas que a Adoradora 5 costurara para ele e colocado um lápis que perdera sobre o travesseiro, onde ele poderia ser admirado como relíquia sagrada pelas futuras gerações. Agora, abençoados por seu milagroso retorno, estavam sentados e, com toda a atenção, livretos bíblicos ao lado, aguardavam a convocação para cantarem o primeiro hino, que, segundo o costume, poderia ser "No jardim" ou "A Deus demos glórias". Ele limpou a garganta. Confiava, sem o menor motivo para tal, que a inspiração viria de algum lugar, como sempre viera antes.

– [illegible] – disse ele. – [illegible]ss[illegible]. [illegible]-[illegible] [illegible] [illegible]emplo [illegible]s [illegible]ss[illegible].

Parte da congregação fazia aquele movimento de tremer os ombros que ele sempre interpretara como risos. Torcia para que fossem risos, suscitados por sua pronúncia capenga, mas talvez ele nunca tivesse entendido mesmo o que aquele movimento significava.

– [illegible]ss[illegible] [illegible]t[illegible] [illegible]ss[illegible] Jesus [illegible]s – continuou ele. Sentia que estavam achando graça em sua fala dificultosa e infantilizada, tão desnecessária quando estavam somente dispostos a ouvir a língua sagrada do rei Jaime. Mas ele queria se dirigir a eles, nem que fosse uma vez, de uma forma que pudessem entender plenamente. Devia-lhes isto: a dignidade deles à custa da sua própria. – [illegible]s Jesus [illegible] [illegible] [illegible] [illegible].

Ele terminou sua contagem precisa dos participantes, realizada por força de hábito: cinquenta e dois. Jamais saberia quantas almas a mais existiam escondidas em meio àquele assentamento, jamais saberia o quanto estivera perto ou longe de trazer toda a comunidade para Jesus. Só sabia que reconhecia cada uma das pessoas dali, e não apenas pelas cores de seus mantos.

– [illegible] [illegible]s [illegible] [illegible]emplo [illegible] – disse ele. – [illegible]s [illegible] o Livro das Coisas Estranhas.

Retirou a Bíblia do rei Jaime de sua bolsa, e, em vez de virar as bordas douradas das páginas até uma passagem selecionada para lê-la em voz alta, ele saiu de trás do púlpito e levou o livro até os Adoradores de Jesus sentados no banco da frente. Com escrupulosa gentileza – não por reverência ao livro, mas por preocupação com o frágil corpo à sua frente –, ele o entregou à Adoradora 17, que o aninhou sobre o colo.

Ele voltou ao púlpito.

– [glyph]-[glyph]-[glyph]-[glyph] – disse ele – [glyph] [glyph]ss[glyph] [glyph]ss[glyph] Deus. [glyph] Deus [glyph] [glyph] [glyph]s [glyph] [glyph]s [glyph].

Uma onda de consternação percorreu o seu rebanho. Cabeças penderam, mãos se agitavam. O Adorador 15 soltou um gemido.

– [glyph] [glyph]s [glyph]s [glyph] Deus [glyph]-[glyph]-[glyph] [glyph]s – prosseguiu ele. – [glyph] t[glyph] [glyph] [glyph]-[glyph]-[glyph] [glyph]-[glyph] [glyph]ss-[glyph] [glyph]s Adoradora de Jesus 5... – Sua voz vacilou, e ele precisou agarrar-se ao púlpito para impedir o tremor que o acometia. – A Adoradora de Jesus 5 [glyph]-[glyph] [glyph]l [glyph]i[glyph] [glyph] [glyph]t [glyph]-[glyph]-[glyph]-[glyph] [glyph] USIC. – Ele inspirou fundo, trêmulo. – [glyph]t[glyph] [glyph] [glyph] [glyph] [glyph] [glyph]emplo. [glyph]-[glyph]-[glyph]-[glyph]-[glyph] Bea. [glyph]t[glyph] [glyph] [glyph]s...

E pronto: não sabia mais como continuar: a palavra de que precisava, a mais crucial de todas, era uma palavra que ele não sabia na linguagem dos [glyph]. Ele curvou a cabeça e, por fim, refugiou-se em sua própria língua alienígena:

– ... perdoar.

Ele deixou o púlpito, pegou as botas amarelo-canário, uma em cada mão, e foi andando dignamente ao longo da nave da igreja em direção à saída. Durante os primeiros segundos, que lhe pareceram minutos, caminhou em silêncio, sozinho. Depois os Adoradores de Jesus se levantaram e se aglomeraram todos ao seu redor, tocando-lhe com ternura nos ombros, nas costas, no abdômen, nas nádegas, nas coxas, em qualquer lugar que pudessem alcançar, enquanto diziam, com vozes claras e desimpedidas:

– Perdoar.

– Perdoar.

– Perdoar.

– Perdoar.

– Perdoar.

– Perdoar. – Um de cada vez, até ele sair claudicante ao encontro da inclemente luz do sol.

No caminho de volta ao assentamento, com sua bolsa flácida e vazia junto da cintura, ele olhou várias vezes para trás para ver a silhueta de sua igreja contra o céu brilhante. A crença era um lugar que as pessoas não abandonavam até que precisassem absolutamente fazê-lo. Os  tinham-no seguido avidamente até o reino dos Céus, mas não estavam com vontade de segui-lo até o vale da dúvida. Ele sabia que um dia – talvez muito em breve – eles teriam outro pastor. Tinham obtido dele aquilo de que precisavam, e sua busca por salvação continuaria muito depois dele. Afinal, suas almas sonhavam ardorosamente em permanecer mais tempo no corpo, mais tempo na consciência. Era natural: era humano.

De volta ao jipe da USIC, as coisas haviam caminhado. O Adorador 1 não estava mais à vista, os remédios tinham sido todos distribuídos e a comida estava sendo guardada no veículo. Mais  do que o habitual estavam ajudando, uma pequena multidão. Tanto Tuska quanto Flores estavam a postos para receber os potes, sacos e latas que lhes entregassem, mas Peter percebia, mesmo a distância, que os  primeiro se aproximavam de Flores, e só se aproximavam de Tuska quando Flores já estava com as mãos ocupadas. Por fim, ele entendeu: eles gostavam dela. Quem diria? Eles gostavam dela.

– Deixe que eu guardo isso – disse Tuska, quando Flores recebeu um saco especialmente pesado de massa de flor branca.

– Não, tudo bem – disse Flores. Seu cabelo estava emplastrado de suor, realçando a pequenez de seu crânio, e veias azuis saltavam em sua têmpora. Seu peito e costas estavam completamente encharcados. Ela estava adorando tudo aquilo.

Pouco depois, com os três já sentados no veículo e Tuska deixando o C-2, ela disse:

– Agora vamos quebrá-los, Joe.

– Quebrá-los? – ecoou Tuska.

– Vamos descobrir como é que funcionam – explicou ela.

– É? – disse Tuska, claramente sem muito interesse na possibilidade.

– Sim. E aí, se Deus quiser, vamos consertá-los.

Peter ficou surpreso em ouvir essas palavras saírem da boca de um funcionário da USIC. Mas aí o rosto de Flores apareceu na fresta entre os bancos da frente, feito uma gárgula se projetando de uma catedral gótica, em busca do pregador enfiado lá atrás.

– Modo de dizer, você entende, não é? – disse ela. – Quis dizer, na verdade, "com sorte". – Seu rosto desapareceu de novo, mas ela não terminara de falar. – Pelo jeito, você não deve acreditar que exista algo como sorte, não é?

Peter virou a cara e ficou olhando pela janela. Na velocidade em que Tuska dirigia, a terra negra podia ser confundida com asfalto, e o ocasional broto de flor silvestre esbranquiçada passava voando num borrão como as faixas brancas pintadas em uma estrada. Com um esforço de imaginação, ele podia até mesmo ver as placas da M25 estimando a distância até Londres.

– Espero que exista – respondeu ele a Flores, um pouco tarde demais. Tinha certeza de que a palavra "sorte" não aparecia em lugar nenhum da Bíblia, mas isso não significava que não existia. Grainger dissera que ele era um cara de sorte. E, com Bea a seu lado, na maior parte de sua vida, ele fora mesmo.

Quando chegou em seu quarto, havia, finalmente, uma mensagem de Bea.

Dizia:

Peter, eu te amo. Mas, por favor, não venha para casa. Eu te imploro. Fique onde está.

28

Amém

– O que eu gosto nesse lugar – disse Moro, fazendo uma caminhada em sua esteira ergométrica – é que todo dia é um pouco diferente, mas também é mais do mesmo.

Ela, BG e Peter estavam se exercitando no gazebo. Era um dia como outro qualquer em Oásis, mais uma folga agendada em meio a tantos afazeres, algumas horas de relaxamento antes de voltar ao trabalho no grandioso projeto. O toldo os abrigava do sol, mas a luz era tão forte naquele momento da tarde que penetrava pela lona, tingindo de amarelo a pele de todos.

Moro já transpirara bastante em seu exercício; o tecido de sua calça saruel grudava-se à forma de suas coxas enquanto caminhava, e seu abdômen exposto brilhava de suor. Ela anunciara sua meta como sendo de três mil passos e devia estar já na metade, sem perder o ritmo. Ela girava os pulsos no guidão da esteira como quem acelerava em uma motocicleta.

– Você devia tentar ir só com as pernas, sem segurar com as mãos – aconselhou BG, descansando entre rodadas de flexões. – Melhor pro quadríceps, pros isquiotibiais, pra tudo.

– Para mim é como um exercício para as mãos, também – disse Moro. – Gente que perde um dedo muitas vezes deixa a mão ficar preguiçosa. Decidi que comigo, não.

Peter estava levantando um saco de areia preso a uma polia, ou ao menos tentando. Seus braços tinham ficado fortes e rijos de tanto trabalhar na roça de flor branca, mas os músculos que fortalecera deviam ser diferentes dos que os que estava forçando agora.

– Não vá dar nó nas tripas na hora de levantar – aconselhou BG. – Abaixar é tão importante quanto. Baixe devagar. O mais devagar que puder.

– Ainda assim é pesado demais pra mim, acho eu – disse Peter. – O que tem dentro desse saco? Não é areia, né? – Ele não podia imaginar a USIC aprovando o envio de um saco de areia quando, pela mesma relação custo-peso, poderiam transportar um saco de açúcar ou uma pessoa.

– Terra – disse BG, fazendo um gesto em direção aos hectares vazios em torno da academia ao ar livre. Ele tirou sua regata e a torceu nos punhos. Um arco de cicatrizes pregueadas revelou-se próximo à sua axila esquerda, maculando a protuberância lisa do seu peitoral. Ele tornou a vestir a camiseta.

– Será que não podemos simplesmente jogar fora um pouco da terra? – disse Peter.

– Acho que não, bróder – disse BG. Sua expressão facial era séria, sem sombra de sorriso, mas ele estava achando graça. Seres humanos podiam ser lidos com notável facilidade uma vez que você os conhecesse melhor. Estava tudo no tom, nas cadências, no brilho do olhar, tantos fatores sutis que desafiavam a descrição científica mas sobre os quais você podia, caso quisesse, construir amizades capazes de durar a vida inteira.

Peter tentou erguer o saco de areia de novo. Desta vez, ele mal o levantou acima do joelho antes de seus bíceps começarem a doer.

– Parte do problema aqui – disse BG, aproximando-se – é que você precisa de um método mais balanceado. – Ele desenganchou o saco de areia da polia, alçou-o sem grande esforço até o seu peito, depois o aninhou nos braços. – O músculo mais importante de todos é o seu cérebro. Você tem que planejar o que vai fazer e se aquecer para isso. Tem que encontrar um exercício que te force até o limite, mas não além dele. Com esse saco de areia, sugiro carregar em linha reta.

– Como é?

BG postou-se junto de Peter, transferiu o saco de seus braços para os dele, com o cuidado de quem transfere um bebê adormecido.

– Basta segurá-lo junto do peito – disse ele. – Envolva-o nos braços e ande. De uma ponta do gazebo até a outra, e aí repete e repete, quantas vezes der, até não conseguir mais. Depois você vai deixá-lo no chão com todo o cuidado.

Peter fez o que ele mandou. BG ficou olhando. Moro também, agora que terminara seus três mil passos e tomava um líquido esverdeado de uma garrafa, talvez água pluvial, talvez um refrigerante carbonatado de uma multinacional muito distante que equivalia a uma pequena fortuna. Peter passou apressado com o saco nos braços, pra lá e pra cá, pra lá e pra cá. Foi razoavelmente bem na parte de carregar o saco, mas quando chegou ao limite de suas forças, atrapalhou-se todo com a parte do abaixamento.

– Preciso treinar mais – disse ele, ofegante.

– Bem – suspirou BG –, você não vai ter como, né? – Era a primeira vez que fazia alusão à iminente partida de Peter.

– Talvez tenha – disse Peter, sentando-se em um pedestal baixo de madeira cujo propósito ele não conseguia adivinhar. – Nada me impede de carregar um saco de areia quando estiver de volta em casa. Aliás, posso ser até obrigado a fazer isso, se houver enchente. Tem havido um bocado de enchente ultimamente.

– Precisavam é fazer direito aquelas porcarias de sistemas de água e esgoto deles – afirmou BG.

Moro ficou de pé e alisou a roupa. Sua pausa para exercícios tinha acabado e o dever chamava.

– Talvez seja melhor você fazer o que tiver que fazer e voltar logo depois – disse ela.

– Não sem minha esposa – disse Peter.

– Bem, talvez ela possa vir junto.

– A USIC resolveu que ela não podia, parece.

Moro deu de ombros, e um lampejo de rebeldia animou seu rosto normalmente impassível:

– USIC uma ova. O que é a USIC, afinal de contas? *Nós* somos a USIC. Nós, aqui. Talvez seja a hora de afrouxar um pouco esses testes de elegibilidade.

– Sim, são dureza – concordou BG, em tom meditativo, em parte orgulhoso por ele mesmo ter passado no teste, em parte lamentando por todos os possíveis irmãos e irmãs que não haviam conseguido. – É a porra do olho de uma agulha. Tem isso na Bíblia, né não?

Quase que por reflexo, Peter se preparou para fornecer uma resposta diplomática, e aí percebeu que não era necessário.

– Sim, BG, tem sim. Em *Mateus*, capítulo 19, versículo 24.

– Vou lembrar dessa – disse BG, abrindo um sorrisão em seguida para sinalizar que sabia muito bem que não ia nada.

– Equipe de marido e mulher – disse Moro, guardando a garrafa em sua sacola de ginástica. – Acho que ia ser até meio romântico. – Ela falava em tom nostálgico, como se o amor fosse algo exótico e estranho, talvez observável em uma tribo de macacos ou gansos da neve, e não em alguém que ela houvesse conhecido.

Peter fechou os olhos. A última mensagem de Bea, e a resposta dele, estavam gravadas em sua retina com a mesma clareza de qualquer versículo da Bíblia:

Peter, eu te amo, escrevera ela. Mas, por favor, não venha para casa. Eu imploro. Fique onde está. É mais seguro e quero você seguro.

Esta é a última mensagem que serei capaz de mandar, não vou conseguir mais continuar nessa casa. Estou indo morar com outras pessoas, com estranhos. Não sei exatamente onde. Vamos nos mudar constantemente. Não posso explicar, mas vá por mim, é melhor. Nada por aqui está do mesmo jeito que era quando você partiu. As coisas podem mudar com uma rapidez... É uma irresponsabilidade para mim botar um filho em um mundo podre desses, mas a alternativa é matá-lo e simplesmente não tenho coragem para isso. Creio que as coisas vão acabar mal de qualquer modo, e vai ser muito mais gentil da sua parte não estar por perto para assistir. Se você me ama, não me obrigue a vê-lo sofrer.

Engraçado, há muito tempo, quando nos conhecemos, as pessoas me avisaram que você era um explorador frio e calejado, sempre manipulando os outros para se apaixonarem por você, mas sei que, no fundo, você não passa de um menino bom e inocente. Esse planeta está cruel demais para você agora. Vou me confortar ao pensar em você num lugar seguro, com alguma chance de ser feliz.

Beatrice

Ao que ele respondera, sem a menor pausa para dúvidas ou deliberações, apenas:

Seguro ou arriscado, feliz ou infeliz, meu lugar é junto de você. Não desista. Eu vou te encontrar.

* * *

– Você se cuide, hein? – disse BG. – Você tá indo pra um lugar beeeeem complicado. Força e foco, meu amigo. Promete?

Peter sorriu.

– Prometo.

Ele e o grandalhão trocaram um aperto de mão, formal e decoroso, de diplomatas. Nada de abraços de urso, nem de toca aqui. BG sabia talhar o gesto à ocasião. Deu meia-volta e se afastou, com Moro a seu lado.

Peter observou seus corpos minguarem até sumirem no exterior feioso da base da USIC. Então ele se sentou em um balanço, segurou as correntes e chorou um pouco. Nada de grandes soluços, nem mesmo fazendo ruído, nada que a Adoradora 5 fosse chamar de canção longa. Apenas lágrimas escorrendo pelo rosto, que eram lambidas pela atmosfera antes que pudessem cair no chão.

Por fim, ele voltou até o saco de areia e ajoelhou junto dele. Sem muita dificuldade, ele o içou das coxas para o colo. A seguir, envolvendo-o com os braços, ergueu-o até o peito. Era mais pesado do que Bea, supôs, embora fosse difícil ter certeza. Por algum motivo, erguer uma pessoa era mais fácil. Não deveria ser, porque duas pessoas estavam sujeitas à gravidade; disso, não havia como escapar. Ainda assim, ele já tentara erguer um corpo inconsciente e já erguera Bea e havia diferença. E um bebê... um bebê seria ainda mais leve, muito mais.

Ele ficou sentado segurando o saco de areia até os joelhos e braços doerem. Quando finalmente o deixou escorregar para o chão, não conseguiu adivinhar há quanto tempo Grainger estava postada a seu lado, observando.

– Pensei que você estivesse brava comigo – disse ele.

– E aí fugiu de mim? – perguntou ela.

– Eu só queria te dar espaço – disse ele.

Ela deu uma risada.

– Eu já tenho espaço até mais não poder.

Ele conferiu a aparência dela, torcendo para não ficar óbvio o que fazia. Parecia sóbria, vestida normalmente, pronta para trabalhar.

– Você também vai para casa, não é?

– Sim – disse ela.

– Vamos viajar juntos – disse ele.

A tentativa de confortá-la não surtiu o menor efeito.

– Vamos estar na mesma nave, mas não vamos estar conscientes disso.

– Vamos acordar juntos do outro lado – disse ele.

Ela desviou o olhar. Rumavam para lugares diferentes, e ambos sabiam disso.

– Será que... – principiou ele, em seguida hesitando por alguns segundos. – Será que você não fica nem um pouco triste de ir embora?

Ela deu de ombros.

– Eles arrumarão outro farmacêutico, assim como vão arrumar outro pastor. Todo mundo é substituível.

– Sim. E insubstituível também.

O som de um motor acelerando os distraiu. Não muito longe, um veículo se afastava da base e rumava em direção ao Supersutiã. Era o carro preto, o que Kurtzberg costumava usar. Os mecânicos o consertaram, comprovando que, se você fosse um carro, podia ser atingido por um raio, declarado morto e ainda assim ser ressuscitado. Não exatamente zero quilômetro, mas salvo do ferro-velho graças aos especialistas. A traseira estava abarrotada de canos de algum tipo, que despontavam da carroceria, amarrados com cordas. Era evidente que, agora que o pessoal da USIC sabia que o pastor tinha morrido, não mais sentiam a obrigação de deixar o carro do jeito que ele gostava, permanentemente encostado em uma vaga com a placa "Pastor", e começariam a utilizá-lo para tarefas gerais. Como dizia o ditado: guarda o que não queres e terás o que precisas. E Kurtzberg tinha até mesmo cuidado do próprio funeral, em vez de causar dores de cabeça morrendo na base. Grande homem.

– Você ainda está rezando pelo meu pai? – disse Grainger.

– Estou com problemas para orar por qualquer pessoa que seja no momento – disse ele, retirando um inseto verde-limão de sua manga e liberando-o no ar. – Mas me diga uma coisa... como é que você vai fazer para encontrá-lo?

– Vou dar um jeito. Só preciso é voltar. Aí vou saber o que fazer.

– Tem algum parente que possa ajudar?

– Talvez – disse ela, em um tom que sugeria que a probabilidade de conseguir ajuda era a mesma se viesse de um time de futebol tibetano, uma manada de búfalos falantes ou uma falange de anjos.

– Você nunca se casou – confirmou ele.

– Como é que você sabe?

– Ainda se chama "Grainger".

– Muitas mulheres não mudam de nome quando se casam – disse Grainger. A oportunidade de bater chifres com ele parecia animá-la.

– Minha esposa mudou o dela – disse ele. – Beatrice Leigh. Bea Leigh. – Ele sorriu, embaraçado. – Sei que soa ridículo. Mas ela odiava o pai dela.

Grainger sacudiu a cabeça.

– Ninguém odeia o próprio pai. No fundo, não odeia. É impossível. É por causa dele que você existe.

– Não vamos entrar nesse mérito – disse Peter. – Vamos acabar falando de religião.

O carro funerário de Kurtzberg agora era só um ponto no horizonte. Uma constelação cintilante de chuva pairava exatamente sobre ele.

– Como vai se chamar o seu filho? – perguntou Grainger.

– Não sei – disse ele. – É tudo... Ainda é difícil para mim conceber essa ideia. Me assusta um pouco. Dizem que um filho muda a gente para sempre. Quer dizer, não que eu não queira mudar, mas... você vê o que está acontecendo no mundo, aonde as coisas estão indo parar. A decisão de pôr uma criança num mundo perigoso desses, expor uma criança inocente a só Deus sabe... a sabe lá quais... – Ele foi parando de falar e ficou quieto.

Grainger não pareceu estar prestando atenção no que ele falava. Ela pulou na esteira e balançou os quadris feito uma dançarina, os pés plantados, para ver se a coisa se mexia. Ela impulsionou a pélvis. A esteira avançou um ou dois centímetros, no máximo.

– Seu filho vai vir ao mundo sem história – disse ela. – Seu filho não vai pensar em nada do que perdemos, nos lugares que foram pro buraco, nas pessoas que morreram. Tudo isso vai ser pré-histórico, como os dinossauros. Coisas que aconteceram antes dos tempos. Só o amanhã vai importar. Ou só o hoje. – Ela deu um sorriso. – Tipo: "O que tem pro café da manhã?"

Ele deu uma risada.

– Já fez as malas? – perguntou ele.

– Claro. Não trouxe muita coisa. Mesma coisa na volta.

– Também já fiz as malas. – Trabalho este que lhe tomara três minutos; mal restava algo em sua bagagem. Passaporte. Chaves para uma casa que poderia, quando ele chegasse lá, ter uma fechadura diferente. Alguns tocos de lápis. As botas amarelas costuradas pela Adoradora 5, cada ponto delas executado com infinito cuidado para não correr o risco de machucar as suas mãos. Um par de calças que estavam caindo dos seus quadris, umas poucas camisetas que ficariam tão frouxas em seu corpo que ele ia parecer um refugiado vestido por uma obra de caridade. Mais alguma coisa? Ele achava que não. As demais roupas que trouxera estavam estragadas por fungos ou tinham sido sacrificadas e esfrangalhadas durante a construção de sua igreja. Ele sabia que quando chegasse em casa estaria frio, e ele não seria capaz de flanar por aí só de túnica, sem nada por baixo, mas isso era problema para outro momento.

A ausência mais estranha em sua mochila era a da Bíblia. Aquele livro era seu desde a conversão, ele o aconselhara, inspirara e consolara por tantos anos, e ele devia ter folheado suas páginas milhares de vezes. A trama de papel com linho devia conter tantas células de seus dedos que daria para fazer um Peter novo a partir do DNA. "AnȢeᏝ de voᏝê vir", dissera a Adoradora de Jesus 17 certa vez, "o povo eᏝȢava abandonado e fraco. Agora, junȢoᏝ, ᏝomoᏝ forȢeᏝ." Esperava que ela e seus irmãos Adoradores de Jesus retirassem um pouco de força de sua amada Bíblia, do seu próprio Livro das Coisas Estranhas.

De qualquer forma, estava tudo memorizado. As partes importantes, as partes de que poderia necessitar. Mesmo agora, ele tinha quase certeza de que seria capaz de recitar todo o evangelho de Mateus, todos os 28 capítulos nele contidos, exceto por aquela parte logo no início, onde está escrito que "Ezequias gerou Jotão". Pensou em Bea, lendo o Capítulo 6 para ele no quarto de seu minúsculo apartamento logo que ficaram juntos pela primeira vez, sua voz macia e fervorosa enquanto ela falava do santuário celestial onde as coisas preciosas eram protegidas do mal: "Porque onde estiver o vosso tesouro, aí estará também o vosso coração." Pensou nas últimas palavras de Mateus, e no significado que elas poderiam ter para duas pessoas que se amavam:

E eu estarei convosco todos os dias, até o fim dos tempos. Amém.

AGRADECIMENTOS

Um amplo círculo de pessoas leu partes deste livro durante sua composição e colaborou com comentários preciosos. Gostaria de agradecer a Francis Bickmore, Jamie Byng, Jo Dingley, Viktor Janiš, Mary Ellen Kappler, David Kappler-Burch, Lorraine McCann, Paul Owens, Ann Patty, Angela Richardson, Anya Serota, Iris Tupholme e Zachary Wagman. Minha esposa Eva foi, como sempre, minha conselheira e colaboradora mais próxima e com mais discernimento.

O manuscrito final foi concluído sob circunstâncias difíceis, no sótão de Lucinda e no porão da livraria Primrose Hill Books, que me foi disponibilizado dia & noite por Jessica e Marek. Meu agradecimento a eles.

Gostaria de expressar minha admiração pela equipe de roteiristas, desenhistas e arte-finalistas que trabalharam na Marvel Comics nas décadas de 1960 e 1970, me dando tanto gosto durante a infância e também agora. Todos os sobrenomes em *O livro das coisas estranhas* baseiam-se nos deles, às vezes ligeiramente modificados ou disfarçados, às vezes não. Minha escolha dos nomes a utilizar foi ditada por motivos narrativos e não reflete de forma alguma minha estima pelos criadores de revistas em quadrinhos homenageados ou não. Não pretendo insinuar qualquer semelhança entre os atributos do Marvel Bullpen e os atributos dos personagens deste romance, exceto por algumas alusões óbvias àquele pioneiro de novos universos, Jakob Kurtzberg (Jack Kirby).

Prol
EDITORA GRÁFICA